飛花令

诗词速查

黄振岗　黄峻雄　编

中国文史出版社

图书在版编目（CIP）数据

飞花令诗词速查 / 黄振岗，黄峻雄编. —北京：中国文史出版社，2019.12
ISBN 978-7-5205-1603-7

Ⅰ. ①飞… Ⅱ. ①黄… ②黄… Ⅲ. ①古典诗歌－诗集－中国 Ⅳ. ①I222

中国版本图书馆 CIP 数据核字（2019）第 269782 号

责任编辑：赵姣娇　　装帧设计：程　跃　王　琳

出版发行：中国文史出版社
社　　址：北京市海淀区西八里庄路 69 号　　邮编：100142
电　　话：010－81136606　81136602　81136603（发行部）
传　　真：010－81136655
印　　装：廊坊市海涛印刷有限公司
经　　销：全国新华书店
开　　本：787mm × 1092mm　1/16
印　　张：37.25
字　　数：572 千字
版　　次：2020 年 3 月北京第 1 版
印　　次：2025 年 5 月第 3 次印刷
定　　价：88.00 元

序　言

中国的古典诗词博大精深，流派纷呈，诸体皆备，蔚为大观。近年来，为使学习古典诗词的热潮迅速普及到民间，中央电视台和多个省级电视台以群众喜闻乐见的形式举办诗词类节目，效果极佳。中央电视台的全国诗词大会迄今已举办了两届，特别是今年，全国热播，收视率为各文艺节目之最。其中，新创设的“飞花令”环节功不可没，形成了春节期间不分男女老幼人人争谈飞花令的热烈气氛。所谓“飞花令”，源于唐代诗人韩翃的七绝《寒食》首句“春城无处不飞花”，在行酒令时各人依次赋一联含“花”字的不同诗句，凡答不上来者被判罚饮酒。现在的飞花令已扩大到诗词中高出现频率的主题字，这就很有必要编撰一本类书，供比赛选手和社会各界人士随时翻检，免去他们搜集摘抄之劳。

本书就是这样一本类书，主要取材于（清）蘅塘退士编的《唐诗三百首》和（清）上彊村民（朱孝臧）编的《宋词三百首》，此二书为举世公认的名篇。另外，宋诗在近人钱锺书选编的《宋诗选注》和金性尧选编的《宋诗三百首》中选取；诗经、两汉、魏晋南北朝和金元明清的诗在近人林庚、冯沅君主编的《中国历代诗歌选》中选取；唐、五代词和《宋词三百首》以外的宋词在近人龙榆生编选的《唐宋名家词选》中选取；晚明和清词在龙榆生编选的《近三百年名家词选》和《纳兰性德词集》中选取。近人的诗词选择了四家：鲁迅、柳亚子、毛泽东和郁达夫。其中，选录了毛泽东的绝大多数诗词，鲁迅的约半数诗篇，而柳亚子和郁达夫两家则各选录了一小部分。

本书中主题字共分十大类，以“飞花令”三字居首，紧接着为天文、时令、地理、宫室，而以方位殿尾，详情请见目录。每个主题字按照四言、五言古体（含五言古绝）、五言律体（含五律和五绝）、七言古体（含以七言为主的杂言诗）、七言律体（含七律和七绝）和词的顺序依次列出，其间以分隔符隔开。需要说明的是，每个主题字不一定这六栏俱全，很可能缺少其中一栏至数栏。入选诗词的表现形式为，诗为一联（律体）或一节（古体）；词为一节。为适应比赛，攻守双方至少要交手十个回合，即每个主题字下至少要列出二十条，凡主题字不足二十条者皆弃置不录。鉴于大部分常见主题字的条目过多，如“天”字高达五百余条，“花”字高达四百余条，本书将这些字条大力删削，每字仅保留最著名的三十条，形成简编，如此可以大大压缩全书篇幅。如欲求全，每个常见主题字尚有数百条储备，以后将悉数录出，再出详编，以飨读者。考虑到广大读者对本书的主题字分类方法不尽熟悉，加上所收主题字不可能面面俱到，很可能有读者想要而本书漏列的主题字，故附录列出按汉语拼音字母顺序的主题字音序索引，以利快速检索。

本书还有一种功能，即通过同一主题字的诗句或词句比肩而立，读者可以仔细揣摩诗词作者如何遣词造句，进而深刻体会到这些诗词的立意和表达技巧，这对有志于创作古典诗词的读者一定大有裨益。

相信本书对于古典诗词的春天再次来临能贡献微薄的力量。

黄振岗　黄峻雄

2017 年秋于北京

目　录

二

帝后　职官　政治　礼仪　音乐　人伦　人物　闺阁

三
形体

四
文事　武备　技艺
外教　珍宝　器用

五
服饰　饮食
菽粟　布帛

六
草木　花卉　果品

七
飞禽　走兽
鳞介　昆虫

八
数目

飞

月明星稀，乌鹊南飞。 曹操《短歌行之一》

——

山气日夕佳，飞鸟相与还。 陶渊明《饮酒之五》

八月蝴蝶黄，双飞西园草。 李白《长干行》

千山鸟飞绝，万径人踪灭。 柳宗元《江雪》

——

露重飞难进，风多响易沉。 骆宾王《在狱咏蝉》

众鸟高飞尽，孤云独去闲。 李白《独坐敬亭山》

月黑雁飞高，单于夜遁逃。 卢纶《塞下曲之三》

未必逢矰缴，孤飞自可疑。 崔涂《孤雁》

——

胡雁哀鸣夜夜飞，胡儿眼泪双双落。 李颀《古从军行》

俱怀逸兴壮思飞，欲上青天览明月。 李白《宣州谢朓楼饯别校书叔云》

天长地远魂飞苦，梦魂不到关山难。 李白《长相思》

校尉羽书飞瀚海，单于猎火照狼山。 高适《燕歌行》

北风卷地白草折，胡天八月即飞雪。 岑参《白雪歌送武判官归京》

夕殿萤飞思悄然，孤灯挑尽未成眠。 白居易《长恨歌》

旧巢共是衔泥燕，飞上枝头变凤凰。 吴伟业《圆圆曲》

——

但使龙城飞将在，不教胡马度阴山。 王昌龄《出塞》

借问汉宫谁得似，可怜飞燕倚新妆。 李白《清平调之二》

飞流直下三千尺，疑是银河落九天。 李白《望庐山瀑布》

风急天高猿啸哀，渚清沙白鸟飞回。 杜甫《登高》
春城无处不飞花，寒食东风御柳斜。 韩翃《寒食》
旧时王谢堂前燕，飞入寻常百姓家。 刘禹锡《乌衣巷》
身无彩凤双飞翼，心有灵犀一点通。 李商隐《无题》
泥上偶然留指爪，鸿飞那复计东西。 苏轼《和子由渑池怀旧》

——

玉阶空伫立，宿鸟归飞急。 李白《菩萨蛮》
西塞山前白鹭飞，桃花流水鳜鱼肥。 张志和《渔歌子》
泪眼问花花不语，乱红飞过秋千去。 冯延巳《蝶恋花》
羽扇纶巾，谈笑间、樯橹灰飞烟灭。 苏轼《念奴娇》
纤云弄巧，飞星传恨，银汉迢迢暗渡。 秦观《鹊桥仙》
芳径，芹泥雨润。爱贴地争飞，竞夸轻俊。 史达祖《双双燕》
曾记否，到中流击水，浪遏飞舟？ 毛泽东《沁园春》

花

夜来风雨声，花落知多少。 孟浩然《春晓》
花间一壶酒，独酌无相亲。 李白《月下独酌》

——

待到重阳日，还来就菊花。 孟浩然《过故人庄》
人闲桂花落，夜静春山空。 王维《鸟鸣涧》
感时花溅泪，恨别鸟惊心。 杜甫《春望》

——

忽如一夜春风来，千树万树梨花开。 岑参《白雪歌送武判官归京》
玉容寂寞泪阑干，梨花一枝春带雨。 白居易《长恨歌》
浔阳江头夜送客，枫叶荻花秋瑟瑟。 白居易《琵琶行》

——

故人西辞黄鹤楼，烟花三月下扬州。 李白《黄鹤楼送孟浩然之广陵》

云想衣裳花想容，春风拂槛露华浓。　　李白《清平调》
花近高楼伤客心，万方多难此登临。　　杜甫《登楼》
人间四月芳菲尽，山寺桃花始盛开。　　白居易《大林寺桃花》
商女不知亡国恨，隔江犹唱后庭花。　　杜牧《泊秦淮》
借问酒家何处有，牧童遥指杏花村。　　杜牧《清明》
竹外桃花三两枝，春江水暖鸭先知。　　苏轼《惠崇春江晓景》
山重水复疑无路，柳暗花明又一村。　　陆游《游山西村》
落红不是无情物，化作春泥更护花。　　龚自珍《己亥杂诗之一》

——

日出江花红胜火，春来江水绿如蓝。能不忆江南?　　白居易《忆江南》
泪眼问花花不语，乱红飞过秋千去。　　冯延巳《蝶恋花》
流水落花春去也，天上人间。　　李煜《浪淘沙》
沙上并禽池上暝，云破月来花弄影。　　张先《天仙子》
无可奈何花落去，似曾相识燕归来，小园香径独徘徊。　　晏殊《浣溪沙》
去年春恨却来时，落花人独立，微雨燕双飞。　　晏几道《临江仙》
舞低杨柳楼心月，歌尽桃花扇底风。　　晏几道《鹧鸪天》
似花还似非花，也无人惜从教坠。　　苏轼《水龙吟》
驿寄梅花，鱼传尺素，砌成此恨无重数。　　秦观《踏莎行》
莫道不消魂，帘卷西风，人比黄花瘦。　　李清照《醉花阴》
东风夜放花千树，更吹落，星如雨。　　辛弃疾《青玉案》
但怪得、竹外疏花，香冷入瑶席。　　姜夔《暗香》
想佩环、月夜归来，化作此花幽独。　　姜夔《疏影》

令

容华耀朝日，谁不希令颜。　　曹植《美女篇》
遂令东山客，不得顾采薇。　　王维《送綦毋潜落第还乡》
中天悬明月，令严夜寂寥。　　杜甫《后出塞之二》

佳令随人至，明月傍云生。 毛泽东《喜闻捷报》

——

独立扬新令，千营共一呼。 卢纶《塞下曲之一》

——

愿得燕弓射大将，耻令越甲鸣吾君。 王维《老将行》

今之新图有二马，复令识者久叹嗟。 杜甫《韦讽录事宅观曹将军画马图》

庙令老人识神意，睢盱侦伺能鞠躬。 韩愈《谒衡岳庙遂宿岳寺题门楼》

遂令天下父母心，不重生男重生女。 白居易《长恨歌》

——

莫是长安行乐处，空令岁月易蹉跎。 李颀《送魏万之京》

关门令尹谁能识，河上仙翁去不回。 崔曙《九日登望仙台呈刘明府》

为乘阳气行时令，不是宸游玩物华。

王维《奉和圣制从蓬莱向兴庆阁道中留春雨中春望之作应制》

徒令上将挥神笔，终见降王走传车。 李商隐《筹笔驿》

世味年来薄似纱，谁令骑马客京华。 陆游《临安春雨初霁》

最是令人愁不解，四檐疏雨送秋声。 鲁迅《惜花四律之一》

何事脊令偏傲我，时随帆顶过长天。 鲁迅《别诸弟（辛丑）》

陶令不知何处去，桃花源里可耕田？ 毛泽东《登庐山》

——

春去，尚来否，正江令恨别，庾信愁赋。 刘辰翁《兰陵王》

荀令如今顿老，总忘却樽前旧风味。 王沂孙《天香》

命令昨颁，十万工农下吉安。 毛泽东《减字木兰花》

一

天文 地理 时令 宫室

天

盈缩之期，不但在天。　　曹操《步出夏门行·龟虽寿》

——

鹅鹅鹅，曲项向天歌。　　骆宾王《咏鹅》

明月出天山，苍茫云海间。　　李白《关山月》

中天悬明月，令严夜寂寥。　　杜甫《后出塞之二》

——

海内存知己，天涯若比邻。　　王勃《送杜少府之任蜀州》

海上生明月，天涯共此时。　　张九龄《望月怀远》

空山新雨后，天气晚来秋。　　王维《山居秋暝》

——

念天地之悠悠，独怆然而涕下！　　陈子昂《登幽州台歌》

噫吁嚱，危乎高哉，蜀道之难难于上青天。　　李白《蜀道难》

天长地久有时尽，此恨绵绵无绝期。　　白居易《长恨歌》

同是天涯沦落人，相逢何必曾相识！　　白居易《琵琶行》

——

飞流直下三千尺，疑是银河落九天。　　李白《望庐山瀑布》

莫愁前路无知己，天下谁人不识君。　　高适《别董大之一》

两个黄鹂鸣翠柳，一行白鹭上青天。　　杜甫《绝句四首之三》

风急天高猿啸哀，渚清沙白鸟飞回。　　杜甫《登高》

江间波浪兼天涌，塞上风云接地阴。　　杜甫《秋兴八首之一》

月落乌啼霜满天，江枫渔火对愁眠。　　张继《枫桥夜泊》

嫦娥应悔偷灵药，碧海青天夜夜心。　　李商隐《嫦娥》

云散月明谁点缀，天容海色本澄清。　　苏轼《六月二十日夜渡海》
落木千山天远大，澄江一道月分明。　　黄庭坚《登快阁》
三万里河东入海，五千仞岳上摩天。　　陆游《秋夜将晓出篱门迎凉有感》
我劝天公重抖擞，不拘一格降人才。　　龚自珍《己亥杂诗之二》
为有牺牲多壮志，敢教日月换新天。　　毛泽东《到韶山》

——

碧云天，黄叶地，秋色连波，波上寒烟翠。　　范仲淹《苏幕遮》
对潇潇暮雨洒江天，一番洗清秋。　　柳永《八声甘州》
登临送目，正故国晚秋，天气初肃。　　王安石《桂枝香》
抬望眼、仰天长啸，壮怀激烈。　　岳飞《满江红》
春且住！见说道、天涯芳草无归路。　　辛弃疾《摸鱼儿》
鹰击长空，鱼翔浅底，万类霜天竞自由。　　毛泽东《沁园春》
山舞银蛇，原驰蜡象，欲与天公试比高。　　毛泽东《沁园春》

日

春日载阳，有鸣仓庚。　　《诗经·豳风·七月》
日月之行，若出其中。　　曹操《步出夏门行·观沧海》

——

平沙日未没，黯黯见临洮。　　王昌龄《塞下曲》
贱日岂殊众，贵来方悟稀。　　王维《西施咏》
何日平胡虏，良人罢远征。　　李白《子夜吴歌》
天寒翠袖薄，日暮倚修竹。　　杜甫《佳人》
三日入厨下，洗手作羹汤。　　王建《新嫁娘》
锄禾日当午，汗滴禾下土。　　李绅《悯农二首之二》

——

海日生残夜，江春入旧年。　　王湾《次北固山下》
白日依山尽，黄河入海流。　　王之涣《登鹳雀楼》

泉声咽危石，日色冷青松。	王维《过香积寺》
大漠孤烟直，长河落日圆。	王维《使至塞上》
浮云游子意，落日故人情。	李白《送友人》
吴楚东南坼，乾坤日夜浮。	杜甫《登岳阳楼》
长江一帆远，落日五湖春。	刘长卿《饯别王十一南游》
风暖鸟声碎，日高花影重。	杜荀鹤《春宫怨》
毅魄归来日，灵旗空际看。	夏完淳《别云间》

——

大漠穷秋塞草衰，孤城落日斗兵稀。	高适《燕歌行》
三月三日天气新，长安水边多丽人。	杜甫《丽人行》

——

玉颜不及寒鸦色，犹带昭阳日影来。	王昌龄《长信怨》
两岸青山相对出，孤帆一片日边来。	李白《望天门山》
锦城丝管日纷纷，半入江风半入云。	杜甫《赠花卿》
王师北定中原日，家祭无忘告乃翁。	陆游《示儿》
为有牺牲多壮志，敢教日月换新天。	毛泽东《到韶山》

——

落日熔金，暮云合璧，人在何处。	李清照《永遇乐》
落日楼头，断鸿声里，江南游子。	辛弃疾《水龙吟》
日暮，望高城不见，只见乱山无数。	姜夔《长亭怨慢》
接叶巢莺，平波卷絮，断桥斜日归船。	张炎《高阳台》
又日落天寒，平沙列幕边马鸣。	文廷式《忆旧游》
须晴日，看红装素裹，分外妖娆。	毛泽东《沁园春》

月

七月流火，九月授衣。	《诗经·豳风·七月》
月明星稀，乌鹊南飞。	曹操《短歌行之一》

——

山光忽西落，池月渐东上。　孟浩然《夏日南亭怀辛大》
深林人不知，明月来相照。　王维《竹里馆》
明月出天山，苍茫云海间。　李白《关山月》
落月满屋梁，犹疑照颜色。　杜甫《梦李白二首之一》

——

野旷天低树，江清月近人。　孟浩然《宿建德江》
明月松间照，清泉石上流。　王维《山居秋暝》
月下飞天镜，云生结海楼。　李白《渡荆门送别》
星垂平野阔，月涌大江流。　杜甫《旅夜书怀》

——

人生得意须尽欢，莫使金樽空对月。　李白《将进酒》
醉不成欢惨将别，别时茫茫江浸月。　白居易《琵琶行》

——

不知细叶谁裁出，二月春风似剪刀。　贺知章《咏柳》
秦时明月汉时关，万里长征人未还。　王昌龄《出塞》
画图省识春风面，环佩空归月夜魂。　杜甫《咏怀古迹之三》
月落乌啼霜满天，江枫渔火对愁眠。　张继《枫桥夜泊》
烟笼寒水月笼沙，夜泊秦淮近酒家。　杜牧《泊秦淮》
疏影横斜水清浅，暗香浮动月黄昏。　林逋《山园小梅》

——

箫声咽，秦娥梦断秦楼月。　李白《忆秦娥》
小楼昨夜又东风，故国不堪回首月明中。　李煜《虞美人》
沙上并禽池上暝，云破月来花弄影。　张先《天仙子》
今宵酒醒何处？杨柳岸、晓风残月。　柳永《雨霖铃》
舞低杨柳楼心月，歌尽桃花扇底风。　晏几道《鹧鸪天》
料得年年肠断处，明月夜，短松冈。　苏轼《江城子》
雾失楼台，月迷津渡，桃源望断无寻处。　秦观《踏莎行》
月皎惊乌栖不定，更漏将阑，轳辘牵金井。　周邦彦《蝶恋花》
三十功名尘与土，八千里路云和月。　岳飞《满江红》

明月别枝惊鹊，清风半夜鸣蝉。　辛弃疾《西江月》
淮南皓月冷千山，冥冥归去无人管。　姜夔《踏莎行》
霜晨月，马蹄声碎，喇叭声咽。　毛泽东《忆秦娥》

星

星汉灿烂，若出其里。　曹操《步出夏门行·观沧海》
月明星稀，乌鹊南飞。　曹操《短歌行之一》

——

长歌吟松风，曲尽河星稀。　李白《下终南山过斛斯山人宿置酒》

——

火树银花合，星桥铁锁开。　苏味道《正月十五夜》
星垂平野阔，月涌大江流。　杜甫《旅夜书怀》
星河秋一雁，砧杵夜千家。　韩翃《酬程近秋夜即事见赠》
北斗七星高，哥舒夜带刀。　西鄙人《哥舒歌》

——

闲云潭影日悠悠，物换星移几度秋。　王勃《滕王阁诗》
一声已动物皆静，四座无言星欲稀。　李颀《琴歌》
试拂铁衣如雪色，聊持宝剑动星文。　王维《老将行》
星宫之君醉琼浆，羽人稀少不在旁。　杜甫《寄韩谏议注》
孔子西行不到秦，掎摭星宿遗羲娥。　韩愈《石鼓歌》
迟迟钟鼓初长夜，耿耿星河欲曙天。　白居易《长恨歌》

——

花迎剑佩星初落，柳拂旌旗露未干。　岑参《奉和中书舍人贾至早朝大明宫》
五更鼓角声悲壮，三峡星河影动摇。　杜甫《阁夜》
潮落夜江斜月里，两三星火是瓜洲。　张祜《题金陵渡》
天阶夜色凉如水，坐看牵牛织女星。　杜牧《秋夕》
昨夜星辰昨夜风，画楼西畔桂堂东。　李商隐《无题》

云母屏风烛影深，长河渐落晓星沉。　李商隐《嫦娥》
辛苦遭逢起一经，干戈寥落四周星。　文天祥《过零丁洋》
寄意寒星荃不察，我以我血荐轩辕。　鲁迅《自题小像》
竦听荒鸡偏阒寂，起看星斗正阑干。　鲁迅《亥年残秋偶作》

——

彩舟云淡，星河鹭起，画图难足。　王安石《桂枝香》
起来携素手，庭户无声，时见疏星渡河汉。　苏轼《洞仙歌》
纤云弄巧，飞星传恨，银汉迢迢暗渡。　秦观《鹊桥仙》
七八个星天外，两三点雨山前。　辛弃疾《西江月》
东风夜放花千树，更吹落，星如雨。　辛弃疾《青玉案》
渺空烟四远，是何年、青天坠长星。　吴文英《八声甘州》
而今听雨僧庐下，鬓已星星也。　蒋捷《虞美人》
正树拥云昏，星垂野阔，暝色浮天。　蒋春霖《木兰花慢》

空

绝代有佳人，幽居在空谷。　杜甫《佳人》
空山不见人，但闻人语响。　王维《鹿柴》

——

人闲桂花落，夜静春山空。　王维《鸟鸣涧》
山光悦鸟性，潭影空人心。　常建《题破山寺后禅院》
所向无空阔，真堪托死生。　杜甫《房兵曹胡马》

——

人生得意须尽欢，莫使金樽空对月。　李白《将进酒》
马嵬坡下泥土中，不见玉颜空死处。　白居易《长恨歌》
去来江口守空船，绕船月明江水寒。　白居易《琵琶行》

——

孤帆远影碧空尽，惟见长江天际流。　李白《黄鹤楼送孟浩然之广陵》

画图省识春风面，环佩空归月夜魂。 杜甫《咏怀古迹之三》
晴空一鹤排云上，便引诗情到碧霄。 刘禹锡《秋词二首之一》
来是空言去绝踪，月斜楼上五更钟。 李商隐《无题》
水光潋滟晴方好，山色空濛雨亦奇。 苏轼《饮湖上初晴后雨》
死去元知万事空，但悲不见九州同。 陆游《示儿》
空梁王谢迷飞燕，海市楼台咒夕阳。 郁达夫《乱离杂诗之一》

——

玉阶空伫立，宿鸟归飞急。 李白《菩萨蛮》
青鸟不传云外信，丁香空结雨中愁。 李璟《摊破浣溪沙》
想得玉楼瑶殿影，空照秦淮。 李煜《浪淘沙》
满目山河空念远，落花风雨更伤春，不如怜取眼前人。 晏殊《浣溪沙》
红烛自怜无好计，夜寒空替人垂泪。 晏几道《蝶恋花》
燕子楼空，佳人何在，空锁楼中燕。 苏轼《永遇乐》
兰苑未空，行人渐老，重来是事堪嗟。 秦观《望海潮》
空余旧迹，郁苍苍、雾沉半垒。 周邦彦《西河》
薄雨收寒，斜照弄晴，春意空阔。 贺铸《石州引》
春如旧，人空瘦，泪痕红浥鲛绡透。 陆游《钗头凤》
算空有并刀，难剪离愁千缕。 姜夔《长亭怨慢》
渺空烟四远，是何年、青天坠长星。 吴文英《八声甘州》
楚江空晚，怅离群万里，恍然惊散。 张炎《解连环》
石头城上，望天低吴楚，眼空无物。 萨都剌《百字令》
鹰击长空，鱼翔浅底，万类霜天竞自由。 毛泽东《沁园春》

风

风雨如晦，鸡鸣不已。 《诗经·郑风·风雨》
秋风萧瑟，洪波涌起。 曹操《步出夏门行·观沧海》

——

夜来风雨声，花落知多少。 孟浩然《春晓》
秋风吹不尽，总是玉关情。 李白《子夜吴歌》

——

露重飞难进，风多响易沉。 骆宾王《在狱咏蝉》
城阙辅三秦，风烟望五津。 王勃《送杜少府之任蜀州》
潮平两岸阔，风正一帆悬。 王湾《次北固山下》
竹批双耳峻，风入四蹄轻。 杜甫《房兵曹胡马》
野火烧不尽，春风吹又生。 白居易《草》

——

长风破浪会有时，直挂云帆济沧海。 李白《行路难》
山川萧条极边土，胡骑凭陵杂风雨。 高适《燕歌行》
轮台九月风夜吼，一川碎石大如斗，随风满地石乱走。
岑参《走马川行奉送封大夫出师西征》
茂陵刘郎秋风客，夜闻马嘶晓无迹。 李贺《金铜仙人辞汉歌》

——

羌笛何须怨杨柳，春风不度玉门关。 王之涣《凉州词》
谁家玉笛暗飞声，散入春风满洛城。 李白《春夜洛城闻笛》
风急天高猿啸哀，渚清沙白鸟飞回。 杜甫《登高》
千里莺啼绿映红，水村山郭酒旗风。 杜牧《江南春绝句》
九秋风露越窑开，夺得千峰翠色来。 陆龟蒙《秘色越器》
众芳摇落独暄妍，占尽风情向小园。 林逋《山园小梅》
楼船夜雪瓜洲渡，铁马秋风大散关。 陆游《书愤》
江山代有才人出，各领风骚数百年。 赵翼《论诗》
九州生气恃风雷，万马齐喑究可哀。 龚自珍《己亥杂诗之二》
钟山风雨起苍黄，百万雄师过大江。 毛泽东《人民解放军占领南京》

——

音尘绝，西风残照，汉家陵阙。 李白《忆秦娥》
渐霜风凄紧，关河冷落，残照当楼。 柳永《八声甘州》
舞低杨柳楼心月，歌尽桃花扇底风。 晏几道《鹧鸪天》
我欲乘风归去，又恐琼楼玉宇，高处不胜寒。 苏轼《水调歌头》

金风玉露一相逢，便胜却人间无数。　　秦观《鹊桥仙》
已是黄昏独自愁，更著风和雨。　　陆游《卜算子》
更能消几番风雨，匆匆春又归去。　　辛弃疾《摸鱼儿》

霜

蒹葭苍苍，白露为霜。　　《诗经·秦风·蒹葭》

——

床前明月光，疑是地上霜。　　李白《静夜思》

——

客心洗流水，馀响入霜钟。　　李白《听蜀僧濬弹琴》
素练风霜起，苍鹰画作殊。　　杜甫《画鹰》
鸡声茅店月，人迹板桥霜。　　温庭筠《商山早行》

——

络纬秋啼金井阑，微霜凄凄簟色寒。　　李白《长相思》
霜皮溜雨四十围，黛色参天二千尺。　　杜甫《古柏行》
鸳鸯瓦冷霜华重，翡翠衾寒谁与共。　　白居易《长恨歌》
半卷红旗临易水，霜重鼓寒声不起。　　李贺《雁门太守行》
传来消息满江乡，乌桕红经十度霜。　　吴伟业《圆圆曲》

——

艰难苦恨繁霜鬓，潦倒新停浊酒杯。　　杜甫《登高》
岁暮阴阳催短景，天涯霜雪霁寒宵。　　杜甫《阁夜》
月落乌啼霜满天，江枫渔火对愁眠。　　张继《枫桥夜泊》
回乐峰前沙似雪，受降城外月如霜。　　李益《夜上受降城闻笛》
霜禽欲下先偷眼，粉蝶如知合断魂。　　林逋《山园小梅》
孤臣霜发三千丈，每岁烟花一万重。　　陈与义《伤春》

——

羌管悠悠霜满地，人不寐，将军白发征夫泪。　　范仲淹《渔家傲》

清晨帘幕卷轻霜，呵手试梅妆。　欧阳修《诉衷情》
渐霜风凄紧，关河冷落，残照当楼。　柳永《八声甘州》
天边金掌露成霜，云随雁字长。　晏几道《阮郎归》
明月如霜，好风如水，清景无限。　苏轼《永遇乐》
执手霜风吹鬓影，去意徘徊，别语愁难听。　周邦彦《蝶恋花》
征尘暗，霜风劲，悄边声，黯销凝。　张孝祥《六州歌头》
自怜两鬓清霜，一年寒食，又身在云山深处。　吴文英《祝英台近》
琼瑰暗泣，念乡关、霜华似织。　蒋捷《瑞鹤仙》
梦醒谁歌楚些，泠泠霜激哀弦。　蒋春霖《木兰花慢》
怅霜飞榆塞，月冷枫江，万里凄清。　文廷式《忆旧游》
终古巢鸾无分，正飞霜金井，抛断缠绵。　朱孝臧《声声慢》
倦凝眄，可奈病叶惊霜，红兰泣骚畹。　吕碧城《祝英台近》
鹰击长空，鱼翔浅底，万类霜天竞自由。　毛泽东《沁园春》

雨

风雨如晦，鸡鸣不已。　《诗经·郑风·风雨》

——

夜雨剪春韭，新炊间黄粱。　杜甫《赠卫八处士》

——

空山新雨后，天气晚来秋。　王维《山居秋暝》
好雨知时节，当春乃发生。　杜甫《春夜喜雨》
暮雨相呼失，寒塘欲下迟。　崔涂《孤雁》

——

新鬼烦冤旧鬼哭，天阴雨湿声啾啾。　杜甫《兵车行》
春风桃李花开日，秋雨梧桐叶落时。　白居易《长恨歌》
大弦嘈嘈如急雨，小弦切切如私语。　白居易《琵琶行》

——

寒雨连江夜入吴，平明送客楚山孤。　王昌龄《芙蓉楼送辛渐》
渭城朝雨浥轻尘，客舍青青柳色新。　王维《渭城曲》
春潮带雨晚来急，野渡无人舟自横。　韦应物《滁州西涧》
清明时节雨纷纷，路上行人欲断魂。　杜牧《清明》
君问归期未有期，巴山夜雨涨秋池。　李商隐《夜雨寄北》
水光潋滟晴方好，山色空濛雨亦奇。　苏轼《饮湖上初晴后雨》
夜阑卧听风吹雨，铁马冰河入梦来。　陆游《十一月四日风雨大作》
黄梅时节家家雨，青草池塘处处蛙。　赵师秀《约客》
红雨随心翻作浪，青山着意化为桥。　毛泽东《送瘟神之二》
月正圆时伤破镜，雨淋铃夜忆归秦。　郁达夫《乱离杂诗之五》

——

细雨梦回鸡塞远，小楼吹彻玉笙寒。　李璟《摊破浣溪沙》
帘外雨潺潺，春意阑珊。罗衾不耐五更寒。　李煜《浪淘沙》
回首向来萧瑟处，归去，也无风雨也无晴。　苏轼《定风波》
数点雨声风约住，朦胧淡月云来去。　贺铸《蝶恋花》
梧桐更兼细雨，到黄昏、点点滴滴。　李清照《声声慢》
怒发冲冠，凭栏处、潇潇雨歇。　岳飞《满江红》
已是黄昏独自愁，更著风和雨。　陆游《卜算子》
更能消几番风雨，匆匆春又归去。　辛弃疾《摸鱼儿》
芳径，芹泥雨润。爱贴地争飞，竞夸轻俊。　史达祖《双双燕》
暮雨相呼，怕蓦地、玉关重见。　张炎《解连环》
一片晕红才著雨，几丝柔柳乍和烟，倩魂销尽夕阳前。
纳兰性德《浣溪沙》
风雨送春归，飞雪迎春到。　毛泽东《卜算子》

露

蒹葭苍苍，白露为霜。　《诗经·秦风·蒹葭》

譬如朝露，去日苦多。 曹操《短歌行之一》

——

荷风送香气，竹露滴清响。 孟浩然《夏日南亭怀辛大》

玉阶生白露，夜久侵罗袜。 李白《玉阶怨》

松际露微月，清光犹为君。 常建《宿王昌龄隐居》

日出雾露余，青松如膏沐。 柳宗元《晨诣超师院读禅经》

晓耕翻露草，夜榜响溪石。 柳宗元《溪居》

——

露重飞难进，风多响易沉。 骆宾王《在狱咏蝉》

灭烛怜光满，披衣觉露滋。 张九龄《望月怀远》

露从今夜白，月是故乡明。 杜甫《月夜忆舍弟》

残萤栖玉露，早雁拂金河。 许浑《早秋》

客去波平槛，蝉休露满枝。 李商隐《凉思》

空园白露滴，孤壁野僧邻。 马戴《灞上秋居》

——

惜君只欲苦死留，富贵何如草头露。

杜甫《送孔巢父谢病归游江东兼呈李白》

不露文章世已惊，未辞翦伐谁能送。 杜甫《古柏行》

——

一枝红艳露凝香，云雨巫山枉断肠。 李白《清平调之二》

花迎剑佩星初落，柳拂旌旗露未干。 岑参《奉和中书舍人贾至早朝大明宫》

桤林碍日吟风叶，笼竹和烟滴露梢。 杜甫《堂成》

玉露凋伤枫树林，巫山巫峡气萧森。 杜甫《秋兴八首之一》

草萤有耀终非火，荷露虽团岂是珠。 白居易《放言五首之一》

风波不信菱枝弱，月露谁教桂叶香。 李商隐《无题》

小荷才露尖尖角，早有蜻蜓立上头。 杨万里《小池》

——

藕花相向野塘中，暗伤亡国，清露泣香红。 鹿虔扆《临江仙》

槛菊愁烟兰泣露，罗幕轻寒，燕子双飞去。 晏殊《蝶恋花》

天边金掌露成霜，云随雁字长。 晏几道《阮郎归》

曲港跳鱼，圆荷泻露，寂寞无人见。	苏轼《永遇乐》
金风玉露一相逢，便胜却人间无数。	秦观《鹊桥仙》
夜色催更，清尘收露，小曲幽坊月暗。	周邦彦《拜星月慢》
露湿铜铺，苔侵石井，都是曾听伊处。	姜夔《齐天乐》
铜仙铅泪似洗，叹移盘去远，难贮零露。	王沂孙《齐天乐》

雪

终南阴岭秀，积雪浮云端。	祖咏《终南望余雪》
孤舟蓑笠翁，独钓寒江雪。	柳宗元《江雪》

——

草枯鹰眼疾，雪尽马蹄轻。	王维《观猎》
欲将轻骑逐，大雪满弓刀。	卢纶《塞下曲之三》
晚来天欲雪，能饮一杯无。	白居易《问刘十九》
乱山残雪夜，孤烛异乡人。	崔涂《除夜有怀》

——

黄云万里动风色，白波九道流雪山。	李白《庐山谣寄卢侍御虚舟》
君不见，高堂明镜悲白发，朝如青丝暮成雪。	李白《将进酒》
四边伐鼓雪海涌，三军大呼阴山动。	岑参《轮台歌奉送封大夫出师西征》
杨花雪落覆白蘋，青鸟飞去衔红巾。	杜甫《丽人行》
中有一人字太真，雪肤花貌参差是。	白居易《长恨歌》

——

万里寒光生积雪，三边曙色动危旌。	祖咏《望蓟门》
青海长云暗雪山，孤城遥望玉门关。	王昌龄《从军行之四》
窗含西岭千秋雪，门泊东吴万里船。	杜甫《绝句四首之三》
回乐峰前沙似雪，受降城外月如霜。	李益《夜上受降城闻笛》
云横秦岭家何在？雪拥蓝关马不前。	韩愈《左迁至蓝关示侄孙湘》
人生到处知何似，应似飞鸿踏雪泥。	苏轼《和子由渑池怀旧》

楼船夜雪瓜洲渡，铁马秋风大散关。　陆游《书愤》
更喜岷山千里雪，三军过后尽开颜。　毛泽东《长征》

——

小山重叠金明灭，鬓云欲度香腮雪。　温庭筠《菩萨蛮》
垆边人似月，皓腕凝双雪。　韦庄《菩萨蛮》
砌下落梅如雪乱，拂了一身还满。　李煜《清平乐》
乱石穿空，惊涛拍岸，卷起千堆雪。　苏轼《念奴娇》
烟横水际，映带几点归鸿，东风销尽龙沙雪。　贺铸《石州引》
靖康耻，犹未雪；臣子恨，何时灭！　岳飞《满江红》
应念岭表经年，孤光自照，肝胆皆冰雪。　张孝祥《念奴娇》
江国，正寂寂，叹寄与路遥，夜雪初积。　姜夔《暗香》
记玉关、踏雪事清游，寒气脆貂裘。　张炎《八声甘州》
桥影流虹，湖光映雪，翠帘不卷春深。　朱彝尊《高阳台》
此行何去？赣江风雪迷漫处。　毛泽东《减字木兰花》

冰

欲渡黄河冰塞川，将登太行雪满山。　李白《行路难》
马毛带雪汗气蒸，五花连钱旋作冰，幕中草檄砚水凝。
岑参《走马川行奉送封大夫出师西征》
瀚海阑干百丈冰，愁云惨淡万里凝。　岑参《白雪歌送武判官归京》

——

洛阳亲友如相问，一片冰心在玉壶。　王昌龄《芙蓉楼送辛渐》
冰簟银床梦不成，碧天如水夜云轻。　温庭筠《瑶瑟怨》
夜阑卧听风吹雨，铁马冰河入梦来。　陆游《十一月四日风雨大作》
须臾响急冰弦绝，但见奔星劲有声。　鲁迅《赠人之二》
诅咒而今翻异样，无如臣脑故如冰。　鲁迅《报载患脑炎戏作》

——

冰肌玉骨，自清凉无汗，水殿风来暗香满。　　苏轼《洞仙歌》

梅英疏淡，冰澌溶泄，东风暗换年华。　　秦观《望海潮》

雾浓香鸭，冰凝泪烛，霜天难晓。　　时彦《青门饮》

去年胜赏曾孤倚，冰盘同燕喜。　　周邦彦《花犯》

裁剪冰绡，轻叠数重，淡着燕脂匀注。　　赵佶《燕山亭》

冰姿洁，金莲衬、小小凌波罗袜。　　田为《江神子慢》

应念岭表经年，孤光自照，肝胆皆冰雪。　　张孝祥《念奴娇》

池面冰胶，墙腰雪老，云意还又沉沉。　　姜夔《一萼红》

冰池晴绿照还空，香径落红吹已断。　　严仁《木兰花》

翠眼圈花，冰丝织练，黄道宝光相直。　　史达祖《喜迁莺》

溶溶涧渌冰泮，醉梦里，年华暗换。　　卢祖皋《宴清都》

素骨凝冰，柔葱蘸雪，犹忆分瓜深意。　　吴文英《齐天乐》

酒酣应对燕山雪，正冰河月冻，晓陇云飞。　　周密《高阳台》

冰丝写怨更多情，骚人恨，枉赋芳兰幽芷。　　周密《花犯》

风檠背寒壁，放冰蟾、飞到蛛丝帘隙。　　蒋捷《瑞鹤仙》

红瓷候火，还乍识、冰环玉指。　　王沂孙《天香》

但似月轮终皎洁，不辞冰雪为卿热。　　纳兰性德《蝶恋花》

北国风光，千里冰封，万里雪飘。　　毛泽东《沁园春》

已是悬崖百丈冰，犹有花枝俏。　　毛泽东《卜算子》

烟

潭烟飞溶溶，林月低向后。　　綦毋潜《春泛若耶溪》

凄凄去亲爱，泛泛入烟雾。　　韦应物《初发扬子寄元大校书》

——

城阙辅三秦，风烟望五津。　　王勃《送杜少府之任蜀州》

移舟泊烟渚，日暮客愁新。　　孟浩然《宿建德江》

大漠孤烟直，长河落日圆。　　王维《使至塞上》

——

海客谈瀛洲，烟涛微茫信难求。 李白《梦游天姥吟留别》
汉家烟尘在东北，汉将辞家破残贼。 高适《燕歌行》
匈奴草黄马正肥，金山西见烟尘飞，汉家大将西出师。
岑参《走马川行奉送封大夫出师西征》
巢父掉头不肯住，东将入海随烟雾。
杜甫《送孔巢父谢病归游江东兼呈李白》

——

日照香炉生紫烟，遥看瀑布挂前川。 李白《望庐山瀑布》
最是一年春好处，绝胜烟柳满皇都。 韩愈《早春呈水部张十八员外》
烟笼寒水月笼沙，夜泊秦淮近酒家。 杜牧《泊秦淮》
沧海月明珠有泪，蓝田日暖玉生烟。 李商隐《锦瑟》
云边雁断胡天月，陇上羊归塞草烟。 温庭筠《苏武庙》
无情最是台城柳，依旧烟笼十里堤。 韦庄《台城》

——

平林漠漠烟如织，寒山一带伤心碧。 李白《菩萨蛮》
城上风光莺语乱，城下烟波春拍岸。 钱惟演《木兰花》
碧云天，黄叶地，秋色连波，波上寒烟翠。 范仲淹《苏幕遮》
绿杨烟外晓寒轻，红杏枝头春意闹。 宋祁《木兰花》
六朝旧事随流水，但寒烟衰草凝绿。 王安石《桂枝香》
竹杖芒鞋轻胜马，谁怕？一蓑烟雨任平生。 苏轼《定风波》
柳阴直，烟里丝丝弄碧。 周邦彦《兰陵王》
烟络横林，山沉远照，迤逦黄昏钟鼓。 贺铸《天香》
江南梦断横江渚。浪黏天、葡萄涨绿，半空烟雨。 叶梦得《贺新郎》
染柳烟浓，吹梅笛怨，春意知几许。 李清照《永遇乐》
做冷欺花，将烟困柳，千里偷催春暮。 史达祖《绮罗香》
几番烟雾，只有花难护。 陈子龙《点绛唇》
重来已是朝云散，怅明珠佩冷，紫玉烟沉。 朱彝尊《高阳台》
寂寞鱼龙睡稳，伤心付与秋烟。 蒋春霖《木兰花慢》
烟雨莽苍苍，龟蛇锁大江。 毛泽东《菩萨蛮》

雾

腾蛇成雾，终为土灰。　　曹操《步出夏门行·龟虽寿》

——

凄凄去亲爱，泛泛入烟雾。　　韦应物《初发扬子寄元大校书》

日出雾露余，青松如膏沐。　　柳宗元《晨诣超师院读禅经》

——

香雾云鬟湿，清辉玉臂寒。　　杜甫《月夜》

玉轸临风久，金波出雾迟。　　白居易《对琴待月》

——

巢父掉头不肯住，东将入海随烟雾。

杜甫《送孔巢父谢病归游江东兼呈李白》

芙蓉旌旗烟雾落，影动倒景摇潇湘。　　杜甫《寄韩谏议注》

喷云泄雾藏半腹，虽有绝顶谁能穷。　　韩愈《谒衡岳庙遂宿岳寺题门楼》

回头下望人寰处，不见长安见尘雾。　　白居易《长恨歌》

——

怀抱芳馨兰一握，纵横宙合雾千重。　　康有为《出都留别诸公》

今日欢呼孙大圣，只缘妖雾又重来。　　毛泽东《和郭沫若同志》

——

览景想前欢，指神京，非雾非烟深处。　　柳永《竹马子》

雾失楼台，月迷津渡，桃源望断无寻处。　　秦观《踏莎行》

雾浓香鸭，冰凝泪烛，霜天难晓。　　时彦《青门饮》

纵妙手、能解连环，似风散雨收，雾轻云薄。　　周邦彦《解连环》

晓阴重，霜凋岸草，雾隐城堞。　　周邦彦《浪淘沙慢》

条风布暖，霏雾弄晴，池台遍满春色。　　周邦彦《应天长》

清雾敛，与闲人登览。　　贺铸《天门谣》

薄雾浓云愁永昼，瑞脑消金兽。　　李清照《醉花阴》

如今憔悴，风鬟雾鬓，怕见夜间出去。	李清照《永遇乐》
东风静、细柳垂金缕，望凤阙、非烟非雾。	万俟咏《三台》
记年时、偷掷春心，花前隔雾遥相见。	吕渭老《薄幸》
共携手处，香如雾，红随步，怨春迟。	韩元吉《六州歌头》
怎得伊来，花雾绕、小堂深处。	张镃《宴山亭》
十载西湖，傍柳系马，趁娇尘软雾。	吴文英《莺啼序》
几番烟雾，只有花难护。	陈子龙《点绛唇》
杨柳迷离晓雾中，杏花零落五更钟。	陈子龙《山花子》
小栏人影凄迷，和烟和雾，更化作、一庭幽怨。	吕碧城《祝英台近》
过眼滔滔云共雾，算人间知己吾和汝。	毛泽东《贺新郎》
雾满龙岗千嶂暗，齐声唤，前头捉了张辉瓒。	毛泽东《渔家傲》

雷

醉和金甲舞，雷鼓动山川。　　卢纶《塞下曲之四》

——

飞湍瀑流争喧豗，砯崖转石万壑雷。　　李白《蜀道难》

来如雷霆收震怒，罢如江海凝清光。　　杜甫《观公孙大娘弟子舞剑器行》

——

雷鼓嘈嘈喧武昌，云旗猎猎过寻阳。	李白《永王东巡歌十一首之三》
飒飒东风细雨来，芙蓉塘外有轻雷。	李商隐《无题》
扇裁月魄羞难掩，车走雷声语未通。	李商隐《无题》
残雪压枝犹有橘，冻雷惊笋欲抽芽。	欧阳修《戏答元珍》
风翻蛛网开三面，雷动蜂窠趁两衙。	陈师道《春怀示邻里》
九州生气恃风雷，万马齐喑究可哀。	龚自珍《己亥杂诗之二》
牧马久惊侵禹域，蛰龙无术起风雷。	秋瑾《柬某君》
心事浩茫连广宇，于无声处听惊雷。	鲁迅《无题（1934 年）》
猛闻南岳一声雷，起蛰蛟龙舞劫灰。	柳亚子《除夕杂感之七》

一从大地起风雷，便有精生白骨堆。　　毛泽东《和郭沫若同志》
一阵风雷惊世界，满街红绿走旌旗。　　毛泽东《有所思》
年来宗炳垂垂老，卧看风雷笔底凝。　　郁达夫《题刘大师画》

——

家童鼻息已雷鸣，敲门都不应，倚杖听江声。　　苏轼《临江仙》
甚长年抱渴，咽如焦釜；于今喜睡，气似奔雷。　　辛弃疾《沁园春》
百尺朱楼临大道，楼外轻雷，不间昏和晓。　　王国维《蝶恋花》
四海翻腾云水怒，五洲震荡风雷激。　　毛泽东《满江红》
风雷动，旌旗奋，是人寰。　　毛泽东《水调歌头》
独有豪情，天际悬明月，风雷磅礴。　　毛泽东《念奴娇》

云

明月出天山，苍茫云海间。　　李白《关山月》
荡胸生层云，决眦入归鸟。　　杜甫《望岳》
浮云终日行，游子久不至。　　杜甫《梦李白二首之二》

——

云霞出海曙，梅柳渡江春。　　杜审言《和晋陵陆丞早春游望》
气蒸云梦泽，波撼岳阳城。　　孟浩然《临洞庭上张丞相》
行到水穷处，坐看云起时。　　王维《终南别业》
红颜弃轩冕，白首卧松云。　　李白《赠孟浩然》
白发悲花落，青云羡鸟飞。　　岑参《寄左省杜拾遗》
香雾云鬟湿，清辉玉臂寒。　　杜甫《月夜》
无风云出塞，不夜月临关。　　杜甫《秦州杂诗之七》
渚云低暗度，关月冷相随。　　崔涂《孤雁》

——

云青青兮欲雨，水澹澹兮生烟。　　李白《梦游天姥吟留别》
丹青不知老将至，富贵于我如浮云。　　杜甫《丹青引赠曹将军霸》

黑云压城城欲摧，甲光向日金鳞开。　李贺《雁门太守行》
斜谷云深起画楼，散关月落开妆镜。　吴伟业《圆圆曲》
云开衡岳积阴止，天马凤凰春树里。　毛泽东《送纵宇一郎东行》

——

黄河远上白云间，一片孤城万仞山。　王之涣《凉州词》
青海长云暗雪山，孤城遥望玉门关。　王昌龄《从军行之四》
波漂菰米沉云黑，露冷莲房坠粉红。　杜甫《秋兴八首之七》
云横秦岭家何在？雪拥蓝关马不前。　韩愈《左迁至蓝关示侄孙湘》
晴空一鹤排云上，便引诗情到碧霄。　刘禹锡《秋词二首之一》
金河秋半虏弦开，云外惊飞四散哀。　杜牧《早雁》
晓镜但愁云鬓改，夜吟应觉月光寒。　李商隐《无题》
金沙水拍云崖暖，大渡桥横铁索寒。　毛泽东《长征》

——

青鸟不传云外信，丁香空结雨中愁。　李璟《摊破浣溪沙》
山抹微云，天黏衰草，画角声断谯门。　秦观《满庭芳》
落日熔金，暮云合璧，人在何处。　李清照《永遇乐》
旧恨春江流不尽，新恨云山千叠。　辛弃疾《念奴娇》
燕雁无心，太湖西畔随云去。　姜夔《点绛唇》
天高云淡，望断南飞雁。　毛泽东《清平乐》

气

顾盼遗光彩，长啸气若兰。　曹植《美女篇》
岂伊地气暖，自有岁寒心。　张九龄《感遇之七》
荷风送香气，竹露滴清响。　孟浩然《夏日南亭怀辛大》
意气骄满路，鞍马光照尘。　白居易《轻肥》

——

气蒸云梦泽，波撼岳阳城。　孟浩然《临洞庭上张丞相》

空山新雨后，天气晚来秋。　　王维《山居秋暝》

天地英雄气，千秋尚凛然。　　刘禹锡《蜀先主庙》

——

狂夫富贵在青春，意气骄奢剧季伦。　　王维《洛阳女儿行》

杀气三时作阵云，寒声一夜传刁斗。　　高适《燕歌行》

虏塞兵气连云屯，战场白骨缠草根。　　岑参《轮台歌奉送封大夫出师西征》

云来气接巫峡长，月出寒通雪山白。　　杜甫《古柏行》

排空驭气奔如电，升天入地求之遍。　　白居易《长恨歌》

当其下手风雨快，笔所未到气已吞。　　苏轼《王维吴道子画》

——

西望瑶池降王母，东来紫气满函关。　　杜甫《秋兴八首之五》

彩笔昔曾干气象，白头吟望苦低垂。　　杜甫《秋兴八首之八》

今夜偏知春气暖，虫声新透绿窗纱。　　刘方平《月夜》

王濬楼船下益州，金陵王气黯然收。　　刘禹锡《西塞山怀古》

八尺龙须方锦褥，已凉天气未寒时。　　韩偓《已凉》

九州生气恃风雷，万马齐喑究可哀。　　龚自珍《己亥杂诗之二》

长歌正气重来读，我比前贤路已宽。　　郁达夫《乱离杂诗十二》

——

金锁已沉埋，壮气蒿莱。晚凉天净月华开。　　李煜《浪淘沙》

冻云黯淡天气，扁舟一叶，乘兴离江渚。　　柳永《夜半乐》

登临送目，正故国晚秋，天气初肃。　　王安石《桂枝香》

厌莺声到枕，花气动帘，醉魂愁梦相半。　　贺铸《望湘人》

元宵佳节，融和天气，次第岂无风雨。　　李清照《永遇乐》

想当年，金戈铁马，气吞万里如虎。　　辛弃疾《永遇乐》

天涯情味，仗酒祓清愁，花销英气。　　姜夔《翠楼吟》

男儿身手和谁赌，老来猛气还轩举。　　陈维崧《醉落魄》

此恨何时已，滴空阶、寒更雨歇，葬花天气。　　纳兰性德《金缕曲》

恰同学少年，风华正茂；书生意气，挥斥方遒。　　毛泽东《沁园春》

阴

徒言树桃李，此木岂无阴。 张九龄《感遇之七》
终南阴岭秀，积雪浮云端。 祖咏《终南望余雪》
造化钟神秀，阴阳割昏晓。 杜甫《望岳》

——

分野中峰变，阴晴众壑殊。 王维《终南山》

——

四边伐鼓雪海涌，三军大呼阴山动。 岑参《轮台歌奉送封大夫出师西征》
深山大泽龙蛇远，春寒野阴风景暮。
杜甫《送孔巢父谢病归游江东兼呈李白》

——

漠漠水田飞白鹭，阴阴夏木啭黄鹂。 王维《积雨辋川庄作》
岁暮阴阳催短景，天涯霜雪霁寒宵。 杜甫《阁夜》
二月黄鹂飞上林，春城紫禁晓阴阴。 钱起《赠阙下裴舍人》
最爱湖东行不足，绿杨阴里白沙堤。 白居易《钱塘湖春行》
泉眼无声惜细流，树阴照水爱晴柔。 杨万里《小池》

——

小径红稀，芳郊绿遍，高台树色阴阴见。 晏殊《踏莎行》
晚春盘马踏青苔，曾傍绿阴深驻。 晏几道《御街行》
乳燕飞华屋，悄无人、桐阴转午，晚凉新浴。 苏轼《贺新郎》
漠漠轻寒上小楼，晓阴无赖似穷秋，淡烟流水画屏幽。 秦观《浣溪沙》
柳阴直，烟里丝丝弄碧。 周邦彦《兰陵王》
晓阴重，霜凋岸草，雾隐城堞。 周邦彦《浪淘沙慢》
几许伤春春复暮，杨柳清阴，偏碍游丝度。 贺铸《蝶恋花》
卷珠箔，朝雨轻阴乍阁。 张元幹《兰陵王》
却几日阴沉，连宵慵困，起来韶华都尽。 僧挥《金明池》

楼阴缺，栏干影卧东厢月。 范成大《忆秦娥》
高柳垂阴，老鱼吹浪，留我花间住。 姜夔《念奴娇》
昼闲度，因甚天也悭春，轻阴便成雨。 吴文英《祝英台近》
一襟余恨宫魂断，年年翠阴庭树。 王沂孙《齐天乐》
一寸横波，断肠人在楼阴。 朱彝尊《高阳台》
几点飘零花絮，做弄得、阴晴多少。 王鹏运《玉漏迟》
自见海棠初谢，算几番醒醉，立尽花阴。 郑文焯《湘春夜月》
天阴洞庭波阔，夜沉沉、恨流湘弦。 朱孝臧《声声慢》
凝睐，阴晴弄暝，愁近黄昏，蜃华催改。 吕碧城《瑞鹤仙》
多少事，从来急；天地转，光阴迫。 毛泽东《满江红》

阳

春日载阳，有鸣仓庚。 《诗经·豳风·七月》

——

何当载酒来，共醉重阳节。 孟浩然《秋登兰山寄张五》
造化钟神秀，阴阳割昏晓。 杜甫《望岳》

——

待到重阳日，还来就菊花。 孟浩然《过故人庄》
昔闻洞庭水，今上岳阳楼。 杜甫《登岳阳楼》
高风汉阳渡，初日郢门山。 温庭筠《送人东游》
露气寒光集，微阳下楚丘。 马戴《楚江怀古》

——

昭阳殿里第一人，同辇随君侍君侧。 杜甫《哀江头》
昭阳殿里恩爱绝，蓬莱宫中日月长。 白居易《长恨歌》
浔阳江头夜送客，枫叶荻花秋瑟瑟。 白居易《琵琶行》
衰兰送客咸阳道，天若有情天亦老。 李贺《金铜仙人辞汉歌》

——

晴川历历汉阳树，芳草萋萋鹦鹉洲。 崔颢《黄鹤楼》
劝君更尽一杯酒，西出阳关无故人。 王维《渭城曲》
即从巴峡穿巫峡，便下襄阳向洛阳。 杜甫《闻官军收河南河北》
一封朝奏九重天，夕贬潮阳路八千。 韩愈《左迁至蓝关示侄孙湘》
一道残阳铺水中，半江瑟瑟半江红。 白居易《暮江吟》
城上斜阳画角哀，沈园非复旧池台。 陆游《沈园之二》
空梁王谢迷飞燕，海市楼台咒夕阳。 郁达夫《乱离杂诗之一》

——

乐游原上清秋节，咸阳古道音尘绝。 李白《忆秦娥》
为君持酒劝斜阳，且向花间留晚照。 宋祁《木兰花》
征帆去棹残阳里，背西风、酒旗斜矗。 王安石《桂枝香》
衡阳犹有雁传书，郴阳和雁无。 秦观《阮郎归》
新绿小池塘，风帘动，碎影舞斜阳。 周邦彦《风流子》
佳节又重阳，玉枕纱厨，半夜凉初透。 李清照《醉花阴》
辽阳驿使音尘绝，琐窗寒、轻拢慢撚，泪珠盈睫。 辛弃疾《贺新郎》
病翼惊秋，枯形阅世，消得斜阳几度？ 王沂孙《齐天乐》
是非成败转头空，青山依旧在，几度夕阳红。 杨慎《临江仙》
一片晕红才著雨，几丝柔柳乍和烟，倩魂销尽夕阳前。 纳兰性德《浣溪沙》
唯有年时芳俦在，一例差池双翦，相对向、斜阳凄怨。 梁启超《金缕曲》
从头越，苍山如海，残阳如血。 毛泽东《忆秦娥》

光

床前明月光，疑是地上霜。 李白《静夜思》
今夕复何夕，共此灯烛光。 杜甫《赠卫八处士》
意气骄满路，鞍马光照尘。 白居易《轻肥》

——

淑气催黄鸟，晴光转绿蘋。 杜审言《和晋陵陆丞早春游望》

灭烛怜光满，披衣觉露滋。　张九龄《望月怀远》

山光悦鸟性，潭影空人心。　常建《题破山寺后禅院》

野润烟光薄，沙暄日色迟。　杜甫《后游》

——

庐山秀出南斗旁，屏风九叠云锦张，影落明湖青黛光。

李白《庐山谣寄卢侍御虚舟》

来如雷霆收震怒，罢如江海凝清光。　杜甫《观公孙大娘弟子舞剑器行》

峨眉山下少人行，旌旗无光日色薄。　白居易《长恨歌》

黑云压城城欲摧，甲光向日金鳞开。　李贺《雁门太守行》

——

葡萄美酒夜光杯，欲饮琵琶马上催。　王翰《凉州曲》

万里寒光生积雪，三边曙色动危旌。　祖咏《望蓟门》

新妆宜面下朱楼，深锁春光一院愁。　刘禹锡《春词》

日光斜照集灵台，红树花迎晓露开。　张祜《集灵台》

银烛秋光冷画屏，轻罗小扇扑流萤。　杜牧《秋夕》

晓镜但愁云鬓改，夜吟应觉月光寒。　李商隐《无题》

水光潋滟晴方好，山色空濛雨亦奇。　苏轼《饮湖上初晴后雨》

吟罢低眉无写处，月光如水照缁衣。　鲁迅《惯于》

飒爽英姿五尺枪，曙光初照演兵场。　毛泽东《为女民兵题照》

河山两戒重光日，约取金门海上盟。　郁达夫《乱离杂诗之九》

——

洛阳城里春光好，洛阳才子他乡老。　韦庄《菩萨蛮》

还与韶光共憔悴，不堪看。　李璟《摊破浣溪沙》

明月不谙离恨苦，斜光到晓穿朱户。　晏殊《蝶恋花》

东城渐觉风光好，縠皱波纹迎客棹。　宋祁《木兰花》

风消绛蜡，露浥红莲，灯市光相射。　周邦彦《解语花》

何处望神州？满眼风光北固楼。　辛弃疾《南乡子》

宝马雕车香满路。凤箫声动，玉壶光转，一夜鱼龙舞。　辛弃疾《青玉案》

流光过隙，叹杏梁、双燕如客。　姜夔《霓裳中序第一》

烟光摇缥瓦，望晴檐多风，柳花如洒。　史达祖《三姝媚》

春

春日载阳，有鸣仓庚。　　《诗经·豳风·七月》

——

胡姬年十五，春日独当垆。　　辛延年《羽林郎》
兰叶春葳蕤，桂华秋皎洁。　　张九龄《感遇之一》
夜雨剪春韭，新炊间黄粱。　　杜甫《赠卫八处士》
谁言寸草心，报得三春晖。　　孟郊《游子吟》
春种一粒粟，秋成万颗子。　　李绅《悯农二首之一》

——

云霞出海曙，梅柳渡江春。　　杜审言《和晋陵陆丞早春游望》
海日生残夜，江春入旧年。　　王湾《次北固山下》
月出惊山鸟，时鸣春涧中。　　王维《鸟鸣涧》
国破山河在，城春草木深。　　杜甫《春望》

——

春宵苦短日高起，从此君王不早朝。　　白居易《长恨歌》
今年欢笑复明年，秋月春风等闲度。　　白居易《琵琶行》
明妃初出汉宫时，泪湿春风鬓脚垂。　　王安石《明妃曲》
错怨狂风飏落花，无边春色来天地。　　吴伟业《圆圆曲》

——

羌笛何须怨杨柳，春风不度玉门关。　　王之涣《凉州词》
闺中少妇不知愁，春日凝妆上翠楼。　　王昌龄《闺怨》
寂寞空庭春欲晚，梨花满地不开门。　　刘方平《春怨》
春潮带雨晚来急，野渡无人舟自横。　　韦应物《滁州西涧》
沉舟侧畔千帆过，病树前头万木春。　　刘禹锡《酬乐天扬州初逢席上见赠》
长恨春归无觅处，不知转入此中来。　　白居易《大林寺桃花》
东风不与周郎便，铜雀春深锁二乔。　　杜牧《赤壁》

春蚕到死丝方尽，蜡炬成灰泪始干。 李商隐《无题》

可怜无定河边骨，犹是春闺梦里人。 陈陶《陇西行》

竹外桃花三两枝，春江水暖鸭先知。 苏轼《惠崇春江晓景》

伤心桥下春波绿，曾是惊鸿照影来。 陆游《沈园之二》

——

风乍起，吹皱一池春水。 冯延巳《谒金门》

可堪孤馆闭春寒，杜鹃声里斜阳暮。 秦观《踏莎行》

无意苦争春，一任群芳妒。 陆游《卜算子》

白发渔樵江渚上，惯看秋月春风。 杨慎《临江仙》

横空出世，莽昆仑，阅尽人间春色。 毛泽东《念奴娇》

秋

秋风萧瑟，洪波涌起。 曹操《步出夏门行·观沧海》

——

秋风吹不尽，总是玉关情。 李白《子夜吴歌》

——

空山新雨后，天气晚来秋。 王维《山居秋暝》

不觉碧山暮，秋云暗几重。 李白《听蜀僧濬弹琴》

水落鱼龙夜，山空鸟鼠秋。 杜甫《秦州杂诗之一》

星河秋一雁，砧杵夜千家。 韩翃《酬程近秋夜即事见赠》

天地英雄气，千秋尚凛然。 刘禹锡《蜀先主庙》

——

春风桃李花开日，秋雨梧桐叶落时。 白居易《长恨歌》

东船西舫悄无言，唯见江心秋月白。 白居易《琵琶行》

角声满天秋色里，塞上燕脂凝夜紫。 李贺《雁门太守行》

茂陵刘郎秋风客，夜闻马嘶晓无迹。 李贺《金铜仙人辞汉歌》

——

缭乱边愁听不尽，高高秋月照长城。 王昌龄《从军行之二》
鱼龙寂寞秋江冷，故国平居有所思。 杜甫《秋兴八首之四》
从今四海为家日，故垒萧萧芦荻秋。 刘禹锡《西塞山怀古》
楼船夜雪瓜洲渡，铁马秋风大散关。 陆游《书愤》
鹭影不来秋瑟瑟，苇花伴宿露瀼瀼。 鲁迅《莲蓬人》

——

乐游原上清秋节，咸阳古道音尘绝。 李白《忆秦娥》
无言独上西楼，月如钩。寂寞梧桐深院锁清秋。 李煜《相见欢》
那堪更被明月，隔墙送过秋千影。 张先《青门引》
夜深风竹敲秋韵，万叶千声皆是恨。 欧阳修《木兰花》
登临送目，正故国晚秋，天气初肃。 王安石《桂枝香》
明朝万一西风动，争奈朱颜不耐秋。 晏几道《鹧鸪天》
漠漠轻寒上小楼，晓阴无赖似穷秋，淡烟流水画屏幽。 秦观《浣溪沙》
红藕香残玉簟秋，轻解罗裳，独上兰舟。 李清照《一剪梅》
洞庭青草，近中秋、更无一点风色。 张孝祥《念奴娇》
枕簟溪堂冷欲秋，断云依水晚来收。 辛弃疾《鹧鸪天》
候馆迎秋，离宫吊月，别有伤心无数。 姜夔《齐天乐》
病翼惊秋，枯形阅世，消得斜阳几度？ 王沂孙《齐天乐》
白发渔樵江渚上，惯看秋月春风。 杨慎《临江仙》
战松林、万翠鸣秋，并作怒涛澎湃。 吕碧城《瑞鹤仙》

年

烈士暮年，壮心不已。 曹操《步出夏门行·龟虽寿》

——

少年见罗敷，脱帽著帩头。 《陌上桑》

——

海日生残夜，江春入旧年。 王湾《次北固山下》

黄金燃桂尽，壮志逐年衰。 孟浩然《秦中寄远上人》

晚年惟好静，万事不关心。 王维《酬张少府》

凄凉宝剑篇，羁泊欲穷年。 李商隐《风雨》

——

三年笛里关山月，万国兵前草木风。 杜甫《洗兵马》

悠悠生死别经年，魂魄不曾来入梦。 白居易《长恨歌》

今年欢笑复明年，秋月春风等闲度。 白居易《琵琶行》

和戎诏下十五年，将军不战空临边。 陆游《关山月》

——

万里悲秋常作客，百年多病独登台。 杜甫《登高》

已忍伶俜十年事，强移栖息一枝安。 杜甫《宿府》

同学少年多不贱，五陵衣马自轻肥。 杜甫《秋兴八首之三》

庾信平生最萧瑟，暮年诗赋动江关。 杜甫《咏怀古迹之一》

莺啼燕语报新年，马邑龙堆路几千。 皇甫冉《春思》

欲为圣朝除弊事，肯将衰朽惜残年。 韩愈《左迁至蓝关示侄孙湘》

试玉要烧三日满，辨才须待七年期。 白居易《放言五首之三》

闲坐悲君亦自悲，百年多是几多时。 元稹《遣悲怀之三》

十年一觉扬州梦，赢得青楼薄幸名。 杜牧《遣怀》

锦瑟无端五十弦，一弦一柱思华年。 李商隐《锦瑟》

苦恨年年压金线，为他人作嫁衣裳。 秦韬玉《贫女》

梦断香消四十年，沈园柳老不吹绵。 陆游《沈园之一》

江山代有才人出，各领风骚数百年。 赵翼《论诗》

——

秦楼月，年年柳色，灞陵伤别。 李白《忆秦娥》

年年今夜，月华如练，长是人千里。 范仲淹《御街行》

彩袖殷勤捧玉钟，当年拚却醉颜红。 晏几道《鹧鸪天》

料得年年肠断处，明月夜，短松冈。 苏轼《江城子》

梅英疏淡，冰澌溶泄，东风暗换年华。 秦观《望海潮》

锦瑟华年谁与度？月桥花院，琐窗朱户，只有春知处。 贺铸《青玉案》

恰同学少年，风华正茂；书生意气，挥斥方遒。 毛泽东《沁园春》

载

春日载阳，有鸣仓庚。《诗经·豳风·七月》

——

使君谢罗敷：宁可共载不？《陌上桑》

何当载酒来，共醉重阳节。孟浩然《秋登兰山寄张五》

——

横塘双桨去如飞，何处豪家强载归？吴伟业《圆圆曲》

——

出师一表真名世，千载谁堪伯仲间。陆游《书愤》

卢龙雄塞倚天开，十载三逢敌骑来。陈子龙《辽事杂诗之一》

破帽遮颜过闹市，漏船载酒泛中流。鲁迅《自嘲》

忍死偷然迟廿载，东南义旅问何如。柳亚子《吴门记游之八》

终期舸载夷光去，鬓影烟波共一庐。郁达夫《乱离杂诗之二》

——

买花载酒长安市，又争似家山见桃李？欧阳修《青玉案》

等行人、醉拥重衾，载将离恨归去。周邦彦《尉迟杯》

青青草，迷路陌。强载酒、细寻前迹。周邦彦《应天长》

曾驰道同载，上林携手，灯夜初过早共约，又争信漂泊？

张元幹《兰陵王》

只恐双溪舴艋舟，载不动许多愁。李清照《武陵春》

欲买桂花同载酒，终不似，少年游。刘过《唐多令》

画船载取春归去，余情付、湖水湖烟。俞国宝《风入松》

谁信骚魂千载后，波底垂涎角黍。又说是、蛟馋龙怒。刘克庄《贺新郎》

载酒买花年少事，浑不似，旧心情。卢祖皋《江城子》

十载西湖，傍柳系马，趁娇尘软雾。吴文英《莺啼序》

醉鬟留盼，小窗剪烛，歌云载恨，飞上银霄。吴文英《惜黄花慢》

载取白云归去，问谁留楚佩，弄影中洲？ 张炎《八声甘州》
金钗十二，珠履三千，凄凉千载。 夏完淳《烛影摇红》
三载悠悠魂梦杳，是梦久应醒矣，料也觉、人间无味。
纳兰性德《金缕曲》
载酒园林，往日游情倦了。 王鹏运《玉漏迟》
谢桥路，十载重约钿车，惊心旧游误。 文廷式《祝英台近》

节

欣欣此生意，自尔为佳节。 张九龄《感遇之一》
何当载酒来，共醉重阳节。 孟浩然《秋登兰山寄张五》

——

好雨知时节，当春乃发生。 杜甫《春夜喜雨》
节候看应晚，心期卧已赊。 韩翃《酬程近秋夜即事见赠》
永怀当此节，倚立自移时。 李商隐《凉思》

——

节使三河募年少，诏书五道出将军。 王维《老将行》
相看白刃血纷纷，死节从来岂顾勋。 高适《燕歌行》
我来正逢秋雨节，阴气晦昧无清风。 韩愈《谒衡岳庙遂宿岳寺题门楼》
钿头银篦击节碎，血色罗裙翻酒污。 白居易《琵琶行》
门前两丛竹，雪节贯霜根。 苏轼《王维吴道子画》

——

独在异乡为异客，每逢佳节倍思亲。 王维《九月九日忆山东兄弟》
正是江南好风景，落花时节又逢君。 杜甫《江南逢李龟年》
清明时节雨纷纷，路上行人欲断魂。 杜牧《清明》
三十一年还旧国，落花时节读华章。 毛泽东《和柳亚子先生》

——

乐游原上清秋节，咸阳古道音尘绝。 李白《忆秦娥》

时节欲黄昏，无聊独倚门。 温庭筠《菩萨蛮》
雨轻风色暴，梅子青时节。 张先《千秋岁》
双燕欲归时节，银屏昨夜微寒。 晏殊《清平乐》
多情自古伤离别，更那堪冷落清秋节！ 柳永《雨霖铃》
犹记出关来，恰如今时节。 贺铸《石州引》
不尽眼中青，是愁来时节。 张元干《石州慢》
佳节又重阳，玉枕纱厨，半夜凉初透。 李清照《醉花阴》
元宵佳节，融和天气，次第岂无风雨。 李清照《永遇乐》
高咏楚词酬午日，天涯节序匆匆。 陈与义《临江仙》
野棠花落，又匆匆过了，清明时节。 辛弃疾《念奴娇》
又还是、宫烛分烟，奈愁里、匆匆换时节。 姜夔《琵琶仙》
人散市声收，渐入愁时节。 刘克庄《生查子》
聊对旧节传杯，尘笺蠹管，断阕经岁慵赋。 吴文英《霜叶飞》
玉骨西风，恨最恨、闲却新凉时节。 周密《玉京秋》
谁道飘零不可怜，旧游时节好花天，断肠人去自今年。
纳兰性德《浣溪沙》

岁

岂伊地气暖，自有岁寒心。 张九龄《感遇之七》
千秋万岁名，寂寞身后事。 杜甫《梦李白二首之二》
是岁江南旱，衢州人食人。 白居易《轻肥》
——
白发催年老，青阳逼岁除。 孟浩然《岁暮归南山》
中岁颇好道，晚家南山陲。 王维《终南别业》
乡心新岁切，天畔独潸然。 刘长卿《新年作》
离离原上草，一岁一枯荣。 白居易《草》
——

尔来四万八千岁，不与秦塞通人烟。 李白《蜀道难》

罢琴惆怅月照席，几岁寄我空中书。

杜甫《送孔巢父谢病归游江东兼呈李白》

浔阳地僻无音乐，终岁不闻丝竹声。 白居易《琵琶行》

——

莫是长安行乐处，空令岁月易蹉跎。 李颀《送魏万之京》

岁暮阴阳催短景，天涯霜雪霁寒宵。 杜甫《阁夜》

一卧沧江惊岁晚，几回青琐点朝班。 杜甫《秋兴八首之五》

岁岁金河复玉关，朝朝马策与刀环。 柳中庸《征人怨》

早岁那知世事艰，中原北望气如山。 陆游《书愤》

留得岁寒松柏在，任他世网乱如麻。 柳亚子《次韵和陈巢南》

——

叹后约、丁宁竟何据！惨离怀、空恨岁晚归期阻。 柳永《夜半乐》

乡梦断，旅魂孤，峥嵘岁又除。 秦观《阮郎归》

长亭路，年去岁来，应折柔条过千尺。 周邦彦《兰陵王》

如今向、渔村水驿，夜如岁、焚香独自语。 周邦彦《尉迟杯》

惊动天涯倦宦，骎骎岁华行暮。 贺铸《天香》

时易失，心徒壮，岁将零，渺神京。 张孝祥《六州歌头》

谁教岁岁红莲夜，两处沉吟各自知。 姜夔《鹧鸪天》

还又岁晚，瘦骨临风，夜闻秋声，吹动岑寂。 史达祖《秋霁》

残日东风，不放岁华去。 吴文英《祝英台近》

相将共、岁寒伴侣，小窗静，沉烟熏翠被。 周密《花犯》

瓜洲曾舣，等行人岁岁，日下长秋，城乌夜起。 彭元逊《六丑》

七宝修成合璧，重轮岁岁中天。 纳兰性德《清平乐》

携来百侣曾游，忆往昔峥嵘岁月稠。 毛泽东《沁园春》

人生易老天难老，岁岁重阳。 毛泽东《采桑子》

时

神龟虽寿，犹有竟时。　　曹操《步出夏门行·龟虽寿》

——

当君怀归日，是妾断肠时。　　李白《春思》
少壮能几时，鬓发各已苍。　　杜甫《赠卫八处士》

——

行到水穷处，坐看云起时。　　王维《终南别业》
感时花溅泪，恨别鸟惊心。　　杜甫《春望》
永怀当此节，倚立自移时。　　李商隐《凉思》
啼时惊妾梦，不得到辽西。　　金昌绪《春怨》

——

路旁时卖故侯瓜，门前学种先生柳。　　王维《老将行》
长风破浪会有时，直挂云帆济沧海。　　李白《行路难》
杀气三时作阵云，寒声一夜传刁斗。　　高适《燕歌行》
轮台东门送君去，去时雪满天山路。　　岑参《白雪歌送武判官归京》
哀哉王孙慎勿疏，五陵佳气无时无。　　杜甫《哀王孙》
侍儿扶起娇无力，始是新承恩泽时。　　白居易《长恨歌》
别有幽愁暗恨生，此时无声胜有声。　　白居易《琵琶行》

——

秦时明月汉时关，万里长征人未还。　　王昌龄《出塞》
昆明池水汉时功，武帝旌旗在眼中。　　杜甫《秋兴八首之七》
周公恐惧流言日，王莽谦恭未篡时。　　白居易《放言五首之三》
妆罢低声问夫婿，画眉深浅入时无？　　朱庆馀《近试上张水部》
此日六军同驻马，当时七夕笑牵牛。　　李商隐《马嵬》
蒌蒿满地芦芽短，正是河豚欲上时。　　苏轼《惠崇春江晓景》

——

独自莫凭栏！无限江山；别时容易见时难。 李煜《浪淘沙》
长于春梦几多时，散似秋云无觅处。 晏殊《木兰花》
此时金盏直须深，看尽落花能几醉。 晏几道《木兰花》
明月几时有，把酒问青天。 苏轼《水调歌头》
两情若是久长时，又岂在朝朝暮暮。 秦观《鹊桥仙》
怎不思量，除梦里有时曾去。 赵佶《燕山亭》
云中谁寄锦书来，雁字回时，月满西楼。 李清照《一剪梅》
目断秋霄落雁，醉来时响空弦。 辛弃疾《木兰花慢》
别后书辞，别时针线，离魂暗逐郎行远。 姜夔《踏莎行》
今日长缨在手，何时缚住苍龙？ 毛泽东《清平乐》

世

两鬓何窈窕，一世良所无。 辛延年《羽林郎》
登临出世界，磴道盘虚空。 岑参《与高适薛据登慈恩寺浮图》
明日隔山岳，世事两茫茫。 杜甫《赠卫八处士》
世乱遭飘荡，生还偶然遂。 杜甫《羌村之一》
世情恶衰歇，万事随转烛。 杜甫《佳人》

——

当路谁相假，知音世所稀。 孟浩然《留别王维》
浮天沧海远，去世法舟轻。 钱起《送僧归日本》
世乱同南去，时清独北还。 司空曙《贼平后送人北归》
世界微尘里，吾宁爱与憎。 李商隐《北青萝》

——

自从弃置便衰朽，世事蹉跎成白首。 王维《老将行》
世间行乐亦如此，古来万事东流水。 李白《梦游天姥吟留别》
人生在世不称意，明朝散发弄扁舟。 李白《宣州谢朓楼饯别校书叔云》
途穷反遭俗眼白，世上未有如公贫。 杜甫《丹青引赠曹将军霸》

不露文章世已惊，未辞翦伐谁能送。　　杜甫《古柏行》

——

闻道长安似弈棋，百年世事不胜悲。　　杜甫《秋兴八首之四》

生涯岂料承优诏，世事空知学醉歌。　　刘长卿《江州重别薛六柳八二员外》

世事茫茫难自料，春愁黯黯独成眠。　　韦应物《寄李儋元锡》

人世几回伤往事，山形依旧枕寒流。　　刘禹锡《西塞山怀古》

时难年荒世业空，弟兄羁旅各西东。

白居易《自河南经乱，关内阻饥，兄弟离散，各在一处，因望月有感，聊书所怀，寄上浮梁大兄、於潜七兄、乌江十五兄兼示符离及下邽弟妹》

谁爱风流高格调，共怜时世俭梳妆。　　秦韬玉《贫女》

早岁那知世事艰，中原北望气如山。　　陆游《书愤》

世味年来薄似纱，谁令骑马客京华。　　陆游《临安春雨初霁》

山河破碎风飘絮，身世浮沉雨打萍。　　文天祥《过零丁洋》

冷眼向洋看世界，热风吹雨洒江天。　　毛泽东《登庐山》

明知世乱天难问，终觉离多会渐稀。　　郁达夫《乱离杂诗之六》

乱世桃源非乐土，炎荒草泽尽英雄。　　郁达夫《乱离杂诗之十》

——

世上功名，老来风味，春归时候。　　晁补之《水龙吟》

恨芳菲世界，游人未赏，都付与、莺和燕。　　陈亮《水龙吟》

病翼惊秋，枯形阅世，消得斜阳几度？　　王沂孙《齐天乐》

横空出世，莽昆仑，阅尽人间春色。　　毛泽东《念奴娇》

期

盈缩之期，不但在天。　　曹操《步出夏门行·龟虽寿》

——

永结无情游，相期邈云汉。　　李白《月下独酌》

——

不堪盈手赠，还寝梦佳期。　　张九龄《望月怀远》
节候看应晚，心期卧已赊。　　韩翃《酬程近秋夜即事见赠》
嫁得瞿塘贾，朝朝误妾期。　　李益《江南曲》
暂去还来此，幽期不负言。　　贾岛《题李凝幽居》

——

先期汗漫九垓上，愿接卢敖游太清。　　李白《庐山谣寄卢侍御虚舟》
天长地久有时尽，此恨绵绵无绝期。　　白居易《长恨歌》

——

试玉要烧三日满，辨才须待七年期。　　白居易《放言五首之三》
同穴窅冥何所望，他生缘会更难期。　　元稹《遣悲怀之三》
君问归期未有期，巴山夜雨涨秋池。　　李商隐《夜雨寄北》
终期舸载夷光去，鬓影烟波共一庐。　　郁达夫《乱离杂诗之二》

——

送春春去几时回？临晚镜，伤流景，往事后期空记省。　　张先《天仙子》
初将明月比佳期，长向月圆时候望人归。　　晏几道《虞美人》
作个归期天已许，春衫犹是，小蛮针线，曾湿西湖雨。　　苏轼《青玉案》
柔情似水，佳期如梦，忍顾鹊桥归路。　　秦观《鹊桥仙》
恨春去不与人期，弄夜色，空余满地梨花雪。　　周邦彦《浪淘沙慢》
心期切处，更有多少凄凉，殷勤留与归时说。　　张元幹《石州慢》
长门事，准拟佳期又误，蛾眉曾有人妒。　　辛弃疾《摸鱼儿》
鬓边觑，应把花卜归期，才簪又重数。　　辛弃疾《祝英台近》
肥水东流无尽期，当初不合种相思。　　姜夔《鹧鸪天》
孤迥，盟鸾心在，跨鹤程高，后期无准。　　陆睿《瑞鹤仙》
逡巡，题门惆怅，堕履牵萦，数幽期难准。　　吴文英《渡江云》
叙旧期、不负春盟，红朝翠暮。　　吴文英《宴清都》
燕约莺期，恼芳情偏在，翠深红隙。　　周密《曲游春》
佳期一梦断人肠，静倚银釭待。　　夏完淳《烛影摇红》
春色已看浓似酒，归期安得信如潮，离魂入夜倩谁招？　　纳兰性德《浣溪沙》
软风吹过窗纱，心期便隔天涯。　　纳兰性德《清平乐》

惆怅罗衾扪遍，便梦隔欢期，旧恩还恋。 王鹏运《三姝媚》
怨花后期，无言花暗泣，颗地谁惜。 郑文焯《六丑》

会

会当凌绝顶，一览众山小。 杜甫《望岳》
梧桐相待老，鸳鸯会双死。 孟郊《列女操》

——

悠悠洛阳道，此会在何年。 陈子昂《春夜别友人之一》
还作江南会，翻疑梦里逢。 戴叔伦《江乡故人偶集客舍》

——

长风破浪会有时，直挂云帆济沧海。 李白《行路难》
烹羊宰牛且为乐，会须一饮三百杯。 李白《将进酒》
征起适遇风云会，扶颠始知筹策良。 杜甫《洗兵马》
但教心似金钿坚，天上人间会相见。 白居易《长恨歌》

——

若非群玉山头见，会向瑶台月下逢。 李白《清平调》
同穴窅冥何所望，他生缘会更难期。 元稹《遣悲怀之三》
玉郎会此通仙籍，忆向天阶问紫芝。 李商隐《重过圣女祠》
明知世乱天难问，终觉离多会渐稀。 郁达夫《乱离杂诗之六》
会当立马扶桑顶，扫穴犁庭再誓师。 郁达夫《乱离杂诗十一》

——

暗想当初，有多少、幽欢佳会。 柳永《曲玉管》
草色烟光残照里，无言谁会凭阑意。 柳永《蝶恋花》
负佳人、几许盟言，便忍把、从前欢会，陡顿翻成忧戚。
柳永《浪淘沙慢》
难忘，文期酒会，几孤风月，屡变星霜。 柳永《玉胡蝶》
花骢会意，纵扬鞭、亦自行迟。 周邦彦《夜飞鹊》

凭寄离恨重重，这双燕，何曾会人言语。 赵佶《燕山亭》

饧香更、酒冷踏青路；会暗识、夭桃朱户。 万俟咏《三台》

悠然心会，妙处难与君说。 张孝祥《念奴娇》

清愁不断，问何人会解连环？ 辛弃疾《汉宫春》

把吴钩看了，栏干拍遍，无人会，登临意。 辛弃疾《水龙吟》

树若有情时，不会得青青如此。 姜夔《长亭怨慢》

临分把手，叹一笑论文，清狂顾曲，此会几时又？ 刘辰翁《摸鱼儿》

眼角眉梢都似恨，热泪欲零还住，知误会前番书语。 毛泽东《贺新郎》

会昌城外高峰，颠连直接东溟。 毛泽东《清平乐》

保安人物一时新，洞中开宴会，招待出牢人。 毛泽东《临江仙》

一唱雄鸡天下白，万方乐奏有于阗，诗人兴会更无前。 毛泽东《浣溪沙》

初

先帝侍女八千人，公孙剑器初第一。 杜甫《观公孙大娘弟子舞剑器行》

明妃初出汉宫时，泪湿春风鬓脚垂。 王安石《明妃曲》

相见初经田窦家，侯门歌舞出如花。 吴伟业《圆圆曲》

——

桂魄初生秋露微，轻罗已薄未更衣。 王维《秋夜曲》

仙台初见五城楼，风物凄凄宿雨收。 韩翃《同题仙游观》

向使当初身便死，一生真伪复谁知？ 白居易《放言五首之三》

娉娉袅袅十三余，豆蔻梢头二月初。 杜牧《赠别》

初怪上都闻战马，岂知穷海看飞龙。 陈与义《伤春》

——

重重帘幕密遮灯，风不定，人初静，明日落红应满径。 张先《天仙子》

青杏园林煮酒香，佳人初试薄罗裳，柳丝无力燕飞忙。 晏殊《浣溪沙》

寒蝉凄切，对长亭晚，骤雨初歇。 柳永《雨霖铃》

记得小蘋初见，两重心字罗衣。 晏几道《临江仙》

遥想公瑾当年，小乔初嫁了，雄姿英发。　苏轼《念奴娇》
缺月挂疏桐，漏断人初静。　苏轼《卜算子》
湘天风雨破寒初，深沉庭院虚。　秦观《阮郎归》
楼角初销一缕霞，淡黄杨柳暗栖鸦，玉人和月摘梅花。　贺铸《浣溪沙》
佳节又重阳，玉枕纱厨，半夜凉初透。　李清照《醉花阴》
清露晨流，新桐初引，多少游春意。　李清照《念奴娇》
夜长争得薄情知，春初早被相思染。　姜夔《踏莎行》
淮左名都，竹西佳处，解鞍少驻初程。　姜夔《扬州慢》
江国，正寂寂，叹寄与路遥，夜雪初积。　姜夔《暗香》
月冷龙沙，尘清虎落，今年汉酺初赐。　姜夔《翠楼吟》
漏初长、梦魂难禁，人渐老、风月俱寒。　史达祖《玉胡蝶》
璧月初晴，黛云远淡，春事谁主。　刘辰翁《永遇乐》
韶华正好，应自喜、初乱长安蜂蝶。　周密《瑶华》
绀烟迷雁迹，渐碎鼓零钟，街喧初息。　蒋捷《瑞鹤仙》
山空天入海，倚楼望极，风急暮潮初。　张炎《渡江云》
渐新痕悬柳，淡彩穿花，依约破初暝。　王沂孙《眉妩》
人生若只如初见，何事秋风悲画扇。　纳兰性德《木兰花》
自见海棠初谢，算几番醒醉，立尽花阴。　郑文焯《湘春夜月》

今

但为君故，沉吟至今。　曹操《短歌行之一》

——

昔为倡家女，今为荡子妇。　《青青河畔草》
今夕复何夕，共此灯烛光。　杜甫《赠卫八处士》
古调虽自爱，今人多不弹。　刘长卿《听弹琴》
至今思项羽，不肯过江东。　李清照《绝句》

——

今夜鄜州月，闺中只独看。　　杜甫《月夜》
露从今夜白，月是故乡明。　　杜甫《月夜忆舍弟》
昔闻洞庭水，今上岳阳楼。　　杜甫《登岳阳楼》
至今窥牧马，不敢过临洮。　　西鄙人《哥舒歌》

——

乱我心者，今日之日多烦忧。　　李白《宣州谢朓楼饯别校书叔云》
明眸皓齿今何在？血污游魂归不得。　　杜甫《哀江头》

——

花径不曾缘客扫，蓬门今始为君开。　　杜甫《客至》
锦江春色来天地，玉垒浮云变古今。　　杜甫《登楼》
今夜偏知春气暖，虫声新透绿窗纱。　　刘方平《月夜》
种桃道士归何处，前度刘郎今又来。　　刘禹锡《再游玄都观》
于今腐草无萤火，终古垂杨有暮鸦。　　李商隐《隋宫》
李杜诗篇万口传，至今已觉不新鲜。　　赵翼《论诗》
虎踞龙盘今胜昔，天翻地覆慨而慷。　　毛泽东《人民解放军占领南京》

——

年年今夜，月华如练，长是人千里。　　范仲淹《御街行》
今宵酒醒何处？杨柳岸、晓风残月。　　柳永《雨霖铃》
不知天上宫阙，今夕是何年。　　苏轼《水调歌头》
满地黄花堆积，憔悴损、如今有谁堪摘？　　李清照《声声慢》
而今识尽愁滋味，欲说还休。　　辛弃疾《丑奴儿》
何逊而今渐老，都忘却、春风词笔。　　姜夔《暗香》
后不如今今非昔，两无言、相对沧浪水。　　吴文英《贺新郎》
而今听雨僧庐下，鬓已星星也。　　蒋捷《虞美人》
一壶浊酒喜相逢，古今多少事，都付笑谈中。　　杨慎《临江仙》
秋空一碧无今古，醉袒貂裘，略记寻呼处。　　陈维崧《醉落魄》
今古河山无定据，画角声中，牧马频来去。　　纳兰性德《蝶恋花》
雄关漫道真如铁，而今迈步从头越。　　毛泽东《忆秦娥》

昔

昔有霍家奴，姓冯名子都。 辛延年《羽林郎》
昔日长城战，咸言意气高。 王昌龄《塞下曲》
昔别君未婚，儿女忽成行。 杜甫《赠卫八处士》

——

此道昔归顺，西郊胡正繁。 杜甫《至德二载，甫自京金光门出，间道归凤翔。乾元初，从左拾遗移华州掾，与亲故别，因出此门，有悲往事》
昔闻洞庭水，今上岳阳楼。 杜甫《登岳阳楼》

——

昔时飞箭无全目，今日垂杨生左肘。 王维《老将行》
忆君迢迢隔青天，昔时横波目，今作流泪泉。 李白《长相思》
陈王昔时宴平乐，斗酒十千恣欢谑。 李白《将进酒》
昔日太宗拳毛騧，近时郭家狮子花。 杜甫《韦讽录事宅观曹将军画马图》
昔随刘氏定长安，帷幄未改神惨伤。 杜甫《寄韩谏议注》
昔有佳人公孙氏，一舞剑器动四方。 杜甫《观公孙大娘弟子舞剑器行》
忆昔霓旌下南苑，苑中万物生颜色。 杜甫《哀江头》
朔方健儿好身手，昔何勇锐今何愚。 杜甫《哀王孙》
忆昔初蒙博士征，其年始改称元和。 韩愈《石鼓歌》
昔闻湘水碧如染，今闻湘水胭脂痕。 鲁迅《湘灵歌》

——

昔人已乘黄鹤去，此地空余黄鹤楼。 崔颢《黄鹤楼》
王侯第宅皆新主，文武衣冠异昔时。 杜甫《秋兴八首之四》
彩笔昔曾干气象，白头吟望苦低垂。 杜甫《秋兴八首之八》
昔日戏言身后意，今朝都到眼前来。 元稹《遣悲怀之二》
头颅昔自悬胡阙，魂魄今犹恋汉州。 柳亚子《吴门记游之十》
虎踞龙盘今胜昔，天翻地覆慨而慷。 毛泽东《人民解放军占领南京》

反苏昔忆闹群蛙，今日重看大反华。　毛泽东《读报有感之一》

——

昔年多病厌芳尊，今日芳尊惟恐浅。　钱惟演《木兰花》

念往昔、繁华竞逐，叹门外楼头，悲恨相续。　王安石《桂枝香》

忆昔西池池上饮，年年多少欢娱。　晁冲之《临江仙》

忆昔午桥桥上饮，坐中多是豪英。　陈与义《临江仙》

后不如今今非昔，两无言、相对沧浪水。　吴文英《贺新郎》

辛苦最怜天上月，一昔如环，昔昔都成玦。　纳兰性德《蝶恋花》

尊前换尽吟客，纵仙城梦见，玉颜非昔。　郑文焯《六丑》

携来百侣曾游，忆往昔峥嵘岁月稠。　毛泽东《沁园春》

古

黄尘足今古，白骨乱蓬蒿。　王昌龄《塞下曲》

五陵北原上，万古青濛濛。　岑参《与高适薛据登慈恩寺浮图》

波澜誓不起，妾心古井水。　孟郊《列女操》

——

忽闻歌古调，归思欲沾巾。　杜审言《和晋陵陆丞早春游望》

远芳侵古道，晴翠接荒城。　白居易《草》

寥落古行宫，宫花寂寞红。　元稹《行宫》

——

苍茫古木连穷巷，寥落寒山对虚牖。　王维《老将行》

渔舟逐水爱山春，两岸桃花夹古津。　王维《桃源行》

但见悲鸟号古木，雄飞雌从绕林间。　李白《蜀道难》

五花马，千金裘，呼儿将出换美酒，与尔同销万古愁。　李白《将进酒》

斯须九重真龙出，一洗万古凡马空。　杜甫《丹青引赠曹将军霸》

志士仁人莫怨嗟，古来材大难为用。　杜甫《古柏行》

——

醉卧沙场君莫笑，古来征战几人回。 王翰《凉州曲》
三分割据纡筹策，万古云霄一羽毛。 杜甫《咏怀古迹之五》
三年谪宦此栖迟，万古惟留楚客悲。 刘长卿《长沙过贾谊宅》
自古逢秋悲寂寥，我言秋日胜春朝。 刘禹锡《秋词二首之一》
野蔬充膳甘长藿，落叶添薪仰古槐。 元稹《遣悲怀之一》
于今腐草无萤火，终古垂杨有暮鸦。 李商隐《隋宫》
人生自古谁无死，留取丹心照汗青。 文天祥《过零丁洋》

——

乐游原上清秋节，咸阳古道音尘绝。 李白《忆秦娥》
千古凭高对此，谩嗟荣辱。 王安石《桂枝香》
人有悲欢离合，月有阴晴圆缺，此事古难全。 苏轼《水调歌头》
古台芳榭，飞燕蹴红英。 秦观《满庭芳》
千古江山，英雄无觅，孙仲谋处。 辛弃疾《永遇乐》
今何许？凭阑怀古，残柳参差舞。 姜夔《点绛唇》
纵玉勒、轻飞迅羽，凄凉谁吊荒台古。 吴文英《霜叶飞》
愁余，荒洲古溆，断梗疏萍，更漂流何处。 张炎《渡江云》
千古盈亏休问，叹慢磨玉斧，难补金镜。 王沂孙《眉妩》
一壶浊酒喜相逢，古今多少事，都付笑谈中。 杨慎《临江仙》
今古河山无定据，画角声中，牧马频来去。 纳兰性德《蝶恋花》

昨

昨别今已春，鬓丝生几缕。 韦应物《长安遇冯著》
昨夜裙带解，今朝蟢子飞。 权德舆《玉台体》

——

少妇今春意，良人昨夜情。 沈佺期《杂诗》
几时杯重把，昨夜月同行。 杜甫《奉济驿重送严公四韵》

——

闻道故林相识多，罢官昨日今如何。　　李颀《送陈章甫》
弃我去者，昨日之日不可留。　　李白《宣州谢朓楼饯别校书叔云》
羽书昨夜过渠黎，单于已在金山西。　　岑参《轮台歌奉送封大夫出师西征》
似闻昨者赤松子，恐是汉代韩张良。　　杜甫《寄韩谏议注》
忆昨路绕锦亭东，先主武侯同閟宫。　　杜甫《古柏行》
昨夜东风吹血腥，东来橐驼满旧都。　　杜甫《哀王孙》
昨者州前捶大鼓，嗣皇继圣登夔皋。　　韩愈《八月十五夜赠张功曹》

——

昨夜风开露井桃，未央前殿月轮高。　　王昌龄《春宫怨》
朝闻游子唱离歌，昨夜微霜初度河。　　李颀《送魏万之京》
昨夜上皇新授箓，太真含笑入帘来。　　张祜《集灵台》
洞房昨夜停红烛，待晓堂前拜舅姑。　　朱庆馀《近试上张水部》
昨夜星辰昨夜风，画楼西畔桂堂东。　　李商隐《无题》

——

小楼昨夜又东风，故国不堪回首月明中。　　李煜《虞美人》
昨日乱山昏，来时衣上云。　　张先《醉垂鞭》
双燕欲归时节，银屏昨夜微寒。　　晏殊《清平乐》
楚台风，庾楼月，宛如昨。　　王安石《千秋岁引》
满地残红宫锦污，昨夜南园风雨。　　王安国《清平乐》
昨夜诗有回文，韵险还慵押。　　晏几道《六幺令》
曲阑干外天如水，昨夜还曾倚。　　晏几道《虞美人》
琼枝璧月春如昨。怅别后华表，那回双鹤。　　张元幹《兰陵王》
昨夜冷中庭，月下相认，睡浓更苦凄风紧。　　吴文英《花犯》
忆昨车声寒易水，今朝，慷慨还过豫让桥。　　陈维崧《南乡子》
恋寒枝昨梦，惊残怨宇。　　况周颐《西子妆》
命令昨颁，十万工农下吉安。　　毛泽东《减字木兰花》
阵图开向陇山东，昨天文小姐，今日武将军。　　毛泽东《临江仙》
犹记当时烽火里，九死一生如昨。　　毛泽东《念奴娇》

晓

造化钟神秀，阴阳割昏晓。 杜甫《望岳》
晓耕翻露草，夜榜响溪石。 柳宗元《溪居》

——

明月隐高树，长河没晓天。 陈子昂《春夜别友人之一》
晓随天仗入，暮惹御香归。 岑参《寄左省杜拾遗》
晓月过残垒，繁星宿故关。 司空曙《贼平后送人北归》
远梦归侵晓，家书到隔年。 杜牧《旅宿》
高树晓还密，远山晴更多。 许浑《早秋》

——

鹤驾通宵凤辇备，鸡鸣问寝龙楼晓。 杜甫《洗兵马》
渔翁夜傍西岩宿，晓汲清湘然楚竹。 柳宗元《渔翁》
茂陵刘郎秋风客，夜闻马嘶晓无迹。 李贺《金铜仙人辞汉歌》

——

二月黄鹂飞上林，春城紫禁晓阴阴。 钱起《赠阙下裴舍人》
日光斜照集灵台，红树花迎晓露开。 张祜《集灵台》
洞房昨夜停红烛，待晓堂前拜舅姑。 朱庆馀《近试上张水部》
庄生晓梦迷蝴蝶，望帝春心托杜鹃。 李商隐《锦瑟》
空闻虎旅传宵柝，无复鸡人报晓筹。 李商隐《马嵬》
十二楼中尽晓妆，望仙楼上望君王。 薛逢《宫词》

——

明月不谙离恨苦，斜光到晓穿朱户。 晏殊《蝶恋花》
绿杨烟外晓寒轻，红杏枝头春意闹。 宋祁《木兰花》
一棹碧涛春水路，过尽晓莺啼处。 晏几道《清平乐》
晓来雨过，遗踪何在，一池萍碎。 苏轼《水龙吟》
晓色云开，春随人意，骤雨才过还晴。 秦观《满庭芳》

漠漠轻寒上小楼，晓阴无赖似穷秋，淡烟流水画屏幽。 秦观《浣溪沙》

晓阴重，霜凋岸草，雾隐城堞。 周邦彦《浪淘沙慢》

晓来庭院半残红，惟有游丝千丈罥晴空。 叶梦得《虞美人》

空城晓角，吹入垂杨陌。 姜夔《淡黄柳》

江燕话归成晓别，水花红减似春休，西风梧井叶先愁。 吴文英《浣溪沙》

酒酣应对燕山雪，正冰河月冻，晓陇云飞。 周密《高阳台》

杨柳迷离晓雾中，杏花零落五更钟。 陈子龙《山花子》

百尺朱楼临大道，楼外轻雷，不间昏和晓。 王国维《蝶恋花》

东方欲晓，莫道君行早。 毛泽东《清平乐》

朝

譬如朝露，去日苦多。 曹操《短歌行之一》

——

朝为越溪女，暮作吴宫妃。 王维《西施咏》

朝进东门营，暮上河阳桥。 杜甫《后出塞之二》

——

明朝望乡处，应见陇头梅。 宋之问《题大庾岭北驿》

寂寂竟何待，朝朝空自归。 孟浩然《留别王维》

明朝挂帆席，枫叶落纷纷。 李白《夜泊牛渚怀古》

明朝有封事，数问夜如何。 杜甫《春宿左省》

嫁得瞿塘贾，朝朝误妾期。 李益《江南曲》

——

画栋朝飞南浦云，珠帘暮卷西山雨。 王勃《滕王阁诗》

翠影红霞映朝日，鸟飞不到吴天长。 李白《庐山谣寄卢侍御虚舟》

朝避猛虎，夕避长蛇，磨牙吮血，杀人如麻。 李白《蜀道难》

蜀江水碧蜀山青，圣主朝朝暮暮情。 白居易《长恨歌》

弟走从军阿姨死，暮去朝来颜色故。 白居易《琵琶行》

——

渭城朝雨浥轻尘，客舍青青柳色新。 王维《渭城曲》
朝辞白帝彩云间，千里江陵一日还。 李白《早发白帝城》
一封朝奏九重天，夕贬潮阳路八千。 韩愈《左迁至蓝关示侄孙湘》
岁岁金河复玉关，朝朝马策与刀环。 柳中庸《征人怨》
自古逢秋悲寂寥，我言秋日胜春朝。 刘禹锡《秋词二首之一》
昔日戏言身后意，今朝都到眼前来。 元稹《遣悲怀之二》
小楼一夜听春雨，深巷明朝卖杏花。 陆游《临安春雨初霁》

——

林花谢了春红，太匆匆。无奈朝来寒雨晚来风。 李煜《相见欢》
明朝万一西风动，争奈朱颜不耐秋。 晏几道《鹧鸪天》
两情若是久长时，又岂在朝朝暮暮。 秦观《鹊桥仙》
生怕见花开花落，朝来塞雁先还。 辛弃疾《汉宫春》
正岑寂，明朝又寒食。 姜夔《淡黄柳》
朝弹瑶瑟夜银筝，歌舞人潇洒。 夏完淳《烛影摇红》
忆昨车声寒易水，今朝，慷慨还过豫让桥。 陈维崧《南乡子》
重来已是朝云散，怅明珠佩冷，紫玉烟沉。 朱彝尊《高阳台》
薄晚西风吹雨到，明朝又是伤流潦。 王国维《蝶恋花》
今朝霜重东门路，照横塘半天残月，凄清如许。 毛泽东《贺新郎》

早

苔深不能扫，落叶秋风早。 李白《长干行》
子期竟早亡，牙琴从此绝。 毛泽东《挽易昌陶》

——

长簟迎风早，空城澹月华。 韩翃《酬程近秋夜即事见赠》
早知潮有信，嫁与弄潮儿。 李益《江南曲》
残萤栖玉露，早雁拂金河。 许浑《早秋》

早被婵娟误，欲妆临镜慵。　　杜荀鹤《春宫怨》

——

锦城虽云乐，不如早还家。　　李白《蜀道难》

弟子韩幹早入室，亦能画马穷殊相。　　杜甫《丹青引赠曹将军霸》

春宵苦短日高起，从此君王不早朝。　　白居易《长恨歌》

早携娇鸟出樊笼，待得银河几时渡？　　吴伟业《圆圆曲》

——

碧毯线头抽早稻，青罗裙带展新蒲。　　白居易《春题湖上》

无端嫁得金龟婿，辜负香衾事早朝。　　李商隐《为有》

昼号夜哭兼幽显，早晚星关雪涕收。　　李商隐《重有感》

小荷才露尖尖角，早有蜻蜓立上头。　　杨万里《小池》

早岁那知世事艰，中原北望气如山。　　陆游《书愤》

唱尽新词欢不见，早云如火扑晴江。　　鲁迅《赠人之一》

——

劝我早归家，绿窗人似花。　　韦庄《菩萨蛮》

早知恁么，悔当初、不把雕鞍锁。　　柳永《定风波》

故国神游，多情应笑我，早生华发。　　苏轼《念奴娇》

故人早晚上高台，赠我江南春色一枝梅。　　舒亶《虞美人》

早占取韶光共追游，但莫管春寒，醉红自暖。　　李元膺《洞仙歌》

不记归时早暮，上马谁扶，醒眠朱阁。　　周邦彦《瑞鹤仙》

曾驰道同载，上林携手，灯夜初过早共约，又争信漂泊？

张元幹《兰陵王》

惜春长怕花开早，何况落红无数。　　辛弃疾《摸鱼儿》

第一是早早归来，怕红萼无人为主。　　姜夔《长亭怨慢》

夜长争得薄情知，春初早被相思染。　　姜夔《踏莎行》

莫似春风，不管盈盈，早与安排金屋。　　姜夔《疏影》

只匆匆残照，早觉闲愁挂乔木。　　史达祖《八归》

雨外蛩声早，细织就霜丝多少？　　吴文英《夜游宫》

东方欲晓，莫道君行早。　　毛泽东《清平乐》

晚

晚风吹行舟，花路入溪口。 綦毋潜《春泛若耶溪》
草色新雨中，松声晚窗里。 丘为《寻西山隐者不遇》
苍苍竹林寺，杳杳钟声晚。 刘长卿《送灵澈》

——

空山新雨后，天气晚来秋。 王维《山居秋暝》
属国归何晚，楼兰斩未还。 杜甫《秦州杂诗之七》
晚来天欲雪，能饮一杯无。 白居易《问刘十九》
红叶晚萧萧，长亭酒一瓢。 许浑《秋日赴阙题潼关驿楼》
灞原风雨定，晚见雁行频。 马戴《灞上秋居》

——

绛唇珠袖两寂寞，晚有弟子传芬芳。 杜甫《观公孙大娘弟子舞剑器行》

——

佳人拾翠春相问，仙侣同舟晚更移。 杜甫《秋兴八首之八》
寂寞空庭春欲晚，梨花满地不开门。 刘方平《春怨》
山色遥连秦树晚，砧声近报汉宫秋。 韩翃《同题仙游观》
远路应悲春晼晚，残宵犹得梦依稀。 李商隐《春雨》

——

金锁已沉埋，壮气蒿莱。晚凉天净月华开。 李煜《浪淘沙》
情怀渐觉成衰晚，鸾镜朱颜惊暗换。 钱惟演《木兰花》
送春春去几时回？临晚镜，伤流景，往事后期空记省。 张先《天仙子》
玉钩阑下香阶畔，醉后不知斜日晚。 晏殊《木兰花》
为君持酒劝斜阳，且向花间留晚照。 宋祁《木兰花》
晚春盘马踏青苔，曾傍绿阴深驻。 晏几道《御街行》
乳燕飞华屋，悄无人、桐阴转午，晚凉新浴。 苏轼《贺新郎》
那堪片片飞花弄晚，濛濛残雨笼晴。 秦观《八六子》

官柳低金缕，归骑晚，纤纤池塘飞雨。　周邦彦《瑞龙吟》
睡起流莺语。掩苍苔、房栊向晚，乱红无数。　叶梦得《贺新郎》
兴尽晚回舟，误入藕花深处。　李清照《如梦令》
红楼归晚，看足柳昏花暝。　史达祖《双双燕》
隔江人在雨声中，晚风菰叶生秋怨。　吴文英《踏莎行》
楚江空晚，怅离群万里，恍然惊散。　张炎《解连环》
记唤酒寻芳处，盈盈褪妆晚。　王沂孙《法曲献仙音》
湔裙归晚坐思量，轻烟笼翠黛，月茫茫。　纳兰性德《遐方怨》
薄晚西风吹雨到，明朝又是伤流潦。　王国维《蝶恋花》

宵

鹤驾通宵凤辇备，鸡鸣问寝龙楼晓。　杜甫《洗兵马》
春宵苦短日高起，从此君王不早朝。　白居易《长恨歌》
遗民忍死望恢复，几处今宵垂泪痕。　陆游《关山月》

——

岁暮阴阳催短景，天涯霜雪霁寒宵。　杜甫《阁夜》
远路应悲春晼晚，残宵犹得梦依稀。　李商隐《春雨》
重帏深下莫愁堂，卧后清宵细细长。　李商隐《无题》
为有云屏无限娇，凤城寒尽怕春宵。　李商隐《为有》
空闻虎旅传宵柝，无复鸡人报晓筹。　李商隐《马嵬》
寒宵一枕邯郸梦，犹上韩王拜将台。　柳亚子《除夕杂感之三》
镇日临流怀祖逖，中宵舞剑学专诸。　郁达夫《乱离杂诗之二》

——

今宵酒醒何处？杨柳岸、晓风残月。　柳永《雨霖铃》
今宵剩把银釭照，犹恐相逢是梦中。　晏几道《鹧鸪天》
料得来宵，清光未减，阴晴天气又争知。　晁端礼《绿头鸭》
去年紫陌青门，今宵雨魄云魂。　赵令畤《清平乐》

最苦梦魂，今宵不到伊行。　周邦彦《风流子》
却几日阴沉，连宵慵困，起来韶华都尽。　僧挥《金明池》
元宵佳节，融和天气，次第岂无风雨。　李清照《永遇乐》
老来可惯通宵饮，待不眠、还怕寒侵。　韩嘐《高阳台》
明朝且做莫思量，如何过得今宵去。　周紫芝《踏莎行》
今宵谁念泣孤臣，回首长安远。　张抡《烛影摇红》
看名王宵猎，骑火一川明，笳鼓悲鸣，遣人惊。　张孝祥《六州歌头》
年时燕子，料今宵梦到西园。　辛弃疾《汉宫春》
青钱换酒日无何，红烛呼卢宵不寐。　刘克庄《木兰花》
可惜秋宵，乱蛩疏雨里。　吴文英《齐天乐》
君且住，草草留君翦韭，前宵正恁时候。　刘辰翁《摸鱼儿》
歌管酬寒食，奈蝶怨良宵岑寂。　周密《曲游春》
骊山语罢清宵半，泪雨零铃终不怨。　纳兰性德《木兰花》
我自终宵成转侧，忍听湘弦重理，待结个、他生知己。
纳兰性德《金缕曲》
归梦好，宵来犹记，骖鸾空到。　王鹏运《玉漏迟》
黄洋界上炮声隆，报道敌军宵遁。　毛泽东《西江月》

暝

夕阳度西岭，群壑倏已暝。　孟浩然《宿业师山房待丁大不至》
——
山暝听猿愁，沧江急夜流。　孟浩然《宿桐庐江寄广陵旧游》
——
千岩万壑路不定，迷花倚石忽已暝。　李白《梦游天姥吟留别》
——
暝色入高楼，有人楼上愁。　李白《菩萨蛮》
沙上并禽池上暝，云破月来花弄影。　张先《天仙子》

极目霁霭霏微，暝鸦零乱，萧索江城暮。　柳永《竹马子》
烟暝酒旗斜。但倚楼极目，时见栖鸦。　秦观《望海潮》
似楚江暝宿，风灯零乱，少年羁旅。　周邦彦《琐窗寒》
秋阴时晴渐向暝，变一庭凄冷。　周邦彦《关河令》
青山隐隐，败叶萧萧，天际暝鸦零乱。　蔡伸《苏武慢》
红楼归晚，看足柳昏花暝。　史达祖《双双燕》
千金买光景，但疏钟催晓，乱鸦啼暝。　陆睿《瑞鹤仙》
山黛暝，尘波澹绿无痕。　吴文英《渡江云》
柳暝河桥，莺晴台苑，短策频惹春香。　吴文英《夜合花》
暝堤空，轻把斜阳，总还鸥鹭。　吴文英《莺啼序》
轻暝笼寒，怕梨云梦冷，杏香愁幂。　周密《曲游春》
渐新痕悬柳，淡彩穿花，依约破初暝。　王沂孙《眉妩》
我辈登临，残山送暝，远江延醉。　邓廷桢《水龙吟》
正树拥云昏，星垂野阔，暝色浮天。　蒋春霖《木兰花慢》
暝入西园，容易又、林禽声变。　王鹏运《三姝媚》
凝睐，阴晴弄暝，愁近黄昏，蜃华催改。　吕碧城《瑞鹤仙》

暮

烈士暮年，壮心不已。　曹操《步出夏门行·龟虽寿》

——

朝为越溪女，暮作吴宫妃。　王维《西施咏》
暮从碧山下，山月随人归。　李白《下终南山过斛斯山人宿置酒》
天寒翠袖薄，日暮倚修竹。　杜甫《佳人》

——

回看射雕处，千里暮云平。　王维《观猎》
不觉碧山暮，秋云暗几重。　李白《听蜀僧濬弹琴》
渭北春天树，江东日暮云。　杜甫《春日忆李白》

岭猿同旦暮，江柳共风烟。　刘长卿《新年作》

——

蜀江水碧蜀山青，圣主朝朝暮暮情。　白居易《长恨歌》
弟走从军阿姨死，暮去朝来颜色故。　白居易《琵琶行》
坐客飞觞红日暮，一曲哀弦向谁诉？　吴伟业《圆圆曲》

——

庾信平生最萧瑟，暮年诗赋动江关。　杜甫《咏怀古迹之一》
日暮汉宫传蜡烛，轻烟散入五侯家。　韩翃《寒食》
日暮东风怨啼鸟，落花犹似堕楼人。　杜牧《金谷园》
于今腐草无萤火，终古垂杨有暮鸦。　李商隐《隋宫》
石麟埋没藏春草，铜雀荒凉对暮云。　温庭筠《过陈琳墓》

——

雨横风狂三月暮，门掩黄昏，无计留春住。　冯延巳《蝶恋花》
秋千院落重帘暮，彩笔闲来题绣户。　晏几道《木兰花》
两情若是久长时，又岂在朝朝暮暮。　秦观《鹊桥仙》
不记归时早暮，上马谁扶，醒眠朱阁。　周邦彦《瑞鹤仙》
飞云冉冉蘅皋暮，彩笔新题断肠句。　贺铸《青玉案》
愁苦。问院落凄凉，几番春暮。　赵佶《燕山亭》
常记溪亭日暮，沉醉不知归路。　李清照《如梦令》
双桨莼波，一蓑松雨，暮愁渐满空阔。　姜夔《庆宫春》
燕来晚、飞入西城，似说春事迟暮。　吴文英《莺啼序》
但箭雁沉边，梁燕无主，杜鹃声里长门暮。　刘辰翁《兰陵王》
山空天入海，倚楼望极，风急暮潮初。　张炎《渡江云》
渐欹斜、无力低飘，正目送、碧罗天暮。　朱彝尊《长亭怨慢》
深禁好春谁惜，薄暮瑶阶伫立。　纳兰性德《昭君怨》
剪鲛绡，传燕语，黯黯碧云暮。　文廷式《祝英台近》

夕

山气日夕佳，飞鸟相与还。　　陶渊明《饮酒之五》
散发乘夕凉，开轩卧闲敞。　　孟浩然《夏日南亭怀辛大》
夕阳度西岭，群壑倏已暝。　　孟浩然《宿业师山房待丁大不至》
今夕复何夕，共此灯烛光。　　杜甫《赠卫八处士》
欲持一瓢酒，远慰风雨夕。　　韦应物《寄全椒山中道士》
浩浩风起波，冥冥日沉夕。　　韦应物《夕次盱眙县》

——

情人怨遥夜，竟夕起相思。　　张九龄《望月怀远》
日夕凉风至，闻蝉但益悲。　　孟浩然《秦中寄远上人》
迷津欲有问，平海夕漫漫。　　孟浩然《早寒有怀》
夕阳依旧垒，寒磬满空林。　　刘长卿《秋日登吴公台上寺远眺》
夕阳无限好，只是近黄昏。　　李商隐《登乐游原》
云中君不见，竟夕自悲秋。　　马戴《楚江怀古》

——

主人有酒欢今夕，请奏鸣琴广陵客。　　李颀《琴歌》
贺兰山下阵如云，羽檄交驰日夕闻。　　王维《老将行》
朝避猛虎，夕避长蛇，磨牙吮血，杀人如麻。　　李白《蜀道难》
夕殿萤飞思悄然，孤灯挑尽未成眠。　　白居易《长恨歌》

——

一封朝奏九重天，夕贬潮阳路八千。　　韩愈《左迁至蓝关示侄孙湘》
朱雀桥边野草花，乌衣巷口夕阳斜。　　刘禹锡《乌衣巷》
此日六军同驻马，当时七夕笑牵牛。　　李商隐《马嵬》
庙堂无策可平戎，坐使甘泉照夕烽。　　陈与义《伤春》
草合离宫转夕晖，孤云飘泊复何依？　　文天祥《金陵驿》
喜看稻菽千重浪，遍地英雄下夕烟。　　毛泽东《到韶山》

空梁王谢迷飞燕，海市楼台咒夕阳。　　郁达夫《乱离杂诗之一》

——

夕阳岛外，秋风原上，目断四天垂。　　柳永《少年游》

不知天上宫阙，今夕是何年。　　苏轼《水调歌头》

池上红衣伴倚栏，栖鸦常带夕阳还。　　吴文英《鹧鸪天》

笑绿鬟邻女，倚窗犹唱，夕阳西下。　　蒋捷《女冠子》

是非成败转头空，青山依旧在，几度夕阳红。　　杨慎《临江仙》

一片晕红才著雨，几丝柔柳乍和烟，倩魂销尽夕阳前。

纳兰性德《浣溪沙》

一万年太久，只争朝夕。　　毛泽东《满江红》

昏

造化钟神秀，阴阳割昏晓。　　杜甫《望岳》

合昏尚知时，鸳鸯不独宿。　　杜甫《佳人》

——

江静潮初落，林昏瘴不开。　　宋之问《题大庾岭北驿》

夕阳无限好，只是近黄昏。　　李商隐《登乐游原》

——

山寺钟鸣昼已昏，渔梁渡头争渡喧。　　孟浩然《夜归鹿门歌》

五十年间似反掌，风尘澒洞昏王室。　　杜甫《观公孙大娘弟子舞剑器行》

山石荦确行径微，黄昏到寺蝙蝠飞。　　韩愈《山石》

——

烽火城西百尺楼，黄昏独坐海风秋。　　王昌龄《从军行之一》

一去紫台连朔漠，独留青冢向黄昏。　　杜甫《咏怀古迹之三》

纱窗日落渐黄昏，金屋无人见泪痕。　　刘方平《春怨》

疏影横斜水清浅，暗香浮动月黄昏。　　林逋《山园小梅》

——

雨横风狂三月暮，门掩黄昏，无计留春住。 冯延巳《蝶恋花》
梯横画阁黄昏后，又还是、斜月帘栊。 张先《一丛花》
月上柳梢头，人约黄昏后。 欧阳修《生查子》
阑干倚尽犹慵去，几度黄昏雨。 晏几道《御街行》
伤情处，高城望断，灯火已黄昏。 秦观《满庭芳》
恼乱横波秋一寸，斜阳只与黄昏近。 赵令畤《蝶恋花》
桥上酸风射眸子，立多时，看黄昏，灯火市。 周邦彦《夜游宫》
烟络横林，山沉远照，迤逦黄昏钟鼓。 贺铸《天香》
东篱把酒黄昏后，有暗香盈袖。 李清照《醉花阴》
欲黄昏，雨打梨花深闭门。 李重元《忆王孙》
已是黄昏独自愁，更著风和雨。 陆游《卜算子》
罗帐灯昏，哽咽梦中语。 辛弃疾《祝英台近》
数峰清苦，商略黄昏雨。 姜夔《点绛唇》
红楼归晚，看足柳昏花暝。 史达祖《双双燕》
半飘零，庭上黄昏，月冷阑干。 吴文英《高阳台》
少年听雨歌楼上，红烛昏罗帐。 蒋捷《虞美人》
从此伤春伤别，黄昏只对梨花。 纳兰性德《清平乐》
正树拥云昏，星垂野阔，暝色浮天。 蒋春霖《木兰花慢》
凝眯，阴晴弄暝，愁近黄昏，蜃华催改。 吕碧城《瑞鹤仙》

更

夜阑更秉烛，相对如梦寐。 杜甫《羌村之一》

——

欲穷千里目，更上一层楼。 王之涣《登鹳雀楼》
近乡情更怯，不敢问来人。 李频《渡汉江》
江山如有待，花柳更无私。 杜甫《后游》

——

一去心知更不归，可怜着尽汉宫衣。 王安石《明妃曲》

——

劝君更尽一杯酒，西出阳关无故人。 王维《渭城曲》

五更鼓角声悲壮，三峡星河影动摇。 杜甫《阁夜》

更深月色半人家，北斗阑干南斗斜。 刘方平《月夜》

海外徒闻更九州，他生未卜此生休。 李商隐《马嵬》

云髻罢梳还对镜，罗衣欲换更添香。 薛逢《宫词》

参横斗转欲三更，苦雨终风也解晴。 苏轼《六月二十日夜渡海》

落红不是无情物，化作春泥更护花。 龚自珍《己亥杂诗之一》

更喜岷山千里雪，三军过后尽开颜。 毛泽东《长征》

——

离恨恰如春草，更行更远还生。 李煜《清平乐》

楼头残梦五更钟，花底离愁三月雨。 晏殊《木兰花》

平芜尽处是春山，行人更在春山外。 欧阳修《踏莎行》

一春犹有数行书，秋来书更疏。 晏几道《阮郎归》

试问夜如何？夜已三更，金波淡、玉绳低转。 苏轼《洞仙歌》

月皎惊乌栖不定，更漏将阑，轳辘牵金井。 周邦彦《蝶恋花》

麝蜡烟浓，玉莲漏短，更衣不待酒初醺。 贺铸《绿头鸭》

易得凋零，更多少无情风雨。 赵佶《燕山亭》

梧桐更兼细雨，到黄昏、点点滴滴。 李清照《声声慢》

绿树听鹈鴂，更那堪、鹧鸪声住，杜鹃声切。 辛弃疾《贺新郎》

翠叶吹凉，玉容销酒，更洒菰蒲雨。 姜夔《念奴娇》

余音更苦。甚独抱清高，顿成凄楚。 王沂孙《齐天乐》

杨柳迷离晓雾中，杏花零落五更钟。 陈子龙《山花子》

一自市朝更改，暗销魂、繁华难再。 夏完淳《烛影摇红》

残雪凝辉冷画屏，落梅横笛已三更，更无人处月胧明。 纳兰性德《浣溪沙》

钩连，更无铁锁，任排空、樯橹自回旋。 蒋春霖《木兰花慢》

战士指看南粤，更加郁郁葱葱。 毛泽东《清平乐》

夜

中天悬明月，令严夜寂寥。　　杜甫《后出塞之二》

——

海日生残夜，江春入旧年。　　王湾《次北固山下》

山暝听猿愁，沧江急夜流。　　孟浩然《宿桐庐江寄广陵旧游》

人闲桂花落，夜静春山空。　　王维《鸟鸣涧》

吴楚东南坼，乾坤日夜浮。　　杜甫《登岳阳楼》

月黑雁飞高，单于夜遁逃。　　卢纶《塞下曲之三》

——

我欲因之梦吴越，一夜飞度镜湖月。　　李白《梦游天姥吟留别》

忽如一夜春风来，千树万树梨花开。　　岑参《白雪歌送武判官归京》

角声满天秋色里，塞上燕脂凝夜紫。　　李贺《雁门太守行》

——

葡萄美酒夜光杯，欲饮琵琶马上催。　　王翰《凉州曲》

此夜曲中闻折柳，何人不起故园情。　　李白《春夜洛城闻笛》

不知何处吹芦管，一夜征人尽望乡。　　李益《夜上受降城闻笛》

姑苏城外寒山寺，夜半钟声到客船。　　张继《枫桥夜泊》

谁怜九月初三夜，露似真珠月似弓。　　白居易《暮江吟》

潮落夜江斜月里，两三星火是瓜洲。　　张祜《题金陵渡》

天阶夜色凉如水，坐看牵牛织女星。　　杜牧《秋夕》

昨夜星辰昨夜风，画楼西畔桂堂东。　　李商隐《无题》

——

小楼昨夜又东风，故国不堪回首月明中。　　李煜《虞美人》

夜深风竹敲秋韵，万叶千声皆是恨。　　欧阳修《木兰花》

试问夜如何？夜已三更，金波淡、玉绳低转。　　苏轼《洞仙歌》

西园夜饮鸣笳，有华灯碍月，飞盖妨花。　　秦观《望海潮》

笑捻粉香归洞户，更垂帘幕护窗纱，东风寒似夜来些。 贺铸《浣溪沙》
佳节又重阳，玉枕纱厨，半夜凉初透。 李清照《醉花阴》
明月别枝惊鹊，清风半夜鸣蝉。 辛弃疾《西江月》
夜长争得薄情知，春初早被相思染。 姜夔《踏莎行》
送客吴皋，正试霜夜冷，枫落长桥。 吴文英《惜黄花慢》
孤峤蟠烟，层涛蜕月，骊宫夜采铅水。 王沂孙《天香》
春色已看浓似酒，归期安得信如潮，离魂入夜倩谁招？
纳兰性德《浣溪沙》
芦边，夜潮骤起，晕波心、月影荡江圆。 蒋春霖《木兰花慢》
长夜难明赤县天，百年魔怪舞翩跹，人民五亿不团圆。 毛泽东《浣溪沙》

黯

平沙日未没，黯黯见临洮。 王昌龄《塞下曲》

——

世事茫茫难自料，春愁黯黯独成眠。 韦应物《寄李儋元锡》
王濬楼船下益州，金陵王气黯然收。 刘禹锡《西塞山怀古》
故乡黯黯锁玄云，遥夜迢迢隔上春。 鲁迅《无题（1932 年）》
黯黯胡云拨不开，黄金希望化蒿莱。 柳亚子《除夕杂感之三》
凄凉何减平陵曲，黯淡难开歇浦云。 柳亚子《挽周湘云女士》

——

黯乡魂，追旅思，夜夜除非，好梦留人睡。 范仲淹《苏幕遮》
一场消黯，永日无言，却下层楼。 柳永《曲玉管》
伫倚危楼风细细，望极春愁，黯黯生天际。 柳永《蝶恋花》
凄然，望江关，飞云黯淡夕阳间。 柳永《戚氏》
冻云黯淡天气，扁舟一叶，乘兴离江渚。 柳永《夜半乐》
黯相望，断鸿声里，立尽斜阳。 柳永《玉胡蝶》
纨如三鼓，铿然一叶，黯黯梦云惊断。 苏轼《永遇乐》

黯凝伫，因念个人痴小，乍窥门户。　　周邦彦《瑞龙吟》

征尘暗，霜风劲，悄边声，黯销凝。　　张孝祥《六州歌头》

望天不尽，背城渐杳，离亭黯黯，恨水迢迢。　　吴文英《惜黄花慢》

已消黯，况凄凉、近来离思，应忘却、明月夜深归辇。

王沂孙《法曲献仙音》

剪鲛绡，传燕语，黯黯碧云暮。　　文廷式《祝英台近》

凤帐笼寒，空夜夜、报君红泪，销黯罗襟。　　郑文焯《湘春夜月》

老去难攀，黄昏瘴云黯。　　朱孝臧《祝英台近》

缒银瓶，牵玉井，秋思黯梧苑。　　吕碧城《祝英台近》

晴

淑气催黄鸟，晴光转绿蘋。　　杜审言《和晋陵陆丞早春游望》

分野中峰变，阴晴众壑殊。　　王维《终南山》

远芳侵古道，晴翠接荒城。　　白居易《草》

——

空山百鸟散还合，万里浮云阴且晴。

李颀《听董大弹胡笳兼寄语弄房给事》

——

武帝祠前云欲散，仙人掌上雨初晴。　　崔颢《行经华阴》

晴空一鹤排云上，便引诗情到碧霄。　　刘禹锡《秋词二首之一》

水光潋滟晴方好，山色空濛雨亦奇。　　苏轼《饮湖上初晴后雨》

参横斗转欲三更，苦雨终风也解晴。　　苏轼《六月二十日夜渡海》

泉眼无声惜细流，树阴照水爱晴柔。　　杨万里《小池》

矮纸斜行闲作草，晴窗细乳戏分茶。　　陆游《临安春雨初霁》

鸟啼铃语梦常萦，闲立花阴盼嫩晴。　　鲁迅《惜花四律之一》

——

乍雨乍晴花自落，闲愁闲闷日偏长，为谁消瘦减容光。　　晏殊《浣溪沙》

回首向来萧瑟处，归去，也无风雨也无晴。　苏轼《定风波》
金谷俊游，铜驼巷陌，新晴细履平沙。　秦观《望海潮》
那堪片片飞花弄晚，濛濛残雨笼晴。　秦观《八六子》
秋阴时晴渐向暝，变一庭凄冷。　周邦彦《关河令》
薄雨收寒，斜照弄晴，春意空阔。　贺铸《石州引》
阑干外、烟柳弄晴，芳草侵阶映红药。　张元幹《兰陵王》
晓来庭院半残红，惟有游丝千丈罥晴空。　叶梦得《虞美人》
日高烟敛，更看今日晴未。　李清照《念奴娇》
闲登小阁看新晴，古今多少事，渔唱起三更。　陈与义《临江仙》
晚晴风歇，一夜春威折。　范成大《霜天晓角》
烟光摇缥瓦，望晴檐多风，柳花如洒。　史达祖《三姝媚》
画船载、清明过却，晴烟冉冉吴宫树。　吴文英《莺啼序》
璧月初晴，黛云远淡，春事谁主。　刘辰翁《永遇乐》
禁苑东风外，飏暖丝晴絮，春思如织。　周密《曲游春》
蕙花香也，雪晴池馆如画。　蒋捷《女冠子》
几点飘零花絮，做弄得、阴晴多少。　王鹏运《玉漏迟》
凝睐，阴晴弄暝，愁近黄昏，蜃华催改。　吕碧城《瑞鹤仙》
须晴日，看红装素裹，分外妖娆。　毛泽东《沁园春》

寒

岂伊地气暖，自有岁寒心。　张九龄《感遇之七》
来日绮窗前，寒梅著花未。　王维《杂诗》
泠泠七弦上，静听松风寒。　刘长卿《听弹琴》

——

水落鱼梁浅，天寒梦泽深。　孟浩然《与诸子登岘山》
寒山转苍翠，秋水日潺湲。　王维《辋川闲居赠裴秀才迪》
夕阳依旧垒，寒磬满空林。　刘长卿《秋日登吴公台上寺远眺》

孤灯寒照雨，深竹暗浮烟。 司空曙《云阳馆与韩绅宿别》

落叶他乡树，寒灯独夜人。 马戴《灞上秋居》

——

杀气三时作阵云，寒声一夜传刁斗。 高适《燕歌行》

鸳鸯瓦冷霜华重，翡翠衾寒谁与共。 白居易《长恨歌》

去来江口守空船，绕船月明江水寒。 白居易《琵琶行》

半卷红旗临易水，霜重鼓寒声不起。 李贺《雁门太守行》

——

万里寒光生积雪，三边曙色动危旌。 祖咏《望蓟门》

寒雨连江夜入吴，平明送客楚山孤。 王昌龄《芙蓉楼送辛渐》

清秋幕府井梧寒，独宿江城蜡炬残。 杜甫《宿府》

姑苏城外寒山寺，夜半钟声到客船。 张继《枫桥夜泊》

人世几回伤往事，山形依旧枕寒流。 刘禹锡《西塞山怀古》

金沙水拍云崖暖，大渡桥横铁索寒。 毛泽东《长征》

——

细雨梦回鸡塞远，小楼吹彻玉笙寒。 李璟《摊破浣溪沙》

帘外雨潺潺，春意阑珊。罗衾不耐五更寒。 李煜《浪淘沙》

六朝旧事随流水，但寒烟衰草凝绿。 王安石《桂枝香》

红烛自怜无好计，夜寒空替人垂泪。 晏几道《蝶恋花》

拣尽寒枝不肯栖，寂寞沙洲冷。 苏轼《卜算子》

湘天风雨破寒初，深沉庭院虚。 秦观《阮郎归》

寒水依痕，春意渐回，沙际烟阔。 张元幹《石州慢》

宠柳娇花寒食近，种种恼人天气。 李清照《念奴娇》

划地东风欺客梦，一枕云屏寒怯。 辛弃疾《念奴娇》

长记曾携手处，千树压、西湖寒碧。 姜夔《暗香》

掩抑薄寒施软障，抱持纤影藉芳茵，未能无意下香尘。

纳兰性德《浣溪沙》

独立寒秋，湘江北去，橘子洲头。 毛泽东《沁园春》

暖

岂伊地气暖，自有岁寒心。 张九龄《感遇之七》

——

风暖鸟声碎，日高花影重。 杜荀鹤《春宫怨》

——

散入珠帘湿罗幕，狐裘不暖锦衾薄。 岑参《白雪歌送武判官归京》

云鬓花颜金步摇，芙蓉帐暖度春宵。 白居易《长恨歌》

——

今夜偏知春气暖，虫声新透绿窗纱。 刘方平《月夜》

几处早莺争暖树，谁家新燕啄春泥。 白居易《钱塘湖春行》

隔座送钩春酒暖，分曹射覆蜡灯红。 李商隐《无题》

高天滚滚寒流急，大地微微暖气吹。 毛泽东《冬云》

——

候馆梅残，溪桥柳细，草薰风暖摇征辔。 欧阳修《踏莎行》

暖酥消，腻云亸，终日厌厌倦梳裹。 柳永《定风波》

瑶台冷，栏干凭暖，欲下迟迟。 晁端礼《绿头鸭》

早占取韶光共追游，但莫管春寒，醉红自暖。 李元膺《洞仙歌》

愁一箭风快，半篙波暖，回头迢递便数驿，望人在天北。

周邦彦《兰陵王》

条风布暖，霏雾弄晴，池台遍满春色。 周邦彦《应天长》

泪竹痕鲜，佩兰香老，湘天浓暖。 贺铸《望湘人》

吹尽残花无人见，惟有垂杨自舞，渐暖霭、初回轻暑。 叶梦得《贺新郎》

翠幌娇深，曲屏香暖，争念岁寒漂泊。 刘一止《喜迁莺》

乍暖还寒时候，最难将息。 李清照《声声慢》

迟日催花，淡云阁雨，轻寒轻暖。 陈亮《水龙吟》

暖絮乱红，也知人春愁无力。 李甲《帝台春》

正轻寒轻暖漏永，半阴半晴云暮。 万俟咏《三台》

记年时，隐映新妆面，临水岸，春将半，云日暖，斜桥转，夹城西。

韩元吉《六州歌头》

酣酣日脚紫烟浮，妍暖破轻裘。 范成大《眼儿媚》

暖风十里丽人天，花压鬓云偏。 俞国宝《风入松》

寒炉重暖，便放慢、春衫针线。 史达祖《东风第一枝》

江城次第，笙歌翠合，绮罗香暖。 卢祖皋《宴清都》

连鬟并暖，同心共结，向承恩处。 吴文英《宴清都》

垂杨暗吴苑，正旗亭烟冷，河桥风暖。 吴文英《瑞鹤仙》

禁苑娇寒，湖堤倦暖，前度遽如许。 刘辰翁《永遇乐》

禁苑东风外，飏暖丝晴絮，春思如织。 周密《曲游春》

凉

松月生夜凉，风泉满清听。 孟浩然《宿业师山房待丁大不至》

海上风雨至，逍遥池阁凉。 韦应物《郡斋雨中与诸文士燕集》

——

日夕凉风至，闻蝉但益悲。 孟浩然《秦中寄远上人》

凉风起天末，君子意如何。 杜甫《天末怀李白》

凄凉蜀故伎，来舞魏宫前。 刘禹锡《蜀先主庙》

凄凉宝剑篇，羁泊欲穷年。 李商隐《风雨》

——

秋风萧瑟天气凉，草木摇落露为霜。 曹丕《燕歌行》

携盘独出月荒凉，渭城已远波声小。 李贺《金铜仙人辞汉歌》

——

天阶夜色凉如水，坐看牵牛织女星。 杜牧《秋夕》

石麟埋没藏春草，铜雀荒凉对暮云。 温庭筠《过陈琳墓》

八尺龙须方锦褥，已凉天气未寒时。 韩偓《已凉》

坟坛冷落将军岳，梅鹤凄凉处士林。 鲁迅《阻郁达夫移家杭州》

——

登孤垒荒凉，危亭旷望，静临烟渚。 柳永《竹马子》
衣上酒痕诗里字，点点行行，总是凄凉意。 晏几道《蝶恋花》
冰肌玉骨，自清凉无汗，水殿风来暗香满。 苏轼《洞仙歌》
天涯旧恨，独自凄凉人不问。 秦观《减字木兰花》
铜盘烛泪已流尽，霏霏凉露沾衣。 周邦彦《夜飞鹊》
佳节又重阳，玉枕纱厨，半夜凉初透。 李清照《醉花阴》
欲说还休，却道天凉好个秋。 辛弃疾《丑奴儿》
翠叶吹凉，玉容销酒，更洒菰蒲雨。 姜夔《念奴娇》
晚雨未摧宫树，可怜闲叶，犹抱凉蝉。 史达祖《玉胡蝶》
须信风流未老，凭持尊酒，慰此凄凉心目。 史达祖《八归》
纵玉勒、轻飞迅羽，凄凉谁吊荒台古。 吴文英《霜叶飞》
玉骨西风，恨最恨、闲却新凉时节。 周密《玉京秋》
怕人间换谱伊凉，素娥未识。 蒋捷《瑞鹤仙》
太液池犹在，凄凉处、何人重赋清景。 王沂孙《眉妩》
金钗十二，珠履三千，凄凉千载。 夏完淳《烛影摇红》
写不了相思，又蘸凉波飞去。 朱彝尊《长亭怨慢》
满目荒凉谁可语？西风吹老丹枫树。 纳兰性德《蝶恋花》
太平世界，环球同此凉热。 毛泽东《念奴娇》

冷

泉声咽危石，日色冷青松。 王维《过香积寺》
渚云低暗度，关月冷相随。 崔涂《孤雁》

——

将军角弓不得控，都护铁衣冷犹著。 岑参《白雪歌送武判官归京》
布衾多年冷似铁，娇儿恶卧踏里裂。 杜甫《茅屋为秋风所破歌》

鸳鸯瓦冷霜华重，翡翠衾寒谁与共。　白居易《长恨歌》
门前冷落车马稀，老大嫁作商人妇。　白居易《琵琶行》

——

鱼龙寂寞秋江冷，故国平居有所思。　杜甫《秋兴八首之四》
银烛秋光冷画屏，轻罗小扇扑流萤。　杜牧《秋夕》
红楼隔雨相望冷，珠箔飘灯独自归。　李商隐《春雨》
锁衔金兽连环冷，水滴铜龙昼漏长。　薛逢《宫词》
横眉冷对千夫指，俯首甘为孺子牛。　鲁迅《自嘲》
冷眼向洋看世界，热风吹雨洒江天。　毛泽东《登庐山》

——

渐霜风凄紧，关河冷落，残照当楼。　柳永《八声甘州》
衾凤冷，枕鸳孤，愁肠待酒舒。　晏几道《阮郎归》
拣尽寒枝不肯栖，寂寞沙洲冷。　苏轼《卜算子》
料峭春风吹酒醒，微冷，山头斜照却相迎。　苏轼《定风波》
唤起两眸清炯炯，泪花落枕红绵冷。　周邦彦《蝶恋花》
香冷金猊，被翻红浪，起来慵自梳头。　李清照《凤凰台上忆吹箫》
寻寻觅觅，冷冷清清，凄凄惨惨戚戚。　李清照《声声慢》
被冷香消新梦觉，不许愁人不起。　李清照《念奴娇》
短发萧骚襟袖冷，稳泛沧浪空阔。　张孝祥《念奴娇》
易水萧萧西风冷，满座衣冠似雪，正壮士、悲歌未彻。　辛弃疾《贺新郎》
枕簟溪堂冷欲秋，断云依水晚来收。　辛弃疾《鹧鸪天》
嫣然摇动，冷香飞上诗句。　姜夔《念奴娇》
做冷欺花，将烟困柳，千里偷催春暮。　史达祖《绮罗香》
垂杨暗吴苑，正旗亭烟冷，河桥风暖。　吴文英《瑞鹤仙》
轻暝笼寒，怕梨云梦冷，杏香愁幂。　周密《曲游春》
秋色冷并刀，一派酸风卷怒涛。　陈维崧《南乡子》
重来已是朝云散，怅明珠佩冷，紫玉烟沉。　朱彝尊《高阳台》
怅霜飞榆塞，月冷枫江，万里凄清。　文廷式《忆旧游》

地

问君何能尔，心远地自偏。 陶渊明《饮酒之五》
岂伊地气暖，自有岁寒心。 张九龄《感遇之七》
床前明月光，疑是地上霜。 李白《静夜思》
峥嵘赤云西，日脚下平地。 杜甫《羌村之一》

——

江流天地外，山色有无中。 王维《汉江临眺》
此地一为别，孤蓬万里征。 李白《送友人》
飘飘何所似，天地一沙鸥。 杜甫《旅夜书怀》
天地英雄气，千秋尚凛然。 刘禹锡《蜀先主庙》

——

地崩山摧壮士死，然后天梯石栈方钩连。 李白《蜀道难》
北风卷地白草折，胡天八月即飞雪。 岑参《白雪歌送武判官归京》
渔阳鼙鼓动地来，惊破霓裳羽衣曲。 白居易《长恨歌》
住近湓城地低湿，黄芦苦竹绕宅生。 白居易《琵琶行》

——

江间波浪兼天涌，塞上风云接地阴。 杜甫《秋兴八首之一》
瑶池阿母绮窗开，黄竹歌声动地哀。 李商隐《瑶池》
时来天地皆同力，运去英雄不自由。 罗隐《筹笔驿》
卷地风来忽吹散，望湖楼下水如天。 苏轼《六月二十七日望湖楼醉书》
蒌蒿满地芦芽短，正是河豚欲上时。 苏轼《惠崇春江晓景》
满地芦花和我老，旧家燕子傍谁飞。 文天祥《金陵驿》
天连五岭银锄落，地动三河铁臂摇。 毛泽东《送瘟神之二》
满地月明思故国，穷途裘敝感黄金。 郁达夫《乱离杂诗之七》

——

碧云天，黄叶地，秋色连波，波上寒烟翠。 范仲淹《苏幕遮》

无穷无尽是离愁，天涯地角寻思遍。　　晏殊《踏莎行》
东风又作无情计，艳粉娇红吹满地。　　晏几道《木兰花》
天遥地远，万水千山，知他故宫何处。　　赵佶《燕山亭》
满地黄花堆积，憔悴损、如今有谁堪摘？　　李清照《声声慢》
划地东风欺客梦，一枕云屏寒怯。　　辛弃疾《念奴娇》
芳径，芹泥雨润。爱贴地争飞，竞夸轻俊。　　史达祖《双双燕》
暗尘不起，酥润凌波地。　　吴文英《点绛唇》
暮雨相呼，怕蓦地、玉关重见。　　张炎《解连环》
怅寥廓，问苍茫大地，谁主沉浮？　　毛泽东《沁园春》

土

腾蛇成雾，终为土灰。　　曹操《步出夏门行·龟虽寿》

——

锄禾日当午，汗滴禾下土。　　李绅《悯农二首之二》

——

北土非吾愿，东林怀我师。　　孟浩然《秦中寄远上人》
建德非吾土，维扬忆旧游。　　孟浩然《宿桐庐江寄广陵旧游》
近泪无干土，低空有断云。　　杜甫《别房太尉墓》

——

姊妹弟兄皆列土，可怜光彩生门户。　　白居易《长恨歌》
画栏桂树悬秋香，三十六宫土花碧。　　李贺《金铜仙人辞汉歌》
全家白骨成灰土，一代红妆照汗青。　　吴伟业《圆圆曲》

——

卧龙跃马终黄土，人事音书漫寂寥。　　杜甫《阁夜》
此身行作稽山土，犹吊遗踪一泫然。　　陆游《沈园之一》
乱世桃源非乐土，炎荒草泽尽英雄。　　郁达夫《乱离杂诗之十》

——

春色三分，二分尘土，一分流水。 苏轼《水龙吟》
羡金屋去来，旧时巢燕；土花缭绕，前度莓墙。 周邦彦《风流子》
三十功名尘与土，八千里路云和月。 岳飞《满江红》
君莫舞，君不见、玉环飞燕皆尘土！闲愁最苦。 辛弃疾《摸鱼儿》
土花沿翠，萤火坠墙阴。 张镃《满庭芳》
想幽欢，土花庭甃，虫网阑干。 史达祖《玉胡蝶》
青楼仿佛，临分败壁题诗，泪墨惨淡尘土。 吴文英《莺啼序》
想玉树凋土，泪盘如露。 刘辰翁《兰陵王》
老鹤一声霜衬履，隔断人间尘土。 萨都剌《酹江月》
不及夜台尘土隔，冷清清、一片埋愁地。 纳兰性德《金缕曲》
送春归，费粉娥心眼，低徊香土。 况周颐《西子妆》
指点江山，激扬文字，粪土当年万户侯。 毛泽东《沁园春》
还有吃的，土豆烧熟了，再加牛肉。 毛泽东《念奴娇》

尘

黄尘足今古，白骨乱蓬蒿。 王昌龄《塞下曲》
意气骄满路，鞍马光照尘。 白居易《轻肥》

——

烟尘一长望，衰飒正摧颜。 杜甫《秦州杂诗之七》

——

汉家烟尘在东北，汉将辞家破残贼。 高适《燕歌行》
戍楼西望烟尘黑，汉军屯在轮台北。 岑参《轮台歌奉送封大夫出师西征》
九重城阙烟尘生，千乘万骑西南行。 白居易《长恨歌》
香径尘生鸟自啼，屧廊人去苔空绿。 吴伟业《圆圆曲》

——

大漠风尘日色昏，红旗半卷出辕门。 王昌龄《从军行之五》
渭城朝雨浥轻尘，客舍青青柳色新。 王维《渭城曲》

海内风尘诸弟隔，天涯涕泪一身遥。 杜甫《野望》
紫陌红尘拂面来，无人不道看花回。 刘禹锡《玄都观桃花》
繁华事散逐香尘，流水无情草自春。 杜牧《金谷园》
誓扫匈奴不顾身，五千貂锦丧胡尘。 陈陶《陇西行》
遗民泪尽胡尘里，南望王师又一年。 陆游《秋夜将晓出篱门迎凉有感》
风涛回首空三岛，尘壤从头数九垓。 林则徐《赴戍登程口占示家人》
尘海苍茫沉百感，金风萧瑟走千官。 鲁迅《亥年残秋偶作》
穷海何人存汉腊，中原满目尽胡尘。 柳亚子《元旦感怀之一》

——

音尘绝，西风残照，汉家陵阙。 李白《忆秦娥》
嘶骑渐遥，征尘不断，何处认郎踪? 张先《一丛花令》
纵使相逢应不识，尘满面，鬓如霜。 苏轼《江城子》
悄郊原带郭，行路永、客去车尘漠漠。 周邦彦《瑞鹤仙》
凌波不过横塘路，但目送、芳尘去。 贺铸《青玉案》
风住尘香花已尽，日晚倦梳头。 李清照《武陵春》
征尘暗，霜风劲，悄边声，黯销凝。 张孝祥《六州歌头》
零落成泥碾作尘，只有香如故。 陆游《卜算子》
月冷龙沙，尘清虎落，今年汉酺初赐。 姜夔《翠楼吟》
过春社了，度帘幕中间，去年尘冷。 史达祖《双双燕》
十载西湖，傍柳系马，趁娇尘软雾。 吴文英《莺啼序》
无那尘缘容易绝，燕子依然，软踏帘钩说。 纳兰性德《蝶恋花》
一霎车尘生树杪，陌上楼头，都向尘中老。 王国维《蝶恋花》

山

水何澹澹，山岛竦峙。 曹操《步出夏门行·观沧海》

——

采菊东篱下，悠然见南山。 陶渊明《饮酒之五》

空山不见人，但闻人语响。 王维《鹿柴》
明月出天山，苍茫云海间。 李白《关山月》
会当凌绝顶，一览众山小。 杜甫《望岳》

——

白日依山尽，黄河入海流。 王之涣《登鹳雀楼》
绿树村边合，青山郭外斜。 孟浩然《过故人庄》
空山新雨后，天气晚来秋。 王维《山居秋暝》
山随平野尽，江入大荒流。 李白《渡荆门送别》
山光悦鸟性，潭影空人心。 常建《题破山寺后禅院》
国破山河在，城春草木深。 杜甫《春望》
乱山残雪夜，孤烛异乡人。 崔涂《除夜有怀》

——

身当恩遇常轻敌，力尽关山未解围。 高适《燕歌行》
四边伐鼓雪海涌，三军大呼阴山动。 岑参《轮台歌奉送封大夫出师西征》
忽闻海上有仙山，山在虚无缥缈间。 白居易《长恨歌》

——

黄河远上白云间，一片孤城万仞山。 王之涣《凉州词》
两岸猿声啼不住，轻舟已过万重山。 李白《早发白帝城》
群山万壑赴荆门，生长明妃尚有村。 杜甫《咏怀古迹之三》
姑苏城外寒山寺，夜半钟声到客船。 张继《枫桥夜泊》
不识庐山真面目，只缘身在此山中。 苏轼《题西林壁》
山重水复疑无路，柳暗花明又一村。 陆游《游山西村》
更喜岷山千里雪，三军过后尽开颜。 毛泽东《长征》

——

平林漠漠烟如织，寒山一带伤心碧。 李白《菩萨蛮》
西塞山前白鹭飞，桃花流水鳜鱼肥。 张志和《渔歌子》
斜月半窗还少睡，画屏闲展吴山翠。 晏几道《蝶恋花》
郴江幸自绕郴山，为谁流下潇湘去。 秦观《踏莎行》
旧恨春江流不尽，新恨云山千叠。 辛弃疾《念奴娇》
淮南皓月冷千山，冥冥归去无人管。 姜夔《踏莎行》

一往情深深几许，深山夕照深秋雨。	纳兰性德《蝶恋花》
江山如此多娇，引无数英雄竞折腰。	毛泽东《沁园春》

峰

分野中峰变，阴晴众壑殊。	王维《终南山》
不知香积寺，数里入云峰。	王维《过香积寺》
蜀僧抱绿绮，西下峨眉峰。	李白《听蜀僧濬弹琴》
野寺来人少，云峰隔水深。	刘长卿《秋日登吴公台上寺远眺》
曲终人不见，江上数峰青。	钱起《省试湘灵鼓瑟》
三上北高峰，杭州一望空。	毛泽东《看山》

——

自谓经过旧不迷，安知峰壑今来变。	王维《桃源行》
金阙前开二峰长，银河倒挂三石梁。	李白《庐山谣寄卢侍御虚舟》
连峰去天不盈尺，枯松倒挂倚绝壁。	李白《蜀道难》
紫驼之峰出翠釜，水精之盘行素鳞。	杜甫《丽人行》
须臾静扫众峰出，仰见突兀撑青空。	韩愈《谒衡岳庙遂宿岳寺题门楼》

——

岧峣太华俯咸京，天外三峰削不成。	崔颢《行经华阴》
昆吾御宿自逶迤，紫阁峰阴入渼陂。	杜甫《秋兴八首之八》
回乐峰前沙似雪，受降城外月如霜。	李益《夜上受降城闻笛》
湖上春来似画图，乱峰围绕水平铺。	白居易《春题湖上》
九秋风露越窑开，夺得千峰翠色来。	陆龟蒙《秘色越器》
横看成岭侧成峰，远近高低各不同。	苏轼《题西林壁》
天龙作骑万灵从，独立飞来缥缈峰。	康有为《出都留别诸公》
五云山上五云飞，远接群峰近拂堤。	毛泽东《五云山》
春江浩荡暂徘徊，又踏层峰望眼开。	毛泽东《和周世钊同志》
翻身复进七人房，回首峰峦入莽苍。	毛泽东《莫干山》

——

千里澄江似练，翠峰如簇。　王安石《桂枝香》

泪湿阑干花著露，愁到眉峰碧聚。　毛滂《惜分飞》

数峰江上，芳草天涯，参差烟树。　廖世美《烛影摇红》

屏间麝煤冷，但眉峰压翠，泪珠弹粉。　陆淞《瑞鹤仙》

数峰清苦，商略黄昏雨。　姜夔《点绛唇》

隐约遥峰，和泪谢娘眉妩。　史达祖《绮罗香》

掩峰屏，喧石濑，沙外晚阳敛。　朱孝臧《祝英台近》

登临感清快，对层云曳缟，乱峰横黛。　吕碧城《瑞鹤仙》

会昌城外高峰，颠连直接东溟。　毛泽东《清平乐》

六盘山上高峰，红旗漫卷西风。　毛泽东《清平乐》

陵

五陵北原上，万古青濛濛。　岑参《与高适薛据登慈恩寺浮图》

苟能制侵陵，岂在多杀伤。　杜甫《前出塞之六》

客从东方来，衣上灞陵雨。　韦应物《长安遇冯著》

——

明日巴陵道，秋山又几重。　李益《喜见外弟又言别》

北斗兼春远，南陵寓使迟。　李商隐《凉思》

因思杜陵梦，凫雁满回塘。　温庭筠《商山早行》

——

居人共住武陵源，还从物外起田园。　王维《桃源行》

金陵子弟来相送，欲行不行各尽觞。　李白《金陵酒肆留别》

山川萧条极边土，胡骑凭陵杂风雨。　高适《燕歌行》

哀哉王孙慎勿疏，五陵佳气无时无。　杜甫《哀王孙》

五陵年少争缠头，一曲红绡不知数。　白居易《琵琶行》

茂陵刘郎秋风客，夜闻马嘶晓无迹。　李贺《金铜仙人辞汉歌》

——

三晋云山皆北向，二陵风雨自东来。　　崔曙《九日登望仙台呈刘明府》

二帝巡游俱未回，五陵松柏使人哀。　　李白《永王东巡歌十一首之五》

朝辞白帝彩云间，千里江陵一日还。　　李白《早发白帝城》

同学少年多不贱，五陵衣马自轻肥。　　杜甫《秋兴八首之三》

王濬楼船下益州，金陵王气黯然收。　　刘禹锡《西塞山怀古》

金陵津渡小山楼，一宿行人自可愁。　　张祜《题金陵渡》

茂陵不见封侯印，空向秋波哭逝川。　　温庭筠《苏武庙》

陵园白露年年满，城郭青磷夜夜哀。　　陈子龙《辽事杂诗之一》

一水西陵松柏渡，吴山越浦怒潮秋。　　柳亚子《吴门记游之十》

解忧纵有兰陵酒，浅醉何由梦洛妃。　　郁达夫《乱离杂诗之六》

——

音尘绝，西风残照，汉家陵阙。　　李白《忆秦娥》

去年倦寻路程，江陵旧事，何曾再问杨琼。　　周邦彦《绮寮怨》

念武陵人远，烟锁秦楼。　　李清照《凤凰台上忆吹箫》

但茫茫暮霭，目断武陵溪，往事难追。　　韩元吉《六州歌头》

金陵路、莺吟燕舞，算潮水、知人最苦。　　姜夔《杏花天》

最妨他、佳约风流，钿车不到杜陵路。　　史达祖《绮罗香》

烟波桃叶西陵路，十年断魂潮尾。　　吴文英《齐天乐》

紫萸一枝传赐，梦谁到、汉家陵。　　姚云文《紫萸香慢》

石

东临碣石，以观沧海。　　曹操《步出夏门行·观沧海》

——

声喧乱石中，色静深松里。　　王维《青溪》

晓耕翻露草，夜榜响溪石。　　柳宗元《溪居》

——

明月松间照，清泉石上流。 王维《山居秋暝》
泉声咽危石，日色冷青松。 王维《过香积寺》
江流石不转，遗恨失吞吴。 杜甫《八阵图》
苦调凄金石，清音入杳冥。 钱起《省试湘灵鼓瑟》
平明寻白羽，没在石棱中。 卢纶《塞下曲之二》

——

飞湍瀑流争喧豗，砯崖转石万壑雷。 李白《蜀道难》
摐金伐鼓下榆关，旌旗逶迤碣石间。 高适《燕歌行》
剑河风急云片阔，沙口石冻马蹄脱。 岑参《轮台歌奉送封大夫出师西征》
孔明庙前有老柏，柯如青铜根如石。 杜甫《古柏行》
山石荦确行径微，黄昏到寺蝙蝠飞。 韩愈《山石》
张生手持石鼓文，劝我试作石鼓歌。 韩愈《石鼓歌》
长绳百尺拽碑倒，粗砂大石相磨治。 李商隐《韩碑》

——

但用东山谢安石，为君谈笑静胡沙。 李白《永王东巡歌十一首之二》
织女机丝虚夜月，石鲸鳞甲动秋风。 杜甫《秋兴八首之七》
千寻铁锁沉江底，一片降幡出石头。 刘禹锡《西塞山怀古》
窦融表已来关右，陶侃军宜次石头。 李商隐《重有感》
石麟埋没藏春草，铜雀荒凉对暮云。 温庭筠《过陈琳墓》
精禽梦觉仍衔石，斗士诚坚共抗流。 鲁迅《题三义塔》
石壕村与长生殿，一例钗分惹恨长。 郁达夫《乱离杂诗之一》

——

乱石穿空，惊涛拍岸，卷起千堆雪。 苏轼《念奴娇》
石榴半吐红巾蹙，待浮花浪蕊都尽，伴君幽独。 苏轼《贺新郎》
露湿铜铺，苔侵石井，都是曾听伊处。 姜夔《齐天乐》
古石埋香，金沙锁骨连环。 吴文英《高阳台》
石头城上，望天低吴楚，眼空无物。 萨都剌《百字令》
一片石头城上月，浑怕照，旧江山。 蒋春霖《唐多令》
搴裳步隘，正雨过、湍奔石濑。 吕碧城《瑞鹤仙》
往事越千年，魏武挥鞭，东临碣石有遗篇。 毛泽东《浪淘沙》

洞

果擘洞庭橘，脍切天池鳞。　　白居易《轻肥》

——

昔闻洞庭水，今上岳阳楼。　　杜甫《登岳阳楼》

流水传潇浦，悲风过洞庭。　　钱起《省试湘灵鼓瑟》

淮南一叶下，自觉洞庭波。　　许浑《早秋》

猿啼洞庭树，人在木兰舟。　　马戴《楚江怀古》

——

美人娟娟隔秋水，濯足洞庭望八荒。　　杜甫《寄韩谏议注》

石鱼湖，似洞庭，夏水欲满君山青。　　元结《石鱼湖上醉歌》

洞庭连天九疑高，蛟龙出没猩鼯号。　　韩愈《八月十五夜赠张功曹》

洞庭湘水涨连天，艟艨巨舰直东指。　　毛泽东《送纵宇一郎东行》

——

洞门高阁霭余晖，桃李阴阴柳絮飞。　　王维《赠郭给事》

汉口夕阳斜渡鸟，洞庭秋水远连天。

刘长卿《自夏口至鹦鹉洲夕望岳阳寄元中丞》

疏松影落空坛静，细草香生小洞幽。　　韩翃《同题仙游观》

洞房昨夜停红烛，待晓堂前拜舅姑。　　朱庆馀《近试上张水部》

洞庭木落楚天高，眉黛猩红涴战袍。　　鲁迅《无题（1932 年）》

洞庭波涌连天雪，长岛人歌动地诗。　　毛泽东《答友人》

——

愁极，再三追思，洞房深处，几处饮散歌阑，香暖鸳鸯被。

柳永《浪淘沙慢》

任流光过却，犹喜洞天自乐。　　周邦彦《瑞鹤仙》

笑捻粉香归洞户，更垂帘幕护窗纱，东风寒似夜来些。　　贺铸《浣溪沙》

洞庭青草，近中秋、更无一点风色。　　张孝祥《念奴娇》

天阴洞庭波阔，夜沉沉、恨流湘弦。 朱孝臧《声声慢》
当年鏖战急，弹洞前村壁。 毛泽东《菩萨蛮》
保安人物一时新，洞中开宴会，招待出牢人。 毛泽东《临江仙》

林

林表明霁色，城中增暮寒。 祖咏《终南望余雪》
潭烟飞溶溶，林月低向后。 綦毋潜《春泛若耶溪》
蝉鸣空桑林，八月萧关道。 王昌龄《塞上曲》
返景入深林，复照青苔上。 王维《鹿柴》
魂来枫林青，魂返关塞黑。 杜甫《梦李白二首之一》
苍苍竹林寺，杳杳钟声晚。 刘长卿《送灵澈》

——

野花看欲尽，林鸟听犹新。 张九龄《送韦城李少府》
林卧愁春尽，搴帷览物华。 孟浩然《宴梅道士山房》
唯见林花落，莺啼送客闻。 杜甫《别房太尉墓》
夕阳依旧垒，寒磬满空林。 刘长卿《秋日登吴公台上寺远眺》
林暗草惊风，将军夜引弓。 卢纶《塞下曲之二》

——

熊咆龙吟殷岩泉，栗深林兮惊层巅。 李白《梦游天姥吟留别》
高者挂罥长林梢，下者飘转沉塘坳。 杜甫《茅屋为秋风所破歌》

——

积雨空林烟火迟，蒸藜炊黍饷东菑。 王维《积雨辋川庄作》
桤林碍日吟风叶，笼竹和烟滴露梢。 杜甫《堂成》
秋草独寻人去后，寒林空见日斜时。 刘长卿《长沙过贾谊宅》
二月黄鹂飞上林，春城紫禁晓阴阴。 钱起《赠阙下裴舍人》

——

平林漠漠烟如织，寒山一带伤心碧。 李白《菩萨蛮》

林花谢了春红，太匆匆。无奈朝来寒雨夜来风。 李煜《相见欢》
居人匹马映林嘶，行人去棹依波转。 晏殊《踏莎行》
独立小桥风满袖，平林新月人归后。 欧阳修《蝶恋花》
莫听穿林打叶声，何妨吟啸且徐行。 苏轼《定风波》
烟络横林，山沉远照，迤逦黄昏钟鼓。 贺铸《天香》
旧时茅店社林边，路转溪桥忽见。 辛弃疾《西江月》
野老林泉，故王台榭，呼唤登临。 姜夔《一萼红》
西园日日扫亭林，依旧赏新晴。 吴文英《风入松》
烟水阔，高林弄残照，晚蜩凄切。 周密《玉京秋》
园林红紫千千，放教狼藉，休但怨、连番风雨。 文廷式《祝英台近》
战松林、万翠鸣秋，并作怒涛澎湃。 吕碧城《瑞鹤仙》
宁化清流归化，路隘林深苔滑。 毛泽东《如梦令》

原

五陵北原上，万古青濛濛。 岑参《与高适薛据登慈恩寺浮图》
微雨霭芳原，春鸠鸣何处。 韦应物《东郊》

——

离离原上草，一岁一枯荣。 白居易《草》
向晚意不适，驱车登古原。 李商隐《登乐游原》
灞原风雨定，晚见雁行频。 马戴《灞上秋居》

——

崔嵬枝干郊原古，窈窕丹青户牖空。
扶持自是神明力，正直原因造化功。 杜甫《古柏行》
中原干戈古亦闻，岂有逆胡传子孙。 陆游《关山月》

——

欲把一麾江海去，乐游原上望昭陵。 杜牧《将赴吴兴登乐游原》
杳杳天低鹘没处，青山一发是中原。 苏轼《澄迈驿通潮阁》

早岁那知世事艰，中原北望气如山。 陆游《书愤》
王师北定中原日，家祭无忘告乃翁。 陆游《示儿》
山河风景原无异，城郭人民半已非。 文天祥《金陵驿》
咬定青山不放松，立根原在破岩中。 郑燮《竹石》
穷海何人存汉腊，中原满目尽胡尘。 柳亚子《元旦感怀之一》
神州岂止千重恶，赤县原藏万种邪。 毛泽东《读报有感之一》

——

乐游原上清秋节，咸阳古道音尘绝。 李白《忆秦娥》
夕阳岛外，秋风原上，目断四天垂。 柳永《少年游》
悄郊原带郭，行路永、客去车尘漠漠。 周邦彦《瑞鹤仙》
闻道中原遗老，常南望、翠葆霓旌。 张孝祥《六州歌头》
郊原初过雨，见败叶零乱，风定犹舞。 袁去华《瑞鹤仙》
寒山几堵，风低削碎中原路。 陈维崧《醉落魄》
山舞银蛇，原驰蜡象，欲与天公试比高。 毛泽东《沁园春》
流遍了，郊原血。 毛泽东《贺新郎》

野

七月在野，八月在宇。 《诗经·豳风·七月》
呦呦鹿鸣，食野之苹。 曹操《短歌行之一》

——

野老念牧童，倚杖候荆扉。 王维《渭川田家》
孤云将野鹤，岂向人间住。 刘长卿《送上人》

——

野花看欲尽，林鸟听犹新。 张九龄《送韦城李少府》
野旷天低树，江清月近人。 孟浩然《宿建德江》
分野中峰变，阴晴众壑殊。 王维《终南山》
山随平野尽，江入大荒流。 李白《渡荆门送别》

野润烟光薄，沙暄日色迟。　　杜甫《后游》
野寺来人少，云峰隔水深。　　刘长卿《秋日登吴公台上寺远眺》
野幕敞琼筵，羌戎贺劳旋。　　卢纶《塞下曲之四》
野火烧不尽，春风吹又生。　　白居易《草》
过桥分野色，移石动云根。　　贾岛《题李凝幽居》
空园白露滴，孤壁野僧邻。　　马戴《灞上秋居》
移家虽带郭，野径入桑麻。　　僧皎然《寻陆鸿渐不遇》
秋风度河上，大野入苍穹。　　毛泽东《喜闻捷报》

——

迸泉飒飒飞木末，野鹿呦呦走堂下。
李颀《听董大弹胡笳兼寄语弄房给事》
野营万里无城郭，雨雪纷纷连大漠。　　李颀《古从军行》
深山大泽龙蛇远，春寒野阴风景暮。
杜甫《送孔巢父谢病归游江东兼呈李白》
少陵野老吞声哭，春日潜行曲江曲。　　杜甫《哀江头》
豺狼在邑龙在野，王孙善保千金躯。　　杜甫《哀王孙》
雨淋日炙野火燎，鬼物守护烦㧑呵。　　韩愈《石鼓歌》

——

野老与人争席罢，海鸥何事更相疑。　　王维《积雨辋川庄作》
野哭几家闻战伐，夷歌数处起渔樵。　　杜甫《阁夜》
春潮带雨晚来急，野渡无人舟自横。　　韦应物《滁州西涧》
朱雀桥边野草花，乌衣巷口夕阳斜。　　刘禹锡《乌衣巷》

——

藕花相向野塘中，暗伤亡国，清露泣香红。　　鹿虔扆《临江仙》
迢递路回清野，人语渐无闻，空带愁归。　　周邦彦《夜飞鹊》
照野旌旗，朝天车马，平沙万里天低。　　周密《高阳台》
向寻常野桥流水，待招来、不是旧沙鸥。　　张炎《八声甘州》

荒

荒城临古渡，落日满秋山。 王维《归嵩山作》
山随平野尽，江入大荒流。 李白《渡荆门送别》
远芳侵古道，晴翠接荒城。 白居易《草》
荒戍落黄叶，浩然离故关。 温庭筠《送人东游》

——

老夫不知其所往，足茧荒山转愁疾。 杜甫《观公孙大娘弟子舞剑器行》
携盘独出月荒凉，渭城已远波声小。 李贺《金铜仙人辞汉歌》

——

江山故宅空文藻，云雨荒台岂梦思。 杜甫《咏怀古迹之二》
城上高楼接大荒，海天愁思正茫茫。 柳宗元《登柳州城楼寄漳汀封连四州刺史》
石麟埋没藏春草，铜雀荒凉对暮云。 温庭筠《过陈琳墓》
九死南荒吾不恨，兹游奇绝冠平生。 苏轼《六月二十日夜渡海》
竦听荒鸡偏阒寂，起看星斗正阑干。 鲁迅《亥年残秋偶作》
荒江鸾凤才难展，伏枥骅骝愿屡违。 柳亚子《悼亡友亚魂》
纵欲穷荒求玉杵，可能苦渴得琼浆。 郁达夫《乱离杂诗之一》
谣诼纷纭语迭新，南荒末劫事疑真。 郁达夫《乱离杂诗之五》
乱世桃源非乐土，炎荒草泽尽英雄。 郁达夫《乱离杂诗之十》

——

金锁重门荒苑静，绮窗愁对秋空。 鹿虔扆《临江仙》
登孤垒荒凉，危亭旷望，静临烟渚。 柳永《竹马子》
念荒寒、寄宿无人馆。重门闭、败壁秋虫叹。 周邦彦《拜星月慢》
十年一梦凄凉，似西湖燕去，吴馆巢荒。 吴文英《夜合花》
纵玉勒、轻飞迅羽，凄凉谁吊荒台古。 吴文英《霜叶飞》
宫粉雕痕，仙云堕影，无人野水荒湾。 吴文英《高阳台》

紫曲门荒，沿败井、风摇青蔓。　吴文英《三姝媚》
乱鸦过，斗转城荒，不见来时试灯处。　刘辰翁《兰陵王》
更凄然、万绿西泠，一抹荒烟。　张炎《高阳台》
愁余，荒洲古溆，断梗疏萍，更漂流何处。　张炎《渡江云》
远道荒寒，婉娩流年，望望美人迟暮。　彭元逊《疏影》
正自羁怀多感，怕荒台高处，更不胜情。　姚云文《紫萸香慢》
满目荒凉谁可语？西风吹老丹枫树。　纳兰性德《蝶恋花》
见龙虎台荒，凤凰楼迥，还感飘零。　文廷式《忆旧游》
故山不是无春，荒波哀角，却来凭、天涯阑槛。　朱孝臧《祝英台近》

水

所谓伊人，在水一方。　《诗经·秦风·蒹葭》

——

白毛浮绿水，红掌拨清波。　骆宾王《咏鹅》
却下水精帘，玲珑望秋月。　李白《玉阶怨》
在山泉水清，出山泉水浊。　杜甫《佳人》

——

客路青山下，行舟绿水前。　王湾《次北固山下》
水落鱼梁浅，天寒梦泽深。　孟浩然《与诸子登岘山》
行到水穷处，坐看云起时。　王维《终南别业》
仍怜故乡水，万里送行舟。　李白《渡荆门送别》
水落鱼龙夜，山空鸟鼠秋。　杜甫《秦州杂诗之一》

——

春来遍是桃花水，不辨仙源何处寻。　王维《桃源行》
君不见黄河之水天上来，奔流到海不复回。　李白《将进酒》
边庭流血成海水，武皇开边意未已。　杜甫《兵车行》
春寒赐浴华清池，温泉水滑洗凝脂。　白居易《长恨歌》

银瓶乍破水浆迸，铁骑突出刀枪鸣。　白居易《琵琶行》
半卷红旗临易水，霜重鼓寒声不起。　李贺《雁门太守行》

——

天门中断楚江开，碧水东流至此回。　李白《望天门山》
舍南舍北皆春水，但见群鸥日日来。　杜甫《客至》
一道残阳铺水中，半江瑟瑟半江红。　白居易《暮江吟》
疏影横斜水清浅，暗香浮动月黄昏。　林逋《山园小梅》
水光潋滟晴方好，山色空濛雨亦奇。　苏轼《饮湖上初晴后雨》

——

过尽千帆皆不是，斜晖脉脉水悠悠。肠断白蘋洲。　温庭筠《望江南》
春水碧于天，画船听雨眠。　韦庄《菩萨蛮》
胭脂泪，相留醉，几时重？自是人生长恨水长东。　李煜《相见欢》
明月如霜，好风如水，清景无限。　苏轼《永遇乐》
柔情似水，佳期如梦，忍顾鹊桥归路。　秦观《鹊桥仙》
日日思君不见君，共饮长江水。　李之仪《卜算子》
楚天千里清秋，水随天去秋无际。　辛弃疾《水龙吟》
自顾影、欲下寒塘，正沙净草枯，水平天远。　张炎《解连环》
孤峤蟠烟，层涛蜕月，骊宫夜采铅水。　王沂孙《天香》
四海翻腾云水怒，五洲震荡风雷激。　毛泽东《满江红》

江

江南有丹橘，经冬犹绿林。　张九龄《感遇之七》
天边树若荠，江畔洲如月。　孟浩然《秋登兰山寄张五》
江湖多风波，舟楫恐失坠。　杜甫《梦李白二首之二》
至今思项羽，不肯过江东。　李清照《绝句》

——

云霞出海曙，梅柳渡江春。　杜审言《和晋陵陆丞早春游望》

海日生残夜，江春入旧年。 王湾《次北固山下》
野旷天低树，江清月近人。 孟浩然《宿建德江》
江流天地外，山色有无中。 王维《汉江临眺》
星垂平野阔，月涌大江流。 杜甫《旅夜书怀》
曲终人不见，江上数峰青。 钱起《省试湘灵鼓瑟》

——

登高壮观天地间，大江茫茫去不还。 李白《庐山谣寄卢侍御虚舟》
人生有情泪沾臆，江水江花岂终极。 杜甫《哀江头》
蜀江水碧蜀山青，圣主朝朝暮暮情。 白居易《长恨歌》
浔阳江头夜送客，枫叶荻花秋瑟瑟。 白居易《琵琶行》

——

朝辞白帝彩云间，千里江陵一日还。 李白《早发白帝城》
无边落木萧萧下，不尽长江滚滚来。 杜甫《登高》
月落乌啼霜满天，江枫渔火对愁眠。 张继《枫桥夜泊》
千寻铁锁沉江底，一片降幡出石头。 刘禹锡《西塞山怀古》
江雨霏霏江草齐，六朝如梦鸟空啼。 韦庄《台城》
江山代有才人出，各领风骚数百年。 赵翼《论诗》

——

梳洗罢，独倚望江楼。 温庭筠《梦江南》
人人尽说江南好，游人只合江南老。 韦庄《菩萨蛮》
独自莫凭栏！无限江山；别时容易见时难。 李煜《浪淘沙》
对潇潇暮雨洒江天，一番洗清秋。 柳永《八声甘州》
千里澄江似练，翠峰如簇。 王安石《桂枝香》
大江东去，浪淘尽、千古风流人物。 苏轼《念奴娇》
郴江幸自绕郴山，为谁流下潇湘去。 秦观《踏莎行》
旧恨春江流不尽，新恨云山千叠。 辛弃疾《念奴娇》
江国，正寂寂，叹寄与路遥，夜雪初积。 姜夔《暗香》
白发渔樵江渚上，惯看秋月春风。 杨慎《临江仙》

沧

东临碣石，以观沧海。 曹操《步出夏门行·观沧海》

——

山暝听猿愁，沧江急夜流。 孟浩然《宿桐庐江寄广陵旧游》
浮天沧海远，去世法舟轻。 钱起《送僧归日本》
别来沧海事，语罢暮天钟。 李益《喜见外弟又言别》
沧江好烟月，门系钓鱼船。 杜牧《旅宿》

——

长风破浪会有时，直挂云帆济沧海。 李白《行路难》
沧海横流安足虑，世事纷纭从君理。 毛泽东《送纵宇一郎东行》

——

一卧沧江惊岁晚，几回青琐点朝班。 杜甫《秋兴八首之五》
寄身且喜沧洲近，顾影无如白发何。 刘长卿《江州重别薛六柳八二员外》
沧海月明珠有泪，蓝田日暖玉生烟。 李商隐《锦瑟》
痛饮黄龙终有愿，会教沧海变桑田。 柳亚子《为王卓民题扇》
天若有情天亦老，人间正道是沧桑。 毛泽东《人民解放军占领南京》
烽烟旷劫三吴遍，沧海乘桴咏四愁。 郁达夫《和广勋先生》
沧海曾经人未老，青衫初浣泪偷弹。 郁达夫《赠紫罗兰女士》

——

芙蓉落尽天涵水，日暮沧波起。 舒亶《虞美人》
无限楼前沧波意，谁采蘋花寄取，但怅望、兰舟容与。 叶梦得《贺新郎》
短发萧骚襟袖冷，稳泛沧浪空阔。 张孝祥《念奴娇》
此生谁料，心在天山，身老沧洲。 陆游《诉衷情》
晴丝牵绪乱，对沧江斜日，花飞人远。 吴文英《瑞鹤仙》
后不如今今非昔，两无言、相对沧浪水。 吴文英《贺新郎》

海

东临碣石，以观沧海。　　曹操《步出夏门行·观沧海》

——

汉下白登道，胡窥青海湾。　　李白《关山月》

四海无闲田，农夫犹饿死。　　李绅《悯农二首之一》

——

海内存知己，天涯若比邻。　　王勃《送杜少府之任蜀州》

白日依山尽，黄河入海流。　　王之涣《登鹳雀楼》

太乙近天都，连山到海隅。　　王维《终南山》

海门深不见，浦树远含滋。　　韦应物《赋得暮雨送李曹》

——

海客谈瀛洲，烟涛微茫信难求。　　李白《梦游天姥吟留别》

长风破浪会有时，直挂云帆济沧海。　　李白《行路难》

校尉羽书飞瀚海，单于猎火照狼山。　　高适《燕歌行》

瀚海阑干百丈冰，愁云惨淡万里凝。　　岑参《白雪歌送武判官归京》

忽闻海上有仙山，山在虚无缥缈间。　　白居易《长恨歌》

——

沙场烽火侵胡月，海畔云山拥蓟城。　　祖咏《望蓟门》

青海长云暗雪山，孤城遥望玉门关。　　王昌龄《从军行之四》

海内风尘诸弟隔，天涯涕泪一身遥。　　杜甫《野望》

从今四海为家日，故垒萧萧芦荻秋。　　刘禹锡《西塞山怀古》

欲把一麾江海去，乐游原上望昭陵。　　杜牧《将赴吴兴登乐游原》

嫦娥应悔偷灵药，碧海青天夜夜心。　　李商隐《嫦娥》

云散月明谁点缀，天容海色本澄清。　　苏轼《六月二十日夜渡海》

三万里河东入海，五千仞岳上摩天。　　陆游《秋夜将晓出篱门迎凉有感》

眼中战国成争鹿，海内人才孰卧龙。　　康有为《出都留别诸公》

尘海苍茫沉百感，金风萧瑟走千官。　　鲁迅《亥年残秋偶作》
穷海何人存汉腊，中原满目尽胡尘。　　柳亚子《元旦感怀之一》
空梁王谢迷飞燕，海市楼台咒夕阳。　　郁达夫《乱离杂诗之一》

——

谁把钿筝移玉柱，穿帘海燕双飞去。　　冯延巳《蝶恋花》
东归燕从海上去，南来雁向沙头落。　　王安石《千秋岁引》
夜阑风静縠纹平，小舟从此逝，江海寄余生。　　苏轼《临江仙》
瀚海飘流燕，乍归来、依依难认，旧家庭院。　　梁启超《金缕曲》
明霞照海，渲异艳，远天外。　　吕碧城《瑞鹤仙》
从头越，苍山如海，残阳如血。　　毛泽东《忆秦娥》

河

关关雎鸠，在河之洲。　　《诗经·周南·关雎》

——

青青河畔草，郁郁园中柳。　　《青青河畔草》
长歌吟松风，曲尽河星稀。　　李白《下终南山过斛斯山人宿置酒》
朝进东门营，暮上河阳桥。　　杜甫《后出塞之二》

——

白日依山尽，黄河入海流。　　王之涣《登鹳雀楼》
大漠孤烟直，长河落日圆。　　王维《使至塞上》
星河秋一雁，砧杵夜千家。　　韩翃《酬程近秋夜即事见赠》
树色随关迥，河声入海遥。　　许浑《秋日赴阙题潼关驿楼》

——

欲渡黄河冰塞川，将登太行雪满山。　　李白《行路难》
或从十五北防河，便至四十西营田。　　杜甫《兵车行》
迟迟钟鼓初长夜，耿耿星河欲曙天。　　白居易《长恨歌》

——

白狼河北音书断，丹凤城南秋夜长。　　沈佺期《独不见》
前军夜战洮河北，已报生擒吐谷浑。　　王昌龄《从军行之五》
飞流直下三千尺，疑是银河落九天。　　李白《望庐山瀑布》
五更鼓角声悲壮，三峡星河影动摇。　　杜甫《阁夜》
金河秋半虏弦开，云外惊飞四散哀。　　杜牧《早雁》
云母屏风烛影深，长河渐落晓星沉。　　李商隐《嫦娥》
可怜无定河边骨，犹是春闺梦里人。　　陈陶《陇西行》
河山触目尽生哀，太息神州几霸才。　　秋瑾《柬某君》
草木不欣胡日月，风云犹壮汉山河。　　柳亚子《寄题岳王冢》
乱离鱼雁双藏影，道阻河梁再卜居。　　郁达夫《乱离杂诗之二》

——

渐霜风凄紧，关河冷落，残照当楼。　　柳永《八声甘州》
彩舟云淡，星河鹭起，画图难足。　　王安石《桂枝香》
起来携素手，庭户无声，时见疏星渡河汉。　　苏轼《洞仙歌》
关河梦断何处，尘暗旧貂裘。　　陆游《诉衷情》
将军百战身名裂，向河梁、回头万里，故人长绝。　　辛弃疾《贺新郎》
酒酣应对燕山雪，正冰河月冻，晓陇云飞。　　周密《高阳台》
傍枯林古道，长河饮马，此意悠悠。　　张炎《八声甘州》
看云外山河，还老桂花旧影。　　王沂孙《眉妩》
夏日消融，江河横溢，人或为鱼鳖。　　毛泽东《念奴娇》

湖

江湖多风波，舟楫恐失坠。　　杜甫《梦李白二首之二》

——

八月湖水平，涵虚混太清。　　孟浩然《临洞庭上张丞相》
鸿雁几时到，江湖秋水多。　　杜甫《天末怀李白》
长江一帆远，落日五湖春。　　刘长卿《饯别王十一南游》

——

庐山秀出南斗旁，屏风九叠云锦张，影落明湖青黛光。

李白《庐山谣寄卢侍御虚舟》

鼎湖当日弃人间，破敌收京下玉关。　吴伟业《圆圆曲》

——

关塞极天唯鸟道，江湖满地一渔翁。　杜甫《秋兴八首之七》

最爱湖东行不足，绿杨阴里白沙堤。　白居易《钱塘湖春行》

落魄江湖载酒行，楚腰纤细掌中轻。　杜牧《遣怀》

永忆江湖归白发，欲回天地入扁舟。　李商隐《安定城楼》

谁解乘舟寻范蠡，五湖烟水独忘机。　温庭筠《利州南渡》

卷地风来忽吹散，望湖楼下水如天。　苏轼《六月二十七日望湖楼醉书》

可惜不当湖水面，银山堆里看青山。　黄庭坚《雨中登岳阳楼望君山之二》

云暗鼎湖龙去远，月明华表鹤归迟。　虞集《挽文丞相》

画船箫鼓满春湖，十里湖光一镜铺。　柳亚子《吴门记游之六》

——

群芳过后西湖好，狼籍残红，飞絮濛濛，垂柳阑干尽日风。

欧阳修《采桑子》

长记曾携手处，千树压、西湖寒碧。　姜夔《暗香》

一春长费买花钱，日日醉湖边。

玉骢惯识西湖路，骄嘶过、沽酒楼前。

画船载取春归去，余情付、湖水湖烟。　俞国宝《风入松》

暗数十年湖上路，能几度，着娉婷。　卢祖皋《江城子》

明朝事与孤烟冷，做满湖风雨愁人。　吴文英《渡江云》

十年一梦凄凉，似西湖燕去，吴馆巢荒。　吴文英《夜合花》

飞红若到西湖底，搅翠澜、总是愁鱼。　吴文英《高阳台》

湖山经醉惯，渍春衫，啼痕酒痕无限。　吴文英《三姝媚》

宫里吴王沉醉，倩五湖倦客，独钓醒醒。　吴文英《八声甘州》

禁苑娇寒，湖堤倦暖，前度遽如许。　刘辰翁《永遇乐》

少年袅袅天涯恨，长结西湖烟柳。　刘辰翁《摸鱼儿》

东风渐绿西湖岸，雁已还、人未南归。　周密《高阳台》

看画船尽入西泠，闲却半湖春色。

正满湖碎月摇花，怎生去得。　　周密《曲游春》

新烟禁柳，想如今、绿到西湖。　　张炎《渡江云》

汉

星汉灿烂，若出其里。　　曹操《步出夏门行·观沧海》

——

永结无情游，相期邈云汉。　　李白《月下独酌》

汉下白登道，胡窥青海湾。　　李白《关山月》

——

可怜闺里月，长在汉家营。　　沈佺期《杂诗》

征蓬出汉塞，归雁入胡天。　　王维《使至塞上》

茫茫江汉上，日暮欲何之。　　刘长卿《送李中丞归汉阳别业》

江汉曾为客，相逢每醉还。　　韦应物《淮上喜会梁州故人》

——

年年战骨埋荒外，空见蒲萄入汉家。　　李颀《古从军行》

樵客初传汉姓名，居人未改秦衣服。　　王维《桃源行》

汉家烟尘在东北，汉将辞家破残贼。　　高适《燕歌行》

似闻昨者赤松子，恐是汉代韩张良。　　杜甫《寄韩谏议注》

汉皇重色思倾国，御宇多年求不得。　　白居易《长恨歌》

空将汉月出宫门，忆君清泪如铅水。　　李贺《金铜仙人辞汉歌》

明妃初出汉宫时，泪湿春风鬓脚垂。　　王安石《明妃曲》

为君别唱吴宫曲，汉水东南日夜流。　　吴伟业《圆圆曲》

——

河山北枕秦关险，驿路西连汉畤平。　　崔颢《行经华阴》

燕台一去客心惊，笳鼓喧喧汉将营。　　祖咏《望蓟门》

秦时明月汉时关，万里长征人未还。　　王昌龄《出塞》

借问汉宫谁得似，可怜飞燕倚新妆。 李白《清平调之二》
昆明池水汉时功，武帝旌旗在眼中。 杜甫《秋兴八首之七》
运移汉祚终难复，志决身歼军务劳。 杜甫《咏怀古迹之五》
汉口夕阳斜渡鸟，洞庭秋水远连天。
刘长卿《自夏口至鹦鹉洲夕望岳阳寄元中丞》
阳和不散穷途恨，霄汉常悬捧日心。 钱起《赠阙下裴舍人》
日暮汉宫传蜡烛，轻烟散入五侯家。 韩翃《寒食》
家住层城邻汉苑，心随明月到胡天。 皇甫冉《春思》
苏武魂销汉使前，古祠高树两茫然。 温庭筠《苏武庙》
子房本为韩仇出，诸葛宁知汉祚移。 虞集《挽文丞相》

——

起来携素手，庭户无声，时见疏星渡河汉。 苏轼《洞仙歌》
纤云弄巧，飞星传恨，银汉迢迢暗渡。 秦观《鹊桥仙》
不到长城非好汉，屈指行程二万。 毛泽东《清平乐》

淮

江淮度寒食，京洛缝春衣。 王维《送綦毋潜落第还乡》
落帆逗淮镇，停舫临孤驿。 韦应物《夕次盱眙县》

——

何因不归去，淮上有秋山。 韦应物《淮上喜会梁州故人》
淮南一叶下，自觉洞庭波。 许浑《早秋》

——

清淮奉使千余里，敢告云山从此始。 李颀《琴歌》
淮西有贼五十载，封狼生貙貙生罴。 李商隐《韩碑》

——

江上月明胡雁过，淮南木落楚山多。 刘长卿《江州重别薛六柳八二员外》
淮水东边旧时月，夜深还过女墙来。 刘禹锡《石头城》

烟笼寒水月笼沙，夜泊秦淮近酒家。　　杜牧《泊秦淮》

船离洪泽岸头沙，人到淮河意不佳。　　杨万里《初入淮河之一》

伤心怕看秦淮月，剩水残山总可怜。　　柳亚子《题太平天国战史》

南楼箫管沉沉夜，绝似秦淮五月天。　　郁达夫《与江郎对饮》

——

想得玉楼瑶殿影，空照秦淮。　　李煜《浪淘沙》

夜深月过女墙来，伤心东望淮水。　　周邦彦《西河》

长淮望断，关塞莽然平。　　张孝祥《六州歌头》

淮南皓月冷千山，冥冥归去无人管。　　姜夔《踏莎行》

淮左名都，竹西佳处，解鞍少驻初程。　　姜夔《扬州慢》

应难奈故人天际，望彻淮山，相思无雁足。　　史达祖《八归》

淮山春晓，问谁识、芳心高洁？　　周密《瑶华》

伤心千古，秦淮一片明月。　　萨都剌《百字令》

泊秦淮雨霁，又灯火，送归船。　　蒋春霖《木兰花慢》

洛

江淮度寒食，京洛缝春衣。　　王维《送綦毋潜落第还乡》

归棹洛阳人，残钟广陵树。　　韦应物《初发扬子寄元大校书》

——

悠悠洛阳道，此会在何年。　　陈子昂《春夜别友人之一》

乡书何处达，归雁洛阳边。　　王湾《次北固山下》

——

郑国游人未及家，洛阳行子空叹息。　　李颀《送陈章甫》

洛阳女儿对门居，才可颜容十五余。　　王维《洛阳女儿行》

秦人半作燕地囚，胡马翻衔洛阳草。　　李白《猛虎行》

——

洛阳亲友如相问，一片冰心在玉壶。　　王昌龄《芙蓉楼送辛渐》

谁家玉笛暗飞声，散入春风满洛城。 李白《春夜洛城闻笛》
即从巴峡穿巫峡，便下襄阳向洛阳。 杜甫《闻官军收河南河北》
曾是洛阳花下客，野芳虽晚不须嗟。 欧阳修《戏答元珍》
托洛茨基到远东，不和不战逞英雄。 毛泽东《读报有感之二》
解忧纵有兰陵酒，浅醉何由梦洛妃。 郁达夫《乱离杂诗之六》

——

洛阳城里春光好，洛阳才子他乡老。 韦庄《菩萨蛮》
把酒祝东风，且共从容，垂杨紫陌洛城东。 欧阳修《浪淘沙》
直须看尽洛城花，始共春风容易别。 欧阳修《玉楼春》
洛阳正值芳菲节，秾艳清香相间发。 欧阳修《玉楼春》
寻思旧京洛，正年少疏狂，歌笑迷著。障泥油壁催梳掠。
张元幹《兰陵王》
叹倦客、悄不禁重染，风尘京洛。 刘一止《喜迁莺》
旋拂轻容写洛神，须知浅笑是深颦，十分天与可怜春。
纳兰性德《浣溪沙》

湘

衡阳雁声彻，湘滨春溜回。 毛泽东《挽易昌陶》

——

楚塞三湘接，荆门九派通。 王维《汉江临眺》

——

芙蓉旌旗烟雾落，影动倒景摇潇湘。 杜甫《寄韩谏议注》
渔翁夜傍西岩宿，晓汲清湘然楚竹。 柳宗元《渔翁》
昔闻湘水碧如染，今闻湘水胭脂痕。
湘灵妆成照湘水，皎如皓月窥彤云。 鲁迅《湘灵歌》
洞庭湘水涨连天，艨艟巨舰直东指。 毛泽东《送纵宇一郎东行》

——

汉文有道恩犹薄，湘水无情吊岂知。 刘长卿《长沙过贾谊宅》
三湘愁鬓逢秋色，万里归心对月明。 卢纶《晚次鄂州》
莫厌潇湘少人处，水多菰米岸莓苔。 杜牧《早雁》
雁声远过潇湘去，十二楼中月自明。 温庭筠《瑶瑟怨》
满川风雨独凭栏，绾结湘娥十二鬟。 黄庭坚《雨中登岳阳楼望君山之二》

——

哀筝一弄湘江曲，声声写尽江波绿。 张先《菩萨蛮》
海阔山遥，未知何处是潇湘。 柳永《玉胡蝶》
郴江幸自绕郴山，为谁流下潇湘去。 秦观《踏莎行》
湘天风雨破寒初，深沉庭院虚。 秦观《阮郎归》
泪竹痕鲜，佩兰香老，湘天浓暖。 贺铸《望湘人》
酒杯深浅去年同，试浇桥下水，今夕到湘中。 陈与义《临江仙》
南去北来何事，荡湘云楚水，目极伤心。 姜夔《一萼红》
湘娥化作此幽芳，凌波路，古岸云沙遗恨。 吴文英《花犯》
翠玉楼前，惟是有、一陂湘水，摇荡湘云。 黄孝迈《湘春夜月》
楚江湄，湘娥乍见，无言洒清泪，淡然春意。 周密《花犯》
东风不解愁，偷展湘裙衩。 纳兰性德《生查子》
我自终宵成转侧，忍听湘弦重理，待结个、他生知己。
纳兰性德《金缕曲》
天阴洞庭波阔，夜沉沉、恨流湘弦。 朱孝臧《声声慢》
多少清湘瑶瑟怨，几曾有，鹤飞来。 朱孝臧《唐多令》
独立寒秋，湘江北去，橘子洲头。 毛泽东《沁园春》
匡庐一带不停留，要向潇湘直进。 毛泽东《西江月》
百万工农齐踊跃，席卷江西，直捣湘和鄂。 毛泽东《蝶恋花》

池

海上风雨至，逍遥池阁凉。 韦应物《郡斋雨中与诸文士燕集》

果擘洞庭橘，脍切天池鳞。　　白居易《轻肥》

——

鸟宿池边树，僧敲月下门。　　贾岛《题李凝幽居》

——

曾貌先帝照夜白，龙池十日飞霹雳。　　杜甫《韦讽录事宅观曹将军画马图》

归来池苑皆依旧，太液芙蓉未央柳。　　白居易《长恨歌》

——

独有凤凰池上客，阳春一曲和皆难。　　岑参《奉和中书舍人贾至早朝大明宫》

西望瑶池降王母，东来紫气满函关。　　杜甫《秋兴八首之五》

长乐钟声花外尽，龙池柳色雨中深。　　钱起《赠阙下裴舍人》

瑶池阿母绮窗开，黄竹歌声动地哀。　　李商隐《瑶池》

城上斜阳画角哀，沈园非复旧池台。　　陆游《沈园之二》

莫道昆明池水浅，观鱼胜过富春江。　　毛泽东《和柳亚子先生》

——

风乍起，吹皱一池春水。　　冯延巳《谒金门》

双鸳池沼水溶溶，南北小桡通。　　张先《一丛花》

池塘水绿风微暖，记得玉真初见面。　　晏殊《木兰花》

晓来雨过，遗踪何在，一池萍碎。　　苏轼《水龙吟》

新绿小池塘，风帘动，碎影舞斜阳。　　周邦彦《风流子》

桃花落，闲池阁。山盟虽在，锦书难托。莫，莫，莫！　　陆游《钗头凤》

自胡马窥江去后，废池乔木，犹厌言兵。　　姜夔《扬州慢》

燕燕飞来，问春何在？唯有池塘自碧。　　姜夔《淡黄柳》

池面冰胶，墙腰雪老，云意还又沉沉。　　姜夔《一萼红》

差池欲住，试入旧巢相并。　　史达祖《双双燕》

念前事，怯流光，早春窥、酥雨池塘。　　史达祖《夜合花》

料唤赏、清华池馆，台杯须满引。　　吴文英《花犯》

波面铜花冷不收，玉人垂钓理纤钩，月明池阁夜来秋。　　吴文英《浣溪沙》

池上红衣伴倚栏，栖鸦常带夕阳还。　　吴文英《鹧鸪天》

蕙花香也，雪晴池馆如画。　　蒋捷《女冠子》

太液池犹在，凄凉处、何人重赋清景。　　王沂孙《眉妩》

留取花梢日在，休冷落、旧家池沼。　王鹏运《玉漏迟》
西园霜夕，照清池宴席。步绮凌波地，成往迹。　郑文焯《六丑》
唯有年时芳俦在，一例差池双翦，相对向、斜阳凄怨。　梁启超《金缕曲》

塘

君家何处住，妾住在横塘。　崔颢《长干行二首之一》
十六君远行，瞿塘滟滪堆。　李白《长干行》

——

嫁得瞿塘贾，朝朝误妾期。　李益《江南曲》
暮雨相呼失，寒塘欲下迟。　崔涂《孤雁》
因思杜陵梦，凫雁满回塘。　温庭筠《商山早行》

——

金粟堆前木已拱，瞿塘石城草萧瑟。　杜甫《观公孙大娘弟子舞剑器行》
高者挂罥长林梢，下者飘转沉塘坳。　杜甫《茅屋为秋风所破歌》
前身合是采莲人，门前一片横塘水。
横塘双桨去如飞，何处豪家强载归？　吴伟业《圆圆曲》

——

瞿塘峡口曲江头，万里风烟接素秋。　杜甫《秋兴八首之六》
飒飒东风细雨来，芙蓉塘外有轻雷。　李商隐《无题》
投荒万死鬓毛斑，生入瞿塘滟滪关。　黄庭坚《雨中登岳阳楼望君山之一》
半亩方塘一鉴开，天光云影共徘徊。　朱熹《观书有感》
黄梅时节家家雨，青草池塘处处蛙。　赵师秀《约客》
好向濂溪称净植，莫随残叶堕寒塘。　鲁迅《莲蓬人》
四十八盘才走过，风驰又已到钱塘。　毛泽东《莫干山》

——

藕花相向野塘中，暗伤亡国，清露泣香红。　鹿虔扆《临江仙》
池塘水绿风微暖，记得玉真初见面。　晏殊《木兰花》

销魂！池塘别后，曾行处、绿妒轻裙。 韩缜《凤箫吟》
官柳低金缕，归骑晚，纤纤池塘飞雨。 周邦彦《瑞龙吟》
新绿小池塘，风帘动，碎影舞斜阳。 周邦彦《风流子》
凌波不过横塘路，但目送、芳尘去。 贺铸《青玉案》
春慵恰似春塘水，一片縠纹愁。 范成大《眼儿媚》
燕燕飞来，问春何在？唯有池塘自碧。 姜夔《淡黄柳》
念前事，怯流光，早春窥、酥雨池塘。 史达祖《夜合花》
共追游处，凌波翠陌，连棹横塘。 吴文英《夜合花》
自顾影、欲下寒塘，正沙净草枯，水平天远。 张炎《解连环》
今朝霜重东门路，照横塘半天残月，凄清如许。 毛泽东《贺新郎》

溪

晚风吹行舟，花路入溪口。 綦毋潜《春泛若耶溪》
言入黄花川，每逐清溪水。 王维《青溪》
朝为越溪女，暮作吴宫妃。 王维《西施咏》
清溪深不测，隐处惟孤云。 常建《宿王昌龄隐居》
晓耕翻露草，夜榜响溪石。 柳宗元《溪居》

——

溪花与禅意，相对亦忘言。 刘长卿《寻南溪常道士》
道由白云尽，春与青溪长。 刘眘虚《阙题》

——

坐看红树不知远，行尽青溪忽值人。 王维《桃源行》
闲来垂钓坐溪上，忽复乘舟梦日边。 李白《行路难》

——

夜发清溪向三峡，思君不见下渝州。 李白《峨眉山月歌》
三峡楼台淹日月，五溪衣服共云山。 杜甫《咏怀古迹之一》
想得读书头已白，隔溪猿哭瘴溪藤。 黄庭坚《寄黄几复》

好向濂溪称净植，莫随残叶堕寒塘。　　鲁迅《莲蓬人》

——

候馆梅残，溪桥柳细，草薰风暖摇征辔。　　欧阳修《踏莎行》

度万壑千岩，越溪深处。　　柳永《夜半乐》

怎奈向、一缕相思，隔溪山不断。　　周邦彦《拜星月慢》

溪梅晴照生香，冷蕊数枝争发。　　张元幹《石州慢》

天阔云高，溪横水远，晚日寒生轻晕。　　僧挥《金明池》

常记溪亭日暮，沉醉不知归路。　　李清照《如梦令》

只恐双溪舴艋舟，载不动许多愁。　　李清照《武陵春》

旧时茅店社林边，路转溪桥忽见。　　辛弃疾《西江月》

枕簟溪堂冷欲秋，断云依水晚来收。　　辛弃疾《鹧鸪天》

溪雨急，浪花舞。　　刘克庄《贺新郎》

生怕倚阑干，阁下溪声阁外山。　　潘牥《南乡子》

溪雨急，岸花狂，趁残鸦飞过苍茫。　　吴文英《夜合花》

斗草溪根，沙印小莲步。　　吴文英《祝英台近》

溯红渐招入仙溪，锦儿偷寄幽素。　　吴文英《莺啼序》

离魂难倩招清些，梦缟衣解佩溪边。　　吴文英《高阳台》

今日江城春已半，一身犹在，乱山深处，寂寞溪桥畔。　　黄公绍《青玉案》

更好故溪飞雪，小窗深闭。　　王沂孙《天香》

波

秋风萧瑟，洪波涌起。　　曹操《步出夏门行·观沧海》

——

连山若波涛，奔走似朝东。　　岑参《与高适薛据登慈恩寺浮图》

水深波浪阔，无使蛟龙得。　　杜甫《梦李白二首之一》

浩浩风起波，冥冥日沉夕。　　韦应物《夕次盱眙县》

——

气蒸云梦泽，波撼岳阳城。　孟浩然《临洞庭上张丞相》
郡邑浮前浦，波澜动远空。　王维《汉江临眺》
淮南一叶下，自觉洞庭波。　许浑《早秋》
客去波平槛，蝉休露满枝。　李商隐《凉思》

——

美人如花隔云端，上有青冥之长天，下有绿水之波澜。　李白《长相思》
纤云四卷天无河，清风吹空月舒波。　韩愈《八月十五夜赠张功曹》
携盘独出月荒凉，渭城已远波声小。　李贺《金铜仙人辞汉歌》

——

波漂菰米沉云黑，露冷莲房坠粉红。　杜甫《秋兴八首之七》
松排山面千重翠，月点波心一颗珠。　白居易《春题湖上》
风波不信菱枝弱，月露谁教桂叶香。　李商隐《无题》
波上马嘶看棹去，柳边人歇待船归。　温庭筠《利州南渡》
何似举家游旷远，风波浩荡足行吟。　鲁迅《阻郁达夫移家杭州》
两川明镜蒸春梦，一棹烟波识老渔。　郁达夫《乱离杂诗之四》

——

菡萏香销翠叶残，西风愁起绿波间。　李璟《摊破浣溪沙》
城上风光莺语乱，城下烟波春拍岸。　钱惟演《木兰花》
碧云天，黄叶地，秋色连波，波上寒烟翠。　范仲淹《苏幕遮》
哀筝一弄湘江曲，声声写尽江波绿。　张先《菩萨蛮》
东城渐觉风光好，縠皱波纹迎客棹。　宋祁《木兰花》
试问夜如何？夜已三更，金波淡、玉绳低转。　苏轼《洞仙歌》
凌波不过横塘路，但目送、芳尘去。　贺铸《青玉案》
二十四桥仍在，波心荡、冷月无声。　姜夔《扬州慢》
波面铜花冷不收，玉人垂钓理纤钩，月明池阁夜来秋。　吴文英《浣溪沙》
接叶巢莺，平波卷絮，断桥斜日归船。　张炎《高阳台》
一寸横波，断肠人在楼阴。　朱彝尊《高阳台》
芦边，夜潮骤起，晕波心、月影荡江圆。　蒋春霖《木兰花慢》
天阴洞庭波阔，夜沉沉、恨流湘弦。　朱孝臧《声声慢》

浪

水深波浪阔，无使蛟龙得。　　杜甫《梦李白二首之一》

——

长河浪头连天黑，津吏停舟渡不得。　　李颀《送陈章甫》

长风破浪会有时，直挂云帆济沧海。　　李白《行路难》

长风连日作大浪，不能废人运酒舫。　　元结《石鱼湖上醉歌》

君行吾为发浩歌，鲲鹏击浪从兹始。　　毛泽东《送纵宇一郎东行》

——

江间波浪兼天涌，塞上风云接地阴。　　杜甫《秋兴八首之一》

汀洲无浪复无烟，楚客相思益渺然。

刘长卿《自夏口至鹦鹉洲夕望岳阳寄元中丞》

估客昼眠知浪静，舟人夜语觉潮生。　　卢纶《晚次鄂州》

五岭逶迤腾细浪，乌蒙磅礴走泥丸。　　毛泽东《长征》

红雨随心翻作浪，青山着意化为桥。　　毛泽东《送瘟神之二》

喜看稻菽千重浪，遍地英雄下夕烟。　　毛泽东《到韶山》

云横九派浮黄鹤，浪下三吴起白烟。　　毛泽东《登庐山》

年年后浪推前浪，江草江花处处鲜。　　毛泽东《洪都》

凤凰浪迹成凡鸟，精卫临渊是怨禽。　　郁达夫《乱离杂诗之七》

——

到此因念，绣阁轻抛，浪萍难驻。　　柳永《夜半乐》

大江东去，浪淘尽、千古风流人物。　　苏轼《念奴娇》

石榴半吐红巾蹙，待浮花浪蕊都尽，伴君幽独。　　苏轼《贺新郎》

相将见、脆圆荐酒，人正在、空江烟浪里。　　周邦彦《花犯》

叶下斜阳照水，卷轻浪、沉沉千里。　　周邦彦《夜游宫》

流浪征骖北道，客樯南浦，幽恨无人晤语。　　贺铸《天香》

江南梦断横江渚。浪黏天、葡萄涨绿，半空烟雨。　　叶梦得《贺新郎》

香冷金猊，被翻红浪，起来慵自梳头。　李清照《凤凰台上忆吹箫》
高柳垂阴，老鱼吹浪，留我花间住。　姜夔《念奴娇》
沉思年少浪迹，笛里关山，柳下坊陌。　姜夔《霓裳中序第一》
溪雨急，浪花舞。　刘克庄《贺新郎》
后不如今今非昔，两无言、相对沧浪水。　吴文英《贺新郎》
滚滚长江东逝水，浪花淘尽英雄。　杨慎《临江仙》
把酒酹滔滔，心潮逐浪高。　毛泽东《菩萨蛮》
大雨落幽燕，白浪滔天，秦皇岛外打鱼船。　毛泽东《浪淘沙》
不管风吹浪打，胜似闲庭信步，今日得宽余。　毛泽东《水调歌头》

潮

江静潮初落，林昏瘴不开。　宋之问《题大庾岭北驿》
潮平两岸阔，风正一帆悬。　王湾《次北固山下》
早知潮有信，嫁与弄潮儿。　李益《江南曲》

——

闻道潮头一丈高，天寒尚有沙痕在。　苏轼《游金山寺》

——

春潮带雨晚来急，野渡无人舟自横。　韦应物《滁州西涧》
估客昼眠知浪静，舟人夜语觉潮生。　卢纶《晚次鄂州》
一封朝奏九重天，夕贬潮阳路八千。　韩愈《左迁至蓝关示侄孙湘》
山围故国周遭在，潮打空城寂寞回。　刘禹锡《石头城》
潮落夜江斜月里，两三星火是瓜洲。　张祜《题金陵渡》
春雨楼头尺八箫，何时归看浙江潮。　苏曼殊《本事诗》
飞起热潮三万尺，买丝我欲绣邹枚。　柳亚子《除夕杂感之七》
扶桑剑气相思梦，欧陆潮流惜别情。　柳亚子《元旦感怀之二》
一水西陵松柏渡，吴山越浦怒潮秋。　柳亚子《吴门记游之十》

——

山寺月中寻桂子，郡亭枕上看潮头。何日更重游？　白居易《忆江南》
今夜山深处，断魂分付潮回去。　毛滂《惜分飞》
漂流处，莫趁潮汐。　周邦彦《六丑》
待月上潮平波滟滟，塞管轻吹新阿滥。　贺铸《天门谣》
金陵路、莺吟燕舞，算潮水、知人最苦。　姜夔《杏花天》
沉沉江上望极，还被春潮晚急，难寻官渡。　史达祖《绮罗香》
烟波桃叶西陵路，十年断魂潮尾。　吴文英《齐天乐》
山空天入海，倚楼望极，风急暮潮初。　张炎《渡江云》
春色已看浓似酒，归期安得信如潮，离魂入夜倩谁招？
纳兰性德《浣溪沙》
旧梦逐寒潮，啼鹃恨未消。　纳兰性德《菩萨蛮》
芦边，夜潮骤起，晕波心、月影荡江圆。　蒋春霖《木兰花慢》
把酒酹滔滔，心潮逐浪高。　毛泽东《菩萨蛮》

川

言入黄花川，每逐清溪水。　王维《青溪》
我心素已闲，清川澹如此。　王维《青溪》

——

离堂思琴瑟，别路绕山川。　陈子昂《春夜别友人之一》
清川带长薄，车马去闲闲。　王维《归嵩山作》
醉和金甲舞，雷鼓动山川。　卢纶《塞下曲之四》
故人江海别，几度隔山川。　司空曙《云阳馆与韩绅宿别》

——

川为静其波，鸟亦罢其鸣。　李颀《听董大弹胡笳兼寄语弄房给事》
誓令疏勒出飞泉，不似颍川空使酒。　王维《老将行》
上有六龙回日之高标，下有冲波逆折之回川。　李白《蜀道难》
欲渡黄河冰塞川，将登太行雪满山。　李白《行路难》

山川萧条极边土，胡骑凭陵杂风雨。　高适《燕歌行》

君不见走马川行雪海边，平沙莽莽黄入天。轮台九月风夜吼，一川碎石大如斗，随风满地石乱走。　岑参《走马川行奉送封大夫出师西征》

左相日兴费万钱，饮如长鲸吸百川，衔杯乐圣称世贤。

杜甫《饮中八仙歌》

专征箫鼓向秦川，金牛道上车千乘。　吴伟业《圆圆曲》

年少峥嵘屈贾才，山川奇气曾钟此。　毛泽东《送纵宇一郎东行》

——

晴川历历汉阳树，芳草萋萋鹦鹉洲。　崔颢《黄鹤楼》

日照香炉生紫烟，遥看瀑布挂前川。　李白《望庐山瀑布》

三川北虏乱如麻，四海南奔似永嘉。　李白《永王东巡歌十一首之二》

茂陵不见封侯印，空向秋波哭逝川。　温庭筠《苏武庙》

满川风雨独凭栏，绾结湘娥十二鬟。　黄庭坚《雨中登岳阳楼望君山之二》

别梦依稀咒逝川，故园三十二年前。　毛泽东《到韶山》

两川明镜蒸春梦，一棹烟波识老渔。　郁达夫《乱离杂诗之四》

——

辋川图上看春暮，常记高人右丞句。　苏轼《青玉案》

若问闲愁都几许？一川烟草，满城风絮，梅子黄时雨。　贺铸《青玉案》

看名王宵猎，骑火一川明，笳鼓悲鸣，遣人惊。　张孝祥《六州歌头》

当年燕子知何处，但苔深韦曲，草暗斜川。　张炎《高阳台》

看茫茫南徐，苍苍北固，如此山川。　蒋春霖《木兰花慢》

子在川上曰，逝者如斯夫。　毛泽东《水调歌头》

流

七月流火，九月授衣。　《诗经·豳风·七月》

——

童颜若可驻，何惜醉流霞。　孟浩然《宴梅道士山房》

江流天地外，山色有无中。 王维《汉江临眺》
吾爱孟夫子，风流天下闻。 李白《赠孟浩然》
戎马关山北，凭轩涕泗流。 杜甫《登岳阳楼》
流水传潇浦，悲风过洞庭。 钱起《省试湘灵鼓瑟》
浮云一别后，流水十年间。 韦应物《淮上喜会梁州故人》

——

阁中帝子今何在？槛外长江空自流。 王勃《滕王阁诗》
世间行乐亦如此，古来万事东流水。 李白《梦游天姥吟留别》
边庭流血成海水，武皇开边意未已。 杜甫《兵车行》
回看天际下中流，岩上无心云相逐。 柳宗元《渔翁》
君王掩面救不得，回看血泪相和流。 白居易《长恨歌》

——

峨眉山月半轮秋，影入平羌江水流。 李白《峨眉山月歌》
颠狂柳絮随风去，轻薄桃花逐水流。 杜甫《绝句漫兴之五》
人世几回伤往事，山形依旧枕寒流。 刘禹锡《西塞山怀古》
谁爱风流高格调，共怜时世俭梳妆。 秦韬玉《贫女》
岐阳西望无来信，陇水东流闻哭声。 元好问《岐阳之一》
精禽梦觉仍衔石，斗士诚坚共抗流。 鲁迅《题三义塔》

——

红楼别夜堪惆怅，香灯半卷流苏帐。 韦庄《菩萨蛮》
回首绿波春色暮，接天流。 李璟《摊破浣溪沙》
惟有长江水，无语东流。 柳永《八声甘州》
六朝旧事随流水，但寒烟衰草凝绿。 王安石《桂枝香》
但屈指西风几时来，又不道流年暗中偷换。 苏轼《洞仙歌》
无奈归心，暗随流水到天涯。 秦观《望海潮》
物是人非事事休，欲语泪先流。 李清照《武陵春》
长沟流月去无声，杏花疏影里，吹笛到天明。 陈与义《临江仙》
胡未灭，鬓先秋，泪空流。 陆游《诉衷情》
书咄咄，且休休，一丘一壑也风流。 辛弃疾《鹧鸪天》
芦叶满汀洲，寒沙带浅流。二十年重过南楼。 刘过《唐多令》

茫茫九派流中国，沉沉一线穿南北。　　毛泽东《菩萨蛮》

泉

松月生夜凉，风泉满清听。　　孟浩然《宿业师山房待丁大不至》
在山泉水清，出山泉水浊。　　杜甫《佳人》

——

明月松间照，清泉石上流。　　王维《山居秋暝》
泉声咽危石，日色冷青松。　　王维《过香积寺》
山中一夜雨，树杪百重泉。　　王维《送梓州李使君》
已知泉路近，欲别故乡难。　　夏完淳《别云间》

——

迸泉飒飒飞木末，野鹿呦呦走堂下。
李颀《听董大弹胡笳兼寄语弄房给事》
龙吟虎啸一时发，万籁百泉相与秋。　　李颀《听安万善吹觱篥歌》
誓令疏勒出飞泉，不似颍川空使酒。　　王维《老将行》
熊咆龙吟殷岩泉，栗深林兮惊层巅。　　李白《梦游天姥吟留别》
忆君迢迢隔青天，昔时横波目，今作流泪泉。　　李白《长相思》
汝阳三斗始朝天，道逢曲车口流涎，恨不移封向酒泉。
杜甫《饮中八仙歌》
春寒赐浴华清池，温泉水滑洗凝脂。
上穷碧落下黄泉，两处茫茫皆不见。　　白居易《长恨歌》
间关莺语花底滑，幽咽流泉水下滩。
水泉冷涩弦凝绝，凝绝不通声渐歇。　　白居易《琵琶行》

——

紫泉宫殿锁烟霞，欲取芜城作帝家。　　李商隐《隋宫》
庙堂无策可平戎，坐使甘泉照夕烽。　　陈与义《伤春》
泉眼无声惜细流，树阴照水爱晴柔。　　杨万里《小池》

旧影前尘剧可怜，横流洪祸溢狂泉。　　柳亚子《除夕杂感之四》

——

野老林泉，故王台榭，呼唤登临。　　姜夔《一萼红》

动愁吟，碧落黄泉，两处谁寻。　　朱彝尊《高阳台》

重泉若有双鱼寄。好知他、年来苦乐，与谁相倚。　　纳兰性德《金缕曲》

岸

潮平两岸阔，风正一帆悬。　　王湾《次北固山下》

风鸣两岸叶，月照一孤舟。　　孟浩然《宿桐庐江寄广陵旧游》

澄江平少岸，幽树晚多花。　　杜甫《水槛遣心之一》

——

人随沙岸向江村，余亦乘舟归鹿门。　　孟浩然《夜归鹿门歌》

渔舟逐水爱山春，两岸桃花夹古津。　　王维《桃源行》

——

两岸猿声啼不住，轻舟已过万重山。　　李白《早发白帝城》

李白乘舟将欲行，忽闻岸上踏歌声。　　李白《赠汪伦》

两岸青山相对出，孤帆一片日边来。　　李白《望天门山》

莫厌潇湘少人处，水多菰米岸莓苔。　　杜牧《早雁》

斑骓只系垂杨岸，何处西南待好风。　　李商隐《无题》

春风又绿江南岸，明月何时照我还。　　王安石《泊船瓜洲》

船离洪泽岸头沙，人到淮河意不佳。　　杨万里《初入淮河之一》

——

城上风光莺语乱，城下烟波春拍岸。　　钱惟演《木兰花》

今宵酒醒何处？杨柳岸、晓风残月。　　柳永《雨霖铃》

败荷零落，衰杨掩映，岸边两两三三，浣纱游女。　　柳永《夜半乐》

一叶扁舟轻帆卷，暂泊楚江南岸。　　柳永《迷神引》

乱石穿空，惊涛拍岸，卷起千堆雪。　　苏轼《念奴娇》

汀洲渐生杜若，料舟依岸曲，人在天角。 周邦彦《解连环》
晓阴重，霜凋岸草，雾隐城堞。 周邦彦《浪淘沙慢》
塞鸿难问，岸柳何穷，别愁纷絮。 廖世美《烛影摇红》
记年时，隐映新妆面，临水岸，春将半，云日暖，斜桥转，夹城西。 韩元吉《六州歌头》
曲岸持觞，垂杨系马，此地曾经别。 辛弃疾《念奴娇》
临断岸、新绿生时，是落红、带愁流处。 史达祖《绮罗香》
冷眼尽归图画上，认隔岸、微茫云屋。 史达祖《八归》
溪雨急，岸花狂，趁残鸦飞过苍茫。 吴文英《夜合花》
湘娥化作此幽芳，凌波路，古岸云沙遗恨。 吴文英《花犯》
落日解鞍芳草岸，花无人戴，酒无人劝，醉也无人管。 黄公绍《青玉案》
东风渐绿西湖岸，雁已还、人未南归。 周密《高阳台》

泥

水洒复泥封，移来色如故。 白居易《买花》

——

绿蚁新醅酒，红泥小火炉。 白居易《问刘十九》

——

青泥何盘盘，百步九折萦岩峦。 李白《蜀道难》
马嵬坡下泥土中，不见玉颜空死处。 白居易《长恨歌》
我欲陟山泥洹洹，我欲涉江忧天寒。 夏完淳《长歌》
旧巢共是衔泥燕，飞上枝头变凤凰。 吴伟业《圆圆曲》

——

几处早莺争暖树，谁家新燕啄春泥。 白居易《钱塘湖春行》
顾我无衣搜荩箧，泥他沽酒拔金钗。 元稹《遣悲怀之一》
春风举国裁宫锦，半作障泥半作帆。 李商隐《隋宫》

人生到处知何似，应似飞鸿踏雪泥。

泥上偶然留指爪，鸿飞那复计东西。　　苏轼《和子由渑池怀旧》

落红不是无情物，化作春泥更护花。　　龚自珍《己亥杂诗之一》

五岭逶迤腾细浪，乌蒙磅礴走泥丸。　　毛泽东《长征》

——

寻思旧京洛，正年少疏狂，歌笑迷著。障泥油壁催梳掠。

张元干《兰陵王》

零落成泥碾作尘，只有香如故。　　陆游《卜算子》

芳径，芹泥雨润。爱贴地争飞，竞夸轻俊。　　史达祖《双双燕》

惊粉重、蝶宿西园，喜泥润、燕归南浦。　　史达祖《绮罗香》

小帖金泥，不知春在谁家。　　王沂孙《高阳台》

飘零信苦，只逐水沾泥太误。　　况周颐《西子妆》

故巢似与人留恋，最多情、欲黏还坠，落泥片片。　　梁启超《金缕曲》

沙

时见归村人，沙行渡头歇。　　孟浩然《秋登兰山寄张五》

从来幽并客，皆共尘沙老。　　王昌龄《塞上曲》

平沙日未没，黯黯见临洮。　　王昌龄《塞下曲》

平沙列万幕，部伍各见招。　　杜甫《后出塞之二》

——

飘飘何所似，天地一沙鸥。　　杜甫《旅夜书怀》

野润烟光薄，沙暄日色迟。　　杜甫《后游》

——

君不见沙场争战苦，至今犹忆李将军。　　高适《燕歌行》

君不见走马川行雪海边，平沙莽莽黄入天。

岑参《走马川行奉送封大夫出师西征》

此皆骑战一敌万，缟素漠漠开风沙。　　杜甫《韦讽录事宅观曹将军画马图》

笛里谁知壮士心，沙头空照征人骨。 陆游《关山月》

——

沙场烽火侵胡月，海畔云山拥蓟城。 祖咏《望蓟门》
黄沙百战穿金甲，不破楼兰终不还。 王昌龄《从军行之四》
回乐峰前沙似雪，受降城外月如霜。 李益《夜上受降城闻笛》
数丛沙草群鸥散，万顷江田一鹭飞。 温庭筠《利州南渡》

——

跑沙跑雪独嘶，东望西望路迷。 韦应物《调笑令》
沙上并禽池上暝，云破月来花弄影。 张先《天仙子》
东归燕从海上去，南来雁向沙头落。 王安石《千秋岁引》
拣尽寒枝不肯栖，寂寞沙洲冷。 苏轼《卜算子》
金谷俊游，铜驼巷陌，新晴细履平沙。 秦观《望海潮》
寒水依痕，春意渐回，沙际烟阔。 张元幹《石州慢》
芦叶满汀洲，寒沙带浅流。二十年重过南楼。 刘过《唐多令》
秋江带雨，寒沙萦水，人瞰画阁愁独。 史达祖《八归》
湘娥化作此幽芳，凌波路，古岸云沙遗恨。 吴文英《花犯》
秋千外、芳草连天，谁遣风沙暗南浦。 刘辰翁《兰陵王》
照野旌旗，朝天车马，平沙万里天低。 周密《高阳台》
自顾影、欲下寒塘，正沙净草枯，水平天远。 张炎《解连环》
江南自是离愁苦，况游骢古道，归雁平沙。 王沂孙《高阳台》
人间多少闲狐兔，月黑沙黄，此际偏思汝。 陈维崧《醉落魄》
随意落平沙，巧排作、参差筝柱。 朱彝尊《长亭怨慢》
又日落天寒，平沙列幕边马鸣。 文廷式《忆旧游》

渡

木落雁南渡，北风江上寒。 孟浩然《早寒有怀》
渡头余落日，墟里上孤烟。 王维《辋川闲居赠裴秀才迪》

荒城临古渡，落日满秋山。 王维《归嵩山作》

渡远荆门外，来从楚国游。 李白《渡荆门送别》

寺忆曾游处，桥怜再渡时。 杜甫《后游》

高风汉阳渡，初日郢门山。 温庭筠《送人东游》

——

八月秋高风怒号，卷我屋上三重茅。茅飞渡江洒江郊。

杜甫《茅屋为秋风所破歌》

早携娇鸟出樊笼，待得银河几时渡？ 吴伟业《圆圆曲》

——

汉口夕阳斜渡鸟，洞庭秋水远连天。

刘长卿《自夏口至鹦鹉洲夕望岳阳寄元中丞》

春潮带雨晚来急，野渡无人舟自横。 韦应物《滁州西涧》

金陵津渡小山楼，一宿行人自可愁。 张祜《题金陵渡》

楼船夜雪瓜洲渡，铁马秋风大散关。 陆游《书愤》

惭愧飘零未有期，渡江只怨别蛾眉。 柳亚子《集定公句之六》

一掬伤心南渡泪，几曾揽辔事澄清。 柳亚子《次韵和蔡冶民》

一水西陵松柏渡，吴山越浦怒潮秋。 柳亚子《吴门记游之十》

金沙水拍云崖暖，大渡桥横铁索寒。 毛泽东《长征》

——

汴水流，泗水流，流到瓜洲古渡头，吴山点点愁。 白居易《长相思》

渡头杨柳青青，枝枝叶叶离情。 晏几道《清平乐》

若到松江呼小渡，莫惊鸳鹭，四桥尽是，老子经行处。 苏轼《青玉案》

雾失楼台，月迷津渡，桃源望断无寻处。 秦观《踏莎行》

纤云弄巧，飞星传恨，银汉迢迢暗渡。 秦观《鹊桥仙》

细风吹柳絮，人南渡。 贺铸《人南渡》

争渡，争渡，惊起一滩鸥鹭。 李清照《如梦令》

宝钗分，桃叶渡，烟柳暗南浦。 辛弃疾《祝英台近》

绿丝低拂鸳鸯浦，想桃叶、当时唤渡。 姜夔《杏花天》

沉沉江上望极，还被春潮晚急，难寻官渡。 史达祖《绮罗香》

一鞭南陌，几篙官渡，赖有歌眉舒绿。 史达祖《八归》

早已有游人观渡，老大逢场慵作戏，任陌头、年少争旗鼓。
刘克庄《贺新郎》
记当时，短楫桃根渡。 吴文英《莺啼序》
宣和旧日，临安南渡，芳景犹自如故。 刘辰翁《永遇乐》

浦

君问穷通理，渔歌入浦深。 王维《酬张少府》
郡邑浮前浦，波澜动远空。 王维《汉江临眺》
流水传潇浦，悲风过洞庭。 钱起《省试湘灵鼓瑟》
海门深不见，浦树远含滋。 韦应物《赋得暮雨送李曹》

——

画栋朝飞南浦云，珠帘暮卷西山雨。 王勃《滕王阁诗》

——

西山白雪三城戍，南浦清江万里桥。 杜甫《野望》
凄凉何减平陵曲，黯淡难开歇浦云。 柳亚子《挽周湘云女士》
一水西陵松柏渡，吴山越浦怒潮秋。 柳亚子《吴门记游之十》

——

泛画鹢，翩翩过南浦。 柳永《夜半乐》
来时浦口云随棹，采罢江边月满楼。 晏几道《鹧鸪天》
别浦高楼曾漫倚，对江南千里。 晏几道《留春令》
凄恻，恨堆积，渐别浦萦回，津堠岑寂。 周邦彦《兰陵王》
无情画舸，都不管、烟波隔前浦。 周邦彦《尉迟杯》
念汉浦离鸿去何许，经时信音绝。 周邦彦《浪淘沙慢》
流浪征骖北道，客樯南浦，幽恨无人晤语。 贺铸《天香》
任兰舟、载将离恨，转南浦，背西曛。 贺铸《绿头鸭》
内苑春、不禁过青门，御沟涨、潜通南浦。 万俟咏《三台》
宝钗分，桃叶渡，烟柳暗南浦。 辛弃疾《祝英台近》

只恐舞衣寒易落，愁入西风南浦。　　姜夔《念奴娇》
远浦萦回，暮帆零乱向何许。　　姜夔《长亭怨慢》
绿丝低拂鸳鸯浦，想桃叶、当时唤渡。　　姜夔《杏花天》
竹槛气寒，蕙畹声摇，新绿暗通南浦。　　张镃《宴山亭》
惊粉重、蝶宿西园，喜泥润、燕归南浦。　　史达祖《绮罗香》
但可怜处，无奈苒苒魂惊，采香南浦，剪梅烟驿。　　史达祖《秋霁》
秋千外、芳草连天，谁遣风沙暗南浦。　　刘辰翁《兰陵王》
碧圆自洁，向浅洲远浦，亭亭清绝。　　张炎《疏影》
汀洲窈窕余醒寐，遗佩环、浮沉澧浦。　　彭元逊《疏影》
隔浦红兰堪采，上扁舟、伤心欸乃。　　夏完淳《烛影摇红》
别浦，惯惊移莫定，应怯败荷疏雨。　　朱彝尊《长亭怨慢》

洲

关关雎鸠，在河之洲。　　《诗经·周南·关雎》

——

天边树若荠，江畔洲如月。　　孟浩然《秋登兰山寄张五》
莫买沃洲山，时人已知处。　　刘长卿《送上人》
人归山郭暗，雁下芦洲白。　　韦应物《夕次盱眙县》

——

谁见汀洲上，相思愁白蘋。　　刘长卿《饯别王十一南游》

——

海客谈瀛洲，烟涛微茫信难求。　　李白《梦游天姥吟留别》
山为樽，水为沼，酒徒历历坐洲岛。　　元结《石鱼湖上醉歌》

——

晴川历历汉阳树，芳草萋萋鹦鹉洲。　　崔颢《黄鹤楼》
三山半落青天外，二水中分白鹭洲。　　李白《登金陵凤凰台》
请看石上藤萝月，已映洲前芦荻花。　　杜甫《秋兴八首之二》

汀洲无浪复无烟，楚客相思益渺然。

刘长卿《自夏口至鹦鹉洲夕望岳阳寄元中丞》

潮落夜江斜月里，两三星火是瓜洲。 张祜《题金陵渡》

迢递高城百尺楼，绿杨枝外尽汀洲。 李商隐《安定城楼》

京口瓜洲一水间，钟山只隔数重山。 王安石《泊船瓜洲》

楼船夜雪瓜洲渡，铁马秋风大散关。 陆游《书愤》

偶值大心离火宅，终遗高塔念瀛洲。 鲁迅《题三义塔》

风起绿洲吹浪去，雨从青野上山来。 毛泽东《和周世钊同志》

——

汴水流，泗水流，流到瓜洲古渡头，吴山点点愁。 白居易《长相思》

过尽千帆皆不是，斜晖脉脉水悠悠。肠断白蘋洲。 温庭筠《望江南》

断雁无凭，冉冉飞下汀洲，思悠悠。 柳永《曲玉管》

画屏天畔，梦回依约，十洲云水。 晏几道《留春令》

拣尽寒枝不肯栖，寂寞沙洲冷。 苏轼《卜算子》

汀洲渐生杜若，料舟依岸曲，人在天角。 周邦彦《解连环》

兰芷满汀洲，游丝横路。 贺铸《人南渡》

青翰棹舣，白蘋洲畔，尽目临皋飞观。 贺铸《望湘人》

此生谁料，心在天山，身老沧洲。 陆游《诉衷情》

春渐远，汀洲自绿，更添了、几声啼鴂。 姜夔《琵琶仙》

芦叶满汀洲，寒沙带浅流。二十年重过南楼。 刘过《唐多令》

黍梦光阴，渐老汀洲烟蒻。 吴文英《瀑兰香》

载取白云归去，问谁留楚佩，弄影中洲？ 张炎《八声甘州》

涯

海内存知己，天涯若比邻。 王勃《送杜少府之任蜀州》

海上生明月，天涯共此时。 张九龄《望月怀远》

欲祭疑君在，天涯哭此时。 张籍《没蕃故人》

江上几人在，天涯孤棹还。　　温庭筠《送人东游》

——

同是天涯沦落人，相逢何必曾相识！　　白居易《琵琶行》

——

海内风尘诸弟隔，天涯涕泪一身遥。　　杜甫《野望》

寂寂江山摇落处，怜君何事到天涯。　　刘长卿《长沙过贾谊宅》

玉玺不缘归日角，锦帆应是到天涯。　　李商隐《隋宫》

神女生涯元是梦，小姑居处本无郎。　　李商隐《无题》

春风疑不到天涯，二月山城未见花。　　欧阳修《戏答元珍》

何必桑干方是远，中流以北即天涯。　　杨万里《初入淮河之一》

浩荡离愁白日斜，吟鞭东指即天涯。　　龚自珍《己亥杂诗之一》

——

昨夜西风凋碧树，独上高楼，望尽天涯路。　　晏殊《蝶恋花》

天涯地角有穷时，只有相思无尽处。　　晏殊《木兰花》

嗟因循，久作天涯客。　　柳永《浪淘沙慢》

小怜初上琵琶，晓来思绕天涯。　　王安国《清平乐》

天涯倦客，山中归路，望断故园心眼。　　苏轼《永遇乐》

无奈归心，暗随流水到天涯。　　秦观《望海潮》

枉望断天涯，两厌厌风月。　　贺铸《石州引》

天涯旧恨，试看几许消魂，长亭门外山重叠。　　张元幹《石州慢》

高咏楚词酬午日，天涯节序匆匆。　　陈与义《临江仙》

春且住！见说道、天涯芳草无归路。　　辛弃疾《摸鱼儿》

天涯情味，仗酒祓清愁，花销英气。　　姜夔《翠楼吟》

应自栖香正稳，便忘了天涯芳信。　　史达祖《双双燕》

危亭望极，草色天涯，叹鬓侵半苎。　　吴文英《莺啼序》

少年袅袅天涯恨，长结西湖烟柳。　　刘辰翁《摸鱼儿》

天涯倦旅，此时心事良苦。　　张炎《月下笛》

如今处处生芳草，纵凭高、不见天涯。　　王沂孙《高阳台》

软风吹过窗纱，心期便隔天涯。　　纳兰性德《清平乐》

倚楼极目天涯，天涯尽处，算只有、濛濛飞絮。　　文廷式《祝英台近》

径

之子期宿来，孤琴候萝径。 孟浩然《宿业师山房待丁大不至》
却顾所来径，苍苍横翠微。 李白《下终南山过斛斯山人宿置酒》

——

一丘常欲卧，三径苦无资。 孟浩然《秦中寄远上人》
古木无人径，深山何处钟。 王维《过香积寺》
曲径通幽处，禅房花木深。 常建《题破山寺后禅院》
野径云俱黑，江船火独明。 杜甫《春夜喜雨》
闲居少邻并，草径入荒园。 贾岛《题李凝幽居》
移家虽带郭，野径入桑麻。 僧皎然《寻陆鸿渐不遇》

——

岩扉松径长寂寥，唯有幽人自来去。 孟浩然《夜归鹿门歌》
山石荦确行径微，黄昏到寺蝙蝠飞。 韩愈《山石》
香径尘生鸟自啼，屧廊人去苔空绿。 吴伟业《圆圆曲》

——

吴宫花草埋幽径，晋代衣冠成古丘。 李白《登金陵凤凰台》
花径不曾缘客扫，蓬门今始为君开。 杜甫《客至》
篱落疏疏小径深，树头花落未成阴。 杨万里《宿新市徐公店》

——

闲引鸳鸯香径里，手挼红杏蕊。 冯延巳《谒金门》
重重帘幕密遮灯，风不定，人初静，明日落红应满径。 张先《天仙子》
无可奈何花落去，似曾相识燕归来，小园香径独徘徊。 晏殊《浣溪沙》
小径红稀，芳郊绿遍，高台树色阴阴见。 晏殊《踏莎行》
花径敛余红，风沼萦新皱。 李之仪《谢池春》
何意重经前地，遗钿不见，斜径都迷。 周邦彦《夜飞鹊》
采香径里春寒，老子婆娑，自歌谁答。 姜夔《庆宫春》

翠藤共、闲穿径竹，渐笑语、惊起卧沙禽。　　姜夔《一萼红》
冰池晴绿照还空，香径落红吹已断。　　严仁《木兰花》
苔径追忆曾游，念谁伴秋千，彩绳芳柱。　　张镃《宴山亭》
芳径，芹泥雨润。爱贴地争飞，竞夸轻俊。　　史达祖《双双燕》
有情花影阑干，莺声门径，解留我霎时凝伫。　　吴文英《祝英台近》
箭径酸风射眼，腻水染花腥。　　吴文英《八声甘州》
便有团圆意，深深拜，相逢谁在香径。　　王沂孙《眉妩》
落日无人松径里，鬼火高低明灭。　　萨都剌《百字令》
记星街掩柳，雨径穿莎，悄叩闲门。　　蒋春霖《忆旧游》

田

头上蓝田玉，耳后大秦珠。　　辛延年《羽林郎》
田夫荷锄至，相见语依依。　　王维《渭川田家》
相携及田家，童稚开荆扉。　　李白《下终南山过斛斯山人宿置酒》
有一田舍翁，偶来买花处。　　白居易《买花》
四海无闲田，农夫犹饿死。　　李绅《悯农二首之一》

——

故人具鸡黍，邀我至田家。　　孟浩然《过故人庄》
汉女输橦布，巴人讼芋田。　　王维《送梓州李使君》

——

居人共住武陵源，还从物外起田园。　　王维《桃源行》
或从十五北防河，便至四十西营田。　　杜甫《兵车行》
田家望望惜雨干，布谷处处催春种。　　杜甫《洗兵马》
我谢江神岂得已，有田不归如江水。　　苏轼《游金山寺》
相见初经田窦家，侯门歌舞出如花。　　吴伟业《圆圆曲》

——

漠漠水田飞白鹭，阴阴夏木啭黄鹂。　　王维《积雨辋川庄作》

身多疾病思田里，邑有流亡愧俸钱。 韦应物《寄李儋元锡》
田园寥落干戈后，骨肉流离道路中。
白居易《自河南经乱，关内阻饥，兄弟离散，各在一处，因望月有感，聊书所怀，寄上浮梁大兄、於潜七兄、乌江十五兄兼示符离及下邽弟妹》
沧海月明珠有泪，蓝田日暖玉生烟。 李商隐《锦瑟》
数丛沙草群鸥散，万顷江田一鹭飞。 温庭筠《利州南渡》
一水护田将绿绕，两山排闼送青来。 王安石《书湖阴先生壁》
昼出耘田夜绩麻，村庄儿女各当家。 范成大《四时田园杂兴》
田横五百人安在，难道归来尽列侯？ 龚自珍《咏史》
望帝终教芳草变，迷阳聊饰大田荒。 鲁迅《秋夜有感》
痛饮黄龙终有愿，会教沧海变桑田。 柳亚子《为王卓民题扇》
陶令不知何处去，桃花源里可耕田？ 毛泽东《登庐山》

——

玉鉴琼田三万顷，着我扁舟一叶。 张孝祥《念奴娇》
求田问舍，怕应羞见，刘郎才气。 辛弃疾《水龙吟》
田田多少，几回沙际归路。 姜夔《念奴娇》
一帘鸠外雨，几处闲田，隔水动春锄。 张炎《渡江云》
月户云窗，石田瑶草，丹井飞龙虎。 萨都剌《酹江月》
收拾金瓯一片，分田分地真忙。 毛泽东《清平乐》

道

蝉鸣空桑林，八月萧关道。 王昌龄《塞上曲》
既至金门远，孰云吾道非。 王维《送綦毋潜落第还乡》
汉下白登道，胡窥青海湾。 李白《关山月》
共道牡丹时，相随买花去。 白居易《买花》

——

闻道黄龙戍，频年不解兵。 沈佺期《杂诗》

此道昔归顺，西郊胡正繁。杜甫《至德二载，甫自京金光门出，间道归凤翔。乾元初，从左拾遗移华州掾，与亲故别，因出此门，有悲往事》

明日巴陵道，秋山又几重。　　李益《喜见外弟又言别》

远芳侵古道，晴翠接荒城。　　白居易《草》

——

节使三河募年少，诏书五道出将军。　　王维《老将行》

蜀道之难难于上青天，使人听此凋朱颜。　　李白《蜀道难》

牵衣顿足拦道哭，哭声直上干云霄。　　杜甫《兵车行》

闻道汉家天子使，九华帐里梦魂惊。　　白居易《长恨歌》

衰兰送客咸阳道，天若有情天亦老。　　李贺《金铜仙人辞汉歌》

专征箫鼓向秦川，金牛道上车千乘。　　吴伟业《圆圆曲》

——

关塞极天唯鸟道，江湖满地一渔翁。　　杜甫《秋兴八首之七》

汉文有道恩犹薄，湘水无情吊岂知。　　刘长卿《长沙过贾谊宅》

紫陌红尘拂面来，无人不道看花回。　　刘禹锡《玄都观桃花》

种桃道士归何处，前度刘郎今又来。　　刘禹锡《再游玄都观》

一道残阳铺水中，半江瑟瑟半江红。　　白居易《暮江吟》

共道安危任樽俎，即今谁是出群才！　　陈子龙《辽事杂诗之一》

乱离鱼雁双藏影，道阻河梁再卜居。　　郁达夫《乱离杂诗之二》

——

乐游原上清秋节，咸阳古道音尘绝。　　李白《忆秦娥》

几日行云何处去，忘却归来，不道春将暮。　　冯延巳《蝶恋花》

但屈指西风几时来，又不道流年暗中偷换。　　苏轼《洞仙歌》

闻道中原遗老，常南望、翠葆霓旌。　　张孝祥《六州歌头》

闻道绮陌东头，行人曾见，帘底纤纤月。　　辛弃疾《念奴娇》

江南自是离愁苦，况游骢古道，归雁平沙。　　王沂孙《高阳台》

被酒莫惊春睡重，赌书消得泼茶香，当时只道是寻常。

纳兰性德《浣溪沙》

百尺朱楼临大道，楼外轻雷，不间昏和晓。　　王国维《蝶恋花》

东方欲晓，莫道君行早。　　毛泽东《清平乐》

路

美女妖且闲，采桑歧路间。 曹植《美女篇》
晚风吹行舟，花路入溪口。 綦毋潜《春泛若耶溪》
恐非平生魂，路远不可测。 杜甫《梦李白二首之一》
意气骄满路，鞍马光照尘。 白居易《轻肥》

——

无为在歧路，儿女共沾巾。 王勃《送杜少府之任蜀州》
离堂思琴瑟，别路绕山川。 陈子昂《春夜别友人之一》
落叶人何在，寒云路几层。 李商隐《北青萝》
迢递三巴路，羁危万里身。 崔涂《除夜有怀》

——

路旁时卖故侯瓜，门前学种先生柳。 王维《老将行》
千岩万壑路不定，迷花倚石忽已暝。 李白《梦游天姥吟留别》
山回路转不见君，雪上空留马行处。 岑参《白雪歌送武判官归京》
蓬莱织女回云车，指点虚无是征路。
杜甫《送孔巢父谢病归游江东兼呈李白》

——

河山北枕秦关险，驿路西连汉畤平。 崔颢《行经华阴》
莫愁前路无知己，天下谁人不识君。 高适《别董大之一》
故园东望路漫漫，双袖龙钟泪不干。 岑参《逢入京使》
风尘荏苒音书断，关塞萧条行路难。 杜甫《宿府》
蓬山此去无多路，青鸟殷勤为探看。 李商隐《无题》
山重水复疑无路，柳暗花明又一村。 陆游《游山西村》
从今别却江南路，化作啼鹃带血归。 文天祥《金陵驿》

——

迷路，迷路，边草无穷日暮。 韦应物《调笑令》

玉勒雕鞍游冶处，楼高不见章台路。　　冯延巳《蝶恋花》

雁来音信无凭，路遥归梦难成。　　李煜《清平乐》

紫骝认得旧游踪，嘶过画桥东畔路。　　晏几道《木兰花》

天涯倦客，山中归路，望断故园心眼。　　苏轼《永遇乐》

章台路，还见褪粉梅梢，试花桃树。　　周邦彦《瑞龙吟》

凌波不过横塘路，但目送、芳尘去。　　贺铸《青玉案》

旧时茅店社林边，路转溪桥忽见。　　辛弃疾《西江月》

江国，正寂寂，叹寄与路遥，夜雪初积。　　姜夔《暗香》

幽怨从前何处诉？金戈铁马，青冢黄昏路。　　纳兰性德《蝶恋花》

宁化清流归化，路隘林深苔滑。　　毛泽东《如梦令》

京

江淮度寒食，京洛缝春衣。　　王维《送綦毋潜落第还乡》

冠盖满京华，斯人独憔悴。　　杜甫《梦李白二首之二》

——

烽火照西京，心中自不平。　　杨炯《从军行》

近侍归京邑，移官岂至尊。　　杜甫《至德二载，甫自京金光门出，间道归凤翔。乾元初，从左拾遗移华州掾，与亲故别，因出此门，有悲往事》

——

遥见仙人彩云里，手把芙蓉朝玉京。　　李白《庐山谣寄卢侍御虚舟》

玉京群帝集北斗，或骑麒麟翳凤凰。　　杜甫《寄韩谏议注》

京师皆骑汗血马，回纥喂肉葡萄宫。　　杜甫《洗兵马》

自言本是京城女，家在虾蟆陵下住。

我从去年辞帝京，谪居卧病浔阳城。　　白居易《琵琶行》

鼎湖当日弃人间，破敌收京下玉关。　　吴伟业《圆圆曲》

——

岧峣太华俯咸京，天外三峰削不成。　　崔颢《行经华阴》

夔府孤城落日斜，每依北斗望京华。 杜甫《秋兴八首之二》
京口瓜洲一水间，钟山只隔数重山。 王安石《泊船瓜洲》
世味年来薄似纱，谁令骑马客京华。 陆游《临安春雨初霁》
百二关河草不横，十年戎马暗秦京。 元好问《岐阳之一》
偶攀红豆来南国，为访云英上玉京。 郁达夫《乱离杂诗之九》

——

杳杳神京，盈盈仙子，别来锦字终难偶。 柳永《曲玉管》
凝泪眼、杳杳神京路，断鸿声远长天暮。 柳永《夜半乐》
览景想前欢，指神京，非雾非烟深处。 柳永《竹马子》
露凉时，零乱多少寒螀，神京远，惟有蓝桥路近。 晁补之《洞仙歌》
登临望故国，谁识，京华倦客。 周邦彦《兰陵王》
因思旧客京华，长偎傍疏林，小槛欢聚。 周邦彦《尉迟杯》
寻思旧京洛，正年少疏狂，歌笑迷著。障泥油壁催梳掠。 张元幹《兰陵王》
叹倦客、悄不禁重染，风尘京洛。 刘一止《喜迁莺》
时易失，心徒壮，岁将零，渺神京。 张孝祥《六州歌头》

都

昔有霍家奴，姓冯名子都。 辛延年《羽林郎》

——

太乙近天都，连山到海隅。 王维《终南山》
萧关逢候骑，都护在燕然。 王维《使至塞上》

——

惊闻俗客争来集，竞引还家问都邑。 王维《桃源行》
国初已来画鞍马，神妙独数江都王。 杜甫《韦讽录事宅观曹将军画马图》
昨夜东风吹血腥，东来橐驼满旧都。 杜甫《哀王孙》
临邛道士鸿都客，能以精诚致魂魄。 白居易《长恨歌》
腰悬相印作都统，阴风惨澹天王旗。 李商隐《韩碑》

——

最是一年春好处，绝胜烟柳满皇都。 韩愈《早春呈水部张十八员外》

玄都观里桃千树，尽是刘郎去后栽。 刘禹锡《玄都观桃花》

蓬山咫尺南溟路，哀乐都因一水分。 郁达夫《乱离杂诗之三》

——

都来此事，眉间心上，无计相回避。 范仲淹《御街行》

石榴半吐红巾蹙，待浮花浪蕊都尽，伴君幽独。 苏轼《贺新郎》

梅风地溽，虹雨苔滋，一架舞红都变。 周邦彦《过秦楼》

若问闲愁都几许？一川烟草，满城风絮，梅子黄时雨。 贺铸《青玉案》

恨芳菲世界，游人未赏，都付与、莺和燕。 陈亮《水龙吟》

啼到春归无寻处，苦恨芳菲都歇，算未抵人间离别。 辛弃疾《贺新郎》

断肠片片飞红，都无人管，倩谁唤、啼莺声住。 辛弃疾《祝英台近》

露湿铜铺，苔侵石井，都是曾听伊处。 姜夔《齐天乐》

淮左名都，竹西佳处，解鞍少驻初程。 姜夔《扬州慢》

马上单衣寒恻恻，看尽鹅黄嫩绿，都是江南旧相识。 姜夔《淡黄柳》

何逊而今渐老，都忘却、春风词笔。 姜夔《暗香》

都道晚凉天气好，有明月，怕登楼。 吴文英《唐多令》

秦关汴水经行地，想登临、都付新诗。 周密《高阳台》

彩扇红牙今都在，恨无人、解听开元曲。 蒋捷《贺新郎》

一字无题处，落叶都愁。 张炎《八声甘州》

一壶浊酒喜相逢，古今多少事，都付笑谈中。 杨慎《临江仙》

辛苦最怜天上月，一昔如环，昔昔都成玦。 纳兰性德《蝶恋花》

一霎车尘生树杪，陌上楼头，都向尘中老。 王国维《蝶恋花》

洒向人间都是怨，一枕黄粱再现。 毛泽东《清平乐》

州

突兀压神州，峥嵘如鬼工。 岑参《与高适薛据登慈恩寺浮图》

是岁江南旱，衢州人食人。　　白居易《轻肥》

——

今夜鄜州月，闺中只独看。　　杜甫《月夜》

春风对青冢，白日落梁州。　　张乔《书边事》

——

流传汉地曲转奇，凉州胡人为我吹。　　李颀《听安万善吹觱篥歌》

君不闻汉家山东二百州，千村万落生荆杞。　　杜甫《兵车行》

座中泣下谁最多，江州司马青衫湿。　　白居易《琵琶行》

换羽移宫万里愁，珠歌翠舞古梁州。　　吴伟业《圆圆曲》

——

夜发清溪向三峡，思君不见下渝州。　　李白《峨眉山月歌》

回首可怜歌舞地，秦中自古帝王州。　　杜甫《秋兴八首之六》

王濬楼船下益州，金陵王气黯然收。　　刘禹锡《西塞山怀古》

未能抛得杭州去，一半勾留是此湖。　　白居易《春题湖上》

春风十里扬州路，卷上珠帘总不如。　　杜牧《赠别》

海外徒闻更九州，他生未卜此生休。　　李商隐《马嵬》

死去元知万事空，但悲不见九州同。　　陆游《示儿》

些小吾曹州县吏，一枝一叶总关情。　　郑燮《潍县署中画竹》

金粉东南十五州，万重恩怨属名流。　　龚自珍《咏史》

九州生气恃风雷，万马齐喑究可哀。　　龚自珍《己亥杂诗之二》

河山触目尽生哀，太息神州几霸才。　　秋瑾《柬某君》

——

江南忆，最忆是杭州。　　白居易《忆江南》

中州盛日，闺门多暇，记得偏重三五。　　李清照《永遇乐》

当年万里觅封侯，匹马戍梁州。　　陆游《诉衷情》

四十三年，望中犹记，烽火扬州路。　　辛弃疾《永遇乐》

十里扬州，三生杜牧，前事休说。　　姜夔《琵琶仙》

男儿西北有神州，莫滴水西桥畔泪。　　刘克庄《木兰花》

人去西楼雁杳。叙别梦，扬州一觉。　　吴文英《夜游宫》

战舰东风悭借便，梦断神州故里。　　吴文英《贺新郎》

江南无路，鄜州今夜，此苦又谁知否。 刘辰翁《永遇乐》
记少年一梦扬州，二十四桥明月。 周密《瑶华》
只愁重洒西州泪，问杜曲人家在否。 张炎《月下笛》

邻

持谢邻家子，效颦安可希。 王维《西施咏》
邻人满墙头，感叹亦歔欷。 杜甫《羌村之一》
闲依农圃邻，偶似山林客。 柳宗元《溪居》

——

海内存知己，天涯若比邻。 王勃《送杜少府之任蜀州》
相知无远近，万里尚为邻。 张九龄《送韦城李少府》
静夜四无邻，荒居旧业贫。 司空曙《喜外弟卢纶见宿》
闲居少邻并，草径入荒园。 贾岛《题李凝幽居》
空园白露滴，孤壁野僧邻。 马戴《灞上秋居》

——

傍邻闻者多叹息，远客思乡皆泪垂。 李颀《听安万善吹觱篥歌》
生女犹得嫁比邻，生男埋没随百草。 杜甫《兵车行》

——

肯与邻翁相对饮，隔篱呼取尽馀杯。 杜甫《客至》
武侯祠屋常邻近，一体君臣祭祀同。 杜甫《咏怀古迹之四》
家住层城邻汉苑，心随明月到胡天。 皇甫冉《春思》
屡失南邻春事约，只今容有未开花。 陈师道《春怀示邻里》
更有奇愁忘不得，山阳邻笛一声声。 柳亚子《元旦感怀之二》
敢向邻居试螳臂，只缘自己是狂蜂。 毛泽东《读报有感之二》

——

前度刘郎重到，访邻寻里，同时歌舞。 周邦彦《瑞龙吟》
酒旗戏鼓甚处市，想依稀、王谢邻里。 周邦彦《西河》

晓光催角，听宿鸟未惊，邻鸡先觉。　　刘一止《喜迁莺》
邻娃已试春妆了，更蜂腰簇翠，燕股横金。　　韩疁《高阳台》
对语东邻，犹是曾巢，谢堂双燕。　　吴文英《三姝媚》
笑绿鬟邻女，倚窗犹唱，夕阳西下。　　蒋捷《女冠子》

华

兰叶春葳蕤，桂华秋皎洁。　　张九龄《感遇之一》
冠盖满京华，斯人独憔悴。　　杜甫《梦李白二首之二》

——

林卧愁春尽，搴帷览物华。　　孟浩然《宴梅道士山房》
长簟迎风早，空城澹月华。　　韩翃《酬程近秋夜即事见赠》
残云归太华，疏雨过中条。　　许浑《秋日赴阙题潼关驿楼》
那堪正飘泊，明日岁华新。　　崔涂《除夜有怀》

——

罗帏送上七香车，宝扇迎归九华帐。　　王维《洛阳女儿行》
春寒赐浴华清池，温泉水滑洗凝脂。　　白居易《长恨歌》

——

云想衣裳花想容，春风拂槛露华浓。　　李白《清平调》
繁华事散逐香尘，流水无情草自春。　　杜牧《金谷园》
锦瑟无端五十弦，一弦一柱思华年。　　李商隐《锦瑟》
萼绿华来无定所，杜兰香去未移时。　　李商隐《重过圣女祠》
云暗鼎湖龙去远，月明华表鹤归迟。　　虞集《挽文丞相》

——

翠华一去寂无踪，玉楼歌吹，声断已随风。　　鹿虔扆《临江仙》
金锁已沉埋，壮气蒿莱。晚凉天净月华开。　　李煜《浪淘沙》
是处红衰翠减，苒苒物华休。　　柳永《八声甘州》
乳燕飞华屋，悄无人、桐阴转午，晚凉新浴。　　苏轼《贺新郎》

西园夜饮鸣笳，有华灯碍月，飞盖妨花。　　秦观《望海潮》
叹年华一瞬，人今千里，梦沉书远。　　周邦彦《过秦楼》
锦瑟华年谁与度？月桥花院，琐窗朱户，只有春知处。　　贺铸《青玉案》
燕燕轻盈，莺莺娇软，分明又向华胥见。　　姜夔《踏莎行》
少年自负凌云笔。到而今、春华落尽，满怀萧瑟。　　刘克庄《贺新郎》
香尘暗陌，华灯明昼，长是懒携手去。　　刘辰翁《永遇乐》
江城人悄初更打，问繁华谁解，再向天公借。　　蒋捷《女冠子》
望不尽冉冉斜阳，抚乔木年华将晚。　　王沂孙《长亭怨慢》
歌舞尊前，繁华梦里，暗换青青发。　　萨都剌《百字令》
满眼韶华，东风惯是吹红去。　　陈子龙《点绛唇》
一自市朝更改，暗销魂、繁华难再。　　夏完淳《烛影摇红》
瑶华映阙，烘散蓂墀雪。　　纳兰性德《清平乐》
烂锦年华，谁信春残恁早。　　王鹏运《玉漏迟》

幽

空山松子落，幽人应未眠。　　韦应物《秋夜寄邱员外》

——

曲径通幽处，禅房花木深。　　常建《题破山寺后禅院》
澄江平少岸，幽树晚多花。　　杜甫《水槛遣心之一》
幽映每白日，清辉照衣裳。　　刘眘虚《阙题》
暂去还来此，幽期不负言。　　贾岛《题李凝幽居》

——

吴宫花草埋幽径，晋代衣冠成古丘。　　李白《登金陵凤凰台》
疏松影落空坛静，细草香生小洞幽。　　韩翃《同题仙游观》
独怜幽草涧边生，上有黄鹂深树鸣。　　韦应物《滁州西涧》
昼号夜哭兼幽显，早晚星关雪涕收。　　李商隐《重有感》

——

纤指十三弦，细将幽恨传。 张先《菩萨蛮》
暗想当初，有多少、幽欢佳会。 柳永《曲玉管》
谁见幽人独往来，缥缈孤鸿影。 苏轼《卜算子》
石榴半吐红巾蹙，待浮花浪蕊都尽，伴君幽独。 苏轼《贺新郎》
无端天与娉婷，夜月一帘幽梦，春风十里柔情。 秦观《八六子》
夜色催更，清尘收露，小曲幽坊月暗。 周邦彦《拜星月慢》
流浪征骖北道，客樯南浦，幽恨无人晤语。 贺铸《天香》
罗绶分香，翠绡封泪，几多幽怨？ 陈亮《水龙吟》
想佩环、月夜归来，化作此花幽独。 姜夔《疏影》
幽寂，乱蛩吟壁，动庾信、清愁似织。 姜夔《霓裳中序第一》
幽梦初回，重阴未开，晓色催成疏雨。 张镃《宴山亭》
遨头小簇行春队，步苍苔、寻幽别墅，问梅开未。 吴文英《贺新郎》
人间万感幽单，华清惯浴，春盎风露。 吴文英《宴清都》
旧尊俎，玉纤曾擘黄柑，柔香系幽素。 吴文英《祝英台近》
溯红渐招入仙溪，锦儿偷寄幽素。 吴文英《莺啼序》
幽梦觉、涓涓清露，一枝灯影里。 周密《花犯》
劝清光、乍可幽窗相照，休照红楼夜笛。 蒋捷《瑞鹤仙》
但凄然，满树幽香，满地横斜。 王沂孙《高阳台》
一壶幽绿，爱松阴满地，蕊珠宫府。 萨都剌《酹江月》
小栏人影凄迷，和烟和雾，更化作、一庭幽怨。 吕碧城《祝英台近》
大雨落幽燕，白浪滔天，秦皇岛外打鱼船。 毛泽东《浪淘沙》

秦

秦氏有好女，自名为罗敷。 《陌上桑》
头上蓝田玉，耳后大秦珠。 辛延年《羽林郎》
燕草如碧丝，秦桑低绿枝。 李白《春思》
独夜忆秦关，听钟未眠客。 韦应物《夕次盱眙县》

——

城阙辅三秦，风烟望五津。　　王勃《送杜少府之任蜀州》

——

樵客初传汉姓名，居人未改秦衣服。　　王维《桃源行》

就中云幕椒房亲，赐名大国虢与秦。　　杜甫《丽人行》

孔子西行不到秦，掎摭星宿遗羲娥。　　韩愈《石鼓歌》

专征箫鼓向秦川，金牛道上车千乘。　　吴伟业《圆圆曲》

——

河山北枕秦关险，驿路西连汉畤平。　　崔颢《行经华阴》

秦时明月汉时关，万里长征人未还。　　王昌龄《出塞》

回首可怜歌舞地，秦中自古帝王州。　　杜甫《秋兴八首之六》

山色遥连秦树晚，砧声近报汉宫秋。　　韩翃《同题仙游观》

云横秦岭家何在？雪拥蓝关马不前。　　韩愈《左迁至蓝关示侄孙湘》

嵩云秦树久离居，双鲤迢迢一纸书。　　李商隐《寄令狐郎中》

百二关河草不横，十年戎马暗秦京。　　元好问《岐阳之一》

秦女端容理玉筝，梁尘踊跃夜风轻。　　鲁迅《赠人之二》

月正圆时伤破镜，雨淋铃夜忆归秦。　　郁达夫《乱离杂诗之五》

——

秦楼月，年年柳色，灞陵伤别。　　李白《忆秦娥》

想得玉楼瑶殿影，空照秦淮。　　李煜《浪淘沙》

帝城赊，秦楼阻，旅魂乱。　　柳永《迷神引》

当初谩留华表语，而今误我秦楼约。　　王安石《千秋岁引》

却倚缓弦歌别绪，断肠移破秦筝柱。　　晏几道《蝶恋花》

东风里，朱门映柳，低按小秦筝。　　秦观《满庭芳》

问甚时说与，佳音密耗，寄将秦镜，偷换韩香。　　周邦彦《风流子》

念武陵人远，烟锁秦楼。　　李清照《凤凰台上忆吹箫》

绣幄鸳鸯柱，红情密，腻云低护秦树。　　吴文英《宴清都》

秦关汴水经行地，想登临、都付新诗。　　周密《高阳台》

梦冷黄金屋，叹秦筝、斜鸿阵里，素弦尘扑。　　蒋捷《贺新郎》

泊秦淮雨霁，又灯火，送归船。　　蒋春霖《木兰花慢》

楚

来往不逢人，长歌楚天碧。　　柳宗元《溪居》

——

冯夷空自舞，楚客不堪听。　　钱起《省试湘灵鼓瑟》
楚江微雨里，建业暮钟时。　　韦应物《赋得暮雨送李曹》
露气寒光集，微阳下楚丘。　　马戴《楚江怀古》
孤灯闻楚角，残月下章台。　　韦庄《章台夜思》

——

铜炉华烛烛增辉，初弹渌水后楚妃。　　李颀《琴歌》
我本楚狂人，凤歌笑孔丘。　　李白《庐山谣寄卢侍御虚舟》
渔翁夜傍西岩宿，晓汲清湘然楚竹。　　柳宗元《渔翁》

——

寒雨连江夜入吴，平明送客楚山孤。　　王昌龄《芙蓉楼送辛渐》
天门中断楚江开，碧水东流至此回。　　李白《望天门山》
最是楚宫俱泯灭，舟人指点到今疑。　　杜甫《咏怀古迹之二》
三年谪宦此栖迟，万古惟留楚客悲。　　刘长卿《长沙过贾谊宅》
落魄江湖载酒行，楚腰纤细掌中轻。　　杜牧《遣怀》
洞庭木落楚天高，眉黛猩红涴战袍。　　鲁迅《无题（1932 年）》
平楚日和憎健翮，小山香满蔽高岑。　　鲁迅《阻郁达夫移家杭州》

——

念去去、千里烟波，暮霭沉沉楚天阔。　　柳永《雨霖铃》
楚台风，庾楼月，宛如昨。　　王安石《千秋岁引》
似楚江暝宿，风灯零乱，少年羁旅。　　周邦彦《琐窗寒》
为问花何在，夜来风雨，葬楚宫倾国。　　周邦彦《六丑》
凤城远，楚梅香嫩，先寄一枝春。　　贺铸《绿头鸭》
铺翠冠儿，捻金雪柳，簇带争济楚。　　李清照《永遇乐》

楚天千里清秋，水随天去秋无际。 辛弃疾《水龙吟》
南去北来何事，荡湘云楚水，目极伤心。 姜夔《一萼红》
莫唱江南古调，怨抑难招，楚江沉魄。 吴文英《澡兰香》
楚箫咽，谁倚西楼淡月。 周密《玉京秋》
载取白云归去，问谁留楚佩，弄影中洲？ 张炎《八声甘州》
余音更苦。甚独抱清高，顿成凄楚。 王沂孙《齐天乐》
石头城上，望天低吴楚，眼空无物。 萨都剌《百字令》
梦醒谁歌楚些，泠泠霜激哀弦。 蒋春霖《木兰花慢》
蘸渌搴芳，梦堕楚天远。 吕碧城《祝英台近》

吴

朝为越溪女，暮作吴宫妃。 王维《西施咏》
吴中盛文史，群彦今汪洋。 韦应物《郡斋雨中与诸文士燕集》

——

吴楚东南坼，乾坤日夜浮。 杜甫《登岳阳楼》
江流石不转，遗恨失吞吴。 杜甫《八阵图》

——

翠影红霞映朝日，鸟飞不到吴天长。 李白《庐山谣寄卢侍御虚舟》
我欲因之梦吴越，一夜飞度镜湖月。 李白《梦游天姥吟留别》
风吹柳花满店香，吴姬压酒劝客尝。 李白《金陵酒肆留别》
为君别唱吴宫曲，汉水东南日夜流。 吴伟业《圆圆曲》

——

寒雨连江夜入吴，平明送客楚山孤。 王昌龄《芙蓉楼送辛渐》
秋毫不犯三吴悦，春日遥看五色光。 李白《永王东巡歌十一首之三》
窗含西岭千秋雪，门泊东吴万里船。 杜甫《绝句四首之三》
蜀主窥吴幸三峡，崩年亦在永安宫。 杜甫《咏怀古迹之四》
一水西陵松柏渡，吴山越浦怒潮秋。 柳亚子《吴门记游之十》

云横九派浮黄鹤，浪下三吴起白烟。 毛泽东《登庐山》

——

汴水流，泗水流，流到瓜洲古渡头，吴山点点愁。 白居易《长相思》
斜月半窗还少睡，画屏闲展吴山翠。 晏几道《蝶恋花》
三年枕上吴中路，遣黄犬，随君去。 苏轼《青玉案》
万里想龙沙，泣孤臣吴越。 张元幹《石州慢》
醉里吴音相媚好，白发谁家翁媪。 辛弃疾《清平乐》
把吴钩看了，栏干拍遍，无人会，登临意。 辛弃疾《水龙吟》
十年一梦凄凉，似西湖燕去，吴馆巢荒。 吴文英《夜合花》
画船载、清明过却，晴烟冉冉吴宫树。 吴文英《莺啼序》
送客吴皋，正试霜夜冷，枫落长桥。 吴文英《惜黄花慢》
宫里吴王沉醉，倩五湖倦客，独钓醒醒。 吴文英《八声甘州》
垂杨暗吴苑，正旗亭烟冷，河桥风暖。 吴文英《瑞鹤仙》
吴鸿好为传归信，杨柳阊门屋数间。 吴文英《鹧鸪天》
旋小筑，吴宫闲地。 吴文英《贺新郎》
吴笺银粉砑，待把旧家风景，写成闲话。 蒋捷《女冠子》
石头城上，望天低吴楚，眼空无物。 萨都剌《百字令》
问讯吴刚何所有，吴刚捧出桂花酒。 毛泽东《蝶恋花》

越

越陌度阡，枉用相存。 曹操《短歌行之一》

——

美人清江畔，是夜越吟苦。 王昌龄《同从弟南斋玩月忆山阴崔少府》
朝为越溪女，暮作吴宫妃。 王维《西施咏》

——

年年越溪女，相忆采芙蓉。 杜荀鹤《春宫怨》

——

谁怜越女颜如玉，贫贱江头自浣纱。　　王维《洛阳女儿行》
愿得燕弓射大将，耻令越甲鸣吾君。　　王维《老将行》
越人语天姥，云霓明灭或可睹。我欲因之梦吴越，一夜飞度镜湖月。
李白《梦游天姥吟留别》
君不见馆娃初起鸳鸯宿，越女如花看不足。　　吴伟业《圆圆曲》

——

诗听越客吟何苦，酒被吴娃劝不休。　　白居易《城上夜宴》
九秋风露越窑开，夺得千峰翠色来。　　陆龟蒙《秘色越器》
明眸越女罢晨妆，荇水荷风是旧乡。　　鲁迅《赠人之一》
一水西陵松柏渡，吴山越浦怒潮秋。　　柳亚子《吴门记游之十》

——

相见处，晚晴天，刺桐花下越台前。　　李珣《南乡子》
越女沙头争拾翠，相呼归去背斜阳。　　孙光宪《八拍蛮》
乱绳千结绊人深，越罗万丈表长寻。　　孙光宪《竹枝》
度万壑千岩，越溪深处。　　柳永《夜半乐》
万里想龙沙，泣孤臣吴越。　　张元幹《石州慢》
秦嶂雁，越溪砧，西风北客两飘零。　　朱敦儒《鹧鸪天》
雄关漫道真如铁，而今迈步从头越。从头越，苍山如海，残阳如血。
毛泽东《忆秦娥》
往事越千年，魏武挥鞭，东临碣石有遗篇。　　毛泽东《浪淘沙》

长安

置酒长安道，同心与我违。　　王维《送綦毋潜落第还乡》
长安一片月，万户捣衣声。　　李白《子夜吴歌》

——

遥怜小儿女，未解忆长安。　　杜甫《月夜》

——

长安城连东掖垣，凤凰池对青琐门。
李颀《听董大弹胡笳兼寄语弄房给事》
长相思，在长安。　李白《长相思》
李白一斗诗百篇，长安市上酒家眠。　杜甫《饮中八仙歌》
昔随刘氏定长安，帷幄未改神惨伤。　杜甫《寄韩谏议注》
三月三日天气新，长安水边多丽人。　杜甫《丽人行》
长安城头头白乌，夜飞延秋门上呼。　杜甫《哀王孙》
回头下望人寰处，不见长安见尘雾。　白居易《长恨歌》
相约恩深相见难，一朝蚁贼满长安。　吴伟业《圆圆曲》

——

莫是长安行乐处，空令岁月易蹉跎。　李颀《送魏万之京》
总为浮云能蔽日，长安不见使人愁。　李白《登金陵凤凰台》
南风一扫胡尘静，西入长安到日边。　李白《永王东巡歌十一首之十一》
闻道长安似弈棋，百年世事不胜悲。　杜甫《秋兴八首之四》
长安回望绣成堆，山顶千门次第开。　杜牧《过华清宫绝句之一》

——

买花载酒长安市，又争似家山见桃李？　欧阳修《青玉案》
长安古道马迟迟，高柳乱蝉嘶。　柳永《少年游》
浮生只合尊前老，雪满长安道。　舒亶《虞美人》
今宵谁念泣孤臣，回首长安远。　张抡《烛影摇红》
西北望长安，可怜无数山。　辛弃疾《菩萨蛮》
长安故人问我，道愁肠殢酒只依然。　辛弃疾《木兰花慢》
年年跃马长安市，客舍似家家似寄。　刘克庄《木兰花》
又客长安，叹断襟零袂，涴尘谁浣。　吴文英《三姝媚》
说与萧娘未知道，向长安，对秋灯，几人老。　吴文英《夜游宫》
韶华正好，应自喜、初乱长安蜂蝶。　周密《瑶华》
还似少年歌舞地，听落叶，忆长安。　蒋春霖《唐多令》
正西风落叶下长安，飞鸣镝。　毛泽东《满江红》

宫

朝为越溪女，暮作吴宫妃。 王维《西施咏》
青槐夹驰道，宫观何玲珑。 岑参《与高适薛据登慈恩寺浮图》

——

凄凉蜀故伎，来舞魏宫前。 刘禹锡《蜀先主庙》
寥落古行宫，宫花寂寞红。 元稹《行宫》
故国三千里，深宫二十年。 张祜《何满子》

——

星宫之君醉琼浆，羽人稀少不在旁。 杜甫《寄韩谏议注》
江头宫殿锁千门，细柳新蒲为谁绿。 杜甫《哀江头》
昭阳殿里恩爱绝，蓬莱宫中日月长。 白居易《长恨歌》
画栏桂树悬秋香，三十六宫土花碧。 李贺《金铜仙人辞汉歌》
明妃初出汉宫时，泪湿春风鬓脚垂。 王安石《明妃曲》
换羽移宫万里愁，珠歌翠舞古梁州。 吴伟业《圆圆曲》

——

蓬莱宫阙对南山，承露金茎霄汉间。 杜甫《秋兴八首之五》
日暮汉宫传蜡烛，轻烟散入五侯家。 韩翃《寒食》
玉楼天半起笙歌，风送宫嫔笑语和。 顾况《宫词》
虢国夫人承主恩，平明骑马入宫门。 张祜《集灵台之二》
含情欲说宫中事，鹦鹉前头不敢言。 朱庆馀《宫中词》
春风举国裁宫锦，半作障泥半作帆。 李商隐《隋宫》
草合离宫转夕晖，孤云飘泊复何依？ 文天祥《金陵驿》

——

烟月不知人事改，夜阑还照深宫。 鹿虔扆《临江仙》
侵晨浅约宫黄，障风映袖，盈盈笑语。 周邦彦《瑞龙吟》
新样靓妆，艳溢香融，羞杀蕊珠宫女。 赵佶《燕山亭》

红酥手，黄縢酒。满城春色宫墙柳。 陆游《钗头凤》
犹记深宫旧事，那人正睡里，飞近蛾绿。 姜夔《疏影》
幻苍崖云树，名娃金屋，残霸宫城。 吴文英《八声甘州》
柳陌，新烟凝碧。映帘底宫眉，堤上游勒。 周密《曲游春》
待把宫眉横云样，描上生绡画幅，怕不是新来妆束。 蒋捷《贺新郎》
孤峤蟠烟，层涛蜕月，骊宫夜采铅水。 王沂孙《天香》
寂寂景阳宫外月，照残红。 陈子龙《山花子》
影娥忽泛初弦，分辉借与宫莲。 纳兰性德《清平乐》
唐宫汉阙荆榛遍，苦恨铜驼贱。 柳亚子《虞美人》

禁

鲜肥属时禁，蔬果幸见尝。 韦应物《郡斋雨中与诸文士燕集》

——

金吾不禁夜，玉漏莫相催。 苏味道《正月十五夜》

——

青春复随冠冕入，紫禁正耐烟花绕。 杜甫《洗兵马》

——

禁里疏钟官舍晚，省中啼鸟吏人稀。 王维《赠郭给事》
二月黄鹂飞上林，春城紫禁晓阴阴。 钱起《赠阙下裴舍人》
禁门宫树月痕过，媚眼惟看宿鹭窠。 张祜《赠内人》

——

梦断禁城钟鼓，泪滴枕檀无数。 冯延巳《谒金门》
春风不解禁杨花，濛濛乱扑行人面。 晏殊《踏莎行》
迟暮，嬉游处，正店舍无烟，禁城百五。 周邦彦《琐窗寒》
叹倦客、悄不禁重染，风尘京洛。 刘一止《喜迁莺》
勾引东风，也知芳思难禁。 韩疁《高阳台》

内苑春、不禁过青门，御沟涨、潜通南浦。
禁火天、已是试新妆，岁华到、三分佳处。　　万俟咏《三台》
漏初长、梦魂难禁，人渐老、风月俱寒。　　史达祖《玉胡蝶》
禁苑娇寒，湖堤倦暖，前度遽如许。
谁知道、断烟禁夜，满城似愁风雨。　　刘辰翁《永遇乐》
禁苑东风外，飏暖丝晴絮，春思如织。　　周密《曲游春》
新烟禁柳，想如今、绿到西湖。　　张炎《渡江云》
最难禁，倚遍雕阑，梦遍罗衾。　　朱彝尊《高阳台》
深禁好春谁惜，薄暮瑶阶伫立。　　纳兰性德《昭君怨》
愁入云遥，寒禁霜重，红烛泪深人倦。　　况周颐《苏武慢》

殿

开元之中常引见，承恩数上南薰殿。　　杜甫《丹青引赠曹将军霸》
江头宫殿锁千门，细柳新蒲为谁绿。
昭阳殿里第一人，同辇随君侍君侧。　　杜甫《哀江头》
夕殿萤飞思悄然，孤灯挑尽未成眠。
昭阳殿里恩爱绝，蓬莱宫中日月长。
七月七日长生殿，夜半无人私语时。　　白居易《长恨歌》

——

昨夜风开露井桃，未央前殿月轮高。　　王昌龄《春宫怨》
奉帚平明金殿开，暂将团扇共徘徊。　　王昌龄《长信怨》
九天阊阖开宫殿，万国衣冠拜冕旒。　　王维《和贾至舍人早朝大明宫之作》
晨摇玉佩趋金殿，夕奉天书拜琐闱。　　王维《赠郭给事》
翠华想像空山里，玉殿虚无野寺中。　　杜甫《咏怀古迹之四》
月殿影开闻夜漏，水精帘卷近秋河。　　顾况《宫词》
泪尽罗巾梦不成，夜深前殿按歌声。　　白居易《宫词》
紫泉宫殿锁烟霞，欲取芜城作帝家。　　李商隐《隋宫》

遥窥正殿帘开处，袍袴宫人扫御床。 薛逢《宫词》
绿章夜奏通明殿，乞借春阴护海棠。 陆游《花时遍游诸家园》
石壕村与长生殿，一例钗分惹恨长。 郁达夫《乱离杂诗之一》

——

想得玉楼瑶殿影，空照秦淮。 李煜《浪淘沙》
冰肌玉骨，自清凉无汗，水殿风来暗香满。 苏轼《洞仙歌》
玉殿珠帘尽卷，拥群仙、蓬壶阆苑。 张抡《烛影摇红》
马上离愁三万里，望昭阳宫殿孤鸿没。 辛弃疾《贺新郎》
征衫，便好去朝天，玉殿正思贤。 辛弃疾《木兰花慢》
凭谁为歌长恨，暗殿锁、秋灯夜语。 吴文英《宴清都》

堂

焉知二十载，重上君子堂。 杜甫《赠卫八处士》

——

离堂思琴瑟，别路绕山川。 陈子昂《春夜别友人之一》
闲门向山路，深柳读书堂。 刘眘虚《阙题》

——

迸泉飒飒飞木末，野鹿呦呦走堂下。
李颀《听董大弹胡笳兼寄语弄房给事》
岁夜高堂列明烛，美酒一杯声一曲。 李颀《听安万善吹觱篥歌》
君不见，高堂明镜悲白发，朝如青丝暮成雪。 李白《将进酒》
美人胡为隔秋水，焉得置之贡玉堂。 杜甫《寄韩谏议注》
升堂坐阶新雨足，芭蕉叶大支子肥。 韩愈《山石》
大开明堂受朝贺，诸侯剑佩鸣相磨。 韩愈《石鼓歌》
云髻半偏新睡觉，花冠不整下堂来。 白居易《长恨歌》
传之七十有二代，以为封禅玉检明堂基。 李商隐《韩碑》

——

卢家少妇郁金堂，海燕双栖玳瑁梁。 沈佺期《独不见》
背郭堂成荫白茅，缘江路熟俯青郊。 杜甫《堂成》
丞相祠堂何处寻，锦官城外柏森森。 杜甫《蜀相》
岐王宅里寻常见，崔九堂前几度闻。 杜甫《江南逢李龟年》
旧时王谢堂前燕，飞入寻常百姓家。 刘禹锡《乌衣巷》
洞房昨夜停红烛，待晓堂前拜舅姑。 朱庆馀《近试上张水部》
昨夜星辰昨夜风，画楼西畔桂堂东。 李商隐《无题》
重帏深下莫愁堂，卧后清宵细细长。 李商隐《无题》
庙堂无策可平戎，坐使甘泉照夕烽。 陈与义《伤春》

——

玉炉香，红蜡泪，偏照画堂秋思。 温庭筠《更漏子》
不肯画堂朱户，春风自在杨花。 王安国《清平乐》
正是夜堂无月，沉沉暗寒食。 周邦彦《应天长》
记画堂风月逢迎，轻颦浅笑娇无奈。 贺铸《薄幸》
旧日堂前燕，和烟雨，又双飞。 韩元吉《六州歌头》
枕簟溪堂冷欲秋，断云依水晚来收。 辛弃疾《鹧鸪天》
携向华堂戏斗，亭台小，笼巧妆金。 张镃《满庭芳》
怎得伊来，花雾绕、小堂深处。 张镃《宴山亭》
华堂烛暗送客，眼波回盼处，芳艳流水。 吴文英《齐天乐》
对语东邻，犹是曾巢，谢堂双燕。 吴文英《三姝媚》

楼

日出东南隅，照我秦氏楼。 《陌上桑》
青楼临大路，高门结重关。 曹植《美女篇》

——

欲穷千里目，更上一层楼。 王之涣《登鹳雀楼》
属国归何晚，楼兰斩未还。 杜甫《秦州杂诗之七》

黄叶仍风雨，青楼自管弦。 李商隐《风雨》

——

长风万里送秋雁，对此可以酣高楼。 李白《宣州谢朓楼饯别校书叔云》
楼阁玲珑五云起，其中绰约多仙子。 白居易《长恨歌》
斜谷云深起画楼，散关月落开妆镜。 吴伟业《圆圆曲》

——

千家山郭静朝晖，日日江楼坐翠微。 杜甫《秋兴八首之三》
仙台初见五城楼，风物凄凄宿雨收。 韩翃《同题仙游观》
雁声远过潇湘去，十二楼中月自明。 温庭筠《瑶瑟怨》
小楼一夜听春雨，深巷明朝卖杏花。 陆游《临安春雨初霁》
如磐夜气压重楼，剪柳春风道九秋。 鲁迅《悼丁君》

——

梳洗罢，独倚望江楼。 温庭筠《梦江南》
红楼别夜堪惆怅，香灯半卷流苏帐。 韦庄《菩萨蛮》
翠华一去寂无踪，玉楼歌吹，声断已随风。 鹿虔扆《临江仙》
手卷珠帘上玉钩，依前春恨锁重楼。 李璟《摊破浣溪沙》
楚台风，庾楼月，宛如昨。 王安石《千秋岁引》
舞低杨柳楼心月，歌尽桃花扇底风。 晏几道《鹧鸪天》
翠樽未竭，凭断云留取西楼残月。 周邦彦《浪淘沙慢》
楼角初销一缕霞，淡黄杨柳暗栖鸦，玉人和月摘梅花。 贺铸《浣溪沙》
念武陵人远，烟锁秦楼。 李清照《凤凰台上忆吹箫》
少年不识愁滋味，爱上层楼。 辛弃疾《丑奴儿》
纵豆蔻词工，青楼梦好，难赋深情。 姜夔《扬州慢》
红楼归晚，看足柳昏花暝。 史达祖《双双燕》
楼前绿暗分携路，一丝柳，一寸柔情。 吴文英《风入松》
少年听雨歌楼上，红烛昏罗帐。 蒋捷《虞美人》
山空天入海，倚楼望极，风急暮潮初。 张炎《渡江云》
蝶化彩衣金缕尽，虫衔画粉玉楼空。 陈子龙《山花子》
见龙虎台荒，凤凰楼迥，还感飘零。 文廷式《忆旧游》

台

又疑瑶台镜，飞在青云端。　李白《古朗月行》
常存抱柱信，岂上望夫台。　李白《长干行》

——

古台摇落后，秋入望乡心。　刘长卿《秋日登吴公台上寺远眺》
孤灯闻楚角，残月下章台。　韦庄《章台夜思》

——

青冥浩荡不见底，日月照耀金银台。　李白《梦游天姥吟留别》
轮台东门送君去，去时雪满天山路。　岑参《白雪歌送武判官归京》
报君黄金台上意，提携玉龙为君死。　李贺《雁门太守行》

——

燕台一去客心惊，笳鼓喧喧汉将营。　祖咏《望蓟门》
汉文皇帝有高台，此日登临曙色开。　崔曙《九日登望仙台呈刘明府》
若非群玉山头见，会向瑶台月下逢。　李白《清平调》
万里悲秋常作客，百年多病独登台。　杜甫《登高》
三峡楼台淹日月，五溪衣服共云山。　杜甫《咏怀古迹之一》
仙台初见五城楼，风物凄凄宿雨收。　韩翃《同题仙游观》
日光斜照集灵台，红树花迎晓露开。　张祜《集灵台》
僵卧孤村不自哀，尚思为国戍轮台。　陆游《十一月四日风雨大作》
灵台无计逃神矢，风雨如磐暗故园。　鲁迅《自题小像》

——

小径红稀，芳郊绿遍，高台树色阴阴见。　晏殊《踏莎行》
梦后楼台高锁，酒醒帘幕低垂。　晏几道《临江仙》
古台芳榭，飞燕蹴红英。　秦观《满庭芳》
雾失楼台，月迷津渡，桃源望断无寻处。　秦观《踏莎行》
章台路，还见褪粉梅梢，试花桃树。　周邦彦《瑞龙吟》

舞榭歌台，风流总被，雨打风吹去。 辛弃疾《永遇乐》
郁孤台下清江水，中间多少行人泪。 辛弃疾《菩萨蛮》
野老林泉，故王台榭，呼唤登临。 姜夔《一萼红》
柳暝河桥，莺晴台苑，短策频惹春香。 吴文英《夜合花》
纵玉勒、轻飞迅羽，凄凉谁吊荒台古。 吴文英《霜叶飞》
望不尽、楼台歌舞，习习香尘莲步底。 刘辰翁《宝鼎现》
此恨难平君知否，似琼台、涌起弹棋局。 蒋捷《贺新郎》
不及夜台尘土隔，冷清清、一片埋愁地。 纳兰性德《金缕曲》
却忆蛟台往事，耀弓刀，舳舻天际。 邓廷桢《水龙吟》

家

使君遣吏往，问是谁家姝。 《陌上桑》
依倚将军势，调笑酒家胡。 辛延年《羽林郎》
自云良家子，零落依草木。 杜甫《佳人》
家家习为俗，人人迷不悟。 白居易《买花》

——

忽逢青鸟使，邀入赤松家。 孟浩然《宴梅道士山房》
中岁颇好道，晚家南山陲。 王维《终南别业》
烽火连三月，家书抵万金。 杜甫《春望》
有弟皆分散，无家问死生。 杜甫《月夜忆舍弟》
星河秋一雁，砧杵夜千家。 韩翃《酬程近秋夜即事见赠》
烦君最相警，我亦举家清。 李商隐《蝉》
移家虽带郭，野径入桑麻。 僧皎然《寻陆鸿渐不遇》

——

年年战骨埋荒外，空见蒲萄入汉家。 李颀《古从军行》
遥看一处攒云树，近入千家散花竹。 王维《桃源行》
又向人家啄大屋，屋底达官走避胡。 杜甫《哀王孙》

杨家有女初长成，养在深闺人未识。　　白居易《长恨歌》
自言本是京城女，家在虾蟆陵下住。　　白居易《琵琶行》
全家白骨成灰土，一代红妆照汗青。　　吴伟业《圆圆曲》

——

少小离家老大回，乡音无改鬓毛衰。　　贺知章《回乡偶书》
野哭几家闻战伐，夷歌数处起渔樵。　　杜甫《阁夜》
更深月色半人家，北斗阑干南斗斜。　　刘方平《月夜》
日暮汉宫传蜡烛，轻烟散入五侯家。　　韩翃《寒食》
云横秦岭家何在？雪拥蓝关马不前。　　韩愈《左迁至蓝关示侄孙湘》
从今四海为家日，故垒萧萧芦荻秋。　　刘禹锡《西塞山怀古》
王师北定中原日，家祭无忘告乃翁。　　陆游《示儿》

——

劝我早归家，绿窗人似花。　　韦庄《菩萨蛮》
百草千花寒食路，香车系在谁家树。　　冯延巳《蝶恋花》
柳下桃蹊，乱分春色到人家。　　秦观《望海潮》
惟有旧家秋娘，声价如故。　　周邦彦《瑞龙吟》
渐吹尽、枝头香絮，是处人家，绿深门户。　　姜夔《长亭怨慢》
年年跃马长安市，客舍似家家似寄。　　刘克庄《木兰花》

门

青楼临大路，高门结重关。　　曹植《美女篇》
既至金门远，孰云吾道非。　　王维《送綦毋潜落第还乡》
长风几万里，吹度玉门关。　　李白《关山月》
柴门鸟雀噪，归客千里至。　　杜甫《羌村之一》

——

楚塞三湘接，荆门九派通。　　王维《汉江临眺》
海门深不见，浦树远含滋。　　韦应物《赋得暮雨送李曹》

鸟宿池边树，僧敲月下门。　　贾岛《题李凝幽居》

——

路旁时卖故侯瓜，门前学种先生柳。　　王维《老将行》

江头宫殿锁千门，细柳新蒲为谁绿。　　杜甫《哀江头》

空将汉月出宫门，忆君清泪如铅水。　　李贺《金铜仙人辞汉歌》

前身合是采莲人，门前一片横塘水。　　吴伟业《圆圆曲》

——

花径不曾缘客扫，蓬门今始为君开。　　杜甫《客至》

虢国夫人承主恩，平明骑马入宫门。　　张祜《集灵台之二》

仙掌月明孤影过，长门灯暗数声来。　　杜牧《早雁》

蓬门未识绮罗香，拟托良媒亦自伤。　　秦韬玉《贫女》

此身合是诗人未？细雨骑驴入剑门。　　陆游《剑门道中遇微雨》

——

门外草萋萋，送君闻马嘶。　　温庭筠《菩萨蛮》

残月出门时，美人和泪辞。　　韦庄《菩萨蛮》

金锁重门荒苑静，绮窗愁对秋空。　　鹿虔扆《临江仙》

墙头丹杏雨余花，门外绿杨风后絮。　　晏几道《木兰花》

山抹微云，天黏衰草，画角声断谯门。　　秦观《满庭芳》

中州盛日，闺门多暇，记得偏重三五。　　李清照《永遇乐》

欲黄昏，雨打梨花深闭门。　　李重元《忆王孙》

马上琵琶关塞黑，更长门、翠辇辞金阙。　　辛弃疾《贺新郎》

渐吹尽、枝头香絮，是处人家，绿深门户。　　姜夔《长亭怨慢》

又入铜驼，遍旧家门巷，首询声价。　　史达祖《三姝媚》

但箭雁沉边，梁燕无主，杜鹃声里长门暮。　　刘辰翁《兰陵王》

紫塞门孤，金河月冷，恨谁诉？　　朱彝尊《长亭怨慢》

寂寂锁朱门，梦承恩。　　纳兰性德《昭君怨》

记星街掩柳，雨径穿莎，悄叩闲门。　　蒋春霖《忆旧游》

户

九月在户，十月蟋蟀入我床下。 《诗经·豳风·七月》

——

清辉澹水木，演漾在窗户。 王昌龄《同从弟南斋玩月忆山阴崔少府》

长安一片月，万户捣衣声。 李白《子夜吴歌》

一丛深色花，十户中人赋。 白居易《买花》

——

星临万户动，月傍九霄多。 杜甫《春宿左省》

城中十万户，此地两三家。 杜甫《水槛遣心之一》

——

崔嵬枝干郊原古，窈窕丹青户牖空。 杜甫《古柏行》

姊妹弟兄皆列土，可怜光彩生门户。 白居易《长恨歌》

——

金阙晓钟开万户，玉阶仙仗拥千官。 岑参《奉和中书舍人贾至早朝大明宫》

千村薜荔人遗矢，万户萧疏鬼唱歌。 毛泽东《送瘟神之一》

——

明月不谙离恨苦，斜光到晓穿朱户。 晏殊《蝶恋花》

翠娥执手，送临岐，轧轧开朱户。 柳永《采莲令》

不肯画堂朱户，春风自在杨花。 王安国《清平乐》

树头花艳杂娇云，树底人家朱户。 晏几道《御街行》

转朱阁，低绮户，照无眠。 苏轼《水调歌头》

起来携素手，庭户无声，时见疏星渡河汉。 苏轼《洞仙歌》

黯凝伫，因念个人痴小，乍窥门户。 周邦彦《瑞龙吟》

锦瑟华年谁与度？月桥花院，琐窗朱户，只有春知处。 贺铸《青玉案》

笑捻粉香归洞户，更垂帘幕护窗纱，东风寒似夜来些。 贺铸《浣溪沙》

饧香更、酒冷踏青路；会暗识、夭桃朱户。 万俟咏《三台》

认蛾眉凝笑，脸薄拂燕支。绣户曾窥，恨依依。 韩元吉《六州歌头》
悄庭户，试细听莺啼燕语，分明共人愁绪，怕春去。 袁去华《剑器近》
渐吹尽、枝头香絮，是处人家，绿深门户。 姜夔《长亭怨慢》
朱户黏鸡，金盘簇燕，空叹时序侵寻。 姜夔《一萼红》
未有人行，才半启回廊朱户。 张镃《宴山亭》
残寒正欺病酒，掩沉香绣户。 吴文英《莺啼序》
晚莺娇咽，庭户溶溶月。 周密《清平乐》
故山夜永，试待他、窥户端正。 王沂孙《眉妩》
月户云窗，石田瑶草，丹井飞龙虎。 萨都剌《酹江月》
指点江山，激扬文字，粪土当年万户侯。 毛泽东《沁园春》

关

关关雎鸠，在河之洲。 《诗经·周南·关雎》

——

长风几万里，吹度玉门关。 李白《关山月》
秋色从西来，苍然满关中。 岑参《与高适薛据登慈恩寺浮图》
关中昔丧乱，兄弟遭杀戮。 杜甫《佳人》
魂来枫林青，魂返关塞黑。 杜甫《梦李白二首之一》

——

晚年惟好静，万事不关心。 王维《酬张少府》
萧关逢候骑，都护在燕然。 王维《使至塞上》
迟回度陇怯，浩荡及关愁。 杜甫《秦州杂诗之一》
戎马关山北，凭轩涕泗流。 杜甫《登岳阳楼》
渚云低暗度，关月冷相随。 崔涂《孤雁》

——

天长地远魂飞苦，梦魂不到关山难。 李白《长相思》
摐金伐鼓下榆关，旌旗逶迤碣石间。 高适《燕歌行》

魏官牵车指千里，东关酸风射眸子。 李贺《金铜仙人辞汉歌》
妻子岂应关大计，英雄无奈是多情。 吴伟业《圆圆曲》

——

羌笛何须怨杨柳，春风不度玉门关。 王之涣《凉州词》
秦时明月汉时关，万里长征人未还。 王昌龄《出塞》
劝君更尽一杯酒，西出阳关无故人。 王维《渭城曲》
关塞极天唯鸟道，江湖满地一渔翁。 杜甫《秋兴八首之七》
窦融表已来关右，陶侃军宜次石头。 李商隐《重有感》
春色满园关不住，一枝红杏出墙来。 叶绍翁《游园不值》
百二关河草不横，十年戎马暗秦京。 元好问《岐阳之一》
些小吾曹州县吏，一枝一叶总关情。 郑燮《潍县署中画竹》

——

渐霜风凄紧，关河冷落，残照当楼。 柳永《八声甘州》
长淮望断，关塞莽然平。 张孝祥《六州歌头》
关河梦断何处，尘暗旧貂裘。 陆游《诉衷情》
马上琵琶关塞黑，更长门、翠辇辞金阙。 辛弃疾《贺新郎》
南楼不恨吹横笛，恨晓风千里关山。 吴文英《高阳台》
秦关汴水经行地，想登临、都付新诗。 周密《高阳台》
暮雨相呼，怕蓦地、玉关重见。 张炎《解连环》
雨后复斜阳，关山阵阵苍。 毛泽东《菩萨蛮》

阁

海上风雨至，逍遥池阁凉。 韦应物《郡斋雨中与诸文士燕集》

——

高阁客竟去，小园花乱飞。 李商隐《落花》

——

阁中帝子今何在？槛外长江空自流。 王勃《滕王阁诗》

清渭东流剑阁深，去住彼此无消息。　杜甫《哀江头》
楼阁玲珑五云起，其中绰约多仙子。　白居易《长恨歌》
公退斋戒坐小阁，濡染大笔何淋漓。　李商隐《韩碑》

——

昆吾御宿自逶迤，紫阁峰阴入渼陂。　杜甫《秋兴八首之八》
溪云初起日沉阁，山雨欲来风满楼。　许浑《咸阳城东楼》
痴儿了却公家事，快阁东西倚晚晴。　黄庭坚《登快阁》
稍喜长沙向延阁，疲兵敢犯犬羊锋。　陈与义《伤春》

——

梯横画阁黄昏后，又还是、斜月帘栊。　张先《一丛花》
画阁魂消，高楼目断，斜阳只送平波远。　晏殊《踏莎行》
到此因念，绣阁轻抛，浪萍难驻。　柳永《夜半乐》
无奈被些名利缚！无奈被它情担阁！可惜风流总闲却！
王安石《千秋岁引》
绿阴春尽，飞絮绕香阁。　晏几道《六幺令》
转朱阁，低绮户，照无眠。　苏轼《水调歌头》
绣阁里，凤帏深几许，听得理丝簧。　周邦彦《风流子》
不记归时早暮，上马谁扶，醒眠朱阁。　周邦彦《瑞鹤仙》
卷珠箔，朝雨轻阴乍阁。　张元幹《兰陵王》
闲登小阁看新晴，古今多少事，渔唱起三更。　陈与义《临江仙》
情似游丝，人如飞絮，泪珠阁定空相觑。　周紫芝《踏莎行》
念沉沉、小阁幽窗，有时梦去。　袁去华《瑞鹤仙》
桃花落，闲池阁。山盟虽在，锦书难托。莫，莫，莫！　陆游《钗头凤》
迟日催花，淡云阁雨，轻寒轻暖。　陈亮《水龙吟》
废阁先凉，古帘空暮，雁程最嫌风力。　史达祖《秋霁》
秋江带雨，寒沙萦水，人瞰画阁愁独。　史达祖《八归》
生怕倚阑干，阁下溪声阁外山。　潘牥《南乡子》
波面铜花冷不收，玉人垂钓理纤钩，月明池阁夜来秋。　吴文英《浣溪沙》
回首当年，绮楼画阁生光彩。　夏完淳《烛影摇红》
借问君去何方？雀儿答道：有仙山琼阁。　毛泽东《念奴娇》

屋

侍婢卖珠回，牵萝补茅屋。　杜甫《佳人》

落月满屋梁，犹疑照颜色。　杜甫《梦李白二首之一》

——

残阳西入崦，茅屋访孤僧。　李商隐《北青萝》

——

又向人家啄大屋，屋底达官走避胡。　杜甫《哀王孙》

八月秋高风怒号，卷我屋上三重茅。茅飞渡江洒江郊。

床头屋漏无干处，雨脚如麻未断绝。

呜呼！何时眼前突兀见此屋，吾庐独破受冻死亦足！

杜甫《茅屋为秋风所破歌》

金屋妆成娇侍夜，玉楼宴罢醉和春。　白居易《长恨歌》

——

武侯祠屋常邻近，一体君臣祭祀同。　杜甫《咏怀古迹之四》

纱窗日落渐黄昏，金屋无人见泪痕。　刘方平《春怨》

断墙着雨蜗成字，老屋无僧燕作家。　陈师道《春怀示邻里》

——

乳燕飞华屋，悄无人、桐阴转午，晚凉新浴。　苏轼《贺新郎》

羡金屋去来，旧时巢燕；土花缭绕，前度莓墙。　周邦彦《风流子》

对宿烟收，春禽静，飞雨时鸣高屋。　周邦彦《大酺》

古屋寒窗底，听几片、井桐飞坠。　周邦彦《夜游宫》

莫似春风，不管盈盈，早与安排金屋。　姜夔《疏影》

露蛩悲、青灯冷屋，翻书愁上鬓毛白，年少俊游浑断得。　史达祖《秋霁》

冷眼尽归图画上，认隔岸、微茫云屋。　史达祖《八归》

绣屋秦筝，傍海棠偏爱，夜深开宴。　吴文英《三姝媚》

幻苍崖云树，名娃金屋，残霸宫城。　吴文英《八声甘州》

吴鸿好为传归信，杨柳阊门屋数间。 吴文英《鹧鸪天》
梦冷黄金屋，叹秦筝、斜鸿阵里，素弦尘扑。 蒋捷《贺新郎》

庭

道人庭宇静，苔色连深竹。 柳宗元《晨诣超师院读禅经》
果擘洞庭橘，脍切天池鳞。 白居易《轻肥》

——

昔闻洞庭水，今上岳阳楼。 杜甫《登岳阳楼》
流水传潇浦，悲风过洞庭。 钱起《省试湘灵鼓瑟》
淮南一叶下，自觉洞庭波。 许浑《早秋》
猿啼洞庭树，人在木兰舟。 马戴《楚江怀古》

——

玉花却在御榻上，榻上庭前屹相向。 杜甫《丹青引赠曹将军霸》
美人娟娟隔秋水，濯足洞庭望八荒。 杜甫《寄韩谏议注》
石鱼湖，似洞庭，夏水欲满君山青。 元结《石鱼湖上醉歌》
洞庭湘水涨连天，艟艨巨舰直东指。 毛泽东《送纵宇一郎东行》

——

永夜角声悲自语，中庭月色好谁看。 杜甫《宿府》
寂寞空庭春欲晚，梨花满地不开门。 刘方平《春怨》
行到中庭数花朵，蜻蜓飞上玉搔头。 刘禹锡《春词》
多情只有春庭月，犹为离人照落花。 张泌《寄人》
洞庭木落楚天高，眉黛猩红涴战袍。 鲁迅《无题（1932 年）》
会当立马扶桑顶，扫穴犁庭再誓师。 郁达夫《乱离杂诗十一》

——

庭轩寂寞近清明，残花中酒，又是去年病。 张先《青门引》
湘天风雨破寒初，深沉庭院虚。 秦观《阮郎归》
秋阴时晴渐向暝，变一庭凄冷。 周邦彦《关河令》

晓来庭院半残红，惟有游丝千丈罥晴空。　叶梦得《虞美人》

萧条庭院，又斜风细雨，重门须闭。　李清照《念奴娇》

洞庭青草，近中秋、更无一点风色。　张孝祥《念奴娇》

芳莲坠粉，疏桐吹绿，庭院暗雨乍歇。　姜夔《八归》

想幽欢，土花庭甃，虫网阑干。　史达祖《玉胡蝶》

昨夜冷中庭，月下相认，睡浓更苦凄风紧。　吴文英《花犯》

晚莺娇咽，庭户溶溶月。　周密《清平乐》

残雪庭阴，轻寒帘影，霏霏玉管春葭。　王沂孙《高阳台》

凭作出、百绪凄凉，凄凉惟有，花冷月闲庭院。　况周颐《苏武慢》

瀚海飘流燕，乍归来、依依难认，旧家庭院。　梁启超《金缕曲》

小栏人影凄迷，和烟和雾，更化作、一庭幽怨。　吕碧城《祝英台近》

院

茅亭宿花影，药院滋苔纹。　常建《宿王昌龄隐居》

——

新妆宜面下朱楼，深锁春光一院愁。　刘禹锡《春词》

寂寂花时闭院门，美人相并立琼轩。　朱庆馀《宫中词》

奈何无赖春风至，深院荼蘼已满枝。　鲁迅《惜花四律之三》

——

庭院深深深几许，杨柳堆烟，帘幕无重数。　冯延巳《蝶恋花》

无言独上西楼，月如钩。寂寞梧桐深院锁清秋。　李煜《相见欢》

往事只堪哀，对景难排；秋风庭院藓侵阶。　李煜《浪淘沙》

一场愁梦酒醒时，斜阳却照深深院。　晏殊《踏莎行》

绿暗红嫣浑可事，绿杨庭院，暖风帘幕，有个人憔悴。　欧阳修《青玉案》

秋千院落重帘暮，彩笔闲来题绣户。　晏几道《木兰花》

湘天风雨破寒初，深沉庭院虚。　秦观《阮郎归》

雪云散尽，放晓晴池院。杨柳于人便青眼。　李元膺《洞仙歌》

绿芜墙绕青苔院，中庭日淡芭蕉卷。 陈克《菩萨蛮》
断肠院落，一帘风絮。 周邦彦《瑞龙吟》
竹槛灯窗，识秋娘庭院。 周邦彦《拜星月慢》
乱花过、隔院芸香，满地狼藉。 周邦彦《应天长》
锦瑟华年谁与度？月桥花院，琐窗朱户，只有春知处。 贺铸《青玉案》
愁苦。问院落凄凉，几番春暮。 赵佶《燕山亭》
晓来庭院半残红，惟有游丝千丈罥晴空。 叶梦得《虞美人》
萧条庭院，又斜风细雨，重门须闭。 李清照《念奴娇》
满院东风，海棠铺绣，梨花飘雪。 蔡伸《柳梢青》
便角枕题诗，宝钗贳酒，共醉青苔深院。 吕渭老《薄幸》
芳莲坠粉，疏桐吹绿，庭院暗雨乍歇。 姜夔《八归》
柳院灯疏，梅厅雪在，谁与细倾春碧。 史达祖《喜迁莺》
深院榴花吐，画帘开、練衣纨扇，午风清暑。 刘克庄《贺新郎》
春啼细雨，笼愁淡月，恁时庭院。 卢祖皋《宴清都》
欢极蓬壶蕖浸，花院梨溶，醉连春夕。 蒋捷《瑞鹤仙》
别院管弦声，不分明。 纳兰性德《昭君怨》
凭作出、百绪凄凉，凄凉惟有，花冷月闲庭院。 况周颐《苏武慢》
瀚海飘流燕，乍归来、依依难认，旧家庭院。 梁启超《金缕曲》

阶

玉阶生白露，夜久侵罗袜。 李白《玉阶怨》

——

升堂坐阶新雨足，芭蕉叶大支子肥。 韩愈《山石》
升阶伛偻荐脯酒，欲以菲薄明其衷。 韩愈《谒衡岳庙遂宿岳寺题门楼》
西宫南内多秋草，落叶满阶红不扫。 白居易《长恨歌》

——

金阙晓钟开万户，玉阶仙仗拥千官。 岑参《奉和中书舍人贾至早朝大明宫》

映阶碧草自春色，隔叶黄鹂空好音。 杜甫《蜀相》

玉郎会此通仙籍，忆向天阶问紫芝。 李商隐《重过圣女祠》

怵目飞红随蝶舞，开心茸碧绕阶生。 鲁迅《惜花四律之一》

——

玉阶空伫立，宿鸟归飞急。 李白《菩萨蛮》

一叶叶，一声声，空阶滴到明。 温庭筠《更漏子》

往事只堪哀，对景难排；秋风庭院藓侵阶。 李煜《浪淘沙》

玉钩阑下香阶畔，醉后不知斜日晚。 晏殊《木兰花》

那堪酒醒，又闻空阶夜雨频滴。 柳永《浪淘沙慢》

青烟幂处，碧海飞金镜，永夜闲阶卧桂影。 晁补之《洞仙歌》

蝴蝶上阶飞，烘帘自在垂。 陈克《菩萨蛮》

洒空阶，夜阑未休，故人剪烛西窗语。 周邦彦《琐窗寒》

阑干外、烟柳弄晴，芳草侵阶映红药。 张元幹《兰陵王》

闲阶静、杨花渐少，朱门掩、莺声犹嫩。 僧挥《金明池》

无端抱影销魂处，还见筱墙萤暗，藓阶蛩切。 姜夔《八归》

都把一襟芳思，与空阶榆荚。 姜夔《琵琶仙》

惆怅双鸳不到，幽阶一夜苔生。 吴文英《风入松》

悲欢离合总无情，一任阶前点滴到天明。 蒋捷《虞美人》

深禁好春谁惜，薄暮瑶阶伫立。 纳兰性德《昭君怨》

此恨何时已，滴空阶、寒更雨歇，葬花天气。 纳兰性德《金缕曲》

廊荫转疏槐，圆蟾明上阶，倚空尊、凉梦徘徊。 朱孝臧《唐多令》

屏

庐山秀出南斗旁，屏风九叠云锦张，影落明湖青黛光。

李白《庐山谣寄卢侍御虚舟》

贵戚权门得笔迹，始觉屏障生光辉。 杜甫《韦讽录事宅观曹将军画马图》

揽衣推枕起徘徊，珠箔银屏迤逦开。 白居易《长恨歌》

——

银烛秋光冷画屏，轻罗小扇扑流萤。 杜牧《秋夕》
为有云屏无限娇，凤城寒尽怕春宵。 李商隐《为有》
云母屏风烛影深，长河渐落晓星沉。 李商隐《嫦娥》
碧阑干外绣帘垂，猩色屏风画折枝。 韩偓《已凉》

——

无言匀睡脸，枕上屏山掩。 温庭筠《菩萨蛮》
兰烬落，屏上暗红蕉。 皇甫松《梦江南》
双燕欲归时节，银屏昨夜微寒。 晏殊《清平乐》
烟敛寒林簇，画屏展，天际遥山小，黛眉浅。 柳永《迷神引》
斜月半窗还少睡，画屏闲展吴山翠。 晏几道《蝶恋花》
落花犹在，香屏空掩，人面知何处。 晏几道《御街行》
画屏天畔，梦回依约，十洲云水。 晏几道《留春令》
漠漠轻寒上小楼，晓阴无赖似穷秋，淡烟流水画屏幽。 秦观《浣溪沙》
水晶帘不下，云母屏开，冷浸佳人淡脂粉。 晁补之《洞仙歌》
安稳锦屏今夜梦，月明好渡江湖。 晁冲之《临江仙》
向睡鸭炉边，翔鸳屏里，羞把香罗暗解。 贺铸《薄幸》
绣屏掩，枕鸳相就，香气渐暾暾。 贺铸《绿头鸭》
屏山掩、沉水倦熏，中酒心情怯杯勺。 张元幹《兰陵王》
一点残红欲尽时，乍凉秋气满屏帏。 周紫芝《鹧鸪天》
算翠屏应是，两眉余恨倚黄昏。 鲁逸仲《南浦》
刬地东风欺客梦，一枕云屏寒怯。 辛弃疾《念奴娇》
曲曲屏山，夜凉独自甚情绪。 姜夔《齐天乐》
画楼帘幕卷新晴，掩银屏，晓寒轻。 卢祖皋《江城子》
记醉蹋南屏，彩扇咽寒蝉，倦梦不知蛮素。 吴文英《霜叶飞》
芳根兼倚，花梢钿合，锦屏人妒。 吴文英《宴清都》
倚银屏、春宽梦窄，断红湿、歌纨金缕。 吴文英《莺啼序》
残雪凝辉冷画屏，落梅横笛已三更，更无人处月胧明。
纳兰性德《浣溪沙》
掩峰屏，喧石濑，沙外晚阳敛。 朱孝臧《祝英台近》

墙

邻人满墙头，感叹亦歔欷。　　杜甫《羌村之一》

——

槲叶落山路，枳花明驿墙。　　温庭筠《商山早行》

——

粉墙丹柱动光彩，鬼物图画填青红。　　韩愈《谒衡岳庙遂宿岳寺题门楼》

——

惊风乱飐芙蓉水，密雨斜侵薜荔墙。

柳宗元《登柳州城楼寄漳汀封连四州刺史》

淮水东边旧时月，夜深还过女墙来。　　刘禹锡《石头城》

断墙着雨蜗成字，老屋无僧燕作家。　　陈师道《春怀示邻里》

春色满园关不住，一枝红杏出墙来。　　叶绍翁《游园不值》

——

那堪更被明月，隔墙送过秋千影。　　张先《青门引》

墙头丹杏雨余花，门外绿杨风后絮。　　晏几道《木兰花》

绿芜墙绕青苔院，中庭日淡芭蕉卷。　　陈克《菩萨蛮》

羡金屋去来，旧时巢燕；土花缭绕，前度莓墙。　　周邦彦《风流子》

粉墙低，梅花照眼，依然旧风味。　　周邦彦《花犯》

墙头青玉旆，洗铅霜都尽，嫩梢相触。　　周邦彦《大酺》

夜深月过女墙来，伤心东望淮水。　　周邦彦《西河》

万事一身伤老矣，戎葵凝笑墙东。　　陈与义《临江仙》

红酥手，黄縢酒。满城春色宫墙柳。　　陆游《钗头凤》

无端抱影销魂处，还见筱墙萤暗，藓阶蛩切。　　姜夔《八归》

池面冰胶，墙腰雪老，云意还又沉沉。　　姜夔《一萼红》

土花沿翠，萤火坠墙阴。　　张镃《满庭芳》

人扶醉，月依墙，是当初、谁敢疏狂。　　史达祖《夜合花》

春讯飞琼管。风日薄、度墙啼鸟声乱。　卢祖皋《宴清都》
黄云紫塞三千里，女墙西畔啼鸟起。　纳兰性德《菩萨蛮》

壁

低头向暗壁，千唤不一回。　李白《长干行》

——

空园白露滴，孤壁野僧邻。　马戴《灞上秋居》

——

半壁见海日，空中闻天鸡。　李白《梦游天姥吟留别》
连峰去天不盈尺，枯松倒挂倚绝壁。　李白《蜀道难》
僧言古壁佛画好，以火来照所见稀。　韩愈《山石》
今观此壁画，亦若其诗清且敦。　苏轼《王维吴道子画》
许将戚里箜篌伎，等取将军油壁车。　吴伟业《圆圆曲》

——

老僧已死成新塔，坏壁无由见旧题。　苏轼《和子由渑池怀旧》
持家但有四壁立，治病不蕲三折肱。　黄庭坚《寄黄几复》

——

故垒西边，人道是、三国周郎赤壁。　苏轼《念奴娇》
念荒寒、寄宿无人馆。重门闭、败壁秋虫叹。　周邦彦《拜星月慢》
更深人去寂静，但照壁、孤灯相映。　周邦彦《关河令》
长记那回时，邂逅相逢，郊外驻油壁。　周邦彦《应天长》
当时曾题败壁，蛛丝罩、淡墨苔晕青。　周邦彦《绮寮怨》
寻思旧京洛，正年少疏狂，歌笑迷著。障泥油壁催梳掠。
张元幹《兰陵王》
幽寂，乱蛩吟壁，动庾信、清愁似织。　姜夔《霓裳中序第一》
青楼仿佛，临分败壁题诗，泪墨惨淡尘土。　吴文英《莺啼序》
风檠背寒壁，放冰蟾、飞到蛛丝帘隙。　蒋捷《瑞鹤仙》

指点六朝形胜地，唯有青山如壁。　　萨都剌《百字令》

河山半壁误英雄，赢得雕虫余技擅江东。　　柳亚子《虞美人》

要似昆仑崩绝壁，又恰像台风扫寰宇。　　毛泽东《贺新郎》

早已森严壁垒，更加众志成城。　　毛泽东《西江月》

当年鏖战急，弹洞前村壁。　　毛泽东《菩萨蛮》

壁上红旗飘落照，西风漫卷孤城。　　毛泽东《临江仙》

更立西江石壁，截断巫山云雨，高峡出平湖。　　毛泽东《水调歌头》

小小寰球，有几个苍蝇碰壁。　　毛泽东《满江红》

梁

落月满屋梁，犹疑照颜色。　　杜甫《梦李白二首之一》

——

水落鱼梁浅，天寒梦泽深。　　孟浩然《与诸子登岘山》

春风对青冢，白日落梁州。　　张乔《书边事》

——

牵牛织女遥相望，尔独何辜限河梁。　　曹丕《燕歌行》

山寺钟鸣昼已昏，渔梁渡头争渡喧。　　孟浩然《夜归鹿门歌》

金阙前开二峰长，银河倒挂三石梁。　　李白《庐山谣寄卢侍御虚舟》

大厦如倾要梁栋，万牛回首丘山重。　　杜甫《古柏行》

商人重利轻别离，前月浮梁买茶去。　　白居易《琵琶行》

换羽移宫万里愁，珠歌翠舞古梁州。　　吴伟业《圆圆曲》

——

卢家少妇郁金堂，海燕双栖玳瑁梁。　　沈佺期《独不见》

可怜后主还祠庙，日暮聊为梁甫吟。　　杜甫《登楼》

他年锦里经祠庙，梁父吟成恨有余。　　李商隐《筹笔驿》

休问梁园旧宾客，茂陵秋雨病相如。　　李商隐《寄令狐郎中》

秦女端容理玉筝，梁尘踊跃夜风轻。　　鲁迅《赠人之二》

梁王堕马寻常事，何用哀伤付一生。 毛泽东《贾谊》

空梁王谢迷飞燕，海市楼台咒夕阳。 郁达夫《乱离杂诗之一》

乱离鱼雁双藏影，道阻河梁再卜居。 郁达夫《乱离杂诗之二》

——

梁间燕，社前客，似笑我、闭门愁寂。 周邦彦《应天长》

当年万里觅封侯，匹马戍梁州。 陆游《诉衷情》

将军百战身名裂，向河梁、回头万里，故人长绝。 辛弃疾《贺新郎》

流光过隙，叹杏梁、双燕如客。 姜夔《霓裳中序第一》

还相雕梁藻井，又软语商量不定。 史达祖《双双燕》

料黛眉，重锁隋堤，芳心还动梁苑。 卢祖皋《宴清都》

但箭雁沉边，梁燕无主，杜鹃声里长门暮。 刘辰翁《兰陵王》

窗

盈盈楼上女，皎皎当窗牖。 《青青河畔草》

清辉澹水木，演漾在窗户。 王昌龄《同从弟南斋玩月忆山阴崔少府》

来日绮窗前，寒梅著花未。 王维《杂诗》

草色新雨中，松声晚窗里。 丘为《寻西山隐者不遇》

——

永怀愁不寐，松月夜窗虚。 孟浩然《岁暮归南山》

——

春窗曙灭九微火，九微片片飞花琐。 王维《洛阳女儿行》

——

今夜偏知春气暖，虫声新透绿窗纱。 刘方平《月夜》

何当共剪西窗烛，却话巴山夜雨时。 李商隐《夜雨寄北》

瑶池阿母绮窗开，黄竹歌声动地哀。 李商隐《瑶池》

剪烛西窗情款款，垂杨南国泪丝丝。 柳亚子《悼亡友亚魂》

——

花落子规啼，绿窗残梦迷。 温庭筠《菩萨蛮》

劝我早归家，绿窗人似花。 韦庄《菩萨蛮》

斜月半窗还少睡，画屏闲展吴山翠。 晏几道《蝶恋花》

多情最谁追惜，但蜂媒蝶使，时叩窗槅。 周邦彦《六丑》

古屋寒窗底，听几片、井桐飞坠。 周邦彦《夜游宫》

笑捻粉香归洞户，更垂帘幕护窗纱，东风寒似夜来些。 贺铸《浣溪沙》

守著窗儿，独自怎生得黑? 李清照《声声慢》

等恁时、重觅幽香，已入小窗横幅。 姜夔《疏影》

醉鬟留盼，小窗剪烛，歌云载恨，飞上银霄。 吴文英《惜黄花慢》

乡梦窄，水天宽，小窗愁黛淡秋山。 吴文英《鹧鸪天》

相将共、岁寒伴侣，小窗静，沉烟熏翠被。 周密《花犯》

笑绿鬟邻女，倚窗犹唱，夕阳西下。 蒋捷《女冠子》

寒窗梦里，犹记经行旧时路。 张炎《月下笛》

相思一夜窗前梦，奈个人、水隔天遮。 王沂孙《高阳台》

西窗过雨，怪瑶佩流空，玉筝调柱。 王沂孙《齐天乐》

月户云窗，石田瑶草，丹井飞龙虎。 萨都剌《酹江月》

欹角枕，掩红窗。梦到江南伊家，博山沉水香。 纳兰性德《遐方怨》

谁念西风独自凉，萧萧黄叶闭疏窗，沉思往事立残阳。

纳兰性德《浣溪沙》

软风吹过窗纱，心期便隔天涯。 纳兰性德《清平乐》

篆销万重心字，窗影护憨云。 蒋春霖《忆旧游》

市

忽过新丰市，还归细柳营。 王维《观猎》

——

李白一斗诗百篇，长安市上酒家眠。 杜甫《饮中八仙歌》

——

盘飧市远无兼味，樽酒家贫只旧醅。　杜甫《客至》
破帽遮颜过闹市，漏船载酒泛中流。　鲁迅《自嘲》
吴市吹箫燕市酒，飘零多半在风尘。　柳亚子《吴门记游之二》
莫道沪江轻薄地，市中还有鲁朱家。　柳亚子《怀人（朱少屏）》
空梁王谢迷飞燕，海市楼台咒夕阳。　郁达夫《乱离杂诗之一》

——

渔市散，渡船稀，越南云树望中微。　李珣《南乡子》
去年元夜时，花市灯如昼。　欧阳修《生查子》
买花载酒长安市，又争似家山见桃李？　欧阳修《青玉案》
寄语东阳沽酒市，拚一醉，而今乐事他年泪。　朱服《渔家傲》
酒旗戏鼓甚处市，想依稀、王谢邻里。　周邦彦《西河》
桥上酸风射眸子，立多时，看黄昏，灯火市。　周邦彦《夜游宫》
市桥远，柳下人家，犹自相识。　周邦彦《应天长》
酒市渐阑灯火，正敲窗乱叶舞纷纷。　鲁逸仲《南浦》
想半属、渔市樵村，欲暮竞燃竹。　史达祖《八归》
人散市声收，渐入愁时节。　刘克庄《生查子》
年年跃马长安市，客舍似家家似寄。　刘克庄《木兰花》
红妆春骑，踏月影竿旗穿市。　刘辰翁《宝鼎现》
一自市朝更改，暗销魂、繁华难再。　夏完淳《烛影摇红》
梳翎，自来去，叹市朝易改，风雨多经。　文廷式《忆旧游》

井

汲井漱寒齿，清心拂尘服。　柳宗元《晨诣超师院读禅经》
波澜誓不起，妾心古井水。　孟郊《列女操》

——

扪参历井仰胁息，以手抚膺坐长叹。　李白《蜀道难》
络纬秋啼金井阑，微霜凄凄簟色寒。　李白《长相思》

知章骑马似乘船，眼花落井水底眠。 杜甫《饮中八仙歌》

——

昨夜风开露井桃，未央前殿月轮高。 王昌龄《春宫怨》

清秋幕府井梧寒，独宿江城蜡炬残。 杜甫《宿府》

金蟾啮锁烧香入，玉虎牵丝汲井回。 李商隐《无题》

终是圣明天子事，景阳宫井又何人。 郑畋《马嵬坡》

奔霆飞焰歼人子，败井残垣剩饿鸠。 鲁迅《题三义塔》

——

槛菊萧疏，井梧零乱，惹残烟。 柳永《戚氏》

闲依露井，笑扑流萤，惹破画罗轻扇。 周邦彦《过秦楼》

月皎惊乌栖不定，更漏将阑，轳辘牵金井。 周邦彦《蝶恋花》

古屋寒窗底，听几片、井桐飞坠。 周邦彦《夜游宫》

又只恐、瓶沉金井。 李玉《贺新郎》

堂深昼永，燕交飞、风帘露井。 陆淞《瑞鹤仙》

露湿铜铺，苔侵石井，都是曾听伊处。 姜夔《齐天乐》

还相雕梁藻井，又软语商量不定。 史达祖《双双燕》

江燕话归成晓别，水花红减似春休，西风梧井叶先愁。 吴文英《浣溪沙》

银瓶露井，彩箑云窗，往事少年依约。 吴文英《瀑兰香》

紫曲门荒，沿败井、风摇青蔓。 吴文英《三姝媚》

月户云窗，石田瑶草，丹井飞龙虎。 萨都剌《酹江月》

终古巢鸾无分，正飞霜金井，抛断缠绵。 朱孝臧《声声慢》

缒银瓶，牵玉井，秋思黯梧苑。 吕碧城《祝英台近》

久有凌云志，重上井冈山。 毛泽东《水调歌头》

五井碑前，黄洋界上，车子飞如跃。 毛泽东《念奴娇》

城

罗敷喜蚕桑，采桑城南隅。 《陌上桑》

林表明霁色，城中增暮寒。　　祖咏《终南望余雪》
远树带行客，孤城当落晖。　　王维《送綦毋潜落第还乡》
帝城春欲暮，喧喧车马度。　　白居易《买花》

——

城阙辅三秦，风烟望五津。　　王勃《送杜少府之任蜀州》
牙璋辞凤阙，铁骑绕龙城。　　杨炯《从军行》
国破山河在，城春草木深。　　杜甫《春望》
前年戍月支，城下没全师。　　张籍《没蕃故人》
远芳侵古道，晴翠接荒城。　　白居易《草》

——

城中相识尽繁华，日夜经过赵李家。　　王维《洛阳女儿行》
天姥连天向天横，势拔五岳掩赤城。　　李白《梦游天姥吟留别》
少妇城南欲断肠，征人蓟北空回首。　　高适《燕歌行》
九重城阙烟尘生，千乘万骑西南行。　　白居易《长恨歌》
自言本是京城女，家在虾蟆陵下住。　　白居易《琵琶行》
黑云压城城欲摧，甲光向日金鳞开。　　李贺《雁门太守行》
携盘独出月荒凉，渭城已远波声小。　　李贺《金铜仙人辞汉歌》
尝闻倾国与倾城，翻使周郎受重名。　　吴伟业《圆圆曲》

——

渭城朝雨浥轻尘，客舍青青柳色新。　　王维《渭城曲》
谁家玉笛暗飞声，散入春风满洛城。　　李白《春夜洛城闻笛》
清秋幕府井梧寒，独宿江城蜡炬残。　　杜甫《宿府》
山围故国周遭在，潮打空城寂寞回。　　刘禹锡《石头城》
塞上长城空自许，镜中衰鬓已先斑。　　陆游《书愤》
山河风景原无异，城郭人民半已非。　　文天祥《金陵驿》
六代绮罗成旧梦，石头城上月如钩。　　鲁迅《无题（1931 年）》

——

洛阳城里春光好，洛阳才子他乡老。　　韦庄《菩萨蛮》
城上风光莺语乱，城下烟波春拍岸。　　钱惟演《木兰花》
怒涛寂寞打孤城，风樯遥度天际。　　周邦彦《西河》

红酥手，黄縢酒。满城春色宫墙柳。　陆游《钗头凤》

信得羽衣传钿合，悔教罗袜送倾城，人间空唱雨淋铃。

纳兰性德《浣溪沙》

不到长城非好汉，屈指行程二万。　毛泽东《清平乐》

阙

城阙辅三秦，风烟望五津。　王勃《送杜少府之任蜀州》

牙璋辞凤阙，铁骑绕龙城。　杨炯《从军行》

北阙休上书，南山归敝庐。　孟浩然《岁暮归南山》

圣朝无阙事，自觉谏书稀。　岑参《寄左省杜拾遗》

天秋月又满，城阙夜千重。　戴叔伦《江乡故人偶集客舍》

——

九重城阙烟尘生，千乘万骑西南行。

金阙西厢叩玉扃，转教小玉报双成。　白居易《长恨歌》

——

云里帝城双凤阙，雨中春树万人家。

王维《奉和圣制从蓬莱向兴庆阁道中留春雨中春望之作应制》

金阙晓钟开万户，玉阶仙仗拥千官。　岑参《奉和中书舍人贾至早朝大明宫》

蓬莱宫阙对南山，承露金茎霄汉间。　杜甫《秋兴八首之五》

头颅昔自悬胡阙，魂魄今犹恋汉州。　柳亚子《吴门记游之十》

——

音尘绝，西风残照，汉家陵阙。　李白《忆秦娥》

不知天上宫阙，今夕是何年。　苏轼《水调歌头》

东风静、细柳垂金缕，望凤阙、非烟非雾。　万俟咏《三台》

待从头收拾旧山河，朝天阙。　岳飞《满江红》

双阙中天，凤楼十二春寒浅。　张抡《烛影摇红》

马上琵琶关塞黑，更长门、翠辇辞金阙。　辛弃疾《贺新郎》

金壶剪送琼枝，看一骑红尘，香度瑶阙。　　周密《瑶华》
瑶华映阙，烘散蓂墀雪。　　纳兰性德《清平乐》
唐宫汉阙荆榛遍，苦恨铜驼贱。　　柳亚子《虞美人》

亭

茅亭宿花影，药院滋苔纹。　　常建《宿王昌龄隐居》

——

相看两不厌，只有敬亭山。　　李白《独坐敬亭山》
红叶晚萧萧，长亭酒一瓢。　　许浑《秋日赴阙题潼关驿楼》
飞凤亭边树，桃花岭上风。　　毛泽东《看山》

——

忆昨路绕锦亭东，先主武侯同閟宫。　　杜甫《古柏行》
亭亭双林间，彩晕扶桑暾。　　苏轼《王维吴道子画》

——

解释春风无限恨，沉香亭北倚阑干。　　李白《清平调之三》
孤山寺北贾亭西，水面初平云脚低。　　白居易《钱塘湖春行》
不须更上新亭望，大不如前洒泪时。　　虞集《挽文丞相》

——

山寺月中寻桂子，郡亭枕上看潮头。何日更重游？　　白居易《忆江南》
祖席离歌，长亭别宴，香尘已隔犹回面。　　晏殊《踏莎行》
登孤垒荒凉，危亭旷望，静临烟渚。　　柳永《竹马子》
倚危亭，恨如芳草，萋萋刬尽还生。　　秦观《八六子》
长亭路，年去岁来，应折柔条过千尺。　　周邦彦《兰陵王》
邮亭无人处，听檐声不断，困眠初熟。　　周邦彦《大酺》
映水曲、翠瓦朱檐，垂杨里、乍见津亭。　　周邦彦《绮寮怨》
凌波步弱，过短亭、何用素约。　　周邦彦《瑞鹤仙》
长亭柳色才黄，远客一枝先折。　　贺铸《石州引》

天涯旧恨，试看几许消魂，长亭门外山重叠。　张元幹《石州慢》
常记溪亭日暮，沉醉不知归路。　李清照《如梦令》
无语，邮亭深静，下马还寻，旧曾题处。　袁去华《瑞鹤仙》
最苦浔阳江头客，画舸亭亭待发，记出塞、黄云堆积。　辛弃疾《贺新郎》
日暮，青盖亭亭，情人不见，争忍凌波去。　姜夔《念奴娇》
阅人多矣，谁得似长亭树。　姜夔《长亭怨慢》
古柳重攀，轻鸥聚别，陈迹危亭独倚。　吴文英《齐天乐》
绿暗长亭，归梦趁风絮。　吴文英《祝英台近》
西园日日扫亭林，依旧赏新晴。　吴文英《风入松》
望天不尽，背城渐杳，离亭黯黯，恨水迢迢。　吴文英《惜黄花慢》
漫记得、汉宫仙掌，亭亭明月底。　周密《花犯》
碧圆自洁，向浅洲远浦，亭亭清绝。　张炎《疏影》

桥

朝进东门营，暮上河阳桥。　杜甫《后出塞之二》

——

火树银花合，星桥铁锁开。　苏味道《正月十五夜》
过桥分野色，移石动云根。　贾岛《题李凝幽居》
鸡声茅店月，人迹板桥霜。　温庭筠《商山早行》

——

耶娘妻子走相送，尘埃不见咸阳桥。　杜甫《兵车行》

——

二十四桥明月夜，玉人何处教吹箫。　杜牧《寄扬州韩绰判官》
伤心桥下春波绿，曾是惊鸿照影来。　陆游《沈园之二》
金沙水拍云崖暖，大渡桥横铁索寒。　毛泽东《长征》

——

闲梦江南梅熟日，夜船吹笛雨萧萧，人语驿边桥。　皇甫松《梦江南》

候馆梅残，溪桥柳细，草薰风暖摇征辔。　欧阳修《踏莎行》
紫骝认得旧游踪，嘶过画桥东畔路。　晏几道《木兰花》
若到松江呼小渡，莫惊鸳鹭，四桥尽是，老子经行处。　苏轼《青玉案》
柔情似水，佳期如梦，忍顾鹊桥归路。　秦观《鹊桥仙》
河桥送人处，凉夜何其？斜月远堕余辉。　周邦彦《夜飞鹊》
酒杯深浅去年同，试浇桥下水，今夕到湘中。　陈与义《临江仙》
驿外断桥边，寂寞开无主。　陆游《卜算子》
旧时茅店社林边，路转溪桥忽见。　辛弃疾《西江月》
强携酒，小桥宅，怕梨花落尽成秋色。　姜夔《淡黄柳》
恐凤靴挑菜归来，万一灞桥相见。　史达祖《东风第一枝》
男儿西北有神州，莫滴水西桥畔泪。　刘克庄《木兰花》
柳暝河桥，莺晴台苑，短策频惹春香。　吴文英《夜合花》
送客吴皋，正试霜夜冷，枫落长桥。　吴文英《惜黄花慢》
伫久河桥欲去，斜阳泪满。　吴文英《三姝媚》
垂杨暗吴苑，正旗亭烟冷，河桥风暖。　吴文英《瑞鹤仙》
记少年一梦扬州，二十四桥明月。　周密《瑶华》
接叶巢莺，平波卷絮，断桥斜日归船。　张炎《高阳台》
张绪，归何暮，半零落依依，断桥鸥鹭。　张炎《月下笛》
忆昨车声寒易水，今朝，慷慨还过豫让桥。　陈维崧《南乡子》
桥影流虹，湖光映雪，翠帘不卷春深。　朱彝尊《高阳台》
一桥飞架南北，天堑变通途。　毛泽东《水调歌头》

陌

越陌度阡，枉用相存。　曹操《短歌行之一》

——

忽见陌头杨柳色，悔教夫婿觅封侯。　王昌龄《闺怨》
鸡鸣紫陌曙光寒，莺啭皇州春色阑。　岑参《奉和中书舍人贾至早朝大明宫》

泪眼倚楼频独语，双燕飞来，陌上相逢否。　冯延巳《蝶恋花》

离愁正引千丝乱，更东陌、飞絮濛濛。　张先《一丛花》

锁离愁，连绵无际，来时陌上初熏。　韩缜《凤箫吟》

把酒祝东风，且共从容，垂杨紫陌洛城东。　欧阳修《浪淘沙》

未名未禄，绮陌红楼，往往经岁迁延。　柳永《戚氏》

金谷俊游，铜驼巷陌，新晴细履平沙。　秦观《望海潮》

去年紫陌青门，今宵雨魄云魂。　赵令畤《清平乐》

愔愔坊陌人家，定巢燕子，归来旧处。　周邦彦《瑞龙吟》

钗钿堕处遗香泽，乱点桃蹊，轻翻柳陌。　周邦彦《六丑》

水浴清蟾，叶喧凉吹，巷陌马声初断。　周邦彦《过秦楼》

燕子不知何世，向寻常巷陌人家相对，如说兴亡斜阳里。　周邦彦《西河》

南陌脂车待发，东门帐饮乍阕。　周邦彦《浪淘沙慢》

青青草，迷路陌。强载酒、细寻前迹。　周邦彦《应天长》

芳草碧色，萋萋遍南陌。　李甲《帝台春》

好时代、朝野多欢，遍九陌、太平箫鼓。　万俟咏《三台》

春归翠陌，平莎茸嫩，垂杨金浅。　陈亮《水龙吟》

闻道绮陌东头，行人曾见，帘底纤纤月。　辛弃疾《念奴娇》

斜阳草树，寻常巷陌，人道寄奴曾住。　辛弃疾《永遇乐》

空城晓角，吹入垂杨陌。　姜夔《淡黄柳》

沉思年少浪迹，笛里关山，柳下坊陌。　姜夔《霓裳中序第一》

明日重扶残醉，来寻陌上花钿。　俞国宝《风入松》

一鞭南陌，几篙官渡，赖有歌眉舒绿。　史达祖《八归》

早已有游人观渡，老大逢场慵作戏，任陌头、年少争旗鼓。　刘克庄《贺新郎》

共追游处，凌波翠陌，连棹横塘。　吴文英《夜合花》

香尘暗陌，华灯明昼，长是懒携手去。　刘辰翁《永遇乐》

柳陌，新烟凝碧。映帘底宫眉，堤上游勒。　周密《曲游春》

一霎车尘生树杪，陌上楼头，都向尘中老。　王国维《蝶恋花》

园

青青河畔草，郁郁园中柳。　《青青河畔草》
八月蝴蝶黄，双飞西园草。　李白《长干行》

——

薄宦梗犹泛，故园芜已平。　李商隐《蝉》
高阁客竟去，小园花乱飞。　李商隐《落花》
空园白露滴，孤壁野僧邻。　马戴《灞上秋居》

——

居人共住武陵源，还从物外起田园。　王维《桃源行》
梨园子弟散如烟，女乐馀姿映寒日。　杜甫《观公孙大娘弟子舞剑器行》
梨园弟子白发新，椒房阿监青娥老。　白居易《长恨歌》

——

此夜曲中闻折柳，何人不起故园情。　李白《春夜洛城闻笛》
丛菊两开他日泪，孤舟一系故园心。　杜甫《秋兴八首之一》
休问梁园旧宾客，茂陵秋雨病相如。　李商隐《寄令狐郎中》
众芳摇落独暄妍，占尽风情向小园。　林逋《山园小梅》
春色满园关不住，一枝红杏出墙来。　叶绍翁《游园不值》
陵园白露年年满，城郭青磷夜夜哀。　陈子龙《辽事杂诗之一》
灵台无计逃神矢，风雨如磐暗故园。　鲁迅《自题小像》
别梦依稀咒逝川，故园三十二年前。　毛泽东《到韶山》
细雨蒲帆游子泪，春风杨柳故园情。　郁达夫《乱离杂诗之九》

——

南园满地堆轻絮，愁闻一霎清明雨。　温庭筠《菩萨蛮》
不恨此花飞尽，恨西园、落红难缀。　苏轼《水龙吟》
天涯倦客，山中归路，望断故园心眼。　苏轼《永遇乐》
西园夜饮鸣笳，有华灯碍月，飞盖妨花。　秦观《望海潮》

叹西园、已是花深无地，东风何事又恶？　　周邦彦《瑞鹤仙》
年时燕子，料今宵梦到西园。　　辛弃疾《汉宫春》
惊粉重、蝶宿西园，喜泥润、燕归南浦。　　史达祖《绮罗香》
料故园、不卷重帘，误了乍来双燕。　　史达祖《东风第一枝》
故园信息，爱渠入眼南山碧。　　史达祖《秋霁》
西园日日扫亭林，依旧赏新晴。　　吴文英《风入松》
但数点红英，犹识西园凄婉。　　王沂孙《长亭怨慢》
杨柳乍如丝，故园春尽时。　　纳兰性德《菩萨蛮》
园林红紫千千，放教狼藉，休但怨、连番风雨。　　文廷式《祝英台近》

苑

忆昔霓旌下南苑，苑中万物生颜色。　　杜甫《哀江头》
归来池苑皆依旧，太液芙蓉未央柳。　　白居易《长恨歌》
梦向夫差苑里游，宫娥拥入君王起。　　吴伟业《圆圆曲》

——

关城曙色催寒近，御苑砧声向晚多。　　李颀《送魏万之京》
銮舆迥出千门柳，阁道回看上苑花。
王维《奉和圣制从蓬莱向兴庆阁道中留春雨中春望之作应制》
花萼夹城通御气，芙蓉小苑入边愁。　　杜甫《秋兴八首之六》
家住层城邻汉苑，心随明月到胡天。　　皇甫冉《春思》

——

金锁重门荒苑静，绮窗愁对秋空。　　鹿虔扆《临江仙》
兰苑未空，行人渐老，重来是事堪嗟。　　秦观《望海潮》
内苑春、不禁过青门，御沟涨、潜通南浦。　　万俟咏《三台》
玉殿珠帘尽卷，拥群仙、蓬壶阆苑。　　张抡《烛影摇红》
旧游忆著山阴，后盟遂妨上苑。　　史达祖《东风第一枝》
料黛眉，重锁隋堤，芳心还动梁苑。　　卢祖皋《宴清都》

柳暝河桥，莺晴台苑，短策频惹春香。 吴文英《夜合花》
采幽香，巡古苑，竹冷翠微路。 吴文英《祝英台近》
垂杨暗吴苑，正旗亭烟冷，河桥风暖。 吴文英《瑞鹤仙》
禁苑娇寒，湖堤倦暖，前度遽如许。 刘辰翁《永遇乐》
禁苑东风外，飏暖丝晴絮，春思如织。 周密《曲游春》
欲寻前迹，空惆怅成秋苑。 王沂孙《长亭怨慢》
缒银瓶，牵玉井，秋思黯梧苑。 吕碧城《祝英台近》

处

有一田舍翁，偶来买花处。 白居易《买花》
只在此山中，云深不知处。 贾岛《寻隐者不遇》

——

明朝望乡处，应见陇头梅。 宋之问《题大庾岭北驿》
欲投人处宿，隔水问樵夫。 王维《终南山》
曲径通幽处，禅房花木深。 常建《题破山寺后禅院》
晓看红湿处，花重锦官城。 杜甫《春夜喜雨》

——

遥看一处攒云树，近入千家散花竹。 王维《桃源行》
遗民忍死望恢复，几处今宵垂泪痕。 陆游《关山月》
横塘双桨去如飞，何处豪家强载归? 吴伟业《圆圆曲》

——

儿童相见不相识，笑问客从何处来。 贺知章《回乡偶书》
寒衣处处催刀尺，白帝城高急暮砧。 杜甫《秋兴八首之一》
春城无处不飞花，寒食东风御柳斜。 韩翃《寒食》
莫厌潇湘少人处，水多菰米岸莓苔。 杜牧《早雁》
斑骓只系垂杨岸，何处西南待好风。 李商隐《无题》
杳杳天低鹘没处，青山一发是中原。 苏轼《澄迈驿通潮阁》

儿童急走追黄蝶，飞入菜花无处寻。　杨万里《宿新市徐公店》

陶令不知何处去，桃花源里可耕田？　毛泽东《登庐山》

——

浓睡觉来莺乱语，惊残好梦无寻处。　冯延巳《蝶恋花》

渐写到别来，此情深处，红笺为无色。　晏几道《思远人》

夜茫茫，重寻无处，觉来小园行遍。　苏轼《永遇乐》

雾失楼台，月迷津渡，桃源望断无寻处。　秦观《踏莎行》

钗钿堕处遗香泽，乱点桃蹊，轻翻柳陌。　周邦彦《六丑》

赖明月、曾知旧游处，好伴云来，还将梦去。　贺铸《天香》

天遥地远，万水千山，知他故宫何处。　赵佶《燕山亭》

落日熔金，暮云合璧，人在何处。　李清照《永遇乐》

闹花深处层楼，画帘半卷东风软。　陈亮《水龙吟》

谁教岁岁红莲夜，两处沉吟各自知。　姜夔《鹧鸪天》

春无主，杜鹃啼处，泪染胭脂雨。　陈子龙《点绛唇》

落梅横笛已三更，更无人处月胧明。　纳兰性德《浣溪沙》

黄鹤知何去？剩有游人处。　毛泽东《菩萨蛮》

乡

君自故乡来，应知故乡事。　王维《杂诗》

举头望明月，低头思故乡。　李白《静夜思》

——

乡泪客中尽，孤帆天际看。　孟浩然《早寒有怀》

仍怜故乡水，万里送行舟。　李白《渡荆门送别》

露从今夜白，月是故乡明。　杜甫《月夜忆舍弟》

乡心新岁切，天畔独潸然。　刘长卿《新年作》

他乡生白发，旧国见青山。　司空曙《贼平后送人北归》

帝乡明日到，犹自梦渔樵。　许浑《秋日赴阙题潼关驿楼》

近乡情更怯，不敢问来人。　李频《渡汉江》
落叶他乡树，寒灯独夜人。　马戴《灞上秋居》
乱山残雪夜，孤烛异乡人。　崔涂《除夜有怀》
乡书不可寄，秋雁又南回。　韦庄《章台夜思》
已知泉路近，欲别故乡难。　夏完淳《别云间》

——

傍邻闻者多叹息，远客思乡皆泪垂。　李颀《听安万善吹觱篥歌》
不疑灵境难闻见，尘心未尽思乡县。　王维《桃源行》
传来消息满江乡，乌桕红经十度霜。　吴伟业《圆圆曲》

——

少小离家老大回，乡音无改鬓毛衰。　贺知章《回乡偶书》
白日放歌须纵酒，青春作伴好还乡。　杜甫《闻官军收河南河北》
不知何处吹芦管，一夜征人尽望乡。　李益《夜上受降城闻笛》
夜闻归雁生乡思，病入新年感物华。　欧阳修《戏答元珍》
明眸越女罢晨妆，荇水荷风是旧乡。　鲁迅《赠人之一》

——

黯乡魂，追旅思，夜夜除非，好梦留人睡。　范仲淹《苏幕遮》
绿杯红袖趁重阳，人情似故乡。　晏几道《阮郎归》
夜来幽梦忽还乡，小轩窗，正梳妆。　苏轼《江城子》
乡梦断，旅魂孤，峥嵘岁又除。　秦观《阮郎归》
隔水毡乡，落日牛羊下，区脱纵横。　张孝祥《六州歌头》
幽兰旋老，杜若还生，水乡尚寄旅。　吴文英《莺啼序》
乡梦窄，水天宽，小窗愁黛淡秋山。　吴文英《鹧鸪天》
念楚乡旅宿，柔情别绪，谁与温存。　黄孝迈《湘春夜月》
琼瑰暗泣，念乡关、霜华似织。　蒋捷《瑞鹤仙》

村

时见归村人，沙行渡头歇。 孟浩然《秋登兰山寄张五》

——

绿树村边合，青山郭外斜。 孟浩然《过故人庄》

江村独归处，寂寞养残生。 杜甫《奉济驿重送严公四韵》

去郭轩楹敞，无村眺望赊。 杜甫《水槛遣心之一》

——

人随沙岸向江村，余亦乘舟归鹿门。 孟浩然《夜归鹿门歌》

君不闻汉家山东二百州，千村万落生荆杞。 杜甫《兵车行》

南村群童欺我老无力，忍能对面为盗贼，公然抱茅入竹去。

杜甫《茅屋为秋风所破歌》

岂无山歌与村笛，呕哑嘲哳难为听。 白居易《琵琶行》

——

群山万壑赴荆门，生长明妃尚有村。 杜甫《咏怀古迹之三》

古庙杉松巢水鹤，岁时伏腊走村翁。 杜甫《咏怀古迹之四》

千里莺啼绿映红，水村山郭酒旗风。 杜牧《江南春绝句》

借问酒家何处有，牧童遥指杏花村。 杜牧《清明》

余生欲老海南村，帝遣巫阳招我魂。 苏轼《澄迈驿通潮阁》

山重水复疑无路，柳暗花明又一村。 陆游《游山西村》

僵卧孤村不自哀，尚思为国戍轮台。 陆游《十一月四日风雨大作》

昼出耘田夜绩麻，村庄儿女各当家。 范成大《四时田园杂兴》

千村薜荔人遗矢，万户萧疏鬼唱歌。 毛泽东《送瘟神之一》

石壕村与长生殿，一例钗分惹恨长。 郁达夫《乱离杂诗之一》

夜雨江村草木欣，端居无事又思君。 郁达夫《乱离杂诗之三》

避地真同小隐居，江村景色画难如。 郁达夫《乱离杂诗之四》

——

望中酒旆闪闪，一簇烟村，数行霜树。　柳永《夜半乐》

斜阳外，寒鸦万点，流水绕孤村。　秦观《满庭芳》

如今向、渔村水驿，夜如岁、焚香独自语。　周邦彦《尉迟杯》

迤逦烟村，马嘶人起，残月尚穿林薄。　刘一止《喜迁莺》

投宿骎骎征骑，飞雪满孤村。　鲁逸仲《南浦》

想半属、渔市樵村，欲暮竞燃竹。　史达祖《八归》

空相对，残釭无寐，满村社鼓。　刘辰翁《永遇乐》

当年鏖战急，弹洞前村壁。　毛泽东《菩萨蛮》

二

帝后 职官 政治 礼仪 音乐 人伦 人物 闺阁

王

射人先射马，擒贼先擒王。　　杜甫《前出塞之六》

——

随意春芳歇，王孙自可留。　　王维《山居秋暝》

春草年年绿，王孙归不归。　　王维《送别》

又送王孙去，萋萋满别情。　　白居易《草》

——

滕王高阁临江渚，佩玉鸣鸾罢歌舞。　　王勃《滕王阁诗》

陈王昔时宴平乐，斗酒十千恣欢谑。　　李白《将进酒》

学书初学卫夫人，但恨无过王右军。　　杜甫《丹青引赠曹将军霸》

哀哉王孙慎勿疏，五陵佳气无时无。　　杜甫《哀王孙》

含情凝睇谢君王，一别音容两渺茫。　　白居易《长恨歌》

低徊顾影无颜色，尚得君王不自持。　　王安石《明妃曲》

梦向夫差苑里游，宫娥拥入君王起。　　吴伟业《圆圆曲》

——

名花倾国两相欢，常得君王带笑看。　　李白《清平调之三》

回首可怜歌舞地，秦中自古帝王州。　　杜甫《秋兴八首之六》

岐王宅里寻常见，崔九堂前几度闻。　　杜甫《江南逢李龟年》

王濬楼船下益州，金陵王气黯然收。　　刘禹锡《西塞山怀古》

旧时王谢堂前燕，飞入寻常百姓家。　　刘禹锡《乌衣巷》

周公恐惧流言日，王莽谦恭未篡时。　　白居易《放言五首之三》

贾氏窥帘韩掾少，宓妃留枕魏王才。　　李商隐《无题》

八骏日行三万里，穆王何事不重来。　　李商隐《瑶池》

贾生年少虚垂涕，王粲春来更远游。 李商隐《安定城楼》
十二楼中尽晓妆，望仙楼上望君王。 薛逢《宫词》
梦里依稀慈母泪，城头变幻大王旗。 鲁迅《惯于》
钱王登假仍如在，伍相随波不可寻。 鲁迅《阻郁达夫移家杭州》
宜将剩勇追穷寇，不可沽名学霸王。 毛泽东《人民解放军占领南京》
空梁王谢迷飞燕，海市楼台咒夕阳。 郁达夫《乱离杂诗之一》

——

柳暗魏王堤，此时心转迷。 韦庄《菩萨蛮》
朝云信断知何处，应作襄王春梦去。 晏几道《木兰花》
萋萋芳草忆王孙，柳外楼高空断魂，杜宇声声不忍闻。 李重元《忆王孙》
梦里相思，故国王孙路。 陈子龙《点绛唇》
盗跖庄蹻流誉后，更陈王奋起挥黄钺。 毛泽东《贺新郎》

国

杀人亦有限，立国自有疆。 杜甫《前出塞之六》

——

红豆生南国，春来发几枝。 王维《相思》
单车欲问边，属国过居延。 王维《使至塞上》
属国归何晚，楼兰斩未还。 杜甫《秦州杂诗之七》
上国随缘住，来途若梦行。 钱起《送僧归日本》
他乡生白发，旧国见青山。 司空曙《贼平后送人北归》
得相能开国，生儿不象贤。 刘禹锡《蜀先主庙》
故国三千里，深宫二十年。 张祜《何满子》

——

国家成败吾岂敢，色难腥腐餐枫香。 杜甫《寄韩谏议注》
就中云幕椒房亲，赐名大国虢与秦。 杜甫《丽人行》
汉皇重色思倾国，御宇多年求不得。 白居易《长恨歌》

尝闻倾国与倾城，翻使周郎受重名。　　吴伟业《圆圆曲》

——

名花倾国两相欢，常得君王带笑看。　　李白《清平调之三》

鱼龙寂寞秋江冷，故国平居有所思。　　杜甫《秋兴八首之四》

山围故国周遭在，潮打空城寂寞回。　　刘禹锡《石头城》

虢国夫人承主恩，平明骑马入宫门。　　张祜《集灵台之二》

眼中战国成争鹿，海内人才孰卧龙。　　康有为《出都留别诸公》

头颅肯使闲中老？祖国宁甘劫后灰？　　秋瑾《柬某君》

我欲因之梦寥廓，芙蓉国里尽朝晖。　　毛泽东《答友人》

满地月明思故国，穷途裘敝感黄金。　　郁达夫《乱离杂诗之七》

——

藕花相向野塘中，暗伤亡国，清露泣香红。　　鹿虔扆《临江仙》

登临送目，正故国晚秋，天气初肃。　　王安石《桂枝香》

故垒西边，人道是、三国周郎赤壁。　　苏轼《念奴娇》

登临望故国，谁识，京华倦客。　　周邦彦《兰陵王》

山围故国，绕清江、髻鬟对起。　　周邦彦《西河》

江国，正寂寂，叹寄与路遥，夜雪初积。　　姜夔《暗香》

念上国，谁是，脍鲈江汉未归客。　　史达祖《秋霁》

苏堤尽日风和雨，叹神游故国，花记前度。　　刘辰翁《兰陵王》

春思远，谁叹赏、国香风味。　　周密《花犯》

国际悲歌歌一曲，狂飙为我从天落。　　毛泽东《蝶恋花》

圣

欲济无舟楫，端居耻圣明。　　孟浩然《临洞庭上张丞相》

醉月频中圣，迷花不事君。　　李白《赠孟浩然》

圣朝无阙事，自觉谏书稀。　　岑参《寄左省杜拾遗》

——

古来圣贤皆寂寞，唯有饮者留其名。　　李白《将进酒》

左相日兴费万钱，饮如长鲸吸百川，衔杯乐圣称世贤。

张旭三杯草圣传，脱帽露顶王公前，挥毫落纸如云烟。　　杜甫《饮中八仙歌》

窃闻天子已传位，圣德北服南单于。　　杜甫《哀王孙》

昨者州前捶大鼓，嗣皇继圣登夔皋。　　韩愈《八月十五夜赠张功曹》

圣恩若许留太学，诸生讲解得切磋。　　韩愈《石鼓歌》

誓将上雪列圣耻，坐法宫中朝四夷。

帝得圣相相曰度，贼斫不死神扶持。

表曰臣愈昧死上，咏神圣功书之碑。

呜呼圣王及圣相，相与烜赫流淳熙。　　李商隐《韩碑》

——

圣代即今多雨露，暂时分手莫踌躇。　　高适《送李少府贬峡中王少府贬长沙》

崆峒使节上青霄，河陇降王款圣朝。　　杜甫《赠田九判官》

惟将迟暮供多病，未有涓埃答圣朝。　　杜甫《野望》

云移雉尾开宫扇，日绕龙鳞识圣颜。　　杜甫《秋兴八首之五》

欲为圣朝除弊事，肯将衰朽惜残年。　　韩愈《左迁至蓝关示侄孙湘》

终是圣明天子事，景阳宫井又何人。　　郑畋《马嵬坡》

今日欢呼孙大圣，只缘妖雾又重来。　　毛泽东《和郭沫若同志》

——

五帝三皇神圣事，骗了无涯过客，有多少风流人物。　　毛泽东《贺新郎》

帝

帝城春欲暮，喧喧车马度。　　白居易《买花》

——

善鼓云和瑟，常闻帝子灵。　　钱起《省试湘灵鼓瑟》

帝乡明日到，犹自梦渔樵。　　许浑《秋日赴阙题潼关驿楼》

——

阁中帝子今何在？槛外长江空自流。 王勃《滕王阁诗》
玉京群帝集北斗，或骑麒麟翳凤凰。 杜甫《寄韩谏议注》
燿如羿射九日落，矫如群帝骖龙翔。
临颍美人在白帝，妙舞此曲神扬扬。
先帝侍女八千人，公孙剑器初第一。 杜甫《观公孙大娘弟子舞剑器行》
高帝子孙尽隆准，龙种自与常人殊。 杜甫《哀王孙》
汝等岂知蒙帝力，时来不得夸身强。 杜甫《洗兵马》
我从去年辞帝京，谪居卧病浔阳城。 白居易《琵琶行》
帝得圣相相曰度，贼斫不死神扶持。
帝曰汝度功第一，汝从事愈宜为辞。 李商隐《韩碑》

——

武帝祠前云欲散，仙人掌上雨初晴。 崔颢《行经华阴》
汉文皇帝有高台，此日登临曙色开。 崔曙《九日登望仙台呈刘明府》
云里帝城双凤阙，雨中春树万人家。
王维《奉和圣制从蓬莱向兴庆阁道中留春雨中春望之作应制》
朝辞白帝彩云间，千里江陵一日还。 李白《早发白帝城》
二帝巡游俱未回，五陵松柏使人哀。 李白《永王东巡歌十一首之五》
青枫江上秋帆远，白帝城边古木疏。 高适《送李少府贬峡中王少府贬长沙》
寒衣处处催刀尺，白帝城高急暮砧。 杜甫《秋兴八首之一》
回首可怜歌舞地，秦中自古帝王州。 杜甫《秋兴八首之六》
昆明池水汉时功，武帝旌旗在眼中。 杜甫《秋兴八首之七》
庄生晓梦迷蝴蝶，望帝春心托杜鹃。 李商隐《锦瑟》
紫泉宫殿锁烟霞，欲取芜城作帝家。 李商隐《隋宫》
余生欲老海南村，帝遣巫阳招我魂。 苏轼《澄迈驿通潮阁》
望帝终教芳草变，迷阳聊饰大田荒。 鲁迅《秋夜有感》
九嶷山上白云飞，帝子乘风下翠微。 毛泽东《答友人》

——

帝里风光好，当年少日，暮宴朝欢。 柳永《戚氏》
帝城赊，秦楼阻，旅魂乱。 柳永《迷神引》
五帝三皇神圣事，骗了无涯过客，有多少风流人物。 毛泽东《贺新郎》

君

窈窕淑女，君子好逑。 《诗经·周南·关雎》
但为君故，沉吟至今。 曹操《短歌行之一》

——

使君自有妇，罗敷自有夫！ 《陌上桑》
问君何能尔，心远地自偏。 陶渊明《饮酒之五》
当君怀归日，是妾断肠时。 李白《春思》
君今在罗网，何以有羽翼。 杜甫《梦李白二首之一》

——

愿君多采撷，此物最相思。 王维《相思》
凉风起天末，君子意如何。 杜甫《天末怀李白》

——

请君试问东流水，别意与之谁短长。 李白《金陵酒肆留别》
君不见沙场争战苦，至今犹忆李将军。 高适《燕歌行》
山回路转不见君，雪上空留马行处。 岑参《白雪歌送武判官归京》
昭阳殿里第一人，同辇随君侍君侧。 杜甫《哀江头》
含情凝睇谢君王，一别音容两渺茫。 白居易《长恨歌》
莫辞更坐弹一曲，为君翻作琵琶行。 白居易《琵琶行》
低徊顾影无颜色，尚得君王不自持。 王安石《明妃曲》
君不见馆娃初起鸳鸯宿，越女如花看不足。 吴伟业《圆圆曲》

——

马上相逢无纸笔，凭君传语报平安。 岑参《逢入京使》
花径不曾缘客扫，蓬门今始为君开。 杜甫《客至》
闲坐悲君亦自悲，百年多是几多时。 元稹《遣悲怀之三》
劝君莫惜金缕衣，劝君惜取少年时。 杜秋娘《金缕衣》
词客有灵应识我，霸才无主始怜君。 温庭筠《过陈琳墓》

借问瘟君欲何往，纸船明烛照天烧。　　毛泽东《送瘟神之二》

夜雨江村草木欣，端居无事又思君。　　郁达夫《乱离杂诗之三》

——

为君持酒劝斜阳，且向花间留晚照。　　宋祁《木兰花》

从别后，忆相逢，几回魂梦与君同。　　晏几道《鹧鸪天》

悠然心会，妙处难与君说。　　张孝祥《念奴娇》

昭君不惯胡沙远，但暗忆、江南江北。　　姜夔《疏影》

问君何事轻离别，一年能几团圆月。　　纳兰性德《菩萨蛮》

东方欲晓，莫道君行早。　　毛泽东《清平乐》

我失骄杨君失柳，杨柳轻飏，直上重霄九。　　毛泽东《蝶恋花》

主

虽无宾主意，颇得清净理。　　丘为《寻西山隐者不遇》

主称会面难，一举累十觞。　　杜甫《赠卫八处士》

——

不才明主弃，多病故人疏。　　孟浩然《岁暮归南山》

——

主人有酒欢今夕，请奏鸣琴广陵客。　　李颀《琴歌》

行人刁斗风沙暗，公主琵琶幽怨多。　　李颀《古从军行》

主人何为言少钱，径须沽取对君酌。　　李白《将进酒》

亚相勤王甘苦辛，誓将报主静边尘。　　岑参《轮台歌奉送封大夫出师西征》

忆昨路绕锦亭东，先主武侯同閟宫。　　杜甫《古柏行》

蜀江水碧蜀山青，圣主朝朝暮暮情。　　白居易《长恨歌》

主人下马客在船，举酒欲饮无管弦。

忽闻水上琵琶声，主人忘归客不发。　　白居易《琵琶行》

——

可怜后主还祠庙，日暮聊为梁甫吟。　　杜甫《登楼》

王侯第宅皆新主，文武衣冠异昔时。 杜甫《秋兴八首之四》
羯胡事主终无赖，词客哀时且未还。 杜甫《咏怀古迹之一》
蜀主窥吴幸三峡，崩年亦在永安宫。 杜甫《咏怀古迹之四》
虢国夫人承主恩，平明骑马入宫门。 张祜《集灵台之二》
地下若逢陈后主，岂宜重问后庭花。 李商隐《隋宫》
玉帐牙旗得上游，安危须共主君忧。 李商隐《重有感》
词客有灵应识我，霸才无主始怜君。 温庭筠《过陈琳墓》
下国卧龙空误主，中原逐鹿不因人。 温庭筠《过五丈原》
抛掷南阳为主忧，北征东讨尽良筹。 罗隐《筹笔驿》
红旗卷起农奴戟，黑手高悬霸主鞭。 毛泽东《到韶山》

——

风里落花谁是主，思悠悠。 李璟《摊破浣溪沙》
驿外断桥边，寂寞开无主。 陆游《卜算子》
第一是早早归来，怕红萼无人为主。 姜夔《长亭怨慢》
但箭雁沉边，梁燕无主，杜鹃声里长门暮。 刘辰翁《兰陵王》
璧月初晴，黛云远淡，春事谁主。 刘辰翁《永遇乐》
春无主，杜鹃啼处，泪染胭脂雨。 陈子龙《点绛唇》
怅寥廓，问苍茫大地，谁主沉浮？ 毛泽东《沁园春》
地主重重压迫，农民个个同仇。 毛泽东《西江月》

官

官高何足论，不得收骨肉。 杜甫《佳人》

——

近侍归京邑，移官岂至尊。 杜甫《至德二载，甫自京金光门出，间道归凤翔。乾元初，从左拾遗移华州掾，与亲故别，因出此门，有悲往事》
晓看红湿处，花重锦官城。 杜甫《春夜喜雨》
名岂文章著，官应老病休。 杜甫《旅夜书怀》

——

闻道故林相识多，罢官昨日今如何。　李颀《送陈章甫》

霜蹄蹴踏长楸间，马官厮养森成列。　杜甫《韦讽录事宅观曹将军画马图》

县官急索租，租税从何出。　杜甫《兵车行》

又向人家啄大屋，屋底达官走避胡。　杜甫《哀王孙》

十生九死到官所，幽居默默如藏逃。

判司卑官不堪说，未免捶楚尘埃间。　韩愈《八月十五夜赠张功曹》

中朝大官老于事，讵肯感激徒媕婀。　韩愈《石鼓歌》

魏官牵车指千里，东关酸风射眸子。　李贺《金铜仙人辞汉歌》

——

禁里疏钟官舍晚，省中啼鸟吏人稀。　王维《赠郭给事》

金阙晓钟开万户，玉阶仙仗拥千官。　岑参《奉和中书舍人贾至早朝大明宫》

丞相祠堂何处寻，锦官城外柏森森。　杜甫《蜀相》

嗟余听鼓应官去，走马兰台类转蓬。　李商隐《无题》

时事难从无过立，达官非自有生来。　林则徐《赴戍登程口占示家人》

尘海苍茫沉百感，金风萧瑟走千官。　鲁迅《亥年残秋偶作》

——

无穷官柳，无情画舸，无根行客。　晁补之《忆少年》

官柳低金缕，归骑晚，纤纤池塘飞雨。　周邦彦《瑞龙吟》

古城阴，有官梅几许，红萼未宜簪。　姜夔《一萼红》

沉沉江上望极，还被春潮晚急，难寻官渡。　史达祖《绮罗香》

一鞭南陌，几篙官渡，赖有歌眉舒绿。　史达祖《八归》

但忆临官道，暂来不住，便出门千里。　彭元逊《六丑》

公

周公吐哺，天下归心。　曹操《短歌行之一》

——

盈盈公府步，冉冉府中趋。 《陌上桑》

——

羊公碑尚在，读罢泪沾襟。 孟浩然《与诸子登岘山》

——

行人刁斗风沙暗，公主琵琶幽怨多。 李颀《古从军行》

鹿门月照开烟树，忽到庞公栖隐处。 孟浩然《夜归鹿门歌》

谢公宿处今尚在，绿水荡漾清猿啼。

脚著谢公屐，身登青云梯。 李白《梦游天姥吟留别》

张旭三杯草圣传，脱帽露顶王公前，挥毫落纸如云烟。

杜甫《饮中八仙歌》

褒公鄂公毛发动，英姿飒爽来酣战。

途穷反遭俗眼白，世上未有如公贫。 杜甫《丹青引赠曹将军霸》

昔有佳人公孙氏，一舞剑器动四方。

先帝侍女八千人，公孙剑器初第一。 杜甫《观公孙大娘弟子舞剑器行》

张公一生江海客，身长九尺须眉苍。 杜甫《洗兵马》

南村群童欺我老无力，忍能对面为盗贼，公然抱茅入竹去。

杜甫《茅屋为秋风所破歌》

五岳祭秩皆三公，四方环镇嵩当中。 韩愈《谒衡岳庙遂宿岳寺题门楼》

公从何处得纸本，毫发尽备无差讹。 韩愈《石鼓歌》

公退斋戒坐小阁，濡染大笔何淋漓。

公之斯文若元气，先时已入人肝脾。

公之斯文不示后，曷与三五相攀追。 李商隐《韩碑》

名世于今五百年，诸公碌碌皆余子。 毛泽东《送纵宇一郎东行》

——

周公恐惧流言日，王莽谦恭未篡时。 白居易《放言五首之三》

谢公最小偏怜女，自嫁黔娄百事乖。 元稹《遣悲怀之一》

痴儿了却公家事，快阁东西倚晚晴。 黄庭坚《登快阁》

我劝天公重抖擞，不拘一格降人才。 龚自珍《己亥杂诗之二》

——

遥想公瑾当年，小乔初嫁了，雄姿英发。 苏轼《念奴娇》

江城人悄初更打，问繁华谁解，再向天公借。　　蒋捷《女冠子》
赣水那边红一角，偏师借重黄公略。　　毛泽东《蝶恋花》
山舞银蛇，原驰蜡象，欲与天公试比高。　　毛泽东《沁园春》

侯

陈侯立身何坦荡，虬须虎眉仍大颡。　　李颀《送陈章甫》
路旁时卖故侯瓜，门前学种先生柳。　　王维《老将行》
蔡侯静者意有余，清夜置酒临前除。
杜甫《送孔巢父谢病归游江东兼呈李白》
忆昨路绕锦亭东，先主武侯同閟宫。　　杜甫《古柏行》
攀龙附凤势莫当，天下尽化为侯王。　　杜甫《洗兵马》
侯王将相望久绝，神纵欲福难为功。　　韩愈《谒衡岳庙遂宿岳寺题门楼》
大开明堂受朝贺，诸侯剑佩鸣相磨。　　韩愈《石鼓歌》
相见初经田窦家，侯门歌舞出如花。
白皙通侯最少年，拣取花枝屡回顾。
长向尊前悲老大，有人夫婿擅侯王。　　吴伟业《圆圆曲》
——
忽见陌头杨柳色，悔教夫婿觅封侯。　　王昌龄《闺怨》
诸侯不救河南地，更喜贤王远道来。　　李白《永王东巡歌十一首之五》
王侯第宅皆新主，文武衣冠异昔时。　　杜甫《秋兴八首之四》
武侯祠屋常邻近，一体君臣祭祀同。　　杜甫《咏怀古迹之四》
日暮汉宫传蜡烛，轻烟散入五侯家。　　韩翃《寒食》
茂陵不见封侯印，空向秋波哭逝川。　　温庭筠《苏武庙》
田横五百人安在，难道归来尽列侯？　　龚自珍《咏史》
书生投笔寻常事，不为人间万户侯。　　柳亚子《题钱亚仑小影》
——
又见汉宫传烛，飞烟五侯宅。　　周邦彦《应天长》

当年万里觅封侯，匹马戍梁州。 陆游《诉衷情》
指点江山，激扬文字，粪土当年万户侯。 毛泽东《沁园春》

子

窈窕淑女，君子好逑。 《诗经·周南·关雎》
青青子衿，悠悠我心。 曹操《短歌行之一》

——

男儿爱后妇，女子重前夫。 辛延年《羽林郎》
昔为倡家女，今为荡子妇。 《青青河畔草》
持谢邻家子，效颦安可希。 王维《西施咏》
十觞亦不醉，感子故意长。 杜甫《赠卫八处士》
自云良家子，零落依草木。 杜甫《佳人》
慈母手中线，游子身上衣。 孟郊《游子吟》
松下问童子，言师采药去。 贾岛《寻隐者不遇》

——

细雨鱼儿出，微风燕子斜。 杜甫《水槛遣心之一》
一声何满子，双泪落君前。 张祜《何满子》

——

岑夫子，丹丘生，将进酒，杯莫停。 李白《将进酒》
男儿本自重横行，天子非常赐颜色。 高适《燕歌行》
绛唇珠袖两寂寞，晚有弟子传芬芳。 杜甫《观公孙大娘弟子舞剑器行》
升堂坐阶新雨足，芭蕉叶大支子肥。 韩愈《山石》
楼阁玲珑五云起，其中绰约多仙子。 白居易《长恨歌》
中原干戈古亦闻，岂有逆胡传子孙。 陆游《关山月》
妻子岂应关大计，英雄无奈是多情。 吴伟业《圆圆曲》

——

暂止飞乌将数子，频来语燕定新巢。 杜甫《堂成》

欲把西湖比西子，淡妆浓抹总相宜。 苏轼《饮湖上初晴后雨》
满地芦花和我老，旧家燕子傍谁飞。 文天祥《金陵驿》
子房本为韩仇出，诸葛宁知汉祚移。 虞集《挽文丞相》
横眉冷对千夫指，俯首甘为孺子牛。 鲁迅《自嘲》
九嶷山上白云飞，帝子乘风下翠微。 毛泽东《答友人》
细雨蒲帆游子泪，春风杨柳故园情。 郁达夫《乱离杂诗之九》

——

花落子规啼，绿窗残梦迷。 温庭筠《菩萨蛮》
洛阳城里春光好，洛阳才子他乡老。 韦庄《菩萨蛮》
正销魂又是，疏烟淡月，子规声断。 陈亮《水龙吟》
天下英雄谁敌手？曹刘。生子当如孙仲谋！ 辛弃疾《南乡子》
子在川上曰，逝者如斯夫。 毛泽东《水调歌头》

相

来归相怨怒，但坐观罗敷。 《陌上桑》
人生有新故，贵贱不相逾。 辛延年《羽林郎》
深林人不知，明月来相照。 王维《竹里馆》

——

金吾不禁夜，玉漏莫相催。 苏味道《正月十五夜》
情人怨遥夜，竟夕起相思。 张九龄《望月怀远》
当路谁相假，知音世所稀。 孟浩然《留别王维》
流水如有意，暮禽相与还。 王维《归嵩山作》
渚云低暗度，关月冷相随。 崔涂《孤雁》

——

回看天际下中流，岩上无心云相逐。 柳宗元《渔翁》
君王掩面救不得，回看血泪相和流。 白居易《长恨歌》
同是天涯沦落人，相逢何必曾相识！ 白居易《琵琶行》

——

儿童相见不相识，笑问客从何处来。　贺知章《回乡偶书》

洛阳亲友如相问，一片冰心在玉壶。　王昌龄《芙蓉楼送辛渐》

佳人拾翠春相问，仙侣同舟晚更移。　杜甫《秋兴八首之八》

寂寂花时闭院门，美人相并立琼轩。　朱庆馀《宫中词》

欲把西湖比西子，淡妆浓抹总相宜。　苏轼《饮湖上初晴后雨》

度尽劫波兄弟在，相逢一笑泯恩仇。　鲁迅《题三义塔》

——

玉楼明月长相忆，柳丝袅娜春无力。　温庭筠《菩萨蛮》

今宵剩把银釭照，犹恐相逢是梦中。　晏几道《鹧鸪天》

纵使相逢应不识，尘满面，鬓如霜。　苏轼《江城子》

金风玉露一相逢，便胜却人间无数。　秦观《鹊桥仙》

风消绛蜡，露浥红莲，灯市光相射。　周邦彦《解语花》

雁过也，正伤心，却是旧时相识。　李清照《声声慢》

红莲相倚浑如醉，白鸟无言定自愁。　辛弃疾《鹧鸪天》

夜长争得薄情知，春初早被相思染。　姜夔《踏莎行》

还相雕梁藻井，又软语商量不定。　史达祖《双双燕》

可怜千点吴霜，寒消不尽，又相对、落梅如雨。　吴文英《祝英台近》

写不成书，只寄得、相思一点。　张炎《解连环》

一壶浊酒喜相逢，古今多少事，都付笑谈中。　杨慎《临江仙》

重泉若有双鱼寄。好知他、年来苦乐，与谁相倚。　纳兰性德《金缕曲》

郎

三十侍中郎，四十专城居。　《陌上桑》

——

欲得周郎顾，时时误拂弦。　李端《听筝》

——

茂陵刘郎秋风客，夜闻马嘶晓无迹。 李贺《金铜仙人辞汉歌》
愬武古通作牙爪，仪曹外郎载笔随。 李商隐《韩碑》
尝闻倾国与倾城，翻使周郎受重名。 吴伟业《圆圆曲》

——

我寄愁心与明月，随君直到夜郎西。 李白《闻王昌龄左迁龙标遥有此寄》
种桃道士归何处，前度刘郎今又来。 刘禹锡《再游玄都观》
东风不与周郎便，铜雀春深锁二乔。 杜牧《赤壁》
刘郎已恨蓬山远，更隔蓬山一万重。 李商隐《无题》
神女生涯元是梦，小姑居处本无郎。 李商隐《无题》
玉郎会此通仙籍，忆向天阶问紫芝。 李商隐《重过圣女祠》
何来酪果供千佛，难得莲花似六郎。 鲁迅《秋夜有感》
牛郎欲问瘟神事，一样悲欢逐逝波。 毛泽东《送瘟神之一》
此情可待成追忆，愁绝萧郎鬓渐丝。 郁达夫《乱离杂诗之八》

——

杨柳青青江水平，闻郎江上唱歌声。 刘禹锡《竹枝词》
嘶骑渐遥，征尘不断，何处认郎踪？ 张先《一丛花令》
梦随风万里，寻郎去处，又还被、莺呼起。 苏轼《水龙吟》
故垒西边，人道是、三国周郎赤壁。 苏轼《念奴娇》
刘郎鬓如此，况桃花颜色。 晁补之《忆少年》
前度刘郎重到，访邻寻里，同时歌舞。 周邦彦《瑞龙吟》
青门外，只凭芳草，寻访郎君。 贺铸《绿头鸭》
前度刘郎，几许风流地，花也应悲。 韩元吉《六州歌头》
求田问舍，怕应羞见，刘郎才气。 辛弃疾《水龙吟》
韦郎去也，怎忘得玉环分付。 姜夔《长亭怨慢》
柳锁莺魂，花翻蝶梦，自知愁染潘郎。 史达祖《夜合花》
念腰瘦，沈郎旧日，曾系兰桡。 吴文英《惜黄花慢》
东风似旧，问前度桃花，刘郎能记，花复认郎否。 刘辰翁《摸鱼儿》
自是萧郎飘荡，错教人恨杨花。 周密《清平乐》
前度刘郎重到也，开尽碧桃无数。 萨都剌《酹江月》
何如薄幸锦衣郎，比翼连枝当日愿。 纳兰性德《木兰花》

士

烈士暮年，壮心不已。　　曹操《步出夏门行·龟虽寿》

——

悲笳数声动，壮士惨不骄。　　杜甫《后出塞之二》

——

悲歌慷慨士，青眼识君謦。　　柳亚子《答朱梁任》

——

地崩山摧壮士死，然后天梯石栈方钩连。　　李白《蜀道难》
战士军前半死生，美人帐下犹歌舞。　　高适《燕歌行》
将军画善盖有神，必逢佳士亦写真。　　杜甫《丹青引赠曹将军霸》
志士仁人莫怨嗟，古来材大难为用。　　杜甫《古柏行》
隐士休歌紫芝曲，词人解撰河清颂。
安得壮士挽天河，净洗甲兵长不用。　　杜甫《洗兵马》
安得广厦千万间，大庇天下寒士俱欢颜，风雨不动安如山！
杜甫《茅屋为秋风所破歌》
忆昔初蒙博士征，其年始改称元和。　　韩愈《石鼓歌》
临邛道士鸿都客，能以精诚致魂魄。
为感君王辗转思，遂教方士殷勤觅。　　白居易《长恨歌》
笛里谁知壮士心，沙头空照征人骨。　　陆游《关山月》
若非壮士全师胜，争得蛾眉匹马还。　　吴伟业《圆圆曲》

——

士女笙歌宜月下，使君金紫称花前。　　白居易《早春忆苏州寄梦得》
种桃道士归何处，前度刘郎今又来。　　刘禹锡《再游玄都观》
精禽梦觉仍衔石，斗士诚坚共抗流。　　鲁迅《题三义塔》
坟坛冷落将军岳，梅鹤凄凉处士林。　　鲁迅《阻郁达夫移家杭州》
不如归侍妆台侧，留报金闺国士知。　　柳亚子《集定公句之六》

差喜金闺传国士，无端缝帐哭斜曛。　柳亚子《挽周湘云女士》

——

更可惜、雪中高士，香篝熏素被。　周邦彦《花犯》

易水萧萧西风冷，满座衣冠似雪，正壮士、悲歌未彻。　辛弃疾《贺新郎》

战士指看南粤，更加郁郁葱葱。　毛泽东《清平乐》

使

使君自有妇，罗敷自有夫！　《陌上桑》

水深波浪阔，无使蛟龙得。　杜甫《梦李白二首之一》

——

忽逢青鸟使，邀入赤松家。　孟浩然《宴梅道士山房》

北斗兼春远，南陵寓使迟。　李商隐《凉思》

——

今为羌笛出塞声，使我三军泪如雨。　李颀《古意》

清淮奉使千余里，敢告云山从此始。　李颀《琴歌》

胡人落泪沾边草，汉使断肠对归客。

李颀《听董大弹胡笳兼寄语弄房给事》

誓令疏勒出飞泉，不似颍川空使酒。　王维《老将行》

安能摧眉折腰事权贵，使我不得开心颜。　李白《梦游天姥吟留别》

蜀道之难难于上青天，使人听此凋朱颜。　李白《蜀道难》

人生得意须尽欢，莫使金樽空对月。　李白《将进酒》

幹惟画肉不画骨，忍使骅骝气凋丧。　杜甫《丹青引赠曹将军霸》

州家申名使家抑，坎轲只得移荆蛮。　韩愈《八月十五夜赠张功曹》

闻道汉家天子使，九华帐里梦魂惊。　白居易《长恨歌》

尝闻倾国与倾城，翻使周郎受重名。　吴伟业《圆圆曲》

——

但使龙城飞将在，不教胡马度阴山。　王昌龄《出塞》

日暮乡关何处是，烟波江上使人愁。 崔颢《黄鹤楼》
二帝巡游俱未回，五陵松柏使人哀。 李白《永王东巡歌十一首之五》
出师未捷身先死，长使英雄泪满襟。 杜甫《蜀相》
听猿实下三声泪，奉使虚随八月槎。 杜甫《秋兴八首之二》
向使当初身便死，一生真伪复谁知？ 白居易《放言五首之三》
苏武魂销汉使前，古祠高树两茫然。 温庭筠《苏武庙》
庙堂无策可平戎，坐使甘泉照夕烽。 陈与义《伤春》
忍泪失声询使者，几时真有六军来。 范成大《州桥》
头颅肯使闲中老？祖国宁甘劫后灰？ 秋瑾《柬某君》
简札浮沉殷羡使，泪痕斑驳谢庄衣。 郁达夫《乱离杂诗之六》

——

和我，免使年少光阴虚过。 柳永《定风波》
纵使相逢应不识，尘满面，鬓如霜。 苏轼《江城子》
多情最谁追惜，但蜂媒蝶使，时叩窗槅。 周邦彦《六丑》
辽阳驿使音尘绝，琐窗寒、轻拢慢撚，泪珠盈睫。 辛弃疾《贺新郎》

仙

金灶初开火，仙桃正发花。 孟浩然《宴梅道士山房》

——

春来遍是桃花水，不辨仙源何处寻。 王维《桃源行》
虎鼓瑟兮鸾回车，仙之人兮列如麻。 李白《梦游天姥吟留别》
天子呼来不上船，自称臣是酒中仙。 杜甫《饮中八仙歌》
已喜皇威清海岱，常思仙仗过崆峒。 杜甫《洗兵马》
鸾翔凤翥众仙下，珊瑚碧树交枝柯。 韩愈《石鼓歌》
忽闻海上有仙山，山在虚无缥缈间。 白居易《长恨歌》
今夜闻君琵琶语，如听仙乐耳暂明。 白居易《琵琶行》

——

武帝祠前云欲散，仙人掌上雨初晴。　　崔颢《行经华阴》
关门令尹谁能识，河上仙翁去不回。　　崔曙《九日登望仙台呈刘明府》
佳人拾翠春相问，仙侣同舟晚更移。　　杜甫《秋兴八首之八》
仙台初见五城楼，风物凄凄宿雨收。　　韩翃《同题仙游观》
仙掌月明孤影过，长门灯暗数声来。　　杜牧《早雁》
玉郎会此通仙籍，忆向天阶问紫芝。　　李商隐《重过圣女祠》
十二楼中尽晓妆，望仙楼上望君王。　　薛逢《宫词》
芰裳荇带处仙乡，风定犹闻碧玉香。　　鲁迅《莲蓬人》

——

闻琴解佩神仙侣，挽断罗衣留不住。　　晏殊《木兰花》
杳杳神京，盈盈仙子，别来锦字终难偶。　　柳永《曲玉管》
玉殿珠帘尽卷，拥群仙、蓬壶阆苑。　　张抡《烛影摇红》
此地，宜有词仙，拥素云黄鹤，与君游戏。　　姜夔《翠楼吟》
千丝怨碧，渐路入、仙坞迷津。　　吴文英《渡江云》
溯红渐招入仙溪，锦儿偷寄幽素。　　吴文英《莺啼序》
仙人凤咽琼箫，怅断魂送远，九辨难招。　　吴文英《惜黄花慢》
宫粉雕痕，仙云堕影，无人野水荒湾。　　吴文英《高阳台》
父老犹记宣和事，抱铜仙、清泪如水。　　刘辰翁《宝鼎现》
漫记得、汉宫仙掌，亭亭明月底。　　周密《花犯》
回首当年汉舞，怕飞去漫皱，留仙裙折。　　张炎《疏影》
铜仙铅泪似洗，叹移盘去远，难贮零露。　　王沂孙《齐天乐》
尊前换尽吟客，纵仙城梦见，玉颜非昔。　　郑文焯《六丑》
借问君去何方？雀儿答道：有仙山琼阁。　　毛泽东《念奴娇》

音

纵我不往，子宁不嗣音。　　《诗经·郑风·子衿》

——

欲取鸣琴弹，恨无知音赏。 孟浩然《夏日南亭怀辛大》
吾谋适不用，勿谓知音稀。 王维《送綦毋潜落第还乡》

——

万籁此皆寂，惟闻钟磬音。 常建《题破山寺后禅院》
苦调凄金石，清音入杳冥。 钱起《省试湘灵鼓瑟》
岭外音书绝，经冬复立春。 李频《渡汉江》

——

含情凝睇谢君王，一别音容两渺茫。 白居易《长恨歌》
浔阳地僻无音乐，终岁不闻丝竹声。 白居易《琵琶行》

——

白狼河北音书断，丹凤城南秋夜长。 沈佺期《独不见》
少小离家老大回，乡音无改鬓毛衰。 贺知章《回乡偶书》
卧龙跃马终黄土，人事音书漫寂寥。 杜甫《阁夜》
映阶碧草自春色，隔叶黄鹂空好音。 杜甫《蜀相》
却喜长空播玉音，灵犀一点此传心。 郁达夫《乱离杂诗之七》

——

雁来音信无凭，路遥归梦难成。 李煜《清平乐》
无那，恨薄情一去，音书无个。 柳永《定风波》
关山魂梦长，塞雁音书少。 晏几道《生查子》
念佳人音尘别后，对此应解相思。 晁端礼《绿头鸭》
问甚时说与，佳音密耗，寄将秦镜，偷换韩香。 周邦彦《风流子》
回首经年，杳杳音尘都绝。 贺铸《石州引》
寂寞，念行乐。甚粉淡衣襟，音断弦索。 张元幹《兰陵王》
争知道、梦里蓬莱，待忘了余香，时传音信。 僧挥《金明池》
雨初歇，楼外孤鸿声渐远，远山外、行人音信绝。 田为《江神子慢》
醉里吴音相媚好，白发谁家翁媪。 辛弃疾《清平乐》
辽阳驿使音尘绝，琐窗寒、轻拢慢撚，泪珠盈睫。 辛弃疾《贺新郎》
哀音似诉，正思妇无眠，起寻机杼。 姜夔《齐天乐》
儿时曾记得，呼灯灌穴，敛步随音。 张镃《满庭芳》
新来雁阔云音，鸾分鉴影，无计重见。 卢祖皋《宴清都》

便行云都不归来，也合寄将音信。　　陆睿《瑞鹤仙》
余音更苦。甚独抱清高，顿成凄楚。　　王沂孙《齐天乐》
最喜诗人高唱至，正和前线捷音联，妙香山上战旗妍。　　毛泽东《浣溪沙》

乐

我醉君复乐，陶然共忘机。　　李白《下终南山过斛斯山人宿置酒》

——

南山截竹为觱篥，此乐本自龟兹出。　　李颀《听安万善吹觱篥歌》
世间行乐亦如此，古来万事东流水。　　李白《梦游天姥吟留别》
锦城虽云乐，不如早还家。　　李白《蜀道难》
今我不乐思岳阳，身欲奋飞病在床。　　杜甫《寄韩谏议注》
梨园子弟散如烟，女乐馀姿映寒日。　　杜甫《观公孙大娘弟子舞剑器行》
人生如此自可乐，岂必局促为人鞿。　　韩愈《山石》
骊宫高处入青云，仙乐风飘处处闻。　　白居易《长恨歌》
今夜闻君琵琶语，如听仙乐耳暂明。　　白居易《琵琶行》

——

莫是长安行乐处，空令岁月易蹉跎。　　李颀《送魏万之京》
长乐钟声花外尽，龙池柳色雨中深。　　钱起《赠阙下裴舍人》
回乐峰前沙似雪，受降城外月如霜。　　李益《夜上受降城闻笛》
欲把一麾江海去，乐游原上望昭陵。　　杜牧《将赴吴兴登乐游原》
管乐有才真不忝，关张无命欲何如。　　李商隐《筹笔驿》
空余鲁叟乘桴意，粗识轩辕奏乐声。　　苏轼《六月二十日夜渡海》
思量赵瑟更秦筝，哀乐中年写不成。　　柳亚子《次韵和蔡冶民》
蓬山咫尺南溟路，哀乐都因一水分。　　郁达夫《乱离杂诗之三》
乱世桃源非乐土，炎荒草泽尽英雄。　　郁达夫《乱离杂诗之十》

——

乐游原上清秋节，咸阳古道音尘绝。　　李白《忆秦娥》

拟把疏狂图一醉，对酒当歌，强乐还无味。 柳永《蝶恋花》
多情，行乐处，珠钿翠盖，玉辔红缨。 秦观《满庭芳》
寄语东阳沽酒市，拚一醉，而今乐事他年泪。 朱服《渔家傲》
人静乌鸢自乐，小桥外、新绿溅溅。 周邦彦《满庭芳》
任流光过却，犹喜洞天自乐。 周邦彦《瑞鹤仙》
不信芳春厌老人，老人几度送余春，惜春行乐莫辞频。 贺铸《浣溪沙》
寂寞，念行乐。甚粉淡衣襟，音断弦索。 张元幹《兰陵王》
肠断竹马儿童，空见说、三千乐指。 刘辰翁《宝鼎现》
愔愔雨、春心如腻，欲待化、丰乐楼前帐饮，青门都废。 彭元逊《六丑》
重泉若有双鱼寄。好知他、年来苦乐，与谁相倚。 纳兰性德《金缕曲》
一唱雄鸡天下白，万方乐奏有于阗，诗人兴会更无前。 毛泽东《浣溪沙》

歌

对酒当歌，人生几何。 曹操《短歌行之一》

——

我歌月徘徊，我舞影零乱。 李白《月下独酌》
来往不逢人，长歌楚天碧。 柳宗元《溪居》

——

忽闻歌古调，归思欲沾巾。 杜审言《和晋陵陆丞早春游望》
复值接舆醉，狂歌五柳前。 王维《辋川闲居赠裴秀才迪》

——

我本楚狂人，凤歌笑孔丘。 李白《庐山谣寄卢侍御虚舟》
战士军前半死生，美人帐下犹歌舞。 高适《燕歌行》
缓歌谩舞凝丝竹，尽日君王看不足。 白居易《长恨歌》
岂无山歌与村笛，呕哑嘲哳难为听。 白居易《琵琶行》
朱门沉沉按歌舞，厩马肥死弓断弦。 陆游《关山月》
换羽移宫万里愁，珠歌翠舞古梁州。 吴伟业《圆圆曲》

——

野哭几家闻战伐，夷歌数处起渔樵。　杜甫《阁夜》

瑶池阿母绮窗开，黄竹歌声动地哀。　李商隐《瑶池》

无限伤心家国恨，长歌慷慨莫徘徊。　秋瑾《柬某君》

长歌正气重来读，我比前贤路已宽。　郁达夫《乱离杂诗十二》

——

重头歌韵响琤琮，入破舞腰红乱旋。　晏殊《木兰花》

舞低杨柳楼心月，歌尽桃花扇底风。　晏几道《鹧鸪天》

欲说又休，虑乖芳信；未歌先噎，愁转清觞。　周邦彦《风流子》

将发，画楼芳酒，红泪清歌，顿成轻别。　贺铸《石州引》

舞榭歌台，风流总被，雨打风吹去。　辛弃疾《永遇乐》

采香径里春寒，老子婆娑，自歌谁答。　姜夔《庆宫春》

一鞭南陌，几篙官渡，赖有歌眉舒绿。　史达祖《八归》

凭谁为歌长恨，暗殿锁、秋灯夜语。　吴文英《宴清都》

倚银屏、春宽梦窄，断红湿、歌纨金缕。　吴文英《莺啼序》

客思吟商还怯，怨歌长、琼壶暗缺。　周密《玉京秋》

少年听雨歌楼上，红烛昏罗帐。　蒋捷《虞美人》

恐怨歌、忽断花风，碎却翠云千叠。　张炎《疏影》

还似少年歌舞地，听落叶，忆长安。　蒋春霖《唐多令》

尾长翼短如何，算愁里听歌，也伤怀抱。　王鹏运《玉漏迟》

歌未竟，东方白。　毛泽东《贺新郎》

舞

我歌月徘徊，我舞影零乱。　李白《月下独酌》

——

冯夷空自舞，楚客不堪听。　钱起《省试湘灵鼓瑟》

醉和金甲舞，雷鼓动山川。　卢纶《塞下曲之四》

凄凉蜀故伎，来舞魏宫前。 刘禹锡《蜀先主庙》

——

辽东小妇年十五，惯弹琵琶解歌舞。 李颀《古意》
自怜碧玉亲教舞，不惜珊瑚持与人。 王维《洛阳女儿行》
战士军前半死生，美人帐下犹歌舞。 高适《燕歌行》
昔有佳人公孙氏，一舞剑器动四方。 杜甫《观公孙大娘弟子舞剑器行》
风吹仙袂飘飖举，犹似霓裳羽衣舞。 白居易《长恨歌》
朱门沉沉按歌舞，厩马肥死弓断弦。 陆游《关山月》

——

平阳歌舞新承宠，帘外春寒赐锦袍。 王昌龄《春宫怨》
回首可怜歌舞地，秦中自古帝王州。 杜甫《秋兴八首之六》
镇日临流怀祖逖，中宵舞剑学专诸。 郁达夫《乱离杂诗之二》

——

重头歌韵响琤琮，入破舞腰红乱旋。 晏殊《木兰花》
舞低杨柳楼心月，歌尽桃花扇底风。 晏几道《鹧鸪天》
起舞弄清影，何似在人间。 苏轼《水调歌头》
长记误随车，正絮翻蝶舞，芳思交加。 秦观《望海潮》
新绿小池塘，风帘动，碎影舞斜阳。 周邦彦《风流子》
翠钗分，银笺封泪，舞鞋从此生尘。 贺铸《绿头鸭》
榴花不似舞裙红，无人知此意，歌罢满帘风。 陈与义《临江仙》
舞榭歌台，风流总被，雨打风吹去。 辛弃疾《永遇乐》
只恐舞衣寒易落，愁入西风南浦。 姜夔《念奴娇》
榴心空叠舞裙红，艾枝应压愁鬟乱。 吴文英《踏莎行》
望不尽、楼台歌舞，习习香尘莲步底。 刘辰翁《宝鼎现》
回首当年汉舞，怕飞去漫皱，留仙裙折。 张炎《疏影》
歌舞尊前，繁华梦里，暗换青青发。 萨都剌《百字令》
惟有无情双燕子，舞东风。 陈子龙《山花子》
朝弹瑶瑟夜银筝，歌舞人潇洒。 夏完淳《烛影摇红》
赤橙黄绿青蓝紫，谁持彩练当空舞。 毛泽东《菩萨蛮》
长夜难明赤县天，百年魔怪舞翩跹，人民五亿不团圆。 毛泽东《浣溪沙》

曲

长歌吟松风，曲尽河星稀。　　李白《下终南山过斛斯山人宿置酒》

——

我家襄水曲，遥隔楚云端。　　孟浩然《早寒有怀》
薄暮空潭曲，安禅制毒龙。　　王维《过香积寺》
曲终人不见，江上数峰青。　　钱起《省试湘灵鼓瑟》
参差连曲陌，迢递送斜晖。　　李商隐《落花》

——

岁夜高堂列明烛，美酒一杯声一曲。　　李颀《听安万善吹觱篥歌》
戏罢曾无理曲时，妆成只是熏香坐。　　王维《洛阳女儿行》
此曲有意无人传，愿随春风寄燕然。　　李白《长相思》
少陵野老吞声哭，春日潜行曲江曲。　　杜甫《哀江头》
渔阳鼙鼓动地来，惊破霓裳羽衣曲。　　白居易《长恨歌》
曲罢常教善才服，妆成每被秋娘妒。　　白居易《琵琶行》
坐客飞觞红日暮，一曲哀弦向谁诉?　　吴伟业《圆圆曲》

——

此曲只应天上有，人间能得几回闻。　　杜甫《赠花卿》
瞿塘峡口曲江头，万里风烟接素秋。　　杜甫《秋兴八首之六》
澹然空水带斜晖，曲岛苍茫接翠微。　　温庭筠《利州南渡》
别梦依依到谢家，小廊回合曲阑斜。　　张泌《寄人》

——

六曲阑干偎碧树，杨柳风轻，展尽黄金缕。　　冯延巳《蝶恋花》
哀筝一弄湘江曲，声声写尽江波绿。　　张先《菩萨蛮》
曲阑干外天如水，昨夜还曾倚。　　晏几道《虞美人》
曲港跳鱼，圆荷泻露，寂寞无人见。　　苏轼《永遇乐》
汀洲渐生杜若，料舟依岸曲，人在天角。　　周邦彦《解连环》

须信鸾弦易断，奈云和再鼓，曲终人远。 贺铸《望湘人》
凤尾龙香拨，自开元霓裳曲罢，几番风月。 辛弃疾《贺新郎》
层楼高峙，看槛曲萦红，檐牙飞翠。 姜夔《翠楼吟》
伤心千里江南，怨曲重招，断魂在否？ 吴文英《莺啼序》
彩扇红牙今都在，恨无人、解听开元曲。 蒋捷《贺新郎》
当年燕子知何处，但苔深韦曲，草暗斜川。 张炎《高阳台》
最堪爱，一曲银钩小，宝帘挂秋冷。 王沂孙《眉妩》
十二曲阑春寂寂，隔蓬山、何处窥人面？ 梁启超《金缕曲》
国际悲歌歌一曲，狂飙为我从天落。 毛泽东《蝶恋花》

吟

但为君故，沉吟至今。 曹操《短歌行之一》

——

美人清江畔，是夜越吟苦。 王昌龄《同从弟南斋玩月忆山阴崔少府》
即此羡闲逸，怅然吟式微。 王维《渭川田家》

——

不堪玄鬓影，来对白头吟。 骆宾王《在狱咏蝉》
向来吟秀句，不觉已鸣鸦。 韩翃《酬程近秋夜即事见赠》

——

龙吟虎啸一时发，万籁百泉相与秋。 李颀《听安万善吹觱篥歌》
熊咆龙吟殷岩泉，栗深林兮惊层巅。 李白《梦游天姥吟留别》
箫鼓哀吟感鬼神，宾从杂遝实要津。 杜甫《丽人行》
沉吟放拨插弦中，整顿衣裳起敛容。 白居易《琵琶行》

——

彩笔昔曾干气象，白头吟望苦低垂。 杜甫《秋兴八首之八》
怀旧空吟闻笛赋，到乡翻似烂柯人。 刘禹锡《酬乐天扬州初逢席上见赠》
他年锦里经祠庙，梁父吟成恨有余。 李商隐《筹笔驿》

幸有微吟可相狎，不须檀板共金樽。 林逋《山园小梅》
浩荡离愁白日斜，吟鞭东指即天涯。 龚自珍《己亥杂诗之一》
何似举家游旷远，风波浩荡足行吟。 鲁迅《阻郁达夫移家杭州》
茫茫大难愁来日，剩把微情付苦吟。 郁达夫《乱离杂诗之七》

——

向鸡窗、只与蛮笺象管，拘束教吟课。 柳永《定风波》
莫听穿林打叶声，何妨吟啸且徐行。 苏轼《定风波》
吟笺赋笔，犹记燕台句。 周邦彦《瑞龙吟》
竟日微吟长短句，帘影灯昏，心寄胡琴语。 贺铸《蝶恋花》
谁教岁岁红莲夜，两处沉吟各自知。 姜夔《鹧鸪天》
庾郎先自吟愁赋，凄凄更闻私语。 姜夔《齐天乐》
金陵路、莺吟燕舞，算潮水、知人最苦。 姜夔《杏花天》
幽寂，乱蛩吟壁，动庾信、清愁似织。 姜夔《霓裳中序第一》
短景归秋，吟思又接愁边。 史达祖《玉胡蝶》
又争知、吟骨萦消，渐把旧衫重剪。 吴文英《瑞鹤仙》
客思吟商还怯，怨歌长、琼壶暗缺。 周密《玉京秋》
动愁吟，碧落黄泉，两处谁寻。 朱彝尊《高阳台》
孤负春心，独自闲行独自吟。 纳兰性德《采桑子》
吟思悄，此恨鹧鸪能道。 王鹏运《玉漏迟》

钟

造化钟神秀，阴阳割昏晓。 杜甫《望岳》
苍苍竹林寺，杳杳钟声晚。 刘长卿《送灵澈》
独夜忆秦关，听钟未眠客。 韦应物《夕次盱眙县》

——

古木无人径，深山何处钟。 王维《过香积寺》
客心洗流水，馀响入霜钟。 李白《听蜀僧濬弹琴》

万籁此皆寂，惟闻钟磬音。 常建《题破山寺后禅院》
楚江微雨里，建业暮钟时。 韦应物《赋得暮雨送李曹》
羁旅长堪醉，相留畏晓钟。 戴叔伦《江乡故人偶集客舍》
别来沧海事，语罢暮天钟。 李益《喜见外弟又言别》

——

山寺钟鸣昼已昏，渔梁渡头争渡喧。 孟浩然《夜归鹿门歌》
钟鼓馔玉何足贵，但愿长醉不愿醒。 李白《将进酒》
猿鸣钟动不知曙，杲杲寒日生于东。 韩愈《谒衡岳庙遂宿岳寺题门楼》
迟迟钟鼓初长夜，耿耿星河欲曙天。 白居易《长恨歌》
年少峥嵘屈贾才，山川奇气曾钟此。 毛泽东《送纵宇一郎东行》

——

禁里疏钟官舍晚，省中啼鸟吏人稀。 王维《赠郭给事》
故园东望路漫漫，双袖龙钟泪不干。 岑参《逢入京使》
姑苏城外寒山寺，夜半钟声到客船。 张继《枫桥夜泊》
今日龙钟人共老，愧君犹遣慎风波。 刘长卿《江州重别薛六柳八二员外》
长乐钟声花外尽，龙池柳色雨中深。 钱起《赠阙下裴舍人》
来是空言去绝踪，月斜楼上五更钟。 李商隐《无题》
京口瓜洲一水间，钟山只隔数重山。 王安石《泊船瓜洲》
钟山风雨起苍黄，百万雄师过大江。 毛泽东《人民解放军占领南京》

——

楼头残梦五更钟，花底离愁三月雨。 晏殊《木兰花》
彩袖殷勤捧玉钟，当年拚却醉颜红。 晏几道《鹧鸪天》
烟络横林，山沉远照，迤逦黄昏钟鼓。 贺铸《天香》
回廊影，疏钟淡月，几许销魂。 贺铸《绿头鸭》
千金买光景，但疏钟催晓，乱鸦啼暝。 陆睿《瑞鹤仙》
绀烟迷雁迹，渐碎鼓零钟，街喧初息。 蒋捷《瑞鹤仙》
杨柳迷离晓雾中，杏花零落五更钟。 陈子龙《山花子》
钟情怕到相思路，盼长堤、草尽红心。 朱彝尊《高阳台》

鼓

我有嘉宾，鼓瑟吹笙。　　曹操《短歌行之一》

——

雪暗凋旗画，风多杂鼓声。　　杨炯《从军行》

谁能将旗鼓，一为取龙城。　　沈佺期《杂诗》

戍鼓断人行，秋边一雁声。　　杜甫《月夜忆舍弟》

善鼓云和瑟，常闻帝子灵。　　钱起《省试湘灵鼓瑟》

醉和金甲舞，雷鼓动山川。　　卢纶《塞下曲之四》

——

虎鼓瑟兮鸾回车，仙之人兮列如麻。　　李白《梦游天姥吟留别》

摐金伐鼓下榆关，旌旗逶迤碣石间。　　高适《燕歌行》

箫鼓哀吟感鬼神，宾从杂遝实要津。　　杜甫《丽人行》

迟迟钟鼓初长夜，耿耿星河欲曙天。　　白居易《长恨歌》

半卷红旗临易水，霜重鼓寒声不起。　　李贺《雁门太守行》

专征箫鼓向秦川，金牛道上车千乘。　　吴伟业《圆圆曲》

——

燕台一去客心惊，笳鼓喧喧汉将营。　　祖咏《望蓟门》

雷鼓嘈嘈喧武昌，云旗猎猎过寻阳。　　李白《永王东巡歌十一首之三》

直北关山金鼓振，征西车马羽书驰。　　杜甫《秋兴八首之四》

旧业已随征战尽，更堪江上鼓鼙声。　　卢纶《晚次鄂州》

箫鼓追随春社近，衣冠简朴古风存。　　陆游《游山西村》

——

紞如三鼓，铿然一叶，黯黯梦云惊断。　　苏轼《永遇乐》

箫鼓喧，人影参差，满路飘香麝。　　周邦彦《解语花》

须信鸾弦易断，奈云和再鼓，曲终人远。　　贺铸《望湘人》

好时代、朝野多欢，遍九陌、太平箫鼓。　　万俟咏《三台》

可堪回首，佛狸祠下，一片神鸦社鼓。 辛弃疾《永遇乐》
红杏香中箫鼓，绿杨影里秋千。 俞国宝《风入松》
早已有游人观渡，老大逢场慵作戏，任陌头、年少争旗鼓。
刘克庄《贺新郎》
繁灯夺霁华，戏鼓侵明发。 刘克庄《生查子》
空相对，残釭无寐，满村社鼓。 刘辰翁《永遇乐》
纵英游、叠鼓清笳，骏马名姬。 周密《高阳台》
绀烟迷雁迹，渐碎鼓零钟，街喧初息。 蒋捷《瑞鹤仙》
遥想横汾箫鼓，兰菊尚芳馨。 文廷式《忆旧游》
山下旌旗在望，山头鼓角相闻。 毛泽东《西江月》

琴

欲取鸣琴弹，恨无知音赏。 孟浩然《夏日南亭怀辛大》
之子期宿来，孤琴候萝径。 孟浩然《宿业师山房待丁大不至》
独坐幽篁里，弹琴复长啸。 王维《竹里馆》
子期竟早亡，牙琴从此绝。
琴绝最伤情，朱华春不荣。 毛泽东《挽易昌陶》
——
离堂思琴瑟，别路绕山川。 陈子昂《春夜别友人之一》
松风吹解带，山月照弹琴。 王维《酬张少府》
——
援琴鸣弦发清商，短歌微吟不能长。 曹丕《燕歌行》
主人有酒欢今夕，请奏鸣琴广陵客。 李颀《琴歌》
高才脱略名与利，日夕望君抱琴至。
李颀《听董大弹胡笳兼寄语弄房给事》
早服还丹无世情，琴心三叠道初成。 李白《庐山谣寄卢侍御虚舟》
赵瑟初停凤凰柱，蜀琴欲奏鸳鸯弦。 李白《长相思》

中军置酒饮归客，胡琴琵琶与羌笛。　　岑参《白雪歌送武判官归京》
罢琴惆怅月照席，几岁寄我空中书。
杜甫《送孔巢父谢病归游江东兼呈李白》
佳肴旨酒不能餐，瑶琴一曲风中弹。　　夏完淳《长歌》
——
飘零琴剑下巴东，未必蓬山有路通。　　郁达夫《乱离杂诗之十》
——
闻琴解佩神仙侣，挽断罗衣留不住。　　晏殊《木兰花》
润逼琴丝，寒侵枕障，虫网吹黏帘竹。　　周邦彦《大酺》
便认得琴心先许，欲绾合欢双带。　　贺铸《薄幸》
竟日微吟长短句，帘影灯昏，心寄胡琴语。　　贺铸《蝶恋花》
宴堂开、艳妆丛里，调琴思，认歌颦。　　贺铸《绿头鸭》
写入琴丝，一声声更苦。　　姜夔《齐天乐》
连呼酒，上琴台去，秋与云平。　　吴文英《八声甘州》

瑟

秋风萧瑟，洪波涌起。　　曹操《步出夏门行·观沧海》
我有嘉宾，鼓瑟吹笙。　　曹操《短歌行之一》
——
离堂思琴瑟，别路绕山川。　　陈子昂《春夜别友人之一》
善鼓云和瑟，常闻帝子灵。　　钱起《省试湘灵鼓瑟》
遥夜泛清瑟，西风生翠萝。　　许浑《早秋》
清瑟怨遥夜，绕弦风雨哀。　　韦庄《章台夜思》
——
秋风萧瑟天气凉，草木摇落露为霜。　　曹丕《燕歌行》
虎鼓瑟兮鸾回车，仙之人兮列如麻。　　李白《梦游天姥吟留别》
赵瑟初停凤凰柱，蜀琴欲奏鸳鸯弦。　　李白《长相思》

浔阳江头夜送客，枫叶荻花秋瑟瑟。 白居易《琵琶行》
鼓完瑶瑟人不闻，太平成象盈秋门。 鲁迅《湘灵歌》

——

庾信平生最萧瑟，暮年诗赋动江关。 杜甫《咏怀古迹之一》
一道残阳铺水中，半江瑟瑟半江红。 白居易《暮江吟》
锦瑟无端五十弦，一弦一柱思华年。 李商隐《锦瑟》
鹭影不来秋瑟瑟，苇花伴宿露瀼瀼。 鲁迅《莲蓬人》
瑶瑟凝尘清怨绝，可怜无女耀高丘。 鲁迅《悼丁君》
尘海苍茫沉百感，金风萧瑟走千官。 鲁迅《亥年残秋偶作》
思量赵瑟更秦筝，哀乐中年写不成。 柳亚子《次韵和蔡冶民》

——

回首向来萧瑟处，归去，也无风雨也无晴。 苏轼《定风波》
锦瑟华年谁与度？月桥花院，琐窗朱户，只有春知处。 贺铸《青玉案》
调宝瑟，拨金猊，那时同唱鹧鸪词。 周紫芝《鹧鸪天》
锦瑟横床，想泪痕尘影，凤弦常下。 史达祖《三姝媚》
少年自负凌云笔。到而今、春华落尽，满怀萧瑟。 刘克庄《贺新郎》
朝弹瑶瑟夜银筝，歌舞人潇洒。 夏完淳《烛影摇红》
多少清湘瑶瑟怨，几曾有，鹤飞来。 朱孝臧《唐多令》
纤笔一枝谁与似？三千毛瑟精兵。 毛泽东《临江仙》
萧瑟秋风今又是，换了人间。 毛泽东《浪淘沙》

笛

今为羌笛出塞声，使我三军泪如雨。 李颀《古意》
上将拥旄西出征，平明吹笛大军行。 岑参《轮台歌奉送封大夫出师西征》
中军置酒饮归客，胡琴琵琶与羌笛。 岑参《白雪歌送武判官归京》
三年笛里关山月，万国兵前草木风。 杜甫《洗兵马》
岂无山歌与村笛，呕哑嘲哳难为听。 白居易《琵琶行》

笛里谁知壮士心，沙头空照征人骨。 陆游《关山月》

——

羌笛何须怨杨柳，春风不度玉门关。 王之涣《凉州词》

更吹羌笛关山月，无那金闺万里愁。 王昌龄《从军行之一》

谁家玉笛暗飞声，散入春风满洛城。 李白《春夜洛城闻笛》

怀旧空吟闻笛赋，到乡翻似烂柯人。 刘禹锡《酬乐天扬州初逢席上见赠》

万里归船弄长笛，此心吾与白鸥盟。 黄庭坚《登快阁》

更有奇愁忘不得，山阳邻笛一声声。 柳亚子《元旦感怀之二》

——

闲梦江南梅熟日，夜船吹笛雨萧萧，人语驿边桥。 皇甫松《梦江南》

斜阳冉冉春无极，念月榭携手，露桥闻笛。 周邦彦《兰陵王》

未怪平阳客，双泪落、笛中哀曲。 周邦彦《大酺》

染柳烟浓，吹梅笛怨，春意知几许。 李清照《永遇乐》

长沟流月去无声，杏花疏影里，吹笛到天明。 陈与义《临江仙》

旧时月色，算几番照我，梅边吹笛。 姜夔《暗香》

沉思年少浪迹，笛里关山，柳下坊陌。 姜夔《霓裳中序第一》

踪迹，漫记忆，老了杜郎，忍听东风笛。 史达祖《喜迁莺》

一笛当楼，谢娘悬泪立风前。 史达祖《玉胡蝶》

南楼不恨吹横笛，恨晓风千里关山。 吴文英《高阳台》

漠漠香尘隔，沸十里乱丝丛笛。 周密《曲游春》

劝清光、乍可幽窗相照，休照红楼夜笛。 蒋捷《瑞鹤仙》

日晏山深闻笛，恐他年流落，与子同赋。 彭元逊《疏影》

残雪凝辉冷画屏，落梅横笛已三更，更无人处月胧明。

纳兰性德《浣溪沙》

无限凭高意，便数声长笛，难写深情。 文廷式《忆旧游》

汽笛一声肠已断，从此天涯孤旅。凭割断愁丝恨缕。 毛泽东《贺新郎》

箫

箫鼓哀吟感鬼神，宾从杂遝实要津。　杜甫《丽人行》
专征箫鼓向秦川，金牛道上车千乘。　吴伟业《圆圆曲》

——

二十四桥明月夜，玉人何处教吹箫。　杜牧《寄扬州韩绰判官》
箫鼓追随春社近，衣冠简朴古风存。　陆游《游山西村》
春雨楼头尺八箫，何时归看浙江潮。　苏曼殊《本事诗》
吴市吹箫燕市酒，飘零多半在风尘。　柳亚子《吴门记游之二》
画船箫鼓满春湖，十里湖光一镜铺。　柳亚子《吴门记游之六》
南楼箫管沉沉夜，绝似秦淮五月天。　郁达夫《与江郎对饮》

——

箫声咽，秦娥梦断秦楼月。　李白《忆秦娥》
小令尊前见玉箫，银灯一曲太妖娆。　晏几道《鹧鸪天》
箫鼓喧，人影参差，满路飘香麝。　周邦彦《解语花》
托微风、彩箫流怨，断肠马上曾闻。　贺铸《绿头鸭》
好时代、朝野多欢，遍九陌、太平箫鼓。　万俟咏《三台》
宝马雕车香满路。凤箫声动，玉壶光转，一夜鱼龙舞。　辛弃疾《青玉案》
红杏香中箫鼓，绿杨影里秋千。　俞国宝《风入松》
天阔云闲，无处觅箫声。　卢祖皋《江城子》
仙人凤咽琼箫，怅断魂送远，九辨难招。　吴文英《惜黄花慢》
箫声断、约彩鸾归去，未怕金吾呵醉。　刘辰翁《宝鼎现》
楚箫咽，谁倚西楼淡月。　周密《玉京秋》
春风飞到，宝钗楼上，一片笙箫，琉璃光射。　蒋捷《女冠子》
遥想横汾箫鼓，兰菊尚芳馨。　文廷式《忆旧游》

筝

银筝夜久殷勤弄，心怯空房不忍归。　　王维《秋夜曲》
秦女端容理玉筝，梁尘踊跃夜风轻。　　鲁迅《赠人之二》
素筝浊酒逢君日，白马青丝盗国年。　　柳亚子《为王卓民题扇》
思量赵瑟更秦筝，哀乐中年写不成。　　柳亚子《次韵和蔡冶民》

——

谁把钿筝移玉柱，穿帘海燕双飞去。　　冯延巳《蝶恋花》
哀筝一弄湘江曲，声声写尽江波绿。　　张先《菩萨蛮》
却倚缓弦歌别绪，断肠移破秦筝柱。　　晏几道《蝶恋花》
一春离恨懒调弦，犹有两行闲泪宝筝前。　　晏几道《虞美人》
东风里，朱门映柳，低按小秦筝。　　秦观《满庭芳》
却谁拘管，尽无言、闲品秦筝，泪满参差雁。　　吕渭老《薄幸》
漫相思，弹入哀筝柱。　　吴文英《莺啼序》
绣屋秦筝，傍海棠偏爱，夜深开宴。　　吴文英《三姝媚》
梦冷黄金屋，叹秦筝、斜鸿阵里，素弦尘扑。　　蒋捷《贺新郎》
谁怜旅愁荏苒，谩长门夜悄，锦筝弹怨。　　张炎《解连环》
西窗过雨，怪瑶佩流空，玉筝调柱。　　王沂孙《齐天乐》
朝弹瑶瑟夜银筝，歌舞人潇洒。　　夏完淳《烛影摇红》
随意落平沙，巧排作、参差筝柱。　　朱彝尊《长亭怨慢》
筝雁十三双，输他作一行。　　纳兰性德《菩萨蛮》
哀筝自语，残灯在水，轻梦如云。　　郑文焯《湘春夜月》
哀筝似诉，最肠断、红楼前度。　　况周颐《西子妆》

琵琶

辽东小妇年十五，惯弹琵琶解歌舞。 李颀《古意》
行人刁斗风沙暗，公主琵琶幽怨多。 李颀《古从军行》
中军置酒饮归客，胡琴琵琶与羌笛。 岑参《白雪歌送武判官归京》
忽闻水上琵琶声，主人忘归客不发。
寻声暗问弹者谁，琵琶声停欲语迟。
千呼万唤始出来，犹抱琵琶半遮面。
十三学得琵琶成，名属教坊第一部。
我闻琵琶已叹息，又闻此语重唧唧。
今夜闻君琵琶语，如听仙乐耳暂明。
莫辞更坐弹一曲，为君翻作琵琶行。 白居易《琵琶行》

——

葡萄美酒夜光杯，欲饮琵琶马上催。 王翰《凉州曲》
琵琶起舞换新声，总是关山旧别情。 王昌龄《从军行之二》
千载琵琶作胡语，分明怨恨曲中论。 杜甫《咏怀古迹之三》
赤县无人存正朔，青衫有泪哭琵琶。 柳亚子《次韵和陈巢南》

——

琵琶金翠羽，弦上黄莺语。 韦庄《菩萨蛮》
小怜初上琵琶，晓来思绕天涯。 王安国《清平乐》
琵琶弦上说相思，当时明月在，曾照彩云归。 晏几道《临江仙》
马上琵琶关塞黑，更长门、翠辇辞金阙。 辛弃疾《贺新郎》
送客重寻西去路，问水面琵琶谁拨。 姜夔《八归》
花外琵琶，柳边莺燕，玉佩摇金缕。 萨都剌《酹江月》
痴魂，正无赖，又琵琶弦上，迸起烟尘。 蒋春霖《忆旧游》

管

黄叶仍风雨，青楼自管弦。　　李商隐《风雨》

——

玳弦急管曲复终，乐极哀来月东出。　　杜甫《观公孙大娘弟子舞剑器行》

主人下马客在船，举酒欲饮无管弦。　　白居易《琵琶行》

管却自家身与心，胸中日月常新美。　　毛泽东《送纵宇一郎东行》

——

锦城丝管日纷纷，半入江风半入云。　　杜甫《赠花卿》

不知何处吹芦管，一夜征人尽望乡。　　李益《夜上受降城闻笛》

管乐有才真不忝，关张无命欲何如。　　李商隐《筹笔驿》

躲进小楼成一统，管他冬夏与春秋。　　鲁迅《自嘲》

——

玉颜憔悴三年，谁复商量管弦。　　王建《调笑令》

羌管悠悠霜满地，人不寐，将军白发征夫泪。　　范仲淹《渔家傲》

向鸡窗、只与蛮笺象管，拘束教吟课。　　柳永《定风波》

谁知错管春残事，到处登临曾费泪。　　晏几道《木兰花》

相思休问定何如，情知春去后，管得落花无。　　晁冲之《临江仙》

早占取韶光共追游，但莫管春寒，醉红自暖。　　李元膺《洞仙歌》

憔悴江南倦客，不堪听、急管繁弦。　　周邦彦《满庭芳》

无情画舸，都不管、烟波隔前浦。　　周邦彦《尉迟杯》

待月上潮平波滟滟，塞管轻吹新阿滥。　　贺铸《天门谣》

却谁拘管，尽无言、闲品秦筝，泪满参差雁。　　吕渭老《薄幸》

五云深处，万烛光中，揭天丝管。　　张抡《烛影摇红》

凝碧旧池头，一听管弦凄切。　　韩元吉《好事近》

无情水都不管，共西风、只管送归船。　　辛弃疾《木兰花慢》

唤起玉人，不管清寒与攀摘。　　姜夔《暗香》

莫似春风，不管盈盈，早与安排金屋。　姜夔《疏影》
春讯飞琼管。风日薄、度墙啼鸟声乱。　卢祖皋《宴清都》
聊对旧节传杯，尘笺蠹管，断阕经岁慵赋。　吴文英《霜叶飞》
歌管酬寒食，奈蝶怨良宵岑寂。　周密《曲游春》
残雪庭阴，轻寒帘影，霏霏玉管春葭。　王沂孙《高阳台》
别院管弦声，不分明。　纳兰性德《昭君怨》
枉教人回首，少年丝竹，玉容歌管。　况周颐《苏武慢》
不管风吹浪打，胜似闲庭信步，今日得宽余。　毛泽东《水调歌头》

弦

泠泠七弦上，静听松风寒。　刘长卿《听弹琴》

——

欲得周郎顾，时时误拂弦。　李端《听筝》
黄叶仍风雨，青楼自管弦。　李商隐《风雨》
清瑟怨遥夜，绕弦风雨哀。　韦庄《章台夜思》

——

赵瑟初停凤凰柱，蜀琴欲奏鸳鸯弦。　李白《长相思》
玳弦急管曲复终，乐极哀来月东出。　杜甫《观公孙大娘弟子舞剑器行》
主人下马客在船，举酒欲饮无管弦。　白居易《琵琶行》
朱门沉沉按歌舞，厩马肥死弓断弦。　陆游《关山月》
风急弦绝摧心肝，月明星稀斗阑干。　夏完淳《长歌》
坐客飞觞红日暮，一曲哀弦向谁诉?　吴伟业《圆圆曲》

——

金河秋半虏弦开，云外惊飞四散哀。　杜牧《早雁》
锦瑟无端五十弦，一弦一柱思华年。　李商隐《锦瑟》
朱弦已为佳人绝，青眼聊因美酒横。　黄庭坚《登快阁》
须臾响急冰弦绝，但见奔星劲有声。　鲁迅《赠人之二》

——

玉颜憔悴三年，谁复商量管弦。　王建《调笑令》
琵琶金翠羽，弦上黄莺语。　韦庄《菩萨蛮》
莫把幺弦拨，怨极弦能说。　张先《千秋岁》
一春离恨懒调弦，犹有两行闲泪宝筝前。　晏几道《虞美人》
怎奈向、欢娱渐随流水，素弦声断，翠绡香减。　秦观《八六子》
憔悴江南倦客，不堪听、急管繁弦。　周邦彦《满庭芳》
须信鸾弦易断，奈云和再鼓，曲终人远。　贺铸《望湘人》
寂寞，念行乐。甚粉淡衣襟，音断弦索。　张元幹《兰陵王》
料静掩云窗，尘满哀弦危柱。　袁去华《安公子》
弦解语，恨难说。　辛弃疾《贺新郎》
目断秋霄落雁，醉来时响空弦。　辛弃疾《木兰花慢》
锦瑟横床，想泪痕尘影，凤弦常下。　史达祖《三姝媚》
梦冷黄金屋，叹秦筝、斜鸿阵里，素弦尘扑。　蒋捷《贺新郎》
影娥忽泛初弦，分辉借与宫莲。　纳兰性德《清平乐》
痴魂，正无赖，又琵琶弦上，迸起烟尘。　蒋春霖《忆旧游》
天阴洞庭波阔，夜沉沉、恨流湘弦。　朱孝臧《声声慢》

角

四角碍白日，七层摩苍穹。　岑参《与高适薛据登慈恩寺浮图》

——

风劲角弓鸣，将军猎渭城。　王维《观猎》
调角断清秋，征人倚戍楼。　张乔《书边事》
孤灯闻楚角，残月下章台。　韦庄《章台夜思》

——

将军角弓不得控，都护铁衣冷犹著。　岑参《白雪歌送武判官归京》
角声满天秋色里，塞上燕脂凝夜紫。　李贺《雁门太守行》

愿书万本诵万遍，口角流沫右手胝。　　李商隐《韩碑》

——

五更鼓角声悲壮，三峡星河影动摇。　　杜甫《阁夜》

玉玺不缘归日角，锦帆应是到天涯。　　李商隐《隋宫》

小荷才露尖尖角，早有蜻蜓立上头。　　杨万里《小池》

城上斜阳画角哀，沈园非复旧池台。　　陆游《沈园之二》

碛里角声摇日月，回中烽色动楼台。　　陈子龙《辽事杂诗之一》

归来海角求凰日，却似隆中抱膝时。　　郁达夫《乱离杂诗十一》

——

楼头画角风吹醒，入夜重门静。　　张先《青门引》

无穷无尽是离愁，天涯地角寻思遍。　　晏殊《踏莎行》

孤城暮角，引胡笳怨。　　柳永《迷神引》

别馆寒砧，孤城画角，一派秋声入寥廓。　　王安石《千秋岁引》

不消红蜡，闲云归后，月在庭花旧阑角。　　晏几道《六幺令》

山抹微云，天黏衰草，画角声断谯门。　　秦观《满庭芳》

汀洲渐生杜若，料舟依岸曲，人在天角。　　周邦彦《解连环》

楼角初销一缕霞，淡黄杨柳暗栖鸦，玉人和月摘梅花。　　贺铸《浣溪沙》

渐黄昏，清角吹寒，都在空城。　　姜夔《扬州慢》

空城晓角，吹入垂杨陌。　　姜夔《淡黄柳》

客里相逢，篱角黄昏，无言自倚修竹。　　姜夔《疏影》

谁信骚魂千载后，波底垂涎角黍。又说是、蛟馋龙怒。　　刘克庄《贺新郎》

但怅望一缕新蟾，随人天角。　　吴文英《瀑兰香》

欹角枕，掩红窗。梦到江南伊家，博山沉水香。　　纳兰性德《遐方怨》

哀角起重关，霜深楚水寒，背西风、归雁声酸。　　蒋春霖《唐多令》

故山不是无春，荒波哀角，却来凭、天涯阑槛。　　朱孝臧《祝英台近》

鲲鹏展翅，九万里，翻动扶摇羊角。　　毛泽东《念奴娇》

羽

君今在罗网，何以有羽翼。　　杜甫《梦李白二首之一》

至今思项羽，不肯过江东。　　李清照《绝句》

——

平明寻白羽，没在石棱中。　　卢纶《塞下曲之二》

——

贺兰山下阵如云，羽檄交驰日夕闻。　　王维《老将行》

校尉羽书飞瀚海，单于猎火照狼山。　　高适《燕歌行》

羽书昨夜过渠黎，单于已在金山西。　　岑参《轮台歌奉送封大夫出师西征》

良相头上进贤冠，猛将腰间大羽箭。　　杜甫《丹青引赠曹将军霸》

星宫之君醉琼浆，羽人稀少不在旁。　　杜甫《寄韩谏议注》

渔阳鼙鼓动地来，惊破霓裳羽衣曲。

风吹仙袂飘飘举，犹似霓裳羽衣舞。　　白居易《长恨歌》

我欲登天云盘盘，我欲御风无羽翰。　　夏完淳《长歌》

换羽移宫万里愁，珠歌翠舞古梁州。　　吴伟业《圆圆曲》

——

直北关山金鼓振，征西车马羽书驰。　　杜甫《秋兴八首之四》

三分割据纡筹策，万古云霄一羽毛。　　杜甫《咏怀古迹之五》

孤鸿铩羽悲鸣镝，万马齐喑叫一声。　　毛泽东《刘蕡》

——

琵琶金翠羽，弦上黄莺语。　　韦庄《菩萨蛮》

羽扇纶巾，谈笑间、樯橹灰飞烟灭。　　苏轼《念奴娇》

闲呼鹰嗾犬，白羽摘雕弓，狡穴俄空，乐匆匆。　　贺铸《六州歌头》

干羽方怀远，静烽燧，且休兵。　　张孝祥《六州歌头》

纵玉勒、轻飞迅羽，凄凉谁吊荒台古。　　吴文英《霜叶飞》

信得羽衣传钿合，悔教罗袜送倾城，人间空唱雨淋铃。　　纳兰性德《浣溪沙》

人

所谓伊人，在水一方。　　《诗经·秦风·蒹葭》
对酒当歌，人生几何。　　曹操《短歌行之一》

——

结庐在人境，而无车马喧。　　陶渊明《饮酒之五》
空山不见人，但闻人语响。　　王维《鹿柴》
何日平胡虏，良人罢远征。　　李白《子夜吴歌》
冠盖满京华，斯人独憔悴。　　杜甫《梦李白二首之二》
古调虽自爱，今人多不弹。　　刘长卿《听弹琴》
千山鸟飞绝，万径人踪灭。　　柳宗元《江雪》
生当作人杰，死亦为鬼雄。　　李清照《绝句》

——

人闲桂花落，夜静春山空。　　王维《鸟鸣涧》
浮云游子意，落日故人情。　　李白《送友人》
曲终人不见，江上数峰青。　　钱起《省试湘灵鼓瑟》
近乡情更怯，不敢问来人。　　李频《渡汉江》
鸡声茅店月，人迹板桥霜。　　温庭筠《商山早行》

——

七月七日长生殿，夜半无人私语时。　　白居易《长恨歌》
同是天涯沦落人，相逢何必曾相识！　　白居易《琵琶行》
香径尘生鸟自啼，屧廊人去苔空绿。　　吴伟业《圆圆曲》

——

日暮乡关何处是，烟波江上使人愁。　　崔颢《黄鹤楼》
秦时明月汉时关，万里长征人未还。　　王昌龄《出塞》
可怜无定河边骨，犹是春闺梦里人。　　陈陶《陇西行》

——

月上柳梢头，人约黄昏后。 欧阳修《生查子》
金风玉露一相逢，便胜却人间无数。 秦观《鹊桥仙》
物是人非事事休，欲语泪先流。 李清照《武陵春》
春如旧，人空瘦，泪痕红浥鲛绡透。 陆游《钗头凤》
恨芳菲世界，游人未赏，都付与、莺和燕。 陈亮《水龙吟》
淮南皓月冷千山，冥冥归去无人管。 姜夔《踏莎行》
何处合成愁，离人心上秋，纵芭蕉、不雨也飕飕。 吴文英《唐多令》
万里孤云，清游渐远，故人何处。 张炎《月下笛》
十二曲阑春寂寂，隔蓬山、何处窥人面？ 梁启超《金缕曲》
忽报人间曾伏虎，泪飞顿作倾盆雨。 毛泽东《蝶恋花》

物

感物念所欢，踯躅南城隈。 毛泽东《挽易昌陶》

——

独有宦游人，偏惊物候新。 杜审言《和晋陵陆丞早春游望》
林卧愁春尽，搴帷览物华。 孟浩然《宴梅道士山房》
愿君多采撷，此物最相思。 王维《相思》
随风潜入夜，润物细无声。 杜甫《春夜喜雨》

——

闲云潭影日悠悠，物换星移几度秋。 王勃《滕王阁诗》
一声已动物皆静，四座无言星欲稀。 李颀《琴歌》
居人共住武陵源，还从物外起田园。 王维《桃源行》
忆昔霓旌下南苑，苑中万物生颜色。 杜甫《哀江头》
粉墙丹柱动光彩，鬼物图画填青红。 韩愈《谒衡岳庙遂宿岳寺题门楼》
雨淋日炙野火燎，鬼物守护烦㧑呵。 韩愈《石鼓歌》
惟将旧物表深情，钿合金钗寄将去。 白居易《长恨歌》
其间旦暮闻何物，杜鹃啼血猿哀鸣。 白居易《琵琶行》

怅然归卧心莫识，非鬼非人竟何物。 苏轼《游金山寺》

——

为乘阳气行时令，不是宸游玩物华。 王维《奉和圣制从蓬莱向兴庆阁道中留春雨中春望之作应制》

仙台初见五城楼，风物凄凄宿雨收。 韩翃《同题仙游观》

夜闻归雁生乡思，病入新年感物华。 欧阳修《戏答元珍》

落红不是无情物，化作春泥更护花。 龚自珍《己亥杂诗之一》

牢骚太盛防肠断，风物长宜放眼量。 毛泽东《和柳亚子先生》

——

伤高怀远几时穷？无物似情浓。 张先《一丛花》

是处红衰翠减，苒苒物华休。 柳永《八声甘州》

异乡风物，忍萧索，当愁眼。 柳永《迷神引》

大江东去，浪淘尽、千古风流人物。 苏轼《念奴娇》

巧笑艳歌皆我意，恼花颠酒拚君瞋，物情惟有醉中真。 贺铸《浣溪沙》

物是人非事事休，欲语泪先流。 李清照《武陵春》

物色旧时同，情味中年别。 刘克庄《生查子》

石头城上，望天低吴楚，眼空无物。 萨都剌《百字令》

俱往矣，数风流人物，还看今朝。 毛泽东《沁园春》

保安人物一时新，洞中开宴会，招待出牢人。 毛泽东《临江仙》

五帝三皇神圣事，骗了无涯过客，有多少风流人物。 毛泽东《贺新郎》

师

松下问童子，言师采药去。 贾岛《寻隐者不遇》

——

北土非吾愿，东林怀我师。 孟浩然《秦中寄远上人》

流落征南将，曾驱十万师。 刘长卿《送李中丞归汉阳别业》

前年戍月支，城下没全师。 张籍《没蕃故人》

师称机械化，勇夺虎罴威。　　毛泽东《挽戴安澜将军》

——

一身转战三千里，一剑曾当百万师。　　王维《老将行》

匈奴草黄马正肥，金山西见烟尘飞，汉家大将西出师。

虏骑闻之应胆慑，料知短兵不敢接，车师西门伫献捷。

岑参《走马川行奉送封大夫出师西征》

京师皆骑汗血马，回纥喂肉葡萄宫。　　杜甫《洗兵马》

若非壮士全师胜，争得蛾眉匹马还。

教曲妓师怜尚在，浣纱女伴忆同行。　　吴伟业《圆圆曲》

——

出师未捷身先死，长使英雄泪满襟。　　杜甫《蜀相》

摇落深知宋玉悲，风流儒雅亦吾师。　　杜甫《咏怀古迹之二》

出师一表真名世，千载谁堪伯仲间。　　陆游《书愤》

遗民泪尽胡尘里，南望王师又一年。　　陆游《秋夜将晓出篱门迎凉有感》

王师北定中原日，家祭无忘告乃翁。　　陆游《示儿》

赌酒弹棋又一时，谈兵说剑亦吾师。　　柳亚子《悼亡友亚魂》

钟山风雨起苍黄，百万雄师过大江。　　毛泽东《人民解放军占领南京》

会当立马扶桑顶，扫穴犁庭再誓师。　　郁达夫《乱离杂诗十一》

——

赣水那边红一角，偏师借重黄公略。　　毛泽东《蝶恋花》

客

可以荐嘉客，奈何阻重深。　　张九龄《感遇之七》

从来幽并客，皆共尘沙老。　　王昌龄《塞上曲》

柴门鸟雀噪，归客千里至。　　杜甫《羌村之一》

独夜忆秦关，听钟未眠客。　　韦应物《夕次盱眙县》

——

移舟泊烟渚，日暮客愁新。　　孟浩然《宿建德江》
唯见林花落，莺啼送客闻。　　杜甫《别房太尉墓》
老至居人下，春归在客先。　　刘长卿《新年作》
客去波平槛，蝉休露满枝。　　李商隐《凉思》
大汉无兵阻，穷边有客游。　　张乔《书边事》

——

樵客初传汉姓名，居人未改秦衣服。　　王维《桃源行》
海客谈瀛洲，烟涛微茫信难求。　　李白《梦游天姥吟留别》
临邛道士鸿都客，能以精诚致魂魄。　　白居易《长恨歌》
浔阳江头夜送客，枫叶荻花秋瑟瑟。　　白居易《琵琶行》
坐客飞觞红日暮，一曲哀弦向谁诉？　　吴伟业《圆圆曲》

——

儿童相见不相识，笑问客从何处来。　　贺知章《回乡偶书》
渭城朝雨浥轻尘，客舍青青柳色新。　　王维《渭城曲》
花近高楼伤客心，万方多难此登临。　　杜甫《登楼》
姑苏城外寒山寺，夜半钟声到客船。　　张继《枫桥夜泊》
词客有灵应识我，霸才无主始怜君。　　温庭筠《过陈琳墓》
莫笑农家腊酒浑，丰年留客足鸡豚。　　陆游《游山西村》
久客愁看燕子飞，呢喃语软泄春机。　　郁达夫《乱离杂诗之六》

——

梦里不知身是客，一晌贪欢。　　李煜《浪淘沙》
东城渐觉风光好，縠皱波纹迎客棹。　　宋祁《木兰花》
天涯倦客，山中归路，望断故园心眼。　　苏轼《永遇乐》
长条故惹行客，似牵衣待话，别情无极。　　周邦彦《六丑》
尽吸西江，细斟北斗，万象为宾客。　　张孝祥《念奴娇》
划地东风欺客梦，一枕云屏寒怯。　　辛弃疾《念奴娇》
年年跃马长安市，客舍似家家似寄。　　刘克庄《木兰花》
送客吴皋，正试霜夜冷，枫落长桥。　　吴文英《惜黄花慢》
壮年听雨客舟中，江阔云低断雁叫西风。　　蒋捷《虞美人》

儿

男儿爱后妇，女子重前夫。　辛延年《羽林郎》

莫学游侠儿，矜夸紫骝好。　王昌龄《塞上曲》

昔别君未婚，儿女忽成行。　杜甫《赠卫八处士》

夫婿轻薄儿，新人美如玉。　杜甫《佳人》

——

无为在歧路，儿女共沾巾。　王勃《送杜少府之任蜀州》

细雨鱼儿出，微风燕子斜。　杜甫《水槛遣心之一》

早知潮有信，嫁与弄潮儿。　李益《江南曲》

得相能开国，生儿不象贤。　刘禹锡《蜀先主庙》

打起黄莺儿，莫教枝上啼。　金昌绪《春怨》

——

射杀山中白额虎，肯数邺下黄须儿。　王维《老将行》

五花马，千金裘，呼儿将出换美酒，与尔同销万古愁。　李白《将进酒》

男儿本自重横行，天子非常赐颜色。　高适《燕歌行》

淇上健儿归莫懒，城南思妇愁多梦。　杜甫《洗兵马》

侍儿扶起娇无力，始是新承恩泽时。　白居易《长恨歌》

——

儿童急走追黄蝶，飞入菜花无处寻。　杨万里《宿新市徐公店》

昼出耘田夜绩麻，村庄儿女各当家。　范成大《四时田园杂兴》

牵情儿女风前烛，草檄书生梦里功。　郁达夫《乱离杂诗之十》

——

留春不住，费尽莺儿语。　王安国《清平乐》

守著窗儿，独自怎生得黑？　李清照《声声慢》

铺翠冠儿，捻金雪柳，簇带争济楚。　李清照《永遇乐》

最喜小儿无赖，溪头卧剥莲蓬。　辛弃疾《清平乐》

秋晚莼鲈江上，夜深儿女灯前。 辛弃疾《木兰花慢》
蛾儿雪柳黄金缕，笑语盈盈暗香去。 辛弃疾《青玉案》
豳诗漫与，笑篱落呼灯，世间儿女。 姜夔《齐天乐》
儿时曾记得，呼灯灌穴，敛步随音。 张镃《满庭芳》
男儿西北有神州，莫滴水西桥畔泪。 刘克庄《木兰花》
溯红渐招入仙溪，锦儿偷寄幽素。 吴文英《莺啼序》
肠断竹马儿童，空见说、三千乐指。 刘辰翁《宝鼎现》
况年来、心懒意怯，羞与蛾儿争耍。 蒋捷《女冠子》
男儿身手和谁赌，老来猛气还轩举。 陈维崧《醉落魄》

女

窈窕淑女，君子好逑。 《诗经·周南·关雎》

——

秦氏有好女，自名为罗敷。 《陌上桑》
男儿爱后妇，女子重前夫。 辛延年《羽林郎》
盈盈楼上女，皎皎当窗牖。 《青青河畔草》
问答未及已，儿女罗酒浆。 杜甫《赠卫八处士》

——

无为在歧路，儿女共沾巾。 王勃《送杜少府之任蜀州》
竹喧归浣女，莲动下渔舟。 王维《山居秋暝》
白头宫女在，闲坐说玄宗。 元稹《行宫》
年年越溪女，相忆采芙蓉。 杜荀鹤《春宫怨》

——

遂令天下父母心，不重生男重生女。 白居易《长恨歌》
自言本是京城女，家在虾蟆陵下住。 白居易《琵琶行》
教曲妓师怜尚在，浣纱女伴忆同行。 吴伟业《圆圆曲》

——

织女机丝虚夜月，石鲸鳞甲动秋风。 杜甫《秋兴八首之七》

淮水东边旧时月，夜深还过女墙来。 刘禹锡《石头城》

谢公最小偏怜女，自嫁黔娄百事乖。 元稹《遣悲怀之一》

天阶夜色凉如水，坐看牵牛织女星。 杜牧《秋夕》

神女生涯元是梦，小姑居处本无郎。 李商隐《无题》

瑶瑟凝尘清怨绝，可怜无女耀高丘。 鲁迅《悼丁君》

中华儿女多奇志，不爱红装爱武装。 毛泽东《为女民兵题照》

牵情儿女风前烛，草檄书生梦里功。 郁达夫《乱离杂诗之十》

——

败荷零落，衰杨掩映，岸边两两三三，浣纱游女。 柳永《夜半乐》

至今商女，时时犹唱，《后庭》遗曲。 王安石《桂枝香》

夜深月过女墙来，伤心东望淮水。 周邦彦《西河》

新样靓妆，艳溢香融，羞杀蕊珠宫女。 赵佶《燕山亭》

宝扇重寻明月影，暗尘侵、上有乘鸾女。 叶梦得《贺新郎》

秋晚莼鲈江上，夜深儿女灯前。 辛弃疾《木兰花慢》

豳诗漫与，笑篱落呼灯，世间儿女。 姜夔《齐天乐》

儿女纷纷夸结束，新样钗符艾虎。 刘克庄《贺新郎》

笑绿鬟邻女，倚窗犹唱，夕阳西下。 蒋捷《女冠子》

黄云紫塞三千里，女墙西畔啼乌起。 纳兰性德《菩萨蛮》

夫

使君自有妇，罗敷自有夫！东方千余骑，夫婿居上头。何用识夫婿？白马从骊驹。十五府小吏，二十朝大夫。坐中数千人，皆言夫婿殊。

《陌上桑》

男儿爱后妇，女子重前夫。 辛延年《羽林郎》

田夫荷锄至，相见语依依。 王维《渭川田家》

常存抱柱信，岂上望夫台。 李白《长干行》

岱宗夫如何，齐鲁青未了。　杜甫《望岳》
夫婿轻薄儿，新人美如玉。　杜甫《佳人》
朱绂皆大夫，紫绶悉将军。　白居易《轻肥》
四海无闲田，农夫犹饿死。　李绅《悯农二首之一》

——

宁为百夫长，胜作一书生。　杨炯《从军行》
夫子何为者，栖栖一代中。　李隆基《经鲁祭孔子而叹之》
欲投人处宿，隔水问樵夫。　王维《终南山》
吾爱孟夫子，风流天下闻。　李白《赠孟浩然》

——

狂夫富贵在青春，意气骄奢剧季伦。　王维《洛阳女儿行》
岑夫子，丹丘生，将进酒，杯莫停。　李白《将进酒》
学书初学卫夫人，但恨无过王右军。　杜甫《丹青引赠曹将军霸》
老夫不知其所往，足茧荒山转愁疾。　杜甫《观公孙大娘弟子舞剑器行》
长者虽有问，役夫敢申恨。　杜甫《兵车行》
梦向夫差苑里游，宫娥拥入君王起。　吴伟业《圆圆曲》
丈夫何事足萦怀，要将宇宙看稊米。　毛泽东《送纵宇一郎东行》

——

忽见陌头杨柳色，悔教夫婿觅封侯。　王昌龄《闺怨》
诚知此恨人人有，贫贱夫妻百事哀。　元稹《遣悲怀之二》
虢国夫人承主恩，平明骑马入宫门。　张祜《集灵台之二》
妆罢低声问夫婿，画眉深浅入时无？　朱庆馀《近试上张水部》
横眉冷对千夫指，俯首甘为孺子牛。　鲁迅《自嘲》

——

羌管悠悠霜满地，人不寐，将军白发征夫泪。　范仲淹《渔家傲》
子在川上曰，逝者如斯夫。　毛泽东《水调歌头》

妇

使君自有妇，罗敷自有夫！　　《陌上桑》
男儿爱后妇，女子重前夫。　　辛延年《羽林郎》
昔为倡家女，今为荡子妇。　　《青青河畔草》
十四为君妇，羞颜未尝开。　　李白《长干行》

——

少妇今春意，良人昨夜情。　　沈佺期《杂诗》

——

辽东小妇年十五，惯弹琵琶解歌舞。　　李颀《古意》
少妇城南欲断肠，征人蓟北空回首。　　高适《燕歌行》
纵有健妇把锄犁，禾生陇亩无东西。　　杜甫《兵车行》
淇上健儿归莫懒，城南思妇愁多梦。　　杜甫《洗兵马》
门前冷落车马稀，老大嫁作商人妇。　　白居易《琵琶行》
可怜思妇楼头柳，认作天边粉絮看。　　吴伟业《圆圆曲》

——

卢家少妇郁金堂，海燕双栖玳瑁梁。　　沈佺期《独不见》
闺中少妇不知愁，春日凝妆上翠楼。　　王昌龄《闺怨》
堂前扑枣任西邻，无食无儿一妇人。　　杜甫《又呈吴郎》
惯于长夜过春时，挈妇将雏鬓有丝。　　鲁迅《惯于》
南朝已见君王辱，北地何曾妇女愁。　　柳亚子《吴门记游之五》

——

不眠思妇，齐应和、几声砧杵。　　贺铸《天香》
东家娶妇，西家归女，灯火门前笑语。　　辛弃疾《鹊桥仙》
哀音似诉，正思妇无眠，起寻机杼。　　姜夔《齐天乐》
易挑锦妇机中字，难得玉人心下事。　　刘克庄《木兰花》

孙

随意春芳歇，王孙自可留。　王维《山居秋暝》
春草年年绿，王孙归不归。　王维《送别》
又送王孙去，萋萋满别情。　白居易《草》

——

将军魏武之子孙，于今为庶为清门。　杜甫《丹青引赠曹将军霸》
昔有佳人公孙氏，一舞剑器动四方。
先帝侍女八千人，公孙剑器初第一。　杜甫《观公孙大娘弟子舞剑器行》
腰下宝玦青珊瑚，可怜王孙泣路隅。
高帝子孙尽隆准，龙种自与常人殊。
豺狼在邑龙在野，王孙善保千金躯。
不敢长语临郊衢，且为王孙立斯须。
哀哉王孙慎勿疏，五陵佳气无时无。　杜甫《哀王孙》
中原干戈古亦闻，岂有逆胡传子孙。　陆游《关山月》

——

童孙未解供耕织，也傍桑阴学种瓜。　范成大《四时田园杂兴》
今日欢呼孙大圣，只缘妖雾又重来。　毛泽东《和郭沫若同志》

——

但望极楼高，尽日目断王孙。　韩缜《凤箫吟》
萋萋芳草忆王孙，柳外楼高空断魂，杜宇声声不忍闻。　李重元《忆王孙》
芳草王孙知何处，惟有杨花糁径。　李玉《贺新郎》
天下英雄谁敌手？曹刘。生子当如孙仲谋！　辛弃疾《南乡子》
千古江山，英雄无觅，孙仲谋处。　辛弃疾《永遇乐》
倦出犀帷，频梦见、王孙骄马。　史达祖《三姝媚》
梦里相思，故国王孙路。　陈子龙《点绛唇》

少

少年见罗敷，脱帽著帩头。 《陌上桑》
少壮能几时，鬓发各已苍。 杜甫《赠卫八处士》

——

野寺来人少，云峰隔水深。 刘长卿《秋日登吴公台上寺远眺》
少孤为客早，多难识君迟。 卢纶《送李端》

——

少年十五二十时，步行夺得胡马骑。 王维《老将行》
少妇城南欲断肠，征人蓟北空回首。 高适《燕歌行》
凌烟功臣少颜色，将军下笔开生面。 杜甫《丹青引赠曹将军霸》
峨眉山下少人行，旌旗无光日色薄。 白居易《长恨歌》
五陵年少争缠头，一曲红绡不知数。 白居易《琵琶行》
白皙通侯最少年，拣取花枝屡回顾。 吴伟业《圆圆曲》

——

少小虽非投笔吏，论功还欲请长缨。 祖咏《望蓟门》
闺中少妇不知愁，春日凝妆上翠楼。 王昌龄《闺怨》
同学少年多不贱，五陵衣马自轻肥。 杜甫《秋兴八首之三》
贾氏窥帘韩掾少，宓妃留枕魏王才。 李商隐《无题》
劝君莫惜金缕衣，劝君惜取少年时。 杜秋娘《金缕衣》
今日岂知明日事，老年反读少年书。 郁达夫《乱离杂诗之四》

——

春花秋月何时了，往事知多少。 李煜《虞美人》
别后不知君远近，触目凄凉多少闷。 欧阳修《木兰花》
斜月半窗还少睡，画屏闲展吴山翠。 晏几道《蝶恋花》
多少蓬莱旧事，空回首、烟霭纷纷。 秦观《满庭芳》
易得凋零，更多少无情风雨。 赵佶《燕山亭》

清露晨流，新桐初引，多少游春意。　李清照《念奴娇》
不知筋力衰多少，但觉新来懒上楼。　辛弃疾《鹧鸪天》
沉思年少浪迹，笛里关山，柳下坊陌。　姜夔《霓裳中序第一》
欲买桂花同载酒，终不似，少年游。　刘过《唐多令》
一壶浊酒喜相逢，古今多少事，都付笑谈中。　杨慎《临江仙》
结多少、悲秋俦侣，特地年年，北风吹度。　朱彝尊《长亭怨慢》
还似少年歌舞地，听落叶，忆长安。　蒋春霖《唐多令》
几点飘零花絮，做弄得、阴晴多少。　王鹏运《玉漏迟》
多少事，从来急；天地转，光阴迫。　毛泽东《满江红》

壮

烈士暮年，壮心不已。　曹操《步出夏门行·龟虽寿》

——

悲笳数声动，壮士惨不骄。　杜甫《后出塞之二》

——

黄金燃桂尽，壮志逐年衰。　孟浩然《秦中寄远上人》
沙场竟殒命，壮志也无违。　毛泽东《挽戴安澜将军》

——

俱怀逸兴壮思飞，欲上青天览明月。　李白《宣州谢朓楼饯别校书叔云》
地崩山摧壮士死，然后天梯石栈方钩连。　李白《蜀道难》
安得壮士挽天河，净洗甲兵长不用。　杜甫《洗兵马》
金绳铁索锁钮壮，古鼎跃水龙腾梭。　韩愈《石鼓歌》
笛里谁知壮士心，沙头空照征人骨。　陆游《关山月》
若非壮士全师胜，争得蛾眉匹马还。　吴伟业《圆圆曲》

——

五更鼓角声悲壮，三峡星河影动摇。　杜甫《阁夜》
壮志已怜成白首，馀生犹待发青春。　刘长卿《狱中闻收东京有赦》

壮游未许到天平，风雨终朝阻客行。　柳亚子《吴门记游十三》
草木不欣胡日月，风云犹壮汉山河。　柳亚子《寄题岳王冢》
为有牺牲多壮志，敢教日月换新天。　毛泽东《到韶山》

——

金锁已沉埋，壮气蒿莱。晚凉天净月华开。　李煜《浪淘沙》
抬望眼、仰天长啸，壮怀激烈。
壮志饥餐胡虏肉，笑谈渴饮匈奴血。　岳飞《满江红》
时易失，心徒壮，岁将零，渺神京。　张孝祥《六州歌头》
易水萧萧西风冷，满座衣冠似雪，正壮士、悲歌未彻。　辛弃疾《贺新郎》
壮年听雨客舟中，江阔云低断雁叫西风。　蒋捷《虞美人》
伫丹轮半辨，迅颓羲驭，哀入骠姚壮采。　吕碧城《瑞鹤仙》

我

青青子衿，悠悠我心。　《诗经·郑风·子衿》
九月在户，十月蟋蟀入我床下。　《诗经·豳风·七月》

——

日出东南隅，照我秦氏楼。　《陌上桑》
不意金吾子，娉婷过我庐。　辛延年《羽林郎》
我心素已闲，清川澹如此。　王维《青溪》
妻孥怪我在，惊定还拭泪。　杜甫《羌村之一》

——

江山留胜迹，我辈复登临。　孟浩然《与诸子登岘山》
为我一挥手，如听万壑松。　李白《听蜀僧濬弹琴》
烦君最相警，我亦举家清。　李商隐《蝉》

——

天生我材必有用，千金散尽还复来。　李白《将进酒》
今我不乐思岳阳，身欲奋飞病在床。　杜甫《寄韩谏议注》

我闻琵琶已叹息，又闻此语重唧唧。 白居易《琵琶行》
我家江水初发源，宦游直送江入海。 苏轼《游金山寺》

——

自古逢秋悲寂寥，我言秋日胜春朝。 刘禹锡《秋词二首之一》
顾我无衣搜荩箧，泥他沽酒拔金钗。 元稹《遣悲怀之一》
词客有灵应识我，霸才无主始怜君。 温庭筠《过陈琳墓》
我劝天公重抖擞，不拘一格降人才。 龚自珍《己亥杂诗之二》
我自横刀向天笑，去留肝胆两昆仑。 谭嗣同《狱中题壁》
寄意寒星荃不察，我以我血荐轩辕。 鲁迅《自题小像》
我欲因之梦寥廓，芙蓉国里尽朝晖。 毛泽东《答友人》
一死何难仇未复，百身可赎我奚辞。 郁达夫《乱离杂诗十一》

——

劝我早归家，绿窗人似花。 韦庄《菩萨蛮》
当时共我赏花人，点检如今无一半。 晏殊《木兰花》
长恨此身非我有，何时忘却营营。 苏轼《临江仙》
我住长江头，君住长江尾。 李之仪《卜算子》
水驿春回，望寄我、江南梅萼。 周邦彦《解连环》
旧时月色，算几番照我，梅边吹笛。 姜夔《暗香》
我自终宵成转侧，忍听湘弦重理，待结个、他生知己。
纳兰性德《金缕曲》
我辈登临，残山送暝，远江延醉。 邓廷桢《水龙吟》
我失骄杨君失柳，杨柳轻飏，直上重霄九。 毛泽东《蝶恋花》

余

二十尚不足，十五颇有余。 《陌上桑》
一鬟五百万，两鬟千万余。 辛延年《羽林郎》
愁杀芳年友，悲叹有余哀。 毛泽东《挽易昌陶》

——

渡头余落日，墟里上孤烟。　王维《辋川闲居赠裴秀才迪》

余亦能高咏，斯人不可闻。　李白《夜泊牛渚怀古》

风雨飘摇日，余怀范爱农。　鲁迅《哀范君三章之一》

——

蔡侯静者意有余，清夜置酒临前除。

杜甫《送孔巢父谢病归游江东兼呈李白》

高丘寂寞竦中夜，芳荃零落无余春。　鲁迅《湘灵歌》

名世于今五百年，诸公碌碌皆余子。　毛泽东《送纵宇一郎东行》

——

昔人已乘黄鹤去，此地空余黄鹤楼。　崔颢《黄鹤楼》

香稻啄余鹦鹉粒，碧梧栖老凤凰枝。　杜甫《秋兴八首之八》

娉娉袅袅十三余，豆蔻梢头二月初。　杜牧《赠别》

他年锦里经祠庙，梁父吟成恨有余。　李商隐《筹笔驿》

空余鲁叟乘桴意，粗识轩辕奏乐声。　苏轼《六月二十日夜渡海》

誓记钗环当日语，香余绣被隔年薰。　郁达夫《乱离杂诗之三》

——

墙头丹杏雨余花，门外绿杨风后絮。　晏几道《木兰花》

异时对，黄楼夜景，为余浩叹。　苏轼《永遇乐》

斜阳映山落，敛余红、犹恋孤城阑角。　周邦彦《瑞鹤仙》

被惜余薰，带惊剩眼，几许伤春春晚。　贺铸《望湘人》

无端风雨，未肯收尽余寒。　辛弃疾《汉宫春》

江晚正愁余，山深闻鹧鸪。　辛弃疾《菩萨蛮》

雨余风软碎鸣禽，迟迟日，犹带一分阴。　章良能《小重山》

东风紧送斜阳下，弄旧寒、晚酒醒余。　吴文英《高阳台》

愁余，荒洲古溆，断梗疏萍，更漂流何处。　张炎《渡江云》

漫惜余薰，空篝素被。　王沂孙《天香》

余音更苦。甚独抱清高，顿成凄楚。　王沂孙《齐天乐》

汀洲窈窕余醒寐，遗佩环、浮沉澧浦。　彭元逊《疏影》

河山半壁误英雄，赢得雕虫余技擅江东。　柳亚子《虞美人》

望长城内外，惟余莽莽；大河上下，顿失滔滔。 毛泽东《沁园春》
不管风吹浪打，胜似闲庭信步，今日得宽余。 毛泽东《水调歌头》

吾

不意金吾子，娉婷过我庐。
多谢金吾子，私爱徒区区。 辛延年《羽林郎》
既至金门远，孰云吾道非。
吾谋适不用，勿谓知音稀。 王维《送綦毋潜落第还乡》
杨柳散和风，青山澹吾虑。 韦应物《东郊》

——

金吾不禁夜，玉漏莫相催。 苏味道《正月十五夜》
北土非吾愿，东林怀我师。 孟浩然《秦中寄远上人》
建德非吾土，维扬忆旧游。 孟浩然《宿桐庐江寄广陵旧游》
吾爱孟夫子，风流天下闻。 李白《赠孟浩然》
世界微尘里，吾宁爱与憎。 李商隐《北青萝》

——

愿得燕弓射大将，耻令越甲鸣吾君。 王维《老将行》
国家成败吾岂敢，色难腥腐餐枫香。 杜甫《寄韩谏议注》
呜呼！何时眼前突兀见此屋，吾庐独破受冻死亦足！
杜甫《茅屋为秋风所破歌》
嗟哉吾党二三子，安得至老不更归。 韩愈《山石》
石鼓之歌止于此，呜呼吾意其蹉跎。 韩愈《石鼓歌》
吾观画品中，莫如二子尊。
吾观二子皆神俊，又于维也敛衽无间言。 苏轼《王维吴道子画》
红颜流落非吾恋，逆贼天亡自荒宴。 吴伟业《圆圆曲》
君行吾为发浩歌，鲲鹏击浪从兹始。 毛泽东《送纵宇一郎东行》

——

摇落深知宋玉悲，风流儒雅亦吾师。 杜甫《咏怀古迹之二》
昆吾御宿自逶迤，紫阁峰阴入渼陂。 杜甫《秋兴八首之八》
知汝远来应有意，好收吾骨瘴江边。 韩愈《左迁至蓝关示侄孙湘》
九死南荒吾不恨，兹游奇绝冠平生。 苏轼《六月二十日夜渡海》
万里归船弄长笛，此心吾与白鸥盟。 黄庭坚《登快阁》
些小吾曹州县吏，一枝一叶总关情。 郑燮《潍县署中画竹》
赌酒弹棋又一时，谈兵说剑亦吾师。 柳亚子《悼亡友亚魂》

——

箫声断、约彩鸾归去，未怕金吾呵醉。 刘辰翁《宝鼎现》
过眼滔滔云共雾，算人间知己吾和汝。 毛泽东《贺新郎》

他

落叶他乡树，寒灯独夜人。 马戴《灞上秋居》

——

慊慊思归恋故乡，君何淹留寄他方。 曹丕《燕歌行》

——

丛菊两开他日泪，孤舟一系故园心。 杜甫《秋兴八首之一》
顾我无衣搜荩箧，泥他沽酒拔金钗。 元稹《遣悲怀之一》
同穴窅冥何所望，他生缘会更难期。 元稹《遣悲怀之三》
他年锦里经祠庙，梁父吟成恨有余。 李商隐《筹笔驿》
海外徒闻更九州，他生未卜此生休。 李商隐《马嵬》
苦恨年年压金线，为他人作嫁衣裳。 秦韬玉《贫女》
休信儿童轻薄语，嗤他赵老送灯台。 林则徐《赴戍登程口占示家人》
躲进小楼成一统，管他冬夏与春秋。 鲁迅《自嘲》
留得岁寒松柏在，任他世网乱如麻。 柳亚子《次韵和陈巢南》

——

洛阳城里春光好，洛阳才子他乡老。 韦庄《菩萨蛮》

他时一醉昼堂前。莫忘故人憔悴、老江边。　　苏轼《南歌子》
寄语东阳沽酒市，拚一醉，而今乐事他年泪。　　朱服《渔家傲》
天遥地远，万水千山，知他故宫何处。　　赵佶《燕山亭》
三杯两盏淡酒，怎敌他、晚来风急。　　李清照《声声慢》
来相召，香车宝马，谢他酒朋诗侣。　　李清照《永遇乐》
微云淡月，对江天、分付他谁。　　李邴《汉宫春》
纵收香藏镜，他年重到，人面桃花在否。　　袁去华《瑞鹤仙》
是他春带愁来，春归何处，却不解带将愁去。　　辛弃疾《祝英台近》
众里寻他千百度，蓦然回首，那人却在，灯火阑珊处。　　辛弃疾《青玉案》
最妨他、佳约风流，钿车不到杜陵路。　　史达祖《绮罗香》
怎知他、春归何处，相逢且尽尊酒。　　刘辰翁《摸鱼儿》
未羞他、双燕归来，画帘半卷。　　张炎《解连环》
故山夜永，试待他、窥户端正。　　王沂孙《眉妩》
更消他、几度东风，几度飞花。　　王沂孙《高阳台》
日晏山深闻笛，恐他年流落，与子同赋。　　彭元逊《疏影》
他家万条千缕，解遮亭障驿，不隔江水。　　彭元逊《六丑》
筝雁十三双，输他作一行。　　纳兰性德《菩萨蛮》
我自终宵成转侧，忍听湘弦重理，待结个、他生知己。
纳兰性德《金缕曲》

自

问君何能尔，心远地自偏。　　陶渊明《饮酒之五》
欣欣此生意，自尔为佳节。　　张九龄《感遇之一》
邀人傅脂粉，不自著罗衣。　　王维《西施咏》
杀人亦有限，立国自有疆。　　杜甫《前出塞之六》
古调虽自爱，今人多不弹。　　刘长卿《听弹琴》

——

寂寂竟何待，朝朝空自归。 孟浩然《留别王维》
自顾无长策，空知返旧林。 王维《酬张少府》
惆怅南朝事，长江独自今。 刘长卿《秋日登吴公台上寺远眺》
淮南一叶下，自觉洞庭波。 许浑《早秋》

——

岩扉松径长寂寥，唯有幽人自来去。 孟浩然《夜归鹿门歌》
谁怜越女颜如玉，贫贱江头自浣纱。 王维《洛阳女儿行》
扶持自是神明力，正直原因造化功。 杜甫《古柏行》
天生丽质难自弃，一朝选在君王侧。 白居易《长恨歌》
自言本是京城女，家在虾蟆陵下住。 白居易《琵琶行》
香径尘生鸟自啼，屧廊人去苔空绿。 吴伟业《圆圆曲》

——

留连戏蝶时时舞，自在娇莺恰恰啼。 杜甫《江岸独步寻花七绝句之六》
谢公最小偏怜女，自嫁黔娄百事乖。 元稹《遣悲怀之一》
繁华事散逐香尘，流水无情草自春。 杜牧《金谷园》
红楼隔雨相望冷，珠箔飘灯独自归。 李商隐《春雨》
雁声远过潇湘去，十二楼中月自明。 温庭筠《瑶瑟怨》
时来天地皆同力，运去英雄不自由。 罗隐《筹笔驿》
时事难从无过立，达官非自有生来。 林则徐《赴戍登程口占示家人》

——

红烛自怜无好计，夜寒空替人垂泪。 晏几道《蝶恋花》
冰肌玉骨，自清凉无汗，水殿风来暗香满。 苏轼《洞仙歌》
人静乌鸢自乐，小桥外、新绿溅溅。 周邦彦《满庭芳》
香冷金猊，被翻红浪，起来慵自梳头。 李清照《凤凰台上忆吹箫》
红莲相倚浑如醉，白鸟无言定自愁。 辛弃疾《鹧鸪天》
谁教岁岁红莲夜，两处沉吟各自知。 姜夔《鹧鸪天》
应自栖香正稳，便忘了天涯芳信。 史达祖《双双燕》
鹰击长空，鱼翔浅底，万类霜天竞自由。 毛泽东《沁园春》

谁

使君遣吏往，问是谁家姝。　　《陌上桑》
借问大将谁，恐是霍嫖姚。　　杜甫《后出塞之二》
谁言寸草心，报得三春晖。　　孟郊《游子吟》
谁知盘中餐，粒粒皆辛苦。　　李绅《悯农二首之二》

——

无人信高洁，谁为表予心。　　骆宾王《在狱咏蝉》
但见泪痕湿，不知心恨谁。　　李白《怨情》
谁见汀洲上，相思愁白蘋。　　刘长卿《饯别王十一南游》

——

江头宫殿锁千门，细柳新蒲为谁绿。　　杜甫《哀江头》
鸳鸯瓦冷霜华重，翡翠衾寒谁与共。　　白居易《长恨歌》
座中泣下谁最多，江州司马青衫湿。　　白居易《琵琶行》
坐客飞觞红日暮，一曲哀弦向谁诉？　　吴伟业《圆圆曲》

——

借问汉宫谁得似，可怜飞燕倚新妆。　　李白《清平调之二》
永夜角声悲自语，中庭月色好谁看。　　杜甫《宿府》
向使当初身便死，一生真伪复谁知？　　白居易《放言五首之三》
风波不信菱枝弱，月露谁教桂叶香。　　李商隐《无题》
谁解乘舟寻范蠡，五湖烟水独忘机。　　温庭筠《利州南渡》
谁爱风流高格调，共怜时世俭梳妆。　　秦韬玉《贫女》

——

风里落花谁是主，思悠悠。　　李璟《摊破浣溪沙》
一任珠帘闲不卷，终日谁来？　　李煜《浪淘沙》
可惜明年花更好，知与谁同？　　欧阳修《浪淘沙》
草色烟光残照里，无言谁会凭阑意。　　柳永《蝶恋花》

罗衣着破前香在，旧意谁教改。 晏几道《虞美人》
谁见幽人独往来，缥缈孤鸿影。 苏轼《卜算子》
郴江幸自绕郴山，为谁流下潇湘去。 秦观《踏莎行》
此生谁料，心在天山，身老沧洲。 陆游《诉衷情》
断肠片片飞红，都无人管，倩谁唤、啼莺声住。 辛弃疾《祝英台近》
阅人多矣，谁得似长亭树。 姜夔《长亭怨慢》
紫塞门孤，金河月冷，恨谁诉? 朱彝尊《长亭怨慢》
算夔巫万里，金焦两点，谁说与，苍茫意。 邓廷桢《水龙吟》
怅寥廓，问苍茫大地，谁主沉浮? 毛泽东《沁园春》

何

对酒当歌，人生几何。 曹操《短歌行之一》

——

罗敷前置辞：使君一何愚! 《陌上桑》
草木有本心，何求美人折。 张九龄《感遇之一》
岱宗夫如何，齐鲁青未了。 杜甫《望岳》
微雨霭芳原，春鸠鸣何处。 韦应物《东郊》

——

童颜若可驻，何惜醉流霞。 孟浩然《宴梅道士山房》
古木无人径，深山何处钟。 王维《过香积寺》
何当击凡鸟，毛血洒平芜。 杜甫《画鹰》
一声何满子，双泪落君前。 张祜《何满子》
几行归塞尽，念尔独何之。 崔涂《孤雁》

——

钟鼓馔玉何足贵，但愿长醉不愿醒。 李白《将进酒》
边风飘飖那可度，绝域苍茫更何有。 高适《燕歌行》
明眸皓齿今何在? 血污游魂归不得。 杜甫《哀江头》

六军不发无奈何，宛转蛾眉马前死。 白居易《长恨歌》
同是天涯沦落人，相逢何必曾相识！ 白居易《琵琶行》
横塘双桨去如飞，何处豪家强载归？ 吴伟业《圆圆曲》

——

羌笛何须怨杨柳，春风不度玉门关。 王之涣《凉州词》
二十四桥明月夜，玉人何处教吹箫。 杜牧《寄扬州韩绰判官》
如何四纪为天子，不及卢家有莫愁。 李商隐《马嵬》
何必桑干方是远，中流以北即天涯。 杨万里《初入淮河之一》
何来酪果供千佛，难得莲花似六郎。 鲁迅《秋夜有感》

——

渐行渐远渐无书，水阔鱼沉何处问。 欧阳修《木兰花》
朝云信断知何处，应作襄王春梦去。 晏几道《木兰花》
古今如梦，何曾梦觉，但有旧欢新怨。 苏轼《永遇乐》
天遥地远，万水千山，知他故宫何处。 赵佶《燕山亭》
落日熔金，暮云合璧，人在何处。 李清照《永遇乐》
倩何人唤取，红巾翠袖，揾英雄泪？ 辛弃疾《水龙吟》
长恨相从未款，而今何事，又对西风离别。 姜夔《八归》
人生若只如初见，何事秋风悲画扇。 纳兰性德《木兰花》
问讯吴刚何所有，吴刚捧出桂花酒。 毛泽东《蝶恋花》

其

日月之行，若出其中。
星汉灿烂，若出其里。 曹操《步出夏门行·观沧海》

——

耕者忘其犁，锄者忘其锄。 《陌上桑》
川为静其波，鸟亦罢其鸣。 李颀《听董大弹胡笳兼寄语弄房给事》
其险也若此，嗟尔远道之人胡为乎来哉。 李白《蜀道难》

古来圣贤皆寂寞，唯有饮者留其名。　　李白《将进酒》

自是君身有仙骨，世人那得知其故。

杜甫《送孔巢父谢病归游江东兼呈李白》

其余七匹亦殊绝，迥若寒空动烟雪。　　杜甫《韦讽录事宅观曹将军画马图》

但看古来盛名下，终日坎壈缠其身。　　杜甫《丹青引赠曹将军霸》

老夫不知其所往，足茧荒山转愁疾。　　杜甫《观公孙大娘弟子舞剑器行》

火维地荒足妖怪，天假神柄专其雄。

升阶伛偻荐脯酒，欲以菲薄明其衷。　　韩愈《谒衡岳庙遂宿岳寺题门楼》

忆昔初蒙博士征，其年始改称元和。

石鼓之歌止于此，呜呼吾意其蹉跎。　　韩愈《石鼓歌》

楼阁玲珑五云起，其中绰约多仙子。　　白居易《长恨歌》

其间旦暮闻何物，杜鹃啼血猿哀鸣。　　白居易《琵琶行》

句奇语重喻者少，谗之天子言其私。

汤盘孔鼎有述作，今无其器存其辞。　　李商隐《韩碑》

当其下手风雨快，笔所未到气已吞。

今观此壁画，亦若其诗清且敦。

交柯乱叶动无数，一一皆可寻其源。　　苏轼《王维吴道子画》

——

河桥送人处，凉夜何其？斜月远堕余辉。　　周邦彦《夜飞鹊》

天欲堕，赖以拄其间。　　毛泽东《十六字令》

此

此中有真意，欲辨已忘言。　　陶渊明《饮酒之五》

欣欣此生意，自尔为佳节。　　张九龄《感遇之一》

徒言树桃李，此木岂无阴。　　张九龄《感遇之七》

高楼当此夜，叹息未应闲。　　李白《关山月》

今夕复何夕，共此灯烛光。　　杜甫《赠卫八处士》

只在此山中，云深不知处。 贾岛《寻隐者不遇》

——

海上生明月，天涯共此时。 张九龄《望月怀远》

愿君多采撷，此物最相思。 王维《相思》

此地一为别，孤蓬万里征。 李白《送友人》

骁腾有如此，万里可横行。 杜甫《房兵曹胡马》

欲祭疑君在，天涯哭此时。 张籍《没蕃故人》

——

天台四万八千丈，对此欲倒东南倾。 李白《梦游天姥吟留别》

临颍美人在白帝，妙舞此曲神扬扬。 杜甫《观公孙大娘弟子舞剑器行》

天长地久有时尽，此恨绵绵无绝期。 白居易《长恨歌》

别有幽愁暗恨生，此时无声胜有声。 白居易《琵琶行》

——

此日六军同驻马，当时七夕笑牵牛。 李商隐《马嵬》

曾于青史见遗文，今日飘蓬过此坟。 温庭筠《过陈琳墓》

万里归船弄长笛，此心吾与白鸥盟。 黄庭坚《登快阁》

此身合是诗人未？细雨骑驴入剑门。 陆游《剑门道中遇微雨》

——

聚散苦匆匆，此恨无穷；今年花胜去年红。 欧阳修《浪淘沙》

千古凭高对此，谩嗟荣辱。 王安石《桂枝香》

欲尽此情书尺素，浮雁沉鱼，终了无凭据。 晏几道《蝶恋花》

不恨此花飞尽，恨西园、落红难缀。 苏轼《水龙吟》

驿寄梅花，鱼传尺素，砌成此恨无重数。 秦观《踏莎行》

此情无计可消除，才下眉头，却上心头。 李清照《一剪梅》

使行人到此，忠愤气填膺，有泪如倾。 张孝祥《六州歌头》

树若有情时，不会得青青如此。 姜夔《长亭怨慢》

傍枯林古道，长河饮马，此意悠悠。 张炎《八声甘州》

此恨何时已，滴空阶、寒更雨歇，葬花天气。 纳兰性德《金缕曲》

江山如此多娇，引无数英雄竞折腰。 毛泽东《沁园春》

之

关关雎鸠，在河之洲。　《诗经·周南·关雎》
日月之行，若出其中。　曹操《步出夏门行·观沧海》
盈缩之期，不但在天。　曹操《步出夏门行·龟虽寿》
呦呦鹿鸣，食野之苹。　曹操《短歌行之一》

——

之子期宿来，孤琴候萝径。　孟浩然《宿业师山房待丁大不至》
下马饮君酒，问君何所之。　王维《送别》
兴尽方下山，何必待之子。　丘为《寻西山隐者不遇》

——

客愁全为减，舍此复何之。　杜甫《后游》
茫茫江汉上，日暮欲何之。　刘长卿《送李中丞归汉阳别业》
几行归塞尽，念尔独何之。　崔涂《孤雁》

——

念天地之悠悠，独怆然而涕下！　陈子昂《登幽州台歌》
惟觉时之枕席，失向来之烟霞。　李白《梦游天姥吟留别》
请君试问东流水，别意与之谁短长。　李白《金陵酒肆留别》
弃我去者，昨日之日不可留。　李白《宣州谢朓楼饯别校书叔云》
蜀道之难难于上青天，侧身西望长咨嗟。　李白《蜀道难》
君不见黄河之水天上来，奔流到海不复回。　李白《将进酒》
虏骑闻之应胆慑，料知短兵不敢接，车师西门伫献捷。
岑参《走马川行奉送封大夫出师西征》
美人胡为隔秋水，焉得置之贡玉堂。　杜甫《寄韩谏议注》
观者如山色沮丧，天地为之久低昂。　杜甫《观公孙大娘弟子舞剑器行》
紫驼之峰出翠釜，水精之盘行素鳞。　杜甫《丽人行》
问之不肯道姓名，但道困苦乞为奴。　杜甫《哀王孙》

羲之俗书趁姿媚，数纸尚可博白鹅。　　韩愈《石鼓歌》
排空驭气奔如电，升天入地求之遍。　　白居易《长恨歌》
句奇语重喻者少，谗之天子言其私。　　李商隐《韩碑》
摩诘得之于象外，有如仙翮谢笼樊。　　苏轼《王维吴道子画》
欲往从之道路难，相思双泪流轻纨。　　夏完淳《长歌》

——

伯仲之间见伊吕，指挥若定失萧曹。　　杜甫《咏怀古迹之五》
我欲因之梦寥廓，芙蓉国里尽朝晖。　　毛泽东《答友人》

——

一年春事都来几？早过了、三之二。　　欧阳修《青玉案》

才

不才明主弃，多病故人疏。　　孟浩然《岁暮归南山》
无才日衰老，驻马望千门。　　杜甫《至德二载，甫自京金光门出，间道归凤翔。乾元初，从左拾遗移华州掾，与亲故别，因出此门，有悲往事》

——

曲罢常教善才服，妆成每被秋娘妒。　　白居易《琵琶行》
年少峥嵘屈贾才，山川奇气曾钟此。　　毛泽东《送纵宇一郎东行》

——

殊方又喜故人来，重镇还须济世才。　　杜甫《奉待严大夫》
试玉要烧三日满，辨才须待七年期。　　白居易《放言五首之三》
贾氏窥帘韩掾少，宓妃留枕魏王才。　　李商隐《无题》
管乐有才真不忝，关张无命欲何如。　　李商隐《筹笔驿》
宣室求贤访逐臣，贾生才调更无伦。　　李商隐《贾生》
词客有灵应识我，霸才无主始怜君。　　温庭筠《过陈琳墓》
小荷才露尖尖角，早有蜻蜓立上头。　　杨万里《小池》
共道安危任樽俎，即今谁是出群才！　　陈子龙《辽事杂诗之一》

江山代有才人出，各领风骚数百年。　　赵翼《论诗》
牢盆狎客操全算，团扇才人踞上游。　　龚自珍《咏史》
我劝天公重抖擞，不拘一格降人才。　　龚自珍《己亥杂诗之二》
眼中战国成争鹿，海内人才孰卧龙。　　康有为《出都留别诸公》
河山触目尽生哀，太息神州几霸才。　　秋瑾《柬某君》
夫婿才名冠一时，相逢海上订心知。　　柳亚子《挽姚自珍女士》
荒江鸾凤才难展，伏枥骅骝愿屡违。　　柳亚子《悼亡友亚魂》

——

洛阳城里春光好，洛阳才子他乡老。　　韦庄《菩萨蛮》
晓色云开，春随人意，骤雨才过还晴。　　秦观《满庭芳》
长记小妆才了，一杯未尽，离怀多少。　　时彦《青门饮》
谁信无聊为伊，才减江淹，情伤荀倩。　　周邦彦《过秦楼》
长亭柳色才黄，远客一枝先折。　　贺铸《石州引》
此情无计可消除，才下眉头，却上心头。　　李清照《一剪梅》
鬓边觑，应把花卜归期，才簪又重数。　　辛弃疾《祝英台近》
未有人行，才半启回廊朱户。　　张镃《宴山亭》
惊回心未稳，送晓色、一壶葱茜，才知花梦准。　　吴文英《花犯》
月浸葡萄十里，看往来、神仙才子，肯把菱花扑碎。　　刘辰翁《宝鼎现》
才饮长沙水，又食武昌鱼。　　毛泽东《水调歌头》

恩

契阔谈宴，心念旧恩。　　曹操《短歌行之一》

——

承恩不在貌，教妾若为容。　　杜荀鹤《春宫怨》

——

黄云陇底白云飞，未得报恩不得归。　　李颀《古意》
身当恩遇常轻敌，力尽关山未解围。　　高适《燕歌行》

开元之中常引见，承恩数上南薰殿。 杜甫《丹青引赠曹将军霸》
圣恩若许留太学，诸生讲解得切磋。 韩愈《石鼓歌》
侍儿扶起娇无力，始是新承恩泽时。
昭阳殿里恩爱绝，蓬莱宫中日月长。 白居易《长恨歌》
入蔡缚贼献太庙，功无与让恩不訾。 李商隐《韩碑》
相约恩深相见难，一朝蚁贼满长安。 吴伟业《圆圆曲》

——

汉文有道恩犹薄，湘水无情吊岂知。 刘长卿《长沙过贾谊宅》
红颜未老恩先断，斜倚熏笼坐到明。 白居易《宫词》
虢国夫人承主恩，平明骑马入宫门。 张祜《集灵台之二》
金粉东南十五州，万重恩怨属名流。 龚自珍《咏史》
度尽劫波兄弟在，相逢一笑泯恩仇。 鲁迅《题三义塔》
难向史家搜比例，一言恩重降云霄。 柳亚子《集定公句之四》

——

连鬓并暖，同心共结，向承恩处。 吴文英《宴清都》
翠扇恩疏，红衣香褪，翻成消歇。 周密《玉京秋》
寂寂锁朱门，梦承恩。 纳兰性德《昭君怨》
惆怅罗衾扪遍，便梦隔欢期，旧恩还恋。 王鹏运《三姝媚》
起舞回风，才知恩怨无端。 朱孝臧《声声慢》

爱

男儿爱后妇，女子重前夫。
多谢金吾子，私爱徒区区。 辛延年《羽林郎》
古调虽自爱，今人多不弹。 刘长卿《听弹琴》
凄凄去亲爱，泛泛入烟雾。 韦应物《初发扬子寄元大校书》

——

吾爱孟夫子，风流天下闻。 李白《赠孟浩然》

世界微尘里，吾宁爱与憎。　　李商隐《北青萝》
风雨飘摇日，余怀范爱农。　　鲁迅《哀范君三章之一》

——

渔舟逐水爱山春，两岸桃花夹古津。　　王维《桃源行》
苏晋长斋绣佛前，醉中往往爱逃禅。　　杜甫《饮中八仙歌》
借问苦心爱者谁，后有韦讽前支遁。　　杜甫《韦讽录事宅观曹将军画马图》
君臣已与时际会，树木犹为人爱惜。　　杜甫《古柏行》
后宫佳丽三千人，三千宠爱在一身。
昭阳殿里恩爱绝，蓬莱宫中日月长。　　白居易《长恨歌》

——

最爱湖东行不足，绿杨阴里白沙堤。　　白居易《钱塘湖春行》
清时有味是无能，闲爱孤云静爱僧。　　杜牧《将赴吴兴登乐游原》
谁爱风流高格调，共怜时世俭梳妆。　　秦韬玉《贫女》
泉眼无声惜细流，树阴照水爱晴柔。　　杨万里《小池》
为爱名花抵死狂，只愁风日损红芳。　　陆游《花时遍游诸家园》
虎跳龙拿归爱国，鸾飘凤泊怨离群。　　柳亚子《元旦感怀之二》
爱丽舍宫唇发黑，戴维营里面施朱。　　毛泽东《读报有感之三》
中华儿女多奇志，不爱红装爱武装。　　毛泽东《为女民兵题照》

——

浮生长恨欢娱少，肯爱千金轻一笑。　　宋祁《木兰花》
东君也不爱惜，雪压霜欺。　　李邴《汉宫春》
少年不识愁滋味，爱上层楼。爱上层楼，为赋新词强说愁。
辛弃疾《丑奴儿》
芳径，芹泥雨润。爱贴地争飞，竞夸轻俊。　　史达祖《双双燕》
故园信息，爱渠入眼南山碧。　　史达祖《秋霁》
长恨世人新意少，爱说南朝狂客，把破帽、年年拈出。　　刘克庄《贺新郎》
绣屋秦筝，傍海棠偏爱，夜深开宴。　　吴文英《三姝媚》
最堪爱，一曲银钩小，宝帘挂秋冷。　　王沂孙《眉妩》
一壶幽绿，爱松阴满地，蕊珠宫府。　　萨都剌《酹江月》

清

白毛浮绿水，红掌拨清波。 骆宾王《咏鹅》
在山泉水清，出山泉水浊。 杜甫《佳人》

——

野旷天低树，江清月近人。 孟浩然《宿建德江》
明月松间照，清泉石上流。 王维《山居秋暝》
香雾云鬟湿，清辉玉臂寒。 杜甫《月夜》
清瑟怨遥夜，绕弦风雨哀。 韦庄《章台夜思》

——

来如雷霆收震怒，罢如江海凝清光。 杜甫《观公孙大娘弟子舞剑器行》
渔翁夜傍西岩宿，晓汲清湘然楚竹。 柳宗元《渔翁》
春寒赐浴华清池，温泉水滑洗凝脂。 白居易《长恨歌》
空将汉月出宫门，忆君清泪如铅水。 李贺《金铜仙人辞汉歌》

——

夜发清溪向三峡，思君不见下渝州。 李白《峨眉山月歌》
风急天高猿啸哀，渚清沙白鸟飞回。 杜甫《登高》
疏影横斜水清浅，暗香浮动月黄昏。 林逋《山园小梅》
云散月明谁点缀，天容海色本澄清。 苏轼《六月二十日夜渡海》
问渠那得清如许，为有源头活水来。 朱熹《观书有感》
粉骨碎身全不惜，要留清白在人间。 于谦《石灰吟》
金猴奋起千钧棒，玉宇澄清万里埃。 毛泽东《和郭沫若同志》

——

满眼游丝兼落絮，红杏开时，一霎清明雨。 冯延巳《蝶恋花》
无言独上西楼，月如钩。寂寞梧桐深院锁清秋。 李煜《相见欢》
明月如霜，好风如水，清景无限。 苏轼《永遇乐》
丽谯吹罢小单于，迢迢清夜徂。 秦观《阮郎归》

风老莺雏，雨肥梅子，午阴嘉树清圆。　周邦彦《满庭芳》

寻寻觅觅，冷冷清清，凄凄惨惨戚戚。　李清照《声声慢》

啼鸟还知如许恨，料不啼清泪长啼血。　辛弃疾《贺新郎》

听风听雨过清明，愁草瘗花铭。　吴文英《风入松》

纵英游、叠鼓清笳，骏马名姬。　周密《高阳台》

碧圆自洁，向浅洲远浦，亭亭清绝。　张炎《疏影》

怅霜飞榆塞，月冷枫江，万里凄清。　文廷式《忆旧游》

登临感清快，对层云曳缟，乱峰横黛。　吕碧城《瑞鹤仙》

今朝霜重东门路，照横塘半天残月，凄清如许。　毛泽东《贺新郎》

乱

世乱遭飘荡，生还偶然遂。　杜甫《羌村之一》

——

世乱同南去，时清独北还。　司空曙《贼平后送人北归》

广泽生明月，苍山夹乱流。　马戴《楚江怀古》

乱山残雪夜，孤烛异乡人。　崔涂《除夜有怀》

——

缭乱边愁听不尽，高高秋月照长城。　王昌龄《从军行之二》

三川北虏乱如麻，四海南奔似永嘉。　李白《永王东巡歌十一首之二》

湖上春来似画图，乱峰围绕水平铺。　白居易《春题湖上》

黑云翻墨未遮山，白雨跳珠乱入船。　苏轼《六月二十七日望湖楼醉书》

乱世桃源非乐土，炎荒草泽尽英雄。　郁达夫《乱离杂诗之十》

——

泪眼问花花不语，乱红飞过秋千去。　冯延巳《蝶恋花》

砌下落梅如雪乱，拂了一身还满。　李煜《清平乐》

城上风光莺语乱，城下烟波春拍岸。　钱惟演《木兰花》

重头歌韵响琤琮，入破舞腰红乱旋。　晏殊《木兰花》

乱石穿空，惊涛拍岸，卷起千堆雪。 苏轼《念奴娇》
柳下桃蹊，乱分春色到人家。 秦观《望海潮》
钗钿堕处遗香泽，乱点桃蹊，轻翻柳陌。 周邦彦《六丑》
日暮，望高城不见，只见乱山无数。 姜夔《长亭怨慢》
湛湛长空黑，更那堪、斜风细雨，乱愁如织。 刘克庄《贺新郎》
千金买光景，但疏钟催晓，乱鸦啼暝。 陆睿《瑞鹤仙》
可惜秋宵，乱蛩疏雨里。 吴文英《齐天乐》
临砌影，寒香乱、冻梅藏韵。 吴文英《花犯》
水涵空、阑干高处，送乱鸦、斜日落渔汀。 吴文英《八声甘州》
榴心空叠舞裙红，艾枝应压愁鬟乱。 吴文英《踏莎行》
晴丝牵绪乱，对沧江斜日，花飞人远。 吴文英《瑞鹤仙》
乱鸦过，斗转城荒，不见来时试灯处。 刘辰翁《兰陵王》
韶华正好，应自喜、初乱长安蜂蝶。 周密《瑶华》
漠漠香尘隔，沸十里乱丝丛笛。 周密《曲游春》
水远，怎知流水外，却是乱山尤远。 王沂孙《长亭怨慢》
登临感清快，对层云曳缟，乱峰横黛。 吕碧城《瑞鹤仙》
唤起工农千百万，同心干，不周山下红旗乱。 毛泽东《渔家傲》

正

潮平两岸阔，风正一帆悬。 王湾《次北固山下》
金灶初开火，仙桃正发花。 孟浩然《宴梅道士山房》
此道昔归顺，西郊胡正繁。 杜甫《至德二载，甫自京金光门出，间道归凤翔。乾元初，从左拾遗移华州掾，与亲故别，因出此门，有悲往事》

——

扶持自是神明力，正直原因造化功。 杜甫《古柏行》
青春复随冠冕入，紫禁正耐烟花绕。 杜甫《洗兵马》

——

正是江南好风景，落花时节又逢君。　杜甫《江南逢李龟年》

城上高楼接大荒，海天愁思正茫茫。

柳宗元《登柳州城楼寄漳汀封连四州刺史》

蒌蒿满地芦芽短，正是河豚欲上时。　苏轼《惠崇春江晓景》

扶桑正是秋光好，枫叶如丹照嫩寒。　鲁迅《送增田涉君归国》

饮茶粤海未能忘，索句渝州叶正黄。　毛泽东《和柳亚子先生》

长歌正气重来读，我比前贤路已宽。　郁达夫《乱离杂诗十二》

——

梧桐树，三更雨，不道离情正苦。　温庭筠《更漏子》

夜来幽梦忽还乡，小轩窗，正梳妆。　苏轼《江城子》

长记误随车，正絮翻蝶舞，芳思交加。　秦观《望海潮》

到清明时候，百紫千红，花正乱，已失春风一半。　李元膺《洞仙歌》

正单衣试酒，怅客里、光阴虚掷。　周邦彦《六丑》

雁过也，正伤心，却是旧时相识。　李清照《声声慢》

正销魂又是，疏烟淡月，子规声断。　陈亮《水龙吟》

休去倚危栏，斜阳正在、烟柳断肠处。　辛弃疾《摸鱼儿》

犹记深宫旧事，那人正睡里，飞近蛾绿。　姜夔《疏影》

应自栖香正稳，便忘了天涯芳信。　史达祖《双双燕》

东风睡足交枝，正梦枕、瑶钗燕股。　吴文英《宴清都》

酒酣应对燕山雪，正冰河月冻，晓陇云飞。　周密《高阳台》

化作娇莺飞归去，犹认纱窗旧绿，正过雨、荆桃如菽。　蒋捷《贺新郎》

自顾影、欲下寒塘，正沙净草枯，水平天远。　张炎《解连环》

故山夜永，试待他、窥户端正。　王沂孙《眉妩》

正树拥云昏，星垂野阔，暝色浮天。　蒋春霖《木兰花慢》

终古巢鸾无分，正飞霜金井，抛断缠绵。　朱孝臧《声声慢》

搴裳步隘，正雨过、湍奔石濑。　吕碧城《瑞鹤仙》

恰同学少年，风华正茂；书生意气，挥斥方遒。　毛泽东《沁园春》

直

大漠孤烟直，长河落日圆。	王维《使至塞上》
世味秋荼苦，人间直道穷。	鲁迅《哀范君三章之一》

——

长风破浪会有时，直挂云帆济沧海。	李白《行路难》
扶持自是神明力，正直原因造化功。	杜甫《古柏行》
牵衣顿足拦道哭，哭声直上干云霄。	杜甫《兵车行》
潜心默祷若有应，岂非正直能感通。	韩愈《谒衡岳庙遂宿岳寺题门楼》
我家江水初发源，宦游直送江入海。	苏轼《游金山寺》
洞庭湘水涨连天，艨艟巨舰直东指。	毛泽东《送纵宇一郎东行》

——

我寄愁心与明月，随君直到夜郎西。	李白《闻王昌龄左迁龙标遥有此寄》
飞流直下三千尺，疑是银河落九天。	李白《望庐山瀑布》
直北关山金鼓振，征西车马羽书驰。	杜甫《秋兴八首之四》
竹枝待风千茎直，柳树迎风一向斜。	元稹《放言五首之二》
花开堪折直须折，莫待无花空折枝。	杜秋娘《金缕衣》
直道相思了无益，未妨惆怅是清狂。	李商隐《无题》

——

此时金盏直须深，看尽落花能几醉。	晏几道《木兰花》
北楼闲上，疏帘高卷，直见街南树。	晏几道《御街行》
赤阑桥尽香街直，笼街细柳娇无力。	陈克《菩萨蛮》
柳阴直，烟里丝丝弄碧。	周邦彦《兰陵王》
留住，直到老不教归去。	张镃《宴山亭》
翠眼圈花，冰丝织练，黄道宝光相直。	史达祖《喜迁莺》
匡庐一带不停留，要向潇湘直进。	毛泽东《西江月》
红旗跃过汀江，直下龙岩上杭。	毛泽东《清平乐》

今日向何方，直指武夷山下。　毛泽东《如梦令》
百万工农齐踊跃，席卷江西，直捣湘和鄂。　毛泽东《蝶恋花》
会昌城外高峰，颠连直接东溟。　毛泽东《清平乐》
我失骄杨君失柳，杨柳轻飏，直上重霄九。　毛泽东《蝶恋花》

平

平沙列万幕，部伍各见招。　杜甫《后出塞之二》
峥嵘赤云西，日脚下平地。　杜甫《羌村之一》

——

烽火照西京，心中自不平。　杨炯《从军行》
潮平两岸阔，风正一帆悬。　王湾《次北固山下》
八月湖水平，涵虚混太清。　孟浩然《临洞庭上张丞相》
迷津欲有问，平海夕漫漫。　孟浩然《早寒有怀》
回看射雕处，千里暮云平。　王维《观猎》
何当击凡鸟，毛血洒平芜。　杜甫《画鹰》
平明寻白羽，没在石棱中。　卢纶《塞下曲之二》

——

平明闾巷扫花开，薄暮渔樵乘水入。　王维《桃源行》
上将拥旄西出征，平明吹笛大军行。　岑参《轮台歌奉送封大夫出师西征》
弦弦掩抑声声思，似诉生平不得志。　白居易《琵琶行》
归来却怪丹青手，入眼平生几曾有。　王安石《明妃曲》

——

平阳歌舞新承宠，帘外春寒赐锦袍。　王昌龄《春宫怨》
峨眉山月半轮秋，影入平羌江水流。　李白《峨眉山月歌》
马上相逢无纸笔，凭君传语报平安。　岑参《逢入京使》
鱼龙寂寞秋江冷，故国平居有所思。　杜甫《秋兴八首之四》
湖上春来似画图，乱峰围绕水平铺。　白居易《春题湖上》

惟将终夜长开眼，报答平生未展眉。 元稹《遣悲怀之三》
虢国夫人承主恩，平明骑马入宫门。 张祜《集灵台之二》
九死南荒吾不恨，兹游奇绝冠平生。 苏轼《六月二十日夜渡海》
平楚日和憎健翮，小山香满蔽高岑。 鲁迅《阻郁达夫移家杭州》

——

平林漠漠烟如织，寒山一带伤心碧。 李白《菩萨蛮》
画阁魂消，高楼目断，斜阳只送平波远。 晏殊《踏莎行》
金谷俊游，铜驼巷陌，新晴细履平沙。 秦观《望海潮》
长淮望断，关塞莽然平。 张孝祥《六州歌头》
连呼酒，上琴台去，秋与云平。 吴文英《八声甘州》
接叶巢莺，平波卷絮，断桥斜日归船。 张炎《高阳台》
又日落天寒，平沙列幕边马鸣。 文廷式《忆旧游》
太平世界，环球同此凉热。 毛泽东《念奴娇》

怨

来归相怨怒，但坐观罗敷。 《陌上桑》

——

叹凤嗟身否，伤麟怨道穷。 李隆基《经鲁祭孔子而叹之》
情人怨遥夜，竟夕起相思。 张九龄《望月怀远》
苍梧来怨慕，白芷动芳馨。 钱起《省试湘灵鼓瑟》
清瑟怨遥夜，绕弦风雨哀。 韦庄《章台夜思》

——

行人刁斗风沙暗，公主琵琶幽怨多。 李颀《古从军行》
错怨狂风飏落花，无边春色来天地。 吴伟业《圆圆曲》

——

羌笛何须怨杨柳，春风不度玉门关。 王之涣《凉州词》
千载琵琶作胡语，分明怨恨曲中论。 杜甫《咏怀古迹之三》

日暮东风怨啼鸟，落花犹似堕楼人。 杜牧《金谷园》

金粉东南十五州，万重恩怨属名流。 龚自珍《咏史》

瑶瑟凝尘清怨绝，可怜无女耀高丘。 鲁迅《悼丁君》

凤凰浪迹成凡鸟，精卫临渊是怨禽。 郁达夫《乱离杂诗之七》

——

莫把幺弦拨，怨极弦能说。 张先《千秋岁》

孤城暮角，引胡笳怨。 柳永《迷神引》

古今如梦，何曾梦觉，但有旧欢新怨。 苏轼《永遇乐》

怨怀无托，嗟情人断绝，信音辽邈。 周邦彦《解连环》

托微风、彩箫流怨，断肠马上曾闻。 贺铸《绿头鸭》

染柳烟浓，吹梅笛怨，春意知几许。 李清照《永遇乐》

罗绶分香，翠绡封泪，几多幽怨？ 陈亮《水龙吟》

怨春不语。算只有殷勤，画檐蛛网，尽日惹飞絮。 辛弃疾《摸鱼儿》

还教一片随波去，又却怨、玉龙哀曲。 姜夔《疏影》

千丝怨碧，渐路入、仙坞迷津。 吴文英《渡江云》

冰丝写怨更多情，骚人恨，枉赋芳兰幽芷。 周密《花犯》

谁怜旅愁荏苒，谩长门夜悄，锦筝弹怨。 张炎《解连环》

但殷勤折取，自遣一襟幽怨。 王沂孙《法曲献仙音》

园林红紫千千，放教狼藉，休但怨、连番风雨。 文廷式《祝英台近》

唯有年时芳俦在，一例差池双翦，相对向、斜阳凄怨。 梁启超《金缕曲》

小栏人影凄迷，和烟和雾，更化作、一庭幽怨。 吕碧城《祝英台近》

洒向人间都是怨，一枕黄粱再现。 毛泽东《清平乐》

恨

欲取鸣琴弹，恨无知音赏。 孟浩然《夏日南亭怀辛大》

但见泪痕湿，不知心恨谁。 李白《怨情》

——

感时花溅泪，恨别鸟惊心。 杜甫《春望》
江流石不转，遗恨失吞吴。 杜甫《八阵图》
本以高难饱，徒劳恨费声。 李商隐《蝉》

——

学书初学卫夫人，但恨无过王右军。 杜甫《丹青引赠曹将军霸》
天长地久有时尽，此恨绵绵无绝期。 白居易《长恨歌》
别有幽愁暗恨生，此时无声胜有声。 白居易《琵琶行》
恨杀军书底死催，苦留后约将人误。 吴伟业《圆圆曲》

——

解释春风无限恨，沉香亭北倚阑干。 李白《清平调之三》
艰难苦恨繁霜鬓，潦倒新停浊酒杯。 杜甫《登高》
苦恨年年压金线，为他人作嫁衣裳。 秦韬玉《贫女》
石壕村与长生殿，一例钗分惹恨长。 郁达夫《乱离杂诗之一》

——

思悠悠，恨悠悠，恨到归时方始休，月明人倚楼。 白居易《长相思》
手卷珠帘上玉钩，依前春恨锁重楼。 李璟《摊破浣溪沙》
离恨恰如春草，更行更远还生。 李煜《清平乐》
沉恨细思，不如桃杏，犹解嫁东风。 张先《一丛花》
明月不谙离恨苦，斜光到晓穿朱户。 晏殊《蝶恋花》
浮生长恨欢娱少，肯爱千金轻一笑。 宋祁《木兰花》
夜深风竹敲秋韵，万叶千声皆是恨。 欧阳修《木兰花》
旧香残粉似当初，人情恨不如。 晏几道《阮郎归》
惊起却回头，有恨无人省。 苏轼《卜算子》
驿寄梅花，鱼传尺素，砌成此恨无重数。 秦观《踏莎行》
恨春去不与人期，弄夜色，空余满地梨花雪。 周邦彦《浪淘沙慢》
恨芳菲世界，游人未赏，都付与、莺和燕。 陈亮《水龙吟》
啼鸟还知如许恨，料不啼清泪长啼血。 辛弃疾《贺新郎》
遥岑远目，献愁供恨，玉簪螺髻。 辛弃疾《水龙吟》
一襟余恨宫魂断，年年翠阴庭树。 王沂孙《齐天乐》
紫塞门孤，金河月冷，恨谁诉？ 朱彝尊《长亭怨慢》

休更问，恨深浅。　　梁启超《金缕曲》

怜

灭烛怜光满，披衣觉露滋。　　张九龄《望月怀远》
仍怜故乡水，万里送行舟。　　李白《渡荆门送别》
寺忆曾游处，桥怜再渡时。　　杜甫《后游》
惟怜一灯影，万里眼中明。　　钱起《送僧归日本》

——

腰下宝玦青珊瑚，可怜王孙泣路隅。　　杜甫《哀王孙》
姊妹弟兄皆列土，可怜光彩生门户。　　白居易《长恨歌》
一去心知更不归，可怜着尽汉宫衣。　　王安石《明妃曲》
可怜思妇楼头柳，认作天边粉絮看。　　吴伟业《圆圆曲》

——

借问汉宫谁得似，可怜飞燕倚新妆。　　李白《清平调之二》
回首可怜歌舞地，秦中自古帝王州。　　杜甫《秋兴八首之六》
寂寂江山摇落处，怜君何事到天涯。　　刘长卿《长沙过贾谊宅》
独怜幽草涧边生，上有黄鹂深树鸣。　　韦应物《滁州西涧》
谁怜九月初三夜，露似真珠月似弓。　　白居易《暮江吟》
谢公最小偏怜女，自嫁黔娄百事乖。　　元稹《遣悲怀之一》
词客有灵应识我，霸才无主始怜君。　　温庭筠《过陈琳墓》
谁爱风流高格调，共怜时世俭梳妆。　　秦韬玉《贫女》
可怜无定河边骨，犹是春闺梦里人。　　陈陶《陇西行》
应怜屐齿印苍苔，小扣柴扉久不开。　　叶绍翁《游园不值》
瑶瑟凝尘清怨绝，可怜无女耀高丘。　　鲁迅《悼丁君》

——

记得绿罗裙，处处怜芳草。　　牛希济《生查子》
满目山河空念远，落花风雨更伤春，不如怜取眼前人。　　晏殊《浣溪沙》

两鬓可怜青，只为相思老。　晏几道《生查子》
西北望长安，可怜无数山。　辛弃疾《菩萨蛮》
晚雨未摧宫树，可怜闲叶，犹抱凉蝉。　史达祖《玉胡蝶》
自怜两鬓清霜，一年寒食，又身在云山深处。　吴文英《祝英台近》
谁怜旅愁荏苒，谩长门夜悄，锦筝弹怨。　张炎《解连环》
披髦重来，不分明处，可怜烟水。　邓廷桢《水龙吟》
薄命怜花，倚东风罗袖，泪珠偷泫。　王鹏运《三姝媚》
鸣蛩颓城，吹蝶空枝，飘蓬人意相怜。　朱孝臧《声声慢》
最怜娥月含颦，一般消瘦，又别后、依依重见。　吕碧城《祝英台近》

惜

不惜红罗裂，何论轻贱躯。　辛延年《羽林郎》

——

更有明朝恨，离杯惜共传。　司空曙《云阳馆与韩绅宿别》

——

惜君只欲苦死留，富贵何如草头露。
杜甫《送孔巢父谢病归游江东兼呈李白》
田家望望惜雨干，布谷处处催春种。　杜甫《洗兵马》
薰天意气连宫掖，明眸皓齿无人惜。　吴伟业《圆圆曲》

——

劝君莫惜金缕衣，劝君惜取少年时。　杜秋娘《金缕衣》
蜡烛有心还惜别，替人垂泪到天明。　杜牧《赠别之二》
可惜不当湖水面，银山堆里看青山。　黄庭坚《雨中登岳阳楼望君山之二》
泉眼无声惜细流，树阴照水爱晴柔。　杨万里《小池》
粉骨碎身全不惜，要留清白在人间。　于谦《石灰吟》

——

数声鶗鴂，又报芳菲歇，惜春更把残红折。　张先《千秋岁》

可惜明年花更好，知与谁同？　欧阳修《浪淘沙》
思往事，惜流芳，易成伤。　欧阳修《诉衷情》
殢云尤雨，有万般千种，相怜相惜。　柳永《浪淘沙慢》
无奈被些名利缚！无奈被它情担阁！可惜风流总闲却！
王安石《千秋岁引》
似花还似非花，也无人惜从教坠。　苏轼《水龙吟》
更可惜、雪中高士，香篝熏素被。　周邦彦《花犯》
多情最谁追惜，但蜂媒蝶使，时叩窗槅。　周邦彦《六丑》
不信芳春厌老人，老人几度送余春，惜春行乐莫辞频。　贺铸《浣溪沙》
被惜余薰，带惊剩眼，几许伤春春晚。　贺铸《望湘人》
东君也不爱惜，雪压霜欺。　李邴《汉宫春》
惜春长怕花开早，何况落红无数。　辛弃疾《摸鱼儿》
可惜流年，忧愁风雨，树犹如此。　辛弃疾《水龙吟》
最可惜、一片江山，总付与啼鴂。　姜夔《八归》
可惜东风，将恨与、闲花俱谢。　史达祖《三姝媚》
可惜秋宵，乱蛩疏雨里。　吴文英《齐天乐》
可惜一片清歌，都付与黄昏。　黄孝迈《湘春夜月》
漫惜余薰，空篝素被。　王沂孙《天香》
怨花后期，无言花暗泣，黦地谁惜。　郑文焯《六丑》
惜秦皇汉武，略输文采；唐宗宋祖，稍逊风骚。　毛泽东《沁园春》

怕

伤心怕看秦淮月，剩水残山总可怜。　柳亚子《题太平天国战史》
红军不怕远征难，万水千山只等闲。　毛泽东《长征》
独有英雄驱虎豹，更无豪杰怕熊罴。　毛泽东《冬云》

——

生怕离怀别苦，多少事、欲说还休。　李清照《凤凰台上忆吹箫》

生怕见花开花落，朝来塞雁先还。　辛弃疾《汉宫春》
求田问舍，怕应羞见，刘郎才气。　辛弃疾《水龙吟》
惜春长怕花开早，何况落红无数。　辛弃疾《摸鱼儿》
怕上层楼，十日九风雨。　辛弃疾《祝英台近》
第一是早早归来，怕红萼无人为主。　姜夔《长亭怨慢》
强携酒，小桥宅，怕梨花落尽成秋色。　姜夔《淡黄柳》
待得归鞍到时，只怕春深。　姜夔《一萼红》
怕万一，误玉人夜寒帘隙。　史达祖《喜迁莺》
若对黄花孤负酒，怕黄花、也笑人岑寂。　刘克庄《贺新郎》
怕舣游船，临流可奈清臞。　吴文英《高阳台》
都道晚凉天气好，有明月，怕登楼。　吴文英《唐多令》
箫声断、约彩鸾归去，未怕金吾呵醉。　刘辰翁《宝鼎现》
轻暝笼寒，怕梨云梦冷，杏香愁幂。　周密《曲游春》
怕人间换谱伊凉，素娥未识。　蒋捷《瑞鹤仙》
待把宫眉横云样，描上生绡画幅，怕不是新来妆束。　蒋捷《贺新郎》
莫卅帘，怕见飞花，怕听啼鹃。　张炎《高阳台》
空怀感、有斜阳处，却怕登楼。　张炎《八声甘州》
暮雨相呼，怕蓦地、玉关重见。　张炎《解连环》
回首当年汉舞，怕飞去漫皱，留仙裙折。　张炎《疏影》
正自羁怀多感，怕荒台高处，更不胜情。　姚云文《紫萸香慢》
钟情怕到相思路，盼长堤、草尽红心。　朱彝尊《高阳台》
近来怕说当时事，结遍兰襟。　纳兰性德《采桑子》
还怕两人俱薄命，再缘悭、剩月零风里。　纳兰性德《金缕曲》
一片石头城上月，浑怕照，旧江山。　蒋春霖《唐多令》
怕后约、误东风一信，香桃瘦损，还忆而今。　郑文焯《湘春夜月》
娇随步，著意怜花，又怕花欲妒。　况周颐《西子妆》

愁

愁因薄暮起，兴是清秋发。　　孟浩然《秋登兰山寄张五》
感此伤妾心，坐愁红颜老。　　李白《长干行》

——

山暝听猿愁，沧江急夜流。　　孟浩然《宿桐庐江寄广陵旧游》
㧐身思狡兔，侧目似愁胡。　　杜甫《画鹰》
迟回度陇怯，浩荡及关愁。　　杜甫《秦州杂诗之一》
谁见汀洲上，相思愁白蘋。　　刘长卿《饯别王十一南游》

——

抽刀断水水更流，举杯消愁愁更愁。　　李白《宣州谢朓楼饯别校书叔云》
老夫不知其所往，足茧荒山转愁疾。　　杜甫《观公孙大娘弟子舞剑器行》
别有幽愁暗恨生，此时无声胜有声。　　白居易《琵琶行》
一斛明珠万斛愁，关山漂泊腰肢细。　　吴伟业《圆圆曲》

——

闺中少妇不知愁，春日凝妆上翠楼。　　王昌龄《闺怨》
莫愁前路无知己，天下谁人不识君。　　高适《别董大之一》
月落乌啼霜满天，江枫渔火对愁眠。　　张继《枫桥夜泊》
新妆宜面下朱楼，深锁春光一院愁。　　刘禹锡《春词》
金陵津渡小山楼，一宿行人自可愁。　　张祜《题金陵渡》
岂有蛟龙愁失水，更无鹰隼与高秋。　　李商隐《重有感》
为爱名花抵死狂，只愁风日损红芳。　　陆游《花时遍游诸家园》

——

撩乱春愁如柳絮，悠悠梦里无寻处。　　冯延巳《蝶恋花》
青鸟不传云外信，丁香空结雨中愁。　　李璟《摊破浣溪沙》
别来春半，触目愁肠断。　　李煜《清平乐》
楼头残梦五更钟，花底离愁三月雨。　　晏殊《木兰花》

碧楼帘影不遮愁，还似去年今日意。 晏几道《木兰花》
春去也，飞红万点愁如海。 秦观《千秋岁》
愁苦。问院落凄凉，几番春暮。 赵佶《燕山亭》
这次第，怎一个愁字了得。 李清照《声声慢》
已是黄昏独自愁，更著风和雨。 陆游《卜算子》
是他春带愁来，春归何处，却不解带将愁去。 辛弃疾《祝英台近》
双桨莼波，一蓑松雨，暮愁渐满空阔。 姜夔《庆宫春》
明朝事与孤烟冷，做满湖风雨愁人。 吴文英《渡江云》
轻暝笼寒，怕梨云梦冷，杏香愁幂。 周密《曲游春》

悲

悲笳数声动，壮士惨不骄。 杜甫《后出塞之二》

——

日夕凉风至，闻蝉但益悲。 孟浩然《秦中寄远上人》
白发悲花落，青云羡鸟飞。 岑参《寄左省杜拾遗》
满目生悲事，因人作远游。 杜甫《秦州杂诗之一》
流水传潇浦，悲风过洞庭。 钱起《省试湘灵鼓瑟》
乍见翻疑梦，相悲各问年。 司空曙《云阳馆与韩绅宿别》
云中君不见，竟夕自悲秋。 马戴《楚江怀古》

——

中有至人谈寂灭，悟者悲涕迷者手自扪。 苏轼《王维吴道子画》
长向尊前悲老大，有人夫婿擅侯王。 吴伟业《圆圆曲》

——

永夜角声悲自语，中庭月色好谁看。 杜甫《宿府》
三年谪宦此栖迟，万古惟留楚客悲。 刘长卿《长沙过贾谊宅》
自古逢秋悲寂寥，我言秋日胜春朝。 刘禹锡《秋词二首之一》
闲坐悲君亦自悲，百年多是几多时。 元稹《遣悲怀之三》

远路应悲春晼晚，残宵犹得梦依稀。　李商隐《春雨》
死去元知万事空，但悲不见九州同。　陆游《示儿》
牛郎欲问瘟神事，一样悲欢逐逝波。　毛泽东《送瘟神之一》

——

念往昔、繁华竞逐，叹门外楼头，悲恨相续。　王安石《桂枝香》
欲将沉醉换悲凉，清歌莫断肠。　晏几道《阮郎归》
人有悲欢离合，月有阴晴圆缺，此事古难全。　苏轼《水调歌头》
新来瘦，非干病酒，不是悲秋。　李清照《凤凰台上忆吹箫》
莫等闲、白了少年头，空悲切。　岳飞《满江红》
看名王宵猎，骑火一川明，笳鼓悲鸣，遣人惊。　张孝祥《六州歌头》
易水萧萧西风冷，满座衣冠似雪，正壮士、悲歌未彻。　辛弃疾《贺新郎》
春未绿，鬓先丝，人间别久不成悲。　姜夔《鹧鸪天》
露蛩悲、青灯冷屋，翻书愁上鬓毛白，年少俊游浑断得。　史达祖《秋霁》
悲欢离合总无情，一任阶前点滴到天明。　蒋捷《虞美人》
残酒忆荆高，燕赵悲歌事未消。　陈维崧《南乡子》
结多少、悲秋俦侣，特地年年，北风吹度。　朱彝尊《长亭怨慢》
人生若只如初见，何事秋风悲画扇。　纳兰性德《木兰花》
国际悲歌歌一曲，狂飙为我从天落。　毛泽东《蝶恋花》

哀

清瑟怨遥夜，绕弦风雨哀。　韦庄《章台夜思》

——

胡雁哀鸣夜夜飞，胡儿眼泪双双落。　李颀《古从军行》
箫鼓哀吟感鬼神，宾从杂遝实要津。　杜甫《丽人行》
哀哉王孙慎勿疏，五陵佳气无时无。　杜甫《哀王孙》
玳弦急管曲复终，乐极哀来月东出。　杜甫《观公孙大娘弟子舞剑器行》
其间旦暮闻何物，杜鹃啼血猿哀鸣。　白居易《琵琶行》

坐客飞觞红日暮，一曲哀弦向谁诉？　　吴伟业《圆圆曲》

——

二帝巡游俱未回，五陵松柏使人哀。　　李白《永王东巡歌十一首之五》

羯胡事主终无赖，词客哀时且未还。　　杜甫《咏怀古迹之一》

诚知此恨人人有，贫贱夫妻百事哀。　　元稹《遣悲怀之二》

金河秋半虏弦开，云外惊飞四散哀。　　杜牧《早雁》

瑶池阿母绮窗开，黄竹歌声动地哀。　　李商隐《瑶池》

僵卧孤村不自哀，尚思为国戍轮台。　　陆游《十一月四日风雨大作》

陵园白露年年满，城郭青磷夜夜哀。　　陈子龙《辽事杂诗之一》

出门一笑莫心哀，浩荡襟怀到处开。　　林则徐《赴戍登程口占示家人》

九州生气恃风雷，万马齐喑究可哀。　　龚自珍《己亥杂诗之二》

河山触目尽生哀，太息神州几霸才。　　秋瑾《柬某君》

蓬山咫尺南溟路，哀乐都因一水分。　　郁达夫《乱离杂诗之三》

——

往事只堪哀，对景难排；秋风庭院藓侵阶。　　李煜《浪淘沙》

哀筝一弄湘江曲，声声写尽江波绿。　　张先《菩萨蛮》

闲寻旧踪迹，又酒趁哀弦，灯照离席，梨花榆火催寒食。

周邦彦《兰陵王》

未怪平阳客，双泪落、笛中哀曲。　　周邦彦《大酺》

推手含情还却手，一抹凉州哀彻，千古事、云飞烟灭。　　辛弃疾《贺新郎》

还教一片随波去，又却怨、玉龙哀曲。　　姜夔《疏影》

漫相思，弹入哀筝柱。　　吴文英《莺啼序》

哀角起重关，霜深楚水寒，背西风、归雁声酸。　　蒋春霖《唐多令》

哀筝自语，残灯在水，轻梦如云。　　郑文焯《湘春夜月》

寒信急，又神宫凄奏，分付哀蝉。　　朱孝臧《声声慢》

哀筝似诉，最肠断、红楼前度。　　况周颐《西子妆》

伫丹轮半辨，迅颓羲驭，哀入骠姚壮采。　　吕碧城《瑞鹤仙》

惊

妻孥怪我在，惊定还拭泪。　　杜甫《羌村之一》

——

月出惊山鸟，时鸣春涧中。　　王维《鸟鸣涧》

林暗草惊风，将军夜引弓。　　卢纶《塞下曲之二》

啼时惊妾梦，不得到辽西。　　金昌绪《春怨》

——

渔阳鼙鼓动地来，惊破霓裳羽衣曲。　　白居易《长恨歌》

蛾眉马上传呼进，云鬟不整惊魂定。　　吴伟业《圆圆曲》

——

燕台一去客心惊，笳鼓喧喧汉将营。　　祖咏《望蓟门》

一卧沧江惊岁晚，几回青琐点朝班。　　杜甫《秋兴八首之五》

惊风乱飐芙蓉水，密雨斜侵薜荔墙。

柳宗元《登柳州城楼寄漳汀封连四州刺史》

金河秋半虏弦开，云外惊飞四散哀。　　杜牧《早雁》

牧马久惊侵禹域，蛰龙无术起风雷。　　秋瑾《柬某君》

曾惊秋肃临天下，敢遣春温上笔端。　　鲁迅《亥年残秋偶作》

——

浓睡觉来莺乱语，惊残好梦无寻处。　　冯延巳《蝶恋花》

秾艳一枝细看取，芳意千重似束，又恐被西风惊绿。　　苏轼《贺新郎》

念柳外青骢别后，水边红袂分时，怆然暗惊。　　秦观《八六子》

眷恋雨润云温，苦惊风吹散。　　周邦彦《拜星月慢》

被惜余薰，带惊剩眼，几许伤春春晚。　　贺铸《望湘人》

争渡，争渡，惊起一滩鸥鹭。　　李清照《如梦令》

明月别枝惊鹊，清风半夜鸣蝉。　　辛弃疾《西江月》

梦中未比丹青见，暗里忽惊山鸟啼。　　姜夔《鹧鸪天》

惊粉重、蝶宿西园，喜泥润、燕归南浦。 史达祖《绮罗香》
早白发、缘愁万缕，惊飙从卷乌纱去。 吴文英《霜叶飞》
漫惊回凄悄，相看烛影，拥衾无语。 张炎《月下笛》
病翼惊秋，枯形阅世，消得斜阳几度？ 王沂孙《齐天乐》
别浦，惯惊移莫定，应怯败荷疏雨。 朱彝尊《长亭怨慢》
鸿影惊回雪，怅天寒竹翠，色暗罗裙。 蒋春霖《忆旧游》
望极云罗缥缈，孤影几回惊。 文廷式《忆旧游》
除却塞鸿，遮莫城乌，替人惊惯。 况周颐《苏武慢》
倦凝眄，可奈病叶惊霜，红兰泣骚畹。 吕碧城《祝英台近》
惊回首，离天三尺三。 毛泽东《十六字令》

喜

既见君子，云胡不喜？ 《诗经·郑风·风雨》

——

罗敷喜蚕桑，采桑城南隅。 《陌上桑》

——

已喜皇威清海岱，常思仙仗过崆峒。
青袍白马更何有，后汉今周喜再昌。 杜甫《洗兵马》

——

稍喜长沙向延阁，疲兵敢犯犬羊锋。 陈与义《伤春》
差喜金闺传国士，无端缝帐哭斜曛。 柳亚子《挽周湘云女士》
更喜岷山千里雪，三军过后尽开颜。 毛泽东《长征》
喜看稻菽千重浪，遍地英雄下夕烟。 毛泽东《到韶山》
梅花欢喜漫天雪，冻死苍蝇未足奇。 毛泽东《冬云》
却喜长空播玉音，灵犀一点此传心。 郁达夫《乱离杂诗之七》

——

半羞还半喜，欲去又依依。 韦庄《女冠子》

终日望君君不至，举头闻鹊喜。 冯延巳《谒金门》

去年胜赏曾孤倚，冰盘同燕喜。 周邦彦《花犯》

任流光过却，犹喜洞天自乐。 周邦彦《瑞鹤仙》

最喜小儿无赖，溪头卧剥莲蓬。 辛弃疾《清平乐》

甚长年抱渴，咽如焦釜；于今喜睡，气似奔雷。 辛弃疾《沁园春》

惊粉重、蝶宿西园，喜泥润、燕归南浦。 史达祖《绮罗香》

韶华正好，应自喜、初乱长安蜂蝶。 周密《瑶华》

喜净看、匹练飞光，倒泻半湖明月。 张炎《疏影》

一壶浊酒喜相逢，古今多少事，都付笑谈中。 杨慎《临江仙》

最喜诗人高唱至，正和前线捷音联，妙香山上战旗妍。 毛泽东《浣溪沙》

欢

长裾连理带，广袖合欢襦。 辛延年《羽林郎》

欢言得所憩，美酒聊共挥。 李白《下终南山过斛斯山人宿置酒》

醒时同交欢，醉后各分散。 李白《月下独酌》

神欢体自轻，意欲凌风翔。 韦应物《郡斋雨中与诸文士燕集》

——

欢笑情如旧，萧疏鬓已斑。 韦应物《淮上喜会梁州故人》

——

安得广厦千万间，大庇天下寒士俱欢颜，风雨不动安如山！

杜甫《茅屋为秋风所破歌》

承欢侍宴无闲暇，春从春游夜专夜。 白居易《长恨歌》

今年欢笑复明年，秋月春风等闲度。 白居易《琵琶行》

——

名花倾国两相欢，常得君王带笑看。 李白《清平调之三》

唱尽新词欢不见，旱云如火扑晴江。 鲁迅《赠人之一》

牛郎欲问瘟神事，一样悲欢逐逝波。 毛泽东《送瘟神之一》

——

梦里不知身是客，一晌贪欢。 李煜《浪淘沙》

浮生长恨欢娱少，肯爱千金轻一笑。 宋祁《木兰花》

暗想当初，有多少、幽欢佳会。 柳永《曲玉管》

负佳人、几许盟言，便忍把、从前欢会，陡顿翻成忧戚。 柳永《浪淘沙慢》

帝里风光好，当年少日，暮宴朝欢。 柳永《戚氏》

览景想前欢，指神京，非雾非烟深处。 柳永《竹马子》

人有悲欢离合，月有阴晴圆缺，此事古难全。 苏轼《水调歌头》

古今如梦，何曾梦觉，但有旧欢新怨。 苏轼《永遇乐》

怎奈向、欢娱渐随流水，素弦声断，翠绡香减。 秦观《八六子》

忆昔西池池上饮，年年多少欢娱。 晁冲之《临江仙》

因思旧客京华，长偎傍疏林，小槛欢聚。 周邦彦《尉迟杯》

便认得琴心先许，欲绾合欢双带。 贺铸《薄幸》

好时代、朝野多欢，遍九陌、太平箫鼓。 万俟咏《三台》

东风恶，欢情薄。一怀愁绪，几年离索。错，错，错！ 陆游《钗头凤》

想幽欢，土花庭甃，虫网阑干。 史达祖《玉胡蝶》

障滟蜡、满照欢丛，嫠蟾冷落羞度。 吴文英《宴清都》

暗点检、离痕欢唾，尚染鲛绡，亸凤迷归，破鸾慵舞。 吴文英《莺啼序》

欢极蓬壶蕖浸，花院梨溶，醉连春夕。 蒋捷《瑞鹤仙》

悲欢离合总无情，一任阶前点滴到天明。 蒋捷《虞美人》

笑

依倚将军势，调笑酒家胡。 辛延年《羽林郎》

——

偶然值林叟，谈笑无还期。 王维《终南别业》

欢笑情如旧，萧疏鬓已斑。 韦应物《淮上喜会梁州故人》

——

今年欢笑复明年，秋月春风等闲度。　　白居易《琵琶行》

——

醉卧沙场君莫笑，古来征战几人回。　　王翰《凉州曲》

儿童相见不相识，笑问客从何处来。　　贺知章《回乡偶书》

但用东山谢安石，为君谈笑静胡沙。　　李白《永王东巡歌十一首之二》

玉楼天半起笙歌，风送宫嫔笑语和。　　顾况《宫词》

昨夜上皇新授箓，太真含笑入帘来。　　张祜《集灵台》

一骑红尘妃子笑，无人知是荔枝来。　　杜牧《过华清宫绝句之一》

此日六军同驻马，当时七夕笑牵牛。　　李商隐《马嵬》

莫笑农家腊酒浑，丰年留客足鸡豚。　　陆游《游山西村》

出门一笑莫心哀，浩荡襟怀到处开。　　林则徐《赴戍登程口占示家人》

我自横刀向天笑，去留肝胆两昆仑。　　谭嗣同《狱中题壁》

度尽劫波兄弟在，相逢一笑泯恩仇。　　鲁迅《题三义塔》

——

浮生长恨欢娱少，肯爱千金轻一笑。　　宋祁《木兰花》

羽扇纶巾，谈笑间、樯橹灰飞烟灭。　　苏轼《念奴娇》

侵晨浅约宫黄，障风映袖，盈盈笑语。　　周邦彦《瑞龙吟》

笑捻粉香归洞户，更垂帘幕护窗纱，东风寒似夜来些。　　贺铸《浣溪沙》

不如向帘儿底下，听人笑语。　　李清照《永遇乐》

壮志饥餐胡虏肉，笑谈渴饮匈奴血。　　岳飞《满江红》

蛾儿雪柳黄金缕，笑语盈盈暗香去。　　辛弃疾《青玉案》

豳诗漫与，笑篱落呼灯，世间儿女。　　姜夔《齐天乐》

若对黄花孤负酒，怕黄花、也笑人岑寂。　　刘克庄《贺新郎》

有人添烛西窗，不眠侵晓，笑声转、新年莺语。　　吴文英《祝英台近》

笑绿鬟邻女，倚窗犹唱，夕阳西下。　　蒋捷《女冠子》

一壶浊酒喜相逢，古今多少事，都付笑谈中。　　杨慎《临江仙》

明月多情应笑我，笑我如今。　　纳兰性德《采桑子》

待到山花烂漫时，她在丛中笑。　　毛泽东《卜算子》

可上九天揽月，可下五洋捉鳖，谈笑凯歌还。　　毛泽东《水调歌头》

苦

譬如朝露，去日苦多。 曹操《短歌行之一》

——

美人清江畔，是夜越吟苦。 王昌龄《同从弟南斋玩月忆山阴崔少府》

戍客望边邑，思归多苦颜。 李白《关山月》

告归常局促，苦道来不易。 杜甫《梦李白二首之二》

谁知盘中餐，粒粒皆辛苦。 李绅《悯农二首之二》

——

一丘常欲卧，三径苦无资。 孟浩然《秦中寄远上人》

苦调凄金石，清音入杳冥。 钱起《省试湘灵鼓瑟》

——

天长地远魂飞苦，梦魂不到关山难。 李白《长相思》

君不见沙场争战苦，至今犹忆李将军。 高适《燕歌行》

亚相勤王甘苦辛，誓将报主静边尘。 岑参《轮台歌奉送封大夫出师西征》

问之不肯道姓名，但道困苦乞为奴。 杜甫《哀王孙》

春宵苦短日高起，从此君王不早朝。 白居易《长恨歌》

住近湓城地低湿，黄芦苦竹绕宅生。 白居易《琵琶行》

恨杀军书底死催，苦留后约将人误。 吴伟业《圆圆曲》

——

艰难苦恨繁霜鬓，潦倒新停浊酒杯。 杜甫《登高》

参横斗转欲三更，苦雨终风也解晴。 苏轼《六月二十日夜渡海》

辛苦遭逢起一经，干戈寥落四周星。 文天祥《过零丁洋》

衙斋卧听萧萧竹，疑是民间疾苦声。 郑燮《潍县署中画竹》

纵欲穷荒求玉杵，可能苦濁得琼浆。 郁达夫《乱离杂诗之一》

——

明月不谙离恨苦，斜光到晓穿朱户。 晏殊《蝶恋花》

眷恋雨润云温，苦惊风吹散。 周邦彦《拜星月慢》
烛映帘栊，蛩催机杼，共苦清秋风露。 贺铸《天香》
愁苦。问院落凄凉，几番春暮。 赵佶《燕山亭》
无意苦争春，一任群芳妒。 陆游《卜算子》
啼到春归无寻处，苦恨芳菲都歇，算未抵人间离别。 辛弃疾《贺新郎》
写入琴丝，一声声更苦。 姜夔《齐天乐》
昨夜冷中庭，月下相认，睡浓更苦凄风紧。 吴文英《花犯》
春去，最谁苦。 刘辰翁《兰陵王》
余音更苦。甚独抱清高，顿成凄楚。 王沂孙《齐天乐》
辛苦最怜天上月，一昔如环，昔昔都成玦。 纳兰性德《蝶恋花》

难

慨当以慷，忧思难忘。 曹操《短歌行之一》

——

荡子行不归，空床难独守。 《青青河畔草》
佳人慕高义，求贤良独难。 曹植《美女篇》

——

少孤为客早，多难识君迟。 卢纶《送李端》
本以高难饱，徒劳恨费声。 李商隐《蝉》

——

欲往从之道路难，相思双泪流轻纨。 夏完淳《长歌》

——

运移汉祚终难复，志决身歼军务劳。 杜甫《咏怀古迹之五》
世事茫茫难自料，春愁黯黯独成眠。 韦应物《寄李儋元锡》
时难年荒世业空，弟兄羁旅各西东。
白居易《自河南经乱，关内阻饥，兄弟离散，各在一处，因望月有感，聊书所怀，寄上浮梁大兄、於潜七兄、乌江十五兄兼示符离及下邽弟妹》

扇裁月魄羞难掩，车走雷声语未通。　　李商隐《无题》
红军不怕远征难，万水千山只等闲。　　毛泽东《长征》
避地真同小隐居，江村景色画难如。　　郁达夫《乱离杂诗之四》

——

往事只堪哀，对景难排；秋风庭院藓侵阶。　　李煜《浪淘沙》
鸿雁在云鱼在水，惆怅此情难寄。　　晏殊《清平乐》
不恨此花飞尽，恨西园、落红难缀。　　苏轼《水龙吟》
执手霜风吹鬓影，去意徘徊，别语愁难听。　　周邦彦《蝶恋花》
罗袜尘生步，迎顾，整鬟颦黛，脉脉两情难语。　　贺铸《人南渡》
休休，者回去也，千万遍阳关，也则难留。　　李清照《凤凰台上忆吹箫》
料得明朝，尊前重见，镜里花难折。　　辛弃疾《念奴娇》
算空有并刀，难剪离愁千缕。　　姜夔《长亭怨慢》
沉沉江上望极，还被春潮晚急，难寻官渡。　　史达祖《绮罗香》
易挑锦妇机中字，难得玉人心下事。　　刘克庄《木兰花》
莫唱江南古调，怨抑难招，楚江沉魄。　　吴文英《瀑兰香》
最关情、折尽梅花，难寄相思。　　周密《高阳台》
鸳楼碎泻东西玉，问芳踪、何时再展，翠钗难卜。　　蒋捷《贺新郎》
连昌约略无多柳，第一是难听夜雨。　　张炎《月下笛》
千古盈亏休问，叹慢磨玉斧，难补金镜。　　王沂孙《眉妩》
几番烟雾，只有花难护。　　陈子龙《点绛唇》
望中春草草，残红卷尽，旧愁难扫。　　王鹏运《玉漏迟》
无限凭高意，便数声长笛，难写深情。　　文廷式《忆旧游》

离

与君离别意，同是宦游人。　　王勃《送杜少府之任蜀州》
十年离乱后，长大一相逢。　　李益《喜见外弟又言别》
蕃汉断消息，死生长别离。　　张籍《没蕃故人》

离离原上草，一岁一枯荣。　白居易《草》
荒戍落黄叶，浩然离故关。　温庭筠《送人东游》

——

铁衣远戍辛勤久，玉箸应啼别离后。　高适《燕歌行》
商人重利轻别离，前月浮梁买茶去。　白居易《琵琶行》

——

支离东北风尘际，飘泊西南天地间。　杜甫《咏怀古迹之一》
嵩云秦树久离居，双鲤迢迢一纸书。　李商隐《寄令狐郎中》
多情只有春庭月，犹为离人照落花。　张泌《寄人》
草合离宫转夕晖，孤云飘泊复何依？　文天祥《金陵驿》
偶值大心离火宅，终遗高塔念瀛洲。　鲁迅《题三义塔》
明知世乱天难问，终觉离多会渐稀。　郁达夫《乱离杂诗之六》

——

梧桐树，三更雨，不道离情正苦。　温庭筠《更漏子》
离恨恰如春草，更行更远还生。　李煜《清平乐》
离愁正引千丝乱，更东陌、飞絮濛濛。　张先《一丛花》
细看来、不是杨花，点点是离人泪。　苏轼《水龙吟》
相将散离会，探风前津鼓，树杪参旗。　周邦彦《夜飞鹊》
凭寄离恨重重，这双燕，何曾会人言语。　赵佶《燕山亭》
梧桐叶上三更雨，叶叶声声是别离。　周紫芝《鹧鸪天》
马上离愁三万里，望昭阳宫殿孤鸿没。　辛弃疾《贺新郎》
候馆迎秋，离宫吊月，别有伤心无数。　姜夔《齐天乐》
望天不尽，背城渐杳，离亭黯黯，恨水迢迢。　吴文英《惜黄花慢》
悲欢离合总无情，一任阶前点滴到天明。　蒋捷《虞美人》
楚江空晚，怅离群万里，恍然惊散。　张炎《解连环》
画眉未稳，料素娥、犹带离恨。　王沂孙《眉妩》
寂寞避暑离宫，东风辇路，芳草年年发。　萨都剌《百字令》
杨柳迷离晓雾中，杏花零落五更钟。　陈子龙《山花子》
问君何事轻离别，一年能几团圆月。　纳兰性德《菩萨蛮》
惊回首，离天三尺三。　毛泽东《十六字令》

别

昔别君未婚，儿女忽成行。 杜甫《赠卫八处士》

——

此地一为别，孤蓬万里征。 李白《送友人》

感时花溅泪，恨别鸟惊心。 杜甫《春望》

远送从此别，青山空复情。 杜甫《奉济驿重送严公四韵》

浮云一别后，流水十年间。 韦应物《淮上喜会梁州故人》

又送王孙去，萋萋满别情。 白居易《草》

——

含情凝睇谢君王，一别音容两渺茫。 白居易《长恨歌》

醉不成欢惨将别，别时茫茫江浸月。 白居易《琵琶行》

为君别唱吴宫曲，汉水东南日夜流。 吴伟业《圆圆曲》

——

琵琶起舞换新声，总是关山旧别情。 王昌龄《从军行之二》

蜡烛有心还惜别，替人垂泪到天明。 杜牧《赠别之二》

梦为远别啼难唤，书被催成墨未浓。 李商隐《无题》

别梦依依到谢家，小廊回合曲阑斜。 张泌《寄人》

从今别却江南路，化作啼鹃带血归。 文天祥《金陵驿》

兼旬别似三秋隔，频掷金钱卜远人。 郁达夫《乱离杂诗之五》

——

别来春半，触目愁肠断。 李煜《清平乐》

别馆寒砧，孤城画角，一派秋声入寥廓。 王安石《千秋岁引》

醉别西楼醒不记，春梦秋云，聚散真容易。 晏几道《蝶恋花》

不应有恨，何事长向别时圆。 苏轼《水调歌头》

念柳外青骢别后，水边红袂分时，怆然暗惊。 秦观《八六子》

长条故惹行客，似牵衣待话，别情无极。 周邦彦《六丑》

将发，画楼芳酒，红泪清歌，顿成轻别。　贺铸《石州引》
琼枝璧月春如昨。怅别后华表，那回双鹤。　张元幹《兰陵王》
险韵诗成，扶头酒醒，别是闲滋味。　李清照《念奴娇》
曲岸持觞，垂杨系马，此地曾经别。　辛弃疾《念奴娇》
春未绿，鬓先丝，人间别久不成悲。　姜夔《鹧鸪天》
古柳重攀，轻鸥聚别，陈迹危亭独倚。　吴文英《齐天乐》
春去，尚来否，正江令恨别，庾信愁赋。　刘辰翁《兰陵王》
从此伤春伤别，黄昏只对梨花。　纳兰性德《清平乐》
最怜娥月含颦，一般消瘦，又别后、依依重见。　吕碧城《祝英台近》

穷

斜阳照墟落，穷巷牛羊归。　王维《渭川田家》
誓将挂冠去，觉道资无穷。　岑参《与高适薛据登慈恩寺浮图》

——

叹凤嗟身否，伤麟怨道穷。　李隆基《经鲁祭孔子而叹之》
欲穷千里目，更上一层楼。　王之涣《登鹳雀楼》
君问穷通理，渔歌入浦深。　王维《酬张少府》
行到水穷处，坐看云起时。　王维《终南别业》
凄凉宝剑篇，羁泊欲穷年。　李商隐《风雨》
大汉无兵阻，穷边有客游。　张乔《书边事》
世味秋荼苦，人间直道穷。　鲁迅《哀范君三章之一》

——

苍茫古木连穷巷，寥落寒山对虚牖。　王维《老将行》
大漠穷秋塞草衰，孤城落日斗兵稀。　高适《燕歌行》
途穷反遭俗眼白，世上未有如公贫。　杜甫《丹青引赠曹将军霸》
天明独去无道路，出入高下穷烟霏。　韩愈《山石》
喷云泄雾藏半腹，虽有绝顶谁能穷。　韩愈《谒衡岳庙遂宿岳寺题门楼》

上穷碧落下黄泉，两处茫茫皆不见。 白居易《长恨歌》

——

阳和不散穷途恨，霄汉常悬捧日心。 钱起《赠阙下裴舍人》
初怪上都闻战马，岂知穷海看飞龙。 陈与义《伤春》
诗穷莫写愁如海，酒薄难将梦到家。 朱弁《春阴》
接天莲叶无穷碧，映日荷花别样红。 杨万里《晓出慈净寺送林子方》
穷海何人存汉腊，中原满目尽胡尘。 柳亚子《元旦感怀之一》
宜将剩勇追穷寇，不可沽名学霸王。 毛泽东《人民解放军占领南京》
纵欲穷荒求玉杵，可能苦渴得琼浆。 郁达夫《乱离杂诗之一》
满地月明思故国，穷途裘敝感黄金。 郁达夫《乱离杂诗之七》

——

迷路，迷路，边草无穷日暮。 韦应物《调笑令》
伤高怀远几时穷？无物似情浓。 张先《一丛花》
天涯地角有穷时，只有相思无尽处。 晏殊《木兰花》
聚散苦匆匆，此恨无穷；今年花胜去年红。 欧阳修《浪淘沙》
离愁渐远渐无穷，迢迢不断如春水。 欧阳修《踏莎行》
漠漠轻寒上小楼，晓阴无赖似穷秋，淡烟流水画屏幽。 秦观《浣溪沙》
无穷官柳，无情画舸，无根行客。 晁补之《忆少年》

娇

君宠益娇态，君怜无是非。 王维《西施咏》

——

布衾多年冷似铁，娇儿恶卧踏里裂。 杜甫《茅屋为秋风所破歌》
侍儿扶起娇无力，始是新承恩泽时。
金屋妆成娇侍夜，玉楼宴罢醉和春。 白居易《长恨歌》
君不见咫尺长门闭阿娇，人生失意无南北。 王安石《明妃曲》

家本姑苏浣花里，圆圆小字娇罗绮。
早携娇鸟出樊笼，待得银河几时渡？　　吴伟业《圆圆曲》

——

留连戏蝶时时舞，自在娇莺恰恰啼。　　杜甫《江岸独步寻花七绝句之六》
为有云屏无限娇，凤城寒尽怕春宵。　　李商隐《为有》

——

千娇面、盈盈伫立，无言有泪，断肠争忍回顾。　　柳永《采莲令》
东风又作无情计，艳粉娇红吹满地。　　晏几道《木兰花》
树头花艳杂娇云，树底人家朱户。　　晏几道《御街行》
萦损柔肠，困酣娇眼，欲开还闭。　　苏轼《水龙吟》
赤阑桥尽香街直，笼街细柳娇无力。　　陈克《菩萨蛮》
一年春好处，不在浓芳，小艳疏香最娇软。　　李元膺《洞仙歌》
记画堂风月逢迎，轻颦浅笑娇无奈。　　贺铸《薄幸》
翠幌娇深，曲屏香暖，争念岁寒漂泊。　　刘一止《喜迁莺》
宠柳娇花寒食近，种种恼人天气。　　李清照《念奴娇》
红粉腻，娇如醉，倚朱扉。　　韩元吉《六州歌头》
来时旧路，尚岩花、娇黄半吐。　　袁去华《瑞鹤仙》
燕燕轻盈，莺莺娇软，分明又向华胥见。　　姜夔《踏莎行》
十载西湖，傍柳系马，趁娇尘软雾。　　吴文英《莺啼序》
禁苑娇寒，湖堤倦暖，前度遽如许。　　刘辰翁《永遇乐》
晚莺娇咽，庭户溶溶月。　　周密《清平乐》
化作娇莺飞归去，犹认纱窗旧绿，正过雨、荆桃如菽。　　蒋捷《贺新郎》
几回殢娇半醉，剪春灯、夜寒花碎。　　王沂孙《天香》
镜暗妆残，为谁娇鬓尚如许。　　王沂孙《齐天乐》
娇随步，著意怜花，又怕花欲妒。　　况周颐《西子妆》
江山如此多娇，引无数英雄竞折腰。　　毛泽东《沁园春》

游

莫学武陵人，暂游桃源里。　　裴迪《送崔九》
永结无情游，相期邈云汉。　　李白《月下独酌》
浮云终日行，游子久不至。　　杜甫《梦李白二首之二》
慈母手中线，游子身上衣。　　孟郊《游子吟》

——

独有宦游人，偏惊物候新。　　杜审言《和晋陵陆丞早春游望》
建德非吾土，维扬忆旧游。　　孟浩然《宿桐庐江寄广陵旧游》
浮云游子意，落日故人情。　　李白《送友人》
满目生悲事，因人作远游。　　杜甫《秦州杂诗之一》

——

明眸皓齿今何在？血污游魂归不得。　　杜甫《哀江头》
承欢侍宴无闲暇，春从春游夜专夜。　　白居易《长恨歌》
梦向夫差苑里游，宫娥拥入君王起。　　吴伟业《圆圆曲》

——

乘兴南游不戒严，九重谁省谏书函。　　李商隐《隋宫》
衣上征尘杂酒痕，远游无处不消魂。　　陆游《剑门道中遇微雨》
牢盆狎客操全算，团扇才人踞上游。　　龚自珍《咏史》
大江日夜向东流，聚义群雄又远游。　　鲁迅《无题（1931 年）》
细雨蒲帆游子泪，春风杨柳故园情。　　郁达夫《乱离杂诗之九》

——

翠叶藏莺，朱帘隔燕，炉香静逐游丝转。　　晏殊《踏莎行》
总是当时携手处，游遍芳丛。　　欧阳修《浪淘沙》
守得莲开结伴游，约开萍叶上兰舟。　　晏几道《鹧鸪天》
故国神游，多情应笑我，早生华发。　　苏轼《念奴娇》
金谷俊游，铜驼巷陌，新晴细履平沙。　　秦观《望海潮》

迟暮，嬉游处，正店舍无烟，禁城百五。 周邦彦《琐窗寒》
几许伤春春复暮，杨柳清阴，偏碍游丝度。 贺铸《蝶恋花》
晓来庭院半残红，惟有游丝千丈罥晴空。 叶梦得《虞美人》
清露晨流，新桐初引，多少游春意。 李清照《念奴娇》
恨芳菲世界，游人未赏，都付与、莺和燕。 陈亮《水龙吟》
落日楼头，断鸿声里，江南游子。 辛弃疾《水龙吟》
此地，宜有词仙，拥素云黄鹤，与君游戏。 姜夔《翠楼吟》
谢桥路，十载重约钿车，惊心旧游误。 文廷式《祝英台近》
携来百侣曾游，忆往昔峥嵘岁月稠。 毛泽东《沁园春》

事

君自故乡来，应知故乡事。 王维《杂诗》
春风不相识，何事入罗帏。 李白《春思》
世情恶衰歇，万事随转烛。 杜甫《佳人》
千秋万岁名，寂寞身后事。 杜甫《梦李白二首之二》

——

人事有代谢，往来成古今。 孟浩然《与诸子登岘山》
晚年惟好静，万事不关心。 王维《酬张少府》
惆怅南朝事，长江独自今。 刘长卿《秋日登吴公台上寺远眺》
别来沧海事，语罢暮天钟。 李益《喜见外弟又言别》

——

自从弃置便衰朽，世事蹉跎成白首。 王维《老将行》
世间行乐亦如此，古来万事东流水。 李白《梦游天姥吟留别》
夜深忽梦少年事，梦啼妆泪红阑干。 白居易《琵琶行》

——

世事茫茫难自料，春愁黯黯独成眠。 韦应物《寄李儋元锡》
含情欲说宫中事，鹦鹉前头不敢言。 朱庆馀《宫中词》

繁华事散逐香尘，流水无情草自春。 杜牧《金谷园》
无端嫁得金龟婿，辜负香衾事早朝。 李商隐《为有》
死去元知万事空，但悲不见九州同。 陆游《示儿》

——

送春春去几时回？临晚镜，伤流景，往事后期空记省。 张先《天仙子》
谁知错管春残事，到处登临曾费泪。 晏几道《木兰花》
不应有恨，何事长向别时圆。 苏轼《水调歌头》
兰苑未空，行人渐老，重来是事堪嗟。 秦观《望海潮》
物是人非事事休，欲语泪先流。 李清照《武陵春》
长门事，准拟佳期又误，蛾眉曾有人妒。 辛弃疾《摸鱼儿》
南去北来何事，荡湘云楚水，目极伤心。 姜夔《一萼红》
念前事，怯流光，早春窥、酥雨池塘。 史达祖《夜合花》
易挑锦妇机中字，难得玉人心下事。 刘克庄《木兰花》
断烟离绪，关心事，斜阳红隐霜树。 吴文英《霜叶飞》
叹轻别，一襟幽事，砌蛩能说。 周密《玉京秋》
一壶浊酒喜相逢，古今多少事，都付笑谈中。 杨慎《临江仙》
问君何事轻离别，一年能几团圆月。 纳兰性德《菩萨蛮》
多少事，从来急；天地转，光阴迫。 毛泽东《满江红》

缘

上国随缘住，来途若梦行。 钱起《送僧归日本》
新知遭薄俗，旧好隔良缘。 李商隐《风雨》

——

背郭堂成荫白茅，缘江路熟俯青郊。 杜甫《堂成》
花径不曾缘客扫，蓬门今始为君开。 杜甫《客至》
同穴窅冥何所望，他生缘会更难期。 元稹《遣悲怀之三》
玉玺不缘归日角，锦帆应是到天涯。 李商隐《隋宫》

不识庐山真面目，只缘身在此山中。　苏轼《题西林壁》

细雨轻寒二月时，不缘红豆始相思。　鲁迅《惜花四律之三》

敢向邻居试螳臂，只缘自己是狂蜂。　毛泽东《读报有感之二》

今日欢呼孙大圣，只缘妖雾又重来。　毛泽东《和郭沫若同志》

——

都缘自有离恨，故画作远山长。　欧阳修《诉衷情》

一个幽禽缘底事，苦来醉耳边啼。　晁补之《临江仙》

可是尘缘未断，谩惆怅、华胥梦短。　张抡《烛影摇红》

还始觉留情缘眼，宽带因春。　吴文英《渡江云》

早白发、缘愁万缕，惊飙从卷乌纱去。　吴文英《霜叶飞》

春梦人间须断，但怪得当年，梦缘能短。　吴文英《三姝媚》

是伊缘薄，是侬情浅，难道多磨更好。　纳兰性德《鹊桥仙》

无那尘缘容易绝，燕子依然，软踏帘钩说。　纳兰性德《蝶恋花》

还怕两人俱薄命，再缘悭、剩月零风里。　纳兰性德《金缕曲》

蚂蚁缘槐夸大国，蚍蜉撼树谈何易。　毛泽东《满江红》

有

春日载阳，有鸣仓庚。　《诗经·豳风·七月》

神龟虽寿，犹有竟时。　曹操《步出夏门行·龟虽寿》

——

此中有真意，欲辨已忘言。　陶渊明《饮酒之五》

岂伊地气暖，自有岁寒心。　张九龄《感遇之七》

绝代有佳人，幽居在空谷。　杜甫《佳人》

——

独有宦游人，偏惊物候新。　杜审言《和晋陵陆丞早春游望》

江流天地外，山色有无中。　王维《汉江临眺》

骁腾有如此，万里可横行。　杜甫《房兵曹胡马》

早知潮有信，嫁与弄潮儿。 李益《江南曲》

——

西当太白有鸟道，可以横绝峨眉巅。 李白《蜀道难》

边风飘飖那可度，绝域苍茫更何有。 高适《燕歌行》

将军画善盖有神，必逢佳士亦写真。 杜甫《丹青引赠曹将军霸》

忽闻海上有仙山，山在虚无缥缈间。 白居易《长恨歌》

转轴拨弦三两声，未成曲调先有情。 白居易《琵琶行》

——

鱼龙寂寞秋江冷，故国平居有所思。 杜甫《秋兴八首之四》

草萤有耀终非火，荷露虽团岂是珠。 白居易《放言五首之一》

词客有灵应识我，霸才无主始怜君。 温庭筠《过陈琳墓》

江山代有才人出，各领风骚数百年。 赵翼《论诗》

泽畔有人吟不得，秋波渺渺失离骚。 鲁迅《无题（1932 年）》

为有牺牲多壮志，敢教日月换新天。 毛泽东《到韶山》

——

梦魂纵有也成虚，那堪和梦无。 晏几道《阮郎归》

惊起却回头，有恨无人省。 苏轼《卜算子》

西园夜饮鸣笳，有华灯碍月，飞盖妨花。 秦观《望海潮》

怎不思量，除梦里有时曾去。 赵佶《燕山亭》

东篱把酒黄昏后，有暗香盈袖。 李清照《醉花阴》

长门事，准拟佳期又误，蛾眉曾有人妒。 辛弃疾《摸鱼儿》

树若有情时，不会得青青如此。 姜夔《长亭怨慢》

几番烟雾，只有花难护。 陈子龙《点绛唇》

孤负天工，九重自有春如海。 夏完淳《烛影摇红》

已是悬崖百丈冰，犹有花枝俏。 毛泽东《卜算子》

无

结庐在人境，而无车马喧。　陶渊明《饮酒之五》

徒言树桃李，此木岂无阴。　张九龄《感遇之七》

君宠益娇态，君怜无是非。　王维《西施咏》

永结无情游，相期邈云汉。　李白《月下独酌》

水深波浪阔，无使蛟龙得。　杜甫《梦李白二首之一》

——

无为在歧路，儿女共沾巾。　王勃《送杜少府之任蜀州》

白云回望合，青霭入看无。　王维《终南山》

随风潜入夜，润物细无声。　杜甫《春夜喜雨》

夕阳无限好，只是近黄昏。　李商隐《登乐游原》

——

卫青不败由天幸，李广无功缘数奇。　王维《老将行》

学书初学卫夫人，但恨无过王右军。　杜甫《丹青引赠曹将军霸》

天长地久有时尽，此恨绵绵无绝期。　白居易《长恨歌》

主人下马客在船，举酒欲饮无管弦。　白居易《琵琶行》

——

更吹羌笛关山月，无那金闺万里愁。　王昌龄《从军行之一》

无边落木萧萧下，不尽长江滚滚来。　杜甫《登高》

繁华事散逐香尘，流水无情草自春。　杜牧《金谷园》

空闻虎旅传宵柝，无复鸡人报晓筹。　李商隐《马嵬》

无情最是台城柳，依旧烟笼十里堤。　韦庄《台城》

可怜无定河边骨，犹是春闺梦里人。　陈陶《陇西行》

人生自古谁无死，留取丹心照汗青。　文天祥《过零丁洋》

落红不是无情物，化作春泥更护花。　龚自珍《己亥杂诗之一》

绿水青山枉自多，华佗无奈小虫何。　毛泽东《送瘟神之一》

——

塞下秋来风景异，衡阳雁去无留意。 范仲淹《渔家傲》

东风又作无情计，艳粉娇红吹满地。 晏几道《木兰花》

冰肌玉骨，自清凉无汗，水殿风来暗香满。 苏轼《洞仙歌》

金风玉露一相逢，便胜却人间无数。 秦观《鹊桥仙》

无据，和梦也新来不做。 赵佶《燕山亭》

断肠片片飞红，都无人管，倩谁唤、啼莺声住。 辛弃疾《祝英台近》

燕雁无心，太湖西畔随云去。 姜夔《点绛唇》

江山如此多娇，引无数英雄竞折腰。 毛泽东《沁园春》

不

风雨如晦，鸡鸣不已。 《诗经·郑风·风雨》

烈士暮年，壮心不已。 曹操《步出夏门行·龟虽寿》

——

十觞亦不醉，感子故意长。 杜甫《赠卫八处士》

古调虽自爱，今人多不弹。 刘长卿《听弹琴》

只在此山中，云深不知处。 贾岛《寻隐者不遇》

至今思项羽，不肯过江东。 李清照《绝句》

——

不才明主弃，多病故人疏。 孟浩然《岁暮归南山》

江流石不转，遗恨失吞吴。 杜甫《八阵图》

野火烧不尽，春风吹又生。 白居易《草》

近乡情更怯，不敢问来人。 李频《渡汉江》

——

遂令天下父母心，不重生男重生女。 白居易《长恨歌》

五陵年少争缠头，一曲红绡不知数。 白居易《琵琶行》

半卷红旗临易水，霜重鼓寒声不起。 李贺《雁门太守行》

蛾眉马上传呼进，云鬟不整惊魂定。　　吴伟业《圆圆曲》

——

故园东望路漫漫，双袖龙钟泪不干。　　岑参《逢入京使》

无边落木萧萧下，不尽长江滚滚来。　　杜甫《登高》

商女不知亡国恨，隔江犹唱后庭花。　　杜牧《泊秦淮》

如何四纪为天子，不及卢家有莫愁。　　李商隐《马嵬》

誓扫匈奴不顾身，五千貂锦丧胡尘。　　陈陶《陇西行》

时来天地皆同力，运去英雄不自由。　　罗隐《筹笔驿》

春色满园关不住，一枝红杏出墙来。　　叶绍翁《游园不值》

落红不是无情物，化作春泥更护花。　　龚自珍《己亥杂诗之一》

宜将剩勇追穷寇，不可沽名学霸王。　　毛泽东《人民解放军占领南京》

——

青箬笠，绿蓑衣，斜风细雨不须归。　　张志和《渔歌子》

青鸟不传云外信，丁香空结雨中愁。　　李璟《摊破浣溪沙》

小楼昨夜又东风，故国不堪回首月明中。　　李煜《虞美人》

明朝万一西风动，争奈朱颜不耐秋。　　晏几道《鹧鸪天》

细看来、不是杨花，点点是离人泪。　　苏轼《水龙吟》

怎不思量，除梦里有时曾去。　　赵佶《燕山亭》

春未绿，鬓先丝，人间别久不成悲。　　姜夔《鹧鸪天》

非

既至金门远，孰云吾道非。　　王维《送綦毋潜落第还乡》

君宠益娇态，君怜无是非。　　王维《西施咏》

若非巾柴车，应是钓秋水。　　丘为《寻西山隐者不遇》

恐非平生魂，路远不可测。　　杜甫《梦李白二首之一》

理会是非遣，性达形迹忘。　　韦应物《郡斋雨中与诸文士燕集》

——

北土非吾愿，东林怀我师。 孟浩然《秦中寄远上人》

建德非吾土，维扬忆旧游。 孟浩然《宿桐庐江寄广陵旧游》

——

男儿本自重横行，天子非常赐颜色。 高适《燕歌行》

一年明月今宵多，人生由命非由他，有酒不饮奈明何。

韩愈《八月十五夜赠张功曹》

若非壮士全师胜，争得蛾眉匹马还。 吴伟业《圆圆曲》

——

少小虽非投笔吏，论功还欲请长缨。 祖咏《望蓟门》

若非群玉山头见，会向瑶台月下逢。 李白《清平调》

草萤有耀终非火，荷露虽团岂是珠。 白居易《放言五首之一》

回日楼台非甲帐，去时冠剑是丁年。 温庭筠《苏武庙》

山河风景原无异，城郭人民半已非。 文天祥《金陵驿》

时事难从无过立，达官非自有生来。 林则徐《赴戍登程口占示家人》

斥鷃每闻欺大鸟，昆鸡长笑老鹰非。 毛泽东《吊罗荣桓同志》

乱世桃源非乐土，炎荒草泽尽英雄。 郁达夫《乱离杂诗之十》

——

黯乡魂，追旅思，夜夜除非，好梦留人睡。 范仲淹《苏幕遮》

览景想前欢，指神京，非雾非烟深处。 柳永《竹马子》

似花还似非花，也无人惜从教坠。 苏轼《水龙吟》

长恨此身非我有，何时忘却营营。 苏轼《临江仙》

记小江风月佳时，屡约非烟游伴。 贺铸《望湘人》

深深态、无非自许，厌厌意、终羞人问。 僧挥《金明池》

物是人非事事休，欲语泪先流。 李清照《武陵春》

东风静、细柳垂金缕，望凤阙、非烟非雾。 万俟咏《三台》

追想当年事，殆天数，非人力；洙泗上，弦歌地，亦膻腥。

张孝祥《六州歌头》

后不如今今非昔，两无言、相对沧浪水。 吴文英《贺新郎》

是非成败转头空，青山依旧在，几度夕阳红。 杨慎《临江仙》

不到长城非好汉，屈指行程二万。 毛泽东《清平乐》

镜

贻我青铜镜，结我红罗裾。　　辛延年《羽林郎》

又疑瑶台镜，飞在青云端。　　李白《古朗月行》

——

月下飞天镜，云生结海楼。　　李白《渡荆门送别》

早被婵娟误，欲妆临镜慵。　　杜荀鹤《春宫怨》

——

我欲因之梦吴越，一夜飞度镜湖月。　　李白《梦游天姥吟留别》

不信妾肠断，归来看取明镜前。　　李白《长相思》

司徒清鉴悬明镜，尚书气与秋天杳。　　杜甫《洗兵马》

斜谷云深起画楼，散关月落开妆镜。　　吴伟业《圆圆曲》

——

晓镜但愁云鬓改，夜吟应觉月光寒。　　李商隐《无题》

云髻罢梳还对镜，罗衣欲换更添香。　　薛逢《宫词》

塞上长城空自许，镜中衰鬓已先斑。　　陆游《书愤》

两川明镜蒸春梦，一棹烟波识老渔。　　郁达夫《乱离杂诗之四》

月正圆时伤破镜，雨淋铃夜忆归秦。　　郁达夫《乱离杂诗之五》

——

照花前后镜，花面交相映。　　温庭筠《菩萨蛮》

情怀渐觉成衰晚，鸾镜朱颜惊暗换。　　钱惟演《木兰花》

送春春去几时回？临晚镜，伤流景，往事后期空记省。　　张先《天仙子》

日日花前常病酒，不辞镜里朱颜瘦。　　欧阳修《蝶恋花》

青烟幂处，碧海飞金镜，永夜闲阶卧桂影。　　晁补之《洞仙歌》

问甚时说与，佳音密耗，寄将秦镜，偷换韩香。　　周邦彦《风流子》

空见说、鬓怯琼梳，容销金镜，渐懒趁时匀染。　　周邦彦《过秦楼》

嗟旧日沈腰，如今潘鬓，怎堪临镜。　　徐伸《转调二郎神》

谁伴我，对鸾镜。 李玉《贺新郎》
纵收香藏镜，他年重到，人面桃花在否。 袁去华《瑞鹤仙》
料得明朝，尊前重见，镜里花难折。 辛弃疾《念奴娇》
闲时又来镜里，转变朱颜。 辛弃疾《汉宫春》
行天入镜，做弄出、轻松纤软。 史达祖《东风第一枝》
浅画镜中眉，深拜楼中月。 刘克庄《生查子》
薰风燕乳，暗雨梅黄，午镜澡兰帘幕。 吴文英《澡兰香》
千古盈亏休问，叹慢磨玉斧，难补金镜。 王沂孙《眉妩》
镜暗妆残，为谁娇鬓尚如许。 王沂孙《齐天乐》

钗

头上金爵钗，腰佩翠琅玕。 曹植《美女篇》

——

惟将旧物表深情，钿合金钗寄将去。
钗留一股合一扇，钗擘黄金合分钿。 白居易《长恨歌》

——

顾我无衣搜荩箧，泥他沽酒拔金钗。 元稹《遣悲怀之一》
斜拔玉钗灯影畔，剔开红焰救飞蛾。 张祜《赠内人》
石壕村与长生殿，一例钗分惹恨长。 郁达夫《乱离杂诗之一》
誓记钗环当日语，香余绣被隔年薰。 郁达夫《乱离杂诗之三》

——

绣帘开，一点明月窥人，人未寝，攲枕钗横鬓乱。 苏轼《洞仙歌》
钗钿堕处遗香泽，乱点桃蹊，轻翻柳陌。
终不似、一朵钗头颤袅，向人欹侧。 周邦彦《六丑》
翠钗分，银笺封泪，舞鞋从此生尘。 贺铸《绿头鸭》
便角枕题诗，宝钗贯酒，共醉青苔深院。 吕渭老《薄幸》
金钗斗草，青丝勒马，风流云散。 陈亮《水龙吟》

宝钗分，桃叶渡，烟柳暗南浦。　　辛弃疾《祝英台近》

月洗高梧，露涛幽草，宝钗楼外秋深。　　张镃《满庭芳》

儿女纷纷夸结束，新样钗符艾虎。　　刘克庄《贺新郎》

东风睡足交枝，正梦枕、瑶钗燕股。　　吴文英《宴清都》

剪红情，裁绿意，花信上钗股。　　吴文英《祝英台近》

紫丝罗带鸳鸯结，的的镜盟钗誓。

一时左计，悔不早荆钗，暮天修竹，头白倚寒翠。　　朱嗣发《摸鱼儿》

鸳楼碎泻东西玉，问芳踪、何时再展，翠钗难卜。　　蒋捷《贺新郎》

春风飞到，宝钗楼上，一片笙箫，琉璃光射。　　蒋捷《女冠子》

痴心指望回风坠，扇底相逢，钗头微缀。　　彭元逊《六丑》

金钗十二，珠履三千，凄凉千载。　　夏完淳《烛影摇红》

古钗封寄玉关秋，天咫尺，人南北，不信鸳鸯头不白。

纳兰性德《天仙子》

钗钿约，竟抛弃。　　纳兰性德《金缕曲》

钗钿坠、似曾相识，终不向、一镜东风媚晚，鬓边狼藉。　　郑文焯《六丑》

钿

花钿委地无人收，翠翘金雀玉搔头。

惟将旧物表深情，钿合金钗寄将去。

钗留一股合一扇，钗擘黄金合分钿。

但教心似金钿坚，天上人间会相见。　　白居易《长恨歌》

钿头银篦击节碎，血色罗裙翻酒污。　　白居易《琵琶行》

——

争道谁家，绿柳朱轮走钿车。　　欧阳修《采桑子》

多情，行乐处，珠钿翠盖，玉辔红缨。　　秦观《满庭芳》

钗钿堕处遗香泽，乱点桃蹊，轻翻柳陌。　　周邦彦《六丑》

何意重经前地，遗钿不见，斜径都迷。　　周邦彦《夜飞鹊》

因念都城放夜，望千门如昼，嬉笑游冶，钿车罗帕。 周邦彦《解语花》
酒意诗情谁与共，泪融残粉花钿重。 李清照《蝶恋花》
明日重扶残醉，来寻陌上花钿。 俞国宝《风入松》
最妨他、佳约风流，钿车不到杜陵路。 史达祖《绮罗香》
芳根兼倚，花梢钿合，锦屏人妒。 吴文英《宴清都》
歌尘凝扇，待凭信，拚分钿。 吴文英《瑞鹤仙》
朱钿宝玦，天上飞琼，比人间春别。 周密《瑶华》
剔残红灺，但梦里隐隐，钿车罗帕。 蒋捷《女冠子》
信得羽衣传钿合，悔教罗袜送倾城，人间空唱雨淋铃。
纳兰性德《浣溪沙》
钗钿约，竟抛弃。 纳兰性德《金缕曲》
谢桥路，十载重约钿车，惊心旧游误。 文廷式《祝英台近》
钗钿坠、似曾相识，终不向、一镜东风媚晚，鬓边狼藉。 郑文焯《六丑》

环

攘袖见素手，皓腕约金环。 曹植《美女篇》
运命唯所遇，循环不可寻。 张九龄《感遇之七》

——

愿随南雁侣，从此赋刀环。 郁达夫《星洲既陷，赋此见志》

——

不知何国致白环，复道诸山得银瓮。 杜甫《洗兵马》
五岳祭秩皆三公，四方环镇嵩当中。 韩愈《谒衡岳庙遂宿岳寺题门楼》

——

岁岁金河复玉关，朝朝马策与刀环。 柳中庸《征人怨》
锁衔金兽连环冷，水滴铜龙昼漏长。 薛逢《宫词》
天涯朋好感同群，环佩曾教谒小君。 柳亚子《挽周湘云女士》
誓记钗环当日语，香余绣被隔年薰。 郁达夫《乱离杂诗之三》

——

斜贴绿云新月上，弯环正是愁眉样。 晏几道《蝶恋花》

纵妙手、能解连环，似风散雨收，雾轻云薄。 周邦彦《解连环》

罗带光销纹衾叠，连环解、旧香顿歇。 周邦彦《浪淘沙慢》

君莫舞，君不见、玉环飞燕皆尘土！闲愁最苦。 辛弃疾《摸鱼儿》

韦郎去也，怎忘得玉环分付。 姜夔《长亭怨慢》

想佩环、月夜归来，化作此花幽独。 姜夔《疏影》

应是蹑飞鸾，月下时时整佩环。 潘牥《南乡子》

古石埋香，金沙锁骨连环。 吴文英《高阳台》

红瓷候火，还乍识、冰环玉指。 王沂孙《天香》

汀洲窈窕余醒寐，遗佩环、浮沉澧浦。 彭元逊《疏影》

辛苦最怜天上月，一昔如环，昔昔都成玦。 纳兰性德《蝶恋花》

芳意回环，认鸳机锦字，断肠缄怨。 王鹏运《三姝媚》

更洒黄昏雨，水环风佩，数断红消息。 郑文焯《六丑》

佩

头上金爵钗，腰佩翠琅玕。 曹植《美女篇》

——

滕王高阁临江渚，佩玉鸣鸾罢歌舞。 王勃《滕王阁诗》

摩诘本诗老，佩芷袭芳荪。 苏轼《王维吴道子画》

琼弁玉蕤佩珊珊，蕙棹桂棹凌回澜。 夏完淳《长歌》

——

朝罢须裁五色诏，佩声归到凤池头。 王维《和贾至舍人早朝大明宫之作》

晨摇玉佩趋金殿，夕奉天书拜琐闱。 王维《赠郭给事》

花迎剑佩星初落，柳拂旌旗露未干。 岑参《奉和中书舍人贾至早朝大明宫》

画图省识春风面，环佩空归月夜魂。 杜甫《咏怀古迹之三》

天涯朋好感同群，环佩曾教谒小君。 柳亚子《挽周湘云女士》

——

闻琴解佩神仙侣，挽断罗衣留不住。 晏殊《木兰花》
兰佩紫，菊簪黄，殷勤理旧狂。 晏几道《阮郎归》
泪竹痕鲜，佩兰香老，湘天浓暖。 贺铸《望湘人》
三十六陂人未到，水佩风裳无数。 姜夔《念奴娇》
想佩环、月夜归来，化作此花幽独。 姜夔《疏影》
灵均标致高如许，忆生平、既纫兰佩，更怀椒糈。 刘克庄《贺新郎》
应是蹑飞鸾，月下时时整佩环。 潘牥《南乡子》
离魂难倩招清些，梦缟衣解佩溪边。 吴文英《高阳台》
红萸佩，空对酒。砧杵动微寒，暗欺罗袖。 潘希白《大有》
载取白云归去，问谁留楚佩，弄影中洲？ 张炎《八声甘州》
西窗过雨，怪瑶佩流空，玉筝调柱。 王沂孙《齐天乐》
汀洲窈窕余醒寐，遗佩环、浮沉澧浦。 彭元逊《疏影》
花外琵琶，柳边莺燕，玉佩摇金缕。 萨都刺《酹江月》
重来已是朝云散，怅明珠佩冷，紫玉烟沉。 朱彝尊《高阳台》
玉佩尘生，此恨奈何许。 文廷式《祝英台近》
更洒黄昏雨，水环风佩，数断红消息。 郑文焯《六丑》

芳

欲寻芳草去，惜与故人违。 孟浩然《留别王维》
随意春芳歇，王孙自可留。 王维《山居秋暝》
白云依静渚，芳草闭闲门。 刘长卿《寻南溪常道士》
苍梧来怨慕，白芷动芳馨。 钱起《省试湘灵鼓瑟》
芳草已云暮，故人殊未来。 韦庄《章台夜思》

——

绛唇珠袖两寂寞，晚有弟子传芬芳。 杜甫《观公孙大娘弟子舞剑器行》
芳草盈箧怀所欢，美人何在青云端。 夏完淳《长歌》

——

晴川历历汉阳树，芳草萋萋鹦鹉洲。 崔颢《黄鹤楼》

人间四月芳菲尽，山寺桃花始盛开。 白居易《大林寺桃花》

众芳摇落独暄妍，占尽风情向小园。 林逋《山园小梅》

怀抱芳馨兰一握，纵横宙合雾千重。 康有为《出都留别诸公》

——

记得绿罗裙，处处怜芳草。 牛希济《生查子》

山映斜阳天接水，芳草无情，更在斜阳外。 范仲淹《苏幕遮》

小径红稀，芳郊绿遍，高台树色阴阴见。 晏殊《踏莎行》

总是当时携手处，游遍芳丛。 欧阳修《浪淘沙》

倚危亭，恨如芳草，萋萋刬尽还生。 秦观《八六子》

欲说又休，虑乖芳信；未歌先噎，愁转清觞。 周邦彦《风流子》

将发，画楼芳酒，红泪清歌，顿成轻别。 贺铸《石州引》

无意苦争春，一任群芳妒。 陆游《卜算子》

恨芳菲世界，游人未赏，都付与、莺和燕。 陈亮《水龙吟》

啼到春归无寻处，苦恨芳菲都歇，算未抵人间离别。 辛弃疾《贺新郎》

芳莲坠粉，疏桐吹绿，庭院暗雨乍歇。 姜夔《八归》

芳径，芹泥雨润。爱贴地争飞，竞夸轻俊。 史达祖《双双燕》

芳根兼倚，花梢钿合，锦屏人妒。 吴文英《宴清都》

燕约莺期，恼芳情偏在，翠深红隙。 周密《曲游春》

鸳楼碎泻东西玉，问芳踪、何时再展，翠钗难卜。 蒋捷《贺新郎》

如今处处生芳草，纵凭高、不见天涯。 王沂孙《高阳台》

寂寞避暑离宫，东风辇路，芳草年年发。 萨都剌《百字令》

掩抑薄寒施软障，抱持纤影藉芳茵，未能无意下香尘。

纳兰性德《浣溪沙》

蘸渌搴芳，梦堕楚天远。 吕碧城《祝英台近》

香

晓随天仗入，暮惹御香归。 岑参《寄左省杜拾遗》
香雾云鬟湿，清辉玉臂寒。 杜甫《月夜》
时有落花至，远随流水香。 刘昚虚《阙题》

——

罗帏送上七香车，宝扇迎归九华帐。 王维《洛阳女儿行》
画栏桂树悬秋香，三十六宫土花碧。 李贺《金铜仙人辞汉歌》
香径尘生鸟自啼，屧廊人去苔空绿。 吴伟业《圆圆曲》

——

一枝红艳露凝香，云雨巫山枉断肠。 李白《清平调之二》
香稻啄余鹦鹉粒，碧梧栖老凤凰枝。 杜甫《秋兴八首之八》
风波不信菱枝弱，月露谁教桂叶香。 李商隐《无题》
云髻罢梳还对镜，罗衣欲换更添香。 薛逢《宫词》
蓬门未识绮罗香，拟托良媒亦自伤。 秦韬玉《贫女》
疏影横斜水清浅，暗香浮动月黄昏。 林逋《山园小梅》

——

小山重叠金明灭，鬓云欲度香腮雪。 温庭筠《菩萨蛮》
红楼别夜堪惆怅，香灯半卷流苏帐。 韦庄《菩萨蛮》
藕花相向野塘中，暗伤亡国，清露泣香红。 鹿虔扆《临江仙》
青鸟不传云外信，丁香空结雨中愁。 李璟《摊破浣溪沙》
旧香残粉似当初，人情恨不如。 晏几道《阮郎归》
冰肌玉骨，自清凉无汗，水殿风来暗香满。 苏轼《洞仙歌》
欲见回肠，断尽金炉小篆香。 秦观《减字木兰花》
罗带光销纹衾叠，连环解、旧香顿歇。 周邦彦《浪淘沙慢》
新样靓妆，艳溢香融，羞杀蕊珠宫女。 赵佶《燕山亭》
东篱把酒黄昏后，有暗香盈袖。 李清照《醉花阴》

零落成泥碾作尘，只有香如故。 陆游《卜算子》

罗绶分香，翠绡封泪，几多幽怨？ 陈亮《水龙吟》

凤尾龙香拨，自开元霓裳曲罢，几番风月。 辛弃疾《贺新郎》

采香径里春寒，老子婆娑，自歌谁答。 姜夔《庆宫春》

红杏香中箫鼓，绿杨影里秋千。 俞国宝《风入松》

应自栖香正稳，便忘了天涯芳信。 史达祖《双双燕》

欹角枕，掩红窗。梦到江南伊家，博山沉水香。 纳兰性德《遐方怨》

今又重阳，战地黄花分外香。 毛泽东《采桑子》

粉

娥娥红粉妆，纤纤出素手。 《青青河畔草》

邀人傅脂粉，不自著罗衣。 王维《西施咏》

——

粉墙丹柱动光彩，鬼物图画填青红。 韩愈《谒衡岳庙遂宿岳寺题门楼》

回头一笑百媚生，六宫粉黛无颜色。 白居易《长恨歌》

可怜思妇楼头柳，认作天边粉絮看。 吴伟业《圆圆曲》

——

画省香炉违伏枕，山楼粉堞隐悲笳。 杜甫《秋兴八首之二》

波漂菰米沉云黑，露冷莲房坠粉红。 杜甫《秋兴八首之七》

却嫌脂粉污颜色，淡扫蛾眉朝至尊。 张祜《集灵台之二》

霜禽欲下先偷眼，粉蝶如知合断魂。 林逋《山园小梅》

粉骨碎身全不惜，要留清白在人间。 于谦《石灰吟》

金粉东南十五州，万重恩怨属名流。 龚自珍《咏史》

扫除腻粉呈风骨，褪却红衣学淡妆。 鲁迅《莲蓬人》

——

朱粉不深匀，闲花淡淡春。 张先《醉垂鞭》

寸寸柔肠，盈盈粉泪，楼高莫近危阑倚。 欧阳修《踏莎行》

东风又作无情计，艳粉娇红吹满地。 晏几道《木兰花》
旧香残粉似当初，人情恨不如。 晏几道《阮郎归》
共粉泪，两簌簌。 苏轼《贺新郎》
粉墙低，梅花照眼，依然旧风味。 周邦彦《花犯》
寂寞，念行乐。甚粉淡衣襟，音断弦索。 张元幹《兰陵王》
红粉腻，娇如醉，倚朱扉。 韩元吉《六州歌头》
芳莲坠粉，疏桐吹绿，庭院暗雨乍歇。 姜夔《八归》
人姝丽，粉香吹下，夜寒风细。 姜夔《翠楼吟》
惊粉重、蝶宿西园，喜泥润、燕归南浦。 史达祖《绮罗香》
坠粉飘香，日日唤愁生。 卢祖皋《江城子》
宫粉雕痕，仙云堕影，无人野水荒湾。 吴文英《高阳台》
吴笺银粉砑，待把旧家风景，写成闲话。 蒋捷《女冠子》
蝶化彩衣金缕尽，虫衔画粉玉楼空。 陈子龙《山花子》
盈盈怎堪攀折，只轻朱薄粉，愁上簪帻。 郑文焯《六丑》
送春归，费粉娥心眼，低徊香土。 况周颐《西子妆》
滞粉黏香，绣屟悄寻遍。 吕碧城《祝英台近》

妆

娥娥红粉妆，纤纤出素手。 《青青河畔草》

——

早被婵娟误，欲妆临镜慵。 杜荀鹤《春宫怨》

——

戏罢曾无理曲时，妆成只是熏香坐。 王维《洛阳女儿行》
金屋妆成娇侍夜，玉楼宴罢醉和春。 白居易《长恨歌》
曲罢常教善才服，妆成每被秋娘妒。 白居易《琵琶行》
全家白骨成灰土，一代红妆照汗青。 吴伟业《圆圆曲》
湘灵妆成照湘水，皎如皓月窥彤云。 鲁迅《湘灵歌》

——

碧玉妆成一树高，万条垂下绿丝绦。　　贺知章《咏柳》

闺中少妇不知愁，春日凝妆上翠楼。　　王昌龄《闺怨》

借问汉宫谁得似，可怜飞燕倚新妆。　　李白《清平调之二》

新妆宜面下朱楼，深锁春光一院愁。　　刘禹锡《春词》

妆罢低声问夫婿，画眉深浅入时无？　　朱庆馀《近试上张水部》

十二楼中尽晓妆，望仙楼上望君王。　　薛逢《宫词》

谁爱风流高格调，共怜时世俭梳妆。　　秦韬玉《贫女》

欲把西湖比西子，淡妆浓抹总相宜。　　苏轼《饮湖上初晴后雨》

明眸越女罢晨妆，荇水荷风是旧乡。　　鲁迅《赠人之一》

——

懒起画蛾眉，弄妆梳洗迟。　　温庭筠《菩萨蛮》

清晨帘幕卷轻霜，呵手试梅妆。　　欧阳修《诉衷情》

想佳人、妆楼颙望，误几回、天际识归舟。　　柳永《八声甘州》

夜来幽梦忽还乡，小轩窗，正梳妆。　　苏轼《江城子》

遥知新妆了，开朱户，应自待月西厢。　　周邦彦《风流子》

淡妆多态，更的的、频回眄睐。　　贺铸《薄幸》

宴堂开、艳妆丛里，调琴思，认歌颦。　　贺铸《绿头鸭》

新样靓妆，艳溢香融，羞杀蕊珠宫女。　　赵佶《燕山亭》

邻娃已试春妆了，更蜂腰簇翠，燕股横金。　　韩疁《高阳台》

向消凝里，梅开半面，情满徐妆。　　史达祖《夜合花》

修竹凝妆，垂杨驻马，凭阑浅画成图。　　吴文英《高阳台》

红妆春骑，踏月影竿旗穿市。　　刘辰翁《宝鼎现》

待把宫眉横云样，描上生绡画幅，怕不是新来妆束。　　蒋捷《贺新郎》

记唤酒寻芳处，盈盈褪妆晚。　　王沂孙《法曲献仙音》

三

形体

名

秦氏有好女，自名为罗敷。　　《陌上桑》

昔有霍家奴，姓冯名子都。　　辛延年《羽林郎》

千秋万岁名，寂寞身后事。　　杜甫《梦李白二首之二》

——

名岂文章著，官应老病休。　　杜甫《旅夜书怀》

功盖三分国，名成八阵图。　　杜甫《八阵图》

胡马大宛名，锋棱瘦骨成。　　杜甫《房兵曹胡马》

问姓惊初见，称名忆旧容。　　李益《喜见外弟又言别》

——

樵客初传汉姓名，居人未改秦衣服。　　王维《桃源行》

别君去兮何时还，且放白鹿青崖间，须行即骑访名山。

李白《梦游天姥吟留别》

古来圣贤皆寂寞，唯有饮者留其名。　　李白《将进酒》

但看古来盛名下，终日坎壈缠其身。　　杜甫《丹青引赠曹将军霸》

就中云幕椒房亲，赐名大国虢与秦。　　杜甫《丽人行》

十三学得琵琶成，名属教坊第一部。　　白居易《琵琶行》

尝闻倾国与倾城，翻使周郎受重名。　　吴伟业《圆圆曲》

——

借问路旁名利客，何如此地学长生。　　崔颢《行经华阴》

名花倾国两相欢，常得君王带笑看。　　李白《清平调之三》

诸葛大名垂宇宙，宗臣遗像肃清高。　　杜甫《咏怀古迹之五》

十年一觉扬州梦，赢得青楼薄幸名。　　杜牧《遣怀》

为爱名花抵死狂，只愁风日损红芳。 陆游《花时遍游诸家园》
金粉东南十五州，万重恩怨属名流。 龚自珍《咏史》
宜将剩勇追穷寇，不可沽名学霸王。 毛泽东《人民解放军占领南京》
又见名城作战场，势危累卵溃南疆。 郁达夫《乱离杂诗之一》

——

念利名、憔悴长萦绊，追往事、空惨愁颜。 柳永《戚氏》
无奈被些名利缚！无奈被它情担阁！可惜风流总闲却！
王安石《千秋岁引》
谩赢得、青楼薄幸名存。 秦观《满庭芳》
知谁伴，名园露饮，东城闲步。 周邦彦《瑞龙吟》
三十功名尘与土，八千里路云和月。 岳飞《满江红》
淮左名都，竹西佳处，解鞍少驻初程。 姜夔《扬州慢》
幻苍崖云树，名娃金屋，残霸宫城。 吴文英《八声甘州》
纵英游、叠鼓清笳，骏马名姬。 周密《高阳台》

字

亲朋无一字，老病有孤舟。 杜甫《登岳阳楼》

——

辞严义密读难晓，字体不类隶与蝌。 韩愈《石鼓歌》
中有一人字太真，雪肤花貌参差是。 白居易《长恨歌》
点窜尧典舜典字，涂改清庙生民诗。
碑高三丈字如斗，负以灵鳌蟠以螭。 李商隐《韩碑》
家本姑苏浣花里，圆圆小字娇罗绮。 吴伟业《圆圆曲》

——

机中锦字论长恨，楼上花枝笑独眠。 皇甫冉《春思》
断墙着雨蜗成字，老屋无僧燕作家。 陈师道《春怀示邻里》
避席畏闻文字狱，著书都为稻粱谋。 龚自珍《咏史》

——

红笺小字，说尽平生意。　晏殊《清平乐》

杳杳神京，盈盈仙子，别来锦字终难偶。　柳永《曲玉管》

记得小蘋初见，两重心字罗衣。　晏几道《临江仙》

天边金掌露成霜，云随雁字长。　晏几道《阮郎归》

衣上酒痕诗里字，点点行行，总是凄凉意。　晏几道《蝶恋花》

困倚危楼，过尽飞鸿字字愁。　秦观《减字木兰花》

恐断红、尚有相思字，何由见得。　周邦彦《六丑》

不解寄、一字相思，幸有归来双燕。　贺铸《望湘人》

云中谁寄锦书来，雁字回时，月满西楼。　李清照《一剪梅》

这次第，怎一个愁字了得。　李清照《声声慢》

易挑锦妇机中字，难得玉人心下事。　刘克庄《木兰花》

一字无题处，落叶都愁。　张炎《八声甘州》

汛远槎风，梦深薇露，化作断魂心字。　王沂孙《天香》

一绳云杪，看字字、悬针垂露。　朱彝尊《长亭怨慢》

乌丝画作回文纸，香煤暗蚀藏头字。　纳兰性德《菩萨蛮》

而今剩了，低迷鱼艇，模黏雁字。　邓廷桢《水龙吟》

篆销万重心字，窗影护憨云。　蒋春霖《忆旧游》

芳意回环，认鸳机锦字，断肠缄怨。　王鹏运《三姝媚》

指点江山，激扬文字，粪土当年万户侯。　毛泽东《沁园春》

头

头上金爵钗，腰佩翠琅玕。　曹植《美女篇》

时见归村人，沙行渡头歇。　孟浩然《秋登兰山寄张五》

低头向暗壁，千唤不一回。　李白《长干行》

举头望明月，低头思故乡。　李白《静夜思》

——

不堪玄鬓影，来对白头吟。　　骆宾王《在狱咏蝉》
渡头余落日，墟里上孤烟。　　王维《辋川闲居赠裴秀才迪》
白头搔更短，浑欲不胜簪。　　杜甫《春望》
白头宫女在，闲坐说玄宗。　　元稹《行宫》

——

谁怜越女颜如玉，贫贱江头自浣纱。　　王维《洛阳女儿行》
良相头上进贤冠，猛将腰间大羽箭。　　杜甫《丹青引赠曹将军霸》
花钿委地无人收，翠翘金雀玉搔头。　　白居易《长恨歌》
钿头银篦击节碎，血色罗裙翻酒污。　　白居易《琵琶行》
旧巢共是衔泥燕，飞上枝头变凤凰。　　吴伟业《圆圆曲》

——

忽见陌头杨柳色，悔教夫婿觅封侯。　　王昌龄《闺怨》
若非群玉山头见，会向瑶台月下逢。　　李白《清平调》
彩笔昔曾干气象，白头吟望苦低垂。　　杜甫《秋兴八首之八》
行到中庭数花朵，蜻蜓飞上玉搔头。　　刘禹锡《春词》
碧毯线头抽早稻，青罗裙带展新蒲。　　白居易《春题湖上》
娉娉袅袅十三余，豆蔻梢头二月初。　　杜牧《赠别》
窦融表已来关右，陶侃军宜次石头。　　李商隐《重有感》
小荷才露尖尖角，早有蜻蜓立上头。　　杨万里《小池》
运交华盖欲何求，未敢翻身已碰头。　　鲁迅《自嘲》

——

终日望君君不至，举头闻鹊喜。　　冯延巳《谒金门》
重头歌韵响琤琮，入破舞腰红乱旋。　　晏殊《木兰花》
东归燕从海上去，南来雁向沙头落。　　王安石《千秋岁引》
墙头丹杏雨余花，门外绿杨风后絮。　　晏几道《木兰花》
豆蔻梢头旧恨，十年梦、屈指堪惊。　　秦观《满庭芳》
春已归来，看美人头上，袅袅春幡。　　辛弃疾《汉宫春》
渐吹尽、枝头香絮，是处人家，绿深门户。　　姜夔《长亭怨慢》
是非成败转头空，青山依旧在，几度夕阳红。　　杨慎《临江仙》

首

红颜弃轩冕，白首卧松云。　　李白《赠孟浩然》

——

自从弃置便衰朽，世事蹉跎成白首。　　王维《老将行》
少妇城南欲断肠，征人蓟北空回首。　　高适《燕歌行》
大厦如倾要梁栋，万牛回首丘山重。　　杜甫《古柏行》
愈拜稽首蹈且舞，金石刻画臣能为。　　李商隐《韩碑》

——

回首可怜歌舞地，秦中自古帝王州。　　杜甫《秋兴八首之六》
风涛回首空三岛，尘壤从头数九垓。　　林则徐《赴戍登程口占示家人》
横眉冷对千夫指，俯首甘为孺子牛。　　鲁迅《自嘲》
翻身复进七人房，回首峰峦入莽苍。　　毛泽东《莫干山》

——

语已多，情未了，回首犹重道。　　牛希济《生查子》
回首绿波春色暮，接天流。　　李璟《摊破浣溪沙》
小楼昨夜又东风，故国不堪回首月明中。　　李煜《虞美人》
陇首云飞，江边日晚，烟波满目凭阑久。　　柳永《曲玉管》
更回首、重城不见，寒江天外，隐隐两三烟树。　　柳永《采莲令》
回首向来萧瑟处，归去，也无风雨也无晴。　　苏轼《定风波》
多少蓬莱旧事，空回首、烟霭纷纷。　　秦观《满庭芳》
回首旧游，山无重数。花底深朱户。　　贺铸《人南渡》
回首经年，杳杳音尘都绝。　　贺铸《石州引》
起来搔首，梅影横窗瘦。　　汪藻《点绛唇》
今宵谁念泣孤臣，回首长安远。　　张抡《烛影摇红》
回首池南旧事，恨星星、不堪重记。　　程垓《水龙吟》
可堪回首，佛狸祠下，一片神鸦社鼓。　　辛弃疾《永遇乐》

众里寻他千百度，蓦然回首，那人却在，灯火阑珊处。　辛弃疾《青玉案》
又入铜驼，遍旧家门巷，首询声价。　史达祖《三姝媚》
强整帽檐攲侧，曾经向天涯搔首。　潘希白《大有》
休回首，但细雨断桥，憔悴人归后。　刘辰翁《摸鱼儿》
回首当年汉舞，怕飞去漫皱，留仙裙折。　张炎《疏影》
回首当年，绮楼画阁生光彩。　夏完淳《烛影摇红》
枉教人回首，少年丝竹，玉容歌管。　况周颐《苏武慢》
惊回首，离天三尺三。　毛泽东《十六字令》

心

青青子衿，悠悠我心。　《诗经·郑风·子衿》
烈士暮年，壮心未已。　曹操《步出夏门行·龟虽寿》

——

问君何能尔，心远地自偏。　陶渊明《饮酒之五》
我心素已闲，清川澹如此。　王维《青溪》
但见泪痕湿，不知心恨谁。　李白《怨情》
谁言寸草心，报得三春晖。　孟郊《游子吟》

——

无人信高洁，谁为表予心。　骆宾王《在狱咏蝉》
客心洗流水，馀响入霜钟。　李白《听蜀僧濬弹琴》
山光悦鸟性，潭影空人心。　常建《题破山寺后禅院》
芳心向春尽，所得是沾衣。　李商隐《落花》

——

不疑灵境难闻见，尘心未尽思乡县。　王维《桃源行》
苦心岂免容蝼蚁，香叶曾经宿鸾凤。　杜甫《古柏行》
回看天际下中流，岩上无心云相逐。　柳宗元《渔翁》
临别殷勤重寄词，词中有誓两心知。　白居易《长恨歌》

低眉信手续续弹，说尽心中无限事。	白居易《琵琶行》
一去心知更不归，可怜着尽汉宫衣。	王安石《明妃曲》

——

银筝夜久殷勤弄，心怯空房不忍归。	王维《秋夜曲》
丛菊两开他日泪，孤舟一系故园心。	杜甫《秋兴八首之一》
松排山面千重翠，月点波心一颗珠。	白居易《春题湖上》
蜡烛有心还惜别，替人垂泪到天明。	杜牧《赠别之二》
庄生晓梦迷蝴蝶，望帝春心托杜鹃。	李商隐《锦瑟》
万里归船弄长笛，此心吾与白鸥盟。	黄庭坚《登快阁》
红雨随心翻作浪，青山着意化为桥。	毛泽东《送瘟神之二》

——

平林漠漠烟如织，寒山一带伤心碧。	李白《菩萨蛮》
天涯倦客，山中归路，望断故园心眼。	苏轼《永遇乐》
无奈归心，暗随流水到天涯。	秦观《望海潮》
时易失，心徒壮，岁将零，渺神京。	张孝祥《六州歌头》
此生谁料，心在天山，身老沧洲。	陆游《诉衷情》
伤心重见，依约眉山，黛痕低压。	姜夔《庆宫春》
把酒酹滔滔，心潮逐浪高。	毛泽东《菩萨蛮》

身

月既不解饮，影徒随我身。	李白《月下独酌》
千秋万岁名，寂寞身后事。	杜甫《梦李白二首之二》
慈母手中线，游子身上衣。	孟郊《游子吟》

——

拟身思狡兔，侧目似愁胡。	杜甫《画鹰》
迢递三巴路，羁危万里身。	崔涂《除夜有怀》

——

一身转战三千里，一剑曾当百万师。　王维《老将行》
脚著谢公屐，身登青云梯。　李白《梦游天姥吟留别》
身当恩遇常轻敌，力尽关山未解围。　高适《燕歌行》
翻身向天仰射云，一箭正坠双飞翼。　杜甫《哀江头》
后宫佳丽三千人，三千宠爱在一身。　白居易《长恨歌》
前身合是采莲人，门前一片横塘水。　吴伟业《圆圆曲》

——

出师未捷身先死，长使英雄泪满襟。　杜甫《蜀相》
向使当初身便死，一生真伪复谁知？　白居易《放言五首之三》
昔日戏言身后意，今朝都到眼前来。　元稹《遣悲怀之二》
身无彩凤双飞翼，心有灵犀一点通。　李商隐《无题》
誓扫匈奴不顾身，五千貂锦丧胡尘。　陈陶《陇西行》
不识庐山真面目，只缘身在此山中。　苏轼《题西林壁》
此身合是诗人未？细雨骑驴入剑门。　陆游《剑门道中遇微雨》
粉骨碎身全不惜，要留清白在人间。　于谦《石灰吟》
运交华盖欲何求，未敢翻身已碰头。　鲁迅《自嘲》
一死何难仇未复，百身可赎我奚辞。　郁达夫《乱离杂诗十一》

——

梦里不知身是客，一晌贪欢。　李煜《浪淘沙》
长恨此身非我有，何时忘却营营。　苏轼《临江仙》
且莫思身外，长近尊前。　周邦彦《满庭芳》
万事一身伤老矣，戎葵凝笑墙东。　陈与义《临江仙》
此生谁料，心在天山，身老沧洲。　陆游《诉衷情》
将军百战身名裂，向河梁、回头万里，故人长绝。　辛弃疾《贺新郎》
自怜两鬓清霜，一年寒食，又身在云山深处。　吴文英《祝英台近》
漫将身化鹤归来，忘却旧游端的。　蒋捷《瑞鹤仙》
折芦花赠远，零落一身秋。　张炎《八声甘州》

颜

容华耀朝日，谁不希令颜。　　曹植《美女篇》
戍客望边邑，思归多苦颜。　　李白《关山月》
十四为君妇，羞颜未尝开。　　李白《长干行》
落月满屋梁，犹疑照颜色。　　杜甫《梦李白二首之一》

——

童颜若可驻，何惜醉流霞。　　孟浩然《宴梅道士山房》
红颜弃轩冕，白首卧松云。　　李白《赠孟浩然》
烟尘一长望，衰飒正摧颜。　　杜甫《秦州杂诗之七》
寒禽与衰草，处处伴愁颜。　　司空曙《贼平后送人北归》

——

谁怜越女颜如玉，贫贱江头自浣纱。　　王维《洛阳女儿行》
忆昔霓旌下南苑，苑中万物生颜色。　　杜甫《哀江头》
马嵬坡下泥土中，不见玉颜空死处。　　白居易《长恨歌》
弟走从军阿姨死，暮去朝来颜色故。　　白居易《琵琶行》
低徊顾影无颜色，尚得君王不自持。　　王安石《明妃曲》
恸哭六军俱缟素，冲冠一怒为红颜。　　吴伟业《圆圆曲》

——

玉颜不及寒鸦色，犹带昭阳日影来。　　王昌龄《长信怨》
云移雉尾开宫扇，日绕龙鳞识圣颜。　　杜甫《秋兴八首之五》
红颜未老恩先断，斜倚熏笼坐到明。　　白居易《宫词》
却嫌脂粉污颜色，淡扫蛾眉朝至尊。　　张祜《集灵台之二》
破帽遮颜过闹市，漏船载酒泛中流。　　鲁迅《自嘲》
更喜岷山千里雪，三军过后尽开颜。　　毛泽东《长征》

——

玉颜憔悴三年，谁复商量管弦。　　王建《调笑令》

雕栏玉砌应犹在，只是朱颜改。 李煜《虞美人》
情怀渐觉成衰晚，鸾镜朱颜惊暗换。 钱惟演《木兰花》
朱颜空自改，向年年、芳意长新。 韩缜《凤箫吟》
日日花前常病酒，不辞镜里朱颜瘦。 欧阳修《蝶恋花》
彩袖殷勤捧玉钟，当年拚却醉颜红。 晏几道《鹧鸪天》
闲时又来镜里，转变朱颜。 辛弃疾《汉宫春》
人何在，一帘淡月，仿佛照颜色。 姜夔《霓裳中序第一》
舞歇歌沉，花未减、红颜先变。 吴文英《三姝媚》
千里来寻故地，旧貌变新颜。 毛泽东《水调歌头》

面

主称会面难，一举累十觞。 杜甫《赠卫八处士》
开轩面场圃，把酒话桑麻。 孟浩然《过故人庄》

——

花门剺面请雪耻，慎勿出口他人狙。 杜甫《哀王孙》
芙蓉如面柳如眉，对此如何不泪垂。 白居易《长恨歌》
千呼万唤始出来，犹抱琵琶半遮面。 白居易《琵琶行》
蜡炬迎来在战场，啼妆满面残红印。 吴伟业《圆圆曲》

——

画图省识春风面，环佩空归月夜魂。 杜甫《咏怀古迹之三》
新妆宜面下朱楼，深锁春光一院愁。 刘禹锡《春词》
松排山面千重翠，月点波心一颗珠。 白居易《春题湖上》
不识庐山真面目，只缘身在此山中。 苏轼《题西林壁》

——

团扇，团扇，美人病来遮面。 王建《调笑令》
照花前后镜，花面交相映。 温庭筠《菩萨蛮》
四面边声连角起，千嶂里，长烟落日孤城闭。 范仲淹《渔家傲》

祖席离歌，长亭别宴，香尘已隔犹回面。 晏殊《踏莎行》
千娇面、盈盈伫立，无言有泪，断肠争忍回顾。 柳永《采莲令》
落花犹在，香屏空掩，人面知何处。 晏几道《御街行》
纵使相逢应不识，尘满面，鬓如霜。 苏轼《江城子》
正拂面垂杨堪揽结，掩红泪、玉手亲折。 周邦彦《浪淘沙慢》
楼上几日春寒，帘垂四面，玉阑干慵倚。 李清照《念奴娇》
忆旧游、邃馆朱扉，小园香径，尚想桃花人面。 蔡伸《苏武慢》
记年时，隐映新妆面，临水岸，春将半，云日暖，斜桥转，夹城西。
韩元吉《六州歌头》
纵收香藏镜，他年重到，人面桃花在否。 袁去华《瑞鹤仙》
送客重寻西去路，问水面琵琶谁拨。 姜夔《八归》
池面冰胶，墙腰雪老，云意还又沉沉。 姜夔《一萼红》
青未了、柳回白眼，红欲断、杏开素面。 史达祖《东风第一枝》
向消凝里，梅开半面，情满徐妆。 史达祖《夜合花》
肠漫回，隔花时见，背面楚腰身。 吴文英《渡江云》
波面铜花冷不收，玉人垂钓理纤钩，月明池阁夜来秋。 吴文英《浣溪沙》
常疑即见桃花面，甚近来、翻致无书。 张炎《渡江云》
十二曲阑春寂寂，隔蓬山、何处窥人面？ 梁启超《金缕曲》

容

容华耀朝日，谁不希令颜。 曹植《美女篇》

——

问姓惊初见，称名忆旧容。 李益《喜见外弟又言别》
承恩不在貌，教妾若为容。 杜荀鹤《春宫怨》

——

洛阳女儿对门居，才可颜容十五余。 王维《洛阳女儿行》
含情凝睇谢君王，一别音容两渺茫。 白居易《长恨歌》

——

云想衣裳花想容，春风拂槛露华浓。 李白《清平调》
云散月明谁点缀，天容海色本澄清。 苏轼《六月二十日夜渡海》
屡失南邻春事约，只今容有未开花。 陈师道《春怀示邻里》
春风容易送韶年，一棹烟波夜驶船。 鲁迅《别诸弟（辛丑）》
秦女端容理玉筝，梁尘踊跃夜风轻。 鲁迅《赠人之二》
莫叹韶华容易逝，卅年仍到赫曦台。 毛泽东《和周世钊同志》
人山纷赞阵容阔，铁马从容杀敌回。 毛泽东《观潮》

——

独自莫凭栏！无限江山；别时容易见时难。 李煜《浪淘沙》
乍雨乍晴花自落，闲愁闲闷日偏长，为谁消瘦减容光。 晏殊《浣溪沙》
绿杨芳草长亭路，年少抛人容易去。 晏殊《木兰花》
把酒祝东风，且共从容，垂杨紫陌洛城东。 欧阳修《浪淘沙》
醉别西楼醒不记，春梦秋云，聚散真容易。 晏几道《蝶恋花》
歌筵畔，先安簟枕，容我醉时眠。 周邦彦《满庭芳》
空见说、鬓怯琼梳，容销金镜，渐懒趁时匀染。 周邦彦《过秦楼》
无限楼前沧波意，谁采蘋花寄取，但怅望、兰舟容与。 叶梦得《贺新郎》
柳困桃慵，杏青梅小，对人容易。 程垓《水龙吟》
翠叶吹凉，玉容销酒，更洒菰蒲雨。 姜夔《念奴娇》
有白鸥、淡月微波，寄语逍遥容与。 彭元逊《疏影》
旋拂轻容写洛神，须知浅笑是深颦，十分天与可怜春。
纳兰性德《浣溪沙》
倦倚玉阑看月晕，容易语低香近。 纳兰性德《清平乐》
无那尘缘容易绝，燕子依然，软踏帘钩说。 纳兰性德《蝶恋花》
暝入西园，容易又、林禽声变。 王鹏运《三姝媚》
枉教人回首，少年丝竹，玉容歌管。 况周颐《苏武慢》

眉

十五始展眉，愿同尘与灰。　　李白《长干行》

美人卷珠帘，深坐颦蛾眉。　　李白《怨情》

——

蜀僧抱绿绮，西下峨眉峰。　　李白《听蜀僧濬弹琴》

眉欺杨柳叶，裙妒石榴花。　　白居易《和春深二十首之二十》

——

陈侯立身何坦荡，虬须虎眉仍大颡。　　李颀《送陈章甫》

安能摧眉折腰事权贵，使我不得开心颜。　　李白《梦游天姥吟留别》

张公一生江海客，身长九尺须眉苍。　　杜甫《洗兵马》

六军不发无奈何，宛转蛾眉马前死。　　白居易《长恨歌》

低眉信手续续弹，说尽心中无限事。　　白居易《琵琶行》

蛾眉马上传呼进，云鬟不整惊魂定。　　吴伟业《圆圆曲》

——

峨眉山月半轮秋，影入平羌江水流。　　李白《峨眉山月歌》

惟将终夜长开眼，报答平生未展眉。　　元稹《遣悲怀之三》

却嫌脂粉污颜色，淡扫蛾眉朝至尊。　　张祜《集灵台之二》

妆罢低声问夫婿，画眉深浅入时无？　　朱庆馀《近试上张水部》

敢将十指夸针巧，不把双眉斗画长。　　秦韬玉《贫女》

横眉冷对千夫指，俯首甘为孺子牛。　　鲁迅《自嘲》

——

眉翠薄，鬓云残，夜长衾枕寒。　　温庭筠《更漏子》

都来此事，眉间心上，无计相回避。　　范仲淹《御街行》

弹到断肠时，春山眉黛低。　　张先《菩萨蛮》

烟敛寒林簇，画屏展，天际遥山小，黛眉浅。　　柳永《迷神引》

晚来翠眉宫样，巧把远山学。　　晏几道《六幺令》

长门事，准拟佳期又误，蛾眉曾有人妒。 辛弃疾《摸鱼儿》
歌扇轻约飞花，蛾眉正奇绝。 姜夔《琵琶仙》
一鞭南陌，几篙官渡，赖有歌眉舒绿。 史达祖《八归》
浅画镜中眉，深拜楼中月。 刘克庄《生查子》
翠香零落红衣老，暮愁锁，残柳眉梢。 吴文英《惜黄花慢》
空眉皱，看白发尊前，已似人人有。 刘辰翁《摸鱼儿》
柳陌，新烟凝碧。映帘底宫眉，堤上游勒。 周密《曲游春》
待把宫眉横云样，描上生绡画幅，怕不是新来妆束。 蒋捷《贺新郎》
画眉未稳，料素娥、犹带离恨。 王沂孙《眉妩》

目

欲穷千里目，更上一层楼。 王之涣《登鹳雀楼》
㩳身思狡兔，侧目似愁胡。 杜甫《画鹰》
满目生悲事，因人作远游。 杜甫《秦州杂诗之一》

——

昔时飞箭无全目，今日垂杨生左肘。 王维《老将行》
忆君迢迢隔青天，昔时横波目，今作流泪泉。 李白《长相思》

——

跨马出郊时极目，不堪人事日萧条。 杜甫《野望》
不识庐山真面目，只缘身在此山中。 苏轼《题西林壁》
河山触目尽生哀，太息神州几霸才。 秋瑾《柬某君》

——

别来春半，触目愁肠断。 李煜《清平乐》
画阁魂消，高楼目断，斜阳只送平波远。 晏殊《踏莎行》
别后不知君远近，触目凄凉多少闷。 欧阳修《木兰花》
夕阳岛外，秋风原上，目断四天垂。 柳永《少年游》
望处雨收云断，凭阑悄悄，目送秋光。 柳永《玉胡蝶》

极目霁霭霏微，暝鸦零乱，萧索江城暮。　柳永《竹马子》
登临送目，正故国晚秋，天气初肃。　王安石《桂枝香》
烟暝酒旗斜。但倚楼极目，时见栖鸦。　秦观《望海潮》
怎奈向兰成憔悴，卫玠清羸，等闲时、易伤心目。　周邦彦《大酺》
凌波不过横塘路，但目送、芳尘去。　贺铸《青玉案》
青翰棹舣，白蘋洲畔，尽目临皋飞观。　贺铸《望湘人》
万里云帆何时到，送孤鸿、目断千山阻。　叶梦得《贺新郎》
断肠何必更残阳，极目伤平楚。　廖世美《烛影摇红》
但茫茫暮霭，目断武陵溪，往事难追。　韩元吉《六州歌头》
遥岑远目，献愁供恨，玉簪螺髻。　辛弃疾《水龙吟》
目断秋霄落雁，醉来时响空弦。　辛弃疾《木兰花慢》
南去北来何事，荡湘云楚水，目极伤心。　姜夔《一萼红》
须信风流未老，凭持尊酒，慰此凄凉心目。　史达祖《八归》
渐欹斜、无力低飘，正目送、碧罗天暮。　朱彝尊《长亭怨慢》
满目荒凉谁可语？西风吹老丹枫树。　纳兰性德《蝶恋花》
倚楼极目天涯，天涯尽处，算只有、濛濛飞絮。　文廷式《祝英台近》
万里长江横渡，极目楚天舒。　毛泽东《水调歌头》

眼

草枯鹰眼疾，雪尽马蹄轻。　王维《观猎》
惟怜一灯影，万里眼中明。　钱起《送僧归日本》
肠断未忍扫，眼穿仍欲归。　李商隐《落花》
华颠萎寥落，白眼看鸡虫。　鲁迅《哀范君三章之一》

——

变调如闻杨柳春，上林繁花照眼新。　李颀《听安万善吹觱篥歌》
途穷反遭俗眼白，世上未有如公贫。　杜甫《丹青引赠曹将军霸》
归来却怪丹青手，入眼平生几曾有。　王安石《明妃曲》

——

昆明池水汉时功，武帝旌旗在眼中。　杜甫《秋兴八首之七》
乱花渐欲迷人眼，浅草才能没马蹄。　白居易《钱塘湖春行》
惟将终夜长开眼，报答平生未展眉。　元稹《遣悲怀之三》
禁门宫树月痕过，媚眼惟看宿鹭窠。　张祜《赠内人》
霜禽欲下先偷眼，粉蝶如知合断魂。　林逋《山园小梅》
朱弦已为佳人绝，青眼聊因美酒横。　黄庭坚《登快阁》
泉眼无声惜细流，树阴照水爱晴柔。　杨万里《小池》
眼中战国成争鹿，海内人才孰卧龙。　康有为《出都留别诸公》

——

泪眼倚楼频独语，双燕飞来，陌上相逢否。　冯延巳《蝶恋花》
满目山河空念远，落花风雨更伤春，不如怜取眼前人。　晏殊《浣溪沙》
凝泪眼、杳杳神京路，断鸿声远长天暮。　柳永《夜半乐》
萦损柔肠，困酣娇眼，欲开还闭。　苏轼《水龙吟》
粉墙低，梅花照眼，依然旧风味。　周邦彦《花犯》
被惜余薰，带惊剩眼，几许伤春春晚。　贺铸《望湘人》
不尽眼中青，是愁来时节。　张元幹《石州慢》
何处望神州？满眼风光北固楼。　辛弃疾《南乡子》
又将愁眼与春风，待去，倚兰桡更少驻。　姜夔《杏花天》
青未了、柳回白眼，红欲断、杏开素面。　史达祖《东风第一枝》
老眼平生空四海，赖有高楼百尺。　刘克庄《贺新郎》
箭径酸风射眼，腻水染花腥。　吴文英《八声甘州》
料因循误了，残毡拥雪，故人心眼。　张炎《解连环》
过眼年华，动人幽意，相逢几番春换。　王沂孙《法曲献仙音》
满眼韶华，东风惯是吹红去。　陈子龙《点绛唇》

口

晚风吹行舟，花路入溪口。　　綦毋潜《春泛若耶溪》

——

山口潜行始隈隩，山开旷望旋平陆。　　王维《桃源行》

剑河风急云片阔，沙口石冻马蹄脱。　　岑参《轮台歌奉送封大夫出师西征》

汝阳三斗始朝天，道逢曲车口流涎，恨不移封向酒泉。

杜甫《饮中八仙歌》

花门剺面请雪耻，慎勿出口他人狙。　　杜甫《哀王孙》

唇焦口燥呼不得，归来倚杖自叹息。　　杜甫《茅屋为秋风所破歌》

安能以此上论列，愿借辩口如悬河。　　韩愈《石鼓歌》

去来江口守空船，绕船月明江水寒。　　白居易《琵琶行》

愿书万本诵万遍，口角流沫右手胝。　　李商隐《韩碑》

——

瞿塘峡口曲江头，万里风烟接素秋。　　杜甫《秋兴八首之六》

汉口夕阳斜渡鸟，洞庭秋水远连天。

刘长卿《自夏口至鹦鹉洲夕望岳阳寄元中丞》

朱雀桥边野草花，乌衣巷口夕阳斜。　　刘禹锡《乌衣巷》

京口瓜洲一水间，钟山只隔数重山。　　王安石《泊船瓜洲》

李杜诗篇万口传，至今已觉不新鲜。　　赵翼《论诗》

恶煞腐心兴鼓吹，凶神张口吐烟霞。　　毛泽东《读报有感之一》

——

君看渡口淘沙处，渡却人间多少人。　　刘禹锡《浪淘沙》

来时浦口云随棹，采罢江边月满楼。　　晏几道《鹧鸪天》

问钱塘江上，西兴浦口，几度斜晖。　　苏轼《八声甘州》

春恨十常八九，忍轻辜，芳醪经口。　　晁补之《水龙吟》

人世难逢开口笑，上疆场彼此弯弓月。　　毛泽东《贺新郎》

手

娥娥红粉妆，纤纤出素手。《青青河畔草》
慈母手中线，游子身上衣。孟郊《游子吟》
三日入厨下，洗手作羹汤。王建《新嫁娘》

——

不堪盈手赠，还寝梦佳期。张九龄《望月怀远》
为我一挥手，如听万壑松。李白《听蜀僧濬弹琴》
鸣筝金粟柱，素手玉房前。李端《听筝》

——

扪参历井仰胁息，以手抚膺坐长叹。李白《蜀道难》
朔方健儿好身手，昔何勇锐今何愚。杜甫《哀王孙》
低眉信手续续弹，说尽心中无限事。白居易《琵琶行》
归来却怪丹青手，入眼平生几曾有。王安石《明妃曲》
当其下手风雨快，笔所未到气已吞。苏轼《王维吴道子画》

——

茅檐长扫净无苔，花木成畦手自栽。王安石《书湖阴先生壁》
红旗卷起农奴戟，黑手高悬霸主鞭。毛泽东《到韶山》

——

闲引鸳鸯香径里，手挼红杏蕊。冯延巳《谒金门》
手卷珠帘上玉钩，依前春恨锁重楼。李璟《摊破浣溪沙》
清晨帘幕卷轻霜，呵手试梅妆。欧阳修《诉衷情》
翠娥执手，送临歧，轧轧开朱户。柳永《采莲令》
手捻红笺寄人书，写无限、伤春事。晏几道《留春令》
手弄生绡白团扇，扇手一时似玉。苏轼《贺新郎》
斜阳冉冉春无极，念月榭携手，露桥闻笛。周邦彦《兰陵王》
执手霜风吹鬓影，去意徘徊，别语愁难听。周邦彦《蝶恋花》

殷勤花下同携手，更尽杯中酒。　　叶梦得《虞美人》
红酥手，黄縢酒。满城春色宫墙柳。　　陆游《钗头凤》
天下英雄谁敌手？曹刘。生子当如孙仲谋！　　辛弃疾《南乡子》
推手含情还却手，一抹凉州哀彻，千古事、云飞烟灭。　　辛弃疾《贺新郎》
长记曾携手处，千树压、西湖寒碧。　　姜夔《暗香》
黄蜂频扑秋千索，有当时、纤手香凝。　　吴文英《风入松》
香尘暗陌，华灯明昼，长是懒携手去。　　刘辰翁《永遇乐》
临分把手，叹一笑论文，清狂顾曲，此会几时又？　　刘辰翁《摸鱼儿》
今日长缨在手，何时缚住苍龙？　　毛泽东《清平乐》

指

蓬莱织女回云车，指点虚无是征路。
杜甫《送孔巢父谢病归游江东兼呈李白》
魏官牵车指千里，东关酸风射眸子。　　李贺《金铜仙人辞汉歌》
洞庭湘水涨连天，艟艨巨舰直东指。　　毛泽东《送纵宇一郎东行》

——

试借君王玉马鞭，指挥戎虏坐琼筵。　　李白《永王东巡歌十一首之十一》
借问酒家何处有，牧童遥指杏花村。　　杜牧《清明》
敢将十指夸针巧，不把双眉斗画长。　　秦韬玉《贫女》
泥上偶然留指爪，鸿飞那复计东西。　　苏轼《和子由渑池怀旧》
浩荡离愁白日斜，吟鞭东指即天涯。　　龚自珍《己亥杂诗之一》
横眉冷对千夫指，俯首甘为孺子牛。　　鲁迅《自嘲》
地名末旦埋踪易，楫指中流转道难。　　郁达夫《乱离杂诗十二》

——

纤指十三弦，细将幽恨传。　　张先《菩萨蛮》
夜永对景，那堪屈指，暗想从前。　　柳永《戚氏》
览景想前欢，指神京，非雾非烟深处。　　柳永《竹马子》

但屈指西风几时来，又不道流年暗中偷换。 苏轼《洞仙歌》
豆蔻梢头旧恨，十年梦、屈指堪惊。 秦观《满庭芳》
待归来，先指花梢教看，欲把心期细问。 陆淞《瑞鹤仙》
况屈指中秋，十分好月，不照人圆。 辛弃疾《木兰花慢》
故人楼上，凭谁指与，芳草斜阳。 吴文英《夜合花》
肠断竹马儿童，空见说、三千乐指。 刘辰翁《宝鼎现》
红瓷候火，还乍识、冰环玉指。 王沂孙《天香》
痴心指望回风坠，扇底相逢，钗头微缀。 彭元逊《六丑》
指点六朝形胜地，唯有青山如壁。 萨都刺《百字令》
指点江山，激扬文字，粪土当年万户侯。 毛泽东《沁园春》
今日向何方，直指武夷山下。 毛泽东《如梦令》
战士指看南粤，更加郁郁葱葱。 毛泽东《清平乐》
不到长城非好汉，屈指行程二万。 毛泽东《清平乐》
三十八年过去，弹指一挥间。 毛泽东《水调歌头》
弹指三十八年，人间变了，似天渊翻覆。 毛泽东《念奴娇》

腰

腰中鹿卢剑，可值千万余。 《陌上桑》
头上金爵钗，腰佩翠琅玕。 曹植《美女篇》

——

安能摧眉折腰事权贵，使我不得开心颜。 李白《梦游天姥吟留别》
良相头上进贤冠，猛将腰间大羽箭。 杜甫《丹青引赠曹将军霸》
车辚辚，马萧萧，行人弓箭各在腰。 杜甫《兵车行》
背后何所见，珠压腰衱稳称身。 杜甫《丽人行》
腰下宝玦青珊瑚，可怜王孙泣路隅。 杜甫《哀王孙》
腰悬相印作都统，阴风惨澹天王旗。 李商隐《韩碑》
一斛明珠万斛愁，关山漂泊腰肢细。 吴伟业《圆圆曲》

——

落魄江湖载酒行，楚腰纤细掌中轻。　　杜牧《遣怀》

——

细看诸处好，人人道，柳腰身。　　张先《醉垂鞭》

重头歌韵响琤琮，入破舞腰红乱旋。　　晏殊《木兰花》

衣裳淡雅，看楚女、纤腰一把。　　周邦彦《解语花》

邻娃已试春妆了，更蜂腰簇翠，燕股横金。　　韩疁《高阳台》

嗟旧日沈腰，如今潘鬓，怎堪临镜。　　徐伸《转调二郎神》

腰肢渐小，心与杨花共远。　　吕渭老《薄幸》

念腰间箭，匣中剑，空埃蠹，竟何成！　　张孝祥《六州歌头》

池面冰胶，墙腰雪老，云意还又沉沉。　　姜夔《一萼红》

讳道相思，偷理绡裙，自惊腰衩。　　史达祖《三姝媚》

肠漫回，隔花时见，背面楚腰身。　　吴文英《渡江云》

念腰瘦，沈郎旧日，曾系兰桡。　　吴文英《惜黄花慢》

独夜背纱笼，影着纤腰画。　　纳兰性德《生查子》

江山如此多娇，引无数英雄竞折腰。　　毛泽东《沁园春》

怀

感此怀故人，终宵劳梦想。　　孟浩然《夏日南亭怀辛大》

——

永怀愁不寐，松月夜窗虚。　　孟浩然《岁暮归南山》

永怀当此节，倚立自移时。　　李商隐《凉思》

风雨飘摇日，余怀范爱农。　　鲁迅《哀范君三章之一》

——

芳草盈箧怀所欢，美人何在青云端。　　夏完淳《长歌》

丈夫何事足萦怀，要将宇宙看稊米。　　毛泽东《送纵宇一郎东行》

——

怀旧空吟闻笛赋，到乡翻似烂柯人。 刘禹锡《酬乐天扬州初逢席上见赠》
出门一笑莫心哀，浩荡襟怀到处开。 林则徐《赴戍登程口占示家人》
怀抱芳馨兰一握，纵横宙合雾千重。 康有为《出都留别诸公》
天涯到处便相亲，如此胸怀有几人。 柳亚子《吴门记游之二》
贾生才调世无伦，哭泣情怀吊屈文。 毛泽东《贾谊》
镇日临流怀祖逖，中宵舞剑学专诸。 郁达夫《乱离杂诗之二》

——

情怀渐觉成衰晚，鸾镜朱颜惊暗换。 钱惟演《木兰花》
伤高怀远几时穷？无物似情浓。 张先《一丛花》
叹后约、丁宁竟何据！惨离怀、空恨岁晚归期阻。 柳永《夜半乐》
长记小妆才了，一杯未尽，离怀多少。 时彦《青门饮》
怨怀无托，嗟情人断绝，信音辽邈。 周邦彦《解连环》
怨入双眉闲斗损，乍品得情怀，看承全近。 僧挥《金明池》
生怕离怀别苦，多少事、欲说还休。 李清照《凤凰台上忆吹箫》
抬望眼、仰天长啸，壮怀激烈。 岳飞《满江红》
干羽方怀远，静烽燧，且休兵。 张孝祥《六州歌头》
东风恶，欢情薄。一怀愁绪，几年离索。错，错，错！ 陆游《钗头凤》
今何许？凭阑怀古，残柳参差舞。 姜夔《点绛唇》
少年自负凌云笔。到而今、春华落尽，满怀萧瑟。 刘克庄《贺新郎》
怀此恨，寄残醉。 吴文英《贺新郎》
一片宋玉情怀，十分卫郎清瘦。 潘希白《大有》
空怀感、有斜阳处，却怕登楼。 张炎《八声甘州》
正自羁怀多感，怕荒台高处，更不胜情。 姚云文《紫萸香慢》
尾长翼短如何，算愁里听歌，也伤怀抱。 王鹏运《玉漏迟》
渺予怀，此意苍凉，更谁暗解。 吕碧城《瑞鹤仙》

足

二十尚不足，十五颇有余。　　《陌上桑》
黄尘足今古，白骨乱蓬蒿。　　王昌龄《塞下曲》
及兹契幽绝，自足荡心耳。　　丘为《寻西山隐者不遇》
官高何足论，不得收骨肉。　　杜甫《佳人》
关山蹇骥足，飞飙拂灵帐。　　毛泽东《挽易昌陶》

——

势分三足鼎，业复五铢钱。　　刘禹锡《蜀先主庙》

——

钟鼓馔玉何足贵，但愿长醉不愿醒。　　李白《将进酒》
美人娟娟隔秋水，濯足洞庭望八荒。　　杜甫《寄韩谏议注》
老夫不知其所往，足茧荒山转愁疾。　　杜甫《观公孙大娘弟子舞剑器行》
牵衣顿足拦道哭，哭声直上干云霄。　　杜甫《兵车行》
呜呼！何时眼前突兀见此屋，吾庐独破受冻死亦足！
杜甫《茅屋为秋风所破歌》
升堂坐阶新雨足，芭蕉叶大支子肥。
铺床拂席置羹饭，疏粝亦足饱我饥。
当流赤足踏涧石，水声激激风吹衣。　　韩愈《山石》
火维地荒足妖怪，天假神柄专其雄。
窜逐蛮荒幸不死，衣食才足甘长终。　　韩愈《谒衡岳庙遂宿岳寺题门楼》
缓歌谩舞凝丝竹，尽日君王看不足。　　白居易《长恨歌》
君不见馆娃初起鸳鸯宿，越女如花看不足。　　吴伟业《圆圆曲》
丈夫何事足萦怀，要将宇宙看稊米。
沧海横流安足虑，世事纷纭从君理。　　毛泽东《送纵宇一郎东行》

——

最爱湖东行不足，绿杨阴里白沙堤。　　白居易《钱塘湖春行》

莫笑农家腊酒浑，丰年留客足鸡豚。　陆游《游山西村》
何似举家游旷远，风波浩荡足行吟。　鲁迅《阻郁达夫移家杭州》
梅花欢喜漫天雪，冻死苍蝇未足奇。　毛泽东《冬云》

——

彩舟云淡，星河鹭起，画图难足。　王安石《桂枝香》
雁足不来，马蹄难驻，门掩一庭芳景。　徐伸《转调二郎神》
红楼归晚，看足柳昏花暝。　史达祖《双双燕》
应难奈故人天际，望彻淮山，相思无雁足。　史达祖《八归》
东风睡足交枝，正梦枕、瑶钗燕股。　吴文英《宴清都》

肠

当君怀归日，是妾断肠时。　李白《春思》
访旧半为鬼，惊呼热中肠。　杜甫《赠卫八处士》

——

肠断未忍扫，眼穿仍欲归。　李商隐《落花》

——

不信妾肠断，归来看取明镜前。　李白《长相思》
少妇城南欲断肠，征人蓟北空回首。　高适《燕歌行》
行宫见月伤心色，夜雨闻铃肠断声。　白居易《长恨歌》

——

一枝红艳露凝香，云雨巫山枉断肠。　李白《清平调之二》
肠断江春欲尽头，杖藜徐步立芳洲。　杜甫《绝句漫兴之五》
岭树重遮千里目，江流曲似九回肠。
柳宗元《登柳州城楼寄漳汀封连四州刺史》
牢骚太盛防肠断，风物长宜放眼量。　毛泽东《和柳亚子先生》

——

过尽千帆皆不是，斜晖脉脉水悠悠。肠断白蘋洲。　温庭筠《望江南》

未老莫还乡，还乡须断肠。 韦庄《菩萨蛮》
别来春半，触目愁肠断。 李煜《清平乐》
愁肠已断无由醉，酒未到，先成泪。 范仲淹《御街行》
弹到断肠时，春山眉黛低。 张先《菩萨蛮》
寸寸柔肠，盈盈粉泪，楼高莫近危阑倚。 欧阳修《踏莎行》
千娇面、盈盈伫立，无言有泪，断肠争忍回顾。 柳永《采莲令》
欲将沉醉换悲凉，清歌莫断肠。 晏几道《阮郎归》
衾凤冷，枕鸳孤，愁肠待酒舒。 晏几道《阮郎归》
萦损柔肠，困酣娇眼，欲开还闭。 苏轼《水龙吟》
欲见回肠，断尽金炉小篆香。 秦观《减字木兰花》
断肠院落，一帘风絮。 周邦彦《瑞龙吟》
飞云冉冉蘅皋暮，彩笔新题断肠句。 贺铸《青玉案》
断肠片片飞红，都无人管，倩谁唤、啼莺声住。 辛弃疾《祝英台近》
风丝一寸愁肠，曾在歌边惹恨，烛底萦香。 史达祖《夜合花》
肠漫回，隔花时见，背面楚腰身。 吴文英《渡江云》
肠断竹马儿童，空见说、三千乐指。 刘辰翁《宝鼎现》
佳期一梦断人肠，静倚银釭待。 夏完淳《烛影摇红》
一寸横波，断肠人在楼阴。 朱彝尊《高阳台》
我是人间惆怅客，知君何事泪纵横，断肠声里忆平生。
纳兰性德《浣溪沙》

发

散发乘夕凉，开轩卧闲敞。 孟浩然《夏日南亭怀辛大》
妾发初覆额，折花门前剧。 李白《长干行》
摘花不插发，采柏动盈掬。 杜甫《佳人》

——

白发催年老，青阳逼岁除。 孟浩然《岁暮归南山》

红豆生南国，春来发几枝。 王维《相思》
白发悲花落，青云羡鸟飞。 岑参《寄左省杜拾遗》
好雨知时节，当春乃发生。 杜甫《春夜喜雨》
他乡生白发，旧国见青山。 司空曙《贼平后送人北归》

——

君不见，高堂明镜悲白发，朝如青丝暮成雪。 李白《将进酒》
褒公鄂公毛发动，英姿飒爽来酣战。 杜甫《丹青引赠曹将军霸》
公从何处得纸本，毫发尽备无差讹。 韩愈《石鼓歌》
梨园弟子白发新，椒房阿监青娥老。 白居易《长恨歌》
戍楼刁斗催落月，三十从军今白发。 陆游《关山月》
君行吾为发浩歌，鲲鹏击浪从兹始。 毛泽东《送纵宇一郎东行》

——

夜发清溪向三峡，思君不见下渝州。 李白《峨眉山月歌》
献赋十年犹未遇，羞将白发对华簪。 钱起《赠阙下裴舍人》
永忆江湖归白发，欲回天地入扁舟。 李商隐《安定城楼》
杳杳天低鹘没处，青山一发是中原。 苏轼《澄迈驿通潮阁》
老归大泽菰蒲尽，梦坠空云齿发寒。 鲁迅《亥年残秋偶作》

——

羌管悠悠霜满地，人不寐，将军白发征夫泪。 范仲淹《渔家傲》
都门帐饮无绪，留恋处、兰舟催发。 柳永《雨霖铃》
故国神游，多情应笑我，早生华发。 苏轼《念奴娇》
南陌脂车待发，东门帐饮乍阕。 周邦彦《浪淘沙慢》
将发，画楼芳酒，红泪清歌，顿成轻别。 贺铸《石州引》
溪梅晴照生香，冷蕊数枝争发。 张元幹《石州慢》
那回归去，荡云雪、孤舟夜发。 姜夔《庆宫春》
繁灯夺霁华，戏鼓侵明发。 刘克庄《生查子》
早白发、缘愁万缕，惊飙从卷乌纱去。 吴文英《霜叶飞》
歌舞尊前，繁华梦里，暗换青青发。 萨都剌《百字令》
白发渔樵江渚上，惯看秋月春风。 杨慎《临江仙》

须

行者见罗敷，下担捋髭须。　《陌上桑》
归山深浅去，须尽丘壑美。　裴迪《送崔九》

——

耽酒须微禄，狂歌托圣朝。　杜甫《官定后戏赠》

——

陈侯立身何坦荡，虬须虎眉仍大颡。　李颀《送陈章甫》
射杀山中白额虎，肯数邺下黄须儿。　王维《老将行》
斯须九重真龙出，一洗万古凡马空。　杜甫《丹青引赠曹将军霸》
不敢长语临郊衢，且为王孙立斯须。　杜甫《哀王孙》

——

羌笛何须怨杨柳，春风不度玉门关。　王之涣《凉州词》
试玉要烧三日满，辨才须待七年期。　白居易《放言五首之三》
花开堪折直须折，莫待无花空折枝。　杜秋娘《金缕衣》
玉帐牙旗得上游，安危须共主君忧。　李商隐《重有感》
八尺龙须方锦褥，已凉天气未寒时。　韩偓《已凉》
幸有微吟可相狎，不须檀板共金樽。　林逋《山园小梅》
曾是洛阳花下客，野芳虽晚不须嗟。　欧阳修《戏答元珍》

——

青箬笠，绿蓑衣，斜风细雨不须归。　张志和《渔歌子》
未老莫还乡，还乡须断肠。　韦庄《菩萨蛮》
此时金盏直须深，看尽落花能几醉。　晏几道《木兰花》
何须渭城，歌声未尽处，先泪零。　周邦彦《绮寮怨》
须信鸾弦易断，奈云和再鼓，曲终人远。　贺铸《望湘人》
萧条庭院，又斜风细雨，重门须闭。　李清照《念奴娇》
杜郎俊赏，算而今、重到须惊。　姜夔《扬州慢》

须信风流未老，凭持尊酒，慰此凄凉心目。 史达祖《八归》
料唤赏、清华池馆，台杯须满引。 吴文英《花犯》
春梦人间须断，但怪得当年，梦缘能短。 吴文英《三姝媚》
杜郎老矣，想旧事花须能说。 周密《瑶华》
风烟雨雪阴晴晚，更何须、春风千树。 彭元逊《疏影》
旋拂轻容写洛神，须知浅笑是深颦，十分天与可怜春。
纳兰性德《浣溪沙》
须晴日，看红装素裹，分外妖娆。 毛泽东《沁园春》
过了黄洋界，险处不须看。 毛泽东《水调歌头》
不须放屁！试看天地翻覆。 毛泽东《念奴娇》

鬓

少壮能几时，鬓发各已苍。 杜甫《赠卫八处士》
昨别今已春，鬓丝生几缕。 韦应物《长安遇冯著》

——

不堪玄鬓影，来对白头吟。 骆宾王《在狱咏蝉》
欢笑情如旧，萧疏鬓已斑。 韦应物《淮上喜会梁州故人》

——

头上何所有，翠微㔩叶垂鬓唇。 杜甫《丽人行》
云鬓花颜金步摇，芙蓉帐暖度春宵。 白居易《长恨歌》
明妃初出汉宫时，泪湿春风鬓脚垂。 王安石《明妃曲》

——

少小离家老大回，乡音无改鬓毛衰。 贺知章《回乡偶书》
艰难苦恨繁霜鬓，潦倒新停浊酒杯。 杜甫《登高》
三湘愁鬓逢秋色，万里归心对月明。 卢纶《晚次鄂州》
晓镜但愁云鬓改，夜吟应觉月光寒。 李商隐《无题》
塞上长城空自许，镜中衰鬓已先斑。 陆游《书愤》

惯于长夜过春时，挈妇将雏鬓有丝。　鲁迅《惯于》
此情可待成追忆，愁绝萧郎鬓渐丝。　郁达夫《乱离杂诗之八》

——

眉翠薄，鬓云残，夜长衾枕寒。　温庭筠《更漏子》
两鬓可怜青，只为相思老。　晏几道《生查子》
绣帘开，一点明月窥人，人未寝，攲枕钗横鬓乱。　苏轼《洞仙歌》
空见说、鬓怯琼梳，容销金镜，渐懒趁时匀染。　周邦彦《过秦楼》
胡未灭，鬓先秋，泪空流。　陆游《诉衷情》
鬓边觑，应把花卜归期，才簪又重数。　辛弃疾《祝英台近》
春未绿，鬓先丝，人间别久不成悲。　姜夔《鹧鸪天》
暖风十里丽人天，花压鬓云偏。　俞国宝《风入松》
露蛩悲、青灯冷屋，翻书愁上鬓毛白，年少俊游浑断得。　史达祖《秋霁》
小娉婷，清铅素靥，蜂黄暗偷晕，翠翘攲鬓。　吴文英《花犯》
自怜两鬓清霜，一年寒食，又身在云山深处。　吴文英《祝英台近》
危亭望极，草色天涯，叹鬓侵半苎。　吴文英《莺啼序》
而今听雨僧庐下，鬓已星星也。　蒋捷《虞美人》
恋恋青衫，犹染枯香，还叹鬓丝飘雪。　张炎《疏影》
镜暗妆残，为谁娇鬓尚如许。　王沂孙《齐天乐》
风鬟雨鬓，偏是来无准。　纳兰性德《清平乐》

骨

黄尘足今古，白骨乱蓬蒿。　王昌龄《塞下曲》
官高何足论，不得收骨肉。　杜甫《佳人》

——

胡马大宛名，锋棱瘦骨成。　杜甫《房兵曹胡马》
渐与骨肉远，转于僮仆亲。　崔涂《除夜有怀》

——

年年战骨埋荒外，空见蒲萄入汉家。　　李颀《古从军行》
蓬莱文章建安骨，中间小谢又清发。　　李白《宣州谢朓楼饯别校书叔云》
虏塞兵气连云屯，战场白骨缠草根。　　岑参《轮台歌奉送封大夫出师西征》
自是君身有仙骨，世人那得知其故。
杜甫《送孔巢父谢病归游江东兼呈李白》
腾骧磊落三万匹，皆与此图筋骨同。　　杜甫《韦讽录事宅观曹将军画马图》
幹惟画肉不画骨，忍使骅骝气凋丧。　　杜甫《丹青引赠曹将军霸》
君不见，青海头，古来白骨无人收。　　杜甫《兵车行》
态浓意远淑且真，肌理细腻骨肉匀。　　杜甫《丽人行》
金鞭断折九马死，骨肉不待同驰驱。　　杜甫《哀王孙》
祇园弟子尽鹤骨，心如死灰不复温。　　苏轼《王维吴道子画》
笛里谁知壮士心，沙头空照征人骨。　　陆游《关山月》
全家白骨成灰土，一代红妆照汗青。　　吴伟业《圆圆曲》

——

知汝远来应有意，好收吾骨瘴江边。　　韩愈《左迁至蓝关示侄孙湘》
田园寥落干戈后，骨肉流离道路中。
白居易《自河南经乱，关内阻饥，兄弟离散，各在一处，因望月有感，聊书所怀，寄上浮梁大兄、於潜七兄、乌江十五兄兼示符离及下邽弟妹》
可怜无定河边骨，犹是春闺梦里人。　　陈陶《陇西行》
野蔓有情萦战骨，残阳何意照空城。　　元好问《岐阳之一》
粉骨碎身全不惜，要留清白在人间。　　于谦《石灰吟》
扫除腻粉呈风骨，褪却红衣学淡妆。　　鲁迅《莲蓬人》
一从大地起风雷，便有精生白骨堆。　　毛泽东《和郭沫若同志》

——

冰肌玉骨，自清凉无汗，水殿风来暗香满。　　苏轼《洞仙歌》
还又岁晚，瘦骨临风，夜闻秋声，吹动岑寂。　　史达祖《秋霁》
古石埋香，金沙锁骨连环。　　吴文英《高阳台》
又争知、吟骨萦消，渐把旧衫重剪。　　吴文英《瑞鹤仙》
玉骨西风，恨最恨、闲却新凉时节。　　周密《玉京秋》
蔽日旌旗，连云樯橹，白骨纷如雪。　　萨都剌《百字令》

花骨冷宜香，小立樱桃下。　　纳兰性德《生查子》

血

何当击凡鸟，毛血洒平芜。　　杜甫《画鹰》
浴血东瓜守，驱倭棠吉归。　　毛泽东《挽戴安澜将军》

——

朝避猛虎，夕避长蛇，磨牙吮血，杀人如麻。　　李白《蜀道难》
相看白刃血纷纷，死节从来岂顾勋。　　高适《燕歌行》
边庭流血成海水，武皇开边意未已。　　杜甫《兵车行》
明眸皓齿今何在？血污游魂归不得。　　杜甫《哀江头》
昨夜东风吹血腥，东来橐驼满旧都。　　杜甫《哀王孙》
京师皆骑汗血马，回纥喂肉葡萄宫。　　杜甫《洗兵马》
君王掩面救不得，回看血泪相和流。　　白居易《长恨歌》
钿头银篦击节碎，血色罗裙翻酒污。
其间旦暮闻何物，杜鹃啼血猿哀鸣。　　白居易《琵琶行》

——

城头铁鼓声犹震，匣里金刀血未干。　　王昌龄《出塞二首之二》
从今别却江南路，化作啼鹃带血归。　　文天祥《金陵驿》
寄意寒星荃不察，我以我血荐轩辕。　　鲁迅《自题小像》

——

欲挽天河，一洗中原膏血。　　张元幹《石州慢》
壮志饥餐胡虏肉，笑谈渴饮匈奴血。　　岳飞《满江红》
啼鸟还知如许恨，料不啼清泪长啼血。　　辛弃疾《贺新郎》
谁道投鞭飞渡，忆昔鸣髇血污，风雨佛狸愁。　　辛弃疾《水调歌头》
何年劫火剩残灰，试看英雄碧血满龙堆。　　纳兰性德《南歌子》
从头越，苍山如海，残阳如血。　　毛泽东《忆秦娥》
流遍了，郊原血。　　毛泽东《贺新郎》

长

长裾连理带，广袖合欢襦。 辛延年《羽林郎》
顾盼遗光彩，长啸气若兰。 曹植《美女篇》
独坐幽篁里，弹琴复长啸。 王维《竹里馆》
长风几万里，吹度玉门关。 李白《关山月》
挽弓当挽强，用箭当用长。 杜甫《前出塞之六》
来往不逢人，长歌楚天碧。 柳宗元《溪居》

——

大漠孤烟直，长河落日圆。 王维《使至塞上》
长江一帆远，落日五湖春。 刘长卿《饯别王十一南游》
长簟迎风早，空城澹月华。 韩翃《酬程近秋夜即事见赠》
红叶晚萧萧，长亭酒一瓢。 许浑《秋日赴阙题潼关驿楼》

——

翠影红霞映朝日，鸟飞不到吴天长。 李白《庐山谣寄卢侍御虚舟》
是日牵来赤墀下，迥立阊阖生长风。 杜甫《丹青引赠曹将军霸》
迟迟钟鼓初长夜，耿耿星河欲曙天。 白居易《长恨歌》
长向尊前悲老大，有人夫婿擅侯王。 吴伟业《圆圆曲》

——

仙掌月明孤影过，长门灯暗数声来。 杜牧《早雁》
云母屏风烛影深，长河渐落晓星沉。 李商隐《嫦娥》
塞上长城空自许，镜中衰鬓已先斑。 陆游《书愤》
牢骚太盛防肠断，风物长宜放眼量。 毛泽东《和柳亚子先生》

——

何处是归程，长亭连短亭。 李白《菩萨蛮》
眉翠薄，鬓云残，夜长衾枕寒。 温庭筠《更漏子》
年年今夜，月华如练，长是人千里。 范仲淹《御街行》

长于春梦几多时，散似秋云无觅处。　　晏殊《木兰花》
浮生长恨欢娱少，肯爱千金轻一笑。　　宋祁《木兰花》
初将明月比佳期，长向月圆时候望人归。　　晏几道《虞美人》
长记误随车，正絮翻蝶舞，芳思交加。　　秦观《望海潮》
长亭柳色才黄，远客一枝先折。　　贺铸《石州引》
长淮望断，关塞莽然平。　　张孝祥《六州歌头》
啼鸟还知如许恨，料不啼清泪长啼血。　　辛弃疾《贺新郎》
长记曾携手处，千树压、西湖寒碧。　　姜夔《暗香》
滚滚长江东逝水，浪花淘尽英雄。　　杨慎《临江仙》

短

白头搔更短，浑欲不胜簪。　　杜甫《春望》

——

援琴鸣弦发清商，短歌微吟不能长。　　曹丕《燕歌行》
请君试问东流水，别意与之谁短长。　　李白《金陵酒肆留别》
虏骑闻之应胆慑，料知短兵不敢接，车师西门伫献捷。
岑参《走马川行奉送封大夫出师西征》
春宵苦短日高起，从此君王不早朝。　　白居易《长恨歌》

——

岁暮阴阳催短景，天涯霜雪霁寒宵。　　杜甫《阁夜》
蒌蒿满地芦芽短，正是河豚欲上时。　　苏轼《惠崇春江晚景》

——

何处是归程，长亭连短亭。　　李白《菩萨蛮》
料得年年肠断处，明月夜，短松冈。　　苏轼《江城子》
凌波步弱，过短亭、何用素约。　　周邦彦《瑞鹤仙》
竟日微吟长短句，帘影灯昏，心寄胡琴语。　　贺铸《蝶恋花》
麝蜡烟浓，玉莲漏短，更衣不待酒初醺。　　贺铸《绿头鸭》

短发萧骚襟袖冷，稳泛沧浪空阔。　　张孝祥《念奴娇》
意长翻恨游丝短，尽日相思罗带缓。　　严仁《木兰花》
柳暝河桥，莺晴台苑，短策频惹春香。　　吴文英《夜合花》
记当时，短楫桃根渡。　　吴文英《莺啼序》
春梦人间须断，但怪得当年，梦缘能短。　　吴文英《三姝媚》
天长梦短，问甚时、重见桃根。　　黄孝迈《湘春夜月》
短梦依然江表，老泪洒西州。　　张炎《八声甘州》
天涯梦短，想忘了绮疏雕槛。　　王沂孙《长亭怨慢》
尾长翼短如何，算愁里听歌，也伤怀抱。　　王鹏运《玉漏迟》
灯蕚半成灰，短书千里回，报岩扃、晚桂都开。　　朱孝臧《唐多令》

美

美女妖且闲，采桑歧路间。　　曹植《美女篇》
草木有本心，何求美人折。　　张九龄《感遇之一》
归山深浅去，须尽丘壑美。　　裴迪《送崔九》
欢言得所憩，美酒聊共挥。　　李白《下终南山过斛斯山人宿置酒》
美人卷珠帘，深坐颦蛾眉。　　李白《怨情》
夫婿轻薄儿，新人美如玉。　　杜甫《佳人》

——

岁夜高堂列明烛，美酒一杯声一曲。　　李颀《听安万善吹觱篥歌》
美人如花隔云端，上有青冥之长天，下有绿水之波澜。　　李白《长相思》
五花马，千金裘，呼儿将出换美酒，与尔同销万古愁。　　李白《将进酒》
战士军前半死生，美人帐下犹歌舞。　　高适《燕歌行》
宗之潇洒美少年，举觞白眼望青天，皎如玉树临风前。　　杜甫《饮中八仙歌》
美人娟娟隔秋水，濯足洞庭望八荒。
美人胡为隔秋水，焉得置之贡玉堂。　　杜甫《寄韩谏议注》
临颍美人在白帝，妙舞此曲神扬扬。　　杜甫《观公孙大娘弟子舞剑器行》

芳草盈箧怀所欢，美人何在青云端。　夏完淳《长歌》
管却自家身与心，胸中日月常新美。　毛泽东《送纵宇一郎东行》

——

葡萄美酒夜光杯，欲饮琵琶马上催。　王翰《凉州曲》
寂寂花时闭院门，美人相并立琼轩。　朱庆馀《宫中词》
朱弦已为佳人绝，青眼聊因美酒横。　黄庭坚《登快阁》

——

团扇，团扇，美人病来遮面。　王建《调笑令》
残月出门时，美人和泪辞。　韦庄《菩萨蛮》
美人不用敛蛾眉，我亦多情无奈酒阑时。　叶梦得《虞美人》
春已归来，看美人头上，袅袅春幡。　辛弃疾《汉宫春》
远道荒寒，婉娩流年，望望美人迟暮。　彭元逊《疏影》
一截遗欧，一截赠美，一截还东国。　毛泽东《念奴娇》

衰

黄金燃桂尽，壮志逐年衰。　孟浩然《秦中寄远上人》
无才日衰老，驻马望千门。　杜甫《至德二载，甫自京金光门出，间道归凤翔。乾元初，从左拾遗移华州掾，与亲故别，因出此门，有悲往事》
烟尘一长望，衰飒正摧颜。　杜甫《秦州杂诗之七》
故关衰草遍，离别正堪悲。　卢纶《送李端》
寒禽与衰草，处处伴愁颜。　司空曙《贼平后送人北归》

——

衰兰送客咸阳道，天若有情天亦老。　李贺《金铜仙人辞汉歌》

——

少小离家老大回，乡音无改鬓毛衰。　贺知章《回乡偶书》
欲为圣朝除弊事，肯将衰朽惜残年。　韩愈《左迁至蓝关示侄孙湘》
塞上长城空自许，镜中衰鬓已先斑。　陆游《书愤》

——

情怀渐觉成衰晚，鸾镜朱颜惊暗换。　钱惟演《木兰花》
正蝉吟败叶，蛩响衰草，相应喧喧。　柳永《戚氏》
败荷零落，衰杨掩映，岸边两两三三，浣纱游女。　柳永《夜半乐》
是处红衰翠减，苒苒物华休。　柳永《八声甘州》
六朝旧事随流水，但寒烟衰草凝绿。　王安石《桂枝香》
山抹微云，天黏衰草，画角声断谯门。　秦观《满庭芳》
古木连空，乱山无数，行尽暮沙衰草。　时彦《青门饮》
年光是也，惟只见、旧情衰谢。　周邦彦《解语花》
不知筋力衰多少，但觉新来懒上楼。　辛弃疾《鹧鸪天》
更那堪衰草连天，飞梅弄晚。　卢祖皋《宴清都》
秋已无多，早是败荷衰柳。　潘希白《大有》

老

老骥伏枥，志在千里。　曹操《步出夏门行·龟虽寿》

——

从来幽并客，皆共尘沙老。　王昌龄《塞上曲》
野老念牧童，倚杖候荆扉。　王维《渭川田家》
感此伤妾心，坐愁红颜老。　李白《长干行》
孰云网恢恢，将老身反累。　杜甫《梦李白二首之二》
梧桐相待老，鸳鸯会双死。　孟郊《列女操》

——

白发催年老，青阳逼岁除。　孟浩然《岁暮归南山》
名岂文章著，官应老病休。　杜甫《旅夜书怀》
亲朋无一字，老病有孤舟。　杜甫《登岳阳楼》
老至居人下，春归在客先。　刘长卿《新年作》

——

孔明庙前有老柏，柯如青铜根如石。　杜甫《古柏行》
梨园弟子白发新，椒房阿监青娥老。　白居易《长恨歌》
门前冷落车马稀，老大嫁作商人妇。　白居易《琵琶行》
长向尊前悲老大，有人夫婿擅侯王。　吴伟业《圆圆曲》

——

香稻啄余鹦鹉粒，碧梧栖老凤凰枝。　杜甫《秋兴八首之八》
红颜未老恩先断，斜倚熏笼坐到明。　白居易《宫词》
余生欲老海南村，帝遣巫阳招我魂。　苏轼《澄迈驿通潮阁》
断墙着雨蜗成字，老屋无僧燕作家。　陈师道《春怀示邻里》
老归大泽菰蒲尽，梦坠空云齿发寒。　鲁迅《亥年残秋偶作》
天若有情天亦老，人间正道是沧桑。　毛泽东《人民解放军占领南京》
两川明镜蒸春梦，一棹烟波识老渔。　郁达夫《乱离杂诗之四》

——

洛阳城里春光好，洛阳才子他乡老。　韦庄《菩萨蛮》
风老莺雏，雨肥梅子，午阴嘉树清圆。　周邦彦《满庭芳》
泪竹痕鲜，佩兰香老，湘天浓暖。　贺铸《望湘人》
闻道中原遗老，常南望、翠葆霓旌。　张孝祥《六州歌头》
此生谁料，心在天山，身老沧洲。　陆游《诉衷情》
幽兰旋老，杜若还生，水乡尚寄旅。　吴文英《莺啼序》
短梦依然江表，老泪洒西州。　张炎《八声甘州》
满目荒凉谁可语？西风吹老丹枫树。　纳兰性德《蝶恋花》
踏遍青山人未老，风景这边独好。　毛泽东《清平乐》

病

不才明主弃，多病故人疏。　孟浩然《岁暮归南山》
名岂文章著，官应老病休。　杜甫《旅夜书怀》
亲朋无一字，老病有孤舟。　杜甫《登岳阳楼》

——

我从去年辞帝京，谪居卧病浔阳城。 白居易《琵琶行》

——

强欲从君无那老，将因卧病解朝衣。 王维《赠郭给事》

惟将迟暮供多病，未有涓埃答圣朝。 杜甫《野望》

万里悲秋常作客，百年多病独登台。 杜甫《登高》

身多疾病思田里，邑有流亡愧俸钱。 韦应物《寄李儋元锡》

沉舟侧畔千帆过，病树前头万木春。 刘禹锡《酬乐天扬州初逢席上见赠》

休问梁园旧宾客，茂陵秋雨病相如。 李商隐《寄令狐郎中》

夜闻归雁生乡思，病入新年感物华。 欧阳修《戏答元珍》

持家但有四壁立，治病不蕲三折肱。 黄庭坚《寄黄几复》

——

团扇，团扇，美人病来遮面。 王建《调笑令》

昔年多病厌芳尊，今日芳尊惟恐浅。 钱惟演《木兰花》

庭轩寂寞近清明，残花中酒，又是去年病。 张先《青门引》

日日花前常病酒，不辞镜里朱颜瘦。 欧阳修《蝶恋花》

新来瘦，非干病酒，不是悲秋。 李清照《凤凰台上忆吹箫》

动是愁端如何向，但怪得、新来多病。 徐伸《转调二郎神》

帘外残红春已透，镇无聊、殢酒厌厌病。 李玉《贺新郎》

多病却无气力，况纨扇渐疏，罗衣初索。 姜夔《霓裳中序第一》

残寒正欺病酒，掩沉香绣户。 吴文英《莺啼序》

病翼惊秋，枯形阅世，消得斜阳几度？ 王沂孙《齐天乐》

倦凝眄，可奈病叶惊霜，红兰泣骚畹。 吕碧城《祝英台近》

人有病，天知否？ 毛泽东《贺新郎》

泪

但见泪痕湿，不知心恨谁。 李白《怨情》

妻孥怪我在，惊定还拭泪。　　杜甫《羌村之一》

——

乡泪客中尽，孤帆天际看。　　孟浩然《早寒有怀》

感时花溅泪，恨别鸟惊心。　　杜甫《春望》

一声何满子，双泪落君前。　　张祜《何满子》

无限河山泪，谁言天地宽。　　夏完淳《别云间》

——

胡雁哀鸣夜夜飞，胡儿眼泪双双落。　　李颀《古从军行》

玉容寂寞泪阑干，梨花一枝春带雨。　　白居易《长恨歌》

夜深忽梦少年事，梦啼妆泪红阑干。　　白居易《琵琶行》

空将汉月出宫门，忆君清泪如铅水。　　李贺《金铜仙人辞汉歌》

——

泪尽罗巾梦不成，夜深前殿按歌声。　　白居易《宫词》

蜡烛有心还惜别，替人垂泪到天明。　　杜牧《赠别之二》

春蚕到死丝方尽，蜡炬成灰泪始干。　　李商隐《无题》

斑竹一枝千滴泪，红霞万朵百重衣。　　毛泽东《答友人》

简札浮沉殷羡使，泪痕斑驳谢庄衣。　　郁达夫《乱离杂诗之六》

——

泪眼问花花不语，乱红飞过秋千去。　　冯延巳《蝶恋花》

多少泪珠何限恨，倚栏干。　　李璟《摊破浣溪沙》

明月楼高休独倚。酒入愁肠，化作相思泪。　　范仲淹《苏幕遮》

寸寸柔肠，盈盈粉泪，楼高莫近危阑倚。　　欧阳修《踏莎行》

凝泪眼、杳杳神京路，断鸿声远长天暮。　　柳永《夜半乐》

细看来、不是杨花，点点是离人泪。　　苏轼《水龙吟》

春如旧，人空瘦，泪痕红浥鲛绡透。　　陆游《钗头凤》

辽阳驿使音尘绝，琐窗寒、轻拢慢撚，泪珠盈睫。　　辛弃疾《贺新郎》

锦瑟横床，想泪痕尘影，凤弦常下。　　史达祖《三姝媚》

男儿西北有神州，莫滴水西桥畔泪。　　刘克庄《木兰花》

青楼仿佛，临分败壁题诗，泪墨惨淡尘土。　　吴文英《莺啼序》

短梦依然江表，老泪洒西州。　　张炎《八声甘州》

春无主，杜鹃啼处，泪染胭脂雨。 陈子龙《点绛唇》
好在软绡红泪积，漏痕斜罥菱丝碧。 纳兰性德《天仙子》
忽报人间曾伏虎，泪飞顿作倾盆雨。 毛泽东《蝶恋花》

痕

但见泪痕湿，不知心恨谁。 李白《怨情》
何时倚虚幌，双照泪痕干。 杜甫《月夜》
一路经行处，莓苔见屐痕。 刘长卿《寻南溪常道士》

——

开元有东塔，摩诘留手痕。 苏轼《王维吴道子画》
遗民忍死望恢复，几处今宵垂泪痕。 陆游《关山月》
昔闻湘水碧如染，今闻湘水胭脂痕。 鲁迅《湘灵歌》

——

纱窗日落渐黄昏，金屋无人见泪痕。 刘方平《春怨》
禁门宫树月痕过，媚眼惟看宿鹭窠。 张祜《赠内人》
衣上征尘杂酒痕，远游无处不消魂。 陆游《剑门道中遇微雨》

——

衣上酒痕诗里字，点点行行，总是凄凉意。 晏几道《蝶恋花》
此去何时见也，襟袖上、空惹啼痕。 秦观《满庭芳》
红杏枝头花几许？啼痕止恨清明雨。 赵令畤《蝶恋花》
露痕轻缀，疑净洗铅华，无限佳丽。 周邦彦《花犯》
泪竹痕鲜，佩兰香老，湘天浓暖。 贺铸《望湘人》
寒水依痕，春意渐回，沙际烟阔。 张元幹《石州慢》
春如旧，人空瘦，泪痕红浥鲛绡透。 陆游《钗头凤》
伤心重见，依约眉山，黛痕低压。 姜夔《庆宫春》
锦瑟横床，想泪痕尘影，凤弦常下。 史达祖《三姝媚》
山黛暝，尘波澹绿无痕。 吴文英《渡江云》

暗点检、离痕欢唾，尚染鲛绡，亸凤迷归，破鸾慵舞。 吴文英《莺啼序》
宫粉雕痕，仙云堕影，无人野水荒湾。 吴文英《高阳台》
湖山经醉惯，渍春衫，啼痕酒痕无限。 吴文英《三姝媚》
渐新痕悬柳，淡彩穿花，依约破初暝。 王沂孙《眉妩》
屐齿莓苔，酒痕罗袖事何限。 王沂孙《长亭怨慢》
层绿峨峨，纤琼皎皎，倒压波痕清浅。 王沂孙《法曲献仙音》
好在软绡红泪积，漏痕斜罥菱丝碧。 纳兰性德《天仙子》
教说与东风，垂杨淡碧吹梦痕。 蒋春霖《忆旧游》
蘼芜春思远，采芳馨愁贻，黛痕深敛。 王鹏运《三姝媚》
念隔帘半面，香酬影答，都是离痕。 郑文焯《湘春夜月》
炮火连天，弹痕遍地，吓倒蓬间雀。 毛泽东《念奴娇》

生

树木丛生，百草丰茂。 曹操《步出夏门行·观沧海》
对酒当歌，人生几何。 曹操《短歌行之一》
——
人生有新故，贵贱不相逾。 辛延年《羽林郎》
欣欣此生意，自尔为佳节。 张九龄《感遇之一》
荡胸生层云，决眦入归鸟。 杜甫《望岳》
生当作人杰，死亦为鬼雄。 李清照《绝句》
——
海上生明月，天涯共此时。 张九龄《望月怀远》
红豆生南国，春来发几枝。 王维《相思》
所向无空阔，真堪托死生。 杜甫《房兵曹胡马》
好雨知时节，当春乃发生。 杜甫《春夜喜雨》
独立三边静，轻生一剑知。 刘长卿《送李中丞归汉阳别业》
——

悠悠生死别经年，魂魄不曾来入梦。 白居易《长恨歌》
弦弦掩抑声声思，似诉生平不得志。 白居易《琵琶行》
香径尘生鸟自啼，屧廊人去苔空绿。 吴伟业《圆圆曲》

——

向使当初身便死，一生真伪复谁知？ 白居易《放言五首之三》
海外徒闻更九州，他生未卜此生休。 李商隐《马嵬》
九死南荒吾不恨，兹游奇绝冠平生。 苏轼《六月二十日夜渡海》
九州生气恃风雷，万马齐喑究可哀。 龚自珍《己亥杂诗之二》
一从大地起风雷，便有精生白骨堆。 毛泽东《和郭沫若同志》
牵情儿女风前烛，草檄书生梦里功。 郁达夫《乱离杂诗之十》

——

手弄生绡白团扇，扇手一时似玉。 苏轼《贺新郎》
倚危亭，恨如芳草，萋萋刬尽还生。 秦观《八六子》
汀洲渐生杜若，料舟依岸曲，人在天角。 周邦彦《解连环》
翠钗分，银笺封泪，舞鞋从此生尘。 贺铸《绿头鸭》
守著窗儿，独自怎生得黑？ 李清照《声声慢》
此生谁料，心在天山，身老沧洲。 陆游《诉衷情》
生怕见花开花落，朝来塞雁先还。 辛弃疾《汉宫春》
十里扬州，三生杜牧，前事休说。 姜夔《琵琶仙》
一霎车尘生树杪，陌上楼头，都向尘中老。 王国维《蝶恋花》
恰同学少年，风华正茂；书生意气，挥斥方遒。 毛泽东《沁园春》

意

不意金吾子，娉婷过我庐。 辛延年《羽林郎》
此中有真意，欲辨已忘言。 陶渊明《饮酒之五》
欣欣此生意，自尔为佳节。 张九龄《感遇之一》
三夜频梦君，情亲见君意。 杜甫《梦李白二首之二》

临行密密缝，意恐迟迟归。　孟郊《游子吟》

——

与君离别意，同是宦游人。　王勃《送杜少府之任蜀州》

浮云游子意，落日故人情。　李白《送友人》

凉风起天末，君子意如何。　杜甫《天末怀李白》

向晚意不适，驱车登古原。　李商隐《登乐游原》

——

人生得意须尽欢，莫使金樽空对月。　李白《将进酒》

诏谓将军拂绢素，意匠惨澹经营中。　杜甫《丹青引赠曹将军霸》

报君黄金台上意，提携玉龙为君死。　李贺《雁门太守行》

薰天意气连宫掖，明眸皓齿无人惜。　吴伟业《圆圆曲》

——

不知腐鼠成滋味，猜意鹓雏竟未休。　李商隐《安定城楼》

空余鲁叟乘桴意，粗识轩辕奏乐声。　苏轼《六月二十日夜渡海》

红雨随心翻作浪，青山着意化为桥。　毛泽东《送瘟神之二》

天意似将颁大任，微躯何厌忍饥寒。　郁达夫《乱离杂诗十二》

——

绿杨烟外晓寒轻，红杏枝头春意闹。　宋祁《木兰花》

衣上酒痕诗里字，点点行行，总是凄凉意。　晏几道《蝶恋花》

晓色云开，春随人意，骤雨才过还晴。　秦观《满庭芳》

事与孤鸿去，探春尽是，伤离意绪。　周邦彦《瑞龙吟》

薄雨收寒，斜照弄晴，春意空阔。　贺铸《石州引》

寒水依痕，春意渐回，沙际烟阔。　张元幹《石州慢》

染柳烟浓，吹梅笛怨，春意知几许。　李清照《永遇乐》

池面冰胶，墙腰雪老，云意还又沉沉。　姜夔《一萼红》

剪红情，裁绿意，花信上钗股。　吴文英《祝英台近》

掩抑薄寒施软障，抱持纤影藉芳茵，未能无意下香尘。　纳兰性德《浣溪沙》

算夔巫万里，金焦两点，谁说与，苍茫意。　邓廷桢《水龙吟》

鸣蛩颓城，吹蝶空枝，飘蓬人意相怜。　朱孝臧《声声慢》

恰同学少年，风华正茂；书生意气，挥斥方遒。　毛泽东《沁园春》

思

慨当以慷，忧思难忘。 曹操《短歌行之一》

——

至今思项羽，不肯过江东。 李清照《绝句》

——

西陆蝉声唱，南冠客思深。 骆宾王《在狱咏蝉》

忽闻歌古调，归思欲沾巾。 杜审言《和晋陵陆丞早春游望》

举头望明月，低头思故乡。 李白《静夜思》

㧐身思狡兔，侧目似愁胡。 杜甫《画鹰》

——

已喜皇威清海岱，常思仙仗过崆峒。 杜甫《洗兵马》

可怜思妇楼头柳，认作天边粉絮看。 吴伟业《圆圆曲》

——

独在异乡为异客，每逢佳节倍思亲。 王维《九月九日忆山东兄弟》

夜发清溪向三峡，思君不见下渝州。 李白《峨眉山月歌》

鱼龙寂寞秋江冷，故国平居有所思。 杜甫《秋兴八首之四》

直道相思了无益，未妨惆怅是清狂。 李商隐《无题》

望门投止思张俭，忍死须臾待杜根。 谭嗣同《狱中题壁》

满地月明思故国，穷途裘敝感黄金。 郁达夫《乱离杂诗之七》

——

玉炉香，红蜡泪，偏照画堂秋思。 温庭筠《更漏子》

风里落花谁是主，思悠悠。 李璟《摊破浣溪沙》

思往事，惜流芳，易成伤。 欧阳修《诉衷情》

梦阑时，酒醒后，思量着。 王安石《千秋岁引》

小怜初上琵琶，晓来思绕天涯。 王安国《清平乐》

两鬓可怜青，只为相思老。 晏几道《生查子》

长记误随车，正絮翻蝶舞，芳思交加。　　秦观《望海潮》
只愿君心似我心，定不负相思意。　　李之仪《卜算子》
怎不思量，除梦里有时曾去。　　赵佶《燕山亭》
花自飘零水自流，一种相思，两处闲愁。　　李清照《一剪梅》
征衫，便好去朝天，玉殿正思贤。　　辛弃疾《木兰花慢》
沉思年少浪迹，笛里关山，柳下坊陌。　　姜夔《霓裳中序第一》
梦里相思，故国王孙路。　　陈子龙《点绛唇》
蘼芜春思远，采芳馨愁贻，黛痕深敛。　　王鹏运《三姝媚》
缒银瓶，牵玉井，秋思黯梧苑。　　吕碧城《祝英台近》
一代天骄，成吉思汗，只识弯弓射大雕。　　毛泽东《沁园春》

想

想得读书头已白，隔溪猿哭瘴溪藤。　　黄庭坚《寄黄几复》

——

想得玉楼瑶殿影，空照秦淮。　　李煜《浪淘沙》
暗想当初，有多少、幽欢佳会。　　柳永《曲玉管》
夜永对景，那堪屈指，暗想从前。　　柳永《戚氏》
览景想前欢，指神京，非雾非烟深处。　　柳永《竹马子》
想东园、桃李自春，小唇秀靥今在否。　　周邦彦《琐窗寒》
想移根换叶，尽是旧时，手种红药。　　周邦彦《解连环》
情切，画楼深闭，想见东风，暗消肌雪。　　张元幹《石州慢》
忆旧游、邃馆朱扉，小园香径，尚想桃花人面。　　蔡伸《苏武慢》
竹外一枝斜，想佳人、天寒日暮。　　曹组《蓦山溪》
贺老定场无消息，想沉香亭北繁华歇。　　辛弃疾《贺新郎》
想夜半承明，留教视草，却遣筹边。　　辛弃疾《木兰花慢》
酒醒波远，政凝想、明珰素袜。　　姜夔《庆宫春》
想见西出阳关，故人初别。　　姜夔《琵琶仙》

想文君望久，倚竹愁生步罗袜。　　姜夔《八归》
想佩环、月夜归来，化作此花幽独。　　姜夔《疏影》
绿丝低拂鸳鸯浦，想桃叶、当时唤渡。　　姜夔《杏花天》
记曾共、西楼雅集，想垂柳、还袅万丝金。　　姜夔《一萼红》
锦瑟横床，想泪痕尘影，凤弦常下。　　史达祖《三姝媚》
想幽欢，土花庭甃，虫网阑干。　　史达祖《玉胡蝶》
想半属、渔市樵村，欲暮竞燃竹。　　史达祖《八归》
想玉树凋土，泪盘如露。　　刘辰翁《兰陵王》
秦关汴水经行地，想登临、都付新诗。　　周密《高阳台》
杜郎老矣，想旧事花须能说。　　周密《瑶华》
想伴侣、犹宿芦花，也曾念春前，去程应转。　　张炎《解连环》
新烟禁柳，想如今、绿到西湖。　　张炎《渡江云》
漫想熏风，柳丝千万缕。　　王沂孙《齐天乐》
天涯梦短，想忘了绮疏雕槛。　　王沂孙《长亭怨慢》
漫想歌翻璧月，临春夜满。　　王鹏运《三姝媚》
遥想横汾箫鼓，兰菊尚芳馨。　　文廷式《忆旧游》

忆

登舟望秋月，空忆谢将军。　　李白《夜泊牛渚怀古》
寺忆曾游处，桥怜再渡时。　　杜甫《后游》
年年越溪女，相忆采芙蓉。　　杜荀鹤《春宫怨》

——

东走无复忆鲈鱼，南飞觉有安巢鸟。　　杜甫《洗兵马》
忆昔初蒙博士征，其年始改称元和。　　韩愈《石鼓歌》
空将汉月出宫门，忆君清泪如铅水。　　李贺《金铜仙人辞汉歌》
家人万里传消息，好在毡城莫相忆。　　王安石《明妃曲》
教曲妓师怜尚在，浣纱女伴忆同行。　　吴伟业《圆圆曲》

——

九月寒砧催木叶，十年征戍忆辽阳。　沈佺期《独不见》

此情可待成追忆，只是当时已惘然。　李商隐《锦瑟》

永忆江湖归白发，欲回天地入扁舟。　李商隐《安定城楼》

玉郎会此通仙籍，忆向天阶问紫芝。　李商隐《重过圣女祠》

却折垂杨送归客，心随东棹忆华年。　鲁迅《送增田涉君归国》

月正圆时伤破镜，雨淋铃夜忆归秦。　郁达夫《乱离杂诗之五》

此情可待成追忆，愁绝萧郎鬓渐丝。　郁达夫《乱离杂诗之八》

——

江南忆，最忆是杭州。　白居易《忆江南》

玉楼明月长相忆，柳丝袅娜春无力。　温庭筠《菩萨蛮》

凝恨对残晖，忆君君不知。　韦庄《菩萨蛮》

愿低帏昵枕，轻轻细说与，江乡夜夜，数寒更思忆。　柳永《浪淘沙慢》

从别后，忆相逢，几回魂梦与君同。　晏几道《鹧鸪天》

翠尊易泣，红萼无言耿相忆。　姜夔《暗香》

昭君不惯胡沙远，但暗忆、江南江北。　姜夔《疏影》

苔径追忆曾游，念谁伴秋千，彩绳芳柱。　张镃《宴山亭》

旧游忆著山阴，后盟遂妨上苑。　史达祖《东风第一枝》

踪迹，漫记忆，老了杜郎，忍听东风笛。　史达祖《喜迁莺》

素骨凝冰，柔葱蘸雪，犹忆分瓜深意。　吴文英《齐天乐》

依依甚意绪，漫忆海门飞絮。　刘辰翁《兰陵王》

相看仍似客，但道休相忆。　纳兰性德《菩萨蛮》

还似少年歌舞地，听落叶，忆长安。　蒋春霖《唐多令》

携来百侣曾游，忆往昔峥嵘岁月稠。　毛泽东《沁园春》

声

长安一片月，万户捣衣声。　李白《子夜吴歌》

悲笳数声动，壮士惨不骄。　杜甫《后出塞之二》

——

泉声咽危石，日色冷青松。　王维《过香积寺》
随风潜入夜，润物细无声。　杜甫《春夜喜雨》
树色随关迥，河声入海遥。　许浑《秋日赴阙题潼关驿楼》
本以高难饱，徒劳恨费声。　李商隐《蝉》
鸡声茅店月，人迹板桥霜。　温庭筠《商山早行》
风暖鸟声碎，日高花影重。　杜荀鹤《春宫怨》

——

一声已动物皆静，四座无言星欲稀。　李颀《琴歌》
杀气三时作阵云，寒声一夜传刁斗。　高适《燕歌行》
少陵野老吞声哭，春日潜行曲江曲。　杜甫《哀江头》
行宫见月伤心色，夜雨闻铃肠断声。　白居易《长恨歌》
凄凄不似向前声，满座重闻皆掩泣。　白居易《琵琶行》
夺归永巷闭良家，教就新声倾坐客。　吴伟业《圆圆曲》

——

姑苏城外寒山寺，夜半钟声到客船。　张继《枫桥夜泊》
旧业已随征战尽，更堪江上鼓鼙声。　卢纶《晚次鄂州》
今夜偏知春气暖，虫声新透绿窗纱。　刘方平《月夜》
仙掌月明孤影过，长门灯暗数声来。　杜牧《早雁》
扇裁月魄羞难掩，车走雷声语未通。　李商隐《无题》
雁声远过潇湘去，十二楼中月自明。　温庭筠《瑶瑟怨》
衙斋卧听萧萧竹，疑是民间疾苦声。　郑燮《潍县署中画竹》
草木风声势未安，孤舟惶恐再经滩。　郁达夫《乱离杂诗十二》

——

别馆寒砧，孤城画角，一派秋声入寥廓。　王安石《千秋岁引》
起来携素手，庭户无声，时见疏星渡河汉。　苏轼《洞仙歌》
山抹微云，天黏衰草，画角声断谯门。　秦观《满庭芳》
数点雨声风约住，朦胧淡月云来去。　贺铸《蝶恋花》
征尘暗，霜风劲，悄边声，黯销凝。　张孝祥《六州歌头》

正销魂又是，疏烟淡月，子规声断。　　陈亮《水龙吟》

绿树听鹈鴂，更那堪、鹧鸪声住，杜鹃声切。　　辛弃疾《贺新郎》

霜晨月，马蹄声碎，喇叭声咽。　　毛泽东《忆秦娥》

色

艳色天下重，西施宁久微。　　王维《西施咏》

林表明霁色，城中增暮寒。　　祖咏《终南望余雪》

草色新雨中，松声晚窗里。　　丘为《寻西山隐者不遇》

落月满屋梁，犹疑照颜色。　　杜甫《梦李白二首之一》

一丛深色花，十户中人赋。　　白居易《买花》

——

泉声咽危石，日色冷青松。　　王维《过香积寺》

江流天地外，山色有无中。　　王维《汉江临眺》

野润烟光薄，沙暄日色迟。　　杜甫《后游》

过雨看松色，随山到水源。　　刘长卿《寻南溪常道士》

——

黄云万里动风色，白波九道流雪山。　　李白《庐山谣寄卢侍御虚舟》

忆昔霓旌下南苑，苑中万物生颜色。　　杜甫《哀江头》

峨眉山下少人行，旌旗无光日色薄。　　白居易《长恨歌》

弟走从军阿姨死，暮去朝来颜色故。　　白居易《琵琶行》

角声满天秋色里，塞上燕脂凝夜紫。　　李贺《雁门太守行》

低徊顾影无颜色，尚得君王不自持。　　王安石《明妃曲》

错怨狂风飏落花，无边春色来天地。　　吴伟业《圆圆曲》

——

渭城朝雨浥轻尘，客舍青青柳色新。　　王维《渭城曲》

更深月色半人家，北斗阑干南斗斜。　　刘方平《月夜》

山色遥连秦树晚，砧声近报汉宫秋。　　韩翃《同题仙游观》

三湘愁鬓逢秋色，万里归心对月明。 卢纶《晚次鄂州》
天阶夜色凉如水，坐看牵牛织女星。 杜牧《秋夕》
碧阑干外绣帘垂，猩色屏风画折枝。 韩偓《已凉》

——

回首绿波春色暮，接天流。 李璟《摊破浣溪沙》
雨轻风色暴，梅子青时节。 张先《千秋岁》
渐写到别来，此情深处，红笺为无色。 晏几道《思远人》
春色三分，二分尘土，一分流水。 苏轼《水龙吟》
晓色云开，春随人意，骤雨才过还晴。 秦观《满庭芳》
洞庭青草，近中秋、更无一点风色。 张孝祥《念奴娇》
强携酒，小桥宅，怕梨花落尽成秋色。 姜夔《淡黄柳》
横空出世，莽昆仑，阅尽人间春色。 毛泽东《念奴娇》

情

永结无情游，相期邈云汉。 李白《月下独酌》
秋风吹不尽，总是玉关情。 李白《子夜吴歌》
三夜频梦君，情亲见君意。 杜甫《梦李白二首之二》

——

情人怨遥夜，竟夕起相思。 张九龄《望月怀远》
坐观垂钓者，徒有羡鱼情。 孟浩然《临洞庭上张丞相》
浮云游子意，落日故人情。 李白《送友人》
又送王孙去，萋萋满别情。 白居易《草》
近乡情更怯，不敢问来人。 李频《渡汉江》
五更疏欲断，一树碧无情。 李商隐《蝉》

——

人生有情泪沾臆，江水江花岂终极。 杜甫《哀江头》
蜀江水碧蜀山青，圣主朝朝暮暮情。 白居易《长恨歌》

转轴拨弦三两声，未成曲调先有情。　白居易《琵琶行》

妻子岂应关大计，英雄无奈是多情。　吴伟业《圆圆曲》

——

此夜曲中闻折柳，何人不起故园情。　李白《春夜洛城闻笛》

繁华事散逐香尘，流水无情草自春。　杜牧《金谷园》

此情可待成追忆，只是当时已惘然。　李商隐《锦瑟》

天若有情天亦老，人间正道是沧桑。　毛泽东《人民解放军占领南京》

茫茫大难愁来日，剩把微情付苦吟。　郁达夫《乱离杂诗之七》

——

梧桐树，三更雨，不道离情正苦。　温庭筠《更漏子》

柔情似水，佳期如梦，忍顾鹊桥归路。　秦观《鹊桥仙》

无情水都不管，共西风、只管送归船。　辛弃疾《木兰花慢》

日暮，青盖亭亭，情人不见，争忍凌波去。　姜夔《念奴娇》

向消凝里，梅开半面，情满徐妆。　史达祖《夜合花》

绣幄鸳鸯柱，红情密，腻云低护秦树。　吴文英《宴清都》

冰丝写怨更多情，骚人恨，枉赋芳兰幽芷。　周密《花犯》

悲欢离合总无情，一任阶前点滴到天明。　蒋捷《虞美人》

惟有无情双燕子，舞东风。　陈子龙《山花子》

钟情怕到相思路，盼长堤、草尽红心。　朱彝尊《高阳台》

明月多情应笑我，笑我如今。　纳兰性德《采桑子》

一往情深深几许，深山夕照深秋雨。　纳兰性德《蝶恋花》

影

我歌月徘徊，我舞影零乱。　李白《月下独酌》

阴壑生虚籁，月林散清影。　杜甫《游龙门奉先寺》

——

不堪玄鬓影，来对白头吟。　骆宾王《在狱咏蝉》

山光悦鸟性，潭影空人心。　　常建《题破山寺后禅院》
惟怜一灯影，万里眼中明。　　钱起《送僧归日本》
风暖鸟声碎，日高花影重。　　杜荀鹤《春宫怨》

——

闲云潭影日悠悠，物换星移几度秋。　　王勃《滕王阁诗》
芙蓉旌旗烟雾落，影动倒景摇潇湘。　　杜甫《寄韩谏议注》
低徊顾影无颜色，尚得君王不自持。　　王安石《明妃曲》

——

疏松影落空坛静，细草香生小洞幽。　　韩翃《同题仙游观》
月殿影开闻夜漏，水精帘卷近秋河。　　顾况《宫词》
斜拔玉钗灯影畔，剔开红焰救飞蛾。　　张祜《赠内人》
仙掌月明孤影过，长门灯暗数声来。　　杜牧《早雁》
云母屏风烛影深，长河渐落晓星沉。　　李商隐《嫦娥》
终期舸载夷光去，鬓影烟波共一庐。　　郁达夫《乱离杂诗之二》

——

沙上并禽池上暝，云破月来花弄影。　　张先《天仙子》
那堪更被明月，隔墙送过秋千影。　　张先《青门引》
谁见幽人独往来，缥缈孤鸿影。　　苏轼《卜算子》
新绿小池塘，风帘动，碎影舞斜阳。　　周邦彦《风流子》
回廊影，疏钟淡月，几许销魂。　　贺铸《绿头鸭》
宝扇重寻明月影，暗尘侵、上有乘鸾女。　　叶梦得《贺新郎》
素月分辉，明河共影，表里俱澄澈。　　张孝祥《念奴娇》
无端抱影销魂处，还见筱墙萤暗，藓阶蛩切。　　姜夔《八归》
红杏香中箫鼓，绿杨影里秋千。　　俞国宝《风入松》
飘然快拂花梢，翠尾分开红影。　　史达祖《双双燕》
载取白云归去，问谁留楚佩，弄影中洲？　　张炎《八声甘州》
一缕萦帘翠影，依稀海天云气。　　王沂孙《天香》
桥影流虹，湖光映雪，翠帘不卷春深。　　朱彝尊《高阳台》
影娥忽泛初弦，分辉借与宫莲。　　纳兰性德《清平乐》
望极云罗缥缈，孤影几回惊。　　文廷式《忆旧游》

迹

门前迟行迹，一一生绿苔。　　李白《长干行》
理会是非遣，性达形迹忘。　　韦应物《郡斋雨中与诸文士燕集》
落叶满空山，何处寻行迹。　　韦应物《寄全椒山中道士》

——

江山留胜迹，我辈复登临。　　孟浩然《与诸子登岘山》
鸡声茅店月，人迹板桥霜。　　温庭筠《商山早行》

——

贵戚权门得笔迹，始觉屏障生光辉。　　杜甫《韦讽录事宅观曹将军画马图》
茂陵刘郎秋风客，夜闻马嘶晓无迹。　　李贺《金铜仙人辞汉歌》

——

凤凰浪迹成凡鸟，精卫临渊是怨禽。　　郁达夫《乱离杂诗之七》

——

归云一去无踪迹，何处是前期。　　柳永《少年游》
叹年来踪迹，何事苦淹留。　　柳永《八声甘州》
罨画园林溪绀碧，算重来、尽成陈迹。　　晁补之《忆少年》
闲寻旧踪迹，又酒趁哀弦，灯照离席，梨花榆火催寒食。　　周邦彦《兰陵王》
愿春暂留，春归如过翼，一去无迹。　　周邦彦《六丑》
空余旧迹，郁苍苍、雾沉半垒。　　周邦彦《西河》
青青草，迷路陌。强载酒、细寻前迹。　　周邦彦《应天长》
沉思年少浪迹，笛里关山，柳下坊陌。　　姜夔《霓裳中序第一》
踪迹，漫记忆，老了杜郎，忍听东风笛。　　史达祖《喜迁莺》
追往事，去无迹。　　刘克庄《贺新郎》
古柳重攀，轻鸥聚别，陈迹危亭独倚。　　吴文英《齐天乐》
乔木生云气，访中兴、英雄陈迹，暗追前事。　　吴文英《贺新郎》
绀烟迷雁迹，渐碎鼓零钟，街喧初息。　　蒋捷《瑞鹤仙》

欲寻前迹，空惆怅成秋苑。　　王沂孙《长亭怨慢》
西园霜夕，照清池宴席。步绮凌波地，成往迹。　　郑文焯《六丑》
一篇读罢头飞雪，但记得斑斑点点，几行陈迹。　　毛泽东《贺新郎》

梦

夜阑更秉烛，相对如梦寐。　　杜甫《羌村之一》
三夜频梦君，情亲见君意。　　杜甫《梦李白二首之二》

——

水落鱼梁浅，天寒梦泽深。　　孟浩然《与诸子登岘山》
啼时惊妾梦，不得到辽西。　　金昌绪《春怨》

——

我欲因之梦吴越，一夜飞度镜湖月。　　李白《梦游天姥吟留别》
悠悠生死别经年，魂魄不曾来入梦。　　白居易《长恨歌》
夜深忽梦少年事，梦啼妆泪红阑干。　　白居易《琵琶行》
梦向夫差苑里游，宫娥拥入君王起。　　吴伟业《圆圆曲》

——

十年一觉扬州梦，赢得青楼薄幸名。　　杜牧《遣怀》
神女生涯元是梦，小姑居处本无郎。　　李商隐《无题》
江雨霏霏江草齐，六朝如梦鸟空啼。　　韦庄《台城》
梦断香消四十年，沈园柳老不吹绵。　　陆游《沈园之一》
六代绮罗成旧梦，石头城上月如钩。　　鲁迅《无题（1931 年）》
我欲因之梦寥廓，芙蓉国里尽朝晖。　　毛泽东《答友人》
两川明镜蒸春梦，一棹烟波识老渔。　　郁达夫《乱离杂诗之四》

——

细雨梦回鸡塞远，小楼吹彻玉笙寒。　　李璟《摊破浣溪沙》
长于春梦几多时，散似秋云无觅处。　　晏殊《木兰花》
醉别西楼醒不记，春梦秋云，聚散真容易。　　晏几道《蝶恋花》

夜来幽梦忽还乡，小轩窗，正梳妆。 苏轼《江城子》

乡梦断，旅魂孤，峥嵘岁又除。 秦观《阮郎归》

叹年华一瞬，人今千里，梦沉书远。 周邦彦《过秦楼》

厌莺声到枕，花气动帘，醉魂愁梦相半。 贺铸《望湘人》

无据，和梦也新来不做。 赵佶《燕山亭》

纵豆蔻词工，青楼梦好，难赋深情。 姜夔《扬州慢》

记醉蹋南屏，彩扇咽寒蝉，倦梦不知蛮素。 吴文英《霜叶飞》

倚银屏、春宽梦窄，断红湿、歌纨金缕。 吴文英《莺啼序》

短梦依然江表，老泪洒西州。 张炎《八声甘州》

汛远槎风，梦深薇露，化作断魂心字。 王沂孙《天香》

梦里相思，故国王孙路。 陈子龙《点绛唇》

一片离魂，斜阳摇梦成烟。 朱孝臧《声声慢》

语

空山不见人，但闻人语响。 王维《鹿柴》

——

应共冤魂语，投诗赠汨罗。 杜甫《天末怀李白》

别来沧海事，语罢暮天钟。 李益《喜见外弟又言别》

——

越人语天姥，云霓明灭或可睹。 李白《梦游天姥吟留别》

不敢长语临交衢，且为王孙立斯须。 杜甫《哀王孙》

七月七日长生殿，夜半无人私语时。 白居易《长恨歌》

今夜闻君琵琶语，如听仙乐耳暂明。 白居易《琵琶行》

——

暂止飞乌将数子，频来语燕定新巢。 杜甫《堂成》

估客昼眠知浪静，舟人夜语觉潮生。 卢纶《晚次鄂州》

扇裁月魄羞难掩，车走雷声语未通。 李商隐《无题》

谣诼纷纭语迭新，南荒末劫事疑真。 郁达夫《乱离杂诗之五》

——

惟有长江水，无语东流。 柳永《八声甘州》

当初谩留华表语，而今误我秦楼约。 王安石《千秋岁引》

花不语，水空流，年年拚得为花愁。 晏几道《鹧鸪天》

迢递路回清野，人语渐无闻，空带愁归。 周邦彦《夜飞鹊》

竟日微吟长短句，帘影灯昏，心寄胡琴语。 贺铸《蝶恋花》

凭寄离恨重重，这双燕，何曾会人言语。 赵佶《燕山亭》

物是人非事事休，欲语泪先流。 李清照《武陵春》

蛾儿雪柳黄金缕，笑语盈盈暗香去。 辛弃疾《青玉案》

庾郎先自吟愁赋，凄凄更闻私语。 姜夔《齐天乐》

还相雕梁藻井，又软语商量不定。 史达祖《双双燕》

凭谁为歌长恨，暗殿锁、秋灯夜语。 吴文英《宴清都》

门隔花深梦旧游，夕阳无语燕归愁，玉纤香动小帘钩。 吴文英《浣溪沙》

对语东邻，犹是曾巢，谢堂双燕。 吴文英《三姝媚》

人生流落，顾孺子，共夜语。 刘辰翁《兰陵王》

漫惊回凄悄，相看烛影，拥衾无语。 张炎《月下笛》

游丝不系羊车住，倩何人、传语青禽。 朱彝尊《高阳台》

满目荒凉谁可语？西风吹老丹枫树。 纳兰性德《蝶恋花》

婵娟，不语对愁眠，往事恨难捐。 蒋春霖《木兰花慢》

剪鲛绡，传燕语，黯黯碧云暮。 文廷式《祝英台近》

言

坐中数千人，皆言夫婿殊。 《陌上桑》

此中有真意，欲辨已忘言。 陶渊明《饮酒之五》

松下问童子，言师采药去。 贾岛《寻隐者不遇》

列嶂青且蒨，愿言试长剑。 毛泽东《挽易昌陶》

——

溪花与禅意，相对亦忘言。　　刘长卿《寻南溪常道士》

暂去还来此，幽期不负言。　　贾岛《题李凝幽居》

无限河山泪，谁言天地宽。　　夏完淳《别云间》

——

主人何为言少钱，径须沽取对君酌。　　李白《将进酒》

句奇语重喻者少，谗之天子言其私。　　李商隐《韩碑》

吾观二子皆神俊，又于维也敛衽无间言。　　苏轼《王维吴道子画》

——

自古逢秋悲寂寥，我言秋日胜春朝。　　刘禹锡《秋词二首之一》

周公恐惧流言日，王莽谦恭未篡时。　　白居易《放言五首之三》

昔日戏言身后意，今朝都到眼前来。　　元稹《遣悲怀之二》

含情欲说宫中事，鹦鹉前头不敢言。　　朱庆馀《宫中词》

来是空言去绝踪，月斜楼上五更钟。　　李商隐《无题》

难向史家搜比例，一言恩重降云霄。　　柳亚子《集定公句之四》

匈奴未灭敢言家，揽镜犹怜鬓未华。　　柳亚子《次韵和陈巢南》

青空飘下能言鸟，黑海翻腾愤怒鱼。　　毛泽东《读报有感之三》

——

无言匀睡脸，枕上屏山掩。　　温庭筠《菩萨蛮》

无言独上西楼，月如钩。寂寞梧桐深院锁清秋。　　李煜《相见欢》

草色烟光残照里，无言谁会凭阑意。　　柳永《蝶恋花》

相顾无言，惟有泪千行。　　苏轼《江城子》

此恨平分取，更无言语空相觑。　　毛滂《惜分飞》

谩记得、当日音书，把闲语闲言，待总烧却。　　周邦彦《解连环》

凭寄离恨重重，这双燕，何曾会人言语。　　赵佶《燕山亭》

红莲相倚浑如醉，白鸟无言定自愁。　　辛弃疾《鹧鸪天》

翠尊易泣，红萼无言耿相忆。　　姜夔《暗香》

把闲言语，花房夜久，各自思量。　　史达祖《夜合花》

后不如今今非昔，两无言、相对沧浪水。　　吴文英《贺新郎》

楚江湄，湘娥乍见，无言洒清泪，淡然春意。　　周密《花犯》

力

身当恩遇常轻敌，力尽关山未解围。 高适《燕歌行》
汝等岂知蒙帝力，时来不得夸身强。 杜甫《洗兵马》
南村群童欺我老无力，忍能对面为盗贼，公然抱茅入竹去。
杜甫《茅屋为秋风所破歌》
侍儿扶起娇无力，始是新承恩泽时。 白居易《长恨歌》

——

相见时难别亦难，东风无力百花残。 李商隐《无题》
时来天地皆同力，运去英雄不自由。 罗隐《筹笔驿》

——

玉楼明月长相忆，柳丝袅娜春无力。 温庭筠《菩萨蛮》
青杏园林煮酒香，佳人初试薄罗裳，柳丝无力燕飞忙。 晏殊《浣溪沙》
岂暂时疏散，费伊心力。 柳永《浪淘沙慢》
赤阑桥尽香街直，笼街细柳娇无力。 陈克《菩萨蛮》
泪痕带霜微凝，酒力冲寒犹弱。 刘一止《喜迁莺》
暖絮乱红，也知人春愁无力。 李甲《帝台春》
追想当年事，殆天数，非人力；洙泗上，弦歌地，亦膻腥。
张孝祥《六州歌头》
溶溶泄泄，东风无力，欲皱还休。 范成大《眼儿媚》
不知筋力衰多少，但觉新来懒上楼。 辛弃疾《鹧鸪天》
算年年、落尽刺桐花，寒无力。 辛弃疾《满江红》
多病却无气力，况纨扇渐疏，罗衣初索。 姜夔《霓裳中序第一》
废阁先凉，古帘空暮，雁程最嫌风力。 史达祖《秋霁》
渐攲斜、无力低飘，正目送、碧罗天暮。 朱彝尊《长亭怨慢》
枯木朽株齐努力，枪林逼，飞将军自重霄入。 毛泽东《渔家傲》

神

神龟虽寿，犹有竟时。　　曹操《步出夏门行·龟虽寿》

——

突兀压神州，峥嵘如鬼工。　　岑参《与高适薛据登慈恩寺浮图》

造化钟神秀，阴阳割昏晓。　　杜甫《望岳》

神欢体自轻，意欲凌风翔。　　韦应物《郡斋雨中与诸文士燕集》

——

初因避地去人间，更问神仙遂不还。　　王维《桃源行》

扶持自是神明力，正直原因造化功。　　杜甫《古柏行》

——

今日听君歌一曲，暂凭杯酒长精神。　　刘禹锡《酬乐天扬州初逢席上见赠》

徒令上将挥神笔，终见降王走传车。　　李商隐《筹笔驿》

神女生涯元是梦，小姑居处本无郎。　　李商隐《无题》

可怜夜半虚前席，不问苍生问鬼神。　　李商隐《贾生》

河山触目尽生哀，太息神州几霸才。　　秋瑾《柬某君》

灵台无计逃神矢，风雨如磐暗故园。　　鲁迅《自题小像》

万里神州一镜收，年年长啸看吴钩。　　柳亚子《题钱亚仑小影》

牛郎欲问瘟神事，一样悲欢逐逝波。　　毛泽东《送瘟神之一》

——

闻琴解佩神仙侣，挽断罗衣留不住。　　晏殊《木兰花》

杳杳神京，盈盈仙子，别来锦字终难偶。　　柳永《曲玉管》

凝泪眼、杳杳神京路，断鸿声远长天暮。　　柳永《夜半乐》

览景想前欢，指神京，非雾非烟深处。　　柳永《竹马子》

故国神游，多情应笑我，早生华发。　　苏轼《念奴娇》

露凉时，零乱多少寒螀，神京远，惟有蓝桥路近。　　晁补之《洞仙歌》

时易失，心徒壮，岁将零，渺神京。　　张孝祥《六州歌头》

何处望神州？满眼风光北固楼。　　辛弃疾《南乡子》
可堪回首，佛狸祠下，一片神鸦社鼓。　　辛弃疾《永遇乐》
男儿西北有神州，莫滴水西桥畔泪。　　刘克庄《木兰花》
战舰东风悭借便，梦断神州故里。　　吴文英《贺新郎》
苏堤尽日风和雨，叹神游故国，花记前度。　　刘辰翁《兰陵王》
月浸葡萄十里，看往来、神仙才子，肯把菱花扑碎。　　刘辰翁《宝鼎现》
旋拂轻容写洛神，须知浅笑是深颦，十分天与可怜春。
纳兰性德《浣溪沙》
寒信急，又神宫凄奏，分付哀蝉。　　朱孝臧《声声慢》
五帝三皇神圣事，骗了无涯过客，有多少风流人物。　　毛泽东《贺新郎》

灵

圣代无隐者，英灵尽来归。　　王维《送綦毋潜落第还乡》
关山蹇驥足，飞飙拂灵帐。
望灵荐杯酒，惨淡看铭旌。　　毛泽东《挽易昌陶》

——

善鼓云和瑟，常闻帝子灵。　　钱起《省试湘灵鼓瑟》
毅魄归来日，灵旗空际看。　　夏完淳《别云间》

——

不疑灵境难闻见，尘心未尽思乡县。　　王维《桃源行》
森然魄动下马拜，松柏一迳趋灵宫。　　韩愈《谒衡岳庙遂宿岳寺题门楼》
碑高三丈字如斗，负以灵鳌蟠以螭。　　李商隐《韩碑》
湘灵妆成照湘水，皎如皓月窥彤云。　　鲁迅《湘灵歌》

——

日光斜照集灵台，红树花迎晓露开。　　张祜《集灵台》
身无彩凤双飞翼，心有灵犀一点通。　　李商隐《无题》
嫦娥应悔偷灵药，碧海青天夜夜心。　　李商隐《嫦娥》

一春梦雨常飘瓦，尽日灵风不满旗。 李商隐《重过圣女祠》
词客有灵应识我，霸才无主始怜君。 温庭筠《过陈琳墓》
天龙作骑万灵从，独立飞来缥缈峰。 康有为《出都留别诸公》
灵台无计逃神矢，风雨如磐暗故园。 鲁迅《自题小像》
回肠荡气感精灵，中贾年华气不平。 柳亚子《集定公句之三》
百事从来缺陷好，山灵何必不多情。 柳亚子《吴门记游十三》
却喜长空播玉音，灵犀一点此传心。 郁达夫《乱离杂诗之七》
千里驰驱自觉痴，苦无灵药慰相思。 郁达夫《乱离杂诗十一》

——

烟敛云收，依约是湘灵。 苏轼《江城子》
灵均标致高如许，忆生平、既纫兰佩，更怀椒糈。 刘克庄《贺新郎》

魂

魂来枫林青，魂返关塞黑。 杜甫《梦李白二首之一》

——

至今犹破胆，应有未招魂。 杜甫《至德二载，甫自京金光门出，间道归凤翔。乾元初，从左拾遗移华州掾，与亲故别，因出此门，有悲往事》
应共冤魂语，投诗赠汨罗。 杜甫《天末怀李白》

——

天长地远魂飞苦，梦魂不到关山难。 李白《长相思》
明眸皓齿今何在？血污游魂归不得。 杜甫《哀江头》
闻道汉家天子使，九华帐里梦魂惊。 白居易《长恨歌》
蛾眉马上传呼进，云鬟不整惊魂定。 吴伟业《圆圆曲》

——

画图省识春风面，环佩空归月夜魂。 杜甫《咏怀古迹之三》
清明时节雨纷纷，路上行人欲断魂。 杜牧《清明》
苏武魂销汉使前，古祠高树两茫然。 温庭筠《苏武庙》

霜禽欲下先偷眼，粉蝶如知合断魂。　林逋《山园小梅》

——

黯乡魂，追旅思，夜夜除非，好梦留人睡。　范仲淹《苏幕遮》

画阁魂消，高楼目断，斜阳只送平波远。　晏殊《踏莎行》

帝城赊，秦楼阻，旅魂乱。　柳永《迷神引》

从别后，忆相逢，几回魂梦与君同。　晏几道《鹧鸪天》

销魂，当此际，香囊暗解，罗带轻分。　秦观《满庭芳》

乡梦断，旅魂孤，峥嵘岁又除。　秦观《阮郎归》

最苦梦魂，今宵不到伊行。　周邦彦《风流子》

有何人、念我无聊，梦魂凝想鸳侣。　周邦彦《尉迟杯》

厌莺声到枕，花气动帘，醉魂愁梦相半。　贺铸《望湘人》

断魂分付与，春将去。　贺铸《人南渡》

回廊影，疏钟淡月，几许销魂。　贺铸《绿头鸭》

莫道不消魂，帘卷西风，人比黄花瘦。　李清照《醉花阴》

正销魂又是，疏烟淡月，子规声断。　陈亮《水龙吟》

无端抱影销魂处，还见筱墙萤暗，藓阶蛩切。　姜夔《八归》

别后书辞，别时针线，离魂暗逐郎行远。　姜夔《踏莎行》

但可怜处，无奈苒苒魂惊，采香南浦，剪梅烟驿。　史达祖《秋霁》

烟波桃叶西陵路，十年断魂潮尾。　吴文英《齐天乐》

一襟余恨宫魂断，年年翠阴庭树。　王沂孙《齐天乐》

寂寞嫦娥舒广袖，万里长空，且为忠魂舞。　毛泽东《蝶恋花》

四

文事 武备 技艺 外教 珍宝 器用

诗

应共冤魂语，投诗赠汨罗。 杜甫《天末怀李白》

白也诗无敌，飘然思不群。 杜甫《春日忆李白》

——

李白一斗诗百篇，长安市上酒家眠。 杜甫《饮中八仙歌》

诗卷长留天地间，钓竿欲拂珊瑚树。

杜甫《送孔巢父谢病归游江东兼呈李白》

陋儒编诗不收入，二雅褊迫无委蛇。 韩愈《石鼓歌》

点窜尧典舜典字，涂改清庙生民诗。 李商隐《韩碑》

今观此壁画，亦若其诗清且敦。 苏轼《王维吴道子画》

——

却看妻子愁何在，漫卷诗书喜欲狂。 杜甫《闻官军收河南河北》

庾信平生最萧瑟，暮年诗赋动江关。 杜甫《咏怀古迹之一》

晴空一鹤排云上，便引诗情到碧霄。 刘禹锡《秋词二首之一》

诗穷莫写愁如海，酒薄难将梦到家。 朱弁《春阴》

此身合是诗人未？细雨骑驴入剑门。 陆游《剑门道中遇微雨》

李杜诗篇万口传，至今已觉不新鲜。 赵翼《论诗》

忍看朋辈成新鬼，怒向刀丛觅小诗。 鲁迅《惯于》

洞庭波涌连天雪，长岛人歌动地诗。 毛泽东《答友人》

——

衣上酒痕诗里字，点点行行，总是凄凉意。 晏几道《蝶恋花》

昨夜诗有回文，韵险还慵押。 晏几道《六幺令》

险韵诗成，扶头酒醒，别是闲滋味。 李清照《念奴娇》

来相召，香车宝马，谢他酒朋诗侣。 李清照《永遇乐》
伤心故人去后，冷落新诗。 李邴《汉宫春》
便角枕题诗，宝钗贯酒，共醉青苔深院。 吕渭老《薄幸》
豳诗漫与，笑篱落呼灯，世间儿女。 姜夔《齐天乐》
嫣然摇动，冷香飞上诗句。 姜夔《念奴娇》
自怜诗酒瘦，难应接许多春色。 史达祖《喜迁莺》
故园晚、强留诗酒，新雁远、不致寒暄。 史达祖《玉胡蝶》
烟蓑散响惊诗思，还被乱鸥飞去，秀句难续。 史达祖《八归》
青楼仿佛，临分败壁题诗，泪墨惨淡尘土。 吴文英《莺啼序》
秦关汴水经行地，想登临、都付新诗。 周密《高阳台》
凄清，浅醉还醒，愁不肯、与诗平。 姚云文《紫萸香慢》
一唱雄鸡天下白，万方乐奏有于阗，诗人兴会更无前。 毛泽东《浣溪沙》

文

吴中盛文史，群彦今汪洋。 韦应物《郡斋雨中与诸文士燕集》

——

文翁翻教授，不敢倚先贤。 王维《送梓州李使君》
文章憎命达，魑魅喜人过。 杜甫《天末怀李白》
名岂文章著，官应老病休。 杜甫《旅夜书怀》
何时一樽酒，重与细论文。 杜甫《春日忆李白》

——

试拂铁衣如雪色，聊持宝剑动星文。 王维《老将行》
蓬莱文章建安骨，中间小谢又清发。 李白《宣州谢朓楼饯别校书叔云》
英雄割据今已矣，文采风流今尚存。 杜甫《丹青引赠曹将军霸》
不露文章世已惊，未辞翦伐谁能送。 杜甫《古柏行》
张生手持石鼓文，劝我试作石鼓歌。 韩愈《石鼓歌》

文成破体书在纸，清晨再拜铺丹墀。
公之斯文若元气，先时已入人肝脾。
公之斯文不示后，曷与三五相攀追。　　李商隐《韩碑》
微风万顷靴文细，断霞半空鱼尾赤。　　苏轼《游金山寺》

——

汉文皇帝有高台，此日登临曙色开。　　崔曙《九日登望仙台呈刘明府》
王侯第宅皆新主，文武衣冠异昔时。　　杜甫《秋兴八首之四》
江山故宅空文藻，云雨荒台岂梦思。　　杜甫《咏怀古迹之二》
汉文有道恩犹薄，湘水无情吊岂知。　　刘长卿《长沙过贾谊宅》
共来百粤文身地，犹自音书滞一乡。
柳宗元《登柳州城楼寄漳汀封连四州刺史》
凤尾香罗薄几重，碧文圆顶夜深缝。　　李商隐《无题》
曾于青史见遗文，今日飘蓬过此坟。　　温庭筠《过陈琳墓》
避席畏闻文字狱，著书都为稻粱谋。　　龚自珍《咏史》

——

难忘，文期酒会，几孤风月，屡变星霜。　　柳永《玉胡蝶》
昨夜诗有回文，韵险还慵押。　　晏几道《六幺令》
自是休文，多情多感，不干风月。　　蔡伸《柳梢青》
想文君望久，倚竹愁生步罗袜。　　姜夔《八归》
浑不记，漫手织回文，几度欲心碎。　　朱嗣发《摸鱼儿》
临分把手，叹一笑论文，清狂顾曲，此会几时又？　　刘辰翁《摸鱼儿》
乌丝画作回文纸，香煤暗蚀藏头字。　　纳兰性德《菩萨蛮》
阵图开向陇山东，昨天文小姐，今日武将军。　　毛泽东《临江仙》

书

早晚下三巴，预将书报家。　　李白《长干行》

——

宁为百夫长，胜作一书生。　杨炯《从军行》
乡书何处达，归雁洛阳边。　王湾《次北固山下》
寄书长不达，况乃未休兵。　杜甫《月夜忆舍弟》
远梦归侵晓，家书到隔年。　杜牧《旅宿》
岭外音书绝，经冬复立春。　李频《渡汉江》
乡书不可寄，秋雁又南回。　韦庄《章台夜思》

——

腹中贮书一万卷，不肯低头在草莽。　李颀《送陈章甫》
校尉羽书飞瀚海，单于猎火照狼山。　高适《燕歌行》
羲之俗书趁姿媚，数纸尚可博白鹅。　韩愈《石鼓歌》

——

风尘荏苒音书断，关塞萧条行路难。　杜甫《宿府》
鱼鸟犹疑畏简书，风云常为护储胥。　李商隐《筹笔驿》
嵩云秦树久离居，双鲤迢迢一纸书。　李商隐《寄令狐郎中》
今日岂知明日事，老年反读少年书。　郁达夫《乱离杂诗之四》

——

渐行渐远渐无书，水阔鱼沉何处问。　欧阳修《木兰花》
无那，恨薄情一去，音书无个。　柳永《定风波》
飞云过尽，归鸿无信，何处寄书得。　晏几道《思远人》
衡阳犹有雁传书，郴阳和雁无。　秦观《阮郎归》
叹年华一瞬，人今千里，梦沉书远。　周邦彦《过秦楼》
云中谁寄锦书来，雁字回时，月满西楼。　李清照《一剪梅》
书咄咄，且休休，一丘一壑也风流。　辛弃疾《鹧鸪天》
别后书辞，别时针线，离魂暗逐郎行远。　姜夔《踏莎行》
无绪，空望极霓旌，锦书难据。　张镃《宴山亭》
露蛩悲、青灯冷屋，翻书愁上鬓毛白，年少俊游浑断得。　史达祖《秋霁》
殷勤待写，书中长恨，蓝霞辽海沉过雁。　吴文英《莺啼序》
写不成书，只寄得、相思一点。　张炎《解连环》
被酒莫惊春睡重，赌书消得泼茶香，当时只道是寻常。
纳兰性德《浣溪沙》

霸才青兕兵家子，读破书千纸。 柳亚子《虞美人》

眼角眉梢都似恨，热泪欲零还住，知误会前番书语。 毛泽东《贺新郎》

恰同学少年，风华正茂；书生意气，挥斥方遒。 毛泽东《沁园春》

信

故里鸿音绝，妻儿信未通。 毛泽东《喜闻捷报》

——

岐阳西望无来信，陇水东流闻哭声。 元好问《岐阳之一》

——

念双燕、难凭远信；指暮天、空识归航。 柳永《玉胡蝶》

朝云信断知何处，应作襄王春梦去。 晏几道《木兰花》

飞云过尽，归鸿无信，何处寄书得。 晏几道《思远人》

蝶去莺飞无处问，隔水高楼，望断双鱼信。 赵令畤《蝶恋花》

飞燕又将归信误，小屏风上西江路。 赵令畤《蝶恋花》

欲说又休，虑乖芳信；未歌先噎，愁转清觞。 周邦彦《风流子》

谁信无聊为伊，才减江淹，情伤荀倩。 周邦彦《过秦楼》

怨怀无托，嗟情人断绝，信音辽邈。 周邦彦《解连环》

念汉浦离鸿去何许，经时信音绝。 周邦彦《浪淘沙慢》

不信芳春厌老人，老人几度送余春，惜春行乐莫辞频。 贺铸《浣溪沙》

曾驰道同载，上林携手，灯夜初过早共约，又争信漂泊？

张元幹《兰陵王》

争知道、梦里蓬莱，待忘了余香，时传音信。 僧挥《金明池》

雨初歇，楼外孤鸿声渐远，远山外、行人音信绝。 田为《江神子慢》

庾信愁如许，为谁都著眉端聚。 袁去华《安公子》

幽寂，乱蛩吟壁，动庾信、清愁似织。 姜夔《霓裳中序第一》

应自栖香正稳，便忘了天涯芳信。 史达祖《双双燕》

谩凝碧瓦难留，信知暮寒轻浅。 史达祖《东风第一枝》

故园信息，爱渠入眼南山碧。 史达祖《秋霁》
须信风流未老，凭持尊酒，慰此凄凉心目。 史达祖《八归》
便行云都不归来，也合寄将音信。 陆睿《瑞鹤仙》
剪红情，裁绿意，花信上钗股。 吴文英《祝英台近》
别后访六桥无信，事往花委，瘗玉埋香，几番风雨。 吴文英《莺啼序》
歌尘凝扇，待凭信，拚分钿。 吴文英《瑞鹤仙》
吴鸿好为传归信，杨柳阊门屋数间。 吴文英《鹧鸪天》
春去，尚来否，正江令恨别，庾信愁赋。 刘辰翁《兰陵王》
春色已看浓似酒，归期安得信如潮，离魂入夜倩谁招？
纳兰性德《浣溪沙》
烂锦年华，谁信春残恁早。 王鹏运《玉漏迟》
不管风吹浪打，胜似闲庭信步，今日得宽余。 毛泽东《水调歌头》

画

兵卫森画戟，燕寝凝清香。 韦应物《郡斋雨中与诸文士燕集》

——

雪暗凋旗画，风多杂鼓声。 杨炯《从军行》
素练风霜起，苍鹰画作殊。 杜甫《画鹰》

——

画阁珠楼尽相望，红桃绿柳垂檐向。 王维《洛阳女儿行》
先帝天马玉花骢，画工如山貌不同。 杜甫《丹青引赠曹将军霸》
曲终收拨当心画，四弦一声如裂帛。 白居易《琵琶行》
意态由来画不成，当时枉杀毛延寿。 王安石《明妃曲》

——

画省香炉违伏枕，山楼粉堞隐悲笳。 杜甫《秋兴八首之二》
湖上春来似画图，乱峰围绕水平铺。 白居易《春题湖上》
妆罢低声问夫婿，画眉深浅入时无？ 朱庆馀《近试上张水部》

碧阑干外绣帘垂，猩色屏风画折枝。　韩偓《已凉》

敢将十指夸针巧，不把双眉斗画长。　秦韬玉《贫女》

——

画罗金翡翠，香烛销成泪。　温庭筠《菩萨蛮》

春水碧于天，画船听雨眠。　韦庄《菩萨蛮》

梯横画阁黄昏后，又还是、斜月帘栊。　张先《一丛花》

画阁魂消，高楼目断，斜阳只送平波远。　晏殊《踏莎行》

烟敛寒林簇，画屏展，天际遥山小，黛眉浅。　柳永《迷神引》

彩舟云淡，星河鹭起，画图难足。　王安石《桂枝香》

紫骝认得旧游踪，嘶过画桥东畔路。　晏几道《木兰花》

江山如画，一时多少豪杰。　苏轼《念奴娇》

山抹微云，天黏衰草，画角声断谯门。　秦观《满庭芳》

闲依露井，笑扑流萤，惹破画罗轻扇。　周邦彦《过秦楼》

将发，画楼芳酒，红泪清歌，顿成轻别。　贺铸《石州引》

闹花深处层楼，画帘半卷东风软。　陈亮《水龙吟》

愁损翠黛双蛾，日日画阑独凭。　史达祖《双双燕》

修竹凝妆，垂杨驻马，凭阑浅画成图。　吴文英《高阳台》

看画船尽入西泠，闲却半湖春色。　周密《曲游春》

蝶化彩衣金缕尽，虫衔画粉玉楼空。　陈子龙《山花子》

今古河山无定据，画角声中，牧马频来去。　纳兰性德《蝶恋花》

山下，山下，风展红旗如画。　毛泽东《如梦令》

经

江南有丹橘，经冬犹绿林。　张九龄《感遇之七》

——

一路经行处，莓苔见屐痕。　刘长卿《寻南溪常道士》

岭外音书绝，经冬复立春。　李频《渡汉江》

——

城中相识尽繁华，日夜经过赵李家。 王维《洛阳女儿行》
自谓经过旧不迷，安知峰壑今来变。 王维《桃源行》
诏谓将军拂绢素，意匠惨澹经营中。 杜甫《丹青引赠曹将军霸》
苦心岂免容蝼蚁，香叶曾经宿鸾凤。 杜甫《古柏行》
已经百日窜荆棘，身上无有完肌肤。 杜甫《哀王孙》
自经丧乱少睡眠，长夜沾湿何由彻。 杜甫《茅屋为秋风所破歌》
悠悠生死别经年，魂魄不曾来入梦。 白居易《长恨歌》
传来消息满江乡，乌桕红经十度霜。 吴伟业《圆圆曲》

——

匡衡抗疏功名薄，刘向传经心事违。 杜甫《秋兴八首之三》
他年锦里经祠庙，梁父吟成恨有余。 李商隐《筹笔驿》
辛苦遭逢起一经，干戈寥落四周星。 文天祥《过零丁洋》
草木风声势未安，孤舟惶恐再经滩。 郁达夫《乱离杂诗十二》

——

此去经年，应是良辰好景虚设。 柳永《雨霖铃》
未名未禄，绮陌红楼，往往经岁迁延。 柳永《戚氏》
若到松江呼小渡，莫惊鸳鹭，四桥尽是，老子经行处。 苏轼《青玉案》
春恨十常八九，忍轻辜，芳醪经口。 晁补之《水龙吟》
何意重经前地，遗钿不见，斜径都迷。 周邦彦《夜飞鹊》
念汉浦离鸿去何许，经时信音绝。 周邦彦《浪淘沙慢》
回首经年，杳杳音尘都绝。 贺铸《石州引》
到得再相逢，恰经年离别。 张元幹《石州慢》
应念岭表经年，孤光自照，肝胆皆冰雪。 张孝祥《念奴娇》
曲岸持觞，垂杨系马，此地曾经别。 辛弃疾《念奴娇》
聊对旧节传杯，尘笺蠹管，断阕经岁慵赋。 吴文英《霜叶飞》
湖山经醉惯，渍春衫，啼痕酒痕无限。 吴文英《三姝媚》
秦关汴水经行地，想登临、都付新诗。 周密《高阳台》
寒窗梦里，犹记经行旧时路。 张炎《月下笛》
梳翎，自来去，叹市朝易改，风雨多经。 文廷式《忆旧游》

兵

兵卫森画戟，燕寝凝清香。　　韦应物《郡斋雨中与诸文士燕集》

——

闻道黄龙戍，频年不解兵。　　沈佺期《杂诗》

寄书长不达，况乃未休兵。　　杜甫《月夜忆舍弟》

大汉无兵阻，穷边有客游。　　张乔《书边事》

——

汉兵奋迅如霹雳，虏骑奔腾畏蒺藜。　　王维《老将行》

大漠穷秋塞草衰，孤城落日斗兵稀。　　高适《燕歌行》

虏骑闻之应胆慑，料知短兵不敢接，车师西门伫献捷。

岑参《走马川行奉送封大夫出师西征》

虏塞兵气连云屯，战场白骨缠草根。　　岑参《轮台歌奉送封大夫出师西征》

况复秦兵耐苦战，被驱不异犬与鸡。　　杜甫《兵车行》

三年笛里关山月，万国兵前草木风。

安得壮士挽天河，净洗甲兵长不用。　　杜甫《洗兵马》

——

草木变衰行剑外，兵戈阻绝老江边。　　杜甫《恨别》

稍喜长沙向延阁，疲兵敢犯犬羊锋。　　陈与义《伤春》

从谁细向苍苍问，争遣蚩尤作五兵。　　元好问《岐阳之一》

赌酒弹棋又一时，谈兵说剑亦吾师。　　柳亚子《悼亡友亚魂》

飒爽英姿五尺枪，曙光初照演兵场。　　毛泽东《为女民兵题照》

——

敛兵卫、阊阖门开，住传宣、又还休务。　　万俟咏《三台》

干羽方怀远，静烽燧，且休兵。　　张孝祥《六州歌头》

自胡马窥江去后，废池乔木，犹厌言兵。　　姜夔《扬州慢》

向尊前又忆，漉酒插花人，只座上、已无老兵。　　姚云文《紫萸香慢》

霸才青兕兵家子，读破书千纸。 柳亚子《虞美人》
六月天兵征腐恶，万丈长缨要把鲲鹏缚。 毛泽东《蝶恋花》
万木霜天红烂漫，天兵怒气冲霄汉。 毛泽东《渔家傲》
纤笔一枝谁与似？三千毛瑟精兵。 毛泽东《临江仙》

将

依倚将军势，调笑酒家胡。 辛延年《羽林郎》
早晚下三巴，预将书报家。 李白《长干行》
借问大将谁，恐是霍嫖姚。 杜甫《后出塞之二》
孰云网恢恢，将老身反累。 杜甫《梦李白二首之二》
朱绂皆大夫，紫绶悉将军。 白居易《轻肥》

——

还将两行泪，遥寄海西头。 孟浩然《宿桐庐江寄广陵旧游》
风劲角弓鸣，将军猎渭城。 王维《观猎》
流落征南将，曾驱十万师。 刘长卿《送李中丞归汉阳别业》
林暗草惊风，将军夜引弓。 卢纶《塞下曲之二》

——

闻道玉门犹被遮，应将性命逐轻车。 李颀《古从军行》
愿得燕弓射大将，耻令越甲鸣吾君。 王维《老将行》
岑夫子，丹丘生，将进酒，杯莫停。 李白《将进酒》
汉家烟尘在东北，汉将辞家破残贼。 高适《燕歌行》
将军角弓不得控，都护铁衣冷犹著。 岑参《白雪歌送武判官归京》
凌烟功臣少颜色，将军下笔开生面。 杜甫《丹青引赠曹将军霸》
惟将旧物表深情，钿合金钗寄将去。 白居易《长恨歌》
醉不成欢惨将别，别时茫茫江浸月。 白居易《琵琶行》
空将汉月出宫门，忆君清泪如铅水。 李贺《金铜仙人辞汉歌》
和戎诏下十五年，将军不战空临边。 陆游《关山月》

许将戚里箜篌伎，等取将军油壁车。　　吴伟业《圆圆曲》

——

但使龙城飞将在，不教胡马度阴山。　　王昌龄《出塞》

李白乘舟将欲行，忽闻岸上踏歌声。　　李白《赠汪伦》

暂止飞乌将数子，频来语燕定新巢。　　杜甫《堂成》

惟将终夜长开眼，报答平生未展眉。　　元稹《遣悲怀之三》

敢将十指夸针巧，不把双眉斗画长。　　秦韬玉《贫女》

坟坛冷落将军岳，梅鹤凄凉处士林。　　鲁迅《阻郁达夫移家杭州》

宜将剩勇追穷寇，不可沽名学霸王。　　毛泽东《人民解放军占领南京》

天意似将颁大任，微躯何厌忍饥寒。　　郁达夫《乱离杂诗十二》

——

初将明月比佳期，长向月圆时候望人归。　　晏几道《虞美人》

相将共、岁寒伴侣，小窗静，沉烟熏翠被。　　周密《花犯》

英

圣代无隐者，英灵尽来归。　　王维《送綦毋潜落第还乡》

——

天地英雄气，千秋尚凛然。　　刘禹锡《蜀先主庙》

——

褒公鄂公毛发动，英姿飒爽来酣战。　　杜甫《丹青引赠曹将军霸》

妻子岂应关大计，英雄无奈是多情。　　吴伟业《圆圆曲》

——

出师未捷身先死，长使英雄泪满襟。　　杜甫《蜀相》

杯酒英雄君与操，文章微婉我知丘。　　白居易《哭刘尚书梦得二首之一》

时来天地皆同力，运去英雄不自由。　　罗隐《筹笔驿》

喜看稻菽千重浪，遍地英雄下夕烟。　　毛泽东《到韶山》

飒爽英姿五尺枪，曙光初照演兵场。　　毛泽东《为女民兵题照》

独有英雄驱虎豹，更无豪杰怕熊罴。 毛泽东《冬云》
偶攀红豆来南国，为访云英上玉京。 郁达夫《乱离杂诗之九》
乱世桃源非乐土，炎荒草泽尽英雄。 郁达夫《乱离杂诗之十》

——

遥想公瑾当年，小乔初嫁了，雄姿英发。 苏轼《念奴娇》
古台芳榭，飞燕蹴红英。 秦观《满庭芳》
到归时、定有残英，待客携尊俎。 周邦彦《琐窗寒》
残英小，强簪巾帻。 周邦彦《六丑》
忆昔午桥桥上饮，坐中多是豪英。 陈与义《临江仙》
天下英雄谁敌手？曹刘。生子当如孙仲谋！ 辛弃疾《南乡子》
倩何人唤取，红巾翠袖，揾英雄泪？ 辛弃疾《水龙吟》
千古江山，英雄无觅，孙仲谋处。 辛弃疾《永遇乐》
天涯情味，仗酒祓清愁，花销英气。 姜夔《翠楼吟》
乔木生云气，访中兴、英雄陈迹，暗追前事。 吴文英《贺新郎》
纵英游、叠鼓清笳，骏马名姬。 周密《高阳台》
但数点红英，犹识西园凄婉。 王沂孙《长亭怨慢》
滚滚长江东逝水，浪花淘尽英雄。 杨慎《临江仙》
莫辞身化作微云，傍落英、已歌犹驻。 况周颐《西子妆》
河山半壁误英雄，赢得雕虫余技擅江东。 柳亚子《虞美人》
江山如此多娇，引无数英雄竞折腰。 毛泽东《沁园春》

雄

生当作人杰，死亦为鬼雄。 李清照《绝句》

——

天地英雄气，千秋尚凛然。 刘禹锡《蜀先主庙》

——

但见悲鸟号古木，雄飞雌从绕林间。 李白《蜀道难》

焦遂五斗方卓然，高谈雄辩惊四筵。 杜甫《饮中八仙歌》
英雄割据今已矣，文采风流今尚存。 杜甫《丹青引赠曹将军霸》
火维地荒足妖怪，天假神柄专其雄。 韩愈《谒衡岳庙遂宿岳寺题门楼》
蒐于岐阳骋雄俊，万里禽兽皆遮罗。 韩愈《石鼓歌》
道子实雄放，浩如海波翻。 苏轼《王维吴道子画》
妻子岂应关大计，英雄无奈是多情。 吴伟业《圆圆曲》

——

旁人错比扬雄宅，懒惰无心作《解嘲》。 杜甫《堂成》
出师未捷身先死，长使英雄泪满襟。 杜甫《蜀相》
杯酒英雄君与操，文章微婉我知丘。 白居易《哭刘尚书梦得二首之一》
时来天地皆同力，运去英雄不自由。 罗隐《筹笔驿》
卢龙雄塞倚天开，十载三逢敌骑来。 陈子龙《辽事杂诗之一》
大江日夜向东流，聚义群雄又远游。 鲁迅《无题（1931 年）》
钟山风雨起苍黄，百万雄师过大江。 毛泽东《人民解放军占领南京》
喜看稻菽千重浪，遍地英雄下夕烟。 毛泽东《到韶山》
乱世桃源非乐土，炎荒草泽尽英雄。 郁达夫《乱离杂诗之十》

——

对雌霓挂雨，雄风拂槛，微收烦暑。 柳永《竹马子》
遥想公瑾当年，小乔初嫁了，雄姿英发。 苏轼《念奴娇》
牛渚天门险，限南北、七雄豪占。 贺铸《天门谣》
天下英雄谁敌手？曹刘。生子当如孙仲谋！ 辛弃疾《南乡子》
倩何人唤取，红巾翠袖，揾英雄泪？ 辛弃疾《水龙吟》
千古江山，英雄无觅，孙仲谋处。 辛弃疾《永遇乐》
乔木生云气，访中兴、英雄陈迹，暗追前事。 吴文英《贺新郎》
滚滚长江东逝水，浪花淘尽英雄。 杨慎《临江仙》
河山半壁误英雄，赢得雕虫余技擅江东。 柳亚子《虞美人》
雄关漫道真如铁，而今迈步从头越。 毛泽东《忆秦娥》
江山如此多娇，引无数英雄竞折腰。 毛泽东《沁园春》
一唱雄鸡天下白，万方乐奏有于阗，诗人兴会更无前。 毛泽东《浣溪沙》

军

依倚将军势，调笑酒家胡。　　辛延年《羽林郎》
朱绂皆大夫，紫绶悉将军。　　白居易《轻肥》

——

风劲角弓鸣，将军猎渭城。　　王维《观猎》
登舟望秋月，空忆谢将军。　　李白《夜泊牛渚怀古》
清新庾开府，俊逸鲍参军。　　杜甫《春日忆李白》
林暗草惊风，将军夜引弓。　　卢纶《塞下曲之二》

——

今为羌笛出塞声，使我三军泪如雨。　　李颀《古意》
节使三河募年少，诏书五道出将军。　　王维《老将行》
战士军前半死生，美人帐下犹歌舞。　　高适《燕歌行》
将军金甲夜不脱，半夜军行戈相拨，风头如刀面如割。
　　岑参《走马川行奉送封大夫出师西征》
中军置酒饮归客，胡琴琵琶与羌笛。　　岑参《白雪歌送武判官归京》
将军得名三十载，人间又见真乘黄。　　杜甫《韦讽录事宅观曹将军画马图》
将军画善盖有神，必逢佳士亦写真。　　杜甫《丹青引赠曹将军霸》
故人从军在右辅，为我度量掘臼科。　　韩愈《石鼓歌》
六军不发无奈何，宛转蛾眉马前死。　　白居易《长恨歌》
弟走从军阿姨死，暮去朝来颜色故。　　白居易《琵琶行》
行军司马智且勇，十四万众犹虎貔。　　李商隐《韩碑》
和戎诏下十五年，将军不战空临边。　　陆游《关山月》
恨杀军书底死催，苦留后约将人误。　　吴伟业《圆圆曲》

——

前军夜战洮河北，已报生擒吐谷浑。　　王昌龄《从军行之五》
运移汉祚终难复，志决身歼军务劳。　　杜甫《咏怀古迹之五》

窦融表已来关右，陶侃军宜次石头。 李商隐《重有感》
此日六军同驻马，当时七夕笑牵牛。 李商隐《马嵬》
莫怪临风倍惆怅，欲将书剑学从军。 温庭筠《过陈琳墓》
忍泪失声询使者，几时真有六军来。 范成大《州桥》
坟坛冷落将军岳，梅鹤凄凉处士林。 鲁迅《阻郁达夫移家杭州》
更喜岷山千里雪，三军过后尽开颜。 毛泽东《长征》

——

羌管悠悠霜满地，人不寐，将军白发征夫泪。 范仲淹《渔家傲》
将军百战身名裂，向河梁、回头万里，故人长绝。 辛弃疾《贺新郎》
二十万军重入赣，风烟滚滚来天半。 毛泽东《渔家傲》

旅

羁旅长堪醉，相留畏晓钟。 戴叔伦《江乡故人偶集客舍》
旅馆无良伴，凝情自悄然。 杜牧《旅宿》
三年羁旅客，今日又南冠。 夏完淳《别云间》

——

时难年荒世业空，弟兄羁旅各西东。
白居易《自河南经乱，关内阻饥，兄弟离散，各在一处，因望月有感，聊书所怀，寄上浮梁大兄、於潜七兄、乌江十五兄兼示符离及下邽弟妹》
空闻虎旅传宵柝，无复鸡人报晓筹。 李商隐《马嵬》
忍死偷然迟廿载，东南义旅问何如。 柳亚子《吴门记游之八》

——

黯乡魂，追旅思，夜夜除非，好梦留人睡。 范仲淹《苏幕遮》
怒涛渐息，樵风乍起，更闻商旅相呼，片帆高举。 柳永《夜半乐》
帝城赊，秦楼阻，旅魂乱。 柳永《迷神引》
游宦成羁旅，短樯吟倚闲凝伫。 柳永《安公子》
乡梦断，旅魂孤，峥嵘岁又除。 秦观《阮郎归》

似楚江暝宿，风灯零乱，少年羁旅。	周邦彦《琐窗寒》
家住吴门，久作长安旅。	周邦彦《苏幕遮》
无聊倦旅，伤离恨，最愁苦。	袁去华《瑞鹤仙》
故山犹自不堪听，况半世飘然羁旅。	陆游《鹊桥仙》
幽兰旋老，杜若还生，水乡尚寄旅。	吴文英《莺啼序》
念楚乡旅宿，柔情别绪，谁与温存。	黄孝迈《湘春夜月》
谁怜旅愁荏苒，谩长门夜悄，锦筝弹怨。	张炎《解连环》
天涯倦旅，此时心事良苦。	张炎《月下笛》
汽笛一声肠已断，从此天涯孤旅。凭割断愁丝恨缕。	毛泽东《贺新郎》

征

由来征战地，不见有人还。	李白《关山月》
何日平胡虏，良人罢远征。	李白《子夜吴歌》

——

征蓬出汉塞，归雁入胡天。	王维《使至塞上》
西征问烽火，心折此淹留。	杜甫《秦州杂诗之一》
流落征南将，曾驱十万师。	刘长卿《送李中丞归汉阳别业》
调角断清秋，征人倚戍楼。	张乔《书边事》
晨起动征铎，客行悲故乡。	温庭筠《商山早行》

——

少妇城南欲断肠，征人蓟北空回首。	高适《燕歌行》
征起适遇风云会，扶颠始知筹策良。	杜甫《洗兵马》
笛里谁知壮士心，沙头空照征人骨。	陆游《关山月》
专征箫鼓向秦川，金牛道上车千乘。	吴伟业《圆圆曲》

——

秦时明月汉时关，万里长征人未还。	王昌龄《出塞》
直北关山金鼓振，征西车马羽书驰。	杜甫《秋兴八首之四》

旧业已随征战尽，更堪江上鼓鼙声。　　卢纶《晚次鄂州》
不知何处吹芦管，一夜征人尽望乡。　　李益《夜上受降城闻笛》
抛掷南阳为主忧，北征东讨尽良筹。　　罗隐《筹笔驿》
衣上征尘杂酒痕，远游无处不消魂。　　陆游《剑门道中遇微雨》
长征不是难堪日，战锦方为大问题。　　毛泽东《吊罗荣桓同志》
便欲扬帆从此去，长天渺渺一征鸿。　　郁达夫《乱离杂诗之十》

——

嘶骑渐遥，征尘不断，何处认郎踪?　　张先《一丛花令》
绣帏人念远，暗垂珠露，泣送征轮。　　韩缜《凤箫吟》
西征客，此时情苦。　　柳永《采莲令》
征帆去棹残阳里，背西风、酒旗斜矗。　　王安石《桂枝香》
暂停征棹，聊共引离尊。　　秦观《满庭芳》
流浪征骖北道，客樯南浦，幽恨无人晤语。　　贺铸《天香》
征鸿过尽，万千心事难寄。　　李清照《念奴娇》
征尘暗，霜风劲，悄边声，黯销凝。　　张孝祥《六州歌头》
征衫，便好去朝天，玉殿正思贤。　　辛弃疾《木兰花慢》
纵有残花，洒征衣、铅泪都满。　　王沂孙《法曲献仙音》
六月天兵征腐恶，万丈长缨要把鲲鹏缚。　　毛泽东《蝶恋花》

干

同居长干里，两小无嫌猜。　　李白《长干行》

——

何时倚虚幌，双照泪痕干。　　杜甫《月夜》
近泪无干土，低空有断云。　　杜甫《别房太尉墓》

——

即今漂泊干戈际，屡貌寻常行路人。　　杜甫《丹青引赠曹将军霸》
田家望望惜雨干，布谷处处催春种。　　杜甫《洗兵马》

中原干戈古亦闻，岂有逆胡传子孙。 陆游《关山月》

——

解释春风无限恨，沉香亭北倚阑干。 李白《清平调之三》
故园东望路漫漫，双袖龙钟泪不干。 岑参《逢入京使》
彩笔昔曾干气象，白头吟望苦低垂。 杜甫《秋兴八首之八》
更深月色半人家，北斗阑干南斗斜。 刘方平《月夜》
春蚕到死丝方尽，蜡炬成灰泪始干。 李商隐《无题》
碧阑干外绣帘垂，猩色屏风画折枝。 韩偓《已凉》
何必桑干方是远，中流以北即天涯。 杨万里《初入淮河之一》
辛苦遭逢起一经，干戈寥落四周星。 文天祥《过零丁洋》
竦听荒鸡偏阒寂，起看星斗正阑干。 鲁迅《亥年残秋偶作》

——

斗鸭阑干独倚，碧玉搔头斜坠。 冯延巳《谒金门》
多少泪珠何限恨，倚栏干。 李璟《摊破浣溪沙》
紫薇朱槿花残，斜阳却照阑干。 晏殊《清平乐》
争知我、倚阑干处，正恁凝愁。 柳永《八声甘州》
曲阑干外天如水，昨夜还曾倚。 晏几道《虞美人》
楼上阑干横斗柄，露寒人远鸡相应。 周邦彦《蝶恋花》
楼上几日春寒，帘垂四面，玉阑干慵倚。 李清照《念奴娇》
干羽方怀远，静烽燧，且休兵。 张孝祥《六州歌头》
楼阴缺，栏干影卧东厢月。 范成大《忆秦娥》
把吴钩看了，栏干拍遍，无人会，登临意。 辛弃疾《水龙吟》
如今安在，惟有阑干，伴人一霎。 姜夔《庆宫春》
想幽欢，土花庭甃，虫网阑干。 史达祖《玉胡蝶》
有情花影阑干，莺声门径，解留我霎时凝伫。 吴文英《祝英台近》
独倚阑干人窈窕，闲中数尽行人小。 王国维《蝶恋花》
唤起工农千百万，同心干，不周山下红旗乱。 毛泽东《渔家傲》

骑

东方千余骑，夫婿居上头。　　《陌上桑》

——

牙璋辞凤阙，铁骑绕龙城。　　杨炯《从军行》

萧关逢候骑，都护在燕然。　　王维《使至塞上》

欲将轻骑逐，大雪满弓刀。　　卢纶《塞下曲之三》

——

少年十五二十时，步行夺得胡马骑。

汉兵奋迅如霹雳，虏骑奔腾畏蒺藜。　　王维《老将行》

山川萧条极边土，胡骑凭陵杂风雨。　　高适《燕歌行》

虏骑闻之应胆慑，料知短兵不敢接，车师西门伫献捷。

岑参《走马川行奉送封大夫出师西征》

此皆骑战一敌万，缟素漠漠开风沙。　　杜甫《韦讽录事宅观曹将军画马图》

玉京群帝集北斗，或骑麒麟翳凤凰。　　杜甫《寄韩谏议注》

黄昏胡骑尘满城，欲往城南望城北。　　杜甫《哀江头》

京师皆骑汗血马，回纥喂肉葡萄宫。　　杜甫《洗兵马》

九重城阙烟尘生，千乘万骑西南行。　　白居易《长恨歌》

银瓶乍破水浆迸，铁骑突出刀枪鸣。　　白居易《琵琶行》

——

为问元戎窦车骑，何时反旆勒燕然。　　皇甫冉《春思》

虢国夫人承主恩，平明骑马入宫门。　　张祜《集灵台之二》

一骑红尘妃子笑，无人知是荔枝来。　　杜牧《过华清宫绝句之一》

须知胡骑纷纷在，岂逐春风一一回。　　杜牧《早雁》

世味年来薄似纱，谁令骑马客京华。　　陆游《临安春雨初霁》

卢龙雄塞倚天开，十载三逢敌骑来。　　陈子龙《辽事杂诗之一》

天龙作骑万灵从，独立飞来缥缈峰。　　康有为《出都留别诸公》

——

嘶骑渐遥，征尘不断，何处认郎踪？ 张先《一丛花令》

官柳低金缕，归骑晚，纤纤池塘飞雨。 周邦彦《瑞龙吟》

嘶骑不来银烛暗，枉教人、立尽梧桐影。 李玉《贺新郎》

投宿骎骎征骑，飞雪满孤村。 鲁逸仲《南浦》

看名王宵猎，骑火一川明，笳鼓悲鸣，遣人惊。 张孝祥《六州歌头》

红妆春骑，踏月影竿旗穿市。 刘辰翁《宝鼎现》

金壶剪送琼枝，看一骑红尘，香度瑶阙。 周密《瑶华》

关河冻合梨云，冲寒犹试连钱骑。 邓廷桢《水龙吟》

战

昔日长城战，咸言意气高。 王昌龄《塞下曲》

由来征战地，不见有人还。 李白《关山月》

——

年年战骨埋荒外，空见蒲萄入汉家。 李颀《古从军行》

一身转战三千里，一剑曾当百万师。

莫嫌旧日云中守，犹堪一战立功勋。 王维《老将行》

战士军前半死生，美人帐下犹歌舞。 高适《燕歌行》

虏塞兵气连云屯，战场白骨缠草根。 岑参《轮台歌奉送封大夫出师西征》

此皆骑战一敌万，缟素漠漠开风沙。 杜甫《韦讽录事宅观曹将军画马图》

褒公鄂公毛发动，英姿飒爽来酣战。 杜甫《丹青引赠曹将军霸》

况复秦兵耐苦战，被驱不异犬与鸡。 杜甫《兵车行》

继周八代争战罢，无人收拾理则那。 韩愈《石鼓歌》

和戎诏下十五年，将军不战空临边。 陆游《关山月》

蜡炬迎来在战场，啼妆满面残红印。 吴伟业《圆圆曲》

——

醉卧沙场君莫笑，古来征战几人回。 王翰《凉州曲》

前军夜战洮河北，已报生擒吐谷浑。 王昌龄《从军行之五》
野哭几家闻战伐，夷歌数处起渔樵。 杜甫《阁夜》
旧业已随征战尽，更堪江上鼓鼙声。 卢纶《晚次鄂州》
初怪上都闻战马，岂知穷海看飞龙。 陈与义《伤春》
野蔓有情萦战骨，残阳何意照空城。 元好问《岐阳之一》
眼中战国成争鹿，海内人才孰卧龙。 康有为《出都留别诸公》
洞庭木落楚天高，眉黛猩红涴战袍。 鲁迅《无题（1932 年）》
又见名城作战场，势危累卵溃南疆。 郁达夫《乱离杂诗之一》

——

将军百战身名裂，向河梁、回头万里，故人长绝。 辛弃疾《贺新郎》
战舰东风悭借便，梦断神州故里。 吴文英《贺新郎》
战松林、万翠鸣秋，并作怒涛澎湃。 吕碧城《瑞鹤仙》
风云突变，军阀重开战。 毛泽东《清平乐》
今又重阳，战地黄花分外香。 毛泽东《采桑子》
战士指看南粤，更加郁郁葱葱。 毛泽东《清平乐》
奔腾急，万马战犹酣。 毛泽东《十六字令》
最喜诗人高唱至，正和前线捷音联，妙香山上战旗妍。 毛泽东《浣溪沙》

武

莫学武陵人，暂游桃源里。 裴迪《送崔九》

——

居人共住武陵源，还从物外起田园。 王维《桃源行》
将军魏武之子孙，于今为庶为清门。 杜甫《丹青引赠曹将军霸》
忆昨路绕锦亭东，先主武侯同閟宫。 杜甫《古柏行》
边庭流血成海水，武皇开边意未已。 杜甫《兵车行》
元和天子神武姿，彼何人哉轩与羲。
愬武古通作牙爪，仪曹外郎载笔随。 李商隐《韩碑》

——

武帝祠前云欲散，仙人掌上雨初晴。　崔颢《行经华阴》
雷鼓嘈嘈喧武昌，云旗猎猎过寻阳。　李白《永王东巡歌十一首之三》
王侯第宅皆新主，文武衣冠异昔时。　杜甫《秋兴八首之四》
昆明池水汉时功，武帝旌旗在眼中。　杜甫《秋兴八首之七》
武侯祠屋常邻近，一体君臣祭祀同。　杜甫《咏怀古迹之四》
苏武魂销汉使前，古祠高树两茫然。　温庭筠《苏武庙》
中华儿女多奇志，不爱红装爱武装。　毛泽东《为女民兵题照》

——

念武陵人远，烟锁秦楼。　李清照《凤凰台上忆吹箫》
但茫茫暮霭，目断武陵溪，往事难追。　韩元吉《六州歌头》
今日向何方，直指武夷山下。　毛泽东《如梦令》
惜秦皇汉武，略输文采；唐宗宋祖，稍逊风骚。　毛泽东《沁园春》
阵图开向陇山东，昨天文小姐，今日武将军。　毛泽东《临江仙》
往事越千年，魏武挥鞭，东临碣石有遗篇。　毛泽东《浪淘沙》
才饮长沙水，又食武昌鱼。　毛泽东《水调歌头》

胜

宁为百夫长，胜作一书生。　杨炯《从军行》
江山留胜迹，我辈复登临。　孟浩然《与诸子登岘山》
兴来每独往，胜事空自知。　王维《终南别业》
白头搔更短，浑欲不胜簪。　杜甫《春望》

——

若非壮士全师胜，争得蛾眉匹马还。　吴伟业《圆圆曲》

——

最是一年春好处，绝胜烟柳满皇都。　韩愈《早春呈水部张十八员外》
自古逢秋悲寂寥，我言秋日胜春朝。　刘禹锡《秋词二首之一》

虎踞龙盘今胜昔，天翻地覆慨而慷。　　毛泽东《人民解放军占领南京》

莫道昆明池水浅，观鱼胜过富春江。　　毛泽东《和柳亚子先生》

——

日出江花红胜火，春来江水绿如蓝。能不忆江南?　　白居易《忆江南》

聚散苦匆匆，此恨无穷；今年花胜去年红。　　欧阳修《浪淘沙》

我欲乘风归去，又恐琼楼玉宇，高处不胜寒。　　苏轼《水调歌头》

竹杖芒鞋轻胜马，谁怕？一蓑烟雨任平生。　　苏轼《定风波》

金风玉露一相逢，便胜却人间无数。　　秦观《鹊桥仙》

去年胜赏曾孤倚，冰盘同燕喜。　　周邦彦《花犯》

胜绝，愁亦绝，此情谁共说。　　范成大《霜天晓角》

正自羁怀多感，怕荒台高处，更不胜情。　　姚云文《紫萸香慢》

指点六朝形胜地，唯有青山如壁。　　萨都剌《百字令》

胜似春光，寥廓江天万里霜。　　毛泽东《采桑子》

不管风吹浪打，胜似闲庭信步，今日得宽余。　　毛泽东《水调歌头》

边

天边树若荠，江畔洲如月。　　孟浩然《秋登兰山寄张五》

戍客望边邑，思归多苦颜。　　李白《关山月》

——

乡书何处达，归雁洛阳边。　　王湾《次北固山下》

绿树村边合，青山郭外斜。　　孟浩然《过故人庄》

单车欲问边，属国过居延。　　王维《使至塞上》

戍鼓断人行，秋边一雁声。　　杜甫《月夜忆舍弟》

独立三边静，轻生一剑知。　　刘长卿《送李中丞归汉阳别业》

鸟宿池边树，僧敲月下门。　　贾岛《题李凝幽居》

大汉无兵阻，穷边有客游。　　张乔《书边事》

——

闲来垂钓坐溪上，忽复乘舟梦日边。 李白《行路难》
三月三日天气新，长安水边多丽人。 杜甫《丽人行》
和戎诏下十五年，将军不战空临边。 陆游《关山月》
可怜思妇楼头柳，认作天边粉絮看。 吴伟业《圆圆曲》

——

花萼夹城通御气，芙蓉小苑入边愁。 杜甫《秋兴八首之六》
独怜幽草涧边生，上有黄鹂深树鸣。 韦应物《滁州西涧》
淮水东边旧时月，夜深还过女墙来。 刘禹锡《石头城》
波上马嘶看棹去，柳边人歇待船归。 温庭筠《利州南渡》
可怜无定河边骨，犹是春闺梦里人。 陈陶《陇西行》
一山飞峙大江边，跃上葱茏四百旋。 毛泽东《登庐山》

——

迷路，迷路，边草无穷日暮。 韦应物《调笑令》
垆边人似月，皓腕凝双雪。 韦庄《菩萨蛮》
天边金掌露成霜，云随雁字长。 晏几道《阮郎归》
念柳外青骢别后，水边红袂分时，怆然暗惊。 秦观《八六子》
向睡鸭炉边，翔鸳屏里，羞把香罗暗解。 贺铸《薄幸》
驿外断桥边，寂寞开无主。 陆游《卜算子》
旧时茅店社林边，路转溪桥忽见。 辛弃疾《西江月》
第四桥边，拟共天随住。 姜夔《点绛唇》
离魂难倩招清些，梦缟衣解佩溪边。 吴文英《高阳台》
见说新愁，如今也到鸥边。 张炎《高阳台》
赣水那边红一角，偏师借重黄公略。 毛泽东《蝶恋花》

塞

出塞入塞寒，处处黄芦草。 王昌龄《塞上曲》
魂来枫林青，魂返关塞黑。 杜甫《梦李白二首之一》

——

楚塞三湘接，荆门九派通。　王维《汉江临眺》
征蓬出汉塞，归雁入胡天。　王维《使至塞上》
宁辞捣衣倦，一寄塞垣深。　杜甫《捣衣》
无风云出塞，不夜月临关。　杜甫《秦州杂诗之七》
几行归塞尽，念尔独何之。　崔涂《孤雁》

——

今为羌笛出塞声，使我三军泪如雨。　李颀《古意》
尔来四万八千岁，不与秦塞通人烟。　李白《蜀道难》
大漠穷秋塞草衰，孤城落日斗兵稀。　高适《燕歌行》
角声满天秋色里，塞上燕脂凝夜紫。　李贺《雁门太守行》
寄声欲问塞南事，只有年年鸿雁飞。　王安石《明妃曲》

——

风尘荏苒音书断，关塞萧条行路难。　杜甫《宿府》
江间波浪兼天涌，塞上风云接地阴。　杜甫《秋兴八首之一》
关塞极天唯鸟道，江湖满地一渔翁。　杜甫《秋兴八首之七》
云边雁断胡天月，陇上羊归塞草烟。　温庭筠《苏武庙》
塞上长城空自许，镜中衰鬓已先斑。　陆游《书愤》
卢龙雄塞倚天开，十载三逢敌骑来。　陈子龙《辽事杂诗之一》

——

西塞山前白鹭飞，桃花流水鳜鱼肥。　张志和《渔歌子》
细雨梦回鸡塞远，小楼吹彻玉笙寒。　李璟《摊破浣溪沙》
塞下秋来风景异，衡阳雁去无留意。　范仲淹《渔家傲》
关山魂梦长，塞雁音书少。　晏几道《生查子》
待月上潮平波滟滟，塞管轻吹新阿滥。　贺铸《天门谣》
却是有、年年塞雁，归来曾见开时。　李邴《汉宫春》
塞鸿难问，岸柳何穷，别愁纷絮。　廖世美《烛影摇红》
长淮望断，关塞莽然平。　张孝祥《六州歌头》
生怕见花开花落，朝来塞雁先还。　辛弃疾《汉宫春》
紫塞门孤，金河月冷，恨谁诉？　朱彝尊《长亭怨慢》

黄云紫塞三千里，女墙西畔啼乌起。　纳兰性德《菩萨蛮》
怅霜飞榆塞，月冷枫江，万里凄清。　文廷式《忆旧游》

车

结庐在人境，而无车马喧。　陶渊明《饮酒之五》
当时浣纱伴，莫得同车归。　王维《西施咏》
帝城春欲暮，喧喧车马度。　白居易《买花》

——

清川带长薄，车马去闲闲。　王维《归嵩山作》
向晚意不适，驱车登古原。　李商隐《登乐游原》

——

闻道玉门犹被遮，应将性命逐轻车。　李颀《古从军行》
罗帏送上七香车，宝扇迎归九华帐。　王维《洛阳女儿行》
虎鼓瑟兮鸾回车，仙之人兮列如麻。　李白《梦游天姥吟留别》
车辚辚，马萧萧，行人弓箭各在腰。　杜甫《兵车行》
门前冷落车马稀，老大嫁作商人妇。　白居易《琵琶行》
魏官牵车指千里，东关酸风射眸子。　李贺《金铜仙人辞汉歌》
许将戚里箜篌伎，等取将军油壁车。　吴伟业《圆圆曲》

——

直北关山金鼓振，征西车马羽书驰。　杜甫《秋兴八首之四》
为问元戎窦车骑，何时反旆勒燕然。　皇甫冉《春思》
徒令上将挥神笔，终见降王走传车。　李商隐《筹笔驿》
扇裁月魄羞难掩，车走雷声语未通。　李商隐《无题》

——

百草千花寒食路，香车系在谁家树。　冯延巳《蝶恋花》
长记误随车，正絮翻蝶舞，芳思交加。　秦观《望海潮》
因念都城放夜，望千门如昼，嬉笑游冶，钿车罗帕。　周邦彦《解语花》

南陌脂车待发，东门帐饮乍阕。 周邦彦《浪淘沙慢》
悄郊原带郭，行路永、客去车尘漠漠。 周邦彦《瑞鹤仙》
来相召，香车宝马，谢他酒朋诗侣。 李清照《永遇乐》
驾长车，踏破贺兰山缺。 岳飞《满江红》
最妨他、佳约风流，钿车不到杜陵路。 史达祖《绮罗香》
照野旌旗，朝天车马，平沙万里天低。 周密《高阳台》
剔残红灺，但梦里隐隐，钿车罗帕。 蒋捷《女冠子》
游丝不系羊车住，倩何人、传语青禽。 朱彝尊《高阳台》
谢桥路，十载重约钿车，惊心旧游误。 文廷式《祝英台近》
一霎车尘生树杪，陌上楼头，都向尘中老。 王国维《蝶恋花》
五井碑前，黄洋界上，车子飞如跃。 毛泽东《念奴娇》

火

七月流火，九月授衣。 《诗经·豳风·七月》

——

火树银花合，星桥铁锁开。 苏味道《正月十五夜》
西征问烽火，心折此淹留。 杜甫《秦州杂诗之一》
野径云俱黑，江船火独明。 杜甫《春夜喜雨》
野火烧不尽，春风吹又生。 白居易《草》
绿蚁新醅酒，红泥小火炉。 白居易《问刘十九》

——

白日登山望烽火，黄昏饮马傍交河。 李颀《古从军行》
春窗曙灭九微火，九微片片飞花璅。 王维《洛阳女儿行》
校尉羽书飞瀚海，单于猎火照狼山。 高适《燕歌行》
僧言古壁佛画好，以火来照所见稀。 韩愈《山石》

——

月落乌啼霜满天，江枫渔火对愁眠。 张继《枫桥夜泊》

草萤有耀终非火，荷露虽团岂是珠。　白居易《放言五首之一》
潮落夜江斜月里，两三星火是瓜洲。　张祜《题金陵渡》
于今腐草无萤火，终古垂杨有暮鸦。　李商隐《隋宫》
千锤万击出深山，烈火焚烧若等闲。　于谦《石灰吟》
偶值大心离火宅，终遗高塔念瀛洲。　鲁迅《题三义塔》

——

日出江花红胜火，春来江水绿如蓝。能不忆江南?　白居易《忆江南》
伤情处，高城望断，灯火已黄昏。　秦观《满庭芳》
桥上酸风射眸子，立多时，看黄昏，灯火市。　周邦彦《夜游宫》
酒市渐阑灯火，正敲窗乱叶舞纷纷。　鲁逸仲《南浦》
看名王宵猎，骑火一川明，笳鼓悲鸣，遣人惊。　张孝祥《六州歌头》
四十三年，望中犹记，烽火扬州路。　辛弃疾《永遇乐》
土花沿翠，萤火坠墙阴。　张镃《满庭芳》
红瓷候火，还乍识、冰环玉指。　王沂孙《天香》
落日无人松径里，鬼火高低明灭。　萨都剌《百字令》
折梅花去也，城西炬火，照琼瑶碎。　邓廷桢《水龙吟》
泊秦淮雨霁，又灯火，送归船。　蒋春霖《木兰花慢》
铜铁炉中翻火焰，为问何时猜得，不过几千寒热。　毛泽东《贺新郎》
犹记当时烽火里，九死一生如昨。　毛泽东《念奴娇》
炮火连天，弹痕遍地，吓倒蓬间雀。　毛泽东《念奴娇》

旗

落日照大旗，马鸣风萧萧。　杜甫《后出塞之二》

——

雪暗凋旗画，风多杂鼓声。　杨炯《从军行》
谁能将旗鼓，一为取龙城。　沈佺期《杂诗》
无人收废帐，归马识残旗。　张籍《没蕃故人》

毅魄归来日，灵旗空际看。　　夏完淳《别云间》

——

纵金伐鼓下榆关，旌旗逶迤碣石间。　　高适《燕歌行》

纷纷暮雪下辕门，风掣红旗冻不翻。　　岑参《白雪歌送武判官归京》

芙蓉旌旗烟雾落，影动倒景摇潇湘。　　杜甫《寄韩谏议注》

峨眉山下少人行，旌旗无光日色薄。　　白居易《长恨歌》

半卷红旗临易水，霜重鼓寒声不起。　　李贺《雁门太守行》

腰悬相印作都统，阴风惨澹天王旗。　　李商隐《韩碑》

——

大漠风尘日色昏，红旗半卷出辕门。　　王昌龄《从军行之五》

雷鼓嘈嘈喧武昌，云旗猎猎过寻阳。　　李白《永王东巡歌十一首之三》

昆明池水汉时功，武帝旌旗在眼中。　　杜甫《秋兴八首之七》

千里莺啼绿映红，水村山郭酒旗风。　　杜牧《江南春绝句》

玉帐牙旗得上游，安危须共主君忧。　　李商隐《重有感》

一春梦雨常飘瓦，尽日灵风不满旗。　　李商隐《重过圣女祠》

梦里依稀慈母泪，城头变幻大王旗。　　鲁迅《惯于》

红旗卷起农奴戟，黑手高悬霸主鞭。　　毛泽东《到韶山》

——

征帆去棹残阳里，背西风、酒旗斜矗。　　王安石《桂枝香》

烟暝酒旗斜。但倚楼极目，时见栖鸦。　　秦观《望海潮》

胡马嘶风，汉旗翻雪，彤云又吐，一竿残照。　　时彦《青门饮》

旗亭唤酒，付与高阳俦侣。　　周邦彦《琐窗寒》

相将散离会，探风前津鼓，树杪参旗。　　周邦彦《夜飞鹊》

酒旗戏鼓甚处市，想依稀、王谢邻里。　　周邦彦《西河》

垂杨暗吴苑，正旗亭烟冷，河桥风暖。　　吴文英《瑞鹤仙》

照野旌旗，朝天车马，平沙万里天低。　　周密《高阳台》

蔽日旌旗，连云樯橹，白骨纷如雪。　　萨都剌《百字令》

山下，山下，风展红旗如画。　　毛泽东《如梦令》

风雷动，旌旗奋，是人寰。　　毛泽东《水调歌头》

剑

腰中鹿卢剑，可值千万余。 《陌上桑》
列嶂青且蒨，愿言试长剑。 毛泽东《挽易昌陶》

——

对棋陪谢傅，把剑觅徐君。 杜甫《别房太尉墓》
独立三边静，轻生一剑知。 刘长卿《送李中丞归汉阳别业》
凄凉宝剑篇，羁泊欲穷年。 李商隐《风雨》

——

一身转战三千里，一剑曾当百万师。
试拂铁衣如雪色，聊持宝剑动星文。 王维《老将行》
剑阁峥嵘而崔嵬，一夫当关，万夫莫开。 李白《蜀道难》
停杯投箸不能食，拔剑四顾心茫然。 李白《行路难》
剑河风急云片阔，沙口石冻马蹄脱。 岑参《轮台歌奉送封大夫出师西征》
先帝侍女八千人，公孙剑器初第一。 杜甫《观公孙大娘弟子舞剑器行》
清渭东流剑阁深，去住彼此无消息。 杜甫《哀江头》
大开明堂受朝贺，诸侯剑佩鸣相磨。 韩愈《石鼓歌》
黄埃散漫风萧索，云栈萦纡登剑阁。 白居易《长恨歌》
东瀛濯剑有书还，我返自崖君去矣。 毛泽东《送纵宇一郎东行》

——

花迎剑佩星初落，柳拂旌旗露未干。 岑参《奉和中书舍人贾至早朝大明宫》
剑外忽传收蓟北，初闻涕泪满衣裳。 杜甫《闻官军收河南河北》
草木变衰行剑外，兵戈阻绝老江边。 杜甫《恨别》
雪岭独看西日落，剑门犹阻北人来。 杜甫《秋尽》
回日楼台非甲帐，去时冠剑是丁年。 温庭筠《苏武庙》
莫怪临风倍惆怅，欲将书剑学从军。 温庭筠《过陈琳墓》
千里山河轻孺子，两朝冠剑恨谯周。 罗隐《筹笔驿》

此身合是诗人未？细雨骑驴入剑门。　　陆游《剑门道中遇微雨》
抚剑长号归去也，千山风雨啸青锋。　　康有为《出都留别诸公》
扶桑剑气相思梦，欧陆潮流惜别情。　　柳亚子《元旦感怀之二》
赌酒弹棋又一时，谈兵说剑亦吾师。　　柳亚子《悼亡友亚魂》
镇日临流怀祖逖，中宵舞剑学专诸。　　郁达夫《乱离杂诗之二》
飘零琴剑下巴东，未必蓬山有路通。　　郁达夫《乱离杂诗之十》

——

念腰间箭，匣中剑，空埃蠹，竟何成！　　张孝祥《六州歌头》
安得倚天抽宝剑，把汝裁为三截？　　毛泽东《念奴娇》

刀

饮马渡秋水，水寒风似刀。　　王昌龄《塞下曲》

——

欲将轻骑逐，大雪满弓刀。　　卢纶《塞下曲之三》
北斗七星高，哥舒夜带刀。　　西鄙人《哥舒歌》
愿随南雁侣，从此赋刀环。　　郁达夫《星洲既陷，赋此见志》

——

抽刀断水水更流，举杯消愁愁更愁。　　李白《宣州谢朓楼饯别校书叔云》
将军金甲夜不脱，半夜军行戈相拨，风头如刀面如割。
岑参《走马川行奉送封大夫出师西征》
犀箸厌饫久未下，鸾刀缕切空纷纶。　　杜甫《丽人行》
银瓶乍破水浆迸，铁骑突出刀枪鸣。　　白居易《琵琶行》

——

不知细叶谁裁出，二月春风似剪刀。　　贺知章《咏柳》
城头铁鼓声犹震，匣里金刀血未干。　　王昌龄《出塞二首之二》
寒衣处处催刀尺，白帝城高急暮砧。　　杜甫《秋兴八首之一》
岁岁金河复玉关，朝朝马策与刀环。　　柳中庸《征人怨》

我自横刀向天笑，去留肝胆两昆仑。　谭嗣同《狱中题壁》
忍看朋辈成新鬼，怒向刀丛觅小诗。　鲁迅《惯于》
屈子当年赋楚骚，手中握有杀人刀。　毛泽东《屈原》
——
并刀如水，吴盐胜雪，纤指破新橙。　周邦彦《少年游》
算空有并刀，难剪离愁千缕。　姜夔《长亭怨慢》
者次第、算人间没个并刀，剪断心上愁痕。　黄孝迈《湘春夜月》
秋色冷并刀，一派酸风卷怒涛。　陈维崧《南乡子》
却忆蛟台往事，耀弓刀，舳舻天际。　邓廷桢《水龙吟》
军叫工农革命，旗号镰刀斧头。　毛泽东《西江月》

胡

既见君子，云胡不喜？　《诗经·郑风·风雨》
——
胡姬年十五，春日独当垆。　辛延年《羽林郎》
汉下白登道，胡窥青海湾。　李白《关山月》
何日平胡虏，良人罢远征。　李白《子夜吴歌》
——
征蓬出汉塞，归雁入胡天。　王维《使至塞上》
此道昔归顺，西郊胡正繁。　杜甫《至德二载，甫自京金光门出，间道归凤翔。乾元初，从左拾遗移华州掾，与亲故别，因出此门，有悲往事》
胡马大宛名，锋棱瘦骨成。　杜甫《房兵曹胡马》
㩳身思狡兔，侧目似愁胡。　杜甫《画鹰》
——
胡雁哀鸣夜夜飞，胡儿眼泪双双落。　李颀《古从军行》
少年十五二十时，步行夺得胡马骑。　王维《老将行》
其险也若此，嗟尔远道之人胡为乎来哉。　李白《蜀道难》

山川萧条极边土，胡骑凭陵杂风雨。　　高适《燕歌行》
北风卷地白草折，胡天八月即飞雪。　　岑参《白雪歌送武判官归京》
美人胡为隔秋水，焉得置之贡玉堂。　　杜甫《寄韩谏议注》
河广传闻一苇过，胡危命在破竹中。　　杜甫《洗兵马》
中原干戈古亦闻，岂有逆胡传子孙。　　陆游《关山月》

——

但用东山谢安石，为君谈笑静胡沙。　　李白《永王东巡歌十一首之二》
羯胡事主终无赖，词客哀时且未还。　　杜甫《咏怀古迹之一》
家住层城邻汉苑，心随明月到胡天。　　皇甫冉《春思》
须知胡骑纷纷在，岂逐春风一一回。　　杜牧《早雁》
云边雁断胡天月，陇上羊归塞草烟。　　温庭筠《苏武庙》
誓扫匈奴不顾身，五千貂锦丧胡尘。　　陈陶《陇西行》
遗民泪尽胡尘里，南望王师又一年。　　陆游《秋夜将晓出篱门迎凉有感》
草木不欣胡日月，风云犹壮汉山河。　　柳亚子《寄题岳王冢》

——

胡马，胡马，远放燕支山下。　　韦应物《调笑令》
竟日微吟长短句，帘影灯昏，心寄胡琴语。　　贺铸《蝶恋花》
壮志饥餐胡虏肉，笑谈渴饮匈奴血。　　岳飞《满江红》
胡未灭，鬓先秋，泪空流。　　陆游《诉衷情》
昭君不惯胡沙远，但暗忆、江南江北。　　姜夔《疏影》
新翻胡部曲，听毡幕元戎歌吹。　　姜夔《翠楼吟》

珠

头上倭堕髻，耳中明月珠。　　《陌上桑》
头上蓝田玉，耳后大秦珠。　　辛延年《羽林郎》
明珠交玉体，珊瑚间木难。　　曹植《美女篇》
美人卷珠帘，深坐颦蛾眉。　　李白《怨情》

侍婢卖珠回，牵萝补茅屋。　　杜甫《佳人》

——

画栋朝飞南浦云，珠帘暮卷西山雨。　　王勃《滕王阁诗》
画阁珠楼尽相望，红桃绿柳垂檐向。　　王维《洛阳女儿行》
散入珠帘湿罗幕，狐裘不暖锦衾薄。　　岑参《白雪歌送武判官归京》
绛唇珠袖两寂寞，晚有弟子传芬芳。　　杜甫《观公孙大娘弟子舞剑器行》
揽衣推枕起徘徊，珠箔银屏迤逦开。　　白居易《长恨歌》
嘈嘈切切错杂弹，大珠小珠落玉盘。　　白居易《琵琶行》
遍索绿珠围内第，强呼绛树出雕栏。　　吴伟业《圆圆曲》

——

珠帘绣柱围黄鹄，锦缆牙樯起白鸥。　　杜甫《秋兴八首之六》
松排山面千重翠，月点波心一颗珠。　　白居易《春题湖上》
草萤有耀终非火，荷露虽团岂是珠。　　白居易《放言五首之一》
谁怜九月初三夜，露似真珠月似弓。　　白居易《暮江吟》
春风十里扬州路，卷上珠帘总不如。　　杜牧《赠别》
红楼隔雨相望冷，珠箔飘灯独自归。　　李商隐《春雨》
黑云翻墨未遮山，白雨跳珠乱入船。　　苏轼《六月二十七日望湖楼醉书》

——

手卷珠帘上玉钩，依前春恨锁重楼。　　李璟《摊破浣溪沙》
一任珠帘闲不卷，终日谁来？　　李煜《浪淘沙》
多情，行乐处，珠钿翠盖，玉辔红缨。　　秦观《满庭芳》
冶叶倡条俱相识，仍惯见珠歌翠舞。　　周邦彦《尉迟杯》
玉人家，画楼珠箔临津。　　贺铸《绿头鸭》
新样靓妆，艳溢香融，羞杀蕊珠宫女。　　赵佶《燕山亭》
归来后，翠尊双饮，下了珠帘，玲珑闲看月。　　姜夔《八归》
又说向灯前拥髻，暗滴鲛珠坠。　　刘辰翁《宝鼎现》
一壶幽绿，爱松阴满地，蕊珠宫府。　　萨都剌《酹江月》
金钗十二，珠履三千，凄凉千载。　　夏完淳《烛影摇红》
重来已是朝云散，怅明珠佩冷，紫玉烟沉。　　朱彝尊《高阳台》

玉

头上蓝田玉，耳后大秦珠。	辛延年《羽林郎》
明珠交玉体，珊瑚间木难。	曹植《美女篇》
小时不识月，呼作白玉盘。	李白《古朗月行》

——

金吾不禁夜，玉漏莫相催。	苏味道《正月十五夜》
香雾云鬟湿，清辉玉臂寒。	杜甫《月夜》
鸣筝金粟柱，素手玉房前。	李端《听筝》
残萤栖玉露，早雁拂金河。	许浑《早秋》

——

滕王高阁临江渚，佩玉鸣鸾罢歌舞。	王勃《滕王阁诗》
遥见仙人彩云里，手把芙蓉朝玉京。	李白《庐山谣寄卢侍御虚舟》
玉容寂寞泪阑干，梨花一枝春带雨。	白居易《长恨歌》
嘈嘈切切错杂弹，大珠小珠落玉盘。	白居易《琵琶行》
报君黄金台上意，提携玉龙为君死。	李贺《雁门太守行》

——

碧玉妆成一树高，万条垂下绿丝绦。	贺知章《咏柳》
玉颜不及寒鸦色，犹带昭阳日影来。	王昌龄《长信怨》
若非群玉山头见，会向瑶台月下逢。	李白《清平调》
玉露凋伤枫树林，巫山巫峡气萧森。	杜甫《秋兴八首之一》
行到中庭数花朵，蜻蜓飞上玉搔头。	刘禹锡《春词》
试玉要烧三日满，辨才须待七年期。	白居易《放言五首之三》
斜拔玉钗灯影畔，剔开红焰救飞蛾。	张祜《赠内人》
二十四桥明月夜，玉人何处教吹箫。	杜牧《寄扬州韩绰判官》
玉玺不缘归日角，锦帆应是到天涯。	李商隐《隋宫》
金猴奋起千钧棒，玉宇澄清万里埃。	毛泽东《和郭沫若同志》

——

玉阶空伫立，宿鸟归飞急。 李白《菩萨蛮》
手卷珠帘上玉钩，依前春恨锁重楼。 李璟《摊破浣溪沙》
想得玉楼瑶殿影，空照秦淮。 李煜《浪淘沙》
彩袖殷勤捧玉钟，当年拚却醉颜红。 晏几道《鹧鸪天》
金风玉露一相逢，便胜却人间无数。 秦观《鹊桥仙》
苔枝缀玉，有翠禽小小，枝上同宿。 姜夔《疏影》
千古盈亏休问，叹慢磨玉斧，难补金镜。 王沂孙《眉妩》
飞起玉龙三百万，搅得周天寒彻。 毛泽东《念奴娇》

琼

彩仗连宵合，琼楼拂曙通。 王维《三月三日勤政楼侍宴应制》
野幕敞琼筵，羌戎贺劳旋。 卢纶《塞下曲之四》

——

琼弁玉蕤佩珊珊，蕙桡桂棹凌回澜。 夏完淳《长歌》

——

试借君王玉马鞭，指挥戎虏坐琼筵。 李白《永王东巡歌十一首之十一》
寂寂花时闭院门，美人相并立琼轩。 朱庆馀《宫中词》
纵欲穷荒求玉杵，可能苦渴得琼浆。 郁达夫《乱离杂诗之一》

——

我欲乘风归去，又恐琼楼玉宇，高处不胜寒。 苏轼《水调歌头》
空见说、鬓怯琼梳，容销金镜，渐懒趁时匀染。 周邦彦《过秦楼》
笑相遇，似觉琼枝玉树相倚，暖日明霞光烂。 周邦彦《拜星月慢》
去年倦寻路程，江陵旧事，何曾再问杨琼。 周邦彦《绮寮怨》
怨歌永，琼壶敲尽缺。 周邦彦《浪淘沙慢》
琼枝璧月春如昨。怅别后华表，那回双鹤。 张元幹《兰陵王》
玉鉴琼田三万顷，着我扁舟一叶。 张孝祥《念奴娇》

春讯飞琼管。风日薄、度墙啼鸟声乱。　卢祖皋《宴清都》
仙人凤咽琼箫，怅断魂送远，九辨难招。　吴文英《惜黄花慢》
朱钿宝玦，天上飞琼，比人间春别。
金壶剪送琼枝，看一骑红尘，香度瑶阙。　周密《瑶华》
客思吟商还怯，怨歌长、琼壶暗缺。　周密《玉京秋》
琼瑰暗泣，念乡关、霜华似织。　蒋捷《瑞鹤仙》
此恨难平君知否，似琼台、涌起弹棋局。　蒋捷《贺新郎》
层绿峨峨，纤琼皎皎，倒压波痕清浅。　王沂孙《法曲献仙音》
春透紫髓琼浆，玻璃杯酒，滑泻蔷薇露。　萨都剌《酹江月》
折梅花去也，城西炬火，照琼瑶碎。　邓廷桢《水龙吟》
借问君去何方？雀儿答道：有仙山琼阁。　毛泽东《念奴娇》

瑶

又疑瑶台镜，飞在青云端。　李白《古朗月行》

——

佳肴旨酒不能餐，瑶琴一曲风中弹。　夏完淳《长歌》
鼓完瑶瑟人不闻，太平成象盈秋门。　鲁迅《湘灵歌》

——

若非群玉山头见，会向瑶台月下逢。　李白《清平调》
西望瑶池降王母，东来紫气满函关。　杜甫《秋兴八首之五》
瑶池阿母绮窗开，黄竹歌声动地哀。　李商隐《瑶池》
瑶瑟凝尘清怨绝，可怜无女耀高丘。　鲁迅《悼丁君》

——

想得玉楼瑶殿影，空照秦淮。　李煜《浪淘沙》
渐困倚、孤眠清熟。帘外谁来推绣户？枉教人梦断瑶台曲。
苏轼《贺新郎》
瑶台冷，栏干凭暖，欲下迟迟。　晁端礼《绿头鸭》

画图中、旧识春风面。谁知道、自到瑶台畔。　　周邦彦《拜星月慢》
去年元夜奉宸游，曾侍瑶池宴。　　张抡《烛影摇红》
但怪得、竹外疏花，香冷入瑶席。　　姜夔《暗香》
东风睡足交枝，正梦枕、瑶钗燕股。　　吴文英《宴清都》
金壶剪送琼枝，看一骑红尘，香度瑶阙。　　周密《瑶华》
西窗过雨，怪瑶佩流空，玉筝调柱。　　王沂孙《齐天乐》
月户云窗，石田瑶草，丹井飞龙虎。　　萨都剌《酹江月》
朝弹瑶瑟夜银筝，歌舞人潇洒。　　夏完淳《烛影摇红》
深禁好春谁惜，薄暮瑶阶伫立。　　纳兰性德《昭君怨》
瑶华映阙，烘散蓂墀雪。　　纳兰性德《清平乐》
折梅花去也，城西炬火，照琼瑶碎。　　邓廷桢《水龙吟》
多少清湘瑶瑟怨，几曾有，鹤飞来。　　朱孝臧《唐多令》

宝

凄凉宝剑篇，羁泊欲穷年。　　李商隐《风雨》

——

罗帏送上七香车，宝扇迎归九华帐。　　王维《洛阳女儿行》
试拂铁衣如雪色，聊持宝剑动星文。　　王维《老将行》
自从献宝朝河宗，无复射蛟江水中。　　杜甫《韦讽录事宅观曹将军画马图》
腰下宝玦青珊瑚，可怜王孙泣路隅。　　杜甫《哀王孙》
濯冠沐浴告祭酒，如此至宝存岂多。　　韩愈《石鼓歌》

——

一春离恨懒调弦，犹有两行闲泪宝筝前。　　晏几道《虞美人》
自在飞花轻似梦，无边丝雨细如愁，宝帘闲挂小银钩。　　秦观《浣溪沙》
玉钩双语燕，宝甃杨花转。　　陈克《菩萨蛮》
宝扇重寻明月影，暗尘侵、上有乘鸾女。　　叶梦得《贺新郎》
任宝奁尘满，日上帘钩。　　李清照《凤凰台上忆吹箫》

来相召，香车宝马，谢他酒朋诗侣。 李清照《永遇乐》
调宝瑟，拨金猊，那时同唱鹧鸪词。 周紫芝《鹧鸪天》
向晚骤、宝马雕鞍，醉襟惹、乱花飞絮。 万俟咏《三台》
便角枕题诗，宝钗贳酒，共醉青苔深院。 吕渭老《薄幸》
宝钗分，桃叶渡，烟柳暗南浦。 辛弃疾《祝英台近》
宝马雕车香满路。凤箫声动，玉壶光转，一夜鱼龙舞。 辛弃疾《青玉案》
宝奁如月不欺人，明日归来君试看。 严仁《木兰花》
月洗高梧，露汚幽草，宝钗楼外秋深。 张镃《满庭芳》
翠眼圈花，冰丝织练，黄道宝光相直。 史达祖《喜迁莺》
旧堤分燕尾，桂棹轻鸥，宝勒倚残云。 吴文英《渡江云》
殷云度雨疏桐落，明月生凉宝扇闲。 吴文英《鹧鸪天》
宝带金章，尊前茸帽风欹。 周密《高阳台》
朱钿宝玦，天上飞琼，比人间春别。 周密《瑶华》
春风飞到，宝钗楼上，一片笙箫，琉璃光射。 蒋捷《女冠子》
最堪爱，一曲银钩小，宝帘挂秋冷。 王沂孙《眉妩》
七宝修成合璧，重轮岁岁中天。 纳兰性德《清平乐》
安得倚天抽宝剑，把汝裁为三截？ 毛泽东《念奴娇》

金

青丝系马尾，黄金络马头。 《陌上桑》
多谢金吾子，私爱徒区区。 辛延年《羽林郎》
头上金爵钗，腰佩翠琅玕。 曹植《美女篇》
既至金门远，孰云吾道非。 王维《送綦毋潜落第还乡》

——

烽火连三月，家书抵万金。 杜甫《春望》
苦调凄金石，清音入杳冥。 钱起《省试湘灵鼓瑟》
鸣筝金粟柱，素手玉房前。 李端《听筝》

鹫翎金仆姑，燕尾绣蝥弧。　　卢纶《塞下曲之一》
残萤栖玉露，早雁拂金河。　　许浑《早秋》

——

良人玉勒乘骢马，侍女金盘脍鲤鱼。　　王维《洛阳女儿行》
青冥浩荡不见底，日月照耀金银台。　　李白《梦游天姥吟留别》
云鬓花颜金步摇，芙蓉帐暖度春宵。　　白居易《长恨歌》
报君黄金台上意，提携玉龙为君死。　　李贺《雁门太守行》
专征箫鼓向秦川，金牛道上车千乘。　　吴伟业《圆圆曲》

——

奉帚平明金殿开，暂将团扇共徘徊。　　王昌龄《长信怨》
直北关山金鼓振，征西车马羽书驰。　　杜甫《秋兴八首之四》
王濬楼船下益州，金陵王气黯然收。　　刘禹锡《西塞山怀古》
顾我无衣搜荩箧，泥他沽酒拔金钗。　　元稹《遣悲怀之一》
金陵津渡小山楼，一宿行人自可愁。　　张祜《题金陵渡》
金河秋半虏弦开，云外惊飞四散哀。　　杜牧《早雁》
曾是寂寥金烬暗，断无消息石榴红。　　李商隐《无题》
幸有微吟可相狎，不须檀板共金樽。　　林逋《山园小梅》
金沙水拍云崖暖，大渡桥横铁索寒。　　毛泽东《长征》
河山两戒重光日，约取金门海上盟。　　郁达夫《乱离杂诗之九》

——

金锁重门荒苑静，绮窗愁对秋空。　　鹿虔扆《临江仙》
金锁已沉埋，壮气蒿莱。晚凉天净月华开。　　李煜《浪淘沙》
浮生长恨欢娱少，肯爱千金轻一笑。　　宋祁《木兰花》
天边金掌露成霜，云随雁字长。　　晏几道《阮郎归》
试问夜如何？夜已三更，金波淡、玉绳低转。　　苏轼《洞仙歌》
落日熔金，暮云合璧，人在何处。　　李清照《永遇乐》

银

银鞍何煜爚，翠盖空踟蹰。　　辛延年《羽林郎》

——

火树银花合，星桥铁锁开。　　苏味道《正月十五夜》

银烛吐青烟，金樽对绮筵。　　陈子昂《春夜别友人之一》

——

金阙前开二峰长，银河倒挂三石梁。　　李白《庐山谣寄卢侍御虚舟》

青冥浩荡不见底，日月照耀金银台。　　李白《梦游天姥吟留别》

绣罗衣裳照暮春，蹙金孔雀银麒麟。　　杜甫《丽人行》

不知何国致白环，复道诸山得银瓮。　　杜甫《洗兵马》

揽衣推枕起徘徊，珠箔银屏迤逦开。　　白居易《长恨歌》

银瓶乍破水浆迸，铁骑突出刀枪鸣。　　白居易《琵琶行》

早携娇鸟出樊笼，待得银河几时渡？　　吴伟业《圆圆曲》

——

银筝夜久殷勤弄，心怯空房不忍归。　　王维《秋夜曲》

飞流直下三千尺，疑是银河落九天。　　李白《望庐山瀑布》

银烛秋光冷画屏，轻罗小扇扑流萤。　　杜牧《秋夕》

冰簟银床梦不成，碧天如水夜云轻。　　温庭筠《瑶瑟怨》

可惜不当湖水面，银山堆里看青山。　　黄庭坚《雨中登岳阳楼望君山之二》

天连五岭银锄落，地动三河铁臂摇。　　毛泽东《送瘟神之二》

——

真珠帘卷玉楼空，天淡银河垂地。　　范仲淹《御街行》

双燕欲归时节，银屏昨夜微寒。　　晏殊《清平乐》

今宵剩把银釭照，犹恐相逢是梦中。　　晏几道《鹧鸪天》

自在飞花轻似梦，无边丝雨细如愁，宝帘闲挂小银钩。　　秦观《浣溪沙》

纤云弄巧，飞星传恨，银汉迢迢暗渡。　　秦观《鹊桥仙》

翠钗分，银笺封泪，舞鞋从此生尘。 贺铸《绿头鸭》
重来万感，依前唤酒银罂。 吴文英《夜合花》
倚银屏、春宽梦窄，断红湿、歌纨金缕。 吴文英《莺啼序》
怎得银笺，殷勤欲说年华。 王沂孙《高阳台》
碧砧度韵，银床飘叶。 周密《玉京秋》
吴笺银粉砑，待把旧家风景，写成闲话。 蒋捷《女冠子》
最堪爱，一曲银钩小，宝帘挂秋冷。 王沂孙《眉妩》
朝弹瑶瑟夜银筝，歌舞人潇洒。 夏完淳《烛影摇红》
山舞银蛇，原驰蜡象，欲与天公试比高。 毛泽东《沁园春》

铁

牙璋辞凤阙，铁骑绕龙城。 杨炯《从军行》
火树银花合，星桥铁锁开。 苏味道《正月十五夜》
行子对飞蓬，金鞭指铁骢。 高适《送李侍御赴安西》

——

试拂铁衣如雪色，聊持宝剑动星文。 王维《老将行》
铁衣远戍辛勤久，玉箸应啼别离后。 高适《燕歌行》
将军角弓不得控，都护铁衣冷犹著。 岑参《白雪歌送武判官归京》
布衾多年冷似铁，娇儿恶卧踏里裂。 杜甫《茅屋为秋风所破歌》
金绳铁索锁钮壮，古鼎跃水龙腾梭。 韩愈《石鼓歌》
银瓶乍破水浆迸，铁骑突出刀枪鸣。 白居易《琵琶行》

——

千寻铁锁沉江底，一片降幡出石头。 刘禹锡《西塞山怀古》
折戟沉沙铁未销，自将磨洗认前朝。 杜牧《赤壁》
玉轮顾兔初生魄，铁网珊瑚未有枝。 李商隐《碧城三首之三》
楼船夜雪瓜洲渡，铁马秋风大散关。 陆游《书愤》
夜阑卧听风吹雨，铁马冰河入梦来。 陆游《十一月四日风雨大作》

金沙水拍云崖暖，大渡桥横铁索寒。　毛泽东《长征》

人山纷赞阵容阔，铁马从容杀敌回。　毛泽东《观潮》

天连五岭银锄落，地动三河铁臂摇。　毛泽东《送瘟神之二》

——

想当年，金戈铁马，气吞万里如虎。　辛弃疾《永遇乐》

幽怨从前何处诉？金戈铁马，青冢黄昏路。　纳兰性德《蝶恋花》

钩连，更无铁锁，任排空、樯橹自回旋。　蒋春霖《木兰花慢》

雄关漫道真如铁，而今迈步从头越。　毛泽东《忆秦娥》

铜铁炉中翻火焰，为问何时猜得，不过几千寒热。　毛泽东《贺新郎》

帐

关山蹇骥足，飞飙拂灵帐。　毛泽东《挽易昌陶》

——

无人收废帐，归马识残旗。　张籍《没蕃故人》

——

罗帏送上七香车，宝扇迎归九华帐。　王维《洛阳女儿行》

战士军前半死生，美人帐下犹歌舞。　高适《燕歌行》

云鬓花颜金步摇，芙蓉帐暖度春宵。

闻道汉家天子使，九华帐里梦魂惊。　白居易《长恨歌》

——

玉帐牙旗得上游，安危须共主君忧。　李商隐《重有感》

回日楼台非甲帐，去时冠剑是丁年。　温庭筠《苏武庙》

差喜金闺传国士，无端缝帐哭斜曛。　柳亚子《挽周湘云女士》

——

红楼别夜堪惆怅，香灯半卷流苏帐。　韦庄《菩萨蛮》

都门帐饮无绪，留恋处、兰舟催发。　柳永《雨霖铃》

南陌脂车待发，东门帐饮乍阕。　周邦彦《浪淘沙慢》

玉鸭熏炉闲瑞脑，朱樱斗帐掩流苏，通犀还解辟寒无。 李清照《浣溪沙》
罗帐灯昏，哽咽梦中语。 辛弃疾《祝英台近》
少年听雨歌楼上，红烛昏罗帐。 蒋捷《虞美人》
帐庐好在春睡，共飞归湖上，草青无地。愔愔雨、春心如腻，欲待化、丰乐楼前帐饮，青门都废。 彭元逊《六丑》
山一程，水一程，身向榆关那畔行，夜深千帐灯。 纳兰性德《长相思》
凤帐笼寒，空夜夜、报君红泪，销黯罗襟。 郑文焯《湘春夜月》
罗裳自染秋江色，穗帐才遮，珠茵旋积。 郑文焯《六丑》

帘

美人卷珠帘，深坐颦蛾眉。 李白《怨情》
却下水精帘，玲珑望秋月。 李白《玉阶怨》

——

画栋朝飞南浦云，珠帘暮卷西山雨。 王勃《滕王阁诗》
散入珠帘湿罗幕，狐裘不暖锦衾薄。 岑参《白雪歌送武判官归京》

——

平阳歌舞新承宠，帘外春寒赐锦袍。 王昌龄《春宫怨》
珠帘绣柱围黄鹄，锦缆牙樯起白鸥。 杜甫《秋兴八首之六》
月殿影开闻夜漏，水晶帘卷近秋河。 顾况《宫词》
昨夜上皇新授箓，太真含笑入帘来。 张祜《集灵台》
春风十里扬州路，卷上珠帘总不如。 杜牧《赠别》
贾氏窥帘韩掾少，宓妃留枕魏王才。 李商隐《无题》

——

一任珠帘闲不卷，终日谁来？ 李煜《浪淘沙》
梯横画阁黄昏后，又还是、斜月帘栊。 张先《一丛花》
碧楼帘影不遮愁，还似去年今日意。 晏几道《木兰花》
绣帘开，一点明月窥人，人未寝，攲枕钗横鬓乱。 苏轼《洞仙歌》

无端天与娉婷，夜月一帘幽梦，春风十里柔情。　秦观《八六子》
新绿小池塘，风帘动，碎影舞斜阳。　周邦彦《风流子》
几回凭双燕，丁宁深意，往来却恨重帘碍。　贺铸《薄幸》
不如向帘儿底下，听人笑语。　李清照《永遇乐》
榴花不似舞裙红，无人知此意，歌罢满帘风。　陈与义《临江仙》
闹花深处层楼，画帘半卷东风软。　陈亮《水龙吟》
闻道绮陌东头，行人曾见，帘底纤纤月。　辛弃疾《念奴娇》
归来后，翠尊双饮，下了珠帘，玲珑闲看月。　姜夔《八归》
料故园、不卷重帘，误了乍来双燕。　史达祖《东风第一枝》
深院榴花吐，画帘开、練衣纨扇，午风清暑。　刘克庄《贺新郎》
薰风燕乳，暗雨梅黄，午镜澡兰帘幕。　吴文英《澡兰香》
滉漾明光连邸第，帘影动、散红光成绮。　刘辰翁《宝鼎现》
柳陌，新烟凝碧。映帘底宫眉，堤上游勒。　周密《曲游春》
风檠背寒壁，放冰蟾、飞到蛛丝帘隙。　蒋捷《瑞鹤仙》
一帘鸠外雨，几处闲田，隔水动春锄。　张炎《渡江云》
一缕萦帘翠影，依稀海天云气。　王沂孙《天香》

幕

平沙列万幕，部伍各见招。　杜甫《后出塞之二》
上张幄幕庇，旁织笆篱护。　白居易《买花》

——

野幕敞琼筵，羌戎贺劳旋。　卢纶《塞下曲之四》

——

马毛带雪汗气蒸，五花连钱旋作冰，幕中草檄砚水凝。
岑参《走马川行奉送封大夫出师西征》
散入珠帘湿罗幕，狐裘不暖锦衾薄。　岑参《白雪歌送武判官归京》
就中云幕椒房亲，赐名大国虢与秦。　杜甫《丽人行》

关中既留萧丞相，幕下复用张子房。　　杜甫《洗兵马》

——

清秋幕府井梧寒，独宿江城蜡炬残。　　杜甫《宿府》

绮罗幕后送飞光，柏栗丛边作道场。　　鲁迅《秋夜有感》

——

庭院深深深几许，杨柳堆烟，帘幕无重数。　　冯延巳《蝶恋花》

重重帘幕密遮灯，风不定，人初静，明日落红应满径。　　张先《天仙子》

槛菊愁烟兰泣露，罗幕轻寒，燕子双飞去。　　晏殊《蝶恋花》

清晨帘幕卷轻霜，呵手试梅妆。　　欧阳修《诉衷情》

绿暗红嫣浑可事，绿杨庭院，暖风帘幕，有个人憔悴。　　欧阳修《青玉案》

梦后楼台高锁，酒醒帘幕低垂。　　晏几道《临江仙》

惊飙动幕，扶残醉，绕红药。　　周邦彦《瑞鹤仙》

笑捻粉香归洞户，更垂帘幕护窗纱，东风寒似夜来些。　　贺铸《浣溪沙》

新翻胡部曲，听毡幕元戎歌吹。　　姜夔《翠楼吟》

过春社了，度帘幕中间，去年尘冷。　　史达祖《双双燕》

画楼帘幕卷新晴，掩银屏，晓寒轻。　　卢祖皋《江城子》

薰风燕乳，暗雨梅黄，午镜澡兰帘幕。　　吴文英《澡兰香》

又日落天寒，平沙列幕边马鸣。　　文廷式《忆旧游》

珠帘绣幕，可有人听，听也可曾肠断。　　况周颐《苏武慢》

扇

热来寻扇子，冷去对佳人。　　毛泽东《看山》

——

罗帏送上七香车，宝扇迎归九华帐。　　王维《洛阳女儿行》

钗留一股合一扇，钗擘黄金合分钿。　　白居易《长恨歌》

——

奉帚平明金殿开，暂将团扇共徘徊。　　王昌龄《长信怨》

云移雉尾开宫扇，日绕龙鳞识圣颜。　　杜甫《秋兴八首之五》
银烛秋光冷画屏，轻罗小扇扑流萤。　　杜牧《秋夕》
扇裁月魄羞难掩，车走雷声语未通。　　李商隐《无题》
牢盆狎客操全算，团扇才人踞上游。　　龚自珍《咏史》

——

团扇，团扇，美人病来遮面。　　王建《调笑令》
舞低杨柳楼心月，歌尽桃花扇底风。　　晏几道《鹧鸪天》
羽扇纶巾，谈笑间、樯橹灰飞烟灭。　　苏轼《念奴娇》
手弄生绡白团扇，扇手一时似玉。　　苏轼《贺新郎》
闲依露井，笑扑流萤，惹破画罗轻扇。　　周邦彦《过秦楼》
宝扇重寻明月影，暗尘侵、上有乘鸾女。　　叶梦得《贺新郎》
歌扇轻约飞花，蛾眉正奇绝。　　姜夔《琵琶仙》
多病却无气力，况纨扇渐疏，罗衣初索。　　姜夔《霓裳中序第一》
无端啼蛄搅夜，恨随团扇，苦近秋莲。　　史达祖《玉胡蝶》
深院榴花吐，画帘开、練衣纨扇，午风清暑。　　刘克庄《贺新郎》
记醉蹋南屏，彩扇咽寒蝉，倦梦不知蛮素。　　吴文英《霜叶飞》
润玉笼绡，檀樱倚扇，绣圈犹带脂香浅。　　吴文英《踏莎行》
歌尘凝扇，待凭信，拚分钿。　　吴文英《瑞鹤仙》
殷云度雨疏桐落，明月生凉宝扇闲。　　吴文英《鹧鸪天》
翠扇恩疏，红衣香褪，翻成消歇。　　周密《玉京秋》
彩扇红牙今都在，恨无人、解听开元曲。　　蒋捷《贺新郎》
痴心指望回风坠，扇底相逢，钗头微缀。　　彭元逊《六丑》
人生若只如初见，何事秋风悲画扇。　　纳兰性德《木兰花》

杯

举杯邀明月，对影成三人。　　李白《月下独酌》
俯饮一杯酒，仰聆金玉章。　　韦应物《郡斋雨中与诸文士燕集》

——

几时杯重把，昨夜月同行。 杜甫《奉济驿重送严公四韵》
晚来天欲雪，能饮一杯无。 白居易《问刘十九》
更有明朝恨，离杯惜共传。 司空曙《云阳馆与韩绅宿别》

——

岁夜高堂列明烛，美酒一杯声一曲。 李颀《听安万善吹觱篥歌》
抽刀断水水更流，举杯消愁愁更愁。 李白《宣州谢朓楼饯别校书叔云》
停杯投箸不能食，拔剑四顾心茫然。 李白《行路难》
烹羊宰牛且为乐，会须一饮三百杯。 李白《将进酒》
张旭三杯草圣传，脱帽露顶王公前，挥毫落纸如云烟。
杜甫《饮中八仙歌》
手持杯珓导我掷，云此最吉余难同。 韩愈《谒衡岳庙遂宿岳寺题门楼》
沙平水息声影绝，一杯相属君当歌。 韩愈《八月十五夜赠张功曹》

——

葡萄美酒夜光杯，欲饮琵琶马上催。 王翰《凉州曲》
且欲近寻彭泽宰，陶然共醉菊花杯。 崔曙《九日登望仙台呈刘明府》
劝君更尽一杯酒，西出阳关无故人。 王维《渭城曲》
肯与邻翁相对饮，隔篱呼取尽馀杯。 杜甫《客至》
桃李春风一杯酒，江湖夜雨十年灯。 黄庭坚《寄黄几复》

——

浊酒一杯家万里，燕然未勒归无计。 范仲淹《渔家傲》
绿杯红袖趁重阳，人情似故乡。 晏几道《阮郎归》
长记小妆才了，一杯未尽，离怀多少。 时彦《青门饮》
屏山掩、沉水倦熏，中酒心情怯杯勺。 张元幹《兰陵王》
殷勤花下同携手，更尽杯中酒。 叶梦得《虞美人》
好个霜天，闲却传杯手。 汪藻《点绛唇》
三杯两盏淡酒，怎敌他、晚来风急。 李清照《声声慢》
酒杯深浅去年同，试浇桥下水，今夕到湘中。 陈与义《临江仙》
词韵窄，酒杯长，剪蜡花，壶箭催忙。 吴文英《夜合花》
聊对旧节传杯，尘笺蠹管，断阕经岁慵赋。 吴文英《霜叶飞》

料唤赏、清华池馆，台杯须满引。　　吴文英《花犯》

深杯欲共歌声滑，翻湿春衫半袖。　　刘辰翁《摸鱼儿》

春透紫髓琼浆，玻璃杯酒，滑泻蔷薇露。　　萨都剌《酹江月》

斗

北斗兼春远，南陵寓使迟。　　李商隐《凉思》

北斗七星高，哥舒夜带刀。　　西鄙人《哥舒歌》

——

行人刁斗风沙暗，公主琵琶幽怨多。　　李颀《古从军行》

金樽清酒斗十千，玉盘珍羞直万钱。　　李白《行路难》

陈王昔时宴平乐，斗酒十千恣欢谑。　　李白《将进酒》

杀气三时作阵云，寒声一夜传刁斗。　　高适《燕歌行》

轮台九月风夜吼，一川碎石大如斗，随风满地石乱走。

岑参《走马川行奉送封大夫出师西征》

李白一斗诗百篇，长安市上酒家眠。　　杜甫《饮中八仙歌》

碑高三丈字如斗，负以灵鳌蟠以螭。　　李商隐《韩碑》

戍楼刁斗催落月，三十从军今白发。　　陆游《关山月》

风急弦绝摧心肝，月明星稀斗阑干。　　夏完淳《长歌》

——

夔府孤城落日斜，每依北斗望京华。　　杜甫《秋兴八首之二》

更深月色半人家，北斗阑干南斗斜。　　刘方平《月夜》

参横斗转欲三更，苦雨终风也解晴。　　苏轼《六月二十日夜渡海》

精禽梦觉仍衔石，斗士诚坚共抗流。　　鲁迅《题三义塔》

竦听荒鸡偏阒寂，起看星斗正阑干。　　鲁迅《亥年残秋偶作》

惟有胭脂桥畔路，吴娃依旧斗风流。　　柳亚子《吴门记游之五》

——

斗鸭阑干独倚，碧玉搔头斜坠。　　冯延巳《谒金门》

星斗横幽馆，夜无眠灯花空老。　　时彦《青门饮》
楼上阑干横斗柄，露寒人远鸡相应。　　周邦彦《蝶恋花》
新月娟娟，夜寒江静山衔斗。　　汪藻《点绛唇》
怨入双眉闲斗损，乍品得情怀，看承全近。　　僧挥《金明池》
近绿水、台榭映秋千，斗草聚、双双游女。　　万俟咏《三台》
尽吸西江，细斟北斗，万象为宾客。　　张孝祥《念奴娇》
金钗斗草，青丝勒马，风流云散。　　陈亮《水龙吟》
携向华堂戏斗，亭台小，笼巧妆金。　　张镃《满庭芳》
斗草溪根，沙印小莲步。　　吴文英《祝英台近》
乱鸦过，斗转城荒，不见来时试灯处。　　刘辰翁《兰陵王》
黛蛾更羞重斗，避面月黄昏。　　蒋春霖《忆旧游》
出意疏香，还斗岁华艳。　　朱孝臧《祝英台近》

盘

就我求珍肴，金盘脍鲤鱼。　　辛延年《羽林郎》
请留盘石上，垂钓将已矣。　　王维《青溪》
小时不识月，呼作白玉盘。　　李白《古朗月行》
谁知盘中餐，粒粒皆辛苦。　　李绅《悯农二首之二》

——

良人玉勒乘骢马，侍女金盘鲙鲤鱼。　　王维《洛阳女儿行》
青泥何盘盘，百步九折萦岩峦。　　李白《蜀道难》
金樽清酒斗十千，玉盘珍羞直万钱。　　李白《行路难》
内府殷红马脑盘，婕妤传诏才人索。
盘赐将军拜舞归，轻纨细绮相追飞。　　杜甫《韦讽录事宅观曹将军画马图》
落落盘踞虽得地，冥冥孤高多烈风。　　杜甫《古柏行》
紫驼之峰出翠釜，水精之盘行素鳞。　　杜甫《丽人行》
嘈嘈切切错杂弹，大珠小珠落玉盘。　　白居易《琵琶行》

携盘独出月荒凉，渭城已远波声小。	李贺《金铜仙人辞汉歌》
汤盘孔鼎有述作，今无其器存其辞。	李商隐《韩碑》
中泠南畔石盘陀，古来出没随涛波。	苏轼《游金山寺》
我欲登天云盘盘，我欲御风无羽翰。	
泽中何有多红兰，天风日暮徒盘桓。	夏完淳《长歌》

——

盘飧市远无兼味，樽酒家贫只旧醅。	杜甫《客至》
虎踞龙盘今胜昔，天翻地覆慨而慷。	毛泽东《人民解放军占领南京》

——

晚春盘马踏青苔，曾傍绿阴深驻。	晏几道《御街行》
烂银盘、来从海底，皓色千里澄辉。	晁端礼《绿头鸭》
铜盘烛泪已流尽，霏霏凉露沾衣。	周邦彦《夜飞鹊》
去年胜赏曾孤倚，冰盘同燕喜。	周邦彦《花犯》
浑未办、黄柑荐酒，更传青韭堆盘。	辛弃疾《汉宫春》
朱户黏鸡，金盘簇燕，空叹时序侵寻。	姜夔《一萼红》
盘丝系腕，巧篆垂簪，玉隐绀纱睡觉。	吴文英《澡兰香》
想玉树凋土，泪盘如露。	刘辰翁《兰陵王》
盘心清露如铅水，又一夜、西风吹折。	张炎《疏影》
铜仙铅泪似洗，叹移盘去远，难贮零露。	王沂孙《齐天乐》
六盘山上高峰，红旗漫卷西风。	毛泽东《清平乐》

舟

晚风吹行舟，花路入溪口。	綦毋潜《春泛若耶溪》
世事波上舟，沿洄安得住。	韦应物《初发扬子寄元大校书》
孤舟蓑笠翁，独钓寒江雪。	柳宗元《江雪》

——

客路青山下，行舟绿水前。	王湾《次北固山下》

风鸣两岸叶，月照一孤舟。	孟浩然《宿桐庐江寄广陵旧游》
竹喧归浣女，莲动下渔舟。	王维《山居秋暝》
登舟望秋月，空忆谢将军。	李白《夜泊牛渚怀古》
亲朋无一字，老病有孤舟。	杜甫《登岳阳楼》
浮天沧海远，去世法舟轻。	钱起《送僧归日本》
猿啼洞庭树，人在木兰舟。	马戴《楚江怀古》

——

人随沙岸向江村，余亦乘舟归鹿门。	孟浩然《夜归鹿门歌》
渔舟逐水爱山春，两岸桃花夹古津。	王维《桃源行》
闲来垂钓坐溪上，忽复乘舟梦日边。	李白《行路难》

——

两岸猿声啼不住，轻舟已过万重山。	李白《早发白帝城》
最是楚宫俱泯灭，舟人指点到今疑。	杜甫《咏怀古迹之二》
春潮带雨晚来急，野渡无人舟自横。	韦应物《滁州西涧》
估客昼眠知浪静，舟人夜语觉潮生。	卢纶《晚次鄂州》
沉舟侧畔千帆过，病树前头万木春。	刘禹锡《酬乐天扬州初逢席上见赠》
永忆江湖归白发，欲回天地入扁舟。	李商隐《安定城楼》
谁解乘舟寻范蠡，五湖烟水独忘机。	温庭筠《利州南渡》
草木风声势未安，孤舟惶恐再经滩。	郁达夫《乱离杂诗十二》

——

一叶扁舟轻帆卷，暂泊楚江南岸。	柳永《迷神引》
守得莲开结伴游，约开萍叶上兰舟。	晏几道《鹧鸪天》
夜阑风静縠纹平，小舟从此逝，江海寄余生。	苏轼《临江仙》
汀洲渐生杜若，料舟依岸曲，人在天角。	周邦彦《解连环》
任兰舟、载将离恨，转南浦，背西曛。	贺铸《绿头鸭》
满汀芳草不成归，日暮，更移舟向甚处。	姜夔《杏花天》
垂柳不萦裙带住，漫长是，系行舟。	吴文英《唐多令》
壮年听雨客舟中，江阔云低断雁叫西风。	蒋捷《虞美人》
曾记否，到中流击水，浪遏飞舟？	毛泽东《沁园春》

船

停船暂借问，或恐是同乡。　　崔颢《长干行二首之一》

——

野径云俱黑，江船火独明。　　杜甫《春夜喜雨》

沧江好烟月，门系钓鱼船。　　杜牧《旅宿》

——

知章骑马似乘船，眼花落井水底眠。

天子呼来不上船，自称臣是酒中仙。　　杜甫《饮中八仙歌》

东船西舫悄无言，唯见江心秋月白。　　白居易《琵琶行》

——

窗含西岭千秋雪，门泊东吴万里船。　　杜甫《绝句四首之三》

姑苏城外寒山寺，夜半钟声到客船。　　张继《枫桥夜泊》

孤城背岭寒吹角，独树临江夜泊船。

刘长卿《自夏口至鹦鹉洲夕望岳阳寄元中丞》

王濬楼船下益州，金陵王气黯然收。　　刘禹锡《西塞山怀古》

波上马嘶看棹去，柳边人歇待船归。　　温庭筠《利州南渡》

黑云翻墨未遮山，白雨跳珠乱入船。　　苏轼《六月二十七日望湖楼醉书》

万里归船弄长笛，此心吾与白鸥盟。　　黄庭坚《登快阁》

船离洪泽岸头沙，人到淮河意不佳。　　杨万里《初入淮河之一》

楼船夜雪瓜洲渡，铁马秋风大散关。　　陆游《书愤》

破帽遮颜过闹市，漏船载酒泛中流。　　鲁迅《自嘲》

春风容易送韶年，一棹烟波夜驶船。　　鲁迅《别诸弟（辛丑）》

借问瘟君欲何往，纸船明烛照天烧。　　毛泽东《送瘟神之二》

——

闲梦江南梅熟日，夜船吹笛雨萧萧，人语驿边桥。　　皇甫松《梦江南》

春水碧于天，画船听雨眠。　　韦庄《菩萨蛮》

凭栏久，黄芦苦竹，疑泛九江船。 周邦彦《满庭芳》
无情水都不管，共西风、只管送归船。 辛弃疾《木兰花慢》
柳下系船犹未稳，能几日，又中秋。 刘过《唐多令》
画船载取春归去，余情付、湖水湖烟。 俞国宝《风入松》
画船载、清明过却，晴烟冉冉吴宫树。 吴文英《莺啼序》
素秋不解随船去，败红趁一叶寒涛。 吴文英《惜黄花慢》
怕舣游船，临流可奈清臞。 吴文英《高阳台》
看画船尽入西泠，闲却半湖春色。 周密《曲游春》
接叶巢莺，平波卷絮，断桥斜日归船。 张炎《高阳台》
泊秦淮雨霁，又灯火，送归船。 蒋春霖《木兰花慢》
大雨落幽燕，白浪滔天，秦皇岛外打鱼船。 毛泽东《浪淘沙》

帆

潮平两岸阔，风正一帆悬。 王湾《次北固山下》
乡泪客中尽，孤帆天际看。 孟浩然《早寒有怀》
明朝挂帆席，枫叶落纷纷。 李白《夜泊牛渚怀古》
长江一帆远，落日五湖春。 刘长卿《饯别王十一南游》
漠漠帆来重，冥冥鸟去迟。 韦应物《赋得暮雨送李曹》

——

长风破浪会有时，直挂云帆济沧海。 李白《行路难》

——

孤帆远影碧空尽，惟见长江天际流。 李白《黄鹤楼送孟浩然之广陵》
两岸青山相对出，孤帆一片日边来。 李白《望天门山》
青枫江上秋帆远，白帝城边古木疏。
高适《送李少府贬峡中王少府贬长沙》
云开远见汉阳城，犹是孤帆一日程。 卢纶《晚次鄂州》
沉舟侧畔千帆过，病树前头万木春。 刘禹锡《酬乐天扬州初逢席上见赠》

玉玺不缘归日角，锦帆应是到天涯。　　李商隐《隋宫》
春风举国裁宫锦，半作障泥半作帆。　　李商隐《隋宫》
何事脊令偏傲我，时随帆顶过长天。　　鲁迅《别诸弟（辛丑）》
细雨蒲帆游子泪，春风杨柳故园情。　　郁达夫《乱离杂诗之九》
便欲扬帆从此去，长天渺渺一征鸿。　　郁达夫《乱离杂诗之十》

——

过尽千帆皆不是，斜晖脉脉水悠悠。肠断白蘋洲。　　温庭筠《望江南》
怒涛渐息，樵风乍起，更闻商旅相呼，片帆高举。　　柳永《夜半乐》
一叶扁舟轻帆卷，暂泊楚江南岸。　　柳永《迷神引》
征帆去棹残阳里，背西风、酒旗斜矗。　　王安石《桂枝香》
万里云帆何时到，送孤鸿、目断千山阻。　　叶梦得《贺新郎》
楼上黄昏，片帆千里归程，年华将晚。　　蔡伸《苏武慢》
远浦萦回，暮帆零乱向何许。　　姜夔《长亭怨慢》
凉飔乍起，渺烟碛飞帆，暮山横翠。　　吴文英《齐天乐》

灯

今夕复何夕，共此灯烛光。　　杜甫《赠卫八处士》

——

惟怜一灯影，万里眼中明。　　钱起《送僧归日本》
孤灯寒照雨，深竹暗浮烟。　　司空曙《云阳馆与韩绅宿别》
寒灯思旧事，断雁警愁眠。　　杜牧《旅宿》
落叶他乡树，寒灯独夜人。　　马戴《灞上秋居》
孤灯闻楚角，残月下章台。　　韦庄《章台夜思》

——

孤灯不明思欲绝，卷帷望月空长叹。　　李白《长相思》
夕殿萤飞思悄然，孤灯挑尽未成眠。　　白居易《长恨歌》
移船相近邀相见，添酒回灯重开宴。　　白居易《琵琶行》

——

斜拔玉钗灯影畔，剔开红焰救飞蛾。 张祜《赠内人》
仙掌月明孤影过，长门灯暗数声来。 杜牧《早雁》
红楼隔雨相望冷，珠箔飘灯独自归。 李商隐《春雨》
有约不来过夜半，闲敲棋子落灯花。 赵师秀《约客》

——

红楼别夜堪惆怅，香灯半卷流苏帐。 韦庄《菩萨蛮》
残灯明灭枕头攲，谙尽孤眠滋味。 范仲淹《御街行》
重重帘幕密遮灯，风不定，人初静，明日落红应满径。 张先《天仙子》
去年元夜时，花市灯如昼。 欧阳修《生查子》
对闲窗畔，停灯向晓，抱影无眠。 柳永《戚氏》
西园夜饮鸣笳，有华灯碍月，飞盖妨花。 秦观《望海潮》
闲寻旧踪迹，又酒趁哀弦，灯照离席，梨花榆火催寒食。 周邦彦《兰陵王》
竟日微吟长短句，帘影灯昏，心寄胡琴语。 贺铸《蝶恋花》
秋晚莼鲈江上，夜深儿女灯前。 辛弃疾《木兰花慢》
豳诗漫与，笑篱落呼灯，世间儿女。 姜夔《齐天乐》
柳院灯疏，梅厅雪在，谁与细倾春碧。 史达祖《喜迁莺》
长波妒盼，遥山羞黛，渔灯分影春江宿。 吴文英《莺啼序》
香尘暗陌，华灯明昼，长是懒携手去。 刘辰翁《永遇乐》
幽梦觉、涓涓清露，一枝灯影里。 周密《花犯》
而今灯漫挂，不是暗尘明月，那时元夜。 蒋捷《女冠子》
空自觉，围羞带减，影怯灯孤。 张炎《渡江云》
几回殢娇半醉，剪春灯、夜寒花碎。 王沂孙《天香》

笼

青丝为笼系，桂枝为笼钩。 《陌上桑》

——

日月笼中鸟，乾坤水上萍。　杜甫《衡州送李大夫七丈勉赴广州》

——

摩诘得之于象外，有如仙翮谢笼樊。　苏轼《王维吴道子画》

早携娇鸟出樊笼，待得银河几时渡？　吴伟业《圆圆曲》

——

桤林碍日吟风叶，笼竹和烟滴露梢。　杜甫《堂成》

红颜未老恩先断，斜倚熏笼坐到明。　白居易《宫词》

烟笼寒水月笼沙，夜泊秦淮近酒家。　杜牧《泊秦淮》

蜡照半笼金翡翠，麝熏微度绣芙蓉。　李商隐《无题》

无情最是台城柳，依旧烟笼十里堤。　韦庄《台城》

——

那堪片片飞花弄晚，濛濛残雨笼晴。　秦观《八六子》

赤阑桥尽香街直，笼街细柳娇无力。　陈克《菩萨蛮》

东园岑寂，渐蒙笼暗碧，静绕珍丛底，成叹息。　周邦彦《六丑》

阴阴淡月笼沙，还宿河桥深处。　周邦彦《尉迟杯》

雁落平沙，烟笼寒水，古垒鸣笳声断。　蔡伸《苏武慢》

大儿锄豆溪东，中儿正织鸡笼。　辛弃疾《清平乐》

携向华堂戏斗，亭台小，笼巧妆金。　张镃《满庭芳》

春啼细雨，笼愁淡月，恁时庭院。　卢祖皋《宴清都》

润玉笼绡，檀樱倚扇，绣圈犹带脂香浅。　吴文英《踏莎行》

轻暝笼寒，怕梨云梦冷，杏香愁幂。　周密《曲游春》

湔裙归晚坐思量，轻烟笼翠黛，月茫茫。　纳兰性德《遐方怨》

独夜背纱笼，影着纤腰画。　纳兰性德《生查子》

凤帐笼寒，空夜夜、报君红泪，销黯罗襟。　郑文焯《湘春夜月》

烛

今夕复何夕，共此灯烛光。 杜甫《赠卫八处士》
夜阑更秉烛，相对如梦寐。 杜甫《羌村之一》
世情恶衰歇，万事随转烛。 杜甫《佳人》

——

银烛吐青烟，金樽对绮筵。 陈子昂《春夜别友人之一》
灭烛怜光满，披衣觉露滋。 张九龄《望月怀远》
乱山残雪夜，孤烛异乡人。 崔涂《除夜有怀》

——

铜炉华烛烛增辉，初弹渌水后楚妃。 李颀《琴歌》
岁夜高堂列明烛，美酒一杯声一曲。 李颀《听安万善吹觱篥歌》

——

日暮汉宫传蜡烛，轻烟散入五侯家。 韩翃《寒食》
洞房昨夜停红烛，待晓堂前拜舅姑。 朱庆馀《近试上张水部》
银烛秋光冷画屏，轻罗小扇扑流萤。 杜牧《秋夕》
蜡烛有心还惜别，替人垂泪到天明。 杜牧《赠别之二》
何当共剪西窗烛，却话巴山夜雨时。 李商隐《夜雨寄北》
云母屏风烛影深，长河渐落晓星沉。 李商隐《嫦娥》
剪烛西窗情款款，垂杨南国泪丝丝。 柳亚子《悼亡友亚魂》
借问瘟君欲何往，纸船明烛照天烧。 毛泽东《送瘟神之二》
牵情儿女风前烛，草檄书生梦里功。 郁达夫《乱离杂诗之十》

——

画罗金翡翠，香烛销成泪。 温庭筠《菩萨蛮》
红烛自怜无好计，夜寒空替人垂泪。 晏几道《蝶恋花》
铜盘烛泪已流尽，霏霏凉露沾衣。 周邦彦《夜飞鹊》
烛映帘栊，蛩催机杼，共苦清秋风露。 贺铸《天香》

又还是、宫烛分烟，奈愁里、匆匆换时节。 姜夔《琵琶仙》

最无赖，是随香趁烛，曾伴狂客。 史达祖《喜迁莺》

风丝一寸愁肠，曾在歌边惹恨，烛底萦香。 史达祖《夜合花》

青钱换酒日无何，红烛呼卢宵不寐。 刘克庄《木兰花》

醉鬟留盼，小窗剪烛，歌云载恨，飞上银霄。 吴文英《惜黄花慢》

少年听雨歌楼上，红烛昏罗帐。 蒋捷《虞美人》

漫惊回凄悄，相看烛影，拥衾无语。 张炎《月下笛》

莲漏三声烛半条，杏花微雨湿轻绡，那将红豆寄无聊。

纳兰性德《浣溪沙》

愁入云遥，寒禁霜重，红烛泪深人倦。 况周颐《苏武慢》

五

服饰饮食 菽粟布帛

冠

誓将挂冠去，觉道资无穷。　　岑参《与高适薛据登慈恩寺浮图》
冠盖满京华，斯人独憔悴。　　杜甫《梦李白二首之二》

——

西陆蝉声唱，南冠客思深。　　骆宾王《在狱咏蝉》
衣冠南渡远，旌节北门雄。　　刘禹锡《酬太原令狐相公见寄》
三年羁旅客，今日又南冠。　　夏完淳《别云间》

——

青春复随冠冕入，紫禁正耐烟花绕。　　杜甫《洗兵马》
濯冠沐浴告祭酒，如此至宝存岂多。　　韩愈《石鼓歌》
云髻半偏新睡觉，花冠不整下堂来。　　白居易《长恨歌》
衣玄绡衣冠玉冠，明珰垂纬乘六鸾。　　夏完淳《长歌》
恸哭六军俱缟素，冲冠一怒为红颜。　　吴伟业《圆圆曲》

——

九天阊阖开宫殿，万国衣冠拜冕旒。　　王维《和贾至舍人早朝大明宫之作》
吴宫花草埋幽径，晋代衣冠成古丘。　　李白《登金陵凤凰台》
王侯第宅皆新主，文武衣冠异昔时。　　杜甫《秋兴八首之四》
回日楼台非甲帐，去时冠剑是丁年。　　温庭筠《苏武庙》
千里山河轻孺子，两朝冠剑恨谯周。　　罗隐《筹笔驿》
九死南荒吾不恨，兹游奇绝冠平生。　　苏轼《六月二十日夜渡海》
箫鼓追随春社近，衣冠简朴古风存。　　陆游《游山西村》
徒把金戈挽落晖，南冠无奈北风吹。　　虞集《挽文丞相》
忍看祖国沦非种，苦恨儒冠误此身。　　柳亚子《元旦感怀之一》

夫婿才名冠一时，相逢海上订心知。 柳亚子《挽姚自珍女士》

——

铺翠冠儿，捻金雪柳，簇带争济楚。 李清照《永遇乐》

怒发冲冠，凭栏处、潇潇雨歇。 岳飞《满江红》

冠盖使，纷驰骛，若为情。 张孝祥《六州歌头》

脸霞红印枕，睡觉来、冠儿还是不整。 陆淞《瑞鹤仙》

易水萧萧西风冷，满座衣冠似雪，正壮士、悲歌未彻。 辛弃疾《贺新郎》

衣

七月流火，九月授衣。 《诗经·豳风·七月》

——

罗衣何飘飘，轻裾随风还。 曹植《美女篇》

江淮度寒食，京洛缝春衣。 王维《送綦毋潜落第还乡》

长安一片月，万户捣衣声。 李白《子夜吴歌》

慈母手中线，游子身上衣。 孟郊《游子吟》

——

灭烛怜光满，披衣觉露滋。 张九龄《望月怀远》

幽映每白日，清辉照衣裳。 刘眘虚《阙题》

——

月照城头乌半飞，霜凄万木风入衣。 李颀《琴歌》

樵客初传汉姓名，居人未改秦衣服。 王维《桃源行》

铁衣远戍辛勤久，玉箸应啼别离后。 高适《燕歌行》

将军角弓不得控，都护铁衣冷犹著。 岑参《白雪歌送武判官归京》

牵衣顿足拦道哭，哭声直上干云霄。 杜甫《兵车行》

当流赤足踏涧石，水声激激风吹衣。 韩愈《山石》

一去心知更不归，可怜着尽汉宫衣。 王安石《明妃曲》

——

寒衣处处催刀尺，白帝城高急暮砧。　杜甫《秋兴八首之一》
同学少年多不贱，五陵衣马自轻肥。　杜甫《秋兴八首之三》
三峡楼台淹日月，五溪衣服共云山。　杜甫《咏怀古迹之一》
朱雀桥边野草花，乌衣巷口夕阳斜。　刘禹锡《乌衣巷》
衣上征尘杂酒痕，远游无处不消魂。　陆游《剑门道中遇微雨》
吟罢低眉无写处，月光如水照缁衣。　鲁迅《惯于》
斑竹一枝千滴泪，红霞万朵百重衣。　毛泽东《答友人》

——

昨日乱山昏，来时衣上云。　张先《醉垂鞭》
闻琴解佩神仙侣，挽断罗衣留不住。　晏殊《木兰花》
罗衣着破前香在，旧意谁教改。　晏几道《虞美人》
长条故惹行客，似牵衣待话，别情无极。　周邦彦《六丑》
只恐舞衣寒易落，愁入西风南浦。　姜夔《念奴娇》
马上单衣寒恻恻，看尽鹅黄嫩绿，都是江南旧相识。　姜夔《淡黄柳》
翠香零落红衣老，暮愁锁，残柳眉梢。　吴文英《惜黄花慢》
翠扇恩疏，红衣香褪，翻成消歇。　周密《玉京秋》
蝶化彩衣金缕尽，虫衔画粉玉楼空。　陈子龙《山花子》

裳

幽映每白日，清辉照衣裳。　刘昚虚《阙题》

——

贱妾茕茕守空房，忧来思君不敢忘，不觉泪下沾衣裳。　曹丕《燕歌行》
绣罗衣裳照暮春，蹙金孔雀银麒麟。　杜甫《丽人行》
渔阳鼙鼓动地来，惊破霓裳羽衣曲。
风吹仙袂飘飖举，犹似霓裳羽衣舞。　白居易《长恨歌》
轻拢慢捻抹复挑，初为霓裳后六幺。
沉吟放拨插弦中，整顿衣裳起敛容。　白居易《琵琶行》

——

云想衣裳花想容，春风拂槛露华浓。 李白《清平调》
剑外忽传收蓟北，初闻涕泪满衣裳。 杜甫《闻官军收河南河北》
衣裳已施行看尽，针线犹存未忍开。 元稹《遣悲怀之二》
苦恨年年压金线，为他人作嫁衣裳。 秦韬玉《贫女》
芰裳荇带处仙乡，风定犹闻碧玉香。 鲁迅《莲蓬人》

——

青杏园林煮酒香，佳人初试薄罗裳，柳丝无力燕飞忙。 晏殊《浣溪沙》
衣裳淡雅，看楚女、纤腰一把。 周邦彦《解语花》
红藕香残玉簟秋，轻解罗裳，独上兰舟。 李清照《一剪梅》
凤尾龙香拨，自开元霓裳曲罢，几番风月。 辛弃疾《贺新郎》
三十六陂人未到，水佩风裳无数。 姜夔《念奴娇》
便当日亲见霓裳，天上人间梦里。 刘辰翁《宝鼎现》
罗裳自染秋江色，穗帐才遮，珠茵旋积。 郑文焯《六丑》
褰裳步隘，正雨过、湍奔石濑。 吕碧城《瑞鹤仙》

带

长裾连理带，广袖合欢襦。 辛延年《羽林郎》
远树带行客，孤城当落晖。 王维《送綦毋潜落第还乡》
荷笠带斜阳，青山独归远。 刘长卿《送灵澈》
昨夜裙带解，今朝蟢子飞。 权德舆《玉台体》

——

清川带长薄，车马去闲闲。 王维《归嵩山作》
松风吹解带，山月照弹琴。 王维《酬张少府》
北斗七星高，哥舒夜带刀。 西鄙人《哥舒歌》

——

平浪宫前友谊多，崇明对马衣带水。 毛泽东《送纵宇一郎东行》

——

玉颜不及寒鸦色，犹带昭阳日影来。　王昌龄《长信怨》

名花倾国两相欢，常得君王带笑看。　李白《清平调之三》

春潮带雨晚来急，野渡无人舟自横。　韦应物《滁州西涧》

碧毯线头抽早稻，青罗裙带展新蒲。　白居易《春题湖上》

澹然空水带斜晖，曲岛苍茫接翠微。　温庭筠《利州南渡》

从今别却江南路，化作啼鹃带血归。　文天祥《金陵驿》

芰裳荇带处仙乡，风定犹闻碧玉香。　鲁迅《莲蓬人》

——

平林漠漠烟如织，寒山一带伤心碧。　李白《菩萨蛮》

日上花梢，莺穿柳带，犹压香衾卧。　柳永《定风波》

画帘遮匝，新翻曲妙，暗许闲人带偷掐。　晏几道《六幺令》

销魂，当此际，香囊暗解，罗带轻分。　秦观《满庭芳》

悄郊原带郭，行路永、客去车尘漠漠。　周邦彦《瑞鹤仙》

烟横水际，映带几点归鸿，东风销尽龙沙雪。　贺铸《石州引》

被惜余薰，带惊剩眼，几许伤春春晚。　贺铸《望湘人》

铺翠冠儿，捻金雪柳，簇带争济楚。　李清照《永遇乐》

见梨花初带夜月，海棠半含朝雨。　万俟咏《三台》

是他春带愁来，春归何处，却不解带将愁去。　辛弃疾《祝英台近》

芦叶满汀洲，寒沙带浅流。二十年重过南楼。　刘过《唐多令》

临断岸、新绿生时，是落红、带愁流处。　史达祖《绮罗香》

空自觉，围羞带减，影怯灯孤。　张炎《渡江云》

画眉未稳，料素娥、犹带离恨。　王沂孙《眉妩》

梨花带雨，柳絮迎风，一番愁债。　夏完淳《烛影摇红》

裙

缃绮为下裙，紫绮为上襦。　《陌上桑》

昨夜裙带解，今朝蟢子飞。 权德舆《玉台体》

——

钿头银篦击节碎，血色罗裙翻酒污。 白居易《琵琶行》

——

碧毯线头抽早稻，青罗裙带展新蒲。 白居易《春题湖上》

亦是今生未曾有，商量出处到红裙。 柳亚子《集定公句之三》

——

记得绿罗裙，处处怜芳草。 牛希济《生查子》

六幅罗裙窣地，微行曳碧波。 孙光宪《思帝乡》

双蝶绣罗裙，东池宴，初相见。 张先《醉垂鞭》

销魂！池塘别后，曾行处、绿妒轻裙。 韩缜《凤箫吟》

天际小山桃叶步，白蘋花满湔裙处。 贺铸《蝶恋花》

榴花不似舞裙红，无人知此意，歌罢满帘风。 陈与义《临江仙》

故国梅花归梦，愁损绿罗裙。 鲁逸仲《南浦》

讳道相思，偷理绡裙，自惊腰衩。 史达祖《三姝媚》

为当时曾写榴裙，伤心红绡褪萼。 吴文英《瀑兰香》

榴心空叠舞裙红，艾枝应压愁鬟乱。 吴文英《踏莎行》

垂柳不萦裙带住，漫长是，系行舟。 吴文英《唐多令》

回首当年汉舞，怕飞去漫皱，留仙裙折。 张炎《疏影》

湔裙归晚坐思量，轻烟笼翠黛，月茫茫。 纳兰性德《遐方怨》

东风不解愁，偷展湘裙衩。 纳兰性德《生查子》

鸿影惊回雪，帐天寒竹翠，色暗罗裙。 蒋春霖《忆旧游》

袖

长裾连理带，广袖合欢襦。 辛延年《羽林郎》

攘袖见素手，皓腕约金环。 曹植《美女篇》

天寒翠袖薄，日暮倚修竹。 杜甫《佳人》

——

绛唇珠袖两寂寞，晚有弟子传芬芳。 杜甫《观公孙大娘弟子舞剑器行》

——

故园东望路漫漫，双袖龙钟泪不干。 岑参《逢入京使》

慰我素心香袭袖，撩人蓝尾酒盈卮。 鲁迅《惜花四律之三》

——

不见去年人，泪满春衫袖。 欧阳修《生查子》

独立小桥风满袖，平林新月人归后。 欧阳修《蝶恋花》

绿杯红袖趁重阳，人情似故乡。 晏几道《阮郎归》

彩袖殷勤捧玉钟，当年拚却醉颜红。 晏几道《鹧鸪天》

此去何时见也，襟袖上、空惹啼痕。 秦观《满庭芳》

乳燕穿庭户，飞絮沾襟袖。 李之仪《谢池春》

侵晨浅约宫黄，障风映袖，盈盈笑语。 周邦彦《瑞龙吟》

东篱把酒黄昏后，有暗香盈袖。 李清照《醉花阴》

短发萧骚襟袖冷，稳泛沧浪空阔。 张孝祥《念奴娇》

倩何人唤取，红巾翠袖，揾英雄泪？ 辛弃疾《水龙吟》

隔苍烟、楚香罗袖，谁伴婵娟。 史达祖《玉胡蝶》

红萸佩，空对酒。砧杵动微寒，暗欺罗袖。 潘希白《大有》

深杯欲共歌声滑，翻湿春衫半袖。 刘辰翁《摸鱼儿》

空掩袖，倚寒竹。 蒋捷《贺新郎》

恐翠袖天寒，犹倚梅花那树。 张炎《月下笛》

屐齿莓苔，酒痕罗袖事何限。 王沂孙《长亭怨慢》

薄命怜花，倚东风罗袖，泪珠偷泫。 王鹏运《三姝媚》

寂寞嫦娥舒广袖，万里长空，且为忠魂舞。 毛泽东《蝶恋花》

枕

揽衣推枕起徘徊，珠箔银屏迤逦开。 白居易《长恨歌》

——

画省香炉违伏枕，山楼粉堞隐悲笳。 杜甫《秋兴八首之二》
人世几回伤往事，山形依旧枕寒流。 刘禹锡《西塞山怀古》
贾氏窥帘韩掾少，宓妃留枕魏王才。 李商隐《无题》
寒宵一枕邯郸梦，犹上韩王拜将台。 柳亚子《除夕杂感之三》

——

山寺月中寻桂子，郡亭枕上看潮头。何日更重游？ 白居易《忆江南》
眉翠薄，鬓云残，夜长衾枕寒。 温庭筠《更漏子》
残灯明灭枕头攲，谙尽孤眠滋味。 范仲淹《御街行》
绿酒初尝人易醉，一枕小窗浓睡。 晏殊《清平乐》
故攲单枕梦中寻，梦又不成灯又烬。 欧阳修《木兰花》
衾凤冷，枕鸳孤，愁肠待酒舒。 晏几道《阮郎归》
三年枕上吴中路，遣黄犬，随君去。 苏轼《青玉案》
润逼琴丝，寒侵枕障，虫网吹黏帘竹。 周邦彦《大酺》
唤起两眸清炯炯，泪花落枕红绵冷。 周邦彦《蝶恋花》
厌莺声到枕，花气动帘，醉魂愁梦相半。 贺铸《望湘人》
绣屏掩，枕鸳相就，香气渐暾暾。 贺铸《绿头鸭》
孤负枕前云雨，尊前花月。 张元幹《石州慢》
佳节又重阳，玉枕纱厨，半夜凉初透。 李清照《醉花阴》
渐玉枕，腾腾春醒。 李玉《贺新郎》
便角枕题诗，宝钗贳酒，共醉青苔深院。 吕渭老《薄幸》
划地东风欺客梦，一枕云屏寒怯。 辛弃疾《念奴娇》
枕簟溪堂冷欲秋，断云依水晚来收。 辛弃疾《鹧鸪天》
犀帘黛卷，凤枕云孤，应也几番凝伫。 张镃《宴山亭》
惆怅南楼遥夜，记翠箔张灯，枕肩歌罢。 史达祖《三姝媚》
东风睡足交枝，正梦枕、瑶钗燕股。 吴文英《宴清都》
熏炉畔、旋移傍枕，还又见、玉人垂绀鬓。 吴文英《花犯》
伤春不在高楼上，在灯前攲枕，雨外熏炉。 吴文英《高阳台》
欹角枕，掩红窗。梦到江南伊家，博山沉水香。 纳兰性德《遐方怨》
堆来枕上愁何状，江海翻波浪。 毛泽东《虞美人》

酒向人间都是怨，一枕黄粱再现。　　毛泽东《清平乐》

酒

对酒当歌，人生几何。　　曹操《短歌行之一》

——

依倚将军势，调笑酒家胡。　　辛延年《羽林郎》

何当载酒来，共醉重阳节。　　孟浩然《秋登兰山寄张五》

欢言得所憩，美酒聊共挥。　　李白《下终南山过斛斯山人宿置酒》

——

何时一樽酒，重与细论文。　　杜甫《春日忆李白》

绿蚁新醅酒，红泥小火炉。　　白居易《问刘十九》

——

誓令疏勒出飞泉，不似颍川空使酒。　　王维《老将行》

风吹柳花满店香，吴姬压酒劝客尝。　　李白《金陵酒肆留别》

中军置酒饮归客，胡琴琵琶与羌笛。　　岑参《白雪歌送武判官归京》

主人下马客在船，举酒欲饮无管弦。　　白居易《琵琶行》

——

葡萄美酒夜光杯，欲饮琵琶马上催。　　王翰《凉州曲》

劝君更尽一杯酒，西出阳关无故人。　　王维《渭城曲》

盘飧市远无兼味，樽酒家贫只旧醅。　　杜甫《客至》

千里莺啼绿映红，水村山郭酒旗风。　　杜牧《江南春绝句》

破帽遮颜过闹市，漏船载酒泛中流。　　鲁迅《自嘲》

——

明月楼高休独倚。酒入愁肠，化作相思泪。　　范仲淹《苏幕遮》

水调数声持酒听，午醉醒来愁未醒。　　张先《天仙子》

衾凤冷，枕鸳孤，愁肠待酒舒。　　晏几道《阮郎归》

东篱把酒黄昏后，有暗香盈袖。　　李清照《醉花阴》

红酥手，黄縢酒。满城春色宫墙柳。 陆游《钗头凤》
浑未办、黄柑荐酒，更传青韭堆盘。 辛弃疾《汉宫春》
强携酒，小桥宅，怕梨花落尽成秋色。 姜夔《淡黄柳》
欲买桂花同载酒，终不似，少年游。 刘过《唐多令》
玉骢惯识西湖路，骄嘶过、沽酒楼前。 俞国宝《风入松》
故园晚、强留诗酒，新雁远、不致寒暄。 史达祖《玉胡蝶》
青钱换酒日无何，红烛呼卢宵不寐。 刘克庄《木兰花》
湖山经醉惯，渍春衫，啼痕酒痕无限。 吴文英《三姝媚》
一壶浊酒喜相逢，古今多少事，都付笑谈中。 杨慎《临江仙》
酒态添华活，任翩翻燕子，偷啄红巾。 蒋春霖《忆旧游》
把酒酹滔滔，心潮逐浪高。 毛泽东《菩萨蛮》

醒

醒时同交欢，醉后各分散。 李白《月下独酌》
——
钟鼓馔玉何足贵，但愿长醉不愿醒。 李白《将进酒》
——
水调数声持酒听，午醉醒来愁未醒。 张先《天仙子》
楼头画角风吹醒，入夜重门静。 张先《青门引》
劝君莫作独醒人，烂醉花间应有数。 晏殊《木兰花》
一场愁梦酒醒时，斜阳却照深深院。 晏殊《踏莎行》
今宵酒醒何处？杨柳岸、晓风残月。 柳永《雨霖铃》
那堪酒醒，又闻空阶夜雨频滴。 柳永《浪淘沙慢》
梦阑时，酒醒后，思量着。 王安石《千秋岁引》
梦后楼台高锁，酒醒帘幕低垂。 晏几道《临江仙》
醉别西楼醒不记，春梦秋云，聚散真容易。 晏几道《蝶恋花》
夜饮东坡醒复醉，归来仿佛三更。 苏轼《临江仙》

料峭春风吹酒醒，微冷，山头斜照却相迎。 苏轼《定风波》
尽日沉烟香一缕，宿酒醒迟，恼破春情绪。 赵令畤《蝶恋花》
上马人扶残醉，晓风吹未醒。 周邦彦《绮寮怨》
不记归时早暮，上马谁扶，醒眠朱阁。 周邦彦《瑞鹤仙》
酒已都醒，如何消夜永？ 周邦彦《关河令》
险韵诗成，扶头酒醒，别是闲滋味。 李清照《念奴娇》
料为我厌厌，日高慵起，长托春酲未醒。 徐伸《转调二郎神》
渐玉枕，腾腾春醒。 李玉《贺新郎》
酒醒波远，政凝想、明珰素袜。 姜夔《庆宫春》
把似而今醒到了，料当年、醉死差无苦。 刘克庄《贺新郎》
年华空自感飘零，拥春酲，对谁醒。 卢祖皋《江城子》
东风紧送斜阳下，弄旧寒、晚酒醒余。 吴文英《高阳台》
宫里吴王沉醉，倩五湖倦客，独钓醒醒。 吴文英《八声甘州》
汀洲窈窕余醒寐，遗佩环、浮沉澧浦。 彭元逊《疏影》
凄清，浅醉还醒，愁不肯、与诗平。 姚云文《紫萸香慢》
三载悠悠魂梦杳，是梦久应醒矣，料也觉、人间无味。
纳兰性德《金缕曲》
梦醒谁歌楚些，泠泠霜激哀弦。 蒋春霖《木兰花慢》
自见海棠初谢，算几番醒醉，立尽花阴。 郑文焯《湘春夜月》

醉

何当载酒来，共醉重阳节。 孟浩然《秋登兰山寄张五》
我醉君复乐，陶然共忘机。 李白《下终南山过斛斯山人宿置酒》
十觞亦不醉，感子故意长。 杜甫《赠卫八处士》

——

童颜若可驻，何惜醉流霞。 孟浩然《宴梅道士山房》
复值接舆醉，狂歌五柳前。 王维《辋川闲居赠裴秀才迪》

醉月频中圣，迷花不事君。　李白《赠孟浩然》
江汉曾为客，相逢每醉还。　韦应物《淮上喜会梁州故人》
醉和金甲舞，雷鼓动山川。　卢纶《塞下曲之四》

——

醉卧不知白日暮，有时空望孤云高。　李颀《送陈章甫》
钟鼓馔玉何足贵，但愿长醉不愿醒。　李白《将进酒》
星宫之君醉琼浆，羽人稀少不在旁。　杜甫《寄韩谏议注》
金屋妆成娇侍夜，玉楼宴罢醉和春。　白居易《长恨歌》
醉不成欢惨将别，别时茫茫江浸月。　白居易《琵琶行》

——

醉卧沙场君莫笑，古来征战几人回。　王翰《凉州曲》
且欲近寻彭泽宰，陶然共醉菊花杯。　崔曙《九日登望仙台呈刘明府》
解忧纵有兰陵酒，浅醉何由梦洛妃。　郁达夫《乱离杂诗之六》

——

水调数声持酒听，午醉醒来愁未醒。　张先《天仙子》
玉钩阑下香阶畔，醉后不知斜日晚。　晏殊《木兰花》
拟把疏狂图一醉，对酒当歌，强乐还无味。　柳永《蝶恋花》
此时金盏直须深，看尽落花能几醉。　晏几道《木兰花》
夜饮东坡醒复醉，归来仿佛三更。　苏轼《临江仙》
歌筵畔，先安簟枕，容我醉时眠。　周邦彦《满庭芳》
厌莺声到枕，花气动帘，醉魂愁梦相半。　贺铸《望湘人》
目断秋霄落雁，醉来时响空弦。　辛弃疾《木兰花慢》
飘零久，而今何意，醉卧酒垆侧。　姜夔《霓裳中序第一》
明日重扶残醉，来寻陌上花钿。　俞国宝《风入松》
记醉蹋南屏，彩扇咽寒蝉，倦梦不知蛮素。　吴文英《霜叶飞》
欢极蓬壶蕖浸，花院梨溶，醉连春夕。　蒋捷《瑞鹤仙》
无心再续笙歌梦，掩重门、浅醉闲眠。　张炎《高阳台》
几回殢娇半醉，剪春灯、夜寒花碎。　王沂孙《天香》

饮

饮马渡秋水，水寒风似刀。 王昌龄《塞下曲》

下马饮君酒，问君何所之。 王维《送别》

月既不解饮，影徒随我身。 李白《月下独酌》

俯饮一杯酒，仰聆金玉章。 韦应物《郡斋雨中与诸文士燕集》

——

晚来天欲雪，能饮一杯无。 白居易《问刘十九》

——

东门沽酒饮我曹，心轻万事如鸿毛。 李颀《送陈章甫》

白日登山望烽火，黄昏饮马傍交河。 李颀《古从军行》

古来圣贤皆寂寞，唯有饮者留其名。 李白《将进酒》

中军置酒饮归客，胡琴琵琶与羌笛。 岑参《白雪歌送武判官归京》

左相日兴费万钱，饮如长鲸吸百川，衔杯乐圣称世贤。

杜甫《饮中八仙歌》

我持长瓢坐巴丘，酌饮四座以散愁。 元结《石鱼湖上醉歌》

一年明月今宵多，人生由命非由他，有酒不饮奈明何。

韩愈《八月十五夜赠张功曹》

主人下马客在船，举酒欲饮无管弦。 白居易《琵琶行》

——

葡萄美酒夜光杯，欲饮琵琶马上催。 王翰《凉州曲》

肯与邻翁相对饮，隔篱呼取尽馀杯。 杜甫《客至》

痛饮黄龙终有愿，会教沧海变桑田。 柳亚子《为王卓民题扇》

饮茶粤海未能忘，索句渝州叶正黄。 毛泽东《和柳亚子先生》

酒能损肺休多饮，事决临机莫过迟。 郁达夫《乱离杂诗之八》

——

都门帐饮无绪，留恋处、兰舟催发。 柳永《雨霖铃》

贪行色、岂知离绪，万般方寸，但饮恨、脉脉同谁语。 柳永《采莲令》
夜饮东坡醒复醉，归来仿佛三更。 苏轼《临江仙》
西园夜饮鸣笳，有华灯碍月，飞盖妨花。 秦观《望海潮》
纵樽前痛饮，狂歌似旧，情难依旧。 晁补之《水龙吟》
日日思君不见君，共饮长江水。 李之仪《卜算子》
知谁伴，名园露饮，东城闲步。 周邦彦《瑞龙吟》
忆昔午桥桥上饮，坐中多是豪英。 陈与义《临江仙》
壮志饥餐胡虏肉，笑谈渴饮匈奴血。 岳飞《满江红》
归来后，翠尊双饮，下了珠帘，玲珑闲看月。 姜夔《八归》
傍枯林古道，长河饮马，此意悠悠。 张炎《八声甘州》
才饮长沙水，又食武昌鱼。 毛泽东《水调歌头》

食

呦呦鹿鸣，食野之苹。 曹操《短歌行之一》

——

江淮度寒食，京洛缝春衣。 王维《送綦毋潜落第还乡》
未谙姑食性，先遣小姑尝。 王建《新嫁娘》
食饱心自若，酒酣气益振。
是岁江南旱，衢州人食人。 白居易《轻肥》

——

停杯投箸不能食，拔剑四顾心茫然。 李白《行路难》
下床畏蛇食畏药，海气湿蛰熏腥臊。 韩愈《八月十五夜赠张功曹》
窜逐蛮荒幸不死，衣食才足甘长终。 韩愈《谒衡岳庙遂宿岳寺题门楼》

——

春城无处不飞花，寒食东风御柳斜。 韩翃《寒食》
近寒食雨草萋萋，著麦苗风柳映堤。 无名氏《杂诗》
岁暮何堪再惆怅，且持卮酒食河豚。 鲁迅《无题（1932 年）》

——

百草千花寒食路，香车系在谁家树。　冯延巳《蝶恋花》

闲寻旧踪迹，又酒趁哀弦，灯照离席，梨花榆火催寒食。

周邦彦《兰陵王》

正是夜堂无月，沉沉暗寒食。　周邦彦《应天长》

宠柳娇花寒食近，种种恼人天气。　李清照《念奴娇》

忆得盈盈拾翠侣，共携赏、凤城寒食。　李甲《帝台春》

正岑寂，明朝又寒食。　姜夔《淡黄柳》

自怜两鬓清霜，一年寒食，又身在云山深处。　吴文英《祝英台近》

歌管酬寒食，奈蝶怨良宵岑寂。　周密《曲游春》

才饮长沙水，又食武昌鱼。　毛泽东《水调歌头》

丝

青丝系马尾，黄金络马头。　《陌上桑》

就我求清酒，丝绳提玉壶。　辛延年《羽林郎》

燕草如碧丝，秦桑低绿枝。　李白《春思》

——

相送情无限，沾襟比散丝。　韦应物《赋得暮雨送李曹》

——

君不见，高堂明镜悲白发，朝如青丝暮成雪。　李白《将进酒》

缓歌谩舞凝丝竹，尽日君王看不足。　白居易《长恨歌》

浔阳地僻无音乐，终岁不闻丝竹声。　白居易《琵琶行》

——

碧玉妆成一树高，万条垂下绿丝绦。　贺知章《咏柳》

织女机丝虚夜月，石鲸鳞甲动秋风。　杜甫《秋兴八首之七》

金蟾啮锁烧香入，玉虎牵丝汲井回。　李商隐《无题》

此情可待成追忆，愁绝萧郎鬓渐丝。　郁达夫《乱离杂诗之八》

——

玉楼明月长相忆，柳丝袅娜春无力。 温庭筠《菩萨蛮》
满眼游丝兼落絮，红杏开时，一霎清明雨。 冯延巳《蝶恋花》
离愁正引千丝乱，更东陌、飞絮濛濛。 张先《一丛花》
翠叶藏莺，朱帘隔燕，炉香静逐游丝转。 晏殊《踏莎行》
自在飞花轻似梦，无边丝雨细如愁，宝帘闲挂小银钩。 秦观《浣溪沙》
绣阁里，凤帏深几许，听得理丝簧。 周邦彦《风流子》
几许伤春春复暮，杨柳清阴，偏碍游丝度。 贺铸《蝶恋花》
晓来庭院半残红，惟有游丝千丈罥晴空。 叶梦得《虞美人》
金钗斗草，青丝勒马，风流云散。 陈亮《水龙吟》
写入琴丝，一声声更苦。 姜夔《齐天乐》
风丝一寸愁肠，曾在歌边惹恨，烛底萦香。 史达祖《夜合花》
千丝怨碧，渐路入、仙坞迷津。 吴文英《渡江云》
冰丝写怨更多情，骚人恨，枉赋芳兰幽芷。 周密《花犯》
风檠背寒壁，放冰蟾、飞到蛛丝帘隙。 蒋捷《瑞鹤仙》
恋恋青衫，犹染枯香，还叹鬓丝飘雪。 张炎《疏影》
漫想熏风，柳丝千万缕。 王沂孙《齐天乐》
游丝不系羊车住，倩何人、传语青禽。 朱彝尊《高阳台》
杨柳乍如丝，故园春尽时。 纳兰性德《菩萨蛮》
汽笛一声肠已断，从此天涯孤旅。凭割断愁丝恨缕。 毛泽东《贺新郎》

素

娥娥红粉妆，纤纤出素手。 《青青河畔草》
攘袖见素手，皓腕约金环。 曹植《美女篇》
我心素已闲，清川澹如此。 王维《青溪》
灼灼百朵红，戋戋五束素。 白居易《买花》

——

素练风霜起，苍鹰画作殊。 杜甫《画鹰》

鸣筝金粟柱，素手玉房前。 李端《听筝》

——

日色欲尽花含烟，月明欲素愁不眠。 李白《长相思》

诏谓将军拂绢素，意匠惨澹经营中。 杜甫《丹青引赠曹将军霸》

恸哭六军俱缟素，冲冠一怒为红颜。 吴伟业《圆圆曲》

——

瞿塘峡口曲江头，万里风烟接素秋。 杜甫《秋兴八首之六》

素衣莫起风尘叹，犹及清明可到家。 陆游《临安春雨初霁》

望断天南尺素书，巴城消息近何如。 郁达夫《乱离杂诗之二》

——

欲寄彩笺兼尺素，山长水阔知何处。 晏殊《蝶恋花》

渐觉一叶惊秋，残蝉噪晚，素商时序。 柳永《竹马子》

欲尽此情书尺素，浮雁沉鱼，终了无凭据。 晏几道《蝶恋花》

起来携素手，庭户无声，时见疏星渡河汉。 苏轼《洞仙歌》

驿寄梅花，鱼传尺素，砌成此恨无重数。 秦观《踏莎行》

桂华流瓦，纤云散，耿耿素娥欲下。 周邦彦《解语花》

此地，宜有词仙，拥素云黄鹤，与君游戏。 姜夔《翠楼吟》

青未了、柳回白眼，红欲断、杏开素面。 史达祖《东风第一枝》

卷尽愁云，素娥临夜新梳洗。 吴文英《点绛唇》

记醉蹋南屏，彩扇咽寒蝉，倦梦不知蛮素。 吴文英《霜叶飞》

旧尊俎，玉纤曾擘黄柑，柔香系幽素。 吴文英《祝英台近》

溯红渐招入仙溪，锦儿偷寄幽素。 吴文英《莺啼序》

素秋不解随船去，败红趁一叶寒涛。 吴文英《惜黄花慢》

怕人间换谱伊凉，素娥未识。 蒋捷《瑞鹤仙》

梦冷黄金屋，叹秦筝、斜鸿阵里，素弦尘扑。 蒋捷《贺新郎》

漫惜余薰，空篝素被。 王沂孙《天香》

画眉未稳，料素娥、犹带离恨。 王沂孙《眉妩》

须晴日，看红装素裹，分外妖娆。 毛泽东《沁园春》

锦

晓看红湿处，花重锦官城。　杜甫《春夜喜雨》

——

锦城虽云乐，不如早还家。　李白《蜀道难》
散入珠帘湿罗幕，狐裘不暖锦衾薄。　岑参《白雪歌送武判官归京》
忆昨路绕锦亭东，先主武侯同閟宫。　杜甫《古柏行》
后来鞍马何逡巡，当轩下马入锦茵。　杜甫《丽人行》

——

平阳歌舞新承宠，帘外春寒赐锦袍。　王昌龄《春宫怨》
锦城丝管日纷纷，半入江风半入云。　杜甫《赠花卿》
丞相祠堂何处寻，锦官城外柏森森。　杜甫《蜀相》
锦江春色来天地，玉垒浮云变古今。　杜甫《登楼》
珠帘绣柱围黄鹄，锦缆牙樯起白鸥。　杜甫《秋兴八首之六》
机中锦字论长恨，楼上花枝笑独眠。　皇甫冉《春思》
锦瑟无端五十弦，一弦一柱思华年。　李商隐《锦瑟》
玉玺不缘归日角，锦帆应是到天涯。　李商隐《隋宫》
他年锦里经祠庙，梁父吟成恨有余。　李商隐《筹笔驿》
春风举国裁宫锦，半作障泥半作帆。　李商隐《隋宫》
八尺龙须方锦褥，已凉天气未寒时。　韩偓《已凉》
誓扫匈奴不顾身，五千貂锦丧胡尘。　陈陶《陇西行》

——

杳杳神京，盈盈仙子，别来锦字终难偶。　柳永《曲玉管》
满地残红宫锦污，昨夜南园风雨。　王安国《清平乐》
此后锦书休寄，画楼云雨无凭。　晏几道《清平乐》
安稳锦屏今夜梦，月明好渡江湖。　晁冲之《临江仙》
锦瑟华年谁与度？月桥花院，琐窗朱户，只有春知处。　贺铸《青玉案》

云中谁寄锦书来，雁字回时，月满西楼。 李清照《一剪梅》
锦瑟横床，想泪痕尘影，凤弦常下。 史达祖《三姝媚》
易挑锦妇机中字，难得玉人心下事。 刘克庄《木兰花》
芳根兼倚，花梢钿合，锦屏人妒。 吴文英《宴清都》
谁怜旅愁荏苒，谩长门夜悄，锦筝弹怨。 张炎《解连环》
何如薄幸锦衣郎，比翼连枝当日愿。 纳兰性德《木兰花》
烂锦年华，谁信春残恁早。 王鹏运《玉漏迟》
芳意回环，认鸳机锦字，断肠缄怨。 王鹏运《三姝媚》

绣

鹫翎金仆姑，燕尾绣蝥弧。 卢纶《塞下曲之一》

——

苏晋长斋绣佛前，醉中往往爱逃禅。 杜甫《饮中八仙歌》
绣罗衣裳照暮春，蹙金孔雀银麒麟。 杜甫《丽人行》

——

珠帘绣柱围黄鹄，锦缆牙樯起白鸥。 杜甫《秋兴八首之六》
长安回望绣成堆，山顶千门次第开。 杜牧《过华清宫绝句之一》
蜡照半笼金翡翠，麝熏微度绣芙蓉。 李商隐《无题》
碧阑干外绣帘垂，猩色屏风画折枝。 韩偓《已凉》
飞起热潮三万尺，买丝我欲绣邹枚。 柳亚子《除夕杂感之七》
誓记钗环当日语，香余绣被隔年薰。 郁达夫《乱离杂诗之三》

——

新帖绣罗襦，双双金鹧鸪。 温庭筠《菩萨蛮》
双蝶绣罗裙，东池宴，初相见。 张先《醉垂鞭》
绣帏人念远，暗垂珠露，泣送征轮。 韩缜《凤箫吟》
到此因念，绣阁轻抛，浪萍难驻。 柳永《夜半乐》
秋千院落重帘暮，彩笔闲来题绣户。 晏几道《木兰花》

绣帘开，一点明月窥人，人未寝，攲枕钗横鬓乱。 苏轼《洞仙歌》

渐困倚、孤眠清熟。帘外谁来推绣户？枉教人梦断瑶台曲。

苏轼《贺新郎》

绣阁里，凤帏深几许，听得理丝簧。 周邦彦《风流子》

有流莺劝我，重解绣鞍，缓引春酌。 周邦彦《瑞鹤仙》

绣屏掩，枕鸳相就，香气渐暾暾。 贺铸《绿头鸭》

满院东风，海棠铺绣，梨花飘雪。 蔡伸《柳梢青》

认蛾眉凝笑，脸薄拂燕支。绣户曾窥，恨依依。 韩元吉《六州歌头》

羞红鬓浅恨，晚风未落，片绣点重茵。 吴文英《渡江云》

绣幄鸳鸯柱，红情密，腻云低护秦树。 吴文英《宴清都》

残寒正欺病酒，掩沉香绣户。 吴文英《莺啼序》

绣屋秦筝，傍海棠偏爱，夜深开宴。 吴文英《三姝媚》

润玉笼绡，檀樱倚扇，绣圈犹带脂香浅。 吴文英《踏莎行》

又是梨花欲谢，绣被春寒今夜。 纳兰性德《昭君怨》

珠帘绣幕，可有人听，听也可曾肠断。 况周颐《苏武慢》

滞粉黏香，绣屧悄寻遍。 吕碧城《祝英台近》

罗

来归相怨怒，但坐观罗敷。 《陌上桑》

贻我青铜镜，结我红罗裾。 辛延年《羽林郎》

邀人傅脂粉，不自著罗衣。 王维《西施咏》

春风不相识，何事入罗帏。 李白《春思》

问答未及已，儿女罗酒浆。 杜甫《赠卫八处士》

尊罍溢九酝，水陆罗八珍。 白居易《轻肥》

——

应共冤魂语，投诗赠汨罗。 杜甫《天末怀李白》

——

罗帏送上七香车，宝扇迎归九华帐。 王维《洛阳女儿行》
绣罗衣裳照暮春，蹙金孔雀银麒麟。 杜甫《丽人行》
钿头银篦击节碎，血色罗裙翻酒污。 白居易《琵琶行》
家本姑苏浣花里，圆圆小字娇罗绮。 吴伟业《圆圆曲》

——

桂魄初生秋露微，轻罗已薄未更衣。 王维《秋夜曲》
泪尽罗巾梦不成，夜深前殿按歌声。 白居易《宫词》
银烛秋光冷画屏，轻罗小扇扑流萤。 杜牧《秋夕》
凤尾香罗薄几重，碧文圆顶夜深缝。 李商隐《无题》
云髻罢梳还对镜，罗衣欲换更添香。 薛逢《宫词》
蓬门未识绮罗香，拟托良媒亦自伤。 秦韬玉《贫女》

——

画罗金翡翠，香烛销成泪。 温庭筠《菩萨蛮》
记得绿罗裙，处处怜芳草。 牛希济《生查子》
双蝶绣罗裙，东池宴，初相见。 张先《醉垂鞭》
罗衣着破前香在，旧意谁教改。 晏几道《虞美人》
销魂，当此际，香囊暗解，罗带轻分。 秦观《满庭芳》
闲依露井，笑扑流萤，惹破画罗轻扇。 周邦彦《过秦楼》
向睡鸭炉边，翔鸳屏里，羞把香罗暗解。 贺铸《薄幸》
罗绶分香，翠绡封泪，几多幽怨? 陈亮《水龙吟》
隔烟催漏金虬咽，罗帏暗淡灯花结。 范成大《忆秦娥》
罗帐灯昏，哽咽梦中语。 辛弃疾《祝英台近》
想文君望久，倚竹愁生步罗袜。 姜夔《八归》
隔苍烟、楚香罗袖，谁伴婵娟。 史达祖《玉胡蝶》
剔残红灺，但梦里隐隐，钿车罗帕。 蒋捷《女冠子》

绮

缃绮为下裙，紫绮为上襦。 《陌上桑》
来日绮窗前，寒梅著花未。 王维《杂诗》
——
银烛吐青烟，金樽对绮筵。 陈子昂《春夜别友人之一》
蜀僧抱绿绮，西下峨眉峰。 李白《听蜀僧濬弹琴》
——
盘赐将军拜舞归，轻纨细绮相追飞。 杜甫《韦讽录事宅观曹将军画马图》
家本姑苏浣花里，圆圆小字娇罗绮。 吴伟业《圆圆曲》
——
瑶池阿母绮窗开，黄竹歌声动地哀。 李商隐《瑶池》
蓬门未识绮罗香，拟托良媒亦自伤。 秦韬玉《贫女》
六代绮罗成旧梦，石头城上月如钩。 鲁迅《无题（1931年）》
绮罗幕后送飞光，柏栗丛边作道场。 鲁迅《秋夜有感》
——
金锁重门荒苑静，绮窗愁对秋空。 鹿虔扆《临江仙》
绮罗心，魂梦隔，上高楼。 孙光宪《酒泉子》
未名未禄，绮陌红楼，往往经岁迁延。 柳永《戚氏》
转朱阁，低绮户，照无眠。 苏轼《水调歌头》
余霞散绮，向烟波路。 晁补之《迷神引》
闻道绮陌东头，行人曾见，帘底纤纤月。 辛弃疾《念奴娇》
江城次第，笙歌翠合，绮罗香暖。 卢祖皋《宴清都》
还转盼、沙河多丽。滉漾明光连邸第，帘影动、散红光成绮。
刘辰翁《宝鼎现》
天涯梦短，想忘了绮疏雕槛。 王沂孙《长亭怨慢》
回首当年，绮楼画阁生光彩。 夏完淳《烛影摇红》

西园霜夕，照清池宴席。步绮凌波地，成往迹。　　郑文焯《六丑》

纱

当时浣纱伴，莫得同车归。　　王维《西施咏》

——

谁怜越女颜如玉，贫贱江头自浣纱。　　王维《洛阳女儿行》

教曲妓师怜尚在，浣纱女伴忆同行。　　吴伟业《圆圆曲》

——

今夜偏知春气暖，虫声新透绿窗纱。　　刘方平《月夜》

纱窗日落渐黄昏，金屋无人见泪痕。　　刘方平《春怨》

世味年来薄似纱，谁令骑马客京华。　　陆游《临安春雨初霁》

——

腻粉琼妆透碧纱，雪休夸。　　张泌《杨柳枝》

碧纱秋月，梧桐夜雨，几回无寐。　　晏殊《撼庭秋》

败荷零落，衰杨掩映，岸边两两三三，浣纱游女。　　柳永《夜半乐》

归梦碧纱窗，说与人人道。　　晏几道《生查子》

笑捻粉香归洞户，更垂帘幕护窗纱，东风寒似夜来些。　　贺铸《浣溪沙》

佳节又重阳，玉枕纱厨，半夜凉初透。　　李清照《醉花阴》

重省，残灯朱幌，淡月纱窗，那时风景。　　陆淞《瑞鹤仙》

早白发、缘愁万缕，惊飙从卷乌纱去。　　吴文英《霜叶飞》

盘丝系腕，巧篆垂簪，玉隐绀纱睡觉。　　吴文英《澡兰香》

化作娇莺飞归去，犹认纱窗旧绿，正过雨、荆桃如菽。　　蒋捷《贺新郎》

鸳鸯密语同倾盖，且莫与、浣纱人说。　　张炎《疏影》

尽乌纱便随风去，要天知道，华发如此星星，歌罢涕零。

姚云文《紫萸香慢》

独夜背纱笼，影着纤腰画。　　纳兰性德《生查子》

软风吹过窗纱，心期便隔天涯。　　纳兰性德《清平乐》

絮

可怜思妇楼头柳，认作天边粉絮看。 吴伟业《圆圆曲》

——

洞门高阁霭余晖，桃李阴阴柳絮飞。 王维《赠郭给事》

颠狂柳絮随风去，轻薄桃花逐水流。 杜甫《绝句漫兴之五》

山河破碎风飘絮，身世浮沉雨打萍。 文天祥《过零丁洋》

雪压冬云白絮飞，万花纷谢一时稀。 毛泽东《冬云》

——

南园满地堆轻絮，愁闻一霎清明雨。 温庭筠《菩萨蛮》

撩乱春愁如柳絮，悠悠梦里无寻处。 冯延巳《蝶恋花》

离愁正引千丝乱，更东陌、飞絮濛濛。 张先《一丛花》

恁时携素手，乱花飞絮里，缓步香茵。 韩缜《凤箫吟》

墙头丹杏雨余花，门外绿杨风后絮。 晏几道《木兰花》

绿阴春尽，飞絮绕香阁。 晏几道《六幺令》

街南绿树春饶絮，雪满游春路。 晏几道《御街行》

长记误随车，正絮翻蝶舞，芳思交加。 秦观《望海潮》

卷絮风头寒欲尽，坠粉飘香，日日红成阵。 赵令畤《蝶恋花》

乳燕穿庭户，飞絮沾襟袖。 李之仪《谢池春》

断肠院落，一帘风絮。 周邦彦《瑞龙吟》

若问闲愁都几许？一川烟草，满城风絮，梅子黄时雨。 贺铸《青玉案》

细风吹柳絮，人南渡。 贺铸《人南渡》

情似游丝，人如飞絮，泪珠阁定空相觑。 周紫芝《踏莎行》

向晚骤、宝马雕鞍，醉襟惹、乱花飞絮。 万俟咏《三台》

塞鸿难问，岸柳何穷，别愁纷絮。 廖世美《烛影摇红》

佳树，翠阴初转午，重帘未卷，乍睡起，寂寞看风絮。 袁去华《剑器近》

怨春不语。算只有殷勤，画檐蛛网，尽日惹飞絮。 辛弃疾《摸鱼儿》

渐吹尽、枝头香絮，是处人家，绿深门户。　姜夔《长亭怨慢》
念羁情、游荡随风，化为轻絮。　吴文英《莺啼序》
依依甚意绪，漫忆海门飞絮。　刘辰翁《兰陵王》
禁苑东风外，飏暖丝晴絮，春思如织。　周密《曲游春》
接叶巢莺，平波卷絮，断桥斜日归船。　张炎《高阳台》
梨花带雨，柳絮迎风，一番愁债。　夏完淳《烛影摇红》
倚楼极目天涯，天涯尽处，算只有、濛濛飞絮。　文廷式《祝英台近》

缕

昨别今已春，鬓丝生几缕。　韦应物《长安遇冯著》

——

劝君莫惜金缕衣，劝君惜取少年时。　杜秋娘《金缕衣》

——

无情不似多情苦，一寸还成千万缕。　晏殊《木兰花》
官柳低金缕，归骑晚，纤纤池塘飞雨。　周邦彦《瑞龙吟》
谁为我，唱金缕。　叶梦得《贺新郎》
东风静、细柳垂金缕，望凤阙、非烟非雾。　万俟咏《三台》
教人红消翠减，觉衣宽金缕，都为轻别。　田为《江神子慢》
弱柳千丝缕，嫩黄匀遍鸦啼处。　袁去华《安公子》
蛾儿雪柳黄金缕，笑语盈盈暗香去。　辛弃疾《青玉案》
算空有并刀，难剪离愁千缕。　姜夔《长亭怨慢》
千万缕、藏鸦细柳，为玉尊、起舞回雪。　姜夔《琵琶仙》
早白发、缘愁万缕，惊飙从卷乌纱去。　吴文英《霜叶飞》
但怅望一缕新蟾，随人天角。　吴文英《澡兰香》
倚银屏、春宽梦窄，断红湿、歌纨金缕。　吴文英《莺啼序》
一缕萦帘翠影，依稀海天云气。　王沂孙《天香》
漫想熏风，柳丝千万缕。　王沂孙《齐天乐》

他家万条千缕，解遮亭障驿，不隔江水。　　彭元逊《六丑》

花外琵琶，柳边莺燕，玉佩摇金缕。　　萨都剌《酹江月》

蝶化彩衣金缕尽，虫衔画粉玉楼空。　　陈子龙《山花子》

汽笛一声肠已断，从此天涯孤旅。凭割断愁丝恨缕。　　毛泽东《贺新郎》

六

草木 花卉 果品

木

树木丛生，百草丰茂。　曹操《步出夏门行·观沧海》

——

草木有本心，何求美人折。　张九龄《感遇之一》

徒言树桃李，此木岂无阴。　张九龄《感遇之七》

清辉澹水木，演漾在窗户。　王昌龄《同从弟南斋玩月忆山阴崔少府》

自云良家子，零落依草木。　杜甫《佳人》

——

木落雁南渡，北风江上寒。　孟浩然《早寒有怀》

古木无人径，深山何处钟。　王维《过香积寺》

曲径通幽处，禅房花木深。　常建《题破山寺后禅院》

国破山河在，城春草木深。　杜甫《春望》

——

秋风萧瑟天气凉，草木摇落露为霜。　曹丕《燕歌行》

月照城头乌半飞，霜凄万木风入衣。　李颀《琴歌》

苍茫古木连穷巷，寥落寒山对虚牖。　王维《老将行》

但见悲鸟号古木，雄飞雌从绕林间。　李白《蜀道难》

君臣已与时际会，树木犹为人爱惜。　杜甫《古柏行》

三年笛里关山月，万国兵前草木风。　杜甫《洗兵马》

——

九月寒砧催木叶，十年征戍忆辽阳。　沈佺期《独不见》

漠漠水田飞白鹭，阴阴夏木啭黄鹂。　王维《积雨辋川庄作》

无边落木萧萧下，不尽长江滚滚来。　杜甫《登高》

沉舟侧畔千帆过，病树前头万木春。 刘禹锡《酬乐天扬州初逢席上见赠》
茅檐长扫净无苔，花木成畦手自栽。 王安石《书湖阴先生壁》
落木千山天远大，澄江一道月分明。 黄庭坚《登快阁》
洞庭木落楚天高，眉黛猩红涴战袍。 鲁迅《无题（1932 年）》
草木不欣胡日月，风云犹壮汉山河。 柳亚子《寄题岳王冢》
草木风声势未安，孤舟惶恐再经滩。 郁达夫《乱离杂诗十二》

——

呼我盟鸥，翩翩欲下，背人还过木末。 姜夔《庆宫春》
自胡马窥江去后，废池乔木，犹厌言兵。 姜夔《扬州慢》
只匆匆残照，早觉闲愁挂乔木。 史达祖《八归》
乔木生云气，访中兴、英雄陈迹，暗追前事。 吴文英《贺新郎》
望不尽冉冉斜阳，抚乔木年华将晚。 王沂孙《长亭怨慢》
万木霜天红烂漫，天兵怒气冲霄汉。 毛泽东《渔家傲》

树

树木丛生，百草丰茂。 曹操《步出夏门行·观沧海》
绕树三匝，何枝可依。 曹操《短歌行之一》

——

徒言树桃李，此木岂无阴。 张九龄《感遇之七》

——

绿树村边合，青山郭外斜。 孟浩然《过故人庄》
山中一夜雨，树杪百重泉。 王维《送梓州李使君》
渭北春天树，江东日暮云。 杜甫《春日忆李白》
海门深不见，浦树远含滋。 韦应物《赋得暮雨送李曹》
树色随关迥，河声入海遥。 许浑《秋日赴阙题潼关驿楼》
五更疏欲断，一树碧无情。 李商隐《蝉》

——

画栏桂树悬秋香，三十六宫土花碧。 李贺《金铜仙人辞汉歌》

——

山色遥连秦树晚，砧声近报汉宫秋。 韩翃《同题仙游观》

几处早莺争暖树，谁家新燕啄春泥。 白居易《钱塘湖春行》

日光斜照集灵台，红树花迎晓露开。 张祜《集灵台》

嵩云秦树久离居，双鲤迢迢一纸书。 李商隐《寄令狐郎中》

苏武魂销汉使前，古祠高树两茫然。 温庭筠《苏武庙》

篱落疏疏小径深，树头花落未成阴。 杨万里《宿新市徐公店》

——

梧桐树，三更雨，不道离情正苦。 温庭筠《更漏子》

望中酒旆闪闪，一簇烟村，数行霜树。 柳永《夜半乐》

树头花艳杂娇云，树底人家朱户。 晏几道《御街行》

断崖树，犹倒倚，莫愁艇子曾系。 周邦彦《西河》

绿树听鹈鴂，更那堪、鹧鸪声住，杜鹃声切。 辛弃疾《贺新郎》

长记曾携手处，千树压、西湖寒碧。 姜夔《暗香》

晚雨未摧宫树，可怜闲叶，犹抱凉蝉。 史达祖《玉胡蝶》

绣幄鸳鸯柱，红情密，腻云低护秦树。 吴文英《宴清都》

一树桃花飞茜雪，红豆相思暗结。 周密《清平乐》

恐翠袖天寒，犹倚梅花那树。 张炎《月下笛》

一襟余恨宫魂断，年年翠阴庭树。 王沂孙《齐天乐》

枫老树流丹，芦华吹又残，系扁舟、同倚朱阑。 蒋春霖《唐多令》

一霎车尘生树杪，陌上楼头，都向尘中老。 王国维《蝶恋花》

蚂蚁缘槐夸大国，蚍蜉撼树谈何易。 毛泽东《满江红》

松

松月生夜凉，风泉满清听。 孟浩然《宿业师山房待丁大不至》

声喧乱石中，色静深松里。 王维《青溪》

长歌吟松风，曲尽河星稀。 李白《下终南山过斛斯山人宿置酒》
草色新雨中，松声晚窗里。 丘为《寻西山隐者不遇》
泠泠七弦上，静听松风寒。 刘长卿《听弹琴》
松下问童子，言师采药去。 贾岛《寻隐者不遇》

——

忽逢青鸟使，邀入赤松家。 孟浩然《宴梅道士山房》
松风吹解带，山月照弹琴。 王维《酬张少府》
红颜弃轩冕，白首卧松云。 李白《赠孟浩然》
过雨看松色，随山到水源。 刘长卿《寻南溪常道士》

——

岩扉松径长寂寥，唯有幽人自来去。 孟浩然《夜归鹿门歌》
月明松下房栊静，日出云中鸡犬喧。 王维《桃源行》
连峰去天不盈尺，枯松倒挂倚绝壁。 李白《蜀道难》
似闻昨者赤松子，恐是汉代韩张良。 杜甫《寄韩谏议注》
山红涧碧纷烂漫，时见松枥皆十围。 韩愈《山石》

——

山中习静观朝槿，松下清斋折露葵。 王维《积雨辋川庄作》
二帝巡游俱未回，五陵松柏使人哀。 李白《永王东巡歌十一首之五》
古庙杉松巢水鹤，岁时伏腊走村翁。 杜甫《咏怀古迹之四》
疏松影落空坛静，细草香生小洞幽。 韩翃《同题仙游观》
松排山面千重翠，月点波心一颗珠。 白居易《春题湖上》
咬定青山不放松，立根原在破岩中。 郑燮《竹石》

——

若到松江呼小渡，莫惊鸳鹭，四桥尽是，老子经行处。 苏轼《青玉案》
料得年年肠断处，明月夜，短松冈。 苏轼《江城子》
双桨莼波，一蓑松雨，暮愁渐满空阔。 姜夔《庆宫春》
行天入镜，做弄出、轻松纤软。 史达祖《东风第一枝》
何人念、流落无几，点点抟作雪绵松润，为君裛泪。 彭元逊《六丑》
落日无人松径里，鬼火高低明灭。 萨都剌《百字令》
一壶幽绿，爱松阴满地，蕊珠宫府。 萨都剌《酹江月》

春归归不得，两桨松花隔。　　纳兰性德《菩萨蛮》
战松林、万翠鸣秋，并作怒涛澎湃。　　吕碧城《瑞鹤仙》

桂

青丝为笼系，桂枝为笼钩。　　《陌上桑》
兰叶春葳蕤，桂华秋皎洁。　　张九龄《感遇之一》
行当浮桂棹，未几拂荆扉。　　王维《送綦毋潜落第还乡》

——

黄金燃桂尽，壮志逐年衰。　　孟浩然《秦中寄远上人》
人闲桂花落，夜静春山空。　　王维《鸟鸣涧》

——

画栏桂树悬秋香，三十六宫土花碧。　　李贺《金铜仙人辞汉歌》
琼弁玉蕤佩珊珊，蕙桡桂棹凌回澜。　　夏完淳《长歌》

——

桂魄初生秋露微，轻罗已薄未更衣。　　王维《秋夜曲》
昨夜星辰昨夜风，画楼西畔桂堂东。　　李商隐《无题》
风波不信菱枝弱，月露谁教桂叶香。　　李商隐《无题》

——

山寺月中寻桂子，郡亭枕上看潮头。何日更重游？　　白居易《忆江南》
重湖叠巘清嘉，有三秋桂子，十里荷花。　　柳永《望海潮》
莹无尘、素娥澹贮，静可数、丹桂参差。　　晁端礼《绿头鸭》
青烟幂处，碧海飞金镜，永夜闲阶卧桂影。　　晁补之《洞仙歌》
桂华流瓦，纤云散，耿耿素娥欲下。　　周邦彦《解语花》
欲买桂花同载酒，终不似，少年游。　　刘过《唐多令》
旧堤分燕尾，桂棹轻鸥，宝勒倚残云。　　吴文英《渡江云》
看云外山河，还老桂花旧影。　　王沂孙《眉妩》
灯萼半成灰，短书千里回，报岩扃、晚桂都开。　　朱孝臧《唐多令》

问讯吴刚何所有，吴刚捧出桂花酒。　毛泽东《蝶恋花》

杨

杨柳散和风，青山澹吾虑。　韦应物《东郊》

——

羌笛何须怨杨柳，春风不度玉门关。　王之涣《凉州词》

忽见陌头杨柳色，悔教夫婿觅封侯。　王昌龄《闺怨》

昔时飞箭无全目，今日垂杨生左肘。　王维《老将行》

杨花雪落覆白蘋，青鸟飞去衔红巾。　杜甫《丽人行》

杨家有女初长成，养在深闺人未识。　白居易《长恨歌》

——

于今腐草无萤火，终古垂杨有暮鸦。　李商隐《隋宫》

斑骓只系垂杨岸，何处西南待好风。　李商隐《无题》

却折垂杨送归客，心随东棹忆华年。　鲁迅《送增田涉君归国》

春风杨柳万千条，六亿神州尽舜尧。　毛泽东《送瘟神之二》

细雨蒲帆游子泪，春风杨柳故园情。　郁达夫《乱离杂诗之九》

——

绿杨芳草几时休，泪眼愁肠先已断。　钱惟演《木兰花》

春风不解禁杨花，濛濛乱扑行人面。　晏殊《踏莎行》

绿杨烟外晓寒轻，红杏枝头春意闹。　宋祁《木兰花》

败荷零落，衰杨掩映，岸边两两三三，浣纱游女。　柳永《夜半乐》

墙头丹杏雨余花，门外绿杨风后絮。　晏几道《木兰花》

舞低杨柳楼心月，歌尽桃花扇底风。　晏几道《鹧鸪天》

细看来、不是杨花，点点是离人泪。　苏轼《水龙吟》

正拂面垂杨堪揽结，掩红泪、玉手亲折。　周邦彦《浪淘沙慢》

楼角初销一缕霞，淡黄杨柳暗栖鸦，玉人和月摘梅花。　贺铸《浣溪沙》

春归翠陌，平莎茸嫩，垂杨金浅。　陈亮《水龙吟》

曲岸持觞，垂杨系马，此地曾经别。	辛弃疾《念奴娇》
空城晓角，吹入垂杨陌。	姜夔《淡黄柳》
红杏香中箫鼓，绿杨影里秋千。	俞国宝《风入松》
垂杨暗吴苑，正旗亭烟冷，河桥风暖。	吴文英《瑞鹤仙》
自是萧郎飘荡，错教人恨杨花。	周密《清平乐》
杨柳迷离晓雾中，杏花零落五更钟。	陈子龙《山花子》
杨柳乍如丝，故园春尽时。	纳兰性德《菩萨蛮》
教说与东风，垂杨淡碧吹梦痕。	蒋春霖《忆旧游》
我失骄杨君失柳，杨柳轻飏，直上重霄九。	毛泽东《蝶恋花》

柳

青青河畔草，郁郁园中柳。	《青青河畔草》
杨柳散和风，青山澹吾虑。	韦应物《东郊》

——

云霞出海曙，梅柳渡江春。	杜审言《和晋陵陆丞早春游望》
忽过新丰市，还归细柳营。	王维《观猎》
江山如有待，花柳更无私。	杜甫《后游》
岭猿同旦暮，江柳共风烟。	刘长卿《新年作》
闲门向山路，深柳读书堂。	刘眘虚《阙题》

——

路旁时卖故侯瓜，门前学种先生柳。	王维《老将行》
风吹柳花满店香，吴姬压酒劝客尝。	李白《金陵酒肆留别》
江头宫殿锁千门，细柳新蒲为谁绿。	杜甫《哀江头》
芙蓉如面柳如眉，对此如何不泪垂。	白居易《长恨歌》
可怜思妇楼头柳，认作天边粉絮看。	吴伟业《圆圆曲》

——

渭城朝雨浥轻尘，客舍青青柳色新。	王维《渭城曲》

此夜曲中闻折柳，何人不起故园情。 李白《春夜洛城闻笛》
颠狂柳絮随风去，轻薄桃花逐水流。 杜甫《绝句漫兴之五》
无情最是台城柳，依旧烟笼十里堤。 韦庄《台城》
山重水复疑无路，柳暗花明又一村。 陆游《游山西村》

——

撩乱春愁如柳絮，悠悠梦里无寻处。 冯延巳《蝶恋花》
青杏园林煮酒香，佳人初试薄罗裳，柳丝无力燕飞忙。 晏殊《浣溪沙》
候馆梅残，溪桥柳细，草薰风暖摇征辔。 欧阳修《踏莎行》
东风里，朱门映柳，低按小秦筝。 秦观《满庭芳》
官柳低金缕，归骑晚，纤纤池塘飞雨。 周邦彦《瑞龙吟》
长亭柳色才黄，远客一枝先折。 贺铸《石州引》
铺翠冠儿，捻金雪柳，簇带争济楚。 李清照《永遇乐》
红酥手，黄縢酒。满城春色宫墙柳。 陆游《钗头凤》
宝钗分，桃叶渡，烟柳暗南浦。 辛弃疾《祝英台近》
千万缕、藏鸦细柳，为玉尊、起舞回雪。 姜夔《琵琶仙》
做冷欺花，将烟困柳，千里偷催春暮。 史达祖《绮罗香》
柳暝河桥，莺晴台苑，短策频惹春香。 吴文英《夜合花》
渐新痕悬柳，淡彩穿花，依约破初暝。 王沂孙《眉妩》

竹

荷风送香气，竹露滴清响。 孟浩然《夏日南亭怀辛大》
绿竹入幽径，青萝拂行衣。 李白《下终南山过斛斯山人宿置酒》
天寒翠袖薄，日暮倚修竹。 杜甫《佳人》
苍苍竹林寺，杳杳钟声晚。 刘长卿《送灵澈》
道人庭宇静，苔色连深竹。 柳宗元《晨诣超师院读禅经》

——

竹喧归浣女，莲动下渔舟。 王维《山居秋暝》

竹批双耳峻，风入四蹄轻。　　杜甫《房兵曹胡马》
孤灯寒照雨，深竹暗浮烟。　　司空曙《云阳馆与韩绅宿别》

——

河广传闻一苇过，胡危命在破竹中。　　杜甫《洗兵马》
渔翁夜傍西岩宿，晓汲清湘然楚竹。　　柳宗元《渔翁》
缓歌谩舞凝丝竹，尽日君王看不足。　　白居易《长恨歌》
浔阳地僻无音乐，终岁不闻丝竹声。　　白居易《琵琶行》

——

桤林碍日吟风叶，笼竹和烟滴露梢。　　杜甫《堂成》
瑶池阿母绮窗开，黄竹歌声动地哀。　　李商隐《瑶池》
竹外桃花三两枝，春江水暖鸭先知。　　苏轼《惠崇春江晓景》
衙斋卧听萧萧竹，疑是民间疾苦声。　　郑燮《潍县署中画竹》
斑竹一枝千滴泪，红霞万朵百重衣。　　毛泽东《答友人》

——

夜深风竹敲秋韵，万叶千声皆是恨。　　欧阳修《木兰花》
竹杖芒鞋轻胜马，谁怕？一蓑烟雨任平生。　　苏轼《定风波》
润逼琴丝，寒侵枕障，虫网吹黏帘竹。　　周邦彦《大酺》
泪竹痕鲜，佩兰香老，湘天浓暖。　　贺铸《望湘人》
但怪得、竹外疏花，香冷入瑶席。　　姜夔《暗香》
客里相逢，篱角黄昏，无言自倚修竹。　　姜夔《疏影》
竹槛气寒，蕙畹声摇，新绿暗通南浦。　　张镃《宴山亭》
想半属、渔市樵村，欲暮竞燃竹。　　史达祖《八归》
采幽香，巡古苑，竹冷翠微路。　　吴文英《祝英台近》
修竹凝妆，垂杨驻马，凭阑浅画成图。　　吴文英《高阳台》
华表月明归夜鹤，叹当时花竹今如此。　　吴文英《贺新郎》
肠断竹马儿童，空见说、三千乐指。　　刘辰翁《宝鼎现》
空掩袖，倚寒竹。　　蒋捷《贺新郎》

枝

绕树三匝，何枝可依。　　曹操《短歌行之一》

——

青丝为笼系，桂枝为笼钩。　　《陌上桑》
燕草如碧丝，秦桑低绿枝。　　李白《春思》

——

红豆生南国，春来发几枝。　　王维《相思》
风枝惊暗鹊，露草泣寒虫。　　戴叔伦《江乡故人偶集客舍》
客去波平槛，蝉休露满枝。　　李商隐《凉思》
打起黄莺儿，莫教枝上啼。　　金昌绪《春怨》

——

崔嵬枝干郊原古，窈窕丹青户牖空。　　杜甫《古柏行》
鸾翔凤翥众仙下，珊瑚碧树交枝柯。　　韩愈《石鼓歌》
在天愿作比翼鸟，在地愿为连理枝。　　白居易《长恨歌》
白皙通侯最少年，拣取花枝屡回顾。　　吴伟业《圆圆曲》

——

一枝红艳露凝香，云雨巫山枉断肠。　　李白《清平调之二》
黄四娘家花满蹊，千朵万朵压枝低。　　杜甫《江岸独步寻花七绝句之六》
机中锦字论长恨，楼上花枝笑独眠。　　皇甫冉《春思》
花开堪折直须折，莫待无花空折枝。　　杜秋娘《金缕衣》
迢递高城百尺楼，绿杨枝外尽汀洲。　　李商隐《安定城楼》
碧阑干外绣帘垂，猩色屏风画折枝。　　韩偓《已凉》
残雪压枝犹有橘，冻雷惊笋欲抽芽。　　欧阳修《戏答元珍》
些小吾曹州县吏，一枝一叶总关情。　　郑燮《潍县署中画竹》
斑竹一枝千滴泪，红霞万朵百重衣。　　毛泽东《答友人》

——

绿杨烟外晓寒轻，红杏枝头春意闹。 宋祁《木兰花》
拣尽寒枝不肯栖，寂寞沙洲冷。 苏轼《卜算子》
笑相遇，似觉琼枝玉树相倚，暖日明霞光烂。 周邦彦《拜星月慢》
琼枝璧月春如昨。怅别后华表，那回双鹤。 张元幹《兰陵王》
明月别枝惊鹊，清风半夜鸣蝉。 辛弃疾《西江月》
苔枝缀玉，有翠禽小小，枝上同宿。 姜夔《疏影》
榴心空叠舞裙红，艾枝应压愁鬟乱。 吴文英《踏莎行》
金壶剪送琼枝，看一骑红尘，香度瑶阙。 周密《瑶华》
荏苒一枝春，恨东风、人似天远。 王沂孙《法曲献仙音》
已是悬崖百丈冰，犹有花枝俏。 毛泽东《卜算子》

叶

兰叶春葳蕤，桂华秋皎洁。 张九龄《感遇之一》
雉雊麦苗秀，蚕眠桑叶稀。 王维《渭川田家》
苔深不能扫，落叶秋风早。 李白《长干行》

——

风鸣两岸叶，月照一孤舟。 孟浩然《宿桐庐江寄广陵旧游》
明朝挂帆席，枫叶落纷纷。 李白《夜泊牛渚怀古》
雨中黄叶树，灯下白头人。 司空曙《喜外弟卢纶见宿》
淮南一叶下，自觉洞庭波。 许浑《早秋》
黄叶仍风雨，青楼自管弦。 李商隐《风雨》
荒戍落黄叶，浩然离故关。 温庭筠《送人东游》
落叶他乡树，寒灯独夜人。 马戴《灞上秋居》

——

四月南风大麦黄，枣花未落桐叶长。 李颀《送陈章甫》
鸿飞冥冥日月白，青枫叶赤天雨霜。 杜甫《寄韩谏议注》
升堂坐阶新雨足，芭蕉叶大支子肥。 韩愈《山石》

春风桃李花开日，秋雨梧桐叶落时。 白居易《长恨歌》
浔阳江头夜送客，枫叶荻花秋瑟瑟。 白居易《琵琶行》

——

映阶碧草自春色，隔叶黄鹂空好音。 杜甫《蜀相》
野蔬充膳甘长藿，落叶添薪仰古槐。 元稹《遣悲怀之一》
风波不信菱枝弱，月露谁教桂叶香。 李商隐《无题》

——

一叶叶，一声声，空阶滴到明。 温庭筠《更漏子》
菡萏香销翠叶残，西风愁起绿波间。 李璟《摊破浣溪沙》
冻云黯淡天气，扁舟一叶，乘兴离江渚。 柳永《夜半乐》
守得莲开结伴游，约开萍叶上兰舟。 晏几道《鹧鸪天》
纨如三鼓，铿然一叶，黯黯梦云惊断。 苏轼《永遇乐》
玉鉴琼田三万顷，着我扁舟一叶。 张孝祥《念奴娇》
宝钗分，桃叶渡，烟柳暗南浦。 辛弃疾《祝英台近》
双桨来时，有人似、旧曲桃根桃叶。 姜夔《琵琶仙》
晚雨未摧宫树，可怜闲叶，犹抱凉蝉。 史达祖《玉胡蝶》
江燕话归成晓别，水花红减似春休，西风梧井叶先愁。 吴文英《浣溪沙》
接叶巢莺，平波卷絮，断桥斜日归船。 张炎《高阳台》
正西风落叶下长安，飞鸣镝。 毛泽东《满江红》

草

树木丛生，百草丰茂。 曹操《步出夏门行·观沧海》

——

青青河畔草，郁郁园中柳。 《青青河畔草》
燕草如碧丝，秦桑低绿枝。 李白《春思》
谁言寸草心，报得三春晖。 孟郊《游子吟》

——

草枯鹰眼疾，雪尽马蹄轻。 王维《观猎》
国破山河在，城春草木深。 杜甫《春望》
白云依静渚，芳草闭闲门。 刘长卿《寻南溪常道士》
林暗草惊风，将军夜引弓。 卢纶《塞下曲之二》
离离原上草，一岁一枯荣。 白居易《草》

——

大漠穷秋塞草衰，孤城落日斗兵稀。 高适《燕歌行》
北风卷地白草折，胡天八月即飞雪。 岑参《白雪歌送武判官归京》
三年笛里关山月，万国兵前草木风。 杜甫《洗兵马》
西宫南内多秋草，落叶满阶红不扫。 白居易《长恨歌》

——

疏松影落空坛静，细草香生小洞幽。 韩翃《同题仙游观》
独怜幽草涧边生，上有黄鹂深树鸣。 韦应物《滁州西涧》
草萤有耀终非火，荷露虽团岂是珠。 白居易《放言五首之一》
繁华事散逐香尘，流水无情草自春。 杜牧《金谷园》
石麟埋没藏春草，铜雀荒凉对暮云。 温庭筠《过陈琳墓》
江雨霏霏江草齐，六朝如梦鸟空啼。 韦庄《台城》
草木不欣胡日月，风云犹壮汉山河。 柳亚子《寄题岳王冢》
乱世桃源非乐土，炎荒草泽尽英雄。 郁达夫《乱离杂诗之十》

——

迷路，迷路，边草无穷日暮。 韦应物《调笑令》
门外草萋萋，送君闻马嘶。 温庭筠《菩萨蛮》
记得绿罗裙，处处怜芳草。 牛希济《生查子》
百草千花寒食路，香车系在谁家树。 冯延巳《蝶恋花》
六朝旧事随流水，但寒烟衰草凝绿。 王安石《桂枝香》
山抹微云，天黏衰草，画角声断谯门。 秦观《满庭芳》
若问闲愁都几许？一川烟草，满城风絮，梅子黄时雨。 贺铸《青玉案》
洞庭青草，近中秋、更无一点风色。 张孝祥《念奴娇》
茅檐低小，溪上青青草。 辛弃疾《清平乐》

兰

顾盼遗光彩，长啸气若兰。 曹植《美女篇》
兰叶春葳蕤，桂华秋皎洁。 张九龄《感遇之一》
千里共如何，微风吹兰杜。 王昌龄《同从弟南斋玩月忆山阴崔少府》

——

属国归何晚，楼兰斩未还。 杜甫《秦州杂诗之七》
猿啼洞庭树，人在木兰舟。 马戴《楚江怀古》

——

贺兰山下阵如云，羽檄交驰日夕闻。 王维《老将行》
衰兰送客咸阳道，天若有情天亦老。 李贺《金铜仙人辞汉歌》

——

黄沙百战穿金甲，不破楼兰终不还。 王昌龄《从军行之四》
萼绿华来无定所，杜兰香去未移时。 李商隐《重过圣女祠》
怀抱芳馨兰一握，纵横宙合雾千重。 康有为《出都留别诸公》
解忧纵有兰陵酒，浅醉何由梦洛妃。 郁达夫《乱离杂诗之六》

——

兰烬落，屏上暗红蕉。 皇甫松《梦江南》
槛菊愁烟兰泣露，罗幕轻寒，燕子双飞去。 晏殊《蝶恋花》
都门帐饮无绪，留恋处、兰舟催发。 柳永《雨霖铃》
一叶兰舟，便恁急桨凌波去。 柳永《采莲令》
兰佩紫，菊簪黄，殷勤理旧狂。 晏几道《阮郎归》
兰苑未空，行人渐老，重来是事堪嗟。 秦观《望海潮》
怎奈向兰成憔悴，卫玠清羸，等闲时、易伤心目。 周邦彦《大酺》
水眄兰情，总平生稀见。 周邦彦《拜星月慢》
兰芷满汀洲，游丝横路。 贺铸《人南渡》
泪竹痕鲜，佩兰香老，湘天浓暖。 贺铸《望湘人》

任兰舟、载将离恨，转南浦，背西曛。　　贺铸《绿头鸭》

红藕香残玉簟秋，轻解罗裳，独上兰舟。　　李清照《一剪梅》

一溪烟柳万丝垂，无因系得兰舟住。　　周紫芝《踏莎行》

驾长车，踏破贺兰山缺。　　岳飞《满江红》

又将愁眼与春风，待去，倚兰桡更少驻。　　姜夔《杏花天》

巧沁兰心，偷粘草甲，东风欲障新暖。　　史达祖《东风第一枝》

幽兰旋老，杜若还生，水乡尚寄旅。　　吴文英《莺啼序》

兰情蕙盼，惹相思、春根酒畔。　　吴文英《瑞鹤仙》

冰丝写怨更多情，骚人恨，枉赋芳兰幽芷。　　周密《花犯》

蓬

黄尘足今古，白骨乱蓬蒿。　　王昌龄《塞下曲》

——

征蓬出汉塞，归雁入胡天。　　王维《使至塞上》

此地一为别，孤蓬万里征。　　李白《送友人》

——

蓬莱文章建安骨，中间小谢又清发。　　李白《宣州谢朓楼饯别校书叔云》

蓬莱织女回云车，指点虚无是征路。

杜甫《送孔巢父谢病归游江东兼呈李白》

昭阳殿里恩爱绝，蓬莱宫中日月长。　　白居易《长恨歌》

——

花径不曾缘客扫，蓬门今始为君开。　　杜甫《客至》

蓬莱宫阙对南山，承露金茎霄汉间。　　杜甫《秋兴八首之五》

吊影分为千里雁，辞根散作九秋蓬。

白居易《自河南经乱，关内阻饥，兄弟离散，各在一处，因望月有感，聊书所怀，寄上浮梁大兄、於潜七兄、乌江十五兄兼示符离及下邽弟妹》

嗟余听鼓应官去，走马兰台类转蓬。　　李商隐《无题》

刘郎已恨蓬山远，更隔蓬山一万重。 李商隐《无题》
蓬山此去无多路，青鸟殷勤为探看。 李商隐《无题》
蓬门未识绮罗香，拟托良媒亦自伤。 秦韬玉《贫女》
曾于青史见遗文，今日飘蓬过此坟。 温庭筠《过陈琳墓》
蓬山咫尺南溟路，哀乐都因一水分。 郁达夫《乱离杂诗之三》
飘零琴剑下巴东，未必蓬山有路通。 郁达夫《乱离杂诗之十》

——

多少蓬莱旧事，空回首、烟霭纷纷。 秦观《满庭芳》
渐酒空金榼，花困蓬瀛。 秦观《满庭芳》
争知道、梦里蓬莱，待忘了余香，时传音信。 僧挥《金明池》
玉殿珠帘尽卷，拥群仙、蓬壶阆苑。 张抡《烛影摇红》
最喜小儿无赖，溪头卧剥莲蓬。 辛弃疾《清平乐》
寄残云剩雨蓬莱，也应梦见。 吴文英《瑞鹤仙》
欢极蓬壶蕖浸，花院梨溶，醉连春夕。 蒋捷《瑞鹤仙》
那得相思，付与青蘋，自随蓬转。 王鹏运《三姝媚》
蓬山咫尺，更为谁、青鸟殷勤。 郑文焯《湘春夜月》
鸣蛩颓墄，吹蝶空枝，飘蓬人意相怜。 朱孝臧《声声慢》
十二曲阑春寂寂，隔蓬山、何处窥人面？ 梁启超《金缕曲》
炮火连天，弹痕遍地，吓倒蓬间雀。 毛泽东《念奴娇》

苔

返景入深林，复照青苔上。 王维《鹿柴》
门前迟行迹，一一生绿苔。
苔深不能扫，落叶秋风早。 李白《长干行》
茅亭宿花影，药院滋苔纹。 常建《宿王昌龄隐居》
道人庭宇静，苔色连深竹。 柳宗元《晨诣超师院读禅经》

——

一路经行处，莓苔见屐痕。　　刘长卿《寻南溪常道士》

——

闲窥石镜清我心，谢公行处苍苔没。　　李白《庐山谣寄卢侍御虚舟》

剜苔剔藓露节角，安置妥帖平不颇。　　韩愈《石鼓歌》

香径尘生鸟自啼，屧廊人去苔空绿。　　吴伟业《圆圆曲》

——

百亩庭中半是苔，桃花净尽菜花开。　　刘禹锡《再游玄都观》

莫厌潇湘少人处，水多菰米岸莓苔。　　杜牧《早雁》

茅檐长扫净无苔，花木成畦手自栽。　　王安石《书湖阴先生壁》

应怜屐齿印苍苔，小扣柴扉久不开。　　叶绍翁《游园不值》

——

晚春盘马踏青苔，曾傍绿阴深驻。　　晏几道《御街行》

绿芜墙绕青苔院，中庭日淡芭蕉卷。　　陈克《菩萨蛮》

梅风地溽，虹雨苔滋，一架舞红都变。　　周邦彦《过秦楼》

吟望久，青苔上，旋看飞坠。　　周邦彦《花犯》

当时曾题败壁，蛛丝罩、淡墨苔晕青。　　周邦彦《绮寮怨》

睡起流莺语。掩苍苔、房栊向晚，乱红无数。　　叶梦得《贺新郎》

便角枕题诗，宝钗贳酒，共醉青苔深院。　　吕渭老《薄幸》

露湿铜铺，苔侵石井，都是曾听伊处。　　姜夔《齐天乐》

苔径追忆曾游，念谁伴秋千，彩绳芳柱。　　张镃《宴山亭》

惆怅双鸳不到，幽阶一夜苔生。　　吴文英《风入松》

遨头小簇行春队，步苍苔、寻幽别墅，问梅开未。　　吴文英《贺新郎》

当年燕子知何处，但苔深韦曲，草暗斜川。　　张炎《高阳台》

屐齿莓苔，酒痕罗袖事何限。　　王沂孙《长亭怨慢》

宁化清流归化，路隘林深苔滑。　　毛泽东《如梦令》

桃

徒言树桃李，此木岂无阴。 张九龄《感遇之七》
莫学武陵人，暂游桃源里。 裴迪《送崔九》

——

金灶初开火，仙桃正发花。 孟浩然《宴梅道士山房》

——

渔舟逐水爱山春，两岸桃花夹古津。 王维《桃源行》
春风桃李花开日，秋雨梧桐叶落时。 白居易《长恨歌》

——

昨夜风开露井桃，未央前殿月轮高。 王昌龄《春宫怨》
洞门高阁霭余晖，桃李阴阴柳絮飞。 王维《赠郭给事》
桃花潭水深千尺，不及汪伦送我情。 李白《赠汪伦》
五夜漏声催晓箭，九重春色醉仙桃。 杜甫《奉和贾至舍人早朝大明宫》
颠狂柳絮随风去，轻薄桃花逐水流。 杜甫《绝句漫兴之五》
人间四月芳菲尽，山寺桃花始盛开。 白居易《大林寺桃花》
竹外桃花三两枝，春江水暖鸭先知。 苏轼《惠崇春江晓景》
陶令不知何处去，桃花源里可耕田？ 毛泽东《登庐山》
乱世桃源非乐土，炎荒草泽尽英雄。 郁达夫《乱离杂诗之十》

——

西塞山前白鹭飞，桃花流水鳜鱼肥。 张志和《渔歌子》
桃花春水渌，水上鸳鸯浴。 韦庄《菩萨蛮》
沉恨细思，不如桃杏，犹解嫁东风。 张先《一丛花》
买花载酒长安市，又争似家山见桃李？ 欧阳修《青玉案》
舞低杨柳楼心月，歌尽桃花扇底风。 晏几道《鹧鸪天》
雾失楼台，月迷津渡，桃源望断无寻处。 秦观《踏莎行》
那知自是，桃花结子，不因春瘦。 晁补之《水龙吟》

想东园、桃李自春，小唇秀靥今在否。　周邦彦《琐窗寒》

钗钿堕处遗香泽，乱点桃蹊，轻翻柳陌。　周邦彦《六丑》

天际小山桃叶步，白蘋花满湔裙处。　贺铸《蝶恋花》

宝钗分，桃叶渡，烟柳暗南浦。　辛弃疾《祝英台近》

双桨来时，有人似、旧曲桃根桃叶。　姜夔《琵琶仙》

烟波桃叶西陵路，十年断魂潮尾。　吴文英《齐天乐》

东风似旧，问前度桃花，刘郎能记，花复认郎否。　刘辰翁《摸鱼儿》

一树桃花飞茜雪，红豆相思暗结。　周密《清平乐》

化作娇莺飞归去，犹认纱窗旧绿，正过雨、荆桃如菽。　蒋捷《贺新郎》

杏

借问酒家何处有，牧童遥指杏花村。　杜牧《清明》

小楼一夜听春雨，深巷明朝卖杏花。　陆游《临安春雨初霁》

春色满园关不住，一枝红杏出墙来。　叶绍翁《游园不值》

——

雨后却斜阳，杏花零落香。　温庭筠《菩萨蛮》

满眼游丝兼落絮，红杏开时，一霎清明雨。　冯延巳《蝶恋花》

闲引鸳鸯香径里，手挼红杏蕊。　冯延巳《谒金门》

沉恨细思，不如桃杏，犹解嫁东风。　张先《一丛花》

青杏园林煮酒香，佳人初试薄罗裳，柳丝无力燕飞忙。　晏殊《浣溪沙》

绿杨烟外晓寒轻，红杏枝头春意闹。　宋祁《木兰花》

墙头丹杏雨余花，门外绿杨风后絮。　晏几道《木兰花》

红杏枝头花几许？啼痕止恨清明雨。　赵令畤《蝶恋花》

长沟流月去无声，杏花疏影里，吹笛到天明。　陈与义《临江仙》

柳困桃慵，杏青梅小，对人容易。　程垓《水龙吟》

杏花无处避春愁，也傍野烟发。　韩元吉《好事近》

东厢月，一天风露，杏花如雪。　范成大《忆秦娥》

流光过隙，叹杏梁、双燕如客。 姜夔《霓裳中序第一》
红杏香中箫鼓，绿杨影里秋千。 俞国宝《风入松》
青未了、柳回白眼，红欲断、杏开素面。 史达祖《东风第一枝》
轻暝笼寒，怕梨云梦冷，杏香愁幂。 周密《曲游春》
杨柳迷离晓雾中，杏花零落五更钟。 陈子龙《山花子》
莲漏三声烛半条，杏花微雨湿轻绡，那将红豆寄无聊。
纳兰性德《浣溪沙》
索性不还家，落残红杏花。 纳兰性德《菩萨蛮》

梨

忽如一夜春风来，千树万树梨花开。 岑参《白雪歌送武判官归京》
梨园子弟散如烟，女乐馀姿映寒日。 杜甫《观公孙大娘弟子舞剑器行》
梨园弟子白发新，椒房阿监青娥老。
玉容寂寞泪阑干，梨花一枝春带雨。 白居易《长恨歌》

——

寂寞空庭春欲晚，梨花满地不开门。 刘方平《春怨》

——

闲寻旧踪迹，又酒趁哀弦，灯照离席，梨花榆火催寒食。 周邦彦《兰陵王》
恨春去不与人期，弄夜色，空余满地梨花雪。 周邦彦《浪淘沙慢》
满院东风，海棠铺绣，梨花飘雪。 蔡伸《柳梢青》
欲黄昏，雨打梨花深闭门。 李重元《忆王孙》
见梨花初带夜月，海棠半含朝雨。 万俟咏《三台》
多少梨园声在，总不堪华发。 韩元吉《好事近》
强携酒，小桥宅，怕梨花落尽成秋色。 姜夔《淡黄柳》
记当日、门掩梨花，剪灯深夜语。 史达祖《绮罗香》
江南江北，曾未见、漫拟梨云梅雪。 周密《瑶华》
轻暝笼寒，怕梨云梦冷，杏香愁幂。 周密《曲游春》

欢极蓬壶蕖浸，花院梨溶，醉连春夕。　　蒋捷《瑞鹤仙》
梨花带雨，柳絮迎风，一番愁债。　　夏完淳《烛影摇红》
又是梨花欲谢，绣被春寒今夜。　　纳兰性德《昭君怨》
从此伤春伤别，黄昏只对梨花。　　纳兰性德《清平乐》
关河冻合梨云，冲寒犹试连钱骑。　　邓廷桢《水龙吟》

梅

来日绮窗前，寒梅著花未。　　王维《杂诗》
郎骑竹马来，绕床弄青梅。　　李白《长干行》

——

游伎皆秾李，行歌尽落梅。　　苏味道《正月十五夜》
云霞出海曙，梅柳渡江春。　　杜审言《和晋陵陆丞早春游望》
明朝望乡处，应见陇头梅。　　宋之问《题大庾岭北驿》

——

坟坛冷落将军岳，梅鹤凄凉处士林。　　鲁迅《阻郁达夫移家杭州》
梅花欢喜漫天雪，冻死苍蝇未足奇。　　毛泽东《冬云》

——

候馆梅残，溪桥柳细，草薰风暖摇征辔。　　欧阳修《踏莎行》
梅英疏淡，冰澌溶泄，东风暗换年华。　　秦观《望海潮》
故人早晚上高台，赠我江南春色一枝梅。　　舒亶《虞美人》
风老莺雏，雨肥梅子，午阴嘉树清圆。　　周邦彦《满庭芳》
楼角初销一缕霞，淡黄杨柳暗栖鸦，玉人和月摘梅花。　　贺铸《浣溪沙》
风城远，楚梅香嫩，先寄一枝春。　　贺铸《绿头鸭》
溪梅晴照生香，冷蕊数枝争发。　　张元幹《石州慢》
起来搔首，梅影横窗瘦。　　汪藻《点绛唇》
染柳烟浓，吹梅笛怨，春意知几许。　　李清照《永遇乐》
故国梅花归梦，愁损绿罗裙。　　鲁逸仲《南浦》

却笑东风从此，便熏梅染柳，更没些闲。 辛弃疾《汉宫春》

旧时月色，算几番照我，梅边吹笛。 姜夔《暗香》

古城阴，有官梅几许，红萼未宜簪。 姜夔《一萼红》

柳院灯疏，梅厅雪在，谁与细倾春碧。 史达祖《喜迁莺》

但可怜处，无奈苒苒魂惊，采香南浦，剪梅烟驿。 史达祖《秋霁》

向消凝里，梅开半面，情满徐妆。 史达祖《夜合花》

临砌影，寒香乱、冻梅藏韵。 吴文英《花犯》

重唱梅边新度曲，催发寒梢冻蕊。 吴文英《贺新郎》

最关情、折尽梅花，难寄相思。 周密《高阳台》

江南江北，曾未见、漫拟梨云梅雪。 周密《瑶华》

恐翠袖天寒，犹倚梅花那树。 张炎《月下笛》

残雪凝辉冷画屏，落梅横笛已三更，更无人处月胧明。

纳兰性德《浣溪沙》

折梅花去也，城西炬火，照琼瑶碎。 邓廷桢《水龙吟》

莲

竹喧归浣女，莲动下渔舟。 王维《山居秋暝》

——

前身合是采莲人，门前一片横塘水。 吴伟业《圆圆曲》

——

波漂菰米沉云黑，露冷莲房坠粉红。 杜甫《秋兴八首之七》

接天莲叶无穷碧，映日荷花别样红。 杨万里《晓出慈净寺送林子方》

何来酪果供千佛，难得莲花似六郎。 鲁迅《秋夜有感》

——

兰棹举，水纹开，竞携藤笼采莲来。 李珣《南乡子》

乘彩舫，过莲塘，棹歌惊起睡鸳鸯。 李珣《南乡子》

守得莲开结伴游，约开萍叶上兰舟。 晏几道《鹧鸪天》

蘋香已有莲开信，两桨佳期近。采莲时节定来无，醉后满身花影倩人扶。

晏几道《虞美人》

风消绛蜡，露浥红莲，灯市光相射。　周邦彦《解语花》

麝蜡烟浓，玉莲漏短，更衣不待酒初醺。　贺铸《绿头鸭》

冰姿洁，金莲衬、小小凌波罗袜。　田为《江神子慢》

最喜小儿无赖，溪头卧剥莲蓬。　辛弃疾《清平乐》

红莲相倚浑如醉，白鸟无言定自愁。　辛弃疾《鹧鸪天》

谁教岁岁红莲夜，两处沉吟各自知。　姜夔《鹧鸪天》

芳莲坠粉，疏桐吹绿，庭院暗雨乍歇。　姜夔《八归》

亭皋正望极，乱落江莲归未得。　姜夔《霓裳中序第一》

无端啼蛄搅夜，恨随团扇，苦近秋莲。　史达祖《玉胡蝶》

斗草溪根，沙印小莲步。　吴文英《祝英台近》

望不尽、楼台歌舞，习习香尘莲步底。　刘辰翁《宝鼎现》

莲漏三声烛半条，杏花微雨湿轻绡，那将红豆寄无聊。

纳兰性德《浣溪沙》

影娥忽泛初弦，分辉借与宫莲。　纳兰性德《清平乐》

七

飞禽 走兽 鳞介 昆虫

鸟

山气日夕佳，飞鸟相与还。　　陶渊明《饮酒之五》
荡胸生层云，决眦入归鸟。　　杜甫《望岳》
千山鸟飞绝，万径人踪灭。　　柳宗元《江雪》

——

淑气催黄鸟，晴光转绿蘋。　　杜审言《和晋陵陆丞早春游望》
野花看欲尽，林鸟听犹新。　　张九龄《送韦城李少府》
众鸟高飞尽，孤云独去闲。　　李白《独坐敬亭山》
山光悦鸟性，潭影空人心。　　常建《题破山寺后禅院》
白发悲花落，青云羡鸟飞。　　岑参《寄左省杜拾遗》
感时花溅泪，恨别鸟惊心。　　杜甫《春望》
水落鱼龙夜，山空鸟鼠秋。　　杜甫《秦州杂诗之一》
飞鸟没何处，青山空向人。　　刘长卿《饯别王十一南游》
漠漠帆来重，冥冥鸟去迟。　　韦应物《赋得暮雨送李曹》
风暖鸟声碎，日高花影重。　　杜荀鹤《春宫怨》

——

空山百鸟散还合，万里浮云阴且晴。
李颀《听董大弹胡笳兼寄语弄房给事》
翠影红霞映朝日，鸟飞不到吴天长。　　李白《庐山谣寄卢侍御虚舟》
但见悲鸟号古木，雄飞雌从绕林间。　　李白《蜀道难》
东走无复忆鲈鱼，南飞觉有安巢鸟。　　杜甫《洗兵马》
在天愿作比翼鸟，在地愿为连理枝。　　白居易《长恨歌》
早携娇鸟出樊笼，待得银河几时渡？　　吴伟业《圆圆曲》

——

禁里疏钟官舍晚，省中啼鸟吏人稀。 王维《赠郭给事》
关塞极天唯鸟道，江湖满地一渔翁。 杜甫《秋兴八首之七》
日暮东风怨啼鸟，落花犹似堕楼人。 杜牧《金谷园》
鱼鸟犹疑畏简书，风云常为护储胥。 李商隐《筹笔驿》
江雨霏霏江草齐，六朝如梦鸟空啼。 韦庄《台城》
凤凰浪迹成凡鸟，精卫临渊是怨禽。 郁达夫《乱离杂诗之七》

——

玉阶空伫立，宿鸟归飞急。 李白《菩萨蛮》
青鸟不传云外信，丁香空结雨中愁。 李璟《摊破浣溪沙》
啼鸟还知如许恨，料不啼清泪长啼血。 辛弃疾《贺新郎》
梦中未比丹青见，暗里忽惊山鸟啼。 姜夔《鹧鸪天》
最愁人、啼鸟晴明，叶底清圆。 吴文英《高阳台》

凤

牙璋辞凤阙，铁骑绕龙城。 杨炯《从军行》
叹凤嗟身否，伤麟怨道穷。 李隆基《经鲁祭孔子而叹之》

——

枯桑老柏寒飕飗，九雏鸣凤乱啾啾。 李颀《听安万善吹觱篥歌》
赵瑟初停凤凰柱，蜀琴欲奏鸳鸯弦。 李白《长相思》
苦心岂免容蝼蚁，香叶曾经宿鸾凤。 杜甫《古柏行》
攀龙附凤势莫当，天下尽化为侯王。 杜甫《洗兵马》
鸾翔凤翥众仙下，珊瑚碧树交枝柯。 韩愈《石鼓歌》
旧巢共是衔泥燕，飞上枝头变凤凰。 吴伟业《圆圆曲》
云开衡岳积阴止，天马凤凰春树里。 毛泽东《送纵宇一郎东行》

——

凤凰台上凤凰游，凤去台空江自流。 李白《登金陵凤凰台》

独有凤凰池上客，阳春一曲和皆难。　岑参《奉和中书舍人贾至早朝大明宫》
香稻啄余鹦鹉粒，碧梧栖老凤凰枝。　杜甫《秋兴八首之八》
身无彩凤双飞翼，心有灵犀一点通。　李商隐《无题》
为有云屏无限娇，凤城寒尽怕春宵。　李商隐《为有》
凤凰浪迹成凡鸟，精卫临渊是怨禽。　郁达夫《乱离杂诗之七》

——

衾凤冷，枕鸳孤，愁肠待酒舒。　晏几道《阮郎归》
绣阁里，凤帏深几许，听得理丝簧。　周邦彦《风流子》
凤城远，楚梅香嫩，先寄一枝春。　贺铸《绿头鸭》
忆得盈盈拾翠侣，共携赏、凤城寒食。　李甲《帝台春》
东风静、细柳垂金缕，望凤阙、非烟非雾。　万俟咏《三台》
双阙中天，凤楼十二春寒浅。　张抡《烛影摇红》
凤尾龙香拨，自开元霓裳曲罢，几番风月。　辛弃疾《贺新郎》
宝马雕车香满路。凤箫声动，玉壶光转，一夜鱼龙舞。　辛弃疾《青玉案》
犀帘黛卷，凤枕云孤，应也几番凝伫。　张镃《宴山亭》
恐凤靴挑菜归来，万一灞桥相见。　史达祖《东风第一枝》
锦瑟横床，想泪痕尘影，凤弦常下。　史达祖《三姝媚》
暗点检、离痕欢唾，尚染鲛绡，亸凤迷归，破鸾慵舞。　吴文英《莺啼序》
仙人凤咽琼箫，怅断魂送远，九辨难招。　吴文英《惜黄花慢》
凤髻抛残秋草生，高梧湿月冷无声，当时七夕有深盟。
纳兰性德《浣溪沙》
见龙虎台荒，凤凰楼迴，还感飘零。　文廷式《忆旧游》

鸾

余亦谢时去，西山鸾鹤群。　常建《宿王昌龄隐居》

——

滕王高阁临江渚，佩玉鸣鸾罢歌舞。　王勃《滕王阁诗》

虎鼓瑟兮鸾回车，仙之人兮列如麻。 李白《梦游天姥吟留别》
苦心岂免容蝼蚁，香叶曾经宿鸾凤。 杜甫《古柏行》
犀箸厌饫久未下，鸾刀缕切空纷纶。 杜甫《丽人行》
鸾翔凤翥众仙下，珊瑚碧树交枝柯。 韩愈《石鼓歌》
衣玄绡衣冠玉冠，明珰垂绖乘六鸾。 夏完淳《长歌》

——

虎跳龙拿归爱国，鸾飘凤泊怨离群。 柳亚子《元旦感怀之二》
却愁搏虎屠龙客，偏唱离鸾别鹄词。 柳亚子《挽姚自珍女士》
荒江鸾凤才难展，伏枥骅骝愿屡违。 柳亚子《悼亡友亚魂》

——

情怀渐觉成衰晚，鸾镜朱颜惊暗换。 钱惟演《木兰花》
须信鸾弦易断，奈云和再鼓，曲终人远。 贺铸《望湘人》
宝扇重寻明月影，暗尘侵、上有乘鸾女。 叶梦得《贺新郎》
谁伴我，对鸾镜。 李玉《贺新郎》
新来雁阔云音，鸾分鉴影，无计重见。 卢祖皋《宴清都》
应是蹑飞鸾，月下时时整佩环。 潘牥《南乡子》
孤迥，盟鸾心在，跨鹤程高，后期无准。 陆睿《瑞鹤仙》
暗点检、离痕欢唾，尚染鲛绡，亸凤迷归，破鸾慵舞。 吴文英《莺啼序》
寿阳空理愁鸾，问谁调玉髓，暗补香瘢。 吴文英《高阳台》
箫声断、约彩鸾归去，未怕金吾呵醉。 刘辰翁《宝鼎现》
三山何在，乘鸾便欲飞去。 萨都刺《酹江月》
归梦好，宵来犹记，骖鸾空到。 王鹏运《玉漏迟》
终古巢鸾无分，正飞霜金井，抛断缠绵。 朱孝臧《声声慢》

鸳

合昏尚知时，鸳鸯不独宿。 杜甫《佳人》
梧桐相待老，鸳鸯会双死。 孟郊《列女操》

——

赵瑟初停凤凰柱，蜀琴欲奏鸳鸯弦。 李白《长相思》

鸳鸯瓦冷霜华重，翡翠衾寒谁与共。 白居易《长恨歌》

君不见馆娃初起鸳鸯宿，越女如花看不足。 吴伟业《圆圆曲》

——

桃花春水渌，水上鸳鸯浴。 韦庄《菩萨蛮》

乘彩舫，过莲塘，棹歌惊起睡鸳鸯。 李珣《南乡子》

闲引鸳鸯香径里，手挼红杏蕊。 冯延巳《谒金门》

双鸳池沼水溶溶，南北小桡通。 张先《一丛花》

愁极，再三追思，洞房深处，几处饮散歌阑，香暖鸳鸯被。

柳永《浪淘沙慢》

衾凤冷，枕鸳孤，愁肠待酒舒。 晏几道《阮郎归》

若到松江呼小渡，莫惊鸳鹭，四桥尽是，老子经行处。 苏轼《青玉案》

有何人、念我无聊，梦魂凝想鸳侣。 周邦彦《尉迟杯》

向睡鸭炉边，翔鸳屏里，羞把香罗暗解。 贺铸《薄幸》

绣屏掩，枕鸳相就，香气渐暾暾。 贺铸《绿头鸭》

恨伊不似余香，惹鸳鸯结。 田为《江神子慢》

闹红一舸，记来时、尝与鸳鸯为侣。 姜夔《念奴娇》

绿丝低拂鸳鸯浦，想桃叶、当时唤渡。 姜夔《杏花天》

芳机瑞锦，如何未织鸳鸯。 史达祖《夜合花》

绣幄鸳鸯柱，红情密，腻云低护秦树。 吴文英《宴清都》

惆怅双鸳不到，幽阶一夜苔生。 吴文英《风入松》

时靸双鸳响，廊叶秋声。 吴文英《八声甘州》

紫丝罗带鸳鸯结，的的镜盟钗誓。 朱嗣发《摸鱼儿》

鸳楼碎泻东西玉，问芳踪、何时再展，翠钗难卜。 蒋捷《贺新郎》

鸳鸯密语同倾盖，且莫与、浣纱人说。 张炎《疏影》

古钗封寄玉关秋，天咫尺，人南北，不信鸳鸯头不白。

纳兰性德《天仙子》

爇尽水沉烟，露滴鸳鸯瓦。 纳兰性德《生查子》

芳意回环，认鸳机锦字，断肠缄怨。 王鹏运《三姝媚》

鹤

余亦谢时去，西山鸾鹤群。　　常建《宿王昌龄隐居》
孤云将野鹤，岂向人间住。　　刘长卿《送上人》

——

手持绿玉杖，朝别黄鹤楼。　　李白《庐山谣寄卢侍御虚舟》
黄鹤之飞尚不得过，猿猱欲度愁攀缘。　　李白《蜀道难》
鹤驾通宵凤辇备，鸡鸣问寝龙楼晓。　　杜甫《洗兵马》
祇园弟子尽鹤骨，心如死灰不复温。　　苏轼《王维吴道子画》

——

昔人已乘黄鹤去，此地空余黄鹤楼。
黄鹤一去不复返，白云千载空悠悠。　　崔颢《黄鹤楼》
故人西辞黄鹤楼，烟花三月下扬州。　　李白《黄鹤楼送孟浩然之广陵》
古庙杉松巢水鹤，岁时伏腊走村翁。　　杜甫《咏怀古迹之四》
晴空一鹤排云上，便引诗情到碧霄。　　刘禹锡《秋词二首之一》
云暗鼎湖龙去远，月明华表鹤归迟。　　虞集《挽文丞相》
坟坛冷落将军岳，梅鹤凄凉处士林。　　鲁迅《阻郁达夫移家杭州》
云横九派浮黄鹤，浪下三吴起白烟。　　毛泽东《登庐山》

——

琼枝璧月春如昨。怅别后华表，那回双鹤。　　张元幹《兰陵王》
此地，宜有词仙，拥素云黄鹤，与君游戏。　　姜夔《翠楼吟》
黄鹤断矶头，故人曾到否？旧江山浑是新愁。　　刘过《唐多令》
孤迥，盟鸾心在，跨鹤程高，后期无准。　　陆睿《瑞鹤仙》
华表月明归夜鹤，叹当时花竹今如此。　　吴文英《贺新郎》
漫将身化鹤归来，忘却旧游端的。　　蒋捷《瑞鹤仙》
老鹤一声霜衬履，隔断人间尘土。　　萨都剌《酹江月》
多少清湘瑶瑟怨，几曾有，鹤飞来。　　朱孝臧《唐多令》

黄鹤知何去？剩有游人处。　　毛泽东《菩萨蛮》

鸿

鸿雁几时到，江湖秋水多。　　杜甫《天末怀李白》
故里鸿音绝，妻儿信未通。　　毛泽东《喜闻捷报》

——

东门沽酒饮我曹，心轻万事如鸿毛。　　李颀《送陈章甫》
鸿飞冥冥日月白，青枫叶赤天雨霜。　　杜甫《寄韩谏议注》
观经鸿都尚填咽，坐见举国来奔波。　　韩愈《石鼓歌》
临邛道士鸿都客，能以精诚致魂魄。　　白居易《长恨歌》
寄声欲问塞南事，只有年年鸿雁飞。　　王安石《明妃曲》

——

鸿雁不堪愁里听，云山况是客中过。　　李颀《送魏万之京》
泥上偶然留指爪，鸿飞那复计东西。　　苏轼《和子由渑池怀旧》
伤心桥下春波绿，曾是惊鸿照影来。　　陆游《沈园之二》
孤鸿铩羽悲鸣镝，万马齐喑叫一声。　　毛泽东《刘蕡》
便欲扬帆从此去，长天渺渺一征鸿。　　郁达夫《乱离杂诗之十》

——

鸿雁在云鱼在水，惆怅此情难寄。　　晏殊《清平乐》
燕鸿过后莺归去，细算浮生千万绪。　　晏殊《木兰花》
凝泪眼、杳杳神京路，断鸿声远长天暮。　　柳永《夜半乐》
黯相望，断鸿声里，立尽斜阳。　　柳永《玉胡蝶》
飞云过尽，归鸿无信，何处寄书得。　　晏几道《思远人》
谁见幽人独往来，缥缈孤鸿影。　　苏轼《卜算子》
困倚危楼，过尽飞鸿字字愁。　　秦观《减字木兰花》
念汉浦离鸿去何许，经时信音绝。　　周邦彦《浪淘沙慢》
事与孤鸿去，探春尽是，伤离意绪。　　周邦彦《瑞龙吟》

烟横水际，映带几点归鸿，东风销尽龙沙雪。 贺铸《石州引》
万里云帆何时到，送孤鸿、目断千山阻。 叶梦得《贺新郎》
征鸿过尽，万千心事难寄。 李清照《念奴娇》
马上离愁三万里，望昭阳宫殿孤鸿没。 辛弃疾《贺新郎》
落日楼头，断鸿声里，江南游子。 辛弃疾《水龙吟》
鸿北去，日西匿。 刘克庄《贺新郎》
梦翠翘，怨鸿料过南谯。 吴文英《惜黄花慢》
梦冷黄金屋，叹秦筝、斜鸿阵里，素弦尘扑。 蒋捷《贺新郎》
鸿影惊回雪，怅天寒竹翠，色暗罗裙。 蒋春霖《忆旧游》

雁

相望试登高，心随雁飞灭。 孟浩然《秋登兰山寄张五》

——

戍鼓断人行，秋边一雁声。 杜甫《月夜忆舍弟》
星河秋一雁，砧杵夜千家。 韩翃《酬程近秋夜即事见赠》
月黑雁飞高，单于夜遁逃。 卢纶《塞下曲之三》
残萤栖玉露，早雁拂金河。 许浑《早秋》
寒灯思旧事，断雁警愁眠。 杜牧《旅宿》
因思杜陵梦，凫雁满回塘。 温庭筠《商山早行》

——

群燕辞归雁南翔，念君客游思断肠。 曹丕《燕歌行》
胡雁哀鸣夜夜飞，胡儿眼泪双双落。 李颀《古从军行》
长风万里送秋雁，对此可以酣高楼。 李白《宣州谢朓楼饯别校书叔云》
寄声欲问塞南事，只有年年鸿雁飞。 王安石《明妃曲》

——

千里黄云白日曛，北风吹雁雪纷纷。 高适《别董大之一》
玉珰缄札何由达，万里云罗一雁飞。 李商隐《春雨》

雁声远过潇湘去，十二楼中月自明。　温庭筠《瑶瑟怨》
乱离鱼雁双藏影，道阻河梁再卜居。　郁达夫《乱离杂诗之二》

——

雁来音信无凭，路遥归梦难成。　李煜《清平乐》
塞下秋来风景异，衡阳雁去无留意。　范仲淹《渔家傲》
当筵秋水慢，玉柱斜飞雁。　张先《菩萨蛮》
鸿雁在云鱼在水，惆怅此情难寄。　晏殊《清平乐》
欲尽此情书尺素，浮雁沉鱼，终了无凭据。　晏几道《蝶恋花》
衡阳犹有雁传书，郴阳和雁无。　秦观《阮郎归》
雁过也，正伤心，却是旧时相识。　李清照《声声慢》
寂寞凭高念远，向南楼、一声归雁。　陈亮《水龙吟》
生怕见花开花落，朝来塞雁先还。　辛弃疾《汉宫春》
燕雁无心，太湖西畔随云去。　姜夔《点绛唇》
应难奈故人天际，望彻淮山，相思无雁足。　史达祖《八归》
殷勤待写，书中长恨，蓝霞辽海沉过雁。　吴文英《莺啼序》
东风渐绿西湖岸，雁已还、人未南归。　周密《高阳台》
江南自是离愁苦，况游骢古道，归雁平沙。　王沂孙《高阳台》
天高云淡，望断南飞雁。　毛泽东《清平乐》

鸡

风雨如晦，鸡鸣不已。　《诗经·郑风·风雨》

——

半壁见海日，空中闻天鸡。　李白《梦游天姥吟留别》
永诀从今始，午夜惊鸣鸡。
鸣鸡一声唱，汗漫东皋上。　毛泽东《挽易昌陶》

——

故人具鸡黍，邀我至田家。　孟浩然《过故人庄》

鸡声茅店月，人迹板桥霜。　温庭筠《商山早行》
华颠萎寥落，白眼看鸡虫。　鲁迅《哀范君三章之一》

——

月明松下房栊静，日出云中鸡犬喧。　王维《桃源行》
况复秦兵耐苦战，被驱不异犬与鸡。　杜甫《兵车行》
鹤驾通宵凤辇备，鸡鸣问寝龙楼晓。　杜甫《洗兵马》

——

绛帻鸡人报晓筹，尚衣方进翠云裘。　王维《和贾至舍人早朝大明宫之作》
鸡鸣紫陌曙光寒，莺啭皇州春色阑。　岑参《奉和中书舍人贾至早朝大明宫》
空闻虎旅传宵柝，无复鸡人报晓筹。　李商隐《马嵬》
莫笑农家腊酒浑，丰年留客足鸡豚。　陆游《游山西村》
中夜鸡鸣风雨集，起然烟卷觉新凉。　鲁迅《秋夜有感》
竦听荒鸡偏阒寂，起看星斗正阑干。　鲁迅《亥年残秋偶作》
尊前谈笑人依旧，域外鸡虫事可哀。　毛泽东《和周世钊同志》
斥鷃每闻欺大鸟，昆鸡长笑老鹰非。　毛泽东《吊罗荣桓同志》
闻鸡久听南天雨，立马曾挥北地鞭。　毛泽东《洪都》

——

细雨梦回鸡塞远，小楼吹彻玉笙寒。　李璟《摊破浣溪沙》
向鸡窗、只与蛮笺象管，拘束教吟课。　柳永《定风波》
楼上阑干横斗柄，露寒人远鸡相应。　周邦彦《蝶恋花》
晓光催角，听宿鸟未惊，邻鸡先觉。　刘一止《喜迁莺》
大儿锄豆溪东，中儿正织鸡笼。　辛弃疾《清平乐》
朱户黏鸡，金盘簇燕，空叹时序侵寻。　姜夔《一萼红》
一唱雄鸡天下白，万方乐奏有于阗，诗人兴会更无前。　毛泽东《浣溪沙》
一声鸡唱，万怪烟消云落。　毛泽东《念奴娇》

乌

月明星稀，乌鹊南飞。　　曹操《短歌行之一》

——

月照城头乌半飞，霜凄万木风入衣。　　李颀《琴歌》

乌珠部落家乡远，逻莎沙尘哀怨生。

李颀《听董大弹胡笳兼寄语弄房给事》

长安城头头白乌，夜飞延秋门上呼。　　杜甫《哀王孙》

江心似有炬火明，飞焰照山栖乌惊。　　苏轼《游金山寺》

传来消息满江乡，乌桕红经十度霜。　　吴伟业《圆圆曲》

——

暂止飞乌将数子，频来语燕定新巢。　　杜甫《堂成》

月落乌啼霜满天，江枫渔火对愁眠。　　张继《枫桥夜泊》

朱雀桥边野草花，乌衣巷口夕阳斜。　　刘禹锡《乌衣巷》

五岭逶迤腾细浪，乌蒙磅礴走泥丸。　　毛泽东《长征》

——

露坐久，疏萤时度，乌鹊正南飞。　　晁端礼《绿头鸭》

人静乌鸢自乐，小桥外、新绿溅溅。　　周邦彦《满庭芳》

月皎惊乌栖不定，更漏将阑，轳辘牵金井。　　周邦彦《蝶恋花》

早白发、缘愁万缕，惊飙从卷乌纱去。　　吴文英《霜叶飞》

云淡星疏楚山晓，听啼乌，立河桥，话未了。　　吴文英《夜游宫》

瓜洲曾舣，等行人岁岁，日下长秋，城乌夜起。　　彭元逊《六丑》

尽乌纱便随风去，要天知道，华发如此星星，歌罢涕零。

姚云文《紫萸香慢》

好天良夜酒盈樽，心自醉，愁难睡，西南月落城乌起。

纳兰性德《天仙子》

黄云紫塞三千里，女墙西畔啼乌起。　　纳兰性德《菩萨蛮》

乌丝画作回文纸，香煤暗蚀藏头字。　纳兰性德《菩萨蛮》
除却塞鸿，遮莫城乌，替人惊惯。　况周颐《苏武慢》

鸦

犬迎曾宿客，鸦护落巢儿。　杜甫《重过何氏五首之二》
向来吟秀句，不觉已鸣鸦。　韩翃《酬程近秋夜即事见赠》

——

玉颜不及寒鸦色，犹带昭阳日影来。　王昌龄《长信怨》
于今腐草无萤火，终古垂杨有暮鸦。　李商隐《隋宫》
花带露寒无戏蝶，草连云暗有藏鸦。　朱弁《春阴》

——

极目霁霭霏微，暝鸦零乱，萧索江城暮。　柳永《竹马子》
烟暝酒旗斜。但倚楼极目，时见栖鸦。　秦观《望海潮》
斜阳外，寒鸦万点，流水绕孤村。　秦观《满庭芳》
暗柳啼鸦，单衣伫立，小帘朱户。　周邦彦《琐窗寒》
楼角初销一缕霞，淡黄杨柳暗栖鸦，玉人和月摘梅花。　贺铸《浣溪沙》
君知否，乱鸦啼后，归兴浓如酒。　汪藻《点绛唇》
青山隐隐，败叶萧萧，天际暝鸦零乱。　蔡伸《苏武慢》
乍听得、鸦啼莺弄，惹起新愁无限。　吕渭老《薄幸》
弱柳千丝缕，嫩黄匀遍鸦啼处。　袁去华《安公子》
可堪回首，佛狸祠下，一片神鸦社鼓。　辛弃疾《永遇乐》
千万缕、藏鸦细柳，为玉尊、起舞回雪。　姜夔《琵琶仙》
千金买光景，但疏钟催晓，乱鸦啼暝。　陆睿《瑞鹤仙》
溪雨急，岸花狂，趁残鸦飞过苍茫。　吴文英《夜合花》
水涵空、阑干高处，送乱鸦、斜日落渔汀。　吴文英《八声甘州》
池上红衣伴倚栏，栖鸦常带夕阳还。　吴文英《鹧鸪天》
乱鸦过，斗转城荒，不见来时试灯处。　刘辰翁《兰陵王》

燕

男儿事长征，少小幽燕客。　　李颀《古意》
燕草如碧丝，秦桑低绿枝。　　李白《春思》
冥冥花正开，飏飏燕新乳。　　韦应物《长安遇冯著》

——

萧关逢候骑，都护在燕然。　　王维《使至塞上》
细雨鱼儿出，微风燕子斜。　　杜甫《水槛遣心之一》
鹫翎金仆姑，燕尾绣蝥弧。　　卢纶《塞下曲之一》

——

此曲有意无人传，愿随春风寄燕然。　　李白《长相思》
旧巢共是衔泥燕，飞上枝头变凤凰。　　吴伟业《圆圆曲》

——

卢家少妇郁金堂，海燕双栖玳瑁梁。　　沈佺期《独不见》
燕台一去客心惊，笳鼓喧喧汉将营。　　祖咏《望蓟门》
借问汉宫谁得似，可怜飞燕倚新妆。　　李白《清平调之二》
暂止飞乌将数子，频来语燕定新巢。　　杜甫《堂成》
莺啼燕语报新年，马邑龙堆路几千。　　皇甫冉《春思》
旧时王谢堂前燕，飞入寻常百姓家。　　刘禹锡《乌衣巷》
空梁王谢迷飞燕，海市楼台咒夕阳。　　郁达夫《乱离杂诗之一》

——

泪眼倚楼频独语，双燕飞来，陌上相逢否。　　冯延巳《蝶恋花》
念双燕、难凭远信；指暮天、空识归航。　　柳永《玉胡蝶》
东归燕从海上去，南来雁向沙头落。　　王安石《千秋岁引》
去年春恨却来时，落花人独立，微雨燕双飞。　　晏几道《临江仙》
燕子楼空，佳人何在，空锁楼中燕。　　苏轼《永遇乐》
年年，如社燕，漂流瀚海，来寄修椽。　　周邦彦《满庭芳》

凭寄离恨重重，这双燕，何曾会人言语。	赵佶《燕山亭》
恨芳菲世界，游人未赏，都付与、莺和燕。	陈亮《水龙吟》
年时燕子，料今宵梦到西园。	辛弃疾《汉宫春》
燕雁无心，太湖西畔随云去。	姜夔《点绛唇》
惊粉重、蝶宿西园，喜泥润、燕归南浦。	史达祖《绮罗香》
十年一梦凄凉，似西湖燕去，吴馆巢荒。	吴文英《夜合花》
燕约莺期，恼芳情偏在，翠深红隙。	周密《曲游春》
当年燕子知何处，但苔深韦曲，草暗斜川。	张炎《高阳台》
大雨落幽燕，白浪滔天，秦皇岛外打鱼船。	毛泽东《浪淘沙》

莺

唯见林花落，莺啼送客闻。	杜甫《别房太尉墓》
打起黄莺儿，莫教枝上啼。	金昌绪《春怨》

——

间关莺语花底滑，幽咽流泉水下滩。	白居易《琵琶行》

——

留连戏蝶时时舞，自在娇莺恰恰啼。	杜甫《江岸独步寻花七绝句之六》
莺啼燕语报新年，马邑龙堆路几千。	皇甫冉《春思》
几处早莺争暖树，谁家新燕啄春泥。	白居易《钱塘湖春行》
千里莺啼绿映红，水村山郭酒旗风。	杜牧《江南春绝句》

——

琵琶金翠羽，弦上黄莺语。	韦庄《菩萨蛮》
浓睡觉来莺乱语，惊残好梦无寻处。	冯延巳《蝶恋花》
燕鸿过后莺归去，细算浮生千万绪。	晏殊《木兰花》
翠叶藏莺，朱帘隔燕，炉香静逐游丝转。	晏殊《踏莎行》
日上花梢，莺穿柳带，犹压香衾卧。	柳永《定风波》
留春不住，费尽莺儿语。	王安国《清平乐》

一棹碧涛春水路，过尽晓莺啼处。 晏几道《清平乐》

梦随风万里，寻郎去处，又还被、莺呼起。 苏轼《水龙吟》

蝶去莺飞无处问，隔水高楼，望断双鱼信。 赵令畤《蝶恋花》

风老莺雏，雨肥梅子，午阴嘉树清圆。 周邦彦《满庭芳》

有流莺劝我，重解绣鞍，缓引春酌。 周邦彦《瑞鹤仙》

厌莺声到枕，花气动帘，醉魂愁梦相半。 贺铸《望湘人》

睡起流莺语。掩苍苔、房栊向晚，乱红无数。 叶梦得《贺新郎》

恨芳菲世界，游人未赏，都付与、莺和燕。 陈亮《水龙吟》

断肠片片飞红，都无人管，倩谁唤、啼莺声住。 辛弃疾《祝英台近》

燕燕轻盈，莺莺娇软，分明又向华胥见。 姜夔《踏莎行》

柳锁莺魂，花翻蝶梦，自知愁染潘郎。 史达祖《夜合花》

柳暝河桥，莺晴台苑，短策频惹春香。 吴文英《夜合花》

有情花影阑干，莺声门径，解留我霎时凝伫。 吴文英《祝英台近》

燕约莺期，恼芳情偏在，翠深红隙。 周密《曲游春》

化作娇莺飞归去，犹认纱窗旧绿，正过雨、荆桃如菽。 蒋捷《贺新郎》

接叶巢莺，平波卷絮，断桥斜日归船。 张炎《高阳台》

花外琵琶，柳边莺燕，玉佩摇金缕。 萨都剌《酹江月》

虎

师称机械化，勇夺虎罴威。 毛泽东《挽戴安澜将军》

——

陈侯立身何坦荡，虬须虎眉仍大颡。 李颀《送陈章甫》

龙吟虎啸一时发，万籁百泉相与秋。 李颀《听安万善吹觱篥歌》

射杀山中白额虎，肯数邺下黄须儿。 王维《老将行》

虎鼓瑟兮鸾回车，仙之人兮列如麻。 李白《梦游天姥吟留别》

朝避猛虎，夕避长蛇，磨牙吮血，杀人如麻。 李白《蜀道难》

行军司马智且勇，十四万众犹虎貔。 李商隐《韩碑》

——

金蟾啮锁烧香入，玉虎牵丝汲井回。　李商隐《无题》
空闻虎旅传宵柝，无复鸡人报晓筹。　李商隐《马嵬》
龙吟虎啸浑闲事，未挽同胞自主权。　柳亚子《除夕杂感之四》
虎跳龙拿归爱国，鸾飘凤泊怨离群。　柳亚子《元旦感怀之二》
阿侬生小吴趋地，不识麋台与虎丘。　柳亚子《吴门记游之一》
却愁搏虎屠龙客，偏唱离鸾别鹄词。　柳亚子《挽姚自珍女士》
虎踞龙盘今胜昔，天翻地覆慨而慷。　毛泽东《人民解放军占领南京》
独有英雄驱虎豹，更无豪杰怕熊罴。　毛泽东《冬云》

——

想当年，金戈铁马，气吞万里如虎。　辛弃疾《永遇乐》
月冷龙沙，尘清虎落，今年汉酺初赐。　姜夔《翠楼吟》
儿女纷纷夸结束，新样钗符艾虎。　刘克庄《贺新郎》
月户云窗，石田瑶草，丹井飞龙虎。　萨都剌《酹江月》
见龙虎台荒，凤凰楼迥，还感飘零。　文廷式《忆旧游》
忽报人间曾伏虎，泪飞顿作倾盆雨。　毛泽东《蝶恋花》

马

使君从南来，五马立踟蹰。　《陌上桑》
结庐在人境，而无车马喧。　陶渊明《饮酒之五》
饮马渡秋水，水寒风似刀。　王昌龄《塞下曲》
赌胜马蹄下，由来轻七尺。　李颀《古意》
落日照大旗，马鸣风萧萧。　杜甫《后出塞之二》
帝城春欲暮，喧喧车马度。　白居易《买花》

——

清川带长薄，车马去闲闲。　王维《归嵩山作》
挥手自兹去，萧萧班马鸣。　李白《送友人》

戎马关山北，凭轩涕泗流。　　杜甫《登岳阳楼》

至今窥牧马，不敢过临洮。　　西鄙人《哥舒歌》

——

山回路转不见君，雪上空留马行处。　　岑参《白雪歌送武判官归京》

车辚辚，马萧萧，行人弓箭各在腰。　　杜甫《兵车行》

后来鞍马何逡巡，当轩下马入锦茵。　　杜甫《丽人行》

辇前才人带弓箭，白马嚼啮黄金勒。　　杜甫《哀江头》

金鞭断折九马死，骨肉不待同驰驱。　　杜甫《哀王孙》

六军不发无奈何，宛转蛾眉马前死。　　白居易《长恨歌》

座中泣下谁最多，江州司马青衫湿。　　白居易《琵琶行》

茂陵刘郎秋风客，夜闻马嘶晓无迹。　　李贺《金铜仙人辞汉歌》

——

葡萄美酒夜光杯，欲饮琵琶马上催。　　王翰《凉州曲》

跨马出郊时极目，不堪人事日萧条。　　杜甫《野望》

此日六军同驻马，当时七夕笑牵牛。　　李商隐《马嵬》

波上马嘶看棹去，柳边人歇待船归。　　温庭筠《利州南渡》

夜阑卧听风吹雨，铁马冰河入梦来。　　陆游《十一月四日风雨大作》

九州生气恃风雷，万马齐喑究可哀。　　龚自珍《己亥杂诗之二》

——

胡马，胡马，远放燕支山下。　　韦应物《调笑令》

居人匹马映林嘶，行人去棹依波转。　　晏殊《踏莎行》

竹杖芒鞋轻胜马，谁怕？一蓑烟雨任平生。　　苏轼《定风波》

当年万里觅封侯，匹马戍梁州。　　陆游《诉衷情》

想当年，金戈铁马，气吞万里如虎。　　辛弃疾《永遇乐》

霜晨月，马蹄声碎，喇叭声咽。　　毛泽东《忆秦娥》

龙

水深波浪阔，无使蛟龙得。　　杜甫《梦李白二首之一》

——

牙璋辞凤阙，铁骑绕龙城。　　杨炯《从军行》
薄暮空潭曲，安禅制毒龙。　　王维《过香积寺》
水落鱼龙夜，山空鸟鼠秋。　　杜甫《秦州杂诗之一》
水月通禅寂，鱼龙听梵声。　　钱起《送僧归日本》

——

龙吟虎啸一时发，万籁百泉相与秋。　　李颀《听安万善吹觱篥歌》
上有六龙回日之高标，下有冲波逆折之回川。　　李白《蜀道难》
深山大泽龙蛇远，春寒野阴风景暮。
　　杜甫《送孔巢父谢病归游江东兼呈李白》
斯须九重真龙出，一洗万古凡马空。　　杜甫《丹青引赠曹将军霸》
鹤驾通宵凤辇备，鸡鸣问寝龙楼晓。　　杜甫《洗兵马》
洞庭连天九疑高，蛟龙出没猩鼯号。　　韩愈《八月十五夜赠张功曹》
天旋地转回龙驭，到此踌躇不能去。　　白居易《长恨歌》
报君黄金台上意，提携玉龙为君死。　　李贺《雁门太守行》

——

但使龙城飞将在，不教胡马度阴山。　　王昌龄《出塞》
故园东望路漫漫，双袖龙钟泪不干。　　岑参《逢入京使》
鱼龙寂寞秋江冷，故国平居有所思。　　杜甫《秋兴八首之四》
岂有蛟龙愁失水，更无鹰隼与高秋。　　李商隐《重有感》
八尺龙须方锦褥，已凉天气未寒时。　　韩偓《已凉》
锁衔金兽连环冷，水滴铜龙昼漏长。　　薛逢《宫词》
云暗鼎湖龙去远，月明华表鹤归迟。　　虞集《挽文丞相》
虎踞龙盘今胜昔，天翻地覆慨而慷。　　毛泽东《人民解放军占领南京》

——

烟横水际，映带几点归鸿，东风销尽龙沙雪。 贺铸《石州引》

凤尾龙香拨，自开元霓裳曲罢，几番风月。 辛弃疾《贺新郎》

宝马雕车香满路。凤箫声动，玉壶光转，一夜鱼龙舞。 辛弃疾《青玉案》

还教一片随波去，又却怨、玉龙哀曲。 姜夔《疏影》

谁信骚魂千载后，波底垂涎角黍。又说是、蛟馋龙怒。 刘克庄《贺新郎》

月户云窗，石田瑶草，丹井飞龙虎。 萨都剌《酹江月》

寂寞鱼龙睡稳，伤心付与秋烟。 蒋春霖《木兰花慢》

见龙虎台荒，凤凰楼迥，还感飘零。 文廷式《忆旧游》

飞起玉龙三百万，搅得周天寒彻。 毛泽东《念奴娇》

鱼

就我求珍肴，金盘脍鲤鱼。 辛延年《羽林郎》

——

坐观垂钓者，徒有羡鱼情。 孟浩然《临洞庭上张丞相》

水落鱼龙夜，山空鸟鼠秋。 杜甫《秦州杂诗之一》

细雨鱼儿出，微风燕子斜。 杜甫《水槛遣心之一》

水月通禅寂，鱼龙听梵声。 钱起《送僧归日本》

沧江好烟月，门系钓鱼船。 杜牧《旅宿》

——

良人玉勒乘骢马，侍女金盘鲙鲤鱼。 王维《洛阳女儿行》

蚕丛及鱼凫，开国何茫然。 李白《蜀道难》

东走无复忆鲈鱼，南飞觉有安巢鸟。 杜甫《洗兵马》

石鱼湖，似洞庭，夏水欲满君山青。 元结《石鱼湖上醉歌》

微风万顷靴文细，断霞半空鱼尾赤。 苏轼《游金山寺》

——

鱼龙寂寞秋江冷，故国平居有所思。 杜甫《秋兴八首之四》

鱼鸟犹疑畏简书，风云常为护储胥。 李商隐《筹笔驿》
莫道昆明池水浅，观鱼胜过富春江。 毛泽东《和柳亚子先生》
乱离鱼雁双藏影，道阻河梁再卜居。 郁达夫《乱离杂诗之二》

——

西塞山前白鹭飞，桃花流水鳜鱼肥。 张志和《渔歌子》
鸿雁在云鱼在水，惆怅此情难寄。 晏殊《清平乐》
渐行渐远渐无书，水阔鱼沉何处问。 欧阳修《木兰花》
欲尽此情书尺素，浮雁沉鱼，终了无凭据。 晏几道《蝶恋花》
曲港跳鱼，圆荷泻露，寂寞无人见。 苏轼《永遇乐》
驿寄梅花，鱼传尺素，砌成此恨无重数。 秦观《踏莎行》
蝶去莺飞无处问，隔水高楼，望断双鱼信。 赵令畤《蝶恋花》
休说鲈鱼堪脍，尽西风、季鹰归未。 辛弃疾《水龙吟》
宝马雕车香满路。凤箫声动，玉壶光转，一夜鱼龙舞。 辛弃疾《青玉案》
高柳垂阴，老鱼吹浪，留我花间住。 姜夔《念奴娇》
飞红若到西湖底，搅翠澜、总是愁鱼。 吴文英《高阳台》
水浴凉蟾风入袂，鱼鳞触损金波碎。 纳兰性德《天仙子》
而今剩了，低迷鱼艇，模黏雁字。 邓廷桢《水龙吟》
寂寞鱼龙睡稳，伤心付与秋烟。 蒋春霖《木兰花慢》
鹰击长空，鱼翔浅底，万类霜天竞自由。 毛泽东《沁园春》

蝶

八月蝴蝶黄，双飞西园草。 李白《长干行》

——

留连戏蝶时时舞，自在娇莺恰恰啼。 杜甫《江岸独步寻花七绝句之六》
庄生晓梦迷蝴蝶，望帝春心托杜鹃。 李商隐《锦瑟》
霜禽欲下先偷眼，粉蝶如知合断魂。 林逋《山园小梅》
花带露寒无戏蝶，草连云暗有藏鸦。 朱弁《春阴》

儿童急走追黄蝶，飞入菜花无处寻。　杨万里《宿新市徐公店》
怵目飞红随蝶舞，开心茸碧绕阶生。　鲁迅《惜花四律之一》

——

双蝶绣罗裙，东池宴，初相见。　张先《醉垂鞭》
长记误随车，正絮翻蝶舞，芳思交加。　秦观《望海潮》
蝶去莺飞无处问，隔水高楼，望断双鱼信。　赵令畤《蝶恋花》
蝴蝶上阶飞，烘帘自在垂。　陈克《菩萨蛮》
多情最谁追惜，但蜂媒蝶使，时叩窗槅。　周邦彦《六丑》
如今但暮雨，蜂愁蝶恨，小窗闲对芭蕉展。　吕渭老《薄幸》
春风只在园西畔，荠菜花繁蝴蝶乱。　严仁《木兰花》
惊粉重、蝶宿西园，喜泥润、燕归南浦。　史达祖《绮罗香》
柳锁莺魂，花翻蝶梦，自知愁染潘郎。　史达祖《夜合花》
韶华正好，应自喜、初乱长安蜂蝶。　周密《瑶华》
歌管酬寒食，奈蝶怨良宵岑寂。　周密《曲游春》
蝶化彩衣金缕尽，虫衔画粉玉楼空。　陈子龙《山花子》
唱罢秋坟愁未歇，春丛认取双栖蝶。　纳兰性德《蝶恋花》
鸣蛩颓城，吹蝶空枝，飘蓬人意相怜。　朱孝臧《声声慢》

蛾

美人卷珠帘，深坐颦蛾眉。　李白《怨情》

——

六军不发无奈何，宛转蛾眉马前死。　白居易《长恨歌》
若非壮士全师胜，争得蛾眉匹马还。
蛾眉马上传呼进，云鬟不整惊魂定。　吴伟业《圆圆曲》

——

斜拔玉钗灯影畔，剔开红焰救飞蛾。　张祜《赠内人》
却嫌脂粉污颜色，淡扫蛾眉朝至尊。　张祜《集灵台之二》

横眉岂夺蛾眉冶，不料仍违众女心。 鲁迅《报载患脑炎戏作》

惭愧飘零未有期，渡江只怨别蛾眉。 柳亚子《集定公句之六》

——

懒起画蛾眉，弄妆梳洗迟。 温庭筠《菩萨蛮》

凭栏愁立双蛾细，柳影斜摇砌。 顾敻《虞美人》

黛蛾长敛，任是春风吹不展。 秦观《减字木兰花》

美人不用敛蛾眉，我亦多情无奈酒阑时。 叶梦得《虞美人》

认蛾眉凝笑，脸薄拂燕支。绣户曾窥，恨依依。 韩元吉《六州歌头》

蛾儿雪柳黄金缕，笑语盈盈暗香去。 辛弃疾《青玉案》

歌扇轻约飞花，蛾眉正奇绝。 姜夔《琵琶仙》

犹记深宫旧事，那人正睡里，飞近蛾绿。 姜夔《疏影》

愁损翠黛双蛾，日日画阑独凭。 史达祖《双双燕》

况年来、心懒意怯，羞与蛾儿争耍。 蒋捷《女冠子》

黛蛾更羞重斗，避面月黄昏。 蒋春霖《忆旧游》

蛾蕊颦深，翠茵蹴浅，暗省韶光迟暮。 况周颐《西子妆》

八

数目

一

所谓伊人，在水一方。　《诗经·秦风·蒹葭》

——

长安一片月，万户捣衣声。　李白《子夜吴歌》

会当凌绝顶，一览众山小。　杜甫《望岳》

——

欲穷千里目，更上一层楼。　王之涣《登鹳雀楼》

风鸣两岸叶，月照一孤舟。　孟浩然《宿桐庐江寄广陵旧游》

山中一夜雨，树杪百重泉。　王维《送梓州李使君》

飘飘何所似，天地一沙鸥。　杜甫《旅夜书怀》

——

一去心知更不归，可怜着尽汉宫衣。　王安石《明妃曲》

前身合是采莲人，门前一片横塘水。　吴伟业《圆圆曲》

——

黄河远上白云间，一片孤城万仞山。　王之涣《凉州词》

一枝红艳露凝香，云雨巫山枉断肠。　李白《清平调之二》

丛菊两开他日泪，孤舟一系故园心。　杜甫《秋兴八首之一》

松排山面千重翠，月点波心一颗珠。　白居易《春题湖上》

十年一觉扬州梦，赢得青楼薄幸名。　杜牧《遣怀》

刘郎已恨蓬山远，更隔蓬山一万重。　李商隐《无题》

杳杳天低鹘没处，青山一发是中原。　苏轼《澄迈驿通潮阁》

春色满园关不住，一枝红杏出墙来。　叶绍翁《游园不值》

我劝天公重抖擞，不拘一格降人才。　龚自珍《己亥杂诗之二》

度尽劫波兄弟在，相逢一笑泯恩仇。 鲁迅《题三义塔》
一山飞峙大江边，跃上葱茏四百旋。 毛泽东《登庐山》
便欲扬帆从此去，长天渺渺一征鸿。 郁达夫《乱离杂诗之十》

——

浮生长恨欢娱少，肯爱千金轻一笑。 宋祁《木兰花》
别馆寒砧，孤城画角，一派秋声入寥廓。 王安石《千秋岁引》
明朝万一西风动，争奈朱颜不耐秋。 晏几道《鹧鸪天》
无端天与娉婷，夜月一帘幽梦，春风十里柔情。 秦观《八六子》
争渡，争渡，惊起一滩鸥鹭。 李清照《如梦令》
无意苦争春，一任群芳妒。 陆游《卜算子》
闹红一舸，记来时、尝与鸳鸯为侣。 姜夔《念奴娇》
一往情深深几许，深山夕照深秋雨。 纳兰性德《蝶恋花》
茫茫九派流中国，沉沉一线穿南北。 毛泽东《菩萨蛮》

三

绕树三匝，何枝可依。 曹操《短歌行之一》

——

举杯邀明月，对影成三人。 李白《月下独酌》
谁言寸草心，报得三春晖。 孟郊《游子吟》
三日入厨下，洗手作羹汤。 王建《新嫁娘》

——

城阙辅三秦，风烟望五津。 王勃《送杜少府之任蜀州》
楚塞三湘接，荆门九派通。 王维《汉江临眺》
烽火连三月，家书抵万金。 杜甫《春望》
功盖三分国，名成八阵图。 杜甫《八阵图》
故国三千里，深宫二十年。 张祜《何满子》

——

金阙前开二峰长，银河倒挂三石梁。　　李白《庐山谣寄卢侍御虚舟》
杀气三时作阵云，寒声一夜传刁斗。　　高适《燕歌行》
三月三日天气新，长安水边多丽人。　　杜甫《丽人行》
后宫佳丽三千人，三千宠爱在一身。　　白居易《长恨歌》
转轴拨弦三两声，未成曲调先有情。　　白居易《琵琶行》
画栏桂树悬秋香，三十六宫土花碧。　　李贺《金铜仙人辞汉歌》

——

岧峣太华俯咸京，天外三峰削不成。　　崔颢《行经华阴》
万里寒光生积雪，三边曙色动危旌。　　祖咏《望蓟门》
三川北虏乱如麻，四海南奔似永嘉。　　李白《永王东巡歌十一首之二》
三分割据纡筹策，万古云霄一羽毛。　　杜甫《咏怀古迹之五》
试玉要烧三日满，辨才须待七年期。　　白居易《放言五首之三》
潮落夜江斜月里，两三星火是瓜洲。　　张祜《题金陵渡》
娉娉袅袅十三余，豆蔻梢头二月初。　　杜牧《赠别》
八骏日行三万里，穆王何事不重来。　　李商隐《瑶池》
参横斗转欲三更，苦雨终风也解晴。　　苏轼《六月二十日夜渡海》
天连五岭银锄落，地动三河铁臂摇。　　毛泽东《送瘟神之二》

——

雨横风狂三月暮，门掩黄昏，无计留春住。　　冯延巳《蝶恋花》
故垒西边，人道是、三国周郎赤壁。　　苏轼《念奴娇》
玉鉴琼田三万顷，着我扁舟一叶。　　张孝祥《念奴娇》
黄云紫塞三千里，女墙西畔啼乌起。　　纳兰性德《菩萨蛮》
飞起玉龙三百万，搅得周天寒彻。　　毛泽东《念奴娇》

九

七月流火，九月授衣。
九月在户，十月蟋蟀入我床下。　　《诗经·豳风·七月》

——

家临九江水，来去九江侧。　　崔颢《长干行二首之二》

尊罍溢九酝，水陆罗八珍。　　白居易《轻肥》

——

楚塞三湘接，荆门九派通。　　王维《汉江临眺》

星临万户动，月傍九霄多。　　杜甫《春宿左省》

——

枯桑老柏寒飕飗，九雏鸣凤乱啾啾。　　李颀《听安万善吹觱篥歌》

罗帏送上七香车，宝扇迎归九华帐。　　王维《洛阳女儿行》

黄云万里动风色，白波九道流雪山。　　李白《庐山谣寄卢侍御虚舟》

斯须九重真龙出，一洗万古凡马空。　　杜甫《丹青引赠曹将军霸》

金鞭断折九马死，骨肉不待同驰驱。　　杜甫《哀王孙》

洞庭连天九疑高，蛟龙出没猩鼯号。　　韩愈《八月十五夜赠张功曹》

闻道汉家天子使，九华帐里梦魂惊。　　白居易《长恨歌》

——

九月寒砧催木叶，十年征戍忆辽阳。　　沈佺期《独不见》

九天阊阖开宫殿，万国衣冠拜冕旒。　　王维《和贾至舍人早朝大明宫之作》

飞流直下三千尺，疑是银河落九天。　　李白《望庐山瀑布》

岐王宅里寻常见，崔九堂前几度闻。　　杜甫《江南逢李龟年》

一封朝奏九重天，夕贬潮阳路八千。　　韩愈《左迁至蓝关示侄孙湘》

岭树重遮千里目，江流曲似九回肠。

柳宗元《登柳州城楼寄漳汀封连四州刺史》

吊影分为千里雁，辞根散作九秋蓬。

白居易《自河南经乱，关内阻饥，兄弟离散，各在一处，因望月有感，聊书所怀，寄上浮梁大兄、於潜七兄、乌江十五兄兼示符离及下邽弟妹》

海外徒闻更九州，他生未卜此生休。　　李商隐《马嵬》

九秋风露越窑开，夺得千峰翠色来。　　陆龟蒙《秘色越器》

死去元知万事空，但悲不见九州同。　　陆游《示儿》

九州生气恃风雷，万马齐喑究可哀。　　龚自珍《己亥杂诗之二》

九嶷山上白云飞，帝子乘风下翠微。　　毛泽东《答友人》

——

春恨十常八九，忍轻辜，芳醪经口。　晁补之《水龙吟》

凭栏久，黄芦苦竹，疑泛九江船。　周邦彦《满庭芳》

好时代、朝野多欢，遍九陌、太平箫鼓。　万俟咏《三台》

怕上层楼，十日九风雨。　辛弃疾《祝英台近》

仙人凤咽琼箫，怅断魂送远，九辨难招。　吴文英《惜黄花慢》

我失骄杨君失柳，杨柳轻飏，直上重霄九。　毛泽东《蝶恋花》

十

九月在户，十月蟋蟀入我床下。　《诗经·豳风·七月》

——

十五府小吏，二十朝大夫。　《陌上桑》

胡姬年十五，春日独当垆。　辛延年《羽林郎》

一丛深色花，十户中人赋。　白居易《买花》

——

流落征南将，曾驱十万师。　刘长卿《送李中丞归汉阳别业》

浮云一别后，流水十年间。　韦应物《淮上喜会梁州故人》

故国三千里，深宫二十年。　张祜《何满子》

——

少年十五二十时，步行夺得胡马骑。　王维《老将行》

金樽清酒斗十千，玉盘珍羞直万钱。　李白《行路难》

五十年间似反掌，风尘澒洞昏王室。　杜甫《观公孙大娘弟子舞剑器行》

山红涧碧纷烂漫，时见松枥皆十围。　韩愈《山石》

十三学得琵琶成，名属教坊第一部。　白居易《琵琶行》

画栏桂树悬秋香，三十六宫土花碧。　李贺《金铜仙人辞汉歌》

戍楼刁斗催落月，三十从军今白发。　陆游《关山月》

传来消息满江乡，乌桕红经十度霜。　吴伟业《圆圆曲》

——

已忍伶俜十年事，强移栖息一枝安。　杜甫《宿府》
十年一觉扬州梦，赢得青楼薄幸名。　杜牧《遣怀》
锦瑟无端五十弦，一弦一柱思华年。　李商隐《锦瑟》
雁声远过潇湘去，十二楼中月自明。　温庭筠《瑶瑟怨》
无情最是台城柳，依旧烟笼十里堤。　韦庄《台城》
十二楼中尽晓妆，望仙楼上望君王。　薛逢《宫词》
敢将十指夸针巧，不把双眉斗画长。　秦韬玉《贫女》
金粉东南十五州，万重恩怨属名流。　龚自珍《咏史》

——

画屏天畔，梦回依约，十洲云水。　晏几道《留春令》
十年生死两茫茫，不思量，自难忘。　苏轼《江城子》
豆蔻梢头旧恨，十年梦、屈指堪惊。　秦观《满庭芳》
三十功名尘与土，八千里路云和月。　岳飞《满江红》
况屈指中秋，十分好月，不照人圆。　辛弃疾《木兰花慢》
过春风十里，尽荠麦青青。　姜夔《扬州慢》
十二曲阑春寂寂，隔蓬山、何处窥人面？　梁启超《金缕曲》

百

树木丛生，百草丰茂。　曹操《步出夏门行·观沧海》

——

一鬟五百万，两鬟千万余。　辛延年《羽林郎》
随山将万转，趣途无百里。　王维《青溪》
灼灼百朵红，戋戋五束素。　白居易《买花》

——

宁为百夫长，胜作一书生。　杨炯《从军行》
山中一夜雨，树杪百重泉。　王维《送梓州李使君》

——

一身转战三千里，一剑曾当百万师。　王维《老将行》

青泥何盘盘，百步九折萦岩峦。　李白《蜀道难》

瀚海阑干百丈冰，愁云惨淡万里凝。　岑参《白雪歌送武判官归京》

生女犹得嫁比邻，生男埋没随百草。　杜甫《兵车行》

夜深静卧百虫绝，清月出岭光入扉。　韩愈《山石》

回头一笑百媚生，六宫粉黛无颜色。　白居易《长恨歌》

——

烽火城西百尺楼，黄昏独坐海风秋。　王昌龄《从军行之一》

黄沙百战穿金甲，不破楼兰终不还。　王昌龄《从军行之四》

闻道长安似弈棋，百年世事不胜悲。　杜甫《秋兴八首之四》

旧时王谢堂前燕，飞入寻常百姓家。　刘禹锡《乌衣巷》

诚知此恨人人有，贫贱夫妻百事哀。　元稹《遣悲怀之二》

南朝四百八十寺，多少楼台烟雨中。　杜牧《江南春绝句》

相见时难别亦难，东风无力百花残。　李商隐《无题》

百二关河草不横，十年戎马暗秦京。　元好问《岐阳之一》

江山代有才人出，各领风骚数百年。　赵翼《论诗》

尘海苍茫沉百感，金风萧瑟走千官。　鲁迅《亥年残秋偶作》

斑竹一枝千滴泪，红霞万朵百重衣。　毛泽东《答友人》

一死何难仇未复，百身可赎我奚辞。　郁达夫《乱离杂诗十一》

——

百草千花寒食路，香车系在谁家树。　冯延巳《蝶恋花》

到清明时候，百紫千红，花正乱，已失春风一半。　李元膺《洞仙歌》

迟暮，嬉游处，正店舍无烟，禁城百五。　周邦彦《琐窗寒》

老眼平生空四海，赖有高楼百尺。　刘克庄《贺新郎》

百尺朱楼临大道，楼外轻雷，不间昏和晓。　王国维《蝶恋花》

已是悬崖百丈冰，犹有花枝俏。　毛泽东《卜算子》

千

老骥伏枥，志在千里。 曹操《步出夏门行·龟虽寿》

——

东方千余骑，夫婿居上头。 《陌上桑》

一鬟五百万，两鬟千万余。 辛延年《羽林郎》

柴门鸟雀噪，归客千里至。 杜甫《羌村之一》

——

欲穷千里目，更上一层楼。 王之涣《登鹳雀楼》

万壑树参天，千山响杜鹃。 王维《送梓州李使君》

独立扬新令，千营共一呼。 卢纶《塞下曲之一》

天地英雄气，千秋尚凛然。 刘禹锡《蜀先主庙》

——

天生我材必有用，千金散尽还复来。 李白《将进酒》

江头宫殿锁千门，细柳新蒲为谁绿。 杜甫《哀江头》

九重城阙烟尘生，千乘万骑西南行。 白居易《长恨歌》

千呼万唤始出来，犹抱琵琶半遮面。 白居易《琵琶行》

魏官牵车指千里，东关酸风射眸子。 李贺《金铜仙人辞汉歌》

专征箫鼓向秦川，金牛道上车千乘。 吴伟业《圆圆曲》

——

千里黄云白日曛，北风吹雁雪纷纷。 高适《别董大之一》

千寻铁锁沉江底，一片降幡出石头。 刘禹锡《西塞山怀古》

松排山面千重翠，月点波心一颗珠。 白居易《春题湖上》

誓扫匈奴不顾身，五千貂锦丧胡尘。 陈陶《陇西行》

出师一表真名世，千载谁堪伯仲间。 陆游《书愤》

千锤万击出深山，烈火焚烧若等闲。 于谦《石灰吟》

千磨万击还坚劲，任尔东西南北风。 郑燮《竹石》

斑竹一枝千滴泪，红霞万朵百重衣。　　毛泽东《答友人》

——

过尽千帆皆不是，斜晖脉脉水悠悠。肠断白蘋洲。　　温庭筠《望江南》

泪眼问花花不语，乱红飞过秋千去。　　冯延巳《蝶恋花》

年年今夜，月华如练，长是人千里。　　范仲淹《御街行》

千里澄江似练，翠峰如簇。　　王安石《桂枝香》

征鸿过尽，万千心事难寄。　　李清照《念奴娇》

旧恨春江流不尽，新恨云山千叠。　　辛弃疾《念奴娇》

算空有并刀，难剪离愁千缕。　　姜夔《长亭怨慢》

北国风光，千里冰封，万里雪飘。　　毛泽东《沁园春》

万

长风几万里，吹度玉门关。　　李白《关山月》

平沙列万幕，部伍各见招。　　杜甫《后出塞之二》

春种一粒粟，秋成万颗子。　　李绅《悯农二首之一》

——

相知无远近，万里尚为邻。　　张九龄《送韦城李少府》

晚年惟好静，万事不关心。　　王维《酬张少府》

为我一挥手，如听万壑松。　　李白《听蜀僧濬弹琴》

骁腾有如此，万里可横行。　　杜甫《房兵曹胡马》

流落征南将，曾驱十万师。　　刘长卿《送李中丞归汉阳别业》

——

一身转战三千里，一剑曾当百万师。　　王维《老将行》

飞湍瀑流争喧豗，砯崖转石万壑雷。　　李白《蜀道难》

家人万里传消息，好在毡城莫相忆。　　王安石《明妃曲》

一斛明珠万斛愁，关山漂泊腰肢细。　　吴伟业《圆圆曲》

——

碧玉妆成一树高，万条垂下绿丝绦。 贺知章《咏柳》
黄河远上白云间，一片孤城万仞山。 王之涣《凉州词》
更吹羌笛关山月，无那金闺万里愁。 王昌龄《从军行之一》
两岸猿声啼不住，轻舟已过万重山。 李白《早发白帝城》
瞿塘峡口曲江头，万里风烟接素秋。 杜甫《秋兴八首之六》
刘郎已恨蓬山远，更隔蓬山一万重。 李商隐《无题》
数丛沙草群鸥散，万顷江田一鹭飞。 温庭筠《利州南渡》
万里归船弄长笛，此心吾与白鸥盟。 黄庭坚《登快阁》
死去元知万事空，但悲不见九州同。 陆游《示儿》
李杜诗篇万口传，至今已觉不新鲜。 赵翼《论诗》
九州生气恃风雷，万马齐喑究可哀。 龚自珍《己亥杂诗之二》
天龙作骑万灵从，独立飞来缥缈峰。 康有为《出都留别诸公》
钟山风雨起苍黄，百万雄师过大江。 毛泽东《人民解放军占领南京》

——

明朝万一西风动，争奈朱颜不耐秋。 晏几道《鹧鸪天》
梦随风万里，寻郎去处，又还被、莺呼起。 苏轼《水龙吟》
斜阳外，寒鸦万点，流水绕孤村。 秦观《满庭芳》
马上离愁三万里，望昭阳宫殿孤鸿没。 辛弃疾《贺新郎》
指点江山，激扬文字，粪土当年万户侯。 毛泽东《沁园春》

孤

远树带行客，孤城当落晖。 王维《送綦毋潜落第还乡》
塔势如涌出，孤高耸天宫。 岑参《与高适薛据登慈恩寺浮图》
孤云将野鹤，岂向人间住。 刘长卿《送上人》
落帆逗淮镇，停舫临孤驿。 韦应物《夕次盱眙县》

——

风鸣两岸叶，月照一孤舟。 孟浩然《宿桐庐江寄广陵旧游》

大漠孤烟直，长河落日圆。　　王维《使至塞上》
众鸟高飞尽，孤云独去闲。　　李白《独坐敬亭山》
亲朋无一字，老病有孤舟。　　杜甫《登岳阳楼》
少孤为客早，多难识君迟。　　卢纶《送李端》
孤灯寒照雨，深竹暗浮烟。　　司空曙《云阳馆与韩绅宿别》
江上几人在，天涯孤棹还。　　温庭筠《送人东游》
乱山残雪夜，孤烛异乡人。　　崔涂《除夜有怀》
孤灯闻楚角，残月下章台。　　韦庄《章台夜思》

——

醉卧不知白日暮，有时空望孤云高。　　李颀《送陈章甫》
孤灯不明思欲绝，卷帷望月空长叹。　　李白《长相思》
大漠穷秋塞草衰，孤城落日斗兵稀。　　高适《燕歌行》
落落盘踞虽得地，冥冥孤高多烈风。　　杜甫《古柏行》
夕殿萤飞思悄然，孤灯挑尽未成眠。　　白居易《长恨歌》

——

两岸青山相对出，孤帆一片日边来。　　李白《望天门山》
丛菊两开他日泪，孤舟一系故园心。　　杜甫《秋兴八首之一》
孤山寺北贾亭西，水面初平云脚低。　　白居易《钱塘湖春行》
仙掌月明孤影过，长门灯暗数声来。　　杜牧《早雁》
草木风声势未安，孤舟惶恐再经滩。　　郁达夫《乱离杂诗十二》

——

别馆寒砧，孤城画角，一派秋声入寥廓。　　王安石《千秋岁引》
衾凤冷，枕鸳孤，愁肠待酒舒。　　晏几道《阮郎归》
谁见幽人独往来，缥缈孤鸿影。　　苏轼《卜算子》
乡梦断，旅魂孤，峥嵘岁又除。　　秦观《阮郎归》
怒涛寂寞打孤城，风樯遥度天际。　　周邦彦《西河》
应念岭表经年，孤光自照，肝胆皆冰雪。　　张孝祥《念奴娇》
孤负天工，九重自有春如海。　　夏完淳《烛影摇红》

独

胡姬年十五，春日独当垆。　辛延年《羽林郎》
荡子行不归，空床难独守。　《青青河畔草》
独坐幽篁里，弹琴复长啸。　王维《竹里馆》
花间一壶酒，独酌无相亲。　李白《月下独酌》
冠盖满京华，斯人独憔悴。　杜甫《梦李白二首之二》

——

独有宦游人，偏惊物候新。　杜审言《和晋陵陆丞早春游望》
乡心新岁切，天畔独潸然。　刘长卿《新年作》
世乱同南去，时清独北还。　司空曙《贼平后送人北归》
几行归塞尽，念尔独何之。　崔涂《孤雁》

——

牵牛织女遥相望，尔独何辜限河梁。　曹丕《燕歌行》
念天地之悠悠，独怆然而涕下！　陈子昂《登幽州台歌》
春江花朝秋月夜，往往取酒还独倾。　白居易《琵琶行》
携盘独出月荒凉，渭城已远波声小。　李贺《金铜仙人辞汉歌》

——

烽火城西百尺楼，黄昏独坐海风秋。　王昌龄《从军行之一》
独在异乡为异客，每逢佳节倍思亲。　王维《九月九日忆山东兄弟》
一去紫台连朔漠，独留青冢向黄昏。　杜甫《咏怀古迹之三》
秋草独寻人去后，寒林空见日斜时。　刘长卿《长沙过贾谊宅》
机中锦字论长恨，楼上花枝笑独眠。　皇甫冉《春思》
红楼隔雨相望冷，珠箔飘灯独自归。　李商隐《春雨》
谁解乘舟寻范蠡，五湖烟水独忘机。　温庭筠《利州南渡》
众芳摇落独暄妍，占尽风情向小园。　林逋《山园小梅》

——

梳洗罢，独倚望江楼。 温庭筠《梦江南》

泪眼倚楼频独语，双燕飞来，陌上相逢否。 冯延巳《蝶恋花》

无言独上西楼，月如钩。寂寞梧桐深院锁清秋。 李煜《相见欢》

独立小桥风满袖，平林新月人归后。 欧阳修《蝶恋花》

去年春恨却来时，落花人独立，微雨燕双飞。 晏几道《临江仙》

天涯旧恨，独自凄凉人不问。 秦观《减字木兰花》

红藕香残玉簟秋，轻解罗裳，独上兰舟。 李清照《一剪梅》

已是黄昏独自愁，更著风和雨。 陆游《卜算子》

踏遍青山人未老，风景这边独好。 毛泽东《清平乐》

双

八月蝴蝶黄，双飞西园草。 李白《长干行》

梧桐相待老，鸳鸯会双死。 孟郊《列女操》

——

何时倚虚幌，双照泪痕干。 杜甫《月夜》

竹批双耳峻，风入四蹄轻。 杜甫《房兵曹胡马》

一声何满子，双泪落君前。 张祜《何满子》

——

翻身向天仰射云，一箭正坠双飞翼。 杜甫《哀江头》

金阙西厢叩玉扃，转教小玉报双成。 白居易《长恨歌》

横塘双桨去如飞，何处豪家强载归？ 吴伟业《圆圆曲》

——

故园东望路漫漫，双袖龙钟泪不干。 岑参《逢入京使》

身无彩凤双飞翼，心有灵犀一点通。 李商隐《无题》

嵩云秦树久离居，双鲤迢迢一纸书。 李商隐《寄令狐郎中》

敢将十指夸针巧，不把双眉斗画长。 秦韬玉《贫女》

乱离鱼雁双藏影，道阻河梁再卜居。 郁达夫《乱离杂诗之二》

——

新帖绣罗襦，双双金鹧鸪。 温庭筠《菩萨蛮》

垆边人似月，皓腕凝双雪。 韦庄《菩萨蛮》

谁把钿筝移玉柱，穿帘海燕双飞去。 冯延巳《蝶恋花》

双鸳池沼水溶溶，南北小桡通。 张先《一丛花》

双燕欲归时节，银屏昨夜微寒。 晏殊《清平乐》

念双燕、难凭远信；指暮天、空识归航。 柳永《玉胡蝶》

去年春恨却来时，落花人独立，微雨燕双飞。 晏几道《临江仙》

凭寄离恨重重，这双燕，何曾会人言语。 赵佶《燕山亭》

只恐双溪舴艋舟，载不动许多愁。 李清照《武陵春》

双桨莼波，一蓑松雨，暮愁渐满空阔。 姜夔《庆宫春》

归来后，翠尊双饮，下了珠帘，玲珑闲看月。 姜夔《八归》

流光过隙，叹杏梁、双燕如客。 姜夔《霓裳中序第一》

愁损翠黛双蛾，日日画阑独凭。 史达祖《双双燕》

料故园、不卷重帘，误了乍来双燕。 史达祖《东风第一枝》

惆怅双鸳不到，幽阶一夜苔生。 吴文英《风入松》

时靸双鸳响，廊叶秋声。 吴文英《八声甘州》

未羞他、双燕归来，画帘半卷。 张炎《解连环》

两

两鬓何窈窕，一世良所无。 辛延年《羽林郎》

——

今看两楹奠，当与梦时同。 李隆基《经鲁祭孔子而叹之》

潮平两岸阔，风正一帆悬。 王湾《次北固山下》

相看两不厌，只有敬亭山。 李白《独坐敬亭山》

城中十万户，此地两三家。 杜甫《水槛遣心之一》

——

两岸猿声啼不住，轻舟已过万重山。　　李白《早发白帝城》
两岸青山相对出，孤帆一片日边来。　　李白《望天门山》
两个黄鹂鸣翠柳，一行白鹭上青天。　　杜甫《绝句四首之三》
三顾频烦天下计，两朝开济老臣心。　　杜甫《蜀相》
丛菊两开他日泪，孤舟一系故园心。　　杜甫《秋兴八首之一》
潮落夜江斜月里，两三星火是瓜洲。　　张祜《题金陵渡》
苏武魂销汉使前，古祠高树两茫然。　　温庭筠《苏武庙》
千里山河轻孺子，两朝冠剑恨谯周。　　罗隐《筹笔驿》
一水护田将绿绕，两山排闼送青来。　　王安石《书湖阴先生壁》
我自横刀向天笑，去留肝胆两昆仑。　　谭嗣同《狱中题壁》
两川明镜蒸春梦，一棹烟波识老渔。　　郁达夫《乱离杂诗之四》
河山两戒重光日，约取金门海上盟。　　郁达夫《乱离杂诗之九》

——

更回首、重城不见，寒江天外，隐隐两三烟树。　　柳永《采莲令》
败荷零落，衰杨掩映，岸边两两三三，浣纱游女。　　柳永《夜半乐》
记得小蘋初见，两重心字罗衣。　　晏几道《临江仙》
一春离恨懒调弦，犹有两行闲泪宝筝前。　　晏几道《虞美人》
共粉泪，两簌簌。　　苏轼《贺新郎》
两情若是久长时，又岂在朝朝暮暮。　　秦观《鹊桥仙》
唤起两眸清炯炯，泪花落枕红绵冷。　　周邦彦《蝶恋花》
枉望断天涯，两厌厌风月。　　贺铸《石州引》
惟有两行低雁，知人倚画楼月。　　范成大《霜天晓角》
七八个星天外，两三点雨山前。　　辛弃疾《西江月》
谁教岁岁红莲夜，两处沉吟各自知。　　姜夔《鹧鸪天》
后不如今今非昔，两无言、相对沧浪水。　　吴文英《贺新郎》
算夔巫万里，金焦两点，谁说与，苍茫意。　　邓廷桢《水龙吟》

几

对酒当歌，人生几何。 曹操《短歌行之一》

——

长风几万里，吹度玉门关。 李白《关山月》

——

红豆生南国，春来发几枝。 王维《相思》
不觉碧山暮，秋云暗几重。 李白《听蜀僧濬弹琴》
鸿雁几时到，江湖秋水多。 杜甫《天末怀李白》
故人江海别，几度隔山川。 司空曙《云阳馆与韩绅宿别》
江上几人在，天涯孤棹还。 温庭筠《送人东游》

——

当时只记入山深，青溪几度到云林。 王维《桃源行》
归来却怪丹青手，入眼平生几曾有。 王安石《明妃曲》
遗民忍死望恢复，几处今宵垂泪痕。 陆游《关山月》
早携娇鸟出樊笼，待得银河几时渡？ 吴伟业《圆圆曲》

——

醉卧沙场君莫笑，古来征战几人回。 王翰《凉州曲》
此曲只应天上有，人间能得几回闻。 杜甫《赠花卿》
人世几回伤往事，山形依旧枕寒流。 刘禹锡《西塞山怀古》
几处早莺争暖树，谁家新燕啄春泥。 白居易《钱塘湖春行》
闲坐悲君亦自悲，百年多是几多时。 元稹《遣悲怀之三》
凤尾香罗薄几重，碧文圆顶夜深缝。 李商隐《无题》

——

几日行云何处去，忘却归来，不道春将暮。 冯延巳《蝶恋花》
绿杨芳草几时休，泪眼愁肠先已断。 钱惟演《木兰花》
长于春梦几多时，散似秋云无觅处。 晏殊《木兰花》

阑干倚尽犹慵去，几度黄昏雨。 晏几道《御街行》
但屈指西风几时来，又不道流年暗中偷换。 苏轼《洞仙歌》
愁苦。问院落凄凉，几番春暮。 赵佶《燕山亭》
罗绶分香，翠绡封泪，几多幽怨？ 陈亮《水龙吟》
凤尾龙香拨，自开元霓裳曲罢，几番风月。 辛弃疾《贺新郎》
春渐远，汀洲自绿，更添了、几声啼鴂。 姜夔《琵琶仙》
一鞭南陌，几篙官渡，赖有歌眉舒绿。 史达祖《八归》
病翼惊秋，枯形阅世，消得斜阳几度？ 王沂孙《齐天乐》
是非成败转头空，青山依旧在，几度夕阳红。 杨慎《临江仙》
几番烟雾，只有花难护。 陈子龙《点绛唇》

数

悲笳数声动，壮士惨不骄。 杜甫《后出塞之二》
贵贱无常价，酬直看花数。 白居易《买花》

——

不知香积寺，数里入云峰。 王维《过香积寺》
明朝有封事，数问夜如何。 杜甫《春宿左省》
曲终人不见，江上数峰青。 钱起《省试湘灵鼓瑟》

——

射杀山中白额虎，肯数邺下黄须儿。 王维《老将行》
开元之中常引见，承恩数上南薰殿。 杜甫《丹青引赠曹将军霸》
羲之俗书趁姿媚，数纸尚可博白鹅。 韩愈《石鼓歌》
五陵年少争缠头，一曲红绡不知数。 白居易《琵琶行》

——

野哭几家闻战伐，夷歌数处起渔樵。 杜甫《阁夜》
行到中庭数花朵，蜻蜓飞上玉搔头。 刘禹锡《春词》
仙掌月明孤影过，长门灯暗数声来。 杜牧《早雁》

数丛沙草群鸥散，万顷江田一鹭飞。　　温庭筠《利州南渡》
江山代有才人出，各领风骚数百年。　　赵翼《论诗》
——
数声鹈鴂，又报芳菲歇，惜春更把残红折。　　张先《千秋岁》
劝君莫作独醒人，烂醉花间应有数。　　晏殊《木兰花》
望中酒旆闪闪，一簇烟村，数行霜树。　　柳永《夜半乐》
一春犹有数行书，秋来书更疏。　　晏几道《阮郎归》
金风玉露一相逢，便胜却人间无数。　　秦观《鹊桥仙》
但明河影下，还看稀星数点。　　周邦彦《过秦楼》
数点雨声风约住，朦胧淡月云来去。　　贺铸《蝶恋花》
裁剪冰绡，轻叠数重，淡着燕脂匀注。　　赵佶《燕山亭》
溪梅晴照生香，冷蕊数枝争发。　　张元幹《石州慢》
鬓边觑，应把花卜归期，才簪又重数。　　辛弃疾《祝英台近》
数峰清苦，商略黄昏雨。　　姜夔《点绛唇》
候馆迎秋，离宫吊月，别有伤心无数。　　姜夔《齐天乐》
吴鸿好为传归信，杨柳阊门屋数间。　　吴文英《鹧鸪天》
但数点红英，犹识西园凄婉。　　王沂孙《长亭怨慢》
独倚阑干人窈窕，闲中数尽行人小。　　王国维《蝶恋花》
俱往矣，数风流人物，还看今朝。　　毛泽东《沁园春》

多

譬如朝露，去日苦多。　　曹操《短歌行之一》
——
多谢金吾子，私爱徒区区。　　辛延年《羽林郎》
苟能制侵陵，岂在多杀伤。　　杜甫《前出塞之六》
古调虽自爱，今人多不弹。　　刘长卿《听弹琴》
——

露重飞难进，风多响易沉。 骆宾王《在狱咏蝉》

不才明主弃，多病故人疏。 孟浩然《岁暮归南山》

愿君多采撷，此物最相思。 王维《相思》

澄江平少岸，幽树晚多花。 杜甫《水槛遣心之一》

少孤为客早，多难识君迟。 卢纶《送李端》

——

行人刁斗风沙暗，公主琵琶幽怨多。 李颀《古从军行》

乱我心者，今日之日多烦忧。 李白《宣州谢朓楼饯别校书叔云》

落落盘踞虽得地，冥冥孤高多烈风。 杜甫《古柏行》

西宫南内多秋草，落叶满阶红不扫。 白居易《长恨歌》

座中泣下谁最多，江州司马青衫湿。 白居易《琵琶行》

妻子岂应关大计，英雄无奈是多情。 吴伟业《圆圆曲》

——

同学少年多不贱，五陵衣马自轻肥。 杜甫《秋兴八首之三》

闲坐悲君亦自悲，百年多是几多时。 元稹《遣悲怀之三》

蓬山此去无多路，青鸟殷勤为探看。 李商隐《无题》

多情只有春庭月，犹为离人照落花。 张泌《寄人》

为有牺牲多壮志，敢教日月换新天。 毛泽东《到韶山》

明知世乱天难问，终觉离多会渐稀。 郁达夫《乱离杂诗之六》

——

昔年多病厌芳尊，今日芳尊惟恐浅。 钱惟演《木兰花》

江山如画，一时多少豪杰。 苏轼《念奴娇》

多情，行乐处，珠钿翠盖，玉辔红缨。 秦观《满庭芳》

易得凋零，更多少无情风雨。 赵佶《燕山亭》

心期切处，更有多少凄凉，殷勤留与归时说。 张元幹《石州慢》

中州盛日，闺门多暇，记得偏重三五。 李清照《永遇乐》

阅人多矣，谁得似长亭树。 姜夔《长亭怨慢》

一壶浊酒喜相逢，古今多少事，都付笑谈中。 杨慎《临江仙》

江山如此多娇，引无数英雄竞折腰。 毛泽东《沁园春》

半

访旧半为鬼，惊呼热中肠。　杜甫《赠卫八处士》

——

月照城头乌半飞，霜凄万木风入衣。　李颀《琴歌》

半壁见海日，空中闻天鸡。　李白《梦游天姥吟留别》

战士军前半死生，美人帐下犹歌舞。　高适《燕歌行》

七月七日长生殿，夜半无人私语时。　白居易《长恨歌》

千呼万唤始出来，犹抱琵琶半遮面。　白居易《琵琶行》

半卷红旗临易水，霜重鼓寒声不起。　李贺《雁门太守行》

——

大漠风尘日色昏，红旗半卷出辕门。　王昌龄《从军行之五》

峨眉山月半轮秋，影入平羌江水流。　李白《峨眉山月歌》

锦城丝管日纷纷，半入江风半入云。　杜甫《赠花卿》

更深月色半人家，北斗阑干南斗斜。　刘方平《月夜》

玉楼天半起笙歌，风送宫嫔笑语和。　顾况《宫词》

一道残阳铺水中，半江瑟瑟半江红。　白居易《暮江吟》

金河秋半虏弦开，云外惊飞四散哀。　杜牧《早雁》

春风举国裁宫锦，半作障泥半作帆。　李商隐《隋宫》

山河风景原无异，城郭人民半已非。　文天祥《金陵驿》

——

红楼别夜堪惆怅，香灯半卷流苏帐。　韦庄《菩萨蛮》

别来春半，触目愁肠断。　李煜《清平乐》

斜月半窗还少睡，画屏闲展吴山翠。　晏几道《蝶恋花》

石榴半吐红巾蹙，待浮花浪蕊都尽，伴君幽独。　苏轼《贺新郎》

空余旧迹，郁苍苍、雾沉半垒。　周邦彦《西河》

厌莺声到枕，花气动帘，醉魂愁梦相半。　贺铸《望湘人》

闹花深处层楼，画帘半卷东风软。　　陈亮《水龙吟》
明月别枝惊鹊，清风半夜鸣蝉。　　辛弃疾《西江月》
向消凝里，梅开半面，情满徐妆。　　史达祖《夜合花》
半飘零，庭上黄昏，月冷阑干。　　吴文英《高阳台》
深杯欲共歌声滑，翻湿春衫半袖。　　刘辰翁《摸鱼儿》
看画船尽入西泠，闲却半湖春色。　　周密《曲游春》
喜净看、匹练飞光，倒泻半湖明月。　　张炎《疏影》
几回殢娇半醉，剪春灯、夜寒花碎。　　王沂孙《天香》

群

夕阳度西岭，群壑倏已暝。　　孟浩然《宿业师山房待丁大不至》
余亦谢时去，西山鸾鹤群。　　常建《宿王昌龄隐居》
吴中盛文史，群彦今汪洋。　　韦应物《郡斋雨中与诸文士燕集》

——

白也诗无敌，飘然思不群。　　杜甫《春日忆李白》

——

群燕辞归雁南翔，念君客游思断肠。　　曹丕《燕歌行》
嘶酸雏雁失群夜，断绝胡儿恋母声。
李颀《听董大弹胡笳兼寄语弄房给事》
玉京群帝集北斗，或骑麒麟翳凤凰。　　杜甫《寄韩谏议注》
㸌如羿射九日落，矫如群帝骖龙翔。　　杜甫《观公孙大娘弟子舞剑器行》
南村群童欺我老无力，忍能对面为盗贼，公然抱茅入竹去。
杜甫《茅屋为秋风所破歌》

——

若非群玉山头见，会向瑶台月下逢。　　李白《清平调》
舍南舍北皆春水，但见群鸥日日来。　　杜甫《客至》
群山万壑赴荆门，生长明妃尚有村。　　杜甫《咏怀古迹之三》

数丛沙草群鸥散，万顷江田一鹭飞。　温庭筠《利州南渡》

共道安危任樽俎，即今谁是出群才！　陈子龙《辽事杂诗之一》

大江日夜向东流，聚义群雄又远游。　鲁迅《无题（1931年）》

虎跳龙拿归爱国，鸾飘凤泊怨离群。　柳亚子《元旦感怀之二》

五云山上五云飞，远接群峰近拂堤。　毛泽东《五云山》

——

群芳过后西湖好，狼籍残红，飞絮濛濛，垂柳阑干尽日风。

欧阳修《采桑子》

玉殿珠帘尽卷，拥群仙、蓬壶阆苑。　张抡《烛影摇红》

无意苦争春，一任群芳妒。　陆游《卜算子》

楚江空晚，怅离群万里，恍然惊散。　张炎《解连环》

九

颜色

红

娥娥红粉妆，纤纤出素手。　　《青青河畔草》
白毛浮绿水，红掌拨清波。　　骆宾王《咏鹅》
灼灼百朵红，戋戋五束素。　　白居易《买花》

——

红豆生南国，春来发几枝。　　王维《相思》
晓看红湿处，花重锦官城。　　杜甫《春夜喜雨》
绿蚁新醅酒，红泥小火炉。　　白居易《问刘十九》
寥落古行宫，宫花寂寞红。　　元稹《行宫》

——

翠影红霞映朝日，鸟飞不到吴天长。　　李白《庐山谣寄卢侍御虚舟》
纷纷暮雪下辕门，风掣红旗冻不翻。　　岑参《白雪歌送武判官归京》
西宫南内多秋草，落叶满阶红不扫。　　白居易《长恨歌》
五陵年少争缠头，一曲红绡不知数。　　白居易《琵琶行》
半卷红旗临易水，霜重鼓寒声不起。　　李贺《雁门太守行》
恸哭六军俱缟素，冲冠一怒为红颜。　　吴伟业《圆圆曲》

——

斜拔玉钗灯影畔，剔开红焰救飞蛾。　　张祜《赠内人》
一骑红尘妃子笑，无人知是荔枝来。　　杜牧《过华清宫绝句之一》
春色满园关不住，一枝红杏出墙来。　　叶绍翁《游园不值》
斑竹一枝千滴泪，红霞万朵百重衣。　　毛泽东《答友人》

——

红楼别夜堪惆怅，香灯半卷流苏帐。　　韦庄《菩萨蛮》

重头歌韵响琤琮，人破舞腰红乱旋。　晏殊《木兰花》
聚散苦匆匆，此恨无穷；今年花胜去年红。　欧阳修《浪淘沙》
绿杯红袖趁重阳，人情似故乡。　晏几道《阮郎归》
红烛自怜无好计，夜寒空替人垂泪。　晏几道《蝶恋花》
正拂面垂杨堪揽结，掩红泪、玉手亲折。　周邦彦《浪淘沙慢》
红藕香残玉簟秋，轻解罗裳，独上兰舟。　李清照《一剪梅》
红莲相倚浑如醉，白鸟无言定自愁。　辛弃疾《鹧鸪天》
谁教岁岁红莲夜，两处沉吟各自知。　姜夔《鹧鸪天》
飘然快拂花梢，翠尾分开红影。　史达祖《双双燕》
剪红情，裁绿意，花信上钗股。　吴文英《祝英台近》
是非成败转头空，青山依旧在，几度夕阳红。　杨慎《临江仙》
须晴日，看红装素裹，分外妖娆。　毛泽东《沁园春》

朱

朱绂皆大夫，紫绶悉将军。　白居易《轻肥》

——

蜀道之难难于上青天，使人听此凋朱颜。　李白《蜀道难》
朱门沉沉按歌舞，厩马肥死弓断弦。　陆游《关山月》

——

朱雀桥边野草花，乌衣巷口夕阳斜。　刘禹锡《乌衣巷》
新妆宜面下朱楼，深锁春光一院愁。　刘禹锡《春词》
朱弦已为佳人绝，青眼聊因美酒横。　黄庭坚《登快阁》

——

雕栏玉砌应犹在，只是朱颜改。　李煜《虞美人》
情怀渐觉成衰晚，鸾镜朱颜惊暗换。　钱惟演《木兰花》
翠叶藏莺，朱帘隔燕，炉香静逐游丝转。　晏殊《踏莎行》
朱颜空自改，向年年、芳意长新。　韩缜《凤箫吟》

日日花前常病酒，不辞镜里朱颜瘦。　　欧阳修《蝶恋花》
树头花艳杂娇云，树底人家朱户。　　晏几道《御街行》
转朱阁，低绮户，照无眠。　　苏轼《水调歌头》
东风里，朱门映柳，低按小秦筝。　　秦观《满庭芳》
遥知新妆了，开朱户，应自待月西厢。　　周邦彦《风流子》
锦瑟华年谁与度？月桥花院，琐窗朱户，只有春知处。　　贺铸《青玉案》
闲阶静、杨花渐少，朱门掩、莺声犹嫩。　　僧挥《金明池》
朱颜那有年年好，逞艳游、赢取如今。　　韩疁《高阳台》
红粉腻，娇如醉，倚朱扉。　　韩元吉《六州歌头》
重省，残灯朱幌，淡月纱窗，那时风景。　　陆淞《瑞鹤仙》
闲时又来镜里，转变朱颜。　　辛弃疾《汉宫春》
朱户黏鸡，金盘簇燕，空叹时序侵寻。　　姜夔《一萼红》
未有人行，才半启回廊朱户。　　张镃《宴山亭》
怕天教何处，参差双燕，还染残朱剩粉。　　陆睿《瑞鹤仙》
朱楼外，愁压空云欲坠，月痕犹照无寐。　　朱嗣发《摸鱼儿》
朱钿宝玦，天上飞琼，比人间春别。　　周密《瑶华》
寂寂锁朱门，梦承恩。　　纳兰性德《昭君怨》
枫老树流丹，芦华吹又残，系扁舟、同倚朱阑。　　蒋春霖《唐多令》
盈盈怎堪攀折，只轻朱薄粉，愁上簪帻。　　郑文焯《六丑》
百尺朱楼临大道，楼外轻雷，不间昏和晓。　　王国维《蝶恋花》

丹

江南有丹橘，经冬犹绿林。　　张九龄《感遇之七》
共道牡丹时，相随买花去。　　白居易《买花》

——

联步趋丹陛，分曹限紫微。　　岑参《寄左省杜拾遗》

——

早服还丹无世情，琴心三叠道初成。 李白《庐山谣寄卢侍御虚舟》
岑夫子，丹丘生，将进酒，杯莫停。 李白《将进酒》
丹青不知老将至，富贵于我如浮云。 杜甫《丹青引赠曹将军霸》
崔嵬枝干郊原古，窈窕丹青户牖空。 杜甫《古柏行》
粉墙丹柱动光彩，鬼物图画填青红。 韩愈《谒衡岳庙遂宿岳寺题门楼》
文成破体书在纸，清晨再拜铺丹墀。 李商隐《韩碑》
归来却怪丹青手，入眼平生几曾有。 王安石《明妃曲》

——

白狼河北音书断，丹凤城南秋夜长。 沈佺期《独不见》
何用别寻方外去，人间亦自有丹丘。 韩翃《同题仙游观》
人生自古谁无死，留取丹心照汗青。 文天祥《过零丁洋》
扶桑正是秋光好，枫叶如丹照嫩寒。 鲁迅《送增田涉君归国》

——

墙头丹杏雨余花，门外绿杨风后絮。 晏几道《木兰花》
莹无尘、素娥澹贮，静可数、丹桂参差。 晁端礼《绿头鸭》
梦中未比丹青见，暗里忽惊山鸟啼。 姜夔《鹧鸪天》
月户云窗，石田瑶草，丹井飞龙虎。 萨都剌《酹江月》
满目荒凉谁可语？西风吹老丹枫树。 纳兰性德《蝶恋花》
枫老树流丹，芦华吹又残，系扁舟、同倚朱阑。 蒋春霖《唐多令》
伫丹轮半辗，迅颓羲驭，哀入骠姚壮采。 吕碧城《瑞鹤仙》

紫

缃绮为下裙，紫绮为上襦。 《陌上桑》
莫学游侠儿，矜夸紫骝好。 王昌龄《塞上曲》
朱绂皆大夫，紫绶悉将军。 白居易《轻肥》

——

联步趋丹陛，分曹限紫微。 岑参《寄左省杜拾遗》

——

紫驼之峰出翠釜，水精之盘行素鳞。 杜甫《丽人行》

角声满天秋色里，塞上燕脂凝夜紫。 李贺《雁门太守行》

——

日照香炉生紫烟，遥看瀑布挂前川。 李白《望庐山瀑布》

西望瑶池降王母，东来紫气满函关。 杜甫《秋兴八首之五》

昆吾御宿自逶迤，紫阁峰阴入渼陂。 杜甫《秋兴八首之八》

一去紫台连朔漠，独留青冢向黄昏。 杜甫《咏怀古迹之三》

二月黄鹂飞上林，春城紫禁晓阴阴。 钱起《赠阙下裴舍人》

紫陌红尘拂面来，无人不道看花回。 刘禹锡《玄都观桃花》

紫泉宫殿锁烟霞，欲取芜城作帝家。 李商隐《隋宫》

玉郎会此通仙籍，忆向天阶问紫芝。 李商隐《重过圣女祠》

——

紫薇朱槿花残，斜阳却照阑干。 晏殊《清平乐》

把酒祝东风，且共从容，垂杨紫陌洛城东。 欧阳修《浪淘沙》

兰佩紫，菊簪黄，殷勤理旧狂。 晏几道《阮郎归》

紫骝认得旧游踪，嘶过画桥东畔路。 晏几道《木兰花》

去年紫陌青门，今宵雨魄云魂。 赵令畤《清平乐》

到清明时候，百紫千红，花正乱，已失春风一半。 李元膺《洞仙歌》

紫薇登览最关情，绝妙夸能赋。 廖世美《烛影摇红》

酣酣日脚紫烟浮，妍暖破轻裘。 范成大《眼儿媚》

紫曲门荒，沿败井、风摇青蔓。 吴文英《三姝媚》

紫萸一枝传赐，梦谁到、汉家陵。 姚云文《紫萸香慢》

春透紫髓琼浆，玻璃杯酒，滑泻蔷薇露。 萨都剌《酹江月》

重来已是朝云散，怅明珠佩冷，紫玉烟沉。 朱彝尊《高阳台》

紫塞门孤，金河月冷，恨谁诉？ 朱彝尊《长亭怨慢》

黄云紫塞三千里，女墙西畔啼乌起。 纳兰性德《菩萨蛮》

园林红紫千千，放教狼藉，休但怨、连番风雨。 文廷式《祝英台近》

赤橙黄绿青蓝紫，谁持彩练当空舞。 毛泽东《菩萨蛮》

黄

青丝系马尾，黄金络马头。《陌上桑》
黄尘足今古，白骨乱蓬蒿。王昌龄《塞下曲》
言入黄花川，每逐清溪水。王维《青溪》
八月蝴蝶黄，双飞西园草。李白《长干行》
夜雨剪春韭，新炊间黄粱。杜甫《赠卫八处士》

——

淑气催黄鸟，晴光转绿蘋。杜审言《和晋陵陆丞早春游望》
白日依山尽，黄河入海流。王之涣《登鹳雀楼》
夕阳无限好，只是近黄昏。李商隐《登乐游原》
荒戍落黄叶，浩然离故关。温庭筠《送人东游》
打起黄莺儿，莫教枝上啼。金昌绪《春怨》

——

射杀山中白额虎，肯数邺下黄须儿。王维《老将行》
黄云万里动风色，白波九道流雪山。李白《庐山谣寄卢侍御虚舟》
黄埃散漫风萧索，云栈萦纡登剑阁。白居易《长恨歌》
住近湓城地低湿，黄芦苦竹绕宅生。白居易《琵琶行》
报君黄金台上意，提携玉龙为君死。李贺《雁门太守行》
电扫黄巾定黑山，哭罢君亲再相见。吴伟业《圆圆曲》

——

黄河远上白云间，一片孤城万仞山。王之涣《凉州词》
烽火城西百尺楼，黄昏独坐海风秋。王昌龄《从军行之一》
漠漠水田飞白鹭，阴阴夏木啭黄鹂。王维《积雨辋川庄作》
千里黄云白日曛，北风吹雁雪纷纷。高适《别董大之一》
珠帘绣柱围黄鹄，锦缆牙樯起白鸥。杜甫《秋兴八首之六》
纱窗日落渐黄昏，金屋无人见泪痕。刘方平《春怨》

瑶池阿母绮窗开，黄竹歌声动地哀。　　李商隐《瑶池》
疏影横斜水清浅，暗香浮动月黄昏。　　林逋《山园小梅》
云横九派浮黄鹤，浪下三吴起白烟。　　毛泽东《登庐山》
满地月明思故国，穷途裘敝感黄金。　　郁达夫《乱离杂诗之七》

——

兰佩紫，菊簪黄，殷勤理旧狂。　　晏几道《阮郎归》
三年枕上吴中路，遣黄犬，随君去。　　苏轼《青玉案》
侵晨浅约宫黄，障风映袖，盈盈笑语。　　周邦彦《瑞龙吟》
洒向人间都是怨，一枕黄粱再现。　　毛泽东《清平乐》

青

青青子衿，悠悠我心。　　《诗经·郑风·子衿》

——

青丝系马尾，黄金络马头。　　《陌上桑》
贻我青铜镜，结我红罗裾。　　辛延年《羽林郎》
青青河畔草，郁郁园中柳。　　《青青河畔草》
返景入深林，复照青苔上。　　王维《鹿柴》
汉下白登道，胡窥青海湾。　　李白《关山月》
岱宗夫如何，齐鲁青未了。　　杜甫《望岳》

——

客路青山下，行舟绿水前。　　王湾《次北固山下》
牛渚西江夜，青天无片云。　　李白《夜泊牛渚怀古》
远送从此别，青山空复情。　　杜甫《奉济驿重送严公四韵》
曲终人不见，江上数峰青。　　钱起《省试湘灵鼓瑟》

——

坐看红树不知远，行尽青溪忽值人。　　王维《桃源行》
青冥浩荡不见底，日月照耀金银台。　　李白《梦游天姥吟留别》

骊宫高处入青云，仙乐风飘处处闻。 白居易《长恨歌》
座中泣下谁最多，江州司马青衫湿。 白居易《琵琶行》

——

十年一觉扬州梦，赢得青楼薄幸名。 杜牧《遣怀》
嫦娥应悔偷灵药，碧海青天夜夜心。 李商隐《嫦娥》
杳杳天低鹘没处，青山一发是中原。 苏轼《澄迈驿通潮阁》
朱弦已为佳人绝，青眼聊因美酒横。 黄庭坚《登快阁》
咬定青山不放松，立根原在破岩中。 郑燮《竹石》
抚剑长号归去也，千山风雨啸青锋。 康有为《出都留别诸公》
红雨随心翻作浪，青山着意化为桥。 毛泽东《送瘟神之二》

——

青箬笠，绿蓑衣，斜风细雨不须归。 张志和《渔歌子》
青鸟不传云外信，丁香空结雨中愁。 李璟《摊破浣溪沙》
雨轻风色暴，梅子青时节。 张先《千秋岁》
明月几时有，把酒问青天。 苏轼《水调歌头》
念柳外青骢别后，水边红袂分时，怆然暗惊。 秦观《八六子》
茅檐低小，溪上青青草。 辛弃疾《清平乐》
树若有情时，不会得青青如此。 姜夔《长亭怨慢》
是非成败转头空，青山依旧在，几度夕阳红。 杨慎《临江仙》

绿

白毛浮绿水，红掌拨清波。 骆宾王《咏鹅》
江南有丹橘，经冬犹绿林。 张九龄《感遇之七》
燕草如碧丝，秦桑低绿枝。 李白《春思》

——

客路青山下，行舟绿水前。 王湾《次北固山下》
绿树村边合，青山郭外斜。 孟浩然《过故人庄》

春草年年绿，王孙归不归。　　王维《送别》
蜀僧抱绿绮，西下峨眉峰。　　李白《听蜀僧濬弹琴》
绿蚁新醅酒，红泥小火炉。　　白居易《问刘十九》

——

谢公宿处今尚在，绿水荡漾清猿啼。　　李白《梦游天姥吟留别》
江头宫殿锁千门，细柳新蒲为谁绿。　　杜甫《哀江头》
烟销日出不见人，欸乃一声山水绿。　　柳宗元《渔翁》
香径尘生鸟自啼，屧廊人去苔空绿。　　吴伟业《圆圆曲》

——

今夜偏知春气暖，虫声新透绿窗纱。　　刘方平《月夜》
千里莺啼绿映红，水村山郭酒旗风。　　杜牧《江南春绝句》
迢递高城百尺楼，绿杨枝外尽汀洲。　　李商隐《安定城楼》
绿水青山枉自多，华佗无奈小虫何。　　毛泽东《送瘟神之一》

——

青箬笠，绿蓑衣，斜风细雨不须归。　　张志和《渔歌子》
日出江花红胜火，春来江水绿如蓝。能不忆江南?　　白居易《忆江南》
记得绿罗裙，处处怜芳草。　　牛希济《生查子》
绿杨芳草几时休，泪眼愁肠先已断。　　钱惟演《木兰花》
哀筝一弄湘江曲，声声写尽江波绿。　　张先《菩萨蛮》
小径红稀，芳郊绿遍，高台树色阴阴见。　　晏殊《踏莎行》
自春来、惨绿愁红，芳心是事可可。　　柳永《定风波》
六朝旧事随流水，但寒烟衰草凝绿。　　王安石《桂枝香》
街南绿树春饶絮，雪满游春路。　　晏几道《御街行》
舞困榆钱自落，秋千外、绿水桥平。　　秦观《满庭芳》
人静乌鸢自乐，小桥外、新绿溅溅。　　周邦彦《满庭芳》
江南梦断横江渚。浪黏天、葡萄涨绿，半空烟雨。　　叶梦得《贺新郎》
芳莲坠粉，疏桐吹绿，庭院暗雨乍歇。　　姜夔《八归》
赤橙黄绿青蓝紫，谁持彩练当空舞。　　毛泽东《菩萨蛮》

翠

银鞍何煜爚，翠盖空踟蹰。 辛延年《羽林郎》
头上金爵钗，腰佩翠琅玕。 曹植《美女篇》
却顾所来径，苍苍横翠微。 李白《下终南山过斛斯山人宿置酒》
天寒翠袖薄，日暮倚修竹。 杜甫《佳人》

——

寒山转苍翠，秋水日潺湲。 王维《辋川闲居赠裴秀才迪》
远芳侵古道，晴翠接荒城。 白居易《草》
遥夜泛清瑟，西风生翠萝。 许浑《早秋》

——

翠影红霞映朝日，鸟飞不到吴天长。 李白《庐山谣寄卢侍御虚舟》
紫驼之峰出翠釜，水精之盘行素鳞。 杜甫《丽人行》
鸳鸯瓦冷霜华重，翡翠衾寒谁与共。 白居易《长恨歌》
换羽移宫万里愁，珠歌翠舞古梁州。 吴伟业《圆圆曲》

——

闺中少妇不知愁，春日凝妆上翠楼。 王昌龄《闺怨》
佳人拾翠春相问，仙侣同舟晚更移。 杜甫《秋兴八首之八》
蜡照半笼金翡翠，麝熏微度绣芙蓉。 李商隐《无题》
澹然空水带斜晖，曲岛苍茫接翠微。 温庭筠《利州南渡》
九嶷山上白云飞，帝子乘风下翠微。 毛泽东《答友人》

——

翠华一去寂无踪，玉楼歌吹，声断已随风。 鹿虔扆《临江仙》
斜月半窗还少睡，画屏闲展吴山翠。 晏几道《蝶恋花》
铺翠冠儿，捻金雪柳，簇带争济楚。 李清照《永遇乐》
闻道中原遗老，常南望、翠葆霓旌。 张孝祥《六州歌头》
春归翠陌，平莎茸嫩，垂杨金浅。 陈亮《水龙吟》

马上琵琶关塞黑，更长门、翠辇辞金阙。　辛弃疾《贺新郎》
翠叶吹凉，玉容销酒，更洒菰蒲雨。　姜夔《念奴娇》
翠眼圈花，冰丝织练，黄道宝光相直。　史达祖《喜迁莺》
凉飔乍起，渺烟碛飞帆，暮山横翠。　吴文英《齐天乐》
燕约莺期，恼芳情偏在，翠深红隙。　周密《曲游春》
鸳楼碎泻东西玉，问芳踪、何时再展，翠钗难卜。　蒋捷《贺新郎》
恐怨歌、忽断花风，碎却翠云千叠。　张炎《疏影》
一襟余恨宫魂断，年年翠阴庭树。　王沂孙《齐天乐》
桥影流虹，湖光映雪，翠帘不卷春深。　朱彝尊《高阳台》

碧

暮从碧山下，山月随人归。　李白《下终南山过斛斯山人宿置酒》
来往不逢人，长歌楚天碧。　柳宗元《溪居》

——

不觉碧山暮，秋云暗几重。　李白《听蜀僧濬弹琴》
五更疏欲断，一树碧无情。　李商隐《蝉》

——

鸾翔凤翥众仙下，珊瑚碧树交枝柯。　韩愈《石鼓歌》
上穷碧落下黄泉，两处茫茫皆不见。　白居易《长恨歌》
画栏桂树悬秋香，三十六宫土花碧。　李贺《金铜仙人辞汉歌》
昔闻湘水碧如染，今闻湘水胭脂痕。　鲁迅《湘灵歌》

——

碧玉妆成一树高，万条垂下绿丝绦。　贺知章《咏柳》
孤帆远影碧空尽，惟见长江天际流。　李白《黄鹤楼送孟浩然之广陵》
天门中断楚江开，碧水东流至此回。　李白《望天门山》
香稻啄余鹦鹉粒，碧梧栖老凤凰枝。　杜甫《秋兴八首之八》
晴空一鹤排云上，便引诗情到碧霄。　刘禹锡《秋词二首之一》

白石岩扉碧藓滋，上清沦谪得归迟。 李商隐《重过圣女祠》
冰簟银床梦不成，碧天如水夜云轻。 温庭筠《瑶瑟怨》
碧阑干外绣帘垂，猩色屏风画折枝。 韩偓《已凉》
接天莲叶无穷碧，映日荷花别样红。 杨万里《晓出慈净寺送林子方》
芰裳荇带处仙乡，风定犹闻碧玉香。 鲁迅《莲蓬人》
怵目飞红随蝶舞，开心茸碧绕阶生。 鲁迅《惜花四律之一》

——

平林漠漠烟如织，寒山一带伤心碧。 李白《菩萨蛮》
春水碧于天，画船听雨眠。 韦庄《菩萨蛮》
斗鸭阑干独倚，碧玉搔头斜坠。 冯延巳《谒金门》
碧云天，黄叶地，秋色连波，波上寒烟翠。 范仲淹《苏幕遮》
一棹碧涛春水路，过尽晓莺啼处。 晏几道《清平乐》
柳阴直，烟里丝丝弄碧。 周邦彦《兰陵王》
燕燕飞来，问春何在？唯有池塘自碧。 姜夔《淡黄柳》
千丝怨碧，渐路入、仙坞迷津。 吴文英《渡江云》
柳陌，新烟凝碧。映帘底宫眉，堤上游勒。 周密《曲游春》
碧圆自洁，向浅洲远浦，亭亭清绝。 张炎《疏影》
七百里驱十五日，赣水苍茫闽山碧。 毛泽东《渔家傲》

黛

霜皮溜雨四十围，黛色参天二千尺。 杜甫《古柏行》
回头一笑百媚生，六宫粉黛无颜色。 白居易《长恨歌》

——

洞庭木落楚天高，眉黛猩红涴战袍。 鲁迅《无题（1932年）》

——

弹到断肠时，春山眉黛低。 张先《菩萨蛮》
烟敛寒林簇，画屏展，天际遥山小，黛眉浅。 柳永《迷神引》

黛蛾长敛，任是春风吹不展。 秦观《减字木兰花》
旧曲凄清，敛愁黛，与谁听。 周邦彦《绮寮怨》
罗袜尘生步，迎顾，整鬟颦黛，脉脉两情难语。 贺铸《人南渡》
斜阳挂深树，映浓愁浅黛，遥山眉妩。 袁去华《瑞鹤仙》
伤心重见，依约眉山，黛痕低压。 姜夔《庆宫春》
犀帘黛卷，凤枕云孤，应也几番凝伫。 张镃《宴山亭》
愁损翠黛双蛾，日日画阑独凭。 史达祖《双双燕》
料黛眉，重锁隋堤，芳心还动梁苑。 卢祖皋《宴清都》
山黛暝，尘波澹绿无痕。 吴文英《渡江云》
长波妒盼，遥山羞黛，渔灯分影春江宿。 吴文英《莺啼序》
乡梦窄，水天宽，小窗愁黛淡秋山。 吴文英《鹧鸪天》
璧月初晴，黛云远淡，春事谁主。 刘辰翁《永遇乐》
湔裙归晚坐思量，轻烟笼翠黛，月茫茫。 纳兰性德《遐方怨》
黛蛾更羞重斗，避面月黄昏。 蒋春霖《忆旧游》
蘼芜春思远，采芳馨愁贻，黛痕深敛。 王鹏运《三姝媚》
登临感清快，对层云曳缟，乱峰横黛。 吕碧城《瑞鹤仙》

苍

蒹葭苍苍，白露为霜。 《诗经·秦风·蒹葭》

——

却顾所来径，苍苍横翠微。 李白《下终南山过斛斯山人宿置酒》
明月出天山，苍茫云海间。 李白《关山月》
四角碍白日，七层摩苍穹。 岑参《与高适薛据登慈恩寺浮图》
少壮能几时，鬓发各已苍。 杜甫《赠卫八处士》
苍苍竹林寺，杳杳钟声晚。 刘长卿《送灵澈》

——

寒山转苍翠，秋水日潺湲。 王维《辋川闲居赠裴秀才迪》

素练风霜起，苍鹰画作殊。　　杜甫《画鹰》
苍梧来怨慕，白芷动芳馨。　　钱起《省试湘灵鼓瑟》
广泽生明月，苍山夹乱流。　　马戴《楚江怀古》
秋风度河上，大野入苍穹。　　毛泽东《喜闻捷报》

——

古戍苍苍烽火寒，大荒阴沉飞雪白。
李颀《听董大弹胡笳兼寄语弄房给事》
苍茫古木连穷巷，寥落寒山对虚牖。　　王维《老将行》
香炉瀑布遥相望，回崖沓嶂凌苍苍。　　李白《庐山谣寄卢侍御虚舟》
边风飘飖那可度，绝域苍茫更何有。　　高适《燕歌行》
张公一生江海客，身长九尺须眉苍。　　杜甫《洗兵马》

——

可怜夜半虚前席，不问苍生问鬼神。　　李商隐《贾生》
澹然空水带斜晖，曲岛苍茫接翠微。　　温庭筠《利州南渡》
应怜屐齿印苍苔，小扣柴扉久不开。　　叶绍翁《游园不值》
从谁细向苍苍问，争遣蚩尤作五兵。　　元好问《岐阳之一》
尘海苍茫沉百感，金风萧瑟走千官。　　鲁迅《亥年残秋偶作》
钟山风雨起苍黄，百万雄师过大江。　　毛泽东《人民解放军占领南京》

——

空余旧迹，郁苍苍、雾沉半垒。　　周邦彦《西河》
睡起流莺语。掩苍苔、房栊向晚，乱红无数。　　叶梦得《贺新郎》
隔苍烟、楚香罗袖，谁伴婵娟。　　史达祖《玉胡蝶》
溪雨急，岸花狂，趁残鸦飞过苍茫。　　吴文英《夜合花》
遨头小簇行春队，步苍苔、寻幽别墅，问梅开未。　　吴文英《贺新郎》
算夔巫万里，金焦两点，谁说与，苍茫意。　　邓廷桢《水龙吟》
从头越，苍山如海，残阳如血。　　毛泽东《忆秦娥》
今日长缨在手，何时缚住苍龙？　　毛泽东《清平乐》

白

蒹葭苍苍，白露为霜。　《诗经·秦风·蒹葭》

——

小时不识月，呼作白玉盘。　李白《古朗月行》

汉下白登道，胡窥青海湾。　李白《关山月》

——

不堪玄鬓影，来对白头吟。　骆宾王《在狱咏蝉》

白云回望合，青霭入看无。　王维《终南山》

红颜弃轩冕，白首卧松云。　李白《赠孟浩然》

露从今夜白，月是故乡明。　杜甫《月夜忆舍弟》

苍梧来怨慕，白芷动芳馨。　钱起《省试湘灵鼓瑟》

平明寻白羽，没在石棱中。　卢纶《塞下曲之二》

——

射杀山中白额虎，肯数邺下黄须儿。　王维《老将行》

西当太白有鸟道，可以横绝峨眉巅。　李白《蜀道难》

相看白刃血纷纷，死节从来岂顾勋。　高适《燕歌行》

梨园弟子白发新，椒房阿监青娥老。　白居易《长恨歌》

东船西舫悄无言，唯见江心秋月白。　白居易《琵琶行》

全家白骨成灰土，一代红妆照汗青。　吴伟业《圆圆曲》

——

黄河远上白云间，一片孤城万仞山。　王之涣《凉州词》

黄鹤一去不复返，白云千载空悠悠。　崔颢《黄鹤楼》

三山半落青天外，二水中分白鹭洲。　李白《登金陵凤凰台》

千里黄云白日曛，北风吹雁雪纷纷。　高适《别董大之一》

风急天高猿啸哀，渚清沙白鸟飞回。　杜甫《登高》

最爱湖东行不足，绿杨阴里白沙堤。　白居易《钱塘湖春行》

万里归船弄长笛，此心吾与白鸥盟。　　黄庭坚《登快阁》
浩荡离愁白日斜，吟鞭东指即天涯。　　龚自珍《己亥杂诗之一》
九嶷山上白云飞，帝子乘风下翠微。　　毛泽东《答友人》

——

西塞山前白鹭飞，桃花流水鳜鱼肥。　　张志和《渔歌子》
过尽千帆皆不是，斜晖脉脉水悠悠。肠断白蘋洲。　　温庭筠《望江南》
醉里吴音相媚好，白发谁家翁媪。　　辛弃疾《清平乐》
蔽日旌旗，连云樯橹，白骨纷如雪。　　萨都剌《百字令》
白发渔樵江渚上，惯看秋月春风。　　杨慎《临江仙》
大雨落幽燕，白浪滔天，秦皇岛外打鱼船。　　毛泽东《浪淘沙》

黑

魂来枫林青，魂返关塞黑。　　杜甫《梦李白二首之一》

——

野径云俱黑，江船火独明。　　杜甫《春夜喜雨》
月黑雁飞高，单于夜遁逃。　　卢纶《塞下曲之三》

——

长河浪头连天黑，津吏停舟渡不得。　　李颀《送陈章甫》
戍楼西望烟尘黑，汉军屯在轮台北。　　岑参《轮台歌奉送封大夫出师西征》
俄顷风定云墨色，秋天漠漠向昏黑。　　杜甫《茅屋为秋风所破歌》
黑云压城城欲摧，甲光向日金鳞开。　　李贺《雁门太守行》
是时江月初生魄，二更月落天深黑。　　苏轼《游金山寺》
电扫黄巾定黑山，哭罢君亲再相见。　　吴伟业《圆圆曲》

——

波漂菰米沉云黑，露冷莲房坠粉红。　　杜甫《秋兴八首之七》
三春白雪归青冢，万里黄河绕黑山。　　柳中庸《征人怨》
黑云翻墨未遮山，白雨跳珠乱入船。　　苏轼《六月二十七日望湖楼醉书》

黑龙王气消沉未，独上昆仑吊国魂。　柳亚子《元旦感怀之一》
而今文采都消歇，黑塞青林知不知。　柳亚子《悼亡友亚魂》
红旗卷起农奴戟，黑手高悬霸主鞭。　毛泽东《到韶山》
青空飘下能言鸟，黑海翻腾愤怒鱼。
爱丽舍宫唇发黑，戴维营里面施朱。　毛泽东《读报有感之三》

——

守著窗儿，独自怎生得黑？　李清照《声声慢》
马上琵琶关塞黑，更长门、翠辇辞金阙。　辛弃疾《贺新郎》
湛湛长空黑，更那堪、斜风细雨，乱愁如织。　刘克庄《贺新郎》
人间多少闲狐兔，月黑沙黄，此际偏思汝。　陈维崧《醉落魄》
笳声听不得，入夜空城黑。　纳兰性德《菩萨蛮》

彩

顾盼遗光彩，长啸气若兰。　曹植《美女篇》

——

遥见仙人彩云里，手把芙蓉朝玉京。　李白《庐山谣寄卢侍御虚舟》
粉墙丹柱动光彩，鬼物图画填青红。　韩愈《谒衡岳庙遂宿岳寺题门楼》
姊妹弟兄皆列土，可怜光彩生门户。　白居易《长恨歌》
亭亭双林间，彩晕扶桑暾。　苏轼《王维吴道子画》

——

朝辞白帝彩云间，千里江陵一日还。　李白《早发白帝城》
彩笔昔曾干气象，白头吟望苦低垂。　杜甫《秋兴八首之八》
身无彩凤双飞翼，心有灵犀一点通。　李商隐《无题》
鬓雪飞来成废料，彩云长在有新天。　毛泽东《洪都》

——

欲寄彩笺兼尺素，山长水阔知何处。　晏殊《蝶恋花》
彩舟云淡，星河鹭起，画图难足。　王安石《桂枝香》

琵琶弦上说相思，当时明月在，曾照彩云归。 晏几道《临江仙》
秋千院落重帘暮，彩笔闲来题绣户。 晏几道《木兰花》
彩袖殷勤捧玉钟，当年拚却醉颜红。 晏几道《鹧鸪天》
彩索身轻长趁燕，红窗睡重不闻莺。困人天气近清明。 苏轼《浣溪沙》
飞云冉冉蘅皋暮，彩笔新题断肠句。 贺铸《青玉案》
托微风、彩箫流怨，断肠马上曾闻。 贺铸《绿头鸭》
彩笺无数，去却寒暄，到了浑无定据，断肠落日千山暮。
袁去华《剑器近》
苔径追忆曾游，念谁伴秋千，彩绳芳柱。 张镃《宴山亭》
记醉蹋南屏，彩扇咽寒蝉，倦梦不知蛮素。 吴文英《霜叶飞》
银瓶露井，彩箑云窗，往事少年依约。 吴文英《澡兰香》
箫声断、约彩鸾归去，未怕金吾呵醉。 刘辰翁《宝鼎现》
彩扇红牙今都在，恨无人、解听开元曲。 蒋捷《贺新郎》
渐新痕悬柳，淡彩穿花，依约破初暝。 王沂孙《眉妩》
蝶化彩衣金缕尽，虫衔画粉玉楼空。 陈子龙《山花子》
回首当年，绮楼画阁生光彩。 夏完淳《烛影摇红》
赤橙黄绿青蓝紫，谁持彩练当空舞。 毛泽东《菩萨蛮》

明

月明星稀，乌鹊南飞。 曹操《短歌行之一》

——

头上倭堕髻，耳中明月珠。 《陌上桑》
深林人不知，明月来相照。 王维《竹里馆》
明月出天山，苍茫云海间。 李白《关山月》
中天悬明月，令严夜寂寥。 杜甫《后出塞之二》

——

海上生明月，天涯共此时。 张九龄《望月怀远》

明月松间照，清泉石上流。	王维《山居秋暝》
露从今夜白，月是故乡明。	杜甫《月夜忆舍弟》
惟怜一灯影，万里眼中明。	钱起《送僧归日本》
平明寻白羽，没在石棱中。	卢纶《塞下曲之二》

——

平明闾巷扫花开，薄暮渔樵乘水入。	王维《桃源行》
越人语天姥，云霓明灭或可睹。	李白《梦游天姥吟留别》
明眸皓齿今何在？血污游魂归不得。	杜甫《哀江头》
今夜闻君琵琶语，如听仙乐耳暂明。	白居易《琵琶行》
明妃初出汉宫时，泪湿春风鬓脚垂。	王安石《明妃曲》
一斛明珠万斛愁，关山漂泊腰肢细。	吴伟业《圆圆曲》

——

奉帚平明金殿开，暂将团扇共徘徊。	王昌龄《长信怨》
昆明池水汉时功，武帝旌旗在眼中。	杜甫《秋兴八首之七》
红颜未老恩先断，斜倚熏笼坐到明。	白居易《宫词》
蜡烛有心还惜别，替人垂泪到天明。	杜牧《赠别之二》
雁声远过潇湘去，十二楼中月自明。	温庭筠《瑶瑟怨》
云散月明谁点缀，天容海色本澄清。	苏轼《六月二十日夜渡海》
落木千山天远大，澄江一道月分明。	黄庭坚《登快阁》

——

一叶叶，一声声，空阶滴到明。	温庭筠《更漏子》
那堪更被明月，隔墙送过秋千影。	张先《青门引》
初将明月比佳期，长向月圆时候望人归。	晏几道《虞美人》
明月如霜，好风如水，清景无限。	苏轼《永遇乐》
笑相遇，似觉琼枝玉树相倚，暖日明霞光烂。	周邦彦《拜星月慢》
料得明朝，尊前重见，镜里花难折。	辛弃疾《念奴娇》
燕燕轻盈，莺莺娇软，分明又向华胥见。	姜夔《踏莎行》

暗

低头向暗壁，千唤不一回。　李白《长干行》
人归山郭暗，雁下芦洲白。　韦应物《夕次盱眙县》

——

不觉碧山暮，秋云暗几重。　李白《听蜀僧濬弹琴》
风枝惊暗鹊，露草泣寒虫。　戴叔伦《江乡故人偶集客舍》
林暗草惊风，将军夜引弓。　卢纶《塞下曲之二》
孤灯寒照雨，深竹暗浮烟。　司空曙《云阳馆与韩绅宿别》
渚云低暗度，关月冷相随。　崔涂《孤雁》

——

行人刁斗风沙暗，公主琵琶幽怨多。　李颀《古从军行》
别有幽愁暗恨生，此时无声胜有声。　白居易《琵琶行》

——

青海长云暗雪山，孤城遥望玉门关。　王昌龄《从军行之四》
谁家玉笛暗飞声，散入春风满洛城。　李白《春夜洛城闻笛》
仙掌月明孤影过，长门灯暗数声来。　杜牧《早雁》
曾是寂寥金烬暗，断无消息石榴红。　李商隐《无题》
疏影横斜水清浅，暗香浮动月黄昏。　林逋《山园小梅》
山重水复疑无路，柳暗花明又一村。　陆游《游山西村》
云暗鼎湖龙去远，月明华表鹤归迟。　虞集《挽文丞相》
灵台无计逃神矢，风雨如磐暗故园。　鲁迅《自题小像》

——

兰烬落，屏上暗红蕉。　皇甫松《梦江南》
情怀渐觉成衰晚，鸾镜朱颜惊暗换。　钱惟演《木兰花》
冰肌玉骨，自清凉无汗，水殿风来暗香满。　苏轼《洞仙歌》
梅英疏淡，冰澌溶泄，东风暗换年华。　秦观《望海潮》

宝扇重寻明月影，暗尘侵、上有乘鸾女。 叶梦得《贺新郎》

东篱把酒黄昏后，有暗香盈袖。 李清照《醉花阴》

关河梦断何处，尘暗旧貂裘。 陆游《诉衷情》

宝钗分，桃叶渡，烟柳暗南浦。 辛弃疾《祝英台近》

西窗又吹暗雨，为谁频断续，相和砧杵。 姜夔《齐天乐》

小娉婷，清铅素靥，蜂黄暗偷晕，翠翘欹鬓。 吴文英《花犯》

当年燕子知何处，但苔深韦曲，草暗斜川。 张炎《高阳台》

乍咽凉柯，还移暗叶，重把离愁深诉。 王沂孙《齐天乐》

歌舞尊前，繁华梦里，暗换青青发。 萨都剌《百字令》

十

方位

东

东临碣石，以观沧海。　　曹操《步出夏门行·观沧海》

——

日出东南隅，照我秦氏楼。　　《陌上桑》

采菊东篱下，悠然见南山。　　陶渊明《饮酒之五》

客从东方来，衣上灞陵雨。　　韦应物《长安遇冯著》

至今思项羽，不肯过江东。　　李清照《绝句》

——

青山横北郭，白水绕东城。　　李白《送友人》

吴楚东南坼，乾坤日夜浮。　　杜甫《登岳阳楼》

——

汉家烟尘在东北，汉将辞家破残贼。　　高适《燕歌行》

轮台东门送君去，去时雪满天山路。　　岑参《白雪歌送武判官归京》

君臣相顾尽沾衣，东望都门信马归。　　白居易《长恨歌》

东船西舫悄无言，唯见江心秋月白。　　白居易《琵琶行》

魏官牵车指千里，东关酸风射眸子。　　李贺《金铜仙人辞汉歌》

为君别唱吴宫曲，汉水东南日夜流。　　吴伟业《圆圆曲》

——

天门中断楚江开，碧水东流至此回。　　李白《望天门山》

故园东望路漫漫，双袖龙钟泪不干。　　岑参《逢入京使》

支离东北风尘际，飘泊西南天地间。　　杜甫《咏怀古迹之一》

淮水东边旧时月，夜深还过女墙来。　　刘禹锡《石头城》

东风不与周郎便，铜雀春深锁二乔。　　杜牧《赤壁》

飒飒东风细雨来，芙蓉塘外有轻雷。 李商隐《无题》
三万里河东入海，五千仞岳上摩天。 陆游《秋夜将晓出篱门迎凉有感》
千磨万击还坚劲，任尔东西南北风。 郑燮《竹石》
飘零琴剑下巴东，未必蓬山有路通。 郁达夫《乱离杂诗之十》

——

沉恨细思，不如桃杏，犹解嫁东风。 张先《一丛花》
夜饮东坡醒复醉，归来仿佛三更。 苏轼《临江仙》
梅英疏淡，冰澌溶泄，东风暗换年华。 秦观《望海潮》
烟横水际，映带几点归鸿，东风销尽龙沙雪。 贺铸《石州引》
年少万兜鍪，坐断东南战未休。 辛弃疾《南乡子》
肥水东流无尽期，当初不合种相思。 姜夔《鹧鸪天》
滚滚长江东逝水，浪花淘尽英雄。 杨慎《临江仙》
往事越千年，魏武挥鞭，东临碣石有遗篇。 毛泽东《浪淘沙》

西

山光忽西落，池月渐东上。 孟浩然《夏日南亭怀辛大》
艳色天下重，西施宁久微。 王维《西施咏》
八月蝴蝶黄，双飞西园草。 李白《长干行》
峥嵘赤云西，日脚下平地。 杜甫《羌村之一》

——

西陆蝉声唱，南冠客思深。 骆宾王《在狱咏蝉》
蜀僧抱绿绮，西下峨眉峰。 李白《听蜀僧濬弹琴》
此道昔归顺，西郊胡正繁。 杜甫《至德二载，甫自京金光门出，间道归凤翔。乾元初，从左拾遗移华州掾，与亲故别，因出此门，有悲往事》
啼时惊妾梦，不得到辽西。 金昌绪《春怨》

——

问君西游何时还，畏途巉岩不可攀。 李白《蜀道难》

纵有健妇把锄犁，禾生陇亩无东西。　　杜甫《兵车行》
翠华摇摇行复止，西出都门百余里。　　白居易《长恨歌》
东船西舫悄无言，唯见江心秋月白。　　白居易《琵琶行》

——

烽火城西百尺楼，黄昏独坐海风秋。　　王昌龄《从军行之一》
劝君更尽一杯酒，西出阳关无故人。　　王维《渭城曲》
南风一扫胡尘静，西入长安到日边。　　李白《永王东巡歌十一首之十一》
西望瑶池降王母，东来紫气满函关。　　杜甫《秋兴八首之五》
闻道欲来相问讯，西楼望月几回圆。　　韦应物《寄李儋元锡》
斑骓只系垂杨岸，何处西南待好风。　　李商隐《无题》
毕竟西湖六月中，风光不与四时同。　　杨万里《晓出慈净寺送林子方》
多谢陈蕃扫榻迎，欲留无计又西征。　　郁达夫《乱离杂诗之九》

——

西塞山前白鹭飞，桃花流水鳜鱼肥。　　张志和《渔歌子》
斜阳独倚西楼，遥山恰对帘钩。　　晏殊《清平乐》
征帆去棹残阳里，背西风、酒旗斜矗。　　王安石《桂枝香》
西园夜饮鸣笳，有华灯碍月，飞盖妨花。　　秦观《望海潮》
莫道不消魂，帘卷西风，人比黄花瘦。　　李清照《醉花阴》
尽吸西江，细斟北斗，万象为宾客。　　张孝祥《念奴娇》
休说鲈鱼堪脍，尽西风、季鹰归未。　　辛弃疾《水龙吟》
燕雁无心，太湖西畔随云去。　　姜夔《点绛唇》
玉骢惯识西湖路，骄嘶过、沽酒楼前。　　俞国宝《风入松》
西风烈，长空雁叫霜晨月。　　毛泽东《忆秦娥》

南

月明星稀，乌鹊南飞。　　曹操《短歌行之一》

——

罗敷喜蚕桑，采桑城南隅。《陌上桑》
采菊东篱下，悠然见南山。陶渊明《饮酒之五》
江南有丹橘，经冬犹绿林。张九龄《感遇之七》
终南阴岭秀，积雪浮云端。祖咏《终南望余雪》
是岁江南旱，衢州人食人。白居易《轻肥》

——

西陆蝉声唱，南冠客思深。骆宾王《在狱咏蝉》
北阙休上书，南山归敝庐。孟浩然《岁暮归南山》
红豆生南国，春来发几枝。王维《相思》
流落征南将，曾驱十万师。刘长卿《送李中丞归汉阳别业》

——

天台四万八千丈，对此欲倒东南倾。李白《梦游天姥吟留别》
周南留滞古所惜，南极老人应寿昌。杜甫《寄韩谏议注》
西宫南内多秋草，落叶满阶红不扫。白居易《长恨歌》
寄声欲问塞南事，只有年年鸿雁飞。王安石《明妃曲》
为君别唱吴宫曲，汉水东南日夜流。吴伟业《圆圆曲》

——

三川北虏乱如麻，四海南奔似永嘉。李白《永王东巡歌十一首之二》
蓬莱宫阙对南山，承露金茎霄汉间。杜甫《秋兴八首之五》
更深月色半人家，北斗阑干南斗斜。刘方平《月夜》
斑骓只系垂杨岸，何处西南待好风。李商隐《无题》
从今别却江南路，化作啼鹃带血归。文天祥《金陵驿》
金粉东南十五州，万重恩怨属名流。龚自珍《咏史》
闻鸡久听南天雨，立马曾挥北地鞭。毛泽东《洪都》
谣诼纷纭语迭新，南荒末劫事疑真。郁达夫《乱离杂诗之五》

——

南园满地堆轻絮，愁闻一霎清明雨。温庭筠《菩萨蛮》
梦入江南烟水路，行尽江南，不与离人遇。晏几道《蝶恋花》
水驿春回，望寄我、江南梅萼。周邦彦《解连环》
闻道中原遗老，常南望、翠葆霓旌。张孝祥《六州歌头》

宝钗分，桃叶渡，烟柳暗南浦。　　辛弃疾《祝英台近》

马上单衣寒恻恻，看尽鹅黄嫩绿，都是江南旧相识。　　姜夔《淡黄柳》

天高云淡，望断南飞雁。　　毛泽东《清平乐》

北

北山白云里，隐者自怡悦。　　孟浩然《秋登兰山寄张五》

五陵北原上，万古青濛濛。　　岑参《与高适薛据登慈恩寺浮图》

——

木落雁南渡，北风江上寒。　　孟浩然《早寒有怀》

戎马关山北，凭轩涕泗流。　　杜甫《登岳阳楼》

渭北春天树，江东日暮云。　　杜甫《春日忆李白》

世乱同南去，时清独北还。　　司空曙《贼平后送人北归》

北斗兼春远，南陵寓使迟。　　李商隐《凉思》

北斗七星高，哥舒夜带刀。　　西鄙人《哥舒歌》

——

汉家烟尘在东北，汉将辞家破残贼。　　高适《燕歌行》

北风卷地白草折，胡天八月即飞雪。　　岑参《白雪歌送武判官归京》

玉京群帝集北斗，或骑麒麟翳凤凰。　　杜甫《寄韩谏议注》

君不见咫尺长门闭阿娇，人生失意无南北。　　王安石《明妃曲》

——

白狼河北音书断，丹凤城南秋夜长。　　沈佺期《独不见》

河山北枕秦关险，驿路西连汉畤平。　　崔颢《行经华阴》

前军夜战洮河北，已报生擒吐谷浑。　　王昌龄《从军行之五》

三川北虏乱如麻，四海南奔似永嘉。　　李白《永王东巡歌十一首之二》

千里黄云白日曛，北风吹雁雪纷纷。　　高适《别董大之一》

夔府孤城落日斜，每依北斗望京华。　　杜甫《秋兴八首之二》

直北关山金鼓振，征西车马羽书驰。　　杜甫《秋兴八首之四》

更深月色半人家，北斗阑干南斗斜。 刘方平《月夜》
孤山寺北贾亭西，水面初平云脚低。 白居易《钱塘湖春行》
抛掷南阳为主忧，北征东讨尽良筹。 罗隐《筹笔驿》
何必桑干方是远，中流以北即天涯。 杨万里《初入淮河之一》
早岁那知世事艰，中原北望气如山。 陆游《书愤》
王师北定中原日，家祭无忘告乃翁。 陆游《示儿》

——

尽吸西江，细斟北斗，万象为宾客。 张孝祥《念奴娇》
何处望神州？满眼风光北固楼。 辛弃疾《南乡子》
昭君不惯胡沙远，但暗忆、江南江北。 姜夔《疏影》
男儿西北有神州，莫滴水西桥畔泪。 刘克庄《木兰花》
独立寒秋，湘江北去，橘子洲头。 毛泽东《沁园春》

中

日月之行，若出其中。 曹操《步出夏门行·观沧海》

——

坐中数千人，皆言夫婿殊。 《陌上桑》
声喧乱石中，色静深松里。 王维《青溪》
中天悬明月，令严夜寂寥。 杜甫《后出塞之二》
慈母手中线，游子身上衣。 孟郊《游子吟》
只在此山中，云深不知处。 贾岛《寻隐者不遇》

——

乡泪客中尽，孤帆天际看。 孟浩然《早寒有怀》
月出惊山鸟，时鸣春涧中。 王维《鸟鸣涧》
今夜鄜州月，闺中只独看。 杜甫《月夜》
平明寻白羽，没在石棱中。 卢纶《塞下曲之二》

——

月明松下房栊静，日出云中鸡犬喧。	王维《桃源行》
诏谓将军拂绢素，意匠惨澹经营中。	杜甫《丹青引赠曹将军霸》
中有一人字太真，雪肤花貌参差是。	白居易《长恨歌》
座中泣下谁最多，江州司马青衫湿。	白居易《琵琶行》

——

昆明池水汉时功，武帝旌旗在眼中。	杜甫《秋兴八首之七》
行到中庭数花朵，蜻蜓飞上玉搔头。	刘禹锡《春词》
一道残阳铺水中，半江瑟瑟半江红。	白居易《暮江吟》
落魄江湖载酒行，楚腰纤细掌中轻。	杜牧《遣怀》
雁声远过潇湘去，十二楼中月自明。	温庭筠《瑶瑟怨》
不识庐山真面目，只缘身在此山中。	苏轼《题西林壁》
塞上长城空自许，镜中衰鬓已先斑。	陆游《书愤》
咬定青山不放松，立根原在破岩中。	郑燮《竹石》
眼中战国成争鹿，海内人才孰卧龙。	康有为《出都留别诸公》

——

山寺月中寻桂子，郡亭枕上看潮头。何日更重游?	白居易《忆江南》
青鸟不传云外信，丁香空结雨中愁。	李璟《摊破浣溪沙》
但屈指西风几时来，又不道流年暗中偷换。	苏轼《洞仙歌》
闻道中原遗老，常南望、翠葆霓旌。	张孝祥《六州歌头》
况屈指中秋，十分好月，不照人圆。	辛弃疾《木兰花慢》
梦中未比丹青见，暗里忽惊山鸟啼。	姜夔《鹧鸪天》
待到山花烂漫时，她在丛中笑。	毛泽东《卜算子》

里

星汉灿烂，若出其里。	曹操《步出夏门行·观沧海》
老骥伏枥，志在千里。	曹操《步出夏门行·龟虽寿》

——

莫学武陵人，暂游桃源里。　裴迪《送崔九》
长风几万里，吹度玉门关。　李白《关山月》
柴门鸟雀噪，归客千里至。　杜甫《羌村之一》

——

回看射雕处，千里暮云平。　王维《观猎》
骁腾有如此，万里可横行。　杜甫《房兵曹胡马》
惟怜一灯影，万里眼中明。　钱起《送僧归日本》
故国三千里，深宫二十年。　张祜《何满子》

——

一身转战三千里，一剑曾当百万师。　王维《老将行》
长风万里送秋雁，对此可以酣高楼。　李白《宣州谢朓楼饯别校书叔云》
昭阳殿里恩爱绝，蓬莱宫中日月长。　白居易《长恨歌》
角声满天秋色里，塞上燕脂凝夜紫。　李贺《雁门太守行》
魏官牵车指千里，东关酸风射眸子。　李贺《金铜仙人辞汉歌》
家本姑苏浣花里，圆圆小字娇罗绮。　吴伟业《圆圆曲》

——

瞿塘峡口曲江头，万里风烟接素秋。　杜甫《秋兴八首之六》
潮落夜江斜月里，两三星火是瓜洲。　张祜《题金陵渡》
千里莺啼绿映红，水村山郭酒旗风。　杜牧《江南春绝句》
可怜无定河边骨，犹是春闺梦里人。　陈陶《陇西行》
无情最是台城柳，依旧烟笼十里堤。　韦庄《台城》
金猴奋起千钧棒，玉宇澄清万里埃。　毛泽东《和郭沫若同志》

——

撩乱春愁如柳絮，悠悠梦里无寻处。　冯延巳《蝶恋花》
风里落花谁是主，思悠悠。　李璟《摊破浣溪沙》
征帆去棹残阳里，背西风、酒旗斜矗。　王安石《桂枝香》
睡里消魂无说处，觉来惆怅消魂误。　晏几道《蝶恋花》
梦随风万里，寻郎去处，又还被、莺呼起。　苏轼《水龙吟》
东风里，朱门映柳，低按小秦筝。　秦观《满庭芳》
梦中未比丹青见，暗里忽惊山鸟啼。　姜夔《鹧鸪天》

楚江空晚，怅离群万里，恍然惊散。　　张炎《解连环》
寂寞嫦娥舒广袖，万里长空，且为忠魂舞。　　毛泽东《蝶恋花》

外

绿树村边合，青山郭外斜。　　孟浩然《过故人庄》
江流天地外，山色有无中。　　王维《汉江临眺》
渡远荆门外，来从楚国游。　　李白《渡荆门送别》
岭外音书绝，经冬复立春。　　李频《渡汉江》

——

阁中帝子今何在？槛外长江空自流。　　王勃《滕王阁诗》
年年战骨埋荒外，空见蒲萄入汉家。　　李颀《古从军行》
居人共住武陵源，还从物外起田园。　　王维《桃源行》

——

岧峣太华俯咸京，天外三峰削不成。　　崔颢《行经华阴》
平阳歌舞新承宠，帘外春寒赐锦袍。　　王昌龄《春宫怨》
三山半落青天外，二水中分白鹭洲。　　李白《登金陵凤凰台》
丞相祠堂何处寻，锦官城外柏森森。　　杜甫《蜀相》
姑苏城外寒山寺，夜半钟声到客船。　　张继《枫桥夜泊》
回乐峰前沙似雪，受降城外月如霜。　　李益《夜上受降城闻笛》
金河秋半虏弦开，云外惊飞四散哀。　　杜牧《早雁》
海外徒闻更九州，他生未卜此生休。　　李商隐《马嵬》

——

山映斜阳天接水，芳草无情，更在斜阳外。　　范仲淹《苏幕遮》
绿杨烟外晓寒轻，红杏枝头春意闹。　　宋祁《木兰花》
平芜尽处是春山，行人更在春山外。　　欧阳修《踏莎行》
夕阳岛外，秋风原上，目断四天垂。　　柳永《少年游》
念往昔、繁华竞逐，叹门外楼头，悲恨相续。　　王安石《桂枝香》

墙头丹杏雨余花，门外绿杨风后絮。 晏几道《木兰花》
舞困榆钱自落，秋千外、绿水桥平。 秦观《满庭芳》
驿外断桥边，寂寞开无主。 陆游《卜算子》
七八个星天外，两三点雨山前。 辛弃疾《西江月》
西山外，晚来还卷，一帘秋霁。 姜夔《翠楼吟》
秋千外、芳草连天，谁遣风沙暗南浦。 刘辰翁《兰陵王》
禁苑东风外，飏暖丝晴絮，春思如织。 周密《曲游春》
一帘鸠外雨，几处闲田，隔水动春锄。 张炎《渡江云》
看云外山河，还老桂花旧影。 王沂孙《眉妩》
须晴日，看红装素裹，分外妖娆。 毛泽东《沁园春》

间

美女妖且闲，采桑歧路间。 曹植《美女篇》
明月出天山，苍茫云海间。 李白《关山月》
夜雨剪春韭，新炊间黄粱。 杜甫《赠卫八处士》

——

明月松间照，清泉石上流。 王维《山居秋暝》
浮云一别后，流水十年间。 韦应物《淮上喜会梁州故人》

——

登高壮观天地间，大江茫茫去不还。 李白《庐山谣寄卢侍御虚舟》
摐金伐鼓下榆关，旌旆逶迤碣石间。 高适《燕歌行》
五十年间似反掌，风尘澒洞昏王室。 杜甫《观公孙大娘弟子舞剑器行》
忽闻海上有仙山，山在虚无缥缈间。 白居易《长恨歌》
间关莺语花底滑，幽咽流泉水下滩。 白居易《琵琶行》
鼎湖当日弃人间，破敌收京下玉关。 吴伟业《圆圆曲》

——

黄河远上白云间，一片孤城万仞山。 王之涣《凉州词》

蓬莱宫阙对南山，承露金茎霄汉间。　　杜甫《秋兴八首之五》
人间四月芳菲尽，山寺桃花始盛开。　　白居易《大林寺桃花》
出师一表真名世，千载谁堪伯仲间。　　陆游《书愤》
粉骨碎身全不惜，要留清白在人间。　　于谦《石灰吟》
衙斋卧听萧萧竹，疑是民间疾苦声。　　郑燮《潍县署中画竹》
天若有情天亦老，人间正道是沧桑。　　毛泽东《人民解放军占领南京》

——

菡萏香销翠叶残，西风愁起绿波间。　　李璟《摊破浣溪沙》
都来此事，眉间心上，无计相回避。　　范仲淹《御街行》
劝君莫作独醒人，烂醉花间应有数。　　晏殊《木兰花》
为君持酒劝斜阳，且向花间留晚照。　　宋祁《木兰花》
起舞弄清影，何似在人间。　　苏轼《水调歌头》
金风玉露一相逢，便胜却人间无数。　　秦观《鹊桥仙》
念腰间箭，匣中剑，空埃蠹，竟何成！　　张孝祥《六州歌头》
啼到春归无寻处，苦恨芳菲都歇，算未抵人间离别。　　辛弃疾《贺新郎》
春未绿，鬓先丝，人间别久不成悲。　　姜夔《鹧鸪天》
人间万感幽单，华清惯浴，春盎风露。　　吴文英《宴清都》
送春去，春去人间无路。　　刘辰翁《兰陵王》
横空出世，莽昆仑，阅尽人间春色。　　毛泽东《念奴娇》

畔

青青河畔草，郁郁园中柳。　　《青青河畔草》
天边树若荠，江畔洲如月。　　孟浩然《秋登兰山寄张五》
美人清江畔，是夜越吟苦。　　王昌龄《同从弟南斋玩月忆山阴崔少府》

——

沙场峰火侵胡月，海畔云山拥蓟城。　　祖咏《望蓟门》
斜拔玉钗灯影畔，剔开红焰救飞蛾。　　张祜《赠内人》

昨夜星辰昨夜风，画楼西畔桂堂东。 李商隐《无题》
泽畔有人吟不得，秋波渺渺失离骚。 鲁迅《无题（1932 年）》
惟有胭脂桥畔路，吴娃依旧斗风流。 柳亚子《吴门记游之五》

——

玉钩阑下香阶畔，醉后不知斜日晚。 晏殊《木兰花》
河畔青芜堤上柳，为问新愁，何事年年有。 欧阳修《蝶恋花》
画屏天畔，梦回依约，十洲云水。 晏几道《留春令》
背飞双燕贴云寒，独向小楼东畔倚阑看。 舒亶《虞美人》
歌筵畔，先安簟枕，容我醉时眠。 周邦彦《满庭芳》
青翰棹舣，白蘋洲畔，尽目临皋飞观。 贺铸《望湘人》
燕雁无心，太湖西畔随云去。 姜夔《点绛唇》
男儿西北有神州，莫滴水西桥畔泪。 刘克庄《木兰花》
兰情蕙盼，惹相思、春根酒畔。 吴文英《瑞鹤仙》
今日江城春已半，一身犹在，乱山深处，寂寞溪桥畔。 黄公绍《青玉案》
山一程，水一程，身向榆关那畔行，夜深千帐灯。 纳兰性德《长相思》
黄云紫塞三千里，女墙西畔啼乌起。 纳兰性德《菩萨蛮》
最销魂，画楼西畔黄昏。 郑文焯《湘春夜月》

斜

荷笠带斜阳，青山独归远。 刘长卿《送灵澈》

——

报道山中去，归来每日斜。 僧皎然《寻陆鸿渐不遇》

——

斜谷云深起画楼，散关月落开妆镜。 吴伟业《圆圆曲》

——

夔府孤城落日斜，每依北斗望京华。 杜甫《秋兴八首之二》
更深月色半人家，北斗阑干南斗斜。 刘方平《月夜》

秋草独寻人去后，寒林空见日斜时。　刘长卿《长沙过贾谊宅》
来是空言去绝踪，月斜楼上五更钟。　李商隐《无题》
澹然空水带斜晖，曲岛苍茫接翠微。　温庭筠《利州南渡》
别梦依依到谢家，小廊回合曲阑斜。　张泌《寄人》
疏影横斜水清浅，暗香浮动月黄昏。　林逋《山园小梅》

——

青箬笠，绿蓑衣，斜风细雨不须归。　张志和《渔歌子》
山映斜阳天接水，芳草无情，更在斜阳外。　范仲淹《苏幕遮》
梯横画阁黄昏后，又还是、斜月帘栊。　张先《一丛花》
玉钩阑下香阶畔，醉后不知斜日晚。　晏殊《木兰花》
为君持酒劝斜阳，且向花间留晚照。　宋祁《木兰花》
征帆去棹残阳里，背西风、酒旗斜矗。　王安石《桂枝香》
斜月半窗还少睡，画屏闲展吴山翠。　晏几道《蝶恋花》
料峭春风吹酒醒，微冷，山头斜照却相迎。　苏轼《定风波》
烟暝酒旗斜。但倚楼极目，时见栖鸦。　秦观《望海潮》
斜阳冉冉春无极，念月榭携手，露桥闻笛。　周邦彦《兰陵王》
薄雨收寒，斜照弄晴，春意空阔。　贺铸《石州引》
萧条庭院，又斜风细雨，重门须闭。　李清照《念奴娇》
斜阳草树，寻常巷陌，人道寄奴曾住。　辛弃疾《永遇乐》
断烟离绪，关心事，斜阳红隐霜树。　吴文英《霜叶飞》
咸阳送客屡回顾，斜日未能度。　刘辰翁《兰陵王》
梦冷黄金屋，叹秦筝、斜鸿阵里，素弦尘扑。　蒋捷《贺新郎》
接叶巢莺，平波卷絮，断桥斜日归船。　张炎《高阳台》
病翼惊秋，枯形阅世，消得斜阳几度？　王沂孙《齐天乐》
渐欹斜、无力低飘，正目送、碧罗天暮。　朱彝尊《长亭怨慢》
雨后复斜阳，关山阵阵苍。　毛泽东《菩萨蛮》

前

罗敷前置辞：使君一何愚！ 《陌上桑》
男儿爱后妇，女子重前夫。 辛延年《羽林郎》
来日绮窗前，寒梅著花未。 王维《杂诗》
床前明月光，疑是地上霜。 李白《静夜思》

——

郡邑浮前浦，波澜动远空。 王维《汉江临眺》
鸣筝金粟柱，素手玉房前。 李端《听筝》
凄凉蜀故伎，来舞魏宫前。 刘禹锡《蜀先主庙》
前年戍月支，城下没全师。 张籍《没蕃故人》

——

前不见古人，后不见来者。 陈子昂《登幽州台歌》
路旁时卖故侯瓜，门前学种先生柳。 王维《老将行》
战士军前半死生，美人帐下犹歌舞。 高适《燕歌行》
玉花却在御榻上，榻上庭前屹相向。 杜甫《丹青引赠曹将军霸》
六军不发无奈何，宛转蛾眉马前死。 白居易《长恨歌》
门前冷落车马稀，老大嫁作商人妇。 白居易《琵琶行》
前身合是采莲人，门前一片横塘水。 吴伟业《圆圆曲》

——

昨夜风开露井桃，未央前殿月轮高。 王昌龄《春宫怨》
莫愁前路无知己，天下谁人不识君。 高适《别董大之一》
请看石上藤萝月，已映洲前芦荻花。 杜甫《秋兴八首之二》
云横秦岭家何在？雪拥蓝关马不前。 韩愈《左迁至蓝关示侄孙湘》
昔日戏言身后意，今朝都到眼前来。 元稹《遣悲怀之二》
折戟沉沙铁未销，自将磨洗认前朝。 杜牧《赤壁》
苏武魂销汉使前，古祠高树两茫然。 温庭筠《苏武庙》

——

西塞山前白鹭飞，桃花流水鳜鱼肥。　张志和《渔歌子》

手卷珠帘上玉钩，依前春恨锁重楼。　李璟《摊破浣溪沙》

日日花前常病酒，不辞镜里朱颜瘦。　欧阳修《蝶恋花》

罗衣着破前香在，旧意谁教改。　晏几道《虞美人》

惟有楼前流水，应念我、终日凝眸。　李清照《凤凰台上忆吹箫》

秋晚莼鲈江上，夜深儿女灯前。　辛弃疾《木兰花慢》

楼前绿暗分携路，一丝柳，一寸柔情。　吴文英《风入松》

想伴侣、犹宿芦花，也曾念春前，去程应转。　张炎《解连环》

后

男儿爱后妇，女子重前夫。　辛延年《羽林郎》

醒时同交欢，醉后各分散。　李白《月下独酌》

千秋万岁名，寂寞身后事。　杜甫《梦李白二首之二》

——

空山新雨后，天气晚来秋。　王维《山居秋暝》

古台摇落后，秋入望乡心。　刘长卿《秋日登吴公台上寺远眺》

浮云一别后，流水十年间。　韦应物《淮上喜会梁州故人》

十年离乱后，长大一相逢。　李益《喜见外弟又言别》

——

铜炉华烛烛增辉，初弹渌水后楚妃。　李颀《琴歌》

地崩山摧壮士死，然后天梯石栈方钩连。　李白《蜀道难》

铁衣远戍辛勤久，玉箸应啼别离后。　高适《燕歌行》

后来鞍马何逡巡，当轩下马入锦茵。　杜甫《丽人行》

后宫佳丽三千人，三千宠爱在一身。　白居易《长恨歌》

轻拢慢捻抹复挑，初为霓裳后六幺。　白居易《琵琶行》

恨杀军书底死催，苦留后约将人误。　吴伟业《圆圆曲》

——

可怜后主还祠庙，日暮聊为梁甫吟。　杜甫《登楼》

秋草独寻人去后，寒林空见日斜时。　刘长卿《长沙过贾谊宅》

玄都观里桃千树，尽是刘郎去后栽。　刘禹锡《玄都观桃花》

商女不知亡国恨，隔江犹唱后庭花。　杜牧《泊秦淮》

更喜岷山千里雪，三军过后尽开颜。　毛泽东《长征》

犹记高楼诀别词，叮咛别后少相思。　郁达夫《乱离杂诗之八》

——

照花前后镜，花面交相映。　温庭筠《菩萨蛮》

梯横画阁黄昏后，又还是、斜月帘栊。　张先《一丛花》

玉钩阑下香阶畔，醉后不知斜日晚。　晏殊《木兰花》

月上柳梢头，人约黄昏后。　欧阳修《生查子》

梦阑时，酒醒后，思量着。　王安石《千秋岁引》

从别后，忆相逢，几回魂梦与君同。　晏几道《鹧鸪天》

念柳外青骢别后，水边红袂分时，怆然暗惊。　秦观《八六子》

东篱把酒黄昏后，有暗香盈袖。　李清照《醉花阴》

别后书辞，别时针线，离魂暗逐郎行远。　姜夔《踏莎行》

雨后复斜阳，关山阵阵苍。　毛泽东《菩萨蛮》

上

缃绮为下裙，紫绮为上襦。　《陌上桑》

头上蓝田玉，耳后大秦珠。　辛延年《羽林郎》

返景入深林，复照青苔上。　王维《鹿柴》

床前明月光，疑是地上霜。　李白《静夜思》

慈母手中线，游子身上衣。　孟郊《游子吟》

——

海上生明月，天涯共此时。　张九龄《望月怀远》

欲穷千里目，更上一层楼。 王之涣《登鹳雀楼》
明月松间照，清泉石上流。 王维《山居秋暝》
昔闻洞庭水，今上岳阳楼。 杜甫《登岳阳楼》
离离原上草，一岁一枯荣。 白居易《草》

——

罗帏送上七香车，宝扇迎归九华帐。 王维《洛阳女儿行》
牵衣顿足拦道哭，哭声直上干云霄。 杜甫《兵车行》
上穷碧落下黄泉，两处茫茫皆不见。 白居易《长恨歌》
忽闻水上琵琶声，主人忘归客不发。 白居易《琵琶行》
角声满天秋色里，塞上燕脂凝夜紫。 李贺《雁门太守行》
旧巢共是衔泥燕，飞上枝头变凤凰。 吴伟业《圆圆曲》

——

晴空一鹤排云上，便引诗情到碧霄。 刘禹锡《秋词二首之一》
湖上春来似画图，乱峰围绕水平铺。 白居易《春题湖上》
春风十里扬州路，卷上珠帘总不如。 杜牧《赠别》
徒令上将挥神笔，终见降王走传车。 李商隐《筹笔驿》
蒌蒿满地芦芽短，正是河豚欲上时。 苏轼《惠崇春江晓景》
小荷才露尖尖角，早有蜻蜓立上头。 杨万里《小池》
九嶷山上白云飞，帝子乘风下翠微。 毛泽东《答友人》

——

都来此事，眉间心上，无计相回避。 范仲淹《御街行》
沙上并禽池上暝，云破月来花弄影。 张先《天仙子》
守得莲开结伴游，约开萍叶上兰舟。 晏几道《鹧鸪天》
春已归来，看美人头上，袅袅春幡。 辛弃疾《汉宫春》
马上单衣寒恻恻，看尽鹅黄嫩绿，都是江南旧相识。 姜夔《淡黄柳》
白发渔樵江渚上，惯看秋月春风。 杨慎《临江仙》
我失骄杨君失柳，杨柳轻飏，直上重霄九。 毛泽东《蝶恋花》

下

九月在户，十月蟋蟀入我床下。 《诗经·豳风·七月》
周公吐哺，天下归心。 曹操《短歌行之一》

——

行者见罗敷，下担捋髭须。 《陌上桑》
艳色天下重，西施宁久微。 王维《西施咏》
峥嵘赤云西，日脚下平地。 杜甫《羌村之一》
三日入厨下，洗手作羹汤。 王建《新嫁娘》
锄禾日当午，汗滴禾下土。 李绅《悯农二首之二》

——

客路青山下，行舟绿水前。 王湾《次北固山下》
竹喧归浣女，莲动下渔舟。 王维《山居秋暝》
月下飞天镜，云生结海楼。 李白《渡荆门送别》
老至居人下，春归在客先。 刘长卿《新年作》
鸟宿池边树，僧敲月下门。 贾岛《题李凝幽居》
暮雨相呼失，寒塘欲下迟。 崔涂《孤雁》

——

月明松下房栊静，日出云中鸡犬喧。 王维《桃源行》
上有六龙回日之高标，下有冲波逆折之回川。 李白《蜀道难》
战士军前半死生，美人帐下犹歌舞。 高适《燕歌行》
是日牵来赤墀下，迥立阊阖生长风。 杜甫《丹青引赠曹将军霸》
云髻半偏新睡觉，花冠不整下堂来。 白居易《长恨歌》
主人下马客在船，举酒欲饮无管弦。 白居易《琵琶行》

——

夜发清溪向三峡，思君不见下渝州。 李白《峨眉山月歌》
莫愁前路无知己，天下谁人不识君。 高适《别董大之一》

王濬楼船下益州，金陵王气黯然收。　　刘禹锡《西塞山怀古》
霜禽欲下先偷眼，粉蝶如知合断魂。　　林逋《山园小梅》
曾惊秋肃临天下，敢遣春温上笔端。　　鲁迅《亥年残秋偶作》
云横九派浮黄鹤，浪下三吴起白烟。　　毛泽东《登庐山》

——

砌下落梅如雪乱，拂了一身还满。　　李煜《清平乐》
城上风光莺语乱，城下烟波春拍岸。　　钱惟演《木兰花》
塞下秋来风景异，衡阳雁去无留意。　　范仲淹《渔家傲》
柳下桃蹊，乱分春色到人家。　　秦观《望海潮》
此情无计可消除，才下眉头，却上心头。　　李清照《一剪梅》

纵

纵我不往，子宁不嗣音。　　《诗经·郑风·子衿》

——

纵有健妇把锄犁，禾生陇亩无东西。　　杜甫《兵车行》

——

白日放歌须纵酒，青春作伴好还乡。　　杜甫《闻官军收河南河北》
怀抱芳馨兰一握，纵横宙合雾千重。　　康有为《出都留别诸公》
纵欲穷荒求玉杵，可能苦渴得琼浆。　　郁达夫《乱离杂诗之一》
解忧纵有兰陵酒，浅醉何由梦洛妃。　　郁达夫《乱离杂诗之六》

——

便纵有千种风情，更与何人说？　　柳永《雨霖铃》
纵使相逢应不识，尘满面，鬓如霜。　　苏轼《江城子》
纵樽前痛饮，狂歌似旧，情难依旧。　　晁补之《水龙吟》
花骢会意，纵扬鞭、亦自行迟。　　周邦彦《夜飞鹊》
纵妙手、能解连环，似风散雨收，雾轻云薄。　　周邦彦《解连环》
纵留得莺花，东风不住，也则眼前愁闷。　　僧挥《金明池》

隔水毡乡，落日牛羊下，区脱纵横。 张孝祥《六州歌头》
纵收香藏镜，他年重到，人面桃花在否。 袁去华《瑞鹤仙》
千金纵买相如赋，脉脉此情谁诉? 辛弃疾《摸鱼儿》
纵豆蔻词工，青楼梦好，难赋深情。 姜夔《扬州慢》
纵玉勒、轻飞迅羽，凄凉谁吊荒台古。 吴文英《霜叶飞》
何处合成愁，离人心上秋，纵芭蕉、不雨也飕飕。 吴文英《唐多令》
纵英游、叠鼓清笳，骏马名姬。 周密《高阳台》
书纵远，如何梦也都无。 张炎《渡江云》
如今处处生芳草，纵凭高、不见天涯。 王沂孙《高阳台》
纵有残花，洒征衣、铅泪都满。 王沂孙《法曲献仙音》
我是人间惆怅客，知君何事泪纵横，断肠声里忆平生。
纳兰性德《浣溪沙》
尊前换尽吟客，纵仙城梦见，玉颜非昔。 郑文焯《六丑》

横

君家何处住，妾住在横塘。 崔颢《长干行二首之一》
却顾所来径，苍苍横翠微。 李白《下终南山过斛斯山人宿置酒》
——
青山横北郭，白水绕东城。 李白《送友人》
骁腾有如此，万里可横行。 杜甫《房兵曹胡马》
——
忆君迢迢隔青天，昔时横波目，今作流泪泉。 李白《长相思》
男儿本自重横行，天子非常赐颜色。 高适《燕歌行》
前身合是采莲人，门前一片横塘水。 吴伟业《圆圆曲》
——
春潮带雨晚来急，野渡无人舟自横。 韦应物《滁州西涧》
云横秦岭家何在？雪拥蓝关马不前。 韩愈《左迁至蓝关示侄孙湘》

疏影横斜水清浅，暗香浮动月黄昏。 林逋《山园小梅》

横看成岭侧成峰，远近高低各不同。 苏轼《题西林壁》

参横斗转欲三更，苦雨终风也解晴。 苏轼《六月二十日夜渡海》

朱弦已为佳人绝，青眼聊因美酒横。 黄庭坚《登快阁》

横眉冷对千夫指，俯首甘为孺子牛。 鲁迅《自嘲》

金沙水拍云崖暖，大渡桥横铁索寒。 毛泽东《长征》

——

雨横风狂三月暮，门掩黄昏，无计留春住。 冯延巳《蝶恋花》

楼上阑干横斗柄，露寒人远鸡相应。 周邦彦《蝶恋花》

烟横水际，映带几点归鸿，东风销尽龙沙雪。 贺铸《石州引》

烟络横林，山沉远照，迤逦黄昏钟鼓。 贺铸《天香》

江南梦断横江渚。浪黏天、葡萄涨绿，半空烟雨。 叶梦得《贺新郎》

隔水毡乡，落日牛羊下，区脱纵横。 张孝祥《六州歌头》

等恁时、重觅幽香，已入小窗横幅。 姜夔《疏影》

锦瑟横床，想泪痕尘影，凤弦常下。 史达祖《三姝媚》

南楼不恨吹横笛，恨晓风千里关山。 吴文英《高阳台》

待把宫眉横云样，描上生绡画幅，怕不是新来妆束。 蒋捷《贺新郎》

但凄然，满树幽香，满地横斜。 王沂孙《高阳台》

一寸横波，断肠人在楼阴。 朱彝尊《高阳台》

我是人间惆怅客，知君何事泪纵横，断肠声里忆平生。

纳兰性德《浣溪沙》

登临感清快，对层云曳缟，乱峰横黛。 吕碧城《瑞鹤仙》

万里长江横渡，极目楚天舒。 毛泽东《水调歌头》

参考书目

一、（清）蘅塘退士编，陈婉俊补注：《唐诗三百首》，上海古籍出版社 2018 年版。

二、（清）上彊村民（朱孝臧）编选，刘乃昌评注：《宋词三百首》，中华书局 2014 年版。

三、（清）纳兰性德著：《纳兰性德词集》，上海古籍出版社 2016 年版。

四、林庚、冯沅君主编：《中国历代诗歌选》，人民文学出版社 1964 年版。

五、钱钟书选注：《宋诗选注》，三联书店 2001 年版。

六、金性尧选注：《宋诗三百首》，陕西师范大学出版社 2010 年版。

七、龙榆生编选：《唐宋名家词选》《近三百年名家词选》，上海古籍出版社 2014 年版。

八、董雁南编：《鲁迅爱国诗文选》，北京时代华文书局 2016 年版。

九、柳亚子著：《磨剑室诗词集》，上海人民出版社 1985 年版。

十、《毛泽东诗词选》，人民文学出版社 1995 年版。

十一、郁达夫著：《郁达夫诗全编》，浙江文艺出版社 1989 年版。

飞花令诗词主题字音序索引

Z